잭 대령

잭 대령
Colonel Jack

대니얼 디포(Daniel Defoe) | 유경희 옮김

고려대학교출판부
KOREA UNIVERSITY PRESS

흔히 잭 대령이라고 불리는, 존경받는 자크 대령의 놀랍고 파란만장한 생애 이야기

양갓집 아들 신분으로 태어났지만 고아가 되어 소매치기 세계에 발을 들여놓게 되고, 이후 26년 간 절도범으로 산다. 버지니아 주로 인신매매 되었다가 면천되고, 무역상이 되어 다시 영국으로 돌아온다. 다섯 차례 결혼을 했고, 그중 한 부인은 부정한 짓을 저지른다. 이후 전쟁에 참전하여 용감하게 싸우고 진급하여 실제로 한 연대의 대령이 된다. 말년에 다시 해외로 나가 살며, 놀라운 사건들로 가득 찬 생애를 정리한다.

서문

독자 여러분께,

이 책과 같은 종류의 책에 세상 사람들에게 좀더 유리한 소개를 하기 위해 서문을 붙이는 일이 너무 흔한 관행이 되어버렸습니다. 따라서 편집자도 이 서문을 빠뜨릴 수 없습니다. 사실 이 책은 기존의 어느 책보다 서문이 덜 필요하다고 생각되는 책입니다. 이 책 속의 재미나고 즐거운 내용은 그 자체로 스스로의 가치를 대변합니다. 그리고 이 책에는 유익하고 교훈적인 내용도 무척 많이 들어 있습니다. 또한 이 책으로 인해 독자 여러분의 심성이 개선될 여지도 많습니다. 이 책의 다양한 주제로 인해 독자 여러분의 성품이 개선된 사례만 따져봐도 아마 이 책 못지않은 두께의 다른 책 한 권이 필요할 것입니다.

바로 이런 점에서, 건전하게 잘 운영되는 교육의 혜택과 이득에 대해서, 그리고 그런 교육이 부재할 때 이 나라의 많은 청소년들이 맞게 될 파멸적인 상황에 대해서, 정당하고 신중한 고려가 있어야 합니다. 그리고 많은 불우한 아이들의 파멸을 예방하기 위해 공립학교나 자선학교에 얼마나 많은 개선이 이루어져야 하는지에 대해서도 고려가 있어야 합니다. 런던만 하더라도 매년 그런 아동들이 계속 늘어나 교수대로 끌려가고 있는 형편입니다.

불우한 아이들이 겪는 참혹한 상황은 진정 개탄스럽기 짝이 없습니다. 그들 중 다수가 천성이 유순하며, 최악이 아니라 최선을 배우는 성향을 지닌 아이들입니다. 이런 사실은 이 책의 주인공의 어린 시절 이야기에서도 충분히 입증됩니다. 주인공은 어쩔 수 없는 궁핍한 상황 때문에 부득이 도둑이 될 수밖에 없는 처지였습니다. 그러나 그에게는 이상하다 싶을 만큼 '정직의 원칙'이 남아 있었고, 그런 이유로 일찍부터 그런 나쁜 짓, 특히 최악의 범죄를 혐오하게 되며 결국 완전히 손을 털게 됩니다. 만약 주인공이 교육의 혜택을 누리며 세상을 살았거나, 그가 천성적으로 지니고 있던 '관용의 원칙'을 향상시키는 방법에 대해 훌륭한 가르침을 받았다면 어떤 사람이 될 수 있었을까요.

세상을 살며 그가 겪은 다양한 운명의 역전들은 독자 여러분도 함께 빠져들어 즐길 수 있는 토대일 것입니다. 그리고 건강에 유익하고 독성이 전혀 없는 약용 식물을 수확할 수 있는 정원일 것입니다. 그곳에서 여러분은 모든 곳에서 칭찬되고 존중되고 장려되고 보상받는 덕성과 지혜의 존재 방식을 목격할 것입니다. 또한 비참한 불운과 큰 불행을 야기하는 온갖 악덕과 사악함, 그리고 결국 이 양자와 늘 함께하는 죄악과 치욕들, 비난과 책망을 듣는 악인들과 그들의 혐오스러운 범죄 행위들도 목격하게 될 것입니다.

사특한 심성을 지닌 독자 분이라면 누구든 이 작품을 읽고 회개의 동기를 부여받게 될 것입니다. 잘못 허비되는 사특한 삶의 유일한 최선의 종말은 회개뿐입니다. 그리고 오직 이런 회개 속에 위안과 평화와 희망이 있습니다. 회개한 자는 성경 속의 돌아온 탕아처럼 다시 돌아오게 되고, 그의 끝은 그의 시작보다 더 나을 것입니다.

이상 언급한 사항들이 이 책의 주된 목적이자 의도이므로 편집자는 그 밖의 구체적인 내용들이나 작품의 전체 내용에 대해서는 여기서 서문 형태를 빌려 구태여 추가할 필요가 없다고 생각합니다. 요컨대 모든 사특함을 저지하고 모든 선량함을 권장하는 게 이 책의 출간 목적이자 의도라면, 거기에는 어떤 반대도 있을 수 없을 것입니다. 주인공 잭 대령이 자기 이야기를 직접 한 것이냐 아니냐를 궁금해하는 일 같은 것은 조금도 중요한 사항이 아닙니다. 그가 자기 이야기를 역사나 우화 형태로 썼다 하더라도 그런 작품 역시 이 책처럼 독자 여러분에게 유익한 이익을 제공할 것입니다. 그리고 그 점 때문에 그런 작품 역시 서문 없이도 스스로의 가치를 입증할 것입니다.

여러분의 비천한 종복,

편집자 올림

잭 대령의 생애

나는 이제 옛날 나와 한패였던 패거리들이 흔히 맞이하는 운명보다 훨씬 더 편안한 운명을 맞이한 입장에서, 파란만장했던 내 지난 인생을 반추해보려고 한다. 나는 내 이야기가 비록 나처럼 재미나고 유익한 경험을 직접 체험하지 못했더라도 매일 즐겁게 책을 읽는 세상 사람들에게는 그 가치를 인정받을 것이라고 생각한다.

나는 누구 못지않게 고귀한 신분으로 출생했던 것 같다. 내 어머니는 아주 고매한 분들과 교제하셨던 것 같다. 하지만 어머니의 인생은 나와는 무관한 인생이다. 입으로 전해 들은 내가 아는 사실은 다음과 같다. 나를 키워준 보모는 내 어머니가 숙녀분이었고 아버지도 지체 높은 신사였다고 말했다. 보모는 아버지에게서 나를 데려오면서 나처럼 남에게 보이거나 소문나게 해선 안 되는 아이와 관련된 귀찮은 일에서 두 분을 벗어나게 해주는 대가로 많은 돈을 받았다고 말했다.

아버지는 어머니의 바람에 따라 원래 약속한 내용 이상을 지키겠다는 엄숙한 맹세를 보모에게 요구했다고 한다. 그는 보모에게 나를 잘 키워 학교도 보내고, 다 커서 이해할 만한 나이가 되면 내가 양갓집 출신이었다는 사실을 반드시 상기시키라고 요구했다고 한다. 아버지가 보모에게 요구했던 내 교육 내용은 그게 전부였다. 아버지는 그런 요구로 인해 내가 마음만 먹으면 언젠가는 틀림없이 내 신분에 맞는 생각을 하며 신사답게 행동할 것이라고 믿었던 것 같다.

하지만 내 불행은 빨리도 시작되었고 그리 빨리 끝나지도 않았다. 불행한 사람들은 단 하루만 불행한 법은 좀처럼 없다. 위대한 사람들이 찬란하게 빛나는, 최고로 영광스러운 자리로 서서히 올라가듯이, 불행한 사람들은 계속되는 연속적인 불행들에 의해 가장 밑바닥까지 서서히 굴러떨어진다. 요행히 운명의 역전이 일어나 구원의 희망이 생기기 전까지는 그들은 오랫동안 그처럼 고통스럽고 불행한 상황에 처박혀 있다.

보모는 자신의 직분에 기대되는 만큼, 상황이 허락하는 한 성심껏 아버지와의 약속을 지켜나갔다. 보모는 자신의 친아들과 나와 같은 처지에 있던 또 다른 남자 아이와 함께 나를 극진히 보살펴주었다.

보모의 말에 의하면 내 이름은 존이었다. 보모도 나도 내 성이 뭔지는 전혀 몰랐다. 따라서 내 성은 주어진 상황과 운명에 따라 아무렇게나 불렸다.

그런데 공교롭게도 나보다 한 살가량 많은 보모의 친아들 이름도 존이었고, 2년 후에 보모가 맡아서 데려온 나 같은 사생아 아이의 이름도 존이었다.

세 명 모두 이름이 존이었기 때문에 우리 이름은 모두 잭이기도 했다. 우리가 자라났던 굿맨스필드 인근에서는 존이라는 이름이 종종 잭으로도 불렸다. 보모는 친아들을 우리와 구별하기 위해 그 애를 대위라고 부르곤 했다.

나는 보모의 아들이 대위로 불리는 것에 화가 나서 나도 그렇게 불러달라고 울며불며 떼를 썼다. 보모가 나더러 "너는 양갓집 출신이니 마음만 먹으면 충분히 대위가 될 것"이라고 말하지 않았느냐는 게 그 이유였다. 착한 보모는 나를 달래려고 이렇게 말했다.

"진정해라, 진정해. 너는 신사니까 대위보다 더 높단다. 아마 대령까지 돼서 대위보다 더 높아질 게다. 그런데 얘야, 어중이떠중이 선원들도 군함만 타면 대위라고 부르지만 대령은 진짜 군인만 될 수 있어. 그리고 신사들만 될 수 있고. 내가 아는 대령님들 중에는 처음엔 비천했지만 나중에 귀족이 되고 장군이 된 분들도 있단다. 그러니 너는 마땅히 대령으로 불려야 하지 않겠니?"

나는 처음에는 보모의 설명을 듣고 잠시 기분이 좋았다. 하지만 완전히 흡족하지는 않았다. 그러나 보모의 친아들이 내가 신사라서 마땅히 대령으로 불려야 한다는 이야기를 듣고 자기도 대령으로 불러달라고 떼를 썼다는 말을 듣고 나서야 나는 확실히 대령이 대위보다 더 높다는 사실에 아주 만족했다. 이처럼 공명심이란 사람들 마음속에 널리 퍼진 감정이며, 거지 아이조차 그런 마음을 갖지 않는 경우가 없는 것이다.

이렇게 해서 잭 대령과 잭 대위라는 명칭이 생겨나게 되었다. 나중에 듣게 되겠지만, 세 번째 잭은 그가 착한 천성 덕에 실제로 대위로 진급하게 되는 몇 년 후까지는 그냥 잭이었다.

우리 셋은 모두 희망에 부푼 소년들이었지만 반복되는 여러 상황들로 인해 아주 어린 시절부터 모두 악당이 되기로 약속했다. 그러나 착한 보모의 성품에 대해 내가 들은 내용이 사실이라면 그런 우리를 막으려고 그녀가 손을 놓고만 있었던 건 아닐 것이다.

독자 여러분께 우리 이야기를 좀더 하기에 앞서 기억 속에 떠오르는 과거로 거슬러 올라가서 나와 다른 두 잭의 성격에 대해 먼저 짧고 공정하게 얘기하는 게 적절할 것이다.

잭 대위라고 불렸던 보모의 친아들은 우리보다 적어도 한 살가량이 많았다. 아마 한 살은 충분히 더 먹었을 것이다. 그는 땅딸막했지만 몸집이 크고 힘이 셌고, 작은 키에도 어른이 되면 강인해 보일 스타일이었다. 성미는 교활하고 퉁명스럽고 과묵하고 심술궂고 복수심에 불탔으며, 야만적이고 잔인하고 모질기까지 했다. 그는 매너에 있어서는 촌스럽고 광대 같고 마부 같은 면이 있었다. 또한 그는 길거리 아이들이 늘 그렇듯이 약삭빠르지만 무식하고 교육하기 힘든 아이였다. 도사견같이 물고 늘어지는 성질도 대단해서 대담하고 필사적이었으며 너그러움이라곤 전혀 없었다. 우리가 잠시 다녔던 학교의 여선생님도 그를 교육시키지 못했고 심지어 글자조차 깨우쳐주지 못했다. 그는 타고난 도둑놈인 양 말을 배우던 시절부터 이미 주변의 물건은 무엇이든 모조리 훔쳤다. 그는 친어머니인 보모는 물론이고 형제이자 동료인 우리를 포함하여 모든 사람들로부터 무엇이든 훔쳤다. 그야말로 타고난 골수 악당이었다. 그는 순전히 자기 꾀만으로 더없이 비열하고 악독한 짓을 할 줄 알았으며 정직하고 착해야 한다는 생각은 눈곱만큼도 없었다. 형제들인 우리들에게까지 그랬다. 보통의 도둑놈들도 대개 의리를 지킨다. 다시 말하면 그들도 자기들끼리는 정직함을 보이는 게 상례이다.

다른 또 한 명의 잭, 즉 우리 중 나이가 가장 어린 존이라는 이름의 잭은 잭 소령이라고 불렸다. 그 이유인즉슨 보모에게 그를 맡겼던 숙녀분이 아이 아버지가 경비대 소령이라고 말했다는 것이었다. 그렇지만 그 숙녀분은 아이 아버지 이름은 밝히지 않았고 그걸로 끝이었다. 그래서 그 아이는 처음에는 존 소령이라고 불리다가 나중에는 그냥 소령으로 불리게 되었고, 우리 셋이 어울려 쏘다니게 되었을 때는 잭 소령이라고 불리게 되었다. 물론 앞서 말한 것처럼 이름이 존이었던 것도 이유다.

잭 소령은 쾌활하고 익살스럽고 재미있고 즉흥적인 기지가 넘쳐흐르는 아이였다. 그는 늘 농담을 했고 재치와 유머 감각이 넘쳤다. 게다가 그는 속으로는 신사다운 면모도 지니고 있었다. 그는 진정 남자다운 용기도 지니고 있었고 어떤 일도 두려워하지 않는 편이었다. 그는 죽음조차도 주저 없이 직시할 수 있는 아이였다. 그렇지만 그는 더없이 너그럽고 동정심 많은 아이이기도 했다. 그는 잭 대위가 지닌 잔인하고 끔찍한 성질은 전혀 갖고 있지 않았으며 천성적으로 의협심이라는 원칙을 지켜나가는 아이였다. 한마디로 말해 그는 자기를 훌륭한 사람으로 만들어 줄 정직한 심성 말고는 아무것도 원하지 않았다. 그는 나처럼 글을 읽을 줄도 알았고 말도 아주 잘 했다. 그리고 앞으로 그에 대해 이야기하는 과정에서 밝혀지겠지만 글도 아주 멋지게 쓸 줄 알았다.

독자 여러분의 비천한 종복 잭 대령, 나에 대해 말한다면 나는 불쌍하고 불행하지만 착한 아이였다. 나는 적합한 선생님만 계셨다면 무엇이든 배울 마음이 있었고 또 그런 능력도 있었다. 너무 일찍 세상에 뛰어들어 못된 짓을 시작했기 때문에 나는 그런 짓이 나쁘다는 걸 조금도 의식하지 못했다. 나는 그런 짓을 하면 무슨 벌을 받게 되는지 전혀 몰랐다. 한번은 내가 저지르지도 않은 죄목으로 판사님 앞에 잡혀갔는데, 그때 나는 내 무죄를 주장하며 나를 일러바친 사람들이 잘못이고 그들의 주장이 모순이라는 걸 증명해 보였다. 그때 판사님이 그런 나를 보고 내가 더 나은 일을 하며 살고 있지 않은 게 유감이라고 말하셨던 게 기억난다. 하지만 판사님이 나를 잘못 보신 것이었다. 사실 나는 도둑질 말고는 아무것도 배운 게 없었다. 읽기와 쓰기가 내가 받은 교육의 전부였으며, 그것도 열 살 전의 일이었다. 하지만 내겐 타고난 말솜씨가 있었다. 나는 나처럼 교육이 짧은 사람 누구에게도 안 뒤지게 말을 요령 있게 잘할 줄 알았다.

나는 친구들 사이에서 누구와도 한판 붙을 수 있는 대담하고 결단력 있는 아이로 통했다. 하지만 나에 대한 내 생각은 그와는 달랐다. 나는 아주 강인하고 게다가 민첩하기까지 해서 꼭 필요하면 가끔 과감히 싸워 이기곤 했지만 사실은 가능하면 싸움을 피하는 편이었다. 또 종종 힘이 부치면 말로 문제를 해결하곤 했다. 이것은 아이 때도 그랬고 성장하고 난 이후에도 그랬다.

나는 내가 하는 일에 신중하고 재주가 있는 편이어서 아이 시절 다른 친구들처럼 그렇게 자주 붙잡히지도 않았다. 성인이 될 때까지 26년 동안 같은 일을 하면서 나는 단 한 차례도 붙잡히지 않았다. 앞으로 독자 여러분께서 들으시게 되겠지만 나는 물론 교수형도 당하지 않았다.

유리병 공장 옆에서 더러운 노숙 생활을 하며 석탄재 위를 뒹굴거나 길거리를 쏠고 다니던 시절의 모습만 가지고 말한다면, 그건 결코 내 어린 시절 본 모습이라고 말할 수 없을 것이다. 겉으로 보이는 내 모습은 "선생님, 구두 닦으세요!"라고 외치고 다니는 구두닦이이거나 새까만 길거리 부랑아 꼴이었다. 그리고 갈 데까지 간 경멸스럽고 비참한 거지 몰골이었다.

하지만 사람들이 나에 대해 이런 말을 했던 게 기억난다.

"저 애는 얼굴이 참 잘생겼어. 잘 씻기고 입히기만 하면 아주 멋진 애일 거야. 저 눈 좀 봐. 얼마나 착하고 맘에 들게 생긴 얼굴이냐고. 불쌍하기도 해라! 저 애 부모나 친척들은 아주 몹쓸 사람들이야."

그러고 나서 사람들이 나를 불러 이름을 물으면 나는 "잭이요"라고 대답하곤 했다. 그리고 그들이 "애야, 성은 뭐니?"라고 물으면 "몰라요"라고 대답했고, "아빠와 엄마는 누구니?"라고 물으면 "없어요"라고 대답했다. "뭐라고 아무도 없다고?"라고 물으면 "네, 아무도 몰라요"라고 대답했다. 그러면 그들은 머리를 좌우로 흔들며 "불쌍한 애야, 참 불쌍해!"라고 말하며 나를 놓아주었다. 하지만 나는 그 모든 말들을 가슴속에 묻어두었다.

내가 열 살 무렵이고 대위가 열한 살, 소령이 여덟 살이었을 무렵 착한 보모가 돌아가셨다. 보모의 남편은 선원이었는데 얼마 전 국왕 폐하의 선단에 속했던 글로스터 해상 호위함에 탑승했다가 요크 공작과 함께 스코틀랜드에서 배가 난파되어 물에 빠져 죽었다. 보모가 아주 가난하게 살았던 처지라 동네 사람들이 장례식을 치러줄 수밖에 없었다. 장례식엔 우리 세 명의 잭들이 상주 자격으로 따라갔다. 세 명 모두 보모의 친자식들로 통했기 때문에 대령인 내가 맏상제 역할을 맡았다. 가장 형이었던 대위는 당시 몹시 아팠다.

착한 보모가 돌아가시고 나자 우리 세 명의 잭들은 세상에 버려지고 말았다. 동네 사람들이 우리를 돌봐주었지만 우리는 그들을 괴롭히고 싶지 않았다. 우리는 거리를 쏘다녔다. 로즈마리 레인 동네와 래드클리프 동네 사람들이 우리를 잘 알고 있어서 그다지 많은 구걸을 하지 않아도 우리는 손쉽게 음식을 얻어먹을 수 있었다.

나는 심부름을 시키면 항상 정확하고 세심하게, 그리고 재빨리 일을 수행했기 때문에 특히 예의 바르고 정직한 소년으로 명성이 높았다. 내게 어떤 물건을 맡기면 절대로 축나는 일이 없었다. 나는 무슨 일이 맡겨지면 정확하게 처리하는 걸 내 명예로 삼았다. 하지만 그 밖의 다른 일, 특히 도둑질은 서툴렀다.

몇몇 초라한 가게의 주인들이 저녁을 먹으러 갈 때나 술집에 갈 때, 혹은 다른 용무가 생겼을 때 종종 내게 가게 문을 지키게 하거나 아예 가게를 맡기기도 했는데, 나는 그런 일도 아주 흔쾌하고 즐겁게, 최대한 정직하게 잘 해냈다.

그러나 퉁명스럽고 험상궂고 거칠었던 형 잭 대위는 나와 반대로 예의 바른 몸가짐을 보인다거나 재미난 유머 같은 건 단 한 마디도 하지 않았다. 누군가가 질문을 하면 그는 그저 "네"나 "아니오"라는 대답만 했고 그걸로 다였다. 누구도 그에게서 친절하다는 인상은 받지 못했다. 그에게 심부름을 시키면 심부름 내용의 절반은 잊어버리기 일쑤였다. 게다가 심부름 가는 도중에 친구들이라도 만나면 아예 그들과 놀아버렸고 심부름 갔던 결과물을 갖고 돌아오지도 않았다. 너무나 부주의하고 무례한 행동이어서 누구도 그를 좋게 평가하는 사람이 없었다. 오히려 모든 사람들이 그가 악당 인상을 풍기며 언젠가는 교수형에 처해질 거라고 험담했다. 한마디로 그는 누구의 호감도 사지 못했다. 말하자면 그는 당장 먹을 빵이 필요해서 도둑이 되지 않으면 안 될 처지였다. 구걸을 할 적에도 그는 몹시 듣기 싫은 말투로 해서 그 소리가 구걸이라기보다는 마치 명령처럼 들릴 정도였다. 하루는 그를 아는 어떤 남자가 그에게 적선을 하며 이렇게 말한 적도 있었다.

"어이, 잭 대위, 자넨 아직 꼬맹이지만 구걸이 너무 서툴러. 아주 보기 싫은 꼬마 거지야. 어른이 되면 한 푼 구걸하는 것보다 차라리 지갑을 내놓으라고 하는 게 낫겠어."

그에 비해 잭 소령은 아무 생각 없는 밝은 아이로 늘 명랑했다. 먹을 음식이 있건 없건 그는 불평하는 법이 없었다. 그리고 그는 착한 몸가짐으로 이웃들에게 칭찬을 들었기 때문에 이곳저곳에서 충분히 음식을 얻어먹었다.

어쨌든 우리는 아직 어렸지만 이런 식으로 굶주림을 피하며 그럭저럭 생계를 이어나갔다. 사는 곳에 대해 말하자면, 우리는 여름철에는 야간 파수대 근처나 성벽 위, 혹은 우리를 아는 가게 문 앞에서 잠을 잤다. 침대에 대해 말하자면, 우리는 보모가 돌아가신 후 여러 해 동안 그런 건 잊고 살았다. 그리고 우리는 겨울철에는 로즈마리 레인 동네의 댈로우 유리 공장이나 래드클리프 거리에 있는 다른 유리 공장 석탄재 구덩이 안이나 유리 식히는 아치형 건조대 안으로 기어들어가서 잤다.

우리는 여러 해 동안 그런 식으로 살았다. 그리고 그런 곳에서 알몸이거나 누더기를 걸치고 다니는 우리와 비슷한 아이들과 어울리기도 했다. 그들은 아주 어린 나이인데도 마치 악마가 시키기라도 한 듯 몹시 포악했으며 해가 갈수록 길들여진 온갖 비행들을 매우 익숙하게 저질렀다.

한번은 어느 추운 겨울날 경찰관 한 명과 야경꾼 한 명이 범죄를 저지른 '목뼈뚤이'라는 별명을 가진 녀석을 잡겠다고 고함치며 야단법석을 떠는 바람에 잠을 방해받았던 기억이 난다. 유리공장 유리 건조대 밑에서 자던 우리 거지 아이들 사이에 범인 녀석이 숨어 있다는 정보를 야경꾼이 들었다는 것이었다.

우리는 오밤중에 호각 소리와 함께 "모두 밖으로 나와, 이 나쁜 놈들아, 모두 나와!"라는 고함 소리를 듣고 잠에서 깨어나 밖으로 나왔다. 몇 명은 눈을 비비고 머리를 긁적거리고 있었고 몇 명은 질질 끌려나왔다. 모두 합쳐 일곱 명쯤 됐던 것 같다. 그러나 그들이 목 삐뚤이라고 부른 범인 녀석은 우리 중에 없었다. 아마 우리와 같이 살던 덩치 큰 착한 아이를 말하는 것 같았다. 녀석이 전날 밤 강도 행위에 가담했는데 그 일당 중 한 명이 붙잡혀서 자기 벌을 덜 요량으로 녀석이 종종 잠자리로 이용하는 그곳을 그의 거처라고 말한 것 같았다. 그러나 녀석은 벌써 눈치채고 안전을 위해 그날 밤 다른 곳으로 피신해버린 것 같았다. 결국 우리는 다시 따뜻한 석탄재 구덩이 속으로 돌아가도 된다는 허락을 받았다. 나는 추운 겨울 여러 날 밤들을 그곳에서 잠들며 보냈다. 아니, 여러 해 겨울들을 그곳에서, 그 이후 내가 잠들었던 어느 훌륭한 잠자리 못지않게 편안하고 깊게 잠들며 보냈다.

우리는 오랫동안 이런 식으로 살았다. 아마 2년은 족히 될 것이다. 우리는 그때까지는 나쁜 짓을 저지르지 않았고 저지르려고 하지도 않았다. 우리는 평소에 셋이 함께 다녔다. 특히 잭 대위는 대인 관계가 서투르고 성질이 까다로워서 우리가 데리고 다니지 않았으면 아마 굶어 죽었을 것이다. 늘 붙어 다녔기에 우리는 대개는 잭 삼총사라고 불렸다. 그러나 여러 이유로 대령인 내가 제일 유명했다. 앞서 말한 것처럼 잭 소령도 쾌활하고 즐거운 아이였다. 나는 늘 나보다 잘난 사람들과 대화를 나누었다. 나는 거지 아이들과 대화를 나누기보다는 더 중요한 일을 하는 사람들과 대화를 나누었다. 이런 대화를 통해 나는 공적, 사적인 많은 일들을 물을 수 있었다. 특히 선원들이나 군인들과 대화를 나눌 때면 나는 그들이 참전했던 해상과 육상의 전투들에 대해 듣기를 좋아했다. 그들이 이야기하는 내용을 좀처럼 잊는 법이 없었던지라 나는 몇 년 안에 영국과 네덜란드의 전쟁, 플랑드르 지방에서 벌어졌던 해상 전투, 마에스트리히트 시 함락 사건 등 각종 전쟁과 전투들에 대해 실제로 참전했던 군인 못지않게 자세히 이야기할 수 있게 되었다. 이 때문에 참전 군인들과 선원들은 나와 이야기하는 걸 더 좋아하게 되었고, 생각나는 모든 이야기들을 내게 해주었다. 따라서 나는 당시 진행되던 전쟁들뿐만 아니라 크롬웰 시대의 전쟁, 심지어 찰스 1세의 죽음에 대한 이야기도 들을 수 있었다.

그런 식으로 나는 비록 나이는 어렸지만 일종의 역사가가 되었다. 책을 많이 읽지 못했고 또 읽을 책도 없었지만 나는 흘러간 역사라든가 당시의 세계에서 진행되고 있던 사건들을 꽤 잘 이야기할 수 있었다. 특히 영국과 관련된 사건들은 더욱 그랬다. 열네 살 나이를 전후해서 나는 이미 모든 해군 함정들과 지휘관들의 이름까지 알게 되었다.

그 무렵 잭 대위가 못된 친구들과 어울리며 우리에게서 떨어져 나갔다. 그에 대해 다시 무슨 이야기나 소식을 듣게 된 건 반년 정도 시간이 흐른 뒤였다. 나는 그가 어린 아이들을 밤중에 유괴해서 입을 틀어막은 후, 아이들을 버지니아 등지로 팔아먹는 배에 싣기 위해 기다리던 악당들에게 넘기는 유괴 전문 갱단에 속했다는 사실을 알아냈다.

그런 짓은 그 끔찍한 잭 녀석(나는 이제 그를 이렇게 불렀다)의 난폭한 성격을 놓고 볼 때 다 커서 할 일로 최적의 일이었다. 녀석은 아이를 손에 넣으면 시끄럽게 떠들지 못하도록 입을 막는 정도가 아니라 아예 아이가 숨이 막히는 것도 아랑곳하지 않고 목을 졸라댈 정도였다. 한번은 녀석이 속한 갱단이 한 아이를 유괴하여 학대하고 살해할 뻔했던 적이 있었다. 피해를 당한 아이는 저명인사의 아이였는데 어찌 된 사정인지 모르겠지만 부모가 가까스로 사건의 진상을 파악하고 아이를 되찾게 되었다. 아이가 비참하기 짝이 없는 모습으로 살해당하기 직전의 상황이었다. 그때 나는 아주 어린 나이였다. 그리고 그 사건은 지금 내용을 모두 기억해내기에는 너무 오래전 일어났던 일이다. 여하튼 범인 일당은 모두 붙잡혀 뉴게이트 감옥으로 보내졌는데 그중에는 아직 열세 살밖에 안 된 어린 나이의 잭 대위도 끼어 있었다.

이 갱단 단원들에게 어떤 형벌이 내려졌는지 지금 자세히 말할 수는 없다. 어쨌든 대위는 아직 어린아이라는 이유로 브라이드웰 형무소에서 세 차례 심한 매질 체벌만 받았다. 시장과 지방법원 판사는 그에게 그나마 불쌍히 여겨 교수형을 집행하지 않고 그런 매질만 하는 거라고 말했다. 그리고 그들은 그에게 인상이 교수형을 당할 범인 인상이니 앞으로 주의하라고 경고했다고 한다. 어린 나이였는데도 잭 대위의 인상은 그렇게 눈에 띄는 인상이었다. 그는 그 이후에도 그런 이야기를 많이 들었다. 나는 그가 브라이드웰 형무소에 갇혀 있었을 때 불행한 소식을 접하고 소령과 함께 면회를 갔다. 그에 관한 소식을 처음 들었을 때였다.

우리가 찾아간 날 잭은 판결을 받고 소위 '교화 형'을 받으러 불려나왔다. 판결을 엄히 실행하라는 명령 탓에 형리들은 진지하게 체벌을 실행했다. 먼저 윌리엄 터너라는 브라이드웰 형무소장이 나서서 그에게 그가 아직 얼마나 어린지, 그런 어린 나이에 교수형을 당한다면 얼마나 불쌍한 일인지, 그리고 이번 사건을 어떻게 경고로 삼을 것인지, 또 가엾은 어린아이를 유괴하는 일이 얼마나 나쁜 짓인지 열심히 훈계했다. 그런 와중에 푸른색 배지를 단 형리가 잭을 무자비하게 매질했다. 형리는 윌리엄 경이라는 사람이 작은 망치로 법대를 두드릴 때까지 매질을 그치지 않았다.

불쌍한 잭 대위는 매질을 당할 때마다 발을 구르며 춤을 추듯 몸을 마구 흔들어댔고 미친 아이처럼 비명을 질렀다. 구경하던 나도 처음에는 공포감으로 죽을 지경이었다고 고백한다. 아직 키가 작은 어린아이여서 나는 그가 처벌받는 모습을 가까이에서 볼 수 없었다. 그러나 나중에 보니 그의 등짝은 온통 채찍질 자국으로 줄이 가 있었고 몇 군데에서는 피까지 흘러나오고 있었다. 구경하던 나는 처음에는 그 모습을 보기만 해도 죽을 것 같았다. 그러나 나는 이내 그런 모습에 익숙해졌다.

면회가 허락되자 나는 최선을 다해 그를 위로했다. 하지만 그의 체벌은 아직 끝난 게 아니었다. 그 이후에도 형리들이 두 차례 더 그를 심하게 매질했고, 그러고 나서야 체벌이 끝났다. 형리들에게 워낙 심하게 체벌을 당해서였는지 잭 대위는 한동안 유괴 범죄라면 넌더리를 냈다. 그러나 그는 또다시 유괴 전문 갱단에 가담했고 그들의 범죄 행각이 계속되던 몇 년 동안 내내 그들을 따라다녔다.

잭 소령과 나는 아직 어린 나이였지만 잭 대위가 받은 심한 체벌을 보고 한

동안 깊은 충격에 빠졌다. 대위뿐만 아니라 범죄와 무관한 우리까지도 교화됐다고 말할 수 있을 정도였다. 그런데 그 후 1년도 채 안 되어 이번에는 범죄의 손쉬운 먹이가 될 준비가 잘 되어 있었던 잭 소령이 그만 우리의 유리 공장 거처를 뻔질나게 드나들던 두 불량배의 감언이설에 넘어가고 말았다. 그들이 즐겨 말하는 대로, 그들과 같은 길을 걸어가게 된 것이었다. 잭 소령이 그들과 친하게 어울렸던 이유는 아마 그가 열두 살가량이고 그를 꼬여낸 연장자 녀석이 아직 열네 살도 넘지 않은 꼬마였기 때문일 것이다. 그들의 주된 활동은 바르톨로뮤 시장에 가서 소매치기를 하는 것이었다.

잭 소령은 처음에는 그런 일에 대해 아는 게 하나도 없어서 별다른 할 일이 없었다. 하지만 두 동료는 다른 전문 소매치기에게 하듯 잭에게도 공평한 몫을 약속했다. 그래서 그들은 함께 나갔고 솜씨 좋은 두 동료는 성공적으로 소매치기를 마쳤다. 그들은 밤 9시경 유리공장 석탄재 구덩이로 돌아와 구석에 쪼그리고 앉은 뒤 공장 불빛의 도움을 받으며 자신들의 몫을 분배하기 시작했다. 훔친 물건들은 소령이 가지고 왔다. 동료들이 물건들을 털자마자 재빨리 모두 그에게 맡겼던 것이다. 붙잡히더라도 자기들 몸에서 아무것도 발견되지 않게 하기 위해서였다.

그날은 그들에게 억세게 재수가 좋은 날이었다. 범행 대상을 찾는 일에 악마가 도움을 준 게 틀림없었다. 잭 대위의 끔찍한 체벌 장면을 목격하고 잠시 움츠러들었던 어린 잭을 그런 일에 끌어들이려고 그런 것 같았다. 그들이 그날 밤 나눠가진 장물 목록은 다음과 같았다.

1. 광대놀이를 구경하던 시골 계집애에게서 훔친 흰 손수건 한 장. 그 끝에 3실링 6펜스와 핀들이 묶여 있었음.
2. 오렌지 모양의 도자기를 사려는 시골 청년의 주머니에서 슬쩍한 색깔 손수건 한 장.
3. 한 남자가 젊은 여자에게 말을 거는 순간 그 여자의 주머니에서 슬쩍한 리본 지갑. 그 안에 11실링 3펜스의 현금과 은색 골무가 들어 있었음.

   특기사항: 여자는 지갑을 도난당한 사실을 즉시 눈치챘지만 도둑을 보지 못했기 때문에

자기에게 말을 건 남자를 향해 "소매치기야!"라고 소리쳤고, 곧 군중들이 몰려와 남자를 잡았음. 그러나 남자는 그 거리에서 잘 알려진 사람이어서 어렵사리 그 자리를 모면함.

4. 소년 두 명이 막 구입해서 집에 가져가려고 했던 칼과 포크. 소년이 물건을 구입해서 주머니에 넣자마자 어린 소매치기 녀석이 1분도 안 돼 바로 훔침.
5. 모두 1, 2, 3, 4펜스짜리 조그만 은화들로 합계 7실링이 들어있던 조그마한 은제 함. 특기사항: 하녀 한 명이 쇼를 구경하려고 매표소에 돈을 지불하려는 순간 훔친 것임. 어린 소매치기 녀석은 그 하녀가 자기 지갑을 집어들 듯 매우 자연스럽게 손을 내밀어 훔침.
6. 한 신사에게서 훔친 또 다른 실크 손수건.
7. 또 다른 손수건.
8. 시장 장난감 가게에서 훔친 작은 거울과 목공예 인형.

이 모든 게 아직 어린, 그것도 아주 어린 두 명의 소매치기 녀석들에 의해 한나절 오후 만에, 아니, 하루 저녁 만에 깔끔히 소매치기된 장물이었다. 나는 다음 날 잭 소령이 이상할 정도로 기분이 들떠 있다는 걸 느낄 수 있었다.

이른 아침 그에게서 그다지 멀리 떨어지지 않은 곳에서 자고 있던 내게 그가 다가와 말했다.

"잭 대령, 할 말이 있어."

"뭔데, 말해봐." 내가 말했다.

"글쎄. 중요한 얘긴데 여기서 말하기는 좀 그래. 밖으로 나갈래?"그가 말했다.

밖으로 나와 유리 가게 옆 좁은 골목길로 들어서자 그가 "이것 좀 봐"라고 말하며 돈을 잔뜩 움켜쥔 자신의 작은 손을 꺼내 들어보였다.

나는 그 모습을 보고 깜짝 놀랐다. 그가 다시 손을 들어 앞으로 내밀며 내게 말했다.

"잭, 이 중 일부를 가져."

그러면서 그는 내게 6펜스짜리 동전 한 닢과 1실링에 해당하는 조그만 은화들을 주었다. 정말 반가운 일이었다. 사실 나는 신사란 얘기도 들었고 나 자신도 그렇다고 자부했지만, 평생 내 것이라고 당당히 말할 수 있는 돈이라고는 단돈 1실링도 가져본 적이 없었다.

나는 대체 어떻게 그 돈을 갖게 된 것이냐고 그에게 물었다. 그가 갖고 있는 총 재산은 현금 7실링 6페니, 은제 골무, 실크 손수건 등이었는데, 그건 간단히 말해 나처럼 평생 1실링도 가져본 적이 없던 그에게 대단한 재산이었다.

"그래 그걸 가지고 이제 뭘 할 건데, 잭?" 내가 물었다.

"제일 먼저 헌 옷 시장에 가서 신발하고 스타킹을 사 신고 싶어." 그가 대답했다.

"좋은 생각이다." 내가 말했다. "나도 그렇게 해야겠다."

우리는 함께 헌 옷 시장에 가서 5펜스를 주고 스타킹을 구입했다. 한 짝에 5펜스가 아니라 두 짝 합쳐서 5펜스였다. 꽤나 고급 스타킹이서 분명히 우리가 신고 다니기에는 분수에 안 맞았다.

우리에게 어울리는 구두를 찾는 일은 훨씬 더 힘들었다. 하지만 그런 신발을 찾아 헤매며 한참을 돌아다닌 끝에 마침내 우리는 괜찮은 신발 가게를 발견했고 그곳에서 16펜스를 주고 신발 두 켤레를 구입했다.

우리는 신발과 스타킹을 신고 아주 만족했다. 둘 다 오랫동안 우리 다리와 발에 맞는 스타킹과 신이라고는 신어본 적이 없었다. 따스한 스타킹과 바싹 마른 신발을 신고 나니 산뜻해지는 느낌이 들었다. 한동안 익숙해 있지 않았던 느낌이었다. 내가 본래 양갓집 출신이었다는 생각이 다시 나기 시작했고, 이제부터는 계속 그런 생각을 하며 살 거라는 자신감까지 들었다. 스타킹과 신을 다 신고 나서 내가 말했다.

"잭 소령, 너나 나나 지금까지 돈이라고는 한 번도 가져본 적이 없어서 맛난 음식 한 번 사먹어 본 적이 없잖아. 그러니 어디 가서 밥 좀 사 먹으면 어떨까? 배가 무척 고픈데."

"그러지 뭐. 실은 나도 무척 배고파." 소령이 말했다.

우리는 로즈마리 레인 동네에 있는 식당에 가서 품위 있게 음식을 즐겼다. 그러고 있노라니 우리가 마치 신사가 된 것 같다는 생각이 들어 뿌듯했다. 우리가 시켜 먹은 음식은 3펜스짜리 익힌 쇠고기 요리와 2펜스짜리 푸딩, 1펜스짜리 큰 빵 덩어리, 맥주 1파인트였다. 식사 값이 모두 합쳐 7펜스에 달했다.

한마디 더 덧붙이겠다. 우리는 아주 맛 좋은 쇠고기 수프를 덤으로 얻어먹었는데 그 일 또한 나를 몹시 흥분시켰다. 식사를 하는 동안 내내 식당 여급과 보이가 우리가 앉아서 식사하던 자리를 지날 때마다 들여다보며 "혹시 부르셨습니까? 저희를 찾지 않으셨어요, 신사분들?"이라고 말했다. 아마 이런 호칭으로 불리는 일 또한 식사 내용 못지않게 즐거운 일이었을 것이다.

스텝니에서 최고로 좋은 집 주인도, 런던 시장님도, 아니 세상에서 가장 위대한 사람도 그날 내가 느낀 새로운 행복감에 견준다면 나보다 더 즐거운 상상으로 행복감을 느끼지 못했을 것이다. 그리고 나보다 더 슬픔이나 우울한 생각으로부터 거리가 멀지 못했을 것이다. 행복의 몫이 아주 작은 것이었는데도 그랬다. 그 전에 갖고 있던 것에 비하면 그날 내가 갖게 된 재산은 대단한 재산이었다. 그러나 나와 비교하면 잭 소령의 재산이 더 대단한 것이었다. 어쨌든 나처럼 작은 행복보다 큰 행복에 대해 전적으로 무지한 사람이라면 누구라도 내가 느낀 황홀한 행복감에 충분히 빠져들었을 것이다. 잭 소령 일당의 전리품 중 내가 차지한 몫은 겨우 18펜스밖에 안 됐다.

그날 밤 소령과 나는 새롭게 전개된 이 즐거운 상황을 뿌듯해 하며 즐겼다. 우리는 위쪽 유리공장 화덕 불의 따뜻한 온기를 받으며 늘 자던 곳에서 아무런 방해를 받지 않고 편히 잠들었다. 따스한 온기는 석탄재 위를 뒹굴며 자야 하는 불편함을 보상해주고도 남았다.

유리공장의 구조를 알고 있거나 유리병을 만든 후 그것을 버리고 식히는 아치형 공간을 알고 있는 사람들이라면, 석탄재를 버리는 곳, 즉 가난한 부랑아들이 잠자던 곳이 벽돌로 만들어진 움푹 들어간 구덩이 공간이라는 것을 알 것이다. 그곳은 입구 쪽을 제외하면 완전히 막힌 공간이어서 공동 목욕탕 탈의실만큼이나 따뜻한 곳이었다. 그린란드나 노바 젬블라 지방처럼 추운 극지방 날씨였다 하더라도 구덩이에만 들어가면 어떤 추위도 느낄 수 없었다. 따라서 우리는 아주 안전하고 안락하게 잠을 잘 수 있었다. 석탄재만 제외한다면 불편한 점이라고는 전혀 없었다.

다음 날 잭 소령과 그의 일당은 다시 출정을 나섰고 다시 성공을 거두었다. 역시 어떤 불행한 사태도 그들에게 일어나지 않았다. 사실 나는 잭 소령이 동료들의 흉내를 내고 그들의 지시를 받으면서 여러 달에 걸쳐 얼마나 능숙한 소매치기로 변모했는지 모르고 있었다. 잭 소령은 오랜 기간 동안 다양한 행운을 누렸다. 물론 내가 지금 쓰고 있는 이 책의 주 내용인 내 이야기를 서둘러 진행해야 하니 여기서 그 행운의 구체적인 내용이 무엇인지 길게 소개할 수는 없다.

잭 소령은 매일같이 새록새록 번창해가는 자신의 사업 결과물을 내게 보여주지 않은 적이 없었다. 그는 종종 내게 6펜스 한 닢을 던져주기도 했고, 어떤 때는 1실링 은화 한 닢을 던져줄 정도로 후한 마음씨를 보이기도 했다. 나는 그가 멋진 옷을 걸치고 우리 석탄재 구덩이 거처를 떠나 자기 동료들이 묵고 있는 합숙소(그곳에 대해서는 나중에 자연스럽게 설명할 수 있을 것이다)를 드나들기 시작했다는 것을 알아차렸다. 그는 셔츠까지 제대로 갖춰 입기 시작했는데 그런 일은 지난 3년 동안 그나 나나 단 한 번도 해본 적이 없던 일이었다.

그런데 이 모든 일이 일어나는 동안 나는 잭 소령이 그토록 성공하고 번창하고 있고 내게 아주 친절하게 대하며 여러 차례 돈까지 후하게 주었음에도 불구하고, 단 한 번도 내게 자기들 일당 속에 끼라거나 자기처럼 행복해질 수 있게 동업을 하자고 권유하지 않고 있다는 사실을 눈치챘다. 그는 그런 말은 아예 입 밖에 꺼내지도 않았다.

나는 그가 입을 닫고 있는 게 썩 기분 좋지만은 않았다. 나는 그에게 얘기를 들어 그가 하는 일이 대체로 지갑을 터는 일이라는 걸 알고 있었다. 그리고 나는 그 일의 성패가 주로 손놀림이나 대상에게 솜씨 있게 접근하는 기술, 재빠른 동작에 달려 있지만, 그게 전혀 어려운 일이 아니라고 생각했다. 나는 특히 그런 일은 기회가 아주 많이 주어지는 일이라고 생각했다. 당시는 런던 구경을 온 시골 사람들이 입을 헤벌리고 멍하니 이곳저곳을 구경하고 다니고 있어서 소매치기는 전혀 위험하지 않은 누워서 떡 먹기 같은 일로 생각되었다. 대체적인 기술이나 행동 방식만 안다면 그럴 것 같았다.

그런데 자기 할 일을 결코 잊는 법이 없고 언제든 자기 심복을 부추길 준비가 되어 있는 교활한 악마라는 놈이 마침내 이 모든 어려움을 다 제거해주었다. 그놈이 런던에서 가장 훌륭한 소매치기 솜씨를 자랑하는 소매치기와 내가 친해지게 만든 것이다. 나는 이미 여느 소매치기 못지않게 못된 소매치기가 되리라 마음먹고 있었다. 그러니 그 소매치기와 나의 친구 관계는 그가 나를 실망시키기 않으려고 배려하던 것 이상의 관계가 되었다. 그는 자질구레한 싸구려 물건을 훔치거나 푼돈 3~4실링을 훔치려고 군중에게 혼이 날 위험을 무릅쓰는 조무래기 소매치기들보다 한 수 위의 소매치기였다. 그의 목표는 그보다 훨씬 더 높아서 거액의 현금이나 그보다 더 높은 가치의 어음이 목표였다.

어느 날 바로 이 소매치기가 함께 산책이나 나가자고 나를 꼬드겼다. 그는 앞으로 내가 하게 될 일을 시범적으로 보여줄 테니, 그걸 보고 내가 바라던 대로 못된 소매치기가 되든 말든 알아서 하라고 덧붙였다. 즉 내게 소매치기 짓을 할 수 있게 가르쳐줄 테니 원한다면 직접 나서서 해보든지 말든지 알아서 하라는 것이었다. 자기는 그저 내게 행운을 빌 뿐이라는 것이었다.

그는 잭 소령이 선배 동료들과 같이 나가서, 그저 현장을 지켜보다 지갑을 건네받기만 한 공을 가지고 자기 몫을 분배받았던 것처럼, 만약 자기가 소매치기에 성공한다면 내게 공범처럼 대우하며 내 몫을 챙겨주겠다고 말했다. 그리고 그는 그런 대우가 어린 초보자들을 격려하고 그들이 용기를 내서 소매치기 업에 본격적으로 뛰어들게 만들려는 소매치기 업계의 관행이라고 내게 확신시켰다. 그는 사자와 같은 용기가 없다면 어떤 일도 성공할 수 없다고 말했다.

나는 그의 제안을 듣고 한동안 망설였고 큰형 잭 대위 이야기를 하며 그에게 위험하지 않겠느냐고 거절 의사를 밝혔다. 그러자 그가 말했다.

"야, 잭 대령, 너 이제 보니 아주 새가슴이네. 정말이지 그런 심약한 마음이야말로 우리 업계에서는 부적절한 마음이야. 대담한 마음만이 이런 일을 완벽하게 해치울 수 있어. 어쨌든 네가 이런 일을 처음 해본다니 네가 할 일은 사실 아무것도 없을 거다. 도망칠 위험도 없을 거고. 설령 네가 붙잡힌다 해도 직접 가담하지 않았으니 금세 풀려날 거야. 내가 무슨 짓을 저지르건 간에 거기 네가 가담하지 않았다는 게 금세 밝혀질 테니까."

결국 이런 꼬드김에 넘어간 나는 그와 함께 밖으로 나가게 되었다. 하지만 나는 이 새 친구가 지위가 아주 높은 도둑으로 평범한 소매치기보다 훨씬 높은 급의 소매치기이며 목표 또한 잭 소령보다 훨씬 더 크다는 걸 곧바로 알아차렸다. 그는 나보다 키가 더 큰 소년이었다. 나는 그 무렵 열다섯 살이었지만 또래 아이들보다 키가 작은 편이었다. 그리고 그때 하려는 일의 성격에 대해 완전히 문외한이었다. 사실 나는 내가 그런 일에 문외한이라는 걸 잘 알고 있었다. 내가 그런 일이 범죄란 걸 알게 된 건 한참 뒤의 일이었다. 나는 소매치기도 그저 하나의 직업이라고 생각하고 있었으며, 따라서 그런 직업의 견습생으로 나간 것이라고 생각하고 있었다. 사실 나는 그런 생각을 그때보다 더 어렸던 시절 내내, 그리고 소매치기 일당에 끼어 살던 시절 내내 품고 있었다. 그 세계에 발을 들여놓으려는 그 순간까지도 나는 그 일이 그저 붙잡히면 우리가 "물을 흠뻑 먹는다"고 표현하던 징벌, 즉 물속에 처박혀 숨을 헐떡이며 자맥질을 당하는 징벌만 당하면 된다는 식으로 이해하고 있었다. 나는 소매치기 범죄가 뉴게이트 감옥에 갇힐 정도로 중범죄란 사실을 한참 후에야 깨달았다. 나는 어른만큼 큰 몸집을 한 우리 일당 중 한 녀석이 죄의 대가로 교수형에 처해진 다음에야 비로소 그걸 깨달았다. 앞으로 서서히 이야기하겠지만 그때 나는 혼비백산, 두려움에 떨었다.

여하튼 나를 인도했던 소년의 부추김에 넘어가 가엾고 순진한 소년의 모습으로(지금도 기억나지만 그때 내 마음은 아주 편안했다) 나는 그와 함께 밖으로 나섰다. 사실 내 마음속에 악한 의도는 하나도 없었다. 나는 그때까지 어떤 물건도 훔쳐본 적이 없었다. 금은방 주인이 여기저기 돈 더미가 수북이 쌓여 있는 가게를 좀 봐달라고 맡겼을 때에도 나는 거기 손 한 번 안 댈 정도로 매우 정직한 소년이었다. 하지만 음흉한 유혹자 악마란 녀석이 아직 어린 소년이었던 내게 내 어린 마음에 맞는 방식으로 사악한 올가미를 던지며 유혹한 것이었다. 나는 소매치기 짓이 부정직한 일이라는 생각은 꿈에도 못 했고 앞서 말했던 것처럼 그저 하나의 직업이며 그래서 내가 견습생 실습에 나선 것이라고 생각했다. 그리고 나는 일단 그 방면에 들어섰으니 이제 물릴 수 없을 만큼 이골이 날 때까지 철저히 실습해야겠다고 생각했다. 그렇게 해서 나는 내 의도와 무관하게 도둑이 되었고 다른 어느 소년보다 더 오랫동안 그 일을 계속해나갔다. 그런 생활이 흔히 끝나게 마련인 기간을 넘어서서, 말하자면 유형수가 되어 식민지로 가는 배를 타게 되거나 교수대로 끌려가는 일을 당하지 않고 오랜 세월 동안 계속했다는 소리다.

새 실습 선생격인 동료와 출정나간 첫 날 그는 곧바로 시내 한복판으로 가서 제일 먼저 리버사이드 지역에 위치한 세관의 길쭉한 로비 방으로 나를 데리고 들어갔다. 우리는 둘 다 초라한 몰골을 한 거지들에 불과했고 나는 특히 더 심했다. 나를 데리고 간 동료는 그래도 머리에 모자를 쓰고 셔츠도 입은 데다 넥타이까지 하고 있었다. 나는 그 세 가지 중 하나도 갖추지 못했다. 이미 여러 해가 지났지만 사실 나는 보모가 돌아가시고 난 후 한참 동안 머리에 모자 같은 걸 쓰며 겉치레에 신경 쓴 적이 없었다.

그가 내게 지시한 사항은 우선 항상 자기를 볼 수 있는 가까운 곳에 있으라는 것이었다. 그러나 그는 자기와 너무 밀착해 있으면 안 되며, 자기가 내게 직접 다가올 때까지 자기를 주시해서도 안 된다고 말했다. 그리고 혹시라도 무슨 소동이 일어나면 절대로 자기를 아는 척해서는 안 되며, 조금이라도 관련이 있는 척해서도 안 된다고 말했다.

나는 그의 지시 사항을 정확히 따랐다. 그러는 동안 그는 방 안의 모든 구석들을 기웃거리며 돌아다녔고 모든 사람에게 시선을 던졌다. 나는 그를 똑바로 쳐다봤지만 세관의 그 긴 로비 방 반대편에서 핀을 줍는 체하며 항상 그와 멀리 떨어진 거리를 유지했다. 그러다 나는 실제로 바닥에서 핀들을 주워 소매에 붙였고, 상태가 양호한 핀들을 40개 내지 50개나 주을 수 있었다. 하지만 내 시선은 시종일관 동료에게 가 있었다. 그는 통관수속 증명서 발급과 기타 업무를 처리하느라고 바쁜 세관 관리들과, 책상 옆에서 볼일을 보고 있는 붐비는 사람들 사이를 꽤나 바쁘게 돌아다니고 있었다.

마침내 그가 내게 다가오더니 내 옆에 떨어져 있는 핀을 줍는 척하면서 몸을 숙이며 내 손에 뭔가를 전달하며 말했다.

"그거 잘 들어. 그리고 내 뒤를 따라 아래층으로 빨리 내려와."

그는 달리지는 않았다. 오히려 일정한 보폭으로, 발을 질질 끌며 사람들 사이를 천천히 헤치고 걸어갔다. 그는 우리가 들어올 때 사용했던 계단 쪽 큰 통로가 아니라 긴 방 반대편 끝 쪽에 있는 작은 계단 통로를 이용해 내려갔다. 나는 그 뒤를 따라갔다. 내가 뒤따르고 있다는 사실을 확인한 그는 계속해서 걸어갔다. 그런데 그는 내 예상처럼 아래층에서 걸음을 멈추지 않았다. 좁은 길과 골목길, 어두컴컴한 길을 수도 없이 지나치며 그는 단 한마디도 하지 않았다. 우리는 펜처치 가를 지나 빌리터 길로 접어들었고, 거기서 다시 레든홀 가로 들어섰다. 우리는 레든홀 시장까지 가게 되었다.

그날은 마침 고기 시장이 서는 날이 아니어서 우리는 푸줏간 판매대 한 곳 위에 앉을 수 있었다. 그는 자리에 앉자마자 맡긴 물건을 꺼내라고 말했다. 그가 내게 맡긴 물건은 조그만 가죽 서류 가방이었다. 안에는 프랑스 달력이 붙어 있고 꽤 많은 종류의 서류들이 들어 있었다.

서류들을 살펴보다가 우리는 그중에 매우 값나가는 귀중한 어음들이 들어 있는 걸 발견했다. 이를테면 환전어음이나 약속어음 같은 것들이었는데 나는 그때 그게 무슨 서류들인지 알지 못했다. 동료는 그중에 스티븐 에번스 경이 발행한 어느 금은방 업자 소유의 어음이 있는데, 그곳에 요구만 하면 어음 소지자에게 즉시 300파운드를 지급하라는 내용이 적혀 있다고 설명했다. 그 어음 말고 다른 금은방 업자 소유의 12파운드 10실링짜리 어음도 있었지만 어음 발행인 이름은 생각나지 않는다. 프랑스어로 쓰인 어음도 한두 장 들어 있었지만 우리 둘 다 그 내용을 알 수 없었다. 하지만 공인된 외국 어음이라고 부르는 것이었으니 매우 귀중한 어음이었을 것이다.

내 선생이었던 동료 소매치기는 금은방 업자들 소유의 어음 내용을 잘 알았다. 나는 그가 스티븐 경이 발행한 어음 내용을 읽으면서 "이건 너무 거액이라 건드리면 귀찮아"라고 말하는 소리를 들었다. 하지만 그는 12파운드 10실링짜리 어음을 읽으면서 이렇게 말했다.

"이건 돈 좀 되겠다. 자, 가자, 잭."

그는 롬바드 가까지 달려갔고 나도 다른 서류들을 허둥지둥 케이스에 집어넣은 뒤 그 뒤를 따랐다. 가면서 그는 어음에 적힌 이름을 물어보고 즉시 해당 상점으로 들어갔다. 그는 매우 심각한 표정을 지었으며 제지를 당하거나 질문을 받지 않고 바로 돈을 지불받았다. 나는 길 건너편에서 그쪽을 바라보고 있었다. 거리의 다른 행인들에게는 관심이 없었으므로 나는 그가 서류 케이스에서 문제의 어음을 꺼내 제시하는 모습을 예의 주시했다. 그의 모습은 그런 일에 아주 익숙하며 그 어음 말고 다른 어음들도 갖고 있다는 듯한, 다른 상점 주인의 심부름꾼 같은 모습이었다.

상점 사람들은 그에게 어음 액수를 금화로 지불했다. 그는 받은 돈을 서둘러 센 뒤 상점 밖으로 나왔다. 그러더니 그는 길을 건너와 나를 그냥 지나쳐 곧바로 건너편 스리 킹 궁 쪽으로 걸어갔다. 그곳에서 우리는 다시 길을 건너 강변 지역 코울 선착장 쪽으로 갔고, 거기서 1페니를 주고 소형 보트를 빌려서 강 건너 세인트 메리 오베르 교회 연결 계단까지 가서 내렸다. 그곳에 이르러서야 우리는 비로소 충분히 안심이 되었다.

그곳에 이르자 그가 내게 몸을 돌리며 말했다.

"잭, 너 정말 행운아인가보다. 우리 오늘 정말 수지맞았다. 세인트 조지 벌판으로 가서 전리품을 나누자."

우리는 벌판으로 가서 길에서 멀찌감치 떨어진 한적한 풀밭 위에 앉았다. 돈을 꺼내며 그가 말했다.

"이것 좀 봐라, 잭. 너 평생 이런 돈을 본 적 있니?"

"아니, 한 번도 없어"라고 대답하며 나는 이렇게 덧붙였다. "그런데 이걸 우리가 다 갖는 거야?"

"다 갖고말고. 아니면 누가 갖는단 말이야?" 그가 말했다.

"어음을 잃어버린 주인이 한 푼도 되찾을 수 없단 말이야?" 내가 말했다.

"뭐라고? 주인이 돈을 되찾는다고? 대체 그게 무슨 소리냐?" 그가 말했다.

"글쎄, 잘 모르겠지만 네가 주인이 어음 한 장은 되찾게 해줄 거라고 말했잖아. 네가 감당하기에 너무 큰 액수라고 하면서."

내 말을 듣고 그가 낄낄 웃으면서 말했다.

"잭, 너 아직 애송이로구나. 하긴 사실 그렇지. 그러나 그 정도로 철부지인 줄은 몰랐는데." 그러면서 그는 짐짓 진지한 태도로 내게 다음과 같이 사정을 설명해주었다.

"스티븐 에번스 경의 어음은 300파운드짜리 거액 어음이야. 그런데 가난한 거지 소년에 불과한 내가 찾아가서 감히 그 돈을 지급해달라고 하면 사람들은 먼저 그걸 어떻게 손에 넣었느냐고 물어볼 거야. 그리고 그들은 내가 그걸 우연히 주웠거나 훔쳤다고 하면서 분명히 나를 붙잡고 내게서 어음을 빼앗을 걸. 그러면 나는 곤란한 처지에 놓이게 되겠지. 그런 일에 귀찮게 휘말리기 싫어서 어음 액수가 너무 크다고 말했던 거야. 돌려줄 방법만 안다면 어음을 잃어버린 주인에게 되돌려줄 용의가 있다고도 분명히 말했고. 하지만 잭, 현금은 달라. 분명히 말하지만, 우리 손에 들어온 현금은 절대로 주인에게 돌려줘선 안 돼. 이 서류 케이스를 잃어버린 주인이 누군지는 모르지만, 아마 잃어버리자마자 즉시 금은방 업자들에게 달려가서 누구든 어음 지급을 요구하는 자가 찾아오면 반드시 잡아놓으라고 벌써 통지해 놓았을 거야. 그런데 내 경우는 그런 심부름을 하러 왔다고 말하기에는 나이가 너무 많아."

"그렇구나." 내가 말했다. "그럼 그 어음을 어찌 할 건데? 혹시 버릴 거야? 버린다면 누군가가 주워서 대신 차지할 텐데."

"절대로 그렇지 않아." 그가 말했다. "만약 그렇다면 아까 내가 그리 될 거라고 장담한 대로 사람들이 그를 붙잡아서 조사할 걸."

나는 그의 모든 말이 무슨 소린지 확실히 이해하지 못했다. 그래서 그 문제에 대해서는 더 이상 말하지 않기로 했다. 어쨌든 우리는 곧 돈을 나누기 시작했다. 나로서는 평생 그렇게 많은 액수의 돈을 한꺼번에 본 게 처음이었다. 그래서 한두 차례 동료에게 내 대신 내 몫의 돈을 맡아달라고 부탁할까 생각했다. 아마 그랬다면 정말 철부지 같은 행동이었을 것이다. 그에게 나쁜 일이 일어나지 않는다 하더라도 그 돈에 대해 다시는 얘기를 듣지 못했을 것이기 때문이다.

다행히 나는 그런 부탁을 입 밖에 꺼내지 않았다. 그는 매우 정직하게 돈을 나누었다. 물론 그는 다소 입장을 바꾸기는 했다. 그는 훔친 돈 절반을 나누어 주겠다고 약속한 게 사실이지만 내가 그런 일에 참여한 게 처음인데다 내가 기여한 것이라고는 그저 망을 본 것밖에 없으니 자기가 더 많은 몫을 갖는 게 당연하다고 생각한다고 말했다. 훔친 어음을 제시하여 얻게 된 현금은 총 12파운드 10실링이었다. 그는 우선 그걸 정확히 6파운드 5실링씩 두 몫으로 나누었다. 그런 다음 그는 내 몫에서 1파운드 5실링을 떼며 그건 마수걸이 축하금으로 내가 당연히 그에게 지불해야 할 몫이라고 주장했다.

"그래 좋아, 가져. 네가 더 갖는 게 당연해." 나머지 돈을 집으면서 내가 말했다. "그런데 이 돈을 어찌하지? 돈을 보관할 데가 없는데."

"옷에 호주머니 없어?" 그가 물었다.

"있지만 전부 구멍이 숭숭 나 있어." 내가 대답했다.

돈 생각만 하면 뿌듯했지만 정말이지 어찌 처리해야 할지 모를 만큼 많은 돈이 생겼다는 생각이 들었다. 내게는 집도 없었고 돈을 숨겨둘 상자나 서랍 같은 것도 없었다. 내 옷에는 구멍이 숭숭 뚫린 호주머니 말고 멀쩡한 호주머니도 없었다. 세상 천지에 내가 찾아가서 돈을 맡아달라고 부탁할 만한 사람이 한 명도 없었다. 가난하고 헐벗은 거지 소년에 불과한 내가 돈을 가진 걸 본다면 사람들은 즉시 내가 누군가를 털었다고 의심하며 붙잡을 것이었다. 다른 나라에서는 종종 그런다고 사람들이 말하듯이, 나 같은 처지에서는 내가 가진 돈 자체가 내 범죄 행위를 입증할 증거물이 될 터였다. 많은 돈을 갖게 되었어도 갑갑하게도 그만큼 많은 근심거리가 생긴 셈이었다. 도대체 돈을 어디다 둬야 안전하게 보관할 수 있을지 도무지 알 수 없었다. 다음 날 온

종일 그 문제에 대해 오랫동안 골몰하기도 했고 너무 초조하기도 해서 마침내 나는 주저앉아 엉엉 울기까지 했다.

그날 밤 밤새도록 돈보다 더 나를 당황하게 만든 건 없었다. 결국 나는 한동안 돈을 손에 직접 들고 다녔다. 14실링을 뺀 나머지 액수가 1기니짜리 금화 네 개였기 때문에 그게 가능했다. 사실 14실링이 4기니보다 더 갖고 다니기가 어려웠다. 마침내 나는 앉아서 신발 한 짝을 벗고 4기니를 그 안에 넣었다. 그러나 그런 모습으로 한참 걸어갔더니 신발 때문에 발이 너무 아파서 걸을 수 없었다. 나는 어쩔 수 없이 다시 앉아서 신발에서 돈을 꺼내 다시 손에 들고 다녔다. 그러던 중 마침 거리에서 더러운 리넨 천 조각을 발견했다. 나는 그걸 주워 돈을 전부 거기 넣고 싸서 들고 다니기로 했다. 썩 괜찮은 방법이었다. 그 후 사람들이 돈에 대해 얘기하며 돈 나올 구멍이 없을 때, "더러운 천 조각에 싸인 돈이라도 있으면 좋겠다"라고 말하는 소리를 들었는데 실제로 내 돈이 바로 그런 "더러운 천 조각"에 싸인 돈이었다. 게다가 그 돈은 사람들이 말하는 "더러운" 돈이기도 했다. 어쨌든 편히 쉴 수 있는 개천가에 이를 때까지 그 천 조각이 내게 많은 도움이 되었다. 나는 그곳에 앉아서 개천물에 천 조각을 깨끗이 빤 후 다시 그 안에 돈을 넣었다.

나는 유리공장 거처로 돌아왔다. 그런데 잠자리에 들 때 다시 돈 때문에 걱정이 되기 시작했다. 함께 있던 녀석들 누군가에게 알려지면 아마 석탄재에 처박혀 질식사를 당하고 돈을 강탈당할지 몰랐다. 아니면 내게 이런저런 잔혹 행위가 가해질지도 몰랐다. 결국 나는 어찌할 바를 모르고 돈 꾸러미를 손에 쥐고 그걸 가슴에 올려놓은 뒤 눕기로 했다. 그러나 이미 잠은 저만치 달아나 버린 뒤였다. 아아! 인간의 근심이란 얼마나 무거운 것인가! 그 전에는 벽돌조각 위이든, 돌 더미 위이든, 석탄재 속이든, 그 어느 곳이든 간에 부자가 푹신푹신한 솜털 침대 위에서 자는 것 못지않게 깊고 달콤한 잠을 잘 잘 수 있는 가난한 거지 소년 주제였던 내가, 이제 몇 푼 안 되는 돈을 갖게 되었다고 잠을 못 이루는 처지가 된 것이었다.

깜박 잠이 들 때마다 나는 돈을 잃어버리는 꿈을 꾸며 공포에 질린 사람처럼 소스라치게 놀라 깨곤 했다. 그리고 돈이 손에 무사히 쥐여 있는 걸 발견하고 다시 잠을 청하려고 애썼다. 그러나 그러고 나면 한참 동안 잠이 오지 않았고 잠이 들더라도 깜짝 놀라 다시 깨곤 했다. 그러다 이번에는 만약 깊은 잠이 들어 혹시 돈 꿈을 꾸다가 잠결에 내게 돈이 있다는 잠꼬대라도 하면 어찌 될까 하는 걱정이 들기 시작했다. 그런 일이 일어난다면 무리 중 한 녀석이 그걸 엿듣고 내가 깨지 않게 몰래 내 가슴과 손에서 돈 꾸러미를 빼낼지 몰랐다. 그런 생각이 들기 시작하자 더 이상 한숨도 잘 수 없었다. 결국 나는 밤새도록 근심과 걱정에 싸여 날밤을 새우고 말았다. 장담컨대, 아마 그날이 그런 근심과 돈이라는 존재의 기만적인 속성 때문에 내가 잠을 설친 첫날이었을 것이다.

날이 밝자마자 나는 누워 있던 석탄재 구덩이에서 나와 스텝니 동네 쪽으로 가는 벌판 이곳저곳을 쏘다녔다. 그리고 그곳에 도착하자 대체 돈을 어찌할까 다시 곰곰이 생각하고 또 생각해 보았다. 차라리 돈이 안 생겼더라면 좋았을 거라는 생각이 수도 없이 들었다. 아무리 머리를 짜내도 대체 돈을 어찌해야 할지, 어디다 두어야 할지, 어떻게 해야 안전하게 보관할지, 단 하나라도 그 해답이나 가능한 방법을 생각해낼 수 없었다. 결국 돈 생각에 너무 당혹스러워서 나는 앞서 말했던 것처럼 자리에 주저앉아 엉엉 울고 말았다.

그러나 실컷 울고 나도 상황은 달라진 게 없었다. 돈은 여전히 그대로 있었고 그걸 어찌해야 할지 나는 여전히 몰랐다. 그때 불현듯 구멍이 나 있는 나무를 찾아서 그 구멍 안에다 돈을 감추면 되겠다는 생각이 떠올랐다. 당시로서는 그런 발상이 꽤 그럴 듯하다 싶어 나는 그런 나무가 있는지 주변을 둘러보았다. 그러나 스텝니 동네나 마일 엔드 동네 근처에는 그런 목적에 맞는 나무가 없었다. 꼼꼼히 찾아보면 혹시 그런 나무가 있을지 몰랐지만 그곳 벌판은 사람들의 왕래가 너무 잦은 곳이라 뭘 숨기려고 하면 사람들이 바로 알아차리기 쉬울 것 같았다. 실제로 나는 사람들이 내 행동을 엿보고 있다고 생각했다. 특히 웬 남자 두 명이 내가 뭘 하려고 하는지 궁금해서 뒤따라오고 있다는 생각까지 들었다.

그런 생각이 들자 나는 더 멀리 갈 수밖에 없었다. 나는 마일 엔드 동네의 큰 길을 건너 중심부를 지나 베드널 그린 지역에 있는 브라인드 배거스 동네로 가는 좁은 길까지 내려갔다. 그 길에 들어선 지 얼마 안 되어 나는 들판에 작은 오솔길이 나 있는 걸 발견했다. 그 오솔길로 들어서니 돌아가는 길모퉁이에 나무 몇 그루가 서 있는 것 같았다. 가서 보니 마침 그중 한 그루의 위쪽 부분, 즉 사람 손이 닿지 않는 곳에 구멍이 나 있는 게 아닌가. 나는 구멍을 직접 확인해 보려고 나무를 기어 올라갔다. 그리고 그곳에 올라가서 구멍 안에 손을 넣어 보고 그곳이 돈을 보관하기에 아주 적절한 장소라고 생각했다. 마침내 나는 구멍 안에 내 보물을 집어넣었고 아주 만족했다. 그런데 아뿔싸! 일이 생기고 말았다. 돈을 좀더 편리한 장소로 옮기려고 구멍 안으로 다시 손을 집어넣은 순간, 갑자기 돈 꾸러미가 손에서 미끄러져 구멍 아래쪽으로 떨어져내렸다. 나는 곧바로 나무의 속이 텅 비어 있다는 걸 발견했다. 그러니 작은 돈 꾸러미는 손이 전혀 닿을 수 없는 구멍 안 밑바닥까지 떨어져버린 것이었다. 얼마나 멀리 떨어졌는지 알 수 없는 노릇이었다. 다시 말하자면 돈이 사라져버린 것이었고 다시 찾을 길 없이 잃어버린 것이었다. 엄청나게 큰 나무여서 돈을 되찾을 수 있는 희망의 여지는 전혀 없었다.

어린 나이였지만 나는 내가 얼마나 바보 같았는지 그제야 깨달을 수 있었다. 돈을 보관할 방법을 몰라 그렇게 멀리까지 나와서 팔도 안 닿는 나무 구멍 안에 돈을 내던지다니! 나는 다시 한 번 구멍 안으로 손을 들이밀면서 기를 쓰며 팔꿈치 끝부분까지 넣어보았다. 그러나 바닥이 전혀 느껴지지 않았다. 도대체 구멍 끝이 어딘지 도무지 알 수 없었다. 나뭇가지를 꺾어 구멍 안으로 한참 들이밀어보기도 했다. 그러나 모든 게 마찬가지였다. 울음이 나오기 시작했다. 아니, 큰 소리로 엉엉 울기 시작했다. 나는 너무나 화가 나서 나무에서 내려왔다가 다시 올라갔다. 그리고 다시 한 번 손을 구멍 안으로 들이밀었다. 팔이 까지고 피가 날 때까지 그랬다. 그러는 동안 나는 계속해서 엉엉 울었다. 갑자기 내게 롤빵 한 개를 사 먹을 수 있는 반 페니 동전 한 닢조차 없다는 생각이 떠올랐다. 배도 몹시 고팠다. 또다시 엉엉 울음이 나왔다. 나는 절망에 빠져 울면서 나무 아래로 내려왔고, 채찍질을 당하는 어린아이처럼 울부짖었다. 그리고 나는 조금 있다가 또다시 나무를 기어올라갔다. 그런 식으로 나는 나무를 오르내리는 일을 수도 없이 반복했다.

가장 마지막으로 나무에 올라갔다 내려오면서 나는 공교롭게도 올라갔던 쪽으로 내려오지 않고 반대편으로 내려왔다. 비탈면의 반대쪽이기도 했다. 그런데, 이게 웬일인가! 그쪽 편 나무 밑둥치에 커다란 구멍이 나 있는 게 아닌가! 속이 텅 빈 고목나무에 종종 나 있는 것 같은 구멍이었다. 구멍 틈새로 들여다보니, 말로 표현할 수 없을 만큼 기쁘게도 그 안에 내 돈과 누더기 조각이 바닥에 떨어져 있었다. 처음에 구멍에 밀어 넣었던 대로 돈이 천 조각에 둘둘 말린 형태 그대로였다. 나무 안은 위쪽은 텅 비어 있었지만 그 아래에 이끼인지 뭔지 모르는 부드럽고 가벼운 물질이 차 있었는데, 그것들은 손에서 떨어져 내린 내 돈 꾸러미를 나무 안 어딘가에 걸려 있게 하기엔 역부족이었다. 따라서 돈 꾸러미가 미끄러지듯 단박에 바닥까지 떨어져내린 것이었다.

나는 아직 어린아이에 불과했다. 따라서 나는 어린아이답게 기뻐했다. 돈 꾸러미를 다시 보게 되자 나는 큰소리로 만세를 불렀다. 나는 즉시 구멍 틈새 안으로 손을 밀어 넣어 돈 꾸러미를 낚아챘다. 아마 돈을 싼 더러운 천 조각을 가슴에 안고 거기 백 번은 더 입맞춤을 했던 것 같다. 나는 신이 나서 춤까지 추며 주변을 펄쩍펄쩍 뛰어다녔다. 나는 벌판 한쪽 끝에서 다른 쪽 끝까지 내달리기도 했다. 간단히 말해 나는 내가 무슨 행동을 하는지 모르고 제정신이 아니었다. 물론 나는 방금 전에 일어난 일을 결코 잊지 않으려고 했다. 나는 돈을 잃어버렸다고 생각하며 가슴이 철렁 내려앉았던 절망감과, 돈을 다시 찾은 뒤에 홍수처럼 밀려든 압도적인 황홀감을 모두 잊지 않으려고 했다.

앞서 말한 대로 돈을 되찾은 뒤 황홀감이 밀려들었을 때 나는 너무 기쁜 나머지 이리저리 뛰어다녔고 내가 무슨 행동을 하는지도 몰랐다. 이윽고 그런 감정이 잦아들자 나는 자리에 앉아 돈이 든 더러운 천 조각 꾸러미를 헤치며 그것에 말까지 붙였다. 돈은 모두 그대로 안에 있었다. 나는 돈을 잃어버렸다고 생각하고 그랬을 때와 같이 엉엉 울기 시작했다.

돈을 되찾고 나서 느낀 황홀한 기쁨과 만족감에 빠져 내가 했던 어린아이 다운 행동을 계속 이야기한다면 독자 여러분께서 지루하실 것이다. 그러니 그 이야기는 이쯤에서 그만두겠다. 황홀한 기쁨이란 슬픔처럼 도가 지나칠 수 있다. 어른이 된 후 나는 종종 만약 그때 내게 일어났던 일, 즉 가진 돈을 모두 잃고 깨끗이 포기한 후 빵 조각 하나 사 먹을 수 없는 처지였다가 갑자기 돈을 다시 찾는 일이 어른에게 일어났다면, 아마 그가 너무 기쁜 나머지 자해를 할 위험을 초래했을지 모른다는 생각을 했다.

어쨌든 나는 내 돈을 되찾았다. 돈을 다시 꾸리기 전에 나는 6펜스를 꺼내 마일 엔드 동네에 있는 빵가게에서 롤빵 반 페니어치와 치즈 반 페니어치를 샀다. 그리고 가게 문 앞에 앉아 몹시 게걸스럽게 먹었다. 마실 맥주를 부탁하자 착한 주인 아주머니는 맥주를 넉넉히 주었다.

그런 다음 나는 동료들 중 누군가를 만날까 싶어 다시 시내로 들어왔다. 이제 다시는 속이 빈 구멍 난 나무 따위는 찾지 않기로 했다. 나는 화이트 채플 교회 근처를 지나면서 교회 건너편에 있는 고물상을 들렀다. 헌 옷가지를 파는 곳이었다. 내 몸에 걸치고 있는 옷이라고는 형편없이 낡아빠진 누더기뿐이었다. 가게 앞에서 걸음을 멈추고 문 앞에 걸려 있는 옷들을 구경하고 있는데 문가에 서 있던 아저씨가 말을 걸어왔다.

"어이, 어린 도련님, 뭔가 원하는 게 있는 모양이군. 마음에 드는 게 있나? 당장 멋진 외투라도 사 입을 주머니 사정이 되는 모양이지? 차림새로 봐선 누더기나 걸치고 다닐 거지 패거리 아이 아닌가 싶은데."

아저씨의 말을 듣고 모욕감을 느낀 나는 이렇게 말했다.

"내가 누더기를 걸치고 있건 말건 그게 아저씨랑 무슨 상관이에요? 맘에 드는 옷만 찾으면 그걸 살 돈이 있다고요. 하지만 구경만 한 것 가지고 그토록 거만하게 구니 다른 곳을 찾아봐야겠네요."

이렇게 그에게 불손하게 말하고 있는데 이번엔 아주머니가 밖으로 나왔다. 그녀가 아저씨에게 말했다.

"대체 무슨 일인데 그렇게 손님을 윽박질러 쫓아내요? 가난뱅이 아이 돈도 시장님 돈이나 마찬가지로 소중해요. 가난한 사람들이 헌 옷을 안 사면 우리 장사는 어쩌란 말이에요?"그러면서 그녀는 나를 향해 말했다.

"얘야, 이리 오너라. 우리 가게 물건들 중에 혹시 맘에 드는 게 있으면 저 아저씨랑 상대할 필요 없어. 너 참 착하게 생겼구나." 그러면서 그녀는 마침 가게에 들어선 다른 여자 손님에게 "안 그래요?" 하며 동의를 구했다. 그러자 그 여자도 그 말에 동의했다.

"그렇네요. 아주 잘생겼어요. 깨끗하게 씻기고 옷만 잘 입히면 우리가 아는 여느 양갓집 도련님 못지않겠어요. 잘 차려 입은 도련님 말이에요."

"자, 이리 오너라, 얘야. 입고 싶은 게 뭔지 말해보렴." 주인 아주머니가 다시 말했다.

양갓집 도련님 같다는 말을 들으니 기분이 썩 좋아졌고 옛날 생각도 났다. 하지만 내가 더럽고 누더기를 걸쳐 입고 있다는 말을 들었을 때는 울음이 터져 나왔다.

아주머니는 나를 안으며 원하는 물건을 찾았는지 말하라고 했다. 나는 "아니에요, 아주머니. 여기 있는 옷은 모두 내게 너무 커요"라고 대답했다.

"이리 와봐라, 얘야. 여기 네게 잘 맞는 모자와 옷이 있어. 분명히 둘 다 사고 싶을 거다. 자, 이건 작은 중절모인데 그냥 공짜로 줄게." 내게 모자를 건네며 그녀가 말했다. "자, 여기 멋지고 따뜻한 바지도 있네. 분명히 네게 잘 맞을 거다. 몸에 꼭 끼는 아주 멋진 옷이야. 이 옷을 살 돈이 네게 있다면 말이다. 여기 이 멋진 호주머니들 좀 봐라. 아마 너는 이런 호주머니들이 어디 쓰이는지도 모를 거다. 그리고 여기 금화도 넣을 수 있고 혹시 시계가 생기면 시계도 넣을 수 있는 조그만 동전 주머니도 있단다."

묘한 기쁨과 함께 드디어 돈을 넣을 곳이 생겼고 이제 다시는 텅 빈 나무 구멍 속에 돈을 넣지 않아도 되겠다는 생각이 들었다. 나는 곧바로 아주머니 손에서 낚아채듯이 옷을 건네받았다. 나는 진작 이런 바지를 사야겠다고 생각하지 못한 자신이 정말 바보 같다는 생각이 들었다. 바지만 샀으면 돈을 집어넣을 호주머니가 있었을 것이고, 그러면 이틀 동안 돈을 직접 손에 들고 다니거나 신발에 넣고 다닐 필요가 없었을 것이다. 그리고 돈을 어찌해야 할지 몰라 전전긍긍할 필요도 없었을 것이다. 나는 아주머니에게 2실링을 주고 바지를 샀다. 그리고 교회 경내에 들어가서 바지를 갈아입고 새로 생긴 호주머니 안에 돈을 넣었다. 그러고 나니 멋진 마차와 여섯 필의 말들을 보고 기뻐하는 왕자님처럼 뿌듯한 기분이 들었다. 나는 다시 아주머니에게 가서 공짜로 준 모자에 대해 고마움을 표하고, 돈이 더 생기면 다시 와서 원하는 걸 더 사겠다고 말하고 가게를 나왔다.

사실 나는 아직 어린아이였다. 그러나 돈을 넣을 호주머니가 생기자 갑자기 어른이 되었다는 생각이 들었다. 나는 곧바로 돈을 벌게 해준 동료를 찾아 나섰다. 그러나 나는 그가 브라이드웰 형무소로 잡혀갔다는 소식을 듣고 넋이 나갈 정도로 소스라치게 놀랐다. 훔친 가죽 서류 케이스 때문에 그렇게 된 게 틀림없었다. 나도 끌려갈지 모른다는 점에 의문의 여지가 없었다. 가엾은 잭 대위 형의 일이 떠올랐고 나도 잔혹한 매질을 당할지 모른다는 생각이 들었다. 극도로 공포감이 몰려와 나는 어찌할 바를 몰랐다.

그런데 오후가 되었을 때 나는 문제의 동료를 다시 만날 수 있었다. 서류 케이스 사건 때문에 브라이드웰 형무소로 끌려가긴 했지만 다행히 다시 풀려났다는 것이었다. 사건의 전말은 이랬다. 그 전날 세관에서 엄청난 행운을 잡았다는 생각에 그는 다시 그곳을 찾았다. 그리고 다시 로비 방에 들어서서 입을 벌리고 주변을 주시하고 있는데 웬 남자가 그를 붙들며 뒤에 앉아 있던 직원에게 이렇게 말했다.

"바로 이놈이 어제 그 신사가 서류 케이스와 금은방 업자 어음을 잃어버렸을 때 이곳을 어슬렁거리고 있었다고 내가 말한 놈입니다. 이놈이 그 물건을 훔친 장본인이 틀림없습니다."

순식간에 사람들이 동료의 주변에 몰려들었고 그에게 사실대로 불라고 노골적으로 윽박질렀다. 하지만 내 동료는 그런 비난에 겁을 먹어, 사람들이 증거를 댈 수 없을 거라고 생각하는 범행 사실을 정직하게 불기에는 그런 일에 이골이 난 소년이었다. 게다가 그는 사건과 관련된 증거물을 몸에 하나도 지니고 있지 않았다. 그는 돈도 6펜스와 더러운 동전 몇 닢 밖에 가지고 있지 않았다.

사람들이 그를 협박하고, 잡아끌고, 등 쪽 옷자락이 찢어질 정도로 당겨도 보았지만 헛수고였다. 세무 감독관들도 그를 심문했지만 모든 게 똑같았다. 그는 아무것도 자백하지 않고 이런 말만 했다.

"저는 전에도 그랬고 지금도 그렇지만 그저 이리저리 오가며 구경만 했어요." 전에도 그곳에 와본 적이 있다는 사실은 자백을 했기 때문에 그렇게 말한 것이었다.

어쨌든 어떤 점에서든 그에게 불리한 증거는 하나도 없었다. 서류 케이스에 대해서도 마찬가지였다. 사람들은 어쩔 수 없이 그를 풀어줄 수밖에 없었다. 그들은 혹시라도 뒤늦은 자백을 받아낼 수 있을까 싶어서 그를 브라이드웰 형무소까지 데려가는 척하며 형무소 정문까지 그를 끌고 갔다. 그래도 그는 끝까지 자백하지 않았다. 그들은 구속영장을 갖고 있지 않았다. 그러니 함부로 그를 형무소 안으로 끌고 들어갈 수 없었다. 끌고 들어간다 해도 수감에 필요한 영장을 갖고 있지 않으니 형무소 직원들이 그를 받아들일 리가 만무했다.

그런 식으로 그에게서 얻어낼 게 아무것도 없자 그들은 그를 한 술집으로 데려간 뒤, 잃어버린 서류 케이스 안에 귀중한 어음들이 들어 있으며, 그것들은 물건을 훔친 범인에게는 아무런 쓸모도 없는 어음들일 거라고 말했다. 그들은 하지만 그 어음들이 분실한 신사에게는 엄청난 손해를 입힐 수 있으며, 그 때문에 사건 당시 현장에 신사와 함께 있었고 내 동료를 붙잡았던 남자가 말을 걸었던, 직원에게 혹시 어음을 돌려주러 오는 사람이 있으면 그가 누구든 간에 그 신사가 보상금으로 30파운드를 지급하겠다는 말을 남겼다고 말했다. 그리고 그들은 그 신사가 어떤 소동도 피우지 않을 것이며 어음을 가져오는 사람이 원하는 모든 안전을 보장하겠다는 말도 했다고 말했다.

동료는 사람들의 손에서 풀려나자마자 곧바로 나를 만났던 것이었다. 그는 내게 위의 사실을 다 설명한 후 이렇게 말했다.

"나는 아무것도 자백하지 않았어. 그래서 무사히 무죄 상태로 풀려나 돌아올 수 있었어."

"잘 했다. 그런데 그 서류 케이스와 어음들은 대체 어쩔 셈이야? 불쌍한 주인에게 되돌려주어야 하는 거 아냐?" 내가 물었다.

"안 돼. 나는 안 돼. 그 사람들은 믿을 수 없어. 그리고 어음에 신경 쓸 일이 뭐가 있냐?" 그가 말했다.

비록 어린 나이였지만 내 머릿속에는 그런 엄청난 액수의 어음들을 주인에게서 훔친 일은 정말 안 될 일이라는 생각이 들었다. 그리고 그런 일을 했는데도 아무런 이익도 얻지 못한다는 것도 유감스러웠다. 나는 어음 주인은 돈을 다 잃어버리게 되었는데 훔친 사람은 아무런 이익도 못 얻고 어음들을 그냥 가지고 있다는 것, 그래서 그 주인을 쫄딱 망하게 한다는 게 너무나 이상했다. 당시 그 문제로 꽤나 곰곰이 숙고했던 게 기억난다. 상황을 완전히 이해한 건 아니었지만 그 문제는 계속해서 내 마음을 짓눌렀다. 그래서 나는 시간이 날 때마다 제발 어음을 주인에게 돌려주자고 동료에게 간청했다. 나는 "제발, 제발 부탁이야"라고 말하며 그를 귀찮게 했고 마침내 엉엉 울기까지 했다. 그는 이렇게 말했다.

"대체 왜 내 죄를 들춰내 나를 브라이드웰로 보내고 네 형 잭처럼 매질을 당하게 하려는 거냐?"

"아냐, 매질을 당하게 하려는 게 아냐. 다만 주인에게 어음들을 돌려만 주라는 거야. 네게는 아무 소용없는 어음들이지만 그 주인은 그것들이 없으면 완전히 망할지 모른다고 해서 그래. 그러니 제발 돌려주자." 내가 말했다.

갑자기 그가 나를 꽉 움켜쥐며 소리쳤다.

"젠장, 대체 어떻게 돌려준단 말이야? 누가 그 어음들을 들고 가냐고? 분명히 말하지만 나는 안 된다니까. 아마 내가 가면 나를 즉시 붙잡아 놓고 금은방 업자를 불러 대질시킬 거야. 나를 아는지, 내가 돈을 받아 갔는지 확인할 거라고. 그러면 내 절도 행위는 바로 입증될 거고 나는 교수형에 처해질 거야. 잭, 너 설마 내가 교수형에 처해지는 걸 바라는 건 아니겠지?"

그 말을 듣고 나는 한동안 침묵을 지켰다. "잭, 너 설마 내가 교수형에 처해지길 바라는 건 아니겠지?"라는 말을 들었을 때 사실 나는 아무 말도 할 수 없었다. 그러나 그 일이 있고 하루가 지난 뒤 동료는 나를 불러 이렇게 말했다.

"이봐, 잭 대령, 어음 주인에게 어음을 되돌려줄 방법이 생각났다. 잘만 되면 너랑 나랑 엄청나게 큰 돈을 벌 수 있을 거야. 단, 내가 너한테 그랬듯이 너도 나한테 정직하게 굴어야 해."

"로빈(이게 그의 이름이었다), 정말이지, 나는 아주 정직한 사람이야. 대체 그 방법이란 게 뭔지 말해봐. 어음을 돌려주는 일이라면 기꺼이 뭐든 할 테니." 내가 말했다. 그는 이렇게 대답했다.

"뭐냐 하면 말이지, 어음들을 갖고 오는 사람이 누구든, 세관 로비 직원에게 그것들을 돌려주기만 하면 그에게 30파운드를 보상금으로 주고 아무것도 묻지 않겠다고 어음 주인이 말했다는 거 아니냐. 그러니 순진한 가난뱅이 꼬마인 네가 그 세관 직원을 찾아간다면 통할지 모른다는 거지. 가서 그에게 어음 주인이 정말로 약속대로 행한다면 지금 어음들을 가지고 있는 사람이 누군지 알아낼 수 있을 것 같다고 슬쩍 얘기를 흘려보라는 거야. 만일 그들이 너를 예의 바르게 대접하며 약속을 지키겠다고 말하면, 그때 서류 케이스를 돌려주라는 거야."

나는 그렇게 하겠다고 동의하며 세관 직원을 기꺼이 찾아가겠다고 말했다. 그가 말했다.

"하지만 잭 대령, 그들이 너를 붙잡고 매질을 하겠다고 위협하면 어쩔래? 나를 배반하고 내 정체를 불지 않을 자신 있어?"

"자신 있어. 매 맞아 죽는 한이 있더라도 배반 안 할게."

"좋아. 그럼 저기 서류 케이스가 있으니 한번 가지고 갔다 와봐." 그가 말했다. 그는 내가 취할 행동 요령과 말할 내용을 지시했다. 하지만 나는 서류 케이스는 가지고 가지 않겠다고 말했다. 사실 나도 그들이 약속을 깨고 나를 붙잡아서 죄를 뒤집어씌운 뒤 그 케이스를 증거물로 삼아 나를 고소할까봐 염려가 됐다. 그래서 일단 서류 케이스는 그에게 두고 가기로 했다.

다음 날 아침 나는 로빈과의 약속대로 세관으로 갔다. 내가 받은 지시 사항이 무엇인지는 반복을 피하기 위해 그때 무슨 일이 일어났는지 보면 알 것이다. 사실 이런 심부름은 나 같은 아이에게 믿고 맡기기에는 너무 중요한 일이었다. 아직 어린 나이였지만 나는 이미 어느 정도 범죄 성향을 띤 부랑아였다.

내가 단단히 무장하듯 지니고 갔던 생각 두 가지가 있었다. 첫째, 어음 주인에게 반드시 어음들을 돌려주어야 한다는 생각이다. 나는 주인이, 순전히 우리가 서류 케이스를 돌려주지 않았다는 이유 때문에, 엄청난 돈을 잃게 된다는 게 너무나 끔찍한 일이라고 생각했다. 둘째, 내게 무슨 일이 일어나든 주범인 로빈의 이름은 절대로 발설하지 않겠다는 생각이다. 비록 어린아이였지만 나는 남자답게 그 두 가지 생각만은 정직하게 꼭 지키겠다고(반드시 그래야 하는 일이었다) 굳게 다짐하며 세관 로비 방으로 들어갔다.

서류 케이스가 놓여 있던 현장에 들어서자마자 나는 문제의 직원이 여전히 전에 앉았던 자리에 앉아 있는 걸 발견했다. 그는 그날 이후 쭉 그 자리에 앉아 있는 것 같아 보였지만 정말 그랬는지는 알 수 없는 일이다. 어쨌든 나는 그리로 가서 방의 옆면을 따라 쭉 설치되어 있는 문서 작성대 앞에 섰다. 나는 작은 키 때문에 그 작성대 위에 겨우 팔만 올려놓을 수 있었다.

그곳에 서 있노라니 이 사람 저 사람이 나를 밀쳐댔다. 그런데 그때 내 뒤에 앉아 있던 한 남자가 나를 주목하기 시작하더니 마침내 내게 큰 소리로 소리쳤다.

"너 이 녀석, 거기서 뭐 해? 당장 여기서 나가. 너 혹시 지난 월요일 이곳에서 어떤 신사분의 서류 케이스를 훔친 일당 중 한 명 아냐?" 그러면서 그는 함께 업무를 보고 있던 다른 남자에게 몸을 돌리며 말했다. "이곳에서 한 신사가 지난 월요일 몹시 불운한 일을 겪었다지? 자네, 혹시 그 이야기 못 들었어?"

"아니, 나는 금시초문인데." 상대방 남자가 대답했다.

"바로 자네처럼 거기 서서 통관 수속 장부를 기입하다가 서류 케이스를 꺼내서 내려놨다는 거야. 바로 그 자리 말이야. 그런데 그가 펜에 잉크를 찍으려고 잠시 저기 저 잉크통에 팔을 뻗는 순간 웬 꼬마 놈이 그 서류 케이스를 훔쳐서 도망쳤다는 거야." 남자가 말했다.

"뭐라고? 서류 케이스라고?" 상대방이 말했다. "아니, 그래서? 그 안에 혹시 어음은 안 들었고?"

"웬걸, 스티븐 에번스 경이 발행한 300파운드짜리 어음하고 다른 금은방 업자가 발행한 12파운드짜리 어음이 들어 있었다지 뭔가. 게다가 설상가상으로 엄청난 액수의 외국 공인 어음 두 장도 함께 들어 있었다네. 그건 액수가 얼마짜리인지 모르겠네. 그중 한 장은 프랑스 어음이라는데 아마 1,200크라운짜리는 될 걸." 남자가 말했다.

"대체 누구 짓이래?" 상대방이 물었다.

"아무도 모른다네. 하지만 경비 말로는 저 녀석처럼 생긴 부랑아 두 놈이 당시 이곳을 어슬렁거리다 갑자기 둘 다 사라졌다더군."그가 나를 가리키며 말했다.

"저런 나쁜 놈들을 봤나!" 상대방 남자가 다시 말했다. "왜 그랬을까? 그걸로 뭘 하겠다고? 아무 소용도 없을 텐데 말이야. 추측건대 주인이 곧바로 달려가서 지급 정지 통보를 했겠지?"

"물론입니다." 그때 직원이 나서며 대답했다. "하지만 범인 놈들이 12파운드짜리 소액 어음은 아주 민첩하게 처리했어요. 곧바로 찾아 가서 돈을 지급받아갔지요. 하지만 나머지 어음들은 모두 지급 정지되었습니다. 어쨌든 그 신사분은 돈을 지급받지 못하고 있으니 손해가 이만저만이 아닙니다. 글쎄, 그래서 어음을 훔쳐간 놈들이 다시 가져오게 하려고 보상금까지 내걸었지 뭡니까. 아마 그 사실을 알면 놈들이 기꺼이 어음들을 돌려줄 거라고 장담합니다. 제가 그분 지시로 어음을 돌려주면 30파운드를 보상한다는 전단을 문 앞에 붙여놨지요. 게다가 그분은 어음을 가져오는 사람이 누구든 절대로 피해를 입히지 않겠으며 붙잡지도 않을 것이라고 약속했습니다. 그분은 지금 그 정도로 절박합니다. 하지만 범인 놈들이 사람들이 진실하지 않다거나, 어음 주인이 약속을 안 지킬 것이라고 생각할까봐 걱정이 됩니다. 왜냐고요? 사실 이런 경우, 주인이 약속을 어길지도 모르기 때문입니다. 하지만 누구든 그런 약속을 하면 깨서는 안 됩니다. 만약 그런 약속을 깬다면 앞으로 어떤 범인이 훔친 물건을 주인의 집에 돌려주겠습니까? 그러니 그렇게 되면 그 주인은 나중에 물건을 잊어버리게 될 다른 사람들에게까지 해를 끼치는 셈입니다. 제 목숨을 걸고 감히 말씀드립니다만 그 신사분은 그렇게 약속을 깨는 일을 정말 경멸할 것입니다."

거기까지 대화를 나눈 후 남자들은 다른 일을 보러 갔다.

나는 그들이 하는 말을 모두 엿들었다. 하지만 나는 한동안 어찌해야 할지 몰랐다. 그러나 나는 마침내 처음 말을 꺼낸 남자가 자리를 떠나는 모습을 지켜보다 그에게 사실을 털어놓겠다는 생각으로 말을 걸려고 뒤쫓아 달려갔다. 그러나 그는 사람들로 가득 찬 로비 방 한쪽 끝에 있는 다른 방으로 황급히 들어가고 있었다. 그 뒤를 따라 들어가려고 하자 경비들이 막아서며 내게 그곳에 들어갈 수 없다고 말했다. 결국 나는 그냥 돌아서서 문서 작성대 뒤에 앉아 있는 직원 근처를 어슬렁거렸다. 시계가 열두 시를 칠 때까지 그곳을 어슬렁거렸던 것 같다. 로비 방 안은 사람들이 뜸해지기 시작했다. 마침내 그의 앞 서류 작성대에는 아무도 없었고, 그 혼자만 남아 뭔가를 쓰고 있었다. 오전 용무를 보러 온 사람들이 다 빠져나간 것이었다. 그걸 보고 나는 그에게로 좀더 가까이 다가가, 예전에 그랬던 것처럼 문서 작성대 옆에 섰다. 마침내 문서에서 눈을 떼며 나를 바라보더니 그가 말했다.

"이 녀석, 오전 내내 왔다 갔다 하고 있구나. 내게 무슨 볼일이라도 있는 거냐? 별로 좋은 볼일은 아닌 듯한데, 그렇지?"

"아니에요, 그런 게 아니에요." 내가 대답했다.

"아니라! 아니라면 좋다." 그가 말했다. "그럼 대체 이 세관에 무슨 볼일이 있는 거예요, 도련님? 상인도 아니면서요?"

"선생님께 드릴 말씀이 있어요." 내가 말했다.

"내게 할 말이 있다고? 무슨 말이 하고 싶은데?"그가 말했다.

"제게 아무런 해도 입히지 않는다면 말씀드릴게요." 내가 대답했다.

"이 녀석아, 네게 해를 입히다니. 대체 내가 무슨 해를 입힌단 말이냐? 말도 이렇게 친절히 하는데."

"선생님, 정말 제게 해를 입히지 않으시겠지요." 내가 말했다.

"얘야, 절대 그러지 않겠다! 네게 아무런 해도 입히지 않겠어. 그래 할 말이 뭐냐? 혹시 신사분이 분실한 서류 케이스에 대해 뭔가 아는 거라도 있는 거냐?"

나는 그렇다고 대답했다. 하지만 너무 소곤대는 목소리여서 그는 처음에는 내 말을 알아듣지 못했다. 그러자 그는 곧바로 자기 옆자리로 옮기며 내가 앞쪽으로 나오게 자리를 만들고 앉아서 얘기하라고 권했다. 나는 그곳에 앉았다. 그는 혹시 서류 케이스에 대해 뭔가 아는 게 있느냐고 내게 다시 물었다.

나는 역시 소곤대는 목소리로 사람들이 그의 말을 듣겠다고 걱정했다. 그러자 그가 조용히 속삭이는 목소리로 같은 질문을 다시 했다. 나는 그에게 이렇게 대답했다.

"알고 있다고 생각해요. 하지만 제가 실제로 그걸 갖고 있다는 말씀은 아니에요. 그걸 훔치는 일에 제가 가담한 것도 아니고요. 어쨌든 그 물건은 지금 어느 소년 수중에 있는데, 아마 내가 아니었으면 그 애는 그걸 불태워 버렸을 거예요. 그런데 아까 선생님께서 하신 말씀을 제가 들었어요. 케이스 주인이 물건을 돌려받고 싶어 하고, 그렇게만 된다면 기꺼이 많은 액수의 보상금을 주겠다고 말했다는 말씀이요."

"그래, 내가 그렇게 말했다, 얘야." 그가 말했다. "그러니 만약 네가 그분을 위해 잃어버린 서류 케이스를 갖고 온다면 그분이 거액의 보상금을 주실 거다. 30파운드가 넘는 액수를 약속하셨어."

"그런데 선생님, 방금 전 그 신사분께서 케이스를 가져오는 사람에게 아무런 해도 입히지 않을 거라고 약속하셨다고 말씀하셨죠?" 내가 말했다.

"그래. 너한테 아무런 해도 없을 거야. 내가 약속하마."

"다른 사람들 또한 나 때문에 해를 입는 일은 없겠죠?"

"물론이지. 네게 그 어떤 소년의 이름도 묻는 일이 없을 것이고, 일당이 누군지 묻는 일도 없을 것이다."

"저는 가엾은 부랑아에 불과해요. 하지만 진심으로 어음 주인 신사분께서 어음들을 찾게 해드리고 싶어요. 제가 그 어음들을 훔쳤다거나 지금 제 수중에 갖고 있다는 건 아니지만요."

"그래, 주인이 잃어버린 물건을 어떻게 되찾을 수 있다는 건지 말해주겠니?"

"그 물건을 제 손에 넣을 수 있으면 내일 아침 직접 선생님께 갖다드리지요."

"오늘밤은 안 되겠니?"

"될 거예요. 제가 어디로 가면 되는지 알려만 주세요."

"그럼 우리 집으로 와라, 얘야."

"선생님 집을 모르는데요."

"나랑 당장 같이 가자. 그러면 알게 될 거다."

그는 즉시 나를 타워 가(街)로 데려가 그곳에 있는 자기 집을 알려주었다. 그리고 그날 오후 다섯 시쯤 내게 그곳으로 오라고 지시했다. 나는 그의 지시를 따랐다. 물론 나는 문제의 서류 케이스를 갖고 갔다.

그의 집에 도착하자 그는 서류 케이스를 장부라고 부르면서 내게 장부를 갖고 왔느냐고 물었다.

"장부가 아닌데요." 내가 말했다.

"그래, 서류 케이스다. 둘 다 마찬가지야." 그가 말했다.

"제게 해를 입히지 않으시겠다고 약속하셨죠." 내가 울먹이며 말했다.

"겁내지 마라, 얘야. 절대로 해를 입히지 않겠다. 가여운 녀석! 누구도 네게 해를 입히지 않을 거다." 그가 말했다.

"물건이 여기 있어요"라고 말하면서 나는 케이스를 꺼냈다.

그러자 그는 서류 케이스의 주인인 듯싶은 다른 신사 한 명을 내게 소개했다. 그리고 그 신사에게 물었다. "이게 바로 그 물건입니까?"

"그렇소." 상대방 신사가 대답했다. 소개한 신사는 내게 어음들이 안에 그대로 다 들어 있느냐고 물었다. 나는 물건을 훔친 아이가 "한 장은 빠졌다"고 말하는 소리를 들었지만 나머지 어음들은 모두 들어 있을 것으로 믿는다고 말했다.

"왜 그리 믿느냐?" 그가 물었다.

"어음에 적힌 액수가 귀찮게 휘말려들기에는 너무 거액이라고 물건을 훔쳤다고 생각되는 아이가 말하는 소리를 들었기 때문입니다."

그러자 물건 주인인 신사가 물었다. "그래 그 범인 아이는 어디 있니?"

그러자 다른 신사가 끼어들며 말했다.

"안 됩니다. 그건 질문해서는 안 됩니다. 제가 이 꼬마에게 선생께서 그 질문을 하지 않게 해주겠다고 약속했지요. 그러니 저 애는 누구에게든 그걸 말할 의무가 없습니다."

"좋다, 얘야." 상대방 신사가 말했다. "서류 케이스를 열어 안에 어음들이 무사히 들어 있는지 확인할 수는 있겠지?"

"네." 내가 대답했다.

그러자 첫 번째 신사가 말했다. "안에 얼마나 많은 어음들이 들어 있었습니까?"

"세 장입니다." 상대방이 대답했다. "12파운드 10실링짜리를 뺀다면 말입니다. 스티븐 에번스 경이 발행한 300파운드짜리 어음 한 장과 외국 어음 두 장입니다."

"자, 그렇다면, 만일 어음들이 케이스 안에 무사히 들어 있다면 이 아이에게 30파운드를 주셔야 합니다, 그렇지요?"

"그렇소. 이 아이는 자유롭게 그 돈을 가지게 될 거요." 그가 대답했다.

"이리 와라, 얘야. 내가 케이스를 열어보겠다." 첫 번째 신사가 말했다.

나는 케이스를 그에게 건네주었고 그는 그걸 열었다. 안에는 세 장의 어음과 다른 서류 몇 장이 들어 있었으며, 모두 멀쩡하고 안전하게 보관되어 있었다. 어느 것 하나 손상되거나 찌그러진 것이 없었다. 주인은 모든 게 그대로 있다고 인정했다.

그러자 첫 번째 신사가 말했다. "자, 내가 선생께서 이 꼬마에게 주시기로 한 보상금의 증인입니다."

"좋습니다. 하지만 말입니다." 주인이 말했다. "녀석들이 이미 12파운드 10실링은 차지했으니 그 돈은 내가 주기로 한 30파운드의 일부로 계산해야겠습니다."

그게 만약 내게 한 요구 사항이었다면 나는 틀림없이 곧바로 동의했을 것이다. 그러나 첫 번째 신사가 계속해서 나를 도와주었다. 그는 이렇게 말했다.

"안 됩니다. 선생께서 어음 반환 보상금으로 30파운드를 제시하신 건 이미 12파운드 10실링이 지불되었다는 사실을 알고 난 뒤였습니다. 게다가 보상금에 대해서 세관 공보관을 통해 이미 공표도 하셨고 세관 정문에 게시까지 하시지 않았습니까? 저 또한 오늘 오전 이 꼬마에게 보상금 30파운드를 약속했습니다."

두 사람은 한참 동안 토론을 벌였다. 혹시 말싸움으로 번지는 게 아닌가 하는 생각마저 들었다.

그러나 마침내 두 사람은 조금씩 양보를 했다. 어음 주인은 네게 새 기니 금화들로 25파운드를 주었다. 그는 돈을 내게 건네며 손을 내밀라고 한 뒤 손바닥 위에 금화를 일일이 세며 주었다. 돈을 다 건네고 나자 그는 내게 맞는지 확인하라고 했다. 나는 "몰라요, 하지만 맞겠죠, 뭐"라고 대답했다.

"뭐라고? 돈을 셀 줄 모른단 말이냐?" 그가 물었다.

나는 모른다고 대답했다. 그리고 평생 그렇게 많은 돈은 본 적도 없어 세는 방법을 모른다고 말했다.

"저런!" 그가 말했다. "그럼 이 돈들이 기니 금화라는 것도 모르겠니?"

"몰라요." 내가 말했다. "기니가 얼마짜리 돈인지 몰라요."

"아니, 그럼, 액수가 맞을 거라고 믿는다고 말한 건 뭐였니?"라고 그가 물었다.

"그건 선생님께서 제게 잘못 주시지 않았을 거라고 믿는다는 소리였어요." 내가 대답했다.

"가여운 녀석!" 그가 말했다. "너 정말 세상에 대해 아는 게 거의 없는 녀석이로구나. 너 대체 뭐 하는 녀석이냐?"

"가난뱅이 부랑아 꼬마예요"라고 말하면서 나는 훌쩍였다.

"이름은 뭐니? 아, 참, 아니다. 이름을 묻지 않겠다고 약속한 걸 깜빡했구

나. 이름은 말할 필요 없다."
"제 이름은 잭이에요."
"그럼 성은 뭐니?"
"그게 뭔데요?"
"잭 말고 다른 이름이 있을 거 아니냐. 그런 게 없니?"
"있어요. 사람들이 나를 잭 대령이라고 불러요."
"그거 말고 다른 이름은 없니?"
"없어요."
"그럼 어떻게 해서 잭 대령이라고 불리게 됐는지 얘기 좀 해줄래?"
"사람들이 말하기를 우리 아버지 이름이 대령이었대요."
"아버지나 어머니 중 한 분이라도 살아 계시니?"
"아니요. 아버지는 돌아가셨어요."
"그럼 어머니는 어디 계시니?"
"저는 한 번도 어머니가 있어 본 적이 없어요."

이 말을 듣고 그가 웃음을 터뜨리며 말했다. "아니, 어머니가 한 번도 있어 본 적이 없다니, 대체 어찌 된 거냐?"

"보모가 계셨어요. 하지만 엄마는 아니었어요."

"그러네요." 그가 옆의 신사를 보며 말했다. "이 꼬마는 어음을 훔친 도둑놈이 아닌 게 확실하네요."

"사실입니다, 선생님. 저는 훔치지 않았습니다." 나는 그렇게 말하며 다시 울기 시작했다.

"그래, 그래, 알았다, 우리도 네가 그러지 않았다고 믿는다." 그가 말했다. 그리고 그는 옆의 신사에게 이렇게 말했다.

"똑똑한 꼬마지만 너무 순진하고 정직하네요. 이런 애에게 보살핌의 손길이 주어지지 않고 아무 대책도 행해지지 않는다는 게 유감입니다. 이 애와 얘기를 좀더 나눠봅시다."

그들은 자리에 앉아 와인을 마셨고 내게도 조금 주었다. 그러자 첫 번째 신사가 내게 다시 말을 붙였다.

"그래, 이제 돈을 받았으니 어쩔 셈이냐?"

"몰라요."

"돈을 어디다 놓아둘 건데?"

"호주머니 안이요."

"호주머니라. 호주머니는 멀쩡하니? 잃어버리지 않겠어?"

"아니요. 제 호주머니는 멀쩡해요."

"그럼 집으로 돌아간 다음에는 돈을 어디 놓아둘 거냐?"

"저는 집이 없어요." 그렇게 말하고 나는 다시 울기 시작했다.

"가여운 녀석!" 그가 다시 말했다. "그럼 뭘 하며 먹고사느냐?"

"로즈마리 레인 동네 사람들 심부름을 해주고 있어요."

"밤에 잠자리는 어떻게 해결하고?"

"밤에는 유리 공장에서 자요."

"뭐? 유리 공장에서 잔다고! 거기 침대라도 있다는 말이냐?"

"제 기억으로는 저는 평생 침대에서 자본 적이 없어요."

"아니, 왜? 그럼 유리 공장에서 어디 눕는다는 말이냐?"

"땅바닥이요. 어떤 때는 지푸라기 위나 따뜻한 석탄재 위에서 자기도 해요."

이때 어음을 분실한 신사가 말했다.

"이 불쌍한 꼬마의 비참한 현실 얘기는 인간의 본성을 놓고 볼 때, 어떤 사람이라도 울게 만들고 자신의 처지를 감사히 여기게 만들기에 충분할 것 같소. 정말이지 눈에 눈물이 고이게 만드는 얘기요."

"제 눈도 마찬가지입니다." 상대방 신사가 말했다. 그가 내게 물었다.

"그래, 잭, 사람들이 심부름을 시킬 때 돈은 안 주느냐?"

"음식을 줘요. 그게 더 좋아요."

"그럼 옷은 어떻게 해결하느냐?"

"가끔 사람들이 아껴 놓은 헌 옷가지를 주세요."

"그래? 그럼 지금까지 제대로 된 셔츠를 한 번도 입어본 적이 없겠구나."

"네, 한 번도 없었어요. 보모가 돌아가신 후로요."

"그게 얼마 전인데?"

"그 일이 있고 나서 겨울이 여섯 번 지났어요."

"그러면 너 몇 살이니?"

"몰라요."

"그래, 좋다. 자, 이제 돈을 갖게 되었으니 그걸로 옷도 사 입고 셔츠도 사 입으면 되겠구나."

"네. 옷을 좀 사 입을 거예요."

"그럼 나머지 돈은 어쩔 거냐?"

"몰라요." 그렇게 말하면서 나는 또 훌쩍거렸다.

"왜 우는 거냐, 잭?" 신사가 말했다.

"겁이 나서요"라고 말하며 나는 계속 울었다.

"뭐가 겁이 난다는 거냐?"

"제가 돈을 가졌다는 걸 친구들이 아는 일이요."

"그게 어쨌다는 건데?"

"그러면 저는 더 이상 따듯한 유리 공장에서 자지 못하고 추워서 얼어 죽을 거예요. 돈도 빼앗기고요"

"그곳에서 더 이상 안 자면 되지 않느냐?"

두 신사는 돈을 소유하게 되면 사람들이 본성적으로 얼마나 많은 근심과 불안에 휩싸이게 되는지 대화를 나누었다. 세관 직원인 신사가 말했다.

"불쌍한 이 아이만 하더라도 돈이 없었을 때는 지푸라기 위에서든 유리 공장의 따스한 석탄재 위에서든 어느 동물 못지않게 달콤하고 깊은 잠을 잤습니다. 하지만 돈을 소유하게 되자마자 그걸 보관할 걱정에 눈물이 흐르고 불안감이 가슴속에 생겨난 것입니다."

두 사람은 내게 그 밖에도 여러 가지 다른 질문들을 했다. 나는 어린아이다운 방식이긴 했지만 최선을 다해 대답했다. 물론 나는 두 사람을 만족시키려고 애썼다. 마침내 나는 호주머니를 돈으로 무겁게 불룩 채우고 그 집을 나왔다. 그러나 분명히 말하지만 내 마음은 그리 가볍지만은 않았다. 나는 돈을 몸에 지니고 있다는 사실이 너무 버거워서 어찌 행동해야 할지 몰랐다. 나는 두어 시간 정도 이리저리 쏘다녔고, 결국 신사의 집으로 다시 돌아가 대문 앞에 앉았다. 그리고 그곳에서 눈물을 만들어내는 몸 안의 물기가 다 말라버릴 정도로 펑펑 울었다. 하지만 나는 대문을 노크하지는 않았다.

그곳에 앉아 있은 지 그다지 오래지 않아 그 집 사람들 중 누군가가 내가 울고 있다는 사실을 알아차린 것 같았다. 하녀 한 명이 나와서 내게 말을 걸었다. 하지만 나는 말을 거의 안 하고 계속해서 그냥 울기만 했다. 마침내 그 소식이 집주인의 귀에까지 들어가게 되었다. 어음 주인은 이미 귀가한 뒤였다. 그는 나를 안으로 불러들였고, 우리는 다시 이야기를 나누기 시작했다. 그는 내게 왜 아직 안 돌아갔느냐고 물었다.

나는 그에게 돌아가지 않은 게 아니라 돌아갔었는데 얼마 후 다시 되돌아온 거라고 말했다.

"그래 좋다. 그러면 왜 다시 되돌아온 거냐?"

"모르겠어요."

"그리고 대체 왜 그리 우는 거냐? 설마 돈을 잃어버리기라도 한 건 아니겠지?"

"아니에요. 돈은 잃어버리지 않았어요. 하지만 잃게 될까봐 겁나요."

"그래 그것 때문에 그렇게 우는 거냐?"

"네. 돈을 제대로 지킬 수 없을 것 같아서요. 친구들이 나를 속이고 돈을 빼앗거나, 아니면 나를 죽이고 빼앗아 갈 거예요."

"대체 그 친구들이 누군데? 대체 너 어떤 몹쓸 녀석들과 살고 있는 거냐?"

"모두 남자애들인데 아주 나쁜 애들이에요. 도둑놈 아니면 아까 그 서류 케이스를 훔친 애 같은 소매치기예요. 한심한 녀석들이죠. 도저히 제가 감당할 수 없는 애들이에요."

"알았다, 잭. 그럼 내가 어떻게 해주면 좋겠느냐? 내게 돈을 맡기기라도 하겠다는 거냐? 내가 돈을 맡아주랴?"

"네. 괜찮으시다면 진심으로 그렇게 해주시길 원해요."

"알겠다. 그럼 그 돈을 내게 다오. 그러면 내가 네 돈을 맡았으며, 어느 때건 네가 원하기만 하면 돈을 자유롭게 찾을 수 있다는 보증 어음을 써 주마. 원금과 이자에 대한 어음 말이다. 그러면 너는 돈을 안전하게 보관하게 되는 셈이다. 나아가, 혹시 네가 그 어음을 잃어버리거나 누군가에게 빼앗긴다 해도 너 외에는 누구도 돈을 찾을 수가 없다. 일부분이라도 말이다."

나는 즉시 모든 돈을 호주머니에서 꺼내어 그에게 주었다. 다만 옷을 사 입을 돈 15실링가량은 남겨두었다. 그와 나의 첫 번째 용무 혹은 첫 번째 만남은 그렇게 끝이 났다. 돈을 만족스럽고 안전하게 처리하자 나는 마음이 지극히 편해졌다. 내 마음을 괴롭히던 슬픈 생각도 깨끗이 사라지기 시작했다.

이 일은 누구라도 인간의 삶에서 온갖 슬픔과 근심이 생겨나게 되는 까닭을 깨닫게 하기에 충분할 것이다. 불안한 마음으로 돈을 소유하고자 하는 과정이라든가, 막상 돈을 소유하게 된 다음 똑같이 불안한 마음으로 그걸 보관하고자 하는 과정에서 그런 불안한 감정이 생겨나는 법이다. 가진 게 아무것도 없었고 뭔가를 소유한다는 게 뭔지 몰랐을 때 나는 걱정 근심이라는 걸 모르고 살았다. 그리고 무언가를 소유하거나 보관한다는 게 무슨 일인지 몰랐다. 그때 나는 모든 걸 원하면서도 사실 아무것도 원하는 게 없었다. 또 음식을 어디서 얻어먹을지 어디에서 잘지에 대한 걱정도 없었다. 나는 돈이 뭔지 몰랐고 그걸로 무얼 하는지 몰랐다. 그리고 나는 잠 못 이룬다는 게 무언지도 결코 몰랐다. 보관할 돈이 생겨 그걸 잃어버릴까봐 두려움에 떨기 전까지 나는 그런 아이였다.

바보같이 굴거나 어린아이같이 굴지 않고 내 의사를 잘 표현할 수 있었다면 나는 틀림없이 이번 일을 통해 기회를 잡을 수 있었다. 분명히 두 신사들 중 한 명을 위해 일할 기회를 얻거나 그의 보살핌과 관심의 대상이 될 수 있었다. 그들 둘 다 나를 위해 기꺼이 무언가를 해주려는 빛이 역력했고, 내 비참한 처지와(두 사람 생각이긴 하지만) 내 말에 묻어나는 순진함에 무척 놀란 바 있었다.

그러나 나는 정말로 어린아이같이 굴었다. 심지어 나는 돈을 맡긴 후 여러 해가 지날 때까지 아예 그들을 찾지도 않았다. 어쨌든 이후 내가 걷게 된 인생 역정과 내게 일어난 사건들만으로도 너무 많은 교훈이 담겨 있었으니 그것만이라도 제대로 이야기할 필요가 있을 것이다.

세상에 내던져진 내게 최초의 기회가 될 수 있었던 이 행복한 사건은 결국 끝이 났다. 돈을 소유하게 되었어도 나는 그 가치도 효용도 몰랐다. 애초에 시작한 삶의 방식이 내게는 너무나도 자연스러운 방식이어서, 나는 그걸 향상시키겠다는 개념이 없었다. 내게는 옷을 사 입겠다는 욕망, 새 셔츠를 사 입겠다는 욕망도 없었다. 심지어 내게는 유리 공장을 벗어나 다른 거처를 마련하겠다는 욕망도 없었다. 예전처럼 거리를 배회하고 다니는 일도 마찬가지였다. 나는 선의에 대해서 아무것도 몰랐고 악의에 대해서도 그 기미조차 몰랐다. 다시 말하자면 내 관점에서 내가 영위하던 삶은 악의가 전혀 없는 삶이었다.

이처럼 여전히 무지몽매한 상태로 나는 비참하기 짝이 없는 예전 생활로 되돌아갔다. 그 생활은 본래부터 그랬다. 다만 그런 생활이 어떤 것인지 판단할 능력이 없었고, 또 그보다 더 나은 생활이 어떤 것인지 몰랐으니 그렇게 여겨지지 않았을 뿐이다.

훔친 어음들을 내게 돌려주라며 건넸던 동료는 그 일로 내게 어떤 소득이 생겼는지 결코 묻지 않았다. 사실 내가 그를 조르지 않았다면 그는 그 어음들을 주인에게 되돌려줄 생각도 못했을 것이다. 오히려 그는 어음들로 인해 내게 이익이 생겼다면 그건 전적으로 내 몫이라고 말했다. 그의 말은 자기라면 결코 어음들을 되돌려주는 모험을 감수하지 않았을 거라는 것이었다. 그러니 내게 대가가 지불되었다면 내가 그걸 받을 자격이 있다는 것이었다. 그는 이 일을 통해 내게 얼마나 많은 이득이 생겼는지, 이득을 챙기기는 챙긴 것인지, 꼬치꼬치 캐물으며 골치를 썩이는 수고를 하지 않았다. 요컨대 내가 얻어낸 보상금에 대한 권리가 전적으로 내게 있다는 게 명백했다.

나는 예전처럼 다시 이곳저곳을 배회하고 다녔다. 사실 호주머니에 돈이 조금 들어 있었다. 하지만 나는 누구에게도 그 사실을 알리지 않았다. 나는 예전처럼 명랑하게 심부름을 다녔고, 누가 무엇을 주건 예전처럼 고마워하는 마음으로 그걸 받았다. 나만 알고 있는 예전과 지금의 유일한 차이는, 만약 배가 고픈데도 누구도 일을 시키지 않거나 음식을 주지 않는다면 예전처럼 이집 저집 동냥을 다니지 않고 앞서 말했듯이 죽집에 가서 죽 한 접시를 사 먹거나 반 페니짜리 빵조각을 사먹었다는 것이다. 나는 고기는 거의 사 먹지 않았다. 간혹 특식을 사 먹고 싶은 마음이 생기면 나는 반 페니짜리 치즈를 사 먹었다. 그런 돈은 다 합쳐봐야 일주일에 2페니나 3페니를 넘지 않았다. 사실 나는 우리 무리의 다른 애들의 행동방식과 달리 매우 검소하게 살았다. 나는 난생 처음으로 갖게 된 기니 금화는 하나도 쓰지 않았다. 앞서 말했듯이, 나는 세관의 신사는 아예 찾아가지도 않았다. 기니가 무엇으로 만들어진 돈이고 어떤 가치를 지닌 돈인지 알고 난 이후에도 그랬다.

한 달가량 그런 식으로 특별한 일 없이 살고 났을 때였다. 어느 날 아침 내 친구(나는 이제 내 동료를 친구라고 불렀다)가 찾아와 내게 말했다.

"어이, 잭 대령, 언제 단둘이서 또 산책이나 나갈까?"

"네가 원할 때라면 언제든지." 내가 말했다.

"너 아직 특별히 하는 일 없지?" 그가 말했다.

"없어."

"좋아. 원래 한 가지 복이 다른 복을 부르는 법이라더라. 넌 행운아니 내 생각에는 이번에도 운이 좋을 거야. 하지만 이번엔 계약을 새로 맺자고. 이것 봐, 대령, 본래 초보자를 끌어들일 때는 격려 차원에서 충분한 몫을 주는 법이야. 하지만 그 다음부터는 그 초보자가 솔선수범할 때나 위험을 똑같은 몫으로 감수할 때가 아니라면 전임자를 우대해 주는 법이지. 어쨌든 우린 신사들이니 항상 서로에게 명예롭게 대하자고. 내게 흔쾌히 모든 일을 믿고 맡기면 일을 멋지게 처리할게. 넌 나를 믿고 따르기만 하면 돼."

나는 그에게 나는 아무것도 모르고 아무것도 할 줄 모르니 어떤 이득이 생기든 그걸 많이 갖겠다는 기대는 하지 않겠다고 분명히 말했다. 나는 그가 시키는 대로만 하겠다고 말했다. 우리는 다시 거리로 나섰다.

우리는 세관에는 더 이상 가지 않았다. 그건 너무 대담한 모험이었다. 게다가 나는 그와 함께 있는 내 모습을 그곳에 다시 보인다는 게 내키지 않았다. 우리는 곧바로 주식 거래소 쪽으로 향했다. 그리고 캐슬 길과 스위스 인스 길 이곳저곳을 다녔고 커피점들의 문 앞을 어슬렁거렸다. 그날은 몹시 재수 없는 날이었다. 하루 종일 손수건 두 장 말고는 아무 소득도 없었다. 우리는 빈손으로 낡은 유리 공장 거처로 돌아왔다. 나는 하루 종일 친구가 준 빵 한 조각과 거래소 정문 앞에서 마신 물 조금 말고는 먹고 마신 게 없었다. 그래서 나는 그가 돌아간 후(그는 유리 공장에서 자지 않았다), 늘 음식을 사 먹던 단골 죽집으로 가서 원기를 보충했다. 다음 날 아침 약속대로 나는 다시 그를 만나러 갔다.

아직 이른 아침 시간이라 우리는 빌링스게이트 어시장 쪽으로 발걸음을 옮겼다. 그곳은 동이 트자마자 두 부류의 사람들이 모여 들어 큰 혼잡을 빚어내는 곳이었다. 특히 한 해 중 그즈음 해가 뜨기 직전 시간이 유별나게 혼잡한 곳이었다. 모여 든 사람들 중 한 부류는 하역된 석탄을 계약하려는 사람들이거나 석탄 운반선 선장들이었고, 다른 부류는 생선가게 주인들과 생선 장수들, 생선 사러 온 손님들이었다.

내 친구가 주목한 건 그들 중 첫 번째 부류의 사람들이었다. 따라서 그는 내게 다음과 같은 지시를 내렸다.

"잭, 혹시 지나가는 길에 술집이 있으면 안으로 들어가봐. 들어가서 돈 이야기를 하는 사람이 있나 살펴보고 그런 사람을 발견하면 즉시 내게 와서 말해."

이윽고 어느 술집 문 앞을 지나다 내가 그 안으로 들어갔고 그는 밖에서 서서 기다렸다. 석탄 운반선 선장들은 대개 술집 문 앞(그들의 말이다)에서 석탄을 팔았고, 대금은 술집 안에서 받곤 했다. 얼마 지나지 않아 나는 친구에게 몇 마디 말을 전했다. 그는 그 말을 듣자마자 곧바로 술집 안으로 들어갔지만 원했던 대상을 발견하지 못했다. 하지만 나는 다른 술집에 있는 선장이 누군가로부터(아마 여러 명인 듯했다) 거액의 석탄 판매 대금을 수령했다는 정보를 입수하고 그에게 전했다. 나는 그 대금이 지금 그 술집 탁자에 수북이 쌓여 있으며 선장이 그걸 여러 개의 가방에 바삐 챙겨 넣고 있다는 말도 전했다. 그가 내 말을 듣고 말했다. "그래, 내 그 선장에게 장담하는데 이제 그 돈 중 일부는 내 거다."

그 말을 하며 그는 술집 안으로 들어갔다. 그는 선장의 이름이 무엇인지 알아내려고 귀를 쫑긋 세우고 탁자와 박스들이 여기저기 놓여 있는 술집 곳곳을 다녔다. 마침내 그는 그 선장의 이름이 '컬럼' 혹은 그 비슷한 이름이라는 사실을 알아냈다. 그러자 그는 그 선장에게 다가갈 기회를 잡은 뒤 그의 앞에서 설레발을 떨며 자기가 지금 '건' 여관에 묵고 있는 두 신사의 심부름을 왔다고 말했다. 즉 선장을 수소문해서 찾아낸 후 그들이 선장과 대화를 나누고 싶다는 요청을 전하라는 심부름을 왔다는 것이었다.

앞서 말한 것처럼 그때 석탄 운반선 선장은 자기 앞에 소액으로 지급된 돈 더미를 잔뜩 쌓아놓고 작고 더러운 검정색 가방들 안에 나누워 채워넣고 있었다. 돈이 다 채워지면 가방들은 저절로 제자리에 섰다. 이미 날은 어두워져 있었다. 마침내 내 친구는 심부름 온 말을 전하는 척하면서 그 돈을 훔치는 방법을 알아냈다. 가방들 중 한 개에 손을 올려놓는 척하다 집어들고 냅다 튀는 것이었다. 결국 그는 들통 안 나게 가방 한 개를 완벽하게 들고 나왔다.

가방을 손에 넣은 그가 문에서 기다리고 있던 내게 부랴부랴 달려오더니 황급히 소매를 잡아끌며 말했다.

"잭, 빨리 튀어! 죽어라고 뛰어!"

그러면서 그는 쏜살같이 내달리며 도망쳤다. 나도 단 한 번도 쉬거나 뒤돌아보지 않고 죽어라고 그의 뒤를 쫓아 달렸다. 우리는 펜처치 가를 지나고 라인 가를 가로질러 마침내 레든홀 가에 도착했다. 그리고 거기서부터 우리는 세인트 메리 액스 교회 아래쪽으로 내려간 뒤 런던 성벽까지 내달렸다. 우리는 거기서 다시 비숍 게이트를 지나고 구 베들럼 정신병원을 따라 내려갔다. 마침내 우리는 무어필즈 들판에 이르게 되었다. 이제 둘 다 더 빨리 뛸 수도 없었고 그럴 필요도 없었다. 뒤쫓아 오는 사람이 없다는 것을 알았기 때문이다. 나는 무어필즈에 도착하자 숨을 고르면서 그에게 대체 왜 그렇게 공포에 휩싸였느냐고 물었다. 그가 대답했다.

“이런 바보, 왜 공포에 휩싸였느냐고? 이것 좀 봐라. 죽여주는 돈 가방을 훔쳤단 말이야.”

“돈 가방이라고!” 내가 외쳤다.

“그래. 자, 우리를 아무도 못 보는 들판으로 가자. 거기 가서 가방을 구경시켜줄게.”

우리는 다시 롱 앨리 길과 크로스 호그 레인 길, 할로우 레인 길을 지나 커다란 들판에 이르렀다. 그곳을 벗어나면 사람들이 파딩 파이 하우스 필드라고 부르는 들판이었다. 우리는 그곳에 앉으려고 했지만 땅바닥이 온통 진창이어서 다시 더 걸어서 현재 그레이트 병원이 들어서 있는 들판까지 갔다. 앉기에 적절한 장소를 발견하자 우리는 그곳에 앉았다. 그가 가방을 내리며 말했다.

“잭, 너는 정말 억세게 재수 좋은 녀석이야. 정말이지 너는 이런 도둑질에서 상당한 몫을 챙길 자격이 있어. 이게 다 네가 물고 온 재수 좋은 정보 덕분에 생긴 결과다.”

그러면서 그는 가방 안의 내용물을 내 모자 안에 와르르 쏟았다. 이미 말한 것처럼 그때 나는 모자를 쓰고 있었다.

대체 그가 무슨 방법으로 멀쩡히 깨어 있고 제정신인 사람에게서 그런 돈 가방을 훔쳤는지 도무지 모를 일이었다. 가방 안에는 돈 말고도 많은 물건들이 들어 있었다. 그 물건들 중 특히 뭔가 들어 있는 종이에 싼 꾸러미가 보였다. 그 꾸러미가 가방에서 툭 떨어지자 그가 말했다. “어라, 이것 봐라, 혹시 금이 들어 있는 거 아냐?” 그러면서 그는 미친 사람처럼 환호성을 내지르고 소리쳤다. 하지만 그는 이내 실망하고 말았다. 종이 꾸러미 안에 들어 있던 것들은 낡아빠진 13페니 반짜리 동전들과 반 페니, 4분의 1페니 동전들, 그리고 1페니 동전 아홉 개, 4페니 반짜리 동전들, 찌그러진 낡은 동전들, 스코틀랜드와 아일랜드 동전들이었다. 그는 그걸 보고 크게 실망했다. 그러나 사실 가방 안에는 그 돈들 말고도 17파운드 내지 19파운드의 돈이 더 들어 있었다. 그건 내가 아직 돈을 헤아릴 줄 몰랐기 때문에 그의 말을 듣고 안 사실이었다.

어쨌든 그는 돈을 세 부분, 즉 세 몫으로 나누었다. 그중 두 몫이 그의 몫이었고 한 몫은 내 몫이었다. 그러면서 그는 내게 만족하느냐고 물었다. 나는 그렇다고 대답했다. 나로서는 그럴 만한 이유가 있었다. 그와 함께 했던 먼젓번 모험으로 인해 어찌 처리해야 할지 모를 만큼 많은 돈이 생긴 참에 이제 또 다시 많은 돈이 더해졌으니 말이다. 나는 그렇게 많은 돈으로 뭘 어찌해야 할지 알 수 없었다.

내 친구는 정말 솜씨 좋은 도둑이었다. 그에게는 무슨 물건이든지 슬쩍 훔쳐내는 탁월한 솜씨가 있었다. 그가 눈독만 들였다 하면 손으로 훔쳐내지 못하는 물건이 거의 없었다. 내가 아는 한 그가 목표물을 놓친다거나 범행 현장에서 붙잡히는 일은 없었다.

그는 유명한 소매치기이기도 했다. 그는 특히 숙녀들의 금시계를 따내는 명수였다. 그러나 그는 대개 그런 소매치기 짓보다 더 위험한 절도 행위를 주로 저질렀고 아무런 탈 없이 늘 큰 성공을 거두곤 했다. 못된 도둑질 기술을 습득하는 데 있어 나는 그런 대단한 선생의 학생인 셈이었다.

우리는 이제 꽤 부자가 되었기 때문에 내 친구는 내가 유리 공장 거처에서 자거나 누더기를 걸치고 다니는 일을 더 이상 허용하지 않았다. 그는 내게 셔츠 두 장과 조끼 한 벌, 그리고 긴 외투 한 벌을 구입하게 했다. 긴 외투는 다른 어떤 옷보다 우리의 사업 목적과 잘 어울리는 옷이었다. 나는 그가 시키는 대로 옷을 차려 입었고 그와 같은 거처에서 묵었다. 우리는 우리의 신분에 어울리는 조그만 다락방에서 함께 살았다.

석탄 운반선 선장을 털고 나서 얼마가 지난 후 우리는 다시 출정에 나섰다. 우리는 주식 거래소 주변에서 다시 한 번 우리의 운을 시험해 보기로 했다. 그날 우리는 각각 헤어져 별개로 행동하기로 했다. 나 혼자서 별개로 출정에 나선 것이다. 내가 최초로 제대로 해치운 일은 소매치기였다. 나 같은 초보자가 저지르기에는 어느 정도 기술을 요하는 일이었다. 사실 나는 그때까지 그런 짓을 직접 해본 적이 없었다.

나는 거리에서 두 명의 신사가 대화에 열중하고 있는 모습을 보았다. 그런데 그중 한 신사가 자기 호주머니에서 지갑을 꺼냈다가 다시 집어넣는 일을 두세 차례 반복하고 있었다. 그는 그걸 다시 꺼내더니 거기서 서류를 꺼내고 안에 다른 서류들을 집어넣었다. 그 후에도 그는 몇 차례 더 지갑을 넣다 뺐다 했다. 그는 계속해서 상대방 신사와 열띤 대화를 나누고 있었다. 그 두 신사들 말고 다른 두세 명의 신사들도 그들 가까이 서 있었다. 문제의 신사는 마지막으로 지갑을 외투 호주머니에 넣었다. 손으로 넣었지만 사실 거의 던지다시피 한 것이었다. 그런데 공교롭게도 지갑이 호주머니 안의 무언가에 걸려서 그랬는지 아니면 수첩 같은 다른 물건에 걸려서 그랬는지 지갑 한쪽 끝이 바깥으로 삐죽 빠져나와 보이는 게 아닌가. 지갑이 호주머니 안에 완전히 들어가지 못하고 한쪽 끝이 밖으로 나왔던 것이었다.

지갑을 외투 호주머니 안에 집어넣을 때 이런 식으로 부주의하게 집어넣어 도둑질에 이골이 난 아이들이 쉽게 훔칠 수 있게 유혹하는 일은, 정말이지 아무리 비난받아도 지나치지 않을 것이다. 신사들이 무슨 일인지 서두르고 있었고 그들의 생각이 온통 그 일에 몰두해 있어서 매의 눈처럼 날카로운 눈을 지닌 절도범을 방비한다는 건 거의 불가능해 보였다. 그러니 그럴 때 그들은 지갑을 꺼내지 말아야 하며 좀더 안전하게 간수하든가 아니면 지갑 안에 귀중품을 넣지 말아야 한다.

나는 그때 그들의 바로 맞은편인 스위스 인스 길, 정확히 말하면 스위스 인스 길과 주식 거래소 사이의 좁은 길에 서 있었다. 좁은 골목길에서 거래소로 빠지는 큰길 옆이었다. 앞서 말한 것처럼 신사의 호주머니에서 문제의 지갑이 계속 들락날락하는 모습을 지켜보다가 나는 민첩하게만 행동한다면 지갑을 확실히 훔칠 수 있을 것 같다는 생각이 들었다. 장담컨대 친구 윌도 그 신사가 호주머니 안에 지갑을 넣었다 뺐다 하는 모습을 보았다면 분명히 그걸 자기 것으로 만들었을 것이다. 여하튼 신사의 지갑이 호주머니 안에 완전히 들어가지 못하고 삐죽 삐져나온 것을 보고 나는 혼잣말로 중얼거렸다.

"옳다구나! 저 지갑은 이제 내 거다."

나는 길을 가로질러 건너가서 그 신사의 옆을 스치듯 지나갔다. 그러면서 나는 손바닥이 아래쪽으로 향하게 내 옆구리에 붙인 뒤, 호주머니 밖으로 나와 있던 지갑 끝 부분을 잽싸게 낚아챘다. 지갑은 가볍게 내 손에 들어왔다. 신사가 조금이라도 움직임을 감지한다는 건 불가능한 일이었다. 누구도 내가 지갑을 채는 모습을 볼 수 없었다. 나는 즉시 거래소 북쪽 광장 쪽으로 달린 뒤 거기서 다시 바르톨로뮤 가 쪽으로 쏜살같이 내달렸다. 그리고 거기서 다시 토큰 하우스 야드 쪽으로 달렸고, 무어게이트를 통과하여 무어필즈 들판의 두 번째 구역 풀밭에 가서 앉았다. 미들필드 쪽을 바라보는 곳이었는데 바로 그곳이 윌과 내가 둘 중 누구라도 전리품을 획득하면 와서 만나기로 약속한 장소였다. 그곳에 도착했을 때 윌은 아직 도착하지 않고 있었다. 반시간쯤 지나자 그가 오는 게 보였다.

윌이 다가오자 나는 그에게 소득이 있었느냐고 물었다. 그는 얼굴이 창백해 보였다. 공포감에 휩싸인 것 같다는 생각이 들 정도였다. 어쨌든 그가 나를 향해 말했다.

"아니, 난 아무것도 못 챙겼어. 그런데 너, 이 행운아 놈, 너 어떻게 됐어? 너 혹시 아까 스위스 인스 길에서 신사분 지갑을 슬쩍하지 않았냐? 그게 너야?"

"그래, 나야." 싱글벙글 웃으면서 내가 말했다. "그런데 그걸 어떻게 알았어?"

"뭐라고? 어떻게 알았느냐고? 그 사람 지금 난리났어. 제정신이 나가서 미친 듯이 날뛰고 있다고. 발을 쾅쾅 구르고, 고함을 지르고, 자기 옷을 잡아 뜯고 있어. 그러면서 '나는 이제 쫄딱 망했다. 완전히 파멸이야!'라고 고래고래 소리치고 있다고. 그런데 거기 있는 사람들 말이 그 지갑 안에 도대체 몇 천 파운드가 들어 있는지 모른다는 거야. 자, 대체 지갑 안에 뭐가 들어 있는지 어디 한번 보기나 하자."

우리는 들판 한가운데 누구의 눈에도 띄지 않는 풀밭 근처에 몸을 낮추고 앉아서 문제의 지갑을 열어보았다. 지갑 안에는 여러 필체의 각종 어음들과 쪽지들이 들어 있었다. 금은방 업자들이 발행한 어음들이나 보험회사라고 부르는 회사가 발행한 어음들이었다. 그런데 지갑 안에 나머지 모든 것들을 다 합친 것만큼이나 값진 물건들이 있었다. 지갑 커버 한쪽 면에는 여러 겹의 날개 장들이 붙어 있었는데, 그중 한 장이 작은 칸막이들로 나뉘어 있었다. 그런데 바로 그 작은 칸막이들 이곳저곳에 다이아몬드 여러 개가 종이에 싸여 들어 있었다. 나중에 알게 되었지만, 지갑의 주인인 신사는 다이아몬드를 취급하는 유대인이었다. 그는 마땅히 그런 귀중품을 좀더 신중하게 보관했어야 했다.

어쨌든 이 전리품은 내가 감당하기 힘든 물건이었다. 윌조차도 그 처리를 난감해 했다. 사실 그때 나는 돈에 대해 아무것도 몰랐던 예전에 비해 여러 가지를 더 잘 알고 있었다. 물론 아직도 윌이 나보다 그런 일에 더 능숙한 고수였다. 여하튼 훔친 지갑은 나뿐만 아니라 윌까지도 당황하게 만들었다. 우리는 이제 우화에 나오는 수탉의 처지가 됐다. 지갑 안에는 유명한 금은방 업자 헨리 퍼니스 경이 발행한 1,200파운드짜리 어음이 들어 있었으며, 다이아몬드들은 다 합쳐서 대략 150파운드어치는 되어 보였다. 그러나 이 모든 물건들은 우리에게는 아무 소용이 없는 것들이었다. 차라리 금화가 들어 있는 작은 지갑이 훨씬 더 유익한 전리품이었을 것이다. "자, 소액 어음은 없는지 좀더 살펴보자고." 윌이 말했다.

우리는 모든 어음들을 다시 살펴보았고 그중에서 어떤 사람이 발행한 32파운드짜리 어음을 발견했다. 윌이 말했다.

"자, 가서 이 사람이 사는 곳을 알아보자."

우리는 다시 시내로 나가 우체국으로 향했다. 윌이 그곳에 가서 그 사람 주소를 물어보았고 그가 템블 바 동네에 산다는 정보를 입수했다. 윌이 말했다.

"내가 가서 돈을 받아올게. 아직까진 지갑 주인이 지급을 중지하라고 사람을 보낼 만큼 제정신이 아닐 거야."

하지만 윌에게 갑자기 다른 방법을 택해야겠다는 생각이 떠오른 것 같았다. 그가 말했다.

"아니지. 먼저 범행 현장에 가봐야겠다. 그곳에 가면 그동안 일어난 일을 들을 수 있을 거다. 아마 아직 소동이 끝나지 않았을 거야. 지갑을 잃어버린 신사를 사람들이 스위스 인스 길 끝에 있는 킹스 헤드 여관으로 데려간 것 같았어. 여관 문 앞에 사람들이 엄청나게 모여 있었거든."

현장에 도착한 윌은 사태를 주시하며 어슬렁거리면서 기다렸다. 그러다 그는 아직도 흩어지지 않고 모여 있는 몇몇 사람들에게 다가가 그중 한두 명에게 대체 무슨 일이냐고 물었다. 그들은 한 신사가 엄청난 액수의 가치에 해당하는 다이아몬드 주머니와 수천 파운드의 돈이 든 지갑을 잃어버렸다고 그에게 장황히 설명해주었다. 그런데 그때 사람들이 큰소리로 누구든 문제의 지갑을 발견하거나 되돌려주는 사람에게 100파운드의 보상금을 지급하겠다고 외쳐댔다.

윌이 이야기를 나누던 사람들 중 한 명에게 말했다.

"저, 제가 혹시 지갑을 갖고 간 놈을 알지도 모르겠는데요. 분명히 제가 지갑을 분실하신 선생님께 도움이 되어드릴 수 있을 것 같아요. 그분께서 아이든 어른이든 지갑을 분실하실 당시 현장 근처에 있던 사람에 대해 조금이라도 기억을 되살리셔서 설명해주신다면 도움이 되어 드릴 것 같다는 말씀입니다." 그러자 윌의 이야기를 듣던 한 사람이 자기가 나서서 주인에게 그 말을 전해보겠다고 말했다. 여관에 들어가 올라가서 소년(물론 윌을 의미했다)이 말한 내용을 전하고 오겠다는 것이었다. 얼마 있다가 한 신사가 내려와 윌을 한쪽으로 데려간 뒤 물었다.

"그래, 네가 뭐라고 말했다는 거냐?"

윌은 신중한 소년이었다. 그리고 그는 이 업종에 몸담은 지 오래된 노숙한 노병이었다. 그러나 그는 표정에 전혀 그런 기색을 드러내지 않았다. 그는 이렇게 대답했다.

"제가 조무래기 소매치기 놈들이 뻔질나게 드나드는 곳에서 일하고 있어요. 그러니 감히 말씀드립니다만, 혹시 의심 가는 놈의 인상착의를 설명해주신다면 제가 놈을 찾아내서 잃어버린 물건을 되찾게 해드릴 수 있을지 모른다는 겁니다."

그 말을 듣고 신사는 윌에게 지갑 주인에게 함께 올라가기를 바랐다. 윌은 그렇게 했다. 지갑 주인은 머리를 뒤로 젖힌 채 창백한 표정으로 자리에 앉아 있었다. 기이하다 싶을 정도로 낙심천만한 모습이었는데, 윌의 표현을 따르자면 마치 사형 선고를 막 받고 난 사형수 같은 모습이었다.

사람들이 그에게 혹시 범행 현장 근처를 얼쩡대며 왔다 갔다 하던 부랑아나 남루한 옷차림의 남자를 못 보았느냐고 묻자, 그는 "그런 사람은 전혀 보지 못했다"고 대답했다. 그는 누가 그에게 다가왔는지조차 기억나지 않는다고 말했다. 그러자 윌이 말했다.

"그러면 아주 불가능하진 않겠지만, 범인이 누군지 찾는 일은 몹시 힘들겠네요. 하지만 선생님께서 원하신다면 제가 그놈들 틈에 한번 끼어들어 보지요. 그놈들 사이에 끼는 일이 그다지 즐거운 일은 아니지만요. 그놈들 사이에 끼어들어가서 소매치기 패거리 애들을 만나면 분명히 잃어버린 지갑에 대해 무슨 얘기를 듣게 될 거예요."

그러자 사람들이 윌에게 혹시 신사가 지갑을 되찾기 위해 내놓은 보상금 이야기를 들었느냐고 물었다. 윌은 못 들었다고 대답했다(사실 그는 그 이야기를 문간에서 들었다). 그들은 윌에게 보상금이 100파운드나 걸려 있다고 말했다.

"너무 큰 액수네요. 이 일을 제게 맡겨만 주시면 그것보다 훨씬 적은 보상금을 범인에게 전해주고 지갑을 되찾아드리겠습니다. 물론 되찾지 못할 수도 있지만요."

그러자 지갑 주인이 사람들 중 한 명에게 "만약 내건 보상금보다 더 적은 액수로 지갑을 되찾을 수 있다면 나머지 차액을 윌에게 주겠다"고 말했다. 윌은 "선생님을 위해 기꺼이 나서 드리겠으며 보상금은 일단 맡겨놓는 셈 치겠다"고 말했다. 그러자 그들 중 한 명이 말했다.

"알았다, 애야. 그런 나쁜 짓을 저지른 그 선수 놈이(내 보기엔 그놈은 선수가 틀림없어) 누구든 간에, 또 네가 그놈에게 어떤 약속을 하든 간에, 100파운드 이내라면 보상금이 반드시 지급될 것이다. 그리고 지갑 주인께서 네 수고의 대가로 그 돈 말고도 별도로 50파운드를 더 지급할 것이다."

윌이 진지하게 말했다. "진심으로 드리는 말씀입니다만, 저는 우연히 여관 문 앞을 지나던 참이었습니다. 그런데 사람들이 모여 있는 걸 보고 무슨 일이냐고 물었지요. 어쨌든 불운하신 선생님의 지갑과 그 안에 들어 있는 내용물을 되찾는 데 제가 중요한 역할을 할 수 있다면 무척 기쁠 것입니다. 제가 비록 그리 큰 부자는 아닙니다만 50파운드면 제 수고의 대가로 충분할 것 같네요." 그리고 그는 혹시 자기가 무슨 정보라도 얻게 되면 어디로 누구를 찾아와서 누구에게 설명해야 하는지 물었다.

윌은 꽤 오랫동안 그곳에 머물렀다. 따라서 나는 그와의 약속대로 혼자서 집으로 돌아왔다. 그는 밤이 되도록 돌아오지 않았다. 혹시 사람들이 그를 몰래 따라와서 나를 체포하지 않을까 하는 걱정 때문에 우리는 이미 그가 곧장 내게 돌아오는 일은 적절하지 않다고 생각하고 있었다. 우리는 만약 그가 일을 성사시키지 못하면 반시간 안에 돌아오기로 약속했었다. 그런데 그가 한참 동안 돌아오지 않았으므로 우리는 약속한 대로 로즈마리 길 근처의 장소에서 만났다.

돌아온 그는 그간의 모든 대화 내용을 내게 말해주었다. 그는 특히 지갑을 잃어버린 신사가 실의에 빠져 있다고 말했다. 그리고 그는 지갑을 되돌려 주면 우리가 얼마나 큰돈을 벌 수 있는지 설명했다.

우리는 밤새 그 문제를 상의한 후 마침내 바로 다음 날은 그들에게 아무런 소식도 전하지 않기로 결정했다. 또한 우리는 사흘 째 되는 날은 가기는 가되 아무런 사실도 밝히지 않기로 했다. 우리는 그저 그들에게 윌이 사건의 냄새만 좀 맡았을 뿐이지만 반드시 지갑을 되찾게 될 것으로 믿는다는 말만 하기로 했다. 우리는 되도록 일을 어렵게 보이게 만들어 많은 난관이 있는 척하기로 했다. 이런 작전하에 윌은 사흘째 되는 날 지갑 주인을 다시 찾았다. 지갑 주인은 윌이 다시 나타나지 않자 매우 불안해하고 있었다. 그는 윌이 그저 그들의 비위를 맞춰 뭔가 뜯어내려고 한 게 아닌지 의심하고 있었다고 말했다.

그리고 그는 윌에 관해 더 많은 조사를 하지 않고 그냥 보내준 게 너무 안이한 일 아니었나 생각하고 있었다고 말했다.

윌은 그들에게 매우 심각한 표정을 지어 보였다. 그는 자기는 그들에게 조금이라도 도움이 될까 싶어 그렇게 솔직하게 말했던 것인데 그 대가가 그런 식의 대접이라면, 그들은 그를 잘못 본 것이며 그가 다시 찾아온 의미를 잘못 해석한 것이라고 말했다. 그는 계속해서 말했다.

"혹시 선생님들께서 저를 조사해서 뭔가 알아낼 수 있다고 생각하신다면 지금이라도 당장 그렇게 하세요. 제가 말씀드릴 수 있는 건, 소매치기로 악명 높은 꼬마 놈들이 어디를 자주 다니는지 제가 알고 있다는 겁니다. 아마 놈들에게 돈이나 다른 선물을 주고 물어보면 서로 배반하고 제게 정보를 줄 거라는 게 제 생각입니다. 그렇게 해서 사람들이 필요하다고 생각한다면 저는 그 정보를 판사님 앞에 가서 말씀드릴 생각입니다. 그 밖에 제가 더 말씀드릴 수 있는 건, 제가 이런 도움을 드리려고 하루나 이틀 정도의 시간을 까먹었다는 것과 그런 수고의 대가로 의심의 눈초리나 받게 되었다는 것 정도일 겁니다. 이제 다른 사람들이 잃어버린 물건을 찾을 수 있는 곳에 가서 애써 찾으러 다니겠지요."

그들은 윌의 얘기를 좀더 듣다가 과연 지갑을 되찾을 희망이 있기는 있는 거냐고 물었다. 윌은 그들에게 지갑에 대한 소식을 분명히 들었으며, 두려움 없이 자신 있게 말할 수 있다고 생각한다고 말했다. 그리고 자기가 한 일은 지갑을 포함하여 안에 든 어음들을 단 한 장도 불태우지 못하게 막은 것이었다고 말했다. 그러나 그는 자기가 하는 한두 가지 질문에 대해 그들이 먼저 만족스러운 답변을 하지 않는다면 앞으로는 어떤 질문에도 대답하지 않겠다고 말했다. 그러자 그들은 그가 원하는 만족스러운 대답을 해주겠다며 질문이 뭐냐고 물었다. 윌이 대답했다.

"무슨 질문이냐 하면 말이죠. 그처럼 대단한 귀중품을 훔친 절도범이, 선생님들을 찾아와서 훔친 물건에 대해 자백하고 그걸 순순히 되돌려줘도 괜찮다는 기대를 어떻게 할 수 있느냐는 겁니다. 선생님들께서 먼저 그놈에게 약속한 보상금을 분명히 지불하겠으며, 그를 체포한다든가, 질문을 한다든가, 치안 판사님 앞에 데려간다든가 하지 않겠다고 확실히 약속해 주지 않으신다면, 그가 어찌 그런 일을 하겠느냐는 겁니다."

그들은 그 점에 대해서는 확실하게 보장해 주겠다고 말했다. 윌이 말했다.

"글쎄요. 선생님들께서 대체 어떤 보장을 해주실 수 있다는 건지 모르겠습니다. 불쌍한 그 소매치기 놈이 선생님들 수중에 들어와 훔친 물건을 보여줬을 때, 선생님들께서 그놈을 그 자리에서 도둑놈으로 체포하실 수 있습니다. 놈이 도둑놈이라는 사실은 분명하거든요. 그런 다음 선생님들은 훔친 물건을 압수하고 놈을 감옥으로 보내겠지요. 그러면 그놈이 나중에 선생님들에게서 어떻게 보상금을 탈 수 있겠어요?"

그들은 윌의 이런 곤란한 지적에 매우 곤혹스러워 했고 그렇다면 그가 대신해서 훔친 물건을 가져올 수는 없느냐고 물었다. 그러면서 그들은 보상금은 물건을 전달받기 전에 미리 지불하겠으며, 자기들이 방을 나가기 반시간 전에 윌을 미리 나가게 해주겠다고 말했다. 윌이 말했다.

"아닙니다, 선생님들. 그것으로도 안 됩니다. 미리 그렇게 말씀하셨거나 저를 절대로 체포하지 않으실 거라고 말씀하셨다면 제가 분명히 믿었을 겁니다. 하지만 이젠 정말로 선생님들께서 아까 제가 말씀드린 생각을 품고 계시다는 게 분명해졌어요. 이런 상황이라면 저뿐만 아니라 그 누구든 어떻게 안전을 확신할 수 있을까요?"

그러자 그들은 여러 가지 아이디어들을 짜냈다. 하지만 어느 아이디어도 효과가 없었다. 마침내 그 자리에 있던 다른 사람들이 끼어들어 자기들이 범인 소년에게 어떤 해도 입히지 않을 거라는 걸 보증하는 1,000파운드짜리 보증서를 써서 안전을 약속해주겠다고 말했다. 그러나 윌은 그들은 아무런 의무가 없는 사람들이며 그들의 약속 또한 아무런 가치가 없다고 주장했다. 그리고 그들 또한 만약 자기 소유의 물건을 찾는 경우라면 물건을 보자마자 바로 압수해 버렸을 거라고 주장했다. 그러면서 그는 "불쌍한 소매치기 소년이 보상금 반환 소송을 건다는 게 대체 무슨 의미가 있느냐?"고 말했다. 그들은 뭐라고 대답해야 할지 몰랐다. 그러나 그들은 그렇더라도 어쨌든 윌이 나서서 소매치기 소년(만약 소년이라면)에게서 물건을 찾아와야 하며, 자기들로서는 약속한 돈을 윌에게 주는 길밖에 방법이 없다고 말했다. 윌은 웃으면서 그들에게 말했다.

"안 됩니다, 선생님들. 저는 도둑놈도 아니고 도둑놈 대행 역할을 맡아 선생님들의 자비심에다 제 자신을 맡기는 게 정말 싫습니다."

그러자 그들은 윌에게 그렇다면 자기들이 대체 어찌해야 할지 모르겠다고 말했다. 그리고 그가 그들을 못 믿는다면 일이 아주 힘들어질 거라고 말했다. 윌이 대답했다.

"저는 진심으로 선생님들을 믿고 도와드리고 싶습니다. 하지만 도둑놈을 도와주려고 애쓰다 그와 함께 죄를 뒤집어쓰고 파멸하는 일은 정말 하기 싫습니다."

그러자 그들은 자기들이 모두 직접 연서하여 문서를 작성해 주겠다고 제안했다. 자기들은 윌을 추호도 의심하지 않을 것이며, 이 일로 그를 절대로 고발하지 않을 것이며, 윌이 분실한 물건을 찾아나서게 된 건 다름 아닌 자기들의 요구 때문이며, 만약 윌이 물건을 갖고 오면 물건을 훔친 범인의 이름을 밝히지 않아도 되며, 물건 인도 직전과 인도 시에 약속한 돈을 지급하겠다는 내용이 적힌 문서였다.

그 자리에 있던 세 명의 신사들과 지갑 주인까지 연서하여 보증한 문서를 보고 나서야 비로소 윌은 이제 자기가 가서 지갑과 그 안의 모든 내용물을 찾기 위해 최선을 다해 보겠다고 말했다.

그는 지갑 안에 들어 있던 물건들의 확인 명세서를 미리 써달라고 요구했다. 그래야 그가 지갑을 가져와서 제시했을 때 안의 물건들이 온전히 다 들어 있지 않다는 말을 듣게 되지 않을 거라는 것이었다. 그리고 그는 그 명세서를 봉인해달라고 요구했으며, 마찬가지로 자기가 지갑을 범인으로부터 전해 받은 다음에도 곧바로 그걸 봉인하겠다고 말했다. 그들은 이에 동의했으며, 지갑 주인은 기억나는 모든 어음들과 다이아몬드들의 상세한 내역을 다음과 같이 명세서에 적었다.

헨리 퍼니스 경 발행 1,200파운드 어음 1장

찰스 던콤 경 발행 800파운드 어음 1장(250파운드에 대한 배서인 있음)

금은방 업자 J. 태슬 씨 발행 165파운드 어음 1장

프랜시스 차일드 경 발행 39파운드 어음 1장

임금 기록 사무소와 보험 회사를 운영하는 스튜어트 씨 발행 350파운드 어음 1장

250파운드어치에 해당하는 다이아몬드 알맹이 37개를 싼 종이

185파운드어치에 해당하는 다이아몬드 대형 원석 3개(대형 1개, 광택 가공한 것 1개, 커팅한 것 1개)를 싼 종이

그들은 이 모든 물건들에 대한 대가로 절도범에게 주겠다고 주인이 약속한 보상금을 먼저 내게 지불하겠다고 약속했다. 50파운드를 넘지 않는 보상금이었다. 그리고 그들은 물건을 되찾아 준 대가로 윌에게도 50파운드를 주겠다고 약속했다.

그제야 확실한 해결책을 얻게 된 윌은 집으로 돌아왔다. 그는 내게 모든 이야기를 다 해주었다. 나는 그에게 훔친 지갑을 건네주었다. 윌은 내게 약속한 돈을 다 받지 않는 게 현명한 일로 생각된다고 말했다. 그 이유는 그들에게 자기가 뭔가 도움을 준 것처럼 보임으로써 그들의 의심을 덜자는 것이었다. 나는 그의 모든 제안에 동의했다. 다음 날 윌은 다시 약속 장소로 갔고 신사들도 정확하게 제시간에 나와 그를 맞았다.

윌은 첫마디 말부터 부탁받은 일을 수행했으며 부디 그들의 마음에 들기를 바란다고 말했다. 그러면서 그는 다이아몬드만 아니었다면 10파운드만 갖고도 지갑을 찾을 수 있었을 거라고 말했다. "범인 놈이 다이아몬드들이 너무 반짝거린다고 생각했던가 봐요. 그놈이 그것들을 가지고 프랑스나 네덜란드로 도망쳐서 평생 신사처럼 살고 싶다고 얘기하지 뭡니까." 그 말을 듣고 그들은 웃음을 터뜨렸다. 윌이 계속해서 말했다. "하지만 선생님들, 어쨌든 여

기 지갑을 가져왔습니다." 그러면서 그는 길거리 먼지로 새까맣게 더러워진 손수건에 싸인 지갑을 꺼냈다. 지갑은 형편없이 조잡하게 왁스로 봉인돼 있었고 위에는 봉인 확인을 위해 1파딩짜리 동전 자국이 찍혀 있었다.

윌은 자신이 받아 갔던 확인서의 봉인을 떼어내고 동시에 더러운 누더기 손수건을 헤치고 안에 있던 지갑을 꺼내 주인에게 보여주었다. 지갑을 다시 본 주인은 너무 기뻐 넋이 나갈 지경이었다. 미리부터 조심하라는 경고를 들었음에도 불구하고 그랬다. 그는 기절을 예방하기 위해 와인이나 브랜디 한 잔을 요구해야 했다.

지갑을 열자 가장 먼저 다이아몬드들을 싼 종이가 나왔다. 다이아몬드들은 모두 빠짐없이 들어 있었다. 조그마한 종이들도 그대로였다. 원석 알갱이들도 그대로였다. 다이아몬드들이 뒤섞여 있기는 했지만 주인은 모두 다 무사하다고 말했다.

다음에는 어음들이 한 장씩 확인되었다. 그들은 앞서 말한 확인서에 적혀 있는 것보다 오히려 80파운드짜리 어음 한 장을 더 발견했다. 게다가 돈으로 바꿀 수는 없지만 지갑 주인에게는 지극히 중요한 다른 서류들도 여러 장 발견했다. 주인은 내용물이 모두 정직하게 반환되었다는 걸 인정했다. 그들은 "얘야, 이제 너도 우리가 너를 아주 정직하게 대접할 거라는 걸 알게 될 거다"라고 말했다. 그들은 먼저 윌에게 50파운드를 지급했고, 이어서 내 보상금 50파운드도 지급했다.

윌은 우선 자기 돈 50파운드부터 호주머니에 챙겨 넣었다. 돈들은 전부 금화여서 종이에 싸여 있었다. 그런 다음 그는 내 보상금 50파운드를 세기 시작했다. 30파운드까지 셌을 때 그가 말했다. "잠깐요, 선생님들. 선생님들을 위해 저는 정직하게 행동했습니다. 하지만 끝까지 제가 그리 행동하지 않는다는 말씀을 선생님들께서 하실 이유가 완전히 없게 하겠습니다. 이 50파운드 중에서 30파운드만 받겠습니다. 범인 놈과도 그렇게 약속했습니다. 자, 그러니 여기 20파운드는 두고 가겠습니다. 이 돈은 다시 주인 선생님의 돈입니다."

그들은 윌의 정직한 행동에 놀란 듯 한동안 서로를 바라보았다. 사실 그때까지도 그들은 속으로 윌 역시 도둑일 거라는 의심을 완전히 떨치지 않고 있었다. 하지만 윌의 행동이 그런 의심을 말끔히 해소시켰다. 어음을 되찾은 주인은 그들 중 한 명에게 낮은 목소리로 윌에게 그냥 돈을 다 주라고 말했다. 하지만 상대방 신사는 역시 낮은 목소리로 "저 애 자신이 30파운드만 받은 걸로 만족하며 돈을 감하겠다고 하니 그건 안 될 말이오. 그냥 저 애가 원하는 대로 주는 게 무리 없는 일이오"라고 말했다. 그런데 이 대화는 사실 그다지 낮은 목소리로 주고받은 게 아니어서 나도 모두 들을 수 있었다. 따라서 내가 말했다. "저도 안 됩니다. 저는 지갑을 찾아준 일만으로도 아주 만족합니다." 이렇게 해서 모든 일이 마무리되자 그들은 모두 떠나기로 했다.

그러나 떠나기에 앞서 그들 중 한 명이 윌에게 다가와 말했다.

"얘야, 너도 알지만 너 못지않게 우리도 너를 공정하고 공평하게 대해주었다. 그리고 우리는 지갑 주인에게 보상금을 타낸 교활한 범인 녀석이 누군지 묻지도 않았다. 하지만 네가 그 녀석과 대화를 나눴다니 부탁인데, 그 녀석이 대체 어떤 방법으로 그런 짓을 했는지 조금 얘기해 주지 않겠니? 그래야 우리가 다음번에 그런 불똥이 우리에게 또 튀는 일을 막을 수 있을 테니 말이다."

윌이 대답했다. "선생님, 제가 놈들이 한 말과 이 특별한 사건의 전말을 말씀드리면, 지갑을 분실하신 당사자 선생님께서 누구 못지않게, 아니 누구보다도 더 자책하실지 몰라요. 하지만 사건의 전말은 이래요. 지갑을 훔친 아이는 자기 동료와 함께 도둑질에 나섰던 것 같았습니다. 그 동료는 런던의 어느 소매치기 못지않은 날랜 솜씨를 지닌 선수였대요. 그런데 마침 그때 그 선수는 멀리 떨어진 다른 곳에 있었답니다. 그리고 범인 놈은 사실 평생 소매치기 짓을 한 번도 해보지 않은 초짜였어요. 마침 그 애가 거래소 동쪽 근처의 길 한편에 서 있는데 건너편에서 몇몇 신사분들이 길가에 서서 대화를 나누고 계셨답니다. 그런데 지갑 주인 신사분께서 다른 분들과 대화에 열중하시다 계속해서 호주머니에서 지갑을 꺼내 거기서 서류를 꺼내시고, 다시 다른 서류를 집어넣다 뺐다 하며 같은 동작을 반복하더라는 겁니다. 그런데 그분이 마지막으로 지갑을 호주머니에 넣으셨을 때 공교롭게 지갑이 안에 완전히 들어가지 못하고 주머니 안 어딘가에 걸려 밖으로 삐죽 빠져나왔다는 겁니다. 꼬마는 그걸 알아채고 한동안 지켜보다 결국 신사분 가까이 다가가서 순식간에 곁을 스치고 지나가며 슬쩍했어요. 물론 주인 신사분께서는 전혀 눈치채지 못하시고요."

그가 계속해서 말했다. "선생님들께서 소중한 물건들을 넣은 귀중한 지갑을 그렇게 조심성 없이 헐거운 호주머니에 넣고 다니신다는 게 참 이상해요."

"그래, 정말이지, 네 말이 맞다." 상대방 신사가 말했다. 몇 마디 말을 더 나눈 후 그는 윌과 작별했다.

우리는 이제 돈을 어찌해야 될지 모를 만큼 엄청난 부자가 되었다. 적어도 친척도 친구도 없고 호주머니 말고는 돈을 보관할 곳도 없던 나는 그랬다. 물론 윌은 나와는 달랐다. 그에겐 가난한 어머니가 있었다. 하지만 그의 어머니도 그 못지않게 부도덕한 여자였다. 그는 자기 어머니를 부자로 만들고 아들의 성공을 기뻐하게 만들었다.

우리는 이번 건으로 챙긴 전리품을 공평하게 나눴다. 지갑을 훔친 건 나였지만 수익을 불린 건 윌이었다. 그가 일 처리를 잘한 덕에 돈이 생겨난 것이었다. 그도 나도 이번 건을 다른 식으로 처리했으면 지금과 같은 결과는 결코 만들어내지 못했을 것이었다. 어음들에 대해 말한다면 물론 의심의 여지가 없는 진짜 어음들이었다. 그러나 만약 우리가 그것들을 훔친 직후 곧바로 금은방 업자들에게 돈을 받으러 갔다면, 주인이 이미 지급 중지를 통보하러 왔을 테니 돈을 지급받으려는 순간 우리는 현장에서 체포되었을 것이었다. 다이아몬드들도 마찬가지였다. 우리 같은 가난뱅이 꼬마들로서는 우리가 아는 장물아비 말고 다른 사람에게 그것들을 팔 가능성은 전혀 없었다. 그리고 장물아비가 대가로 줄 수 있는 돈은 다이아몬드들의 실제 가치와 비교하면 쥐꼬리만한 돈뿐이었을 것이다. 나중에 안 사실이지만 훔친 물건을 사는 장물아비란 자들은 저울질을 하면서 교활하게 적어도 3온스당 1온스는 무게를 속여 절도범 꼬마들에게 사기를 치는 자들이었다.

우리는 대개 그런 방법이 아닌 다른 방법으로 우리가 훔친 물건을 처분했다. 그런데 당시 나는 누구에게 배운 게 아닌데도 이상한 양심을 소유하고 있었다. 나는 다른 사람의 물건을 훔치는 일에 대해서는 그다지 양심의 가책을 느끼지 않았다. 하지만 나는 우리에게는 아무 짝에도 소용이 없는 어음이나 서류를 파손하여 주인에게 큰 피해를 주는 일만은 견딜 수 없었다. 나는 그런 일이 너무 괴로워서 훔친 서류에 대한 근심으로부터 주인을 벗어나게 해줄 때까지 밤이고 낮이고 편히 쉴 수 없었다.

이제 큰 부자가 된 나는 돈은 어찌해야 하고 앞으로 처신은 어찌해야 할지 알 수 없었다. 나는 아주 검소하게 절약하며 살았다. 물론 나는 앞서 말한 것처럼 단순히 허기를 달래기 위해 가끔은 2~3펜스씩 소비했다. 그러나 많은 사람들이 내게 심부름을 시키며 음식을 주고 입을 옷을 주었다. 1년 동안 내가 쓰는 돈은 15실링을 넘지 않았으며 그 정도 액수는 세관 신사를 턴 돈으로 충분히 충당할 수 있는 액수였다. 게다가 나는 첫 수입으로 생긴 금화 4기니를 아직도 호주머니에 넣고 다니고 있었다. 나무 구멍 안에 떨어뜨렸다가 기겁했던 바로 그 돈이다.

이제 나는 점점 더 대담해지기 시작했다. 윌과 나는 여러 차례 함께 원정을 나섰지만 손수건이나 그 비슷한 소소한 물건들을 슬쩍하는 일은 더 이상 신경 쓰지 않았다. 우리는 사소한 모험 따위는 감수하지 않기로 했다. 어느 금요일 우리가 웨스트 스미스필드 근처를 지나고 있을 때였다. 우연히 그곳 시장에서 시골 노인이 육중한 수소 몇 마리를 팔고 있었다. 보아하니 서섹스 지방 소들인 듯싶었다. 우리는 노인이 서섹스 군 전체에서 그만한 소들은 없다고 말하는 소리를 들었다. 노인 양반(사람들이 그렇게 불렀다)은 지금 이름이 기억나지 않는 어느 술집에서 소를 판 대금을 받았고 그중 상당액을 가방에 넣었다. 그런데 가방을 손에 든 노인이 갑자기 격렬하게 기침을 내뱉기 시작했다. 그는 돈 가방을 든 손을 어느 가게의 칸막이 매대 위에 올려놓고 길가에 서서 본격적으로 기침을 하기 시작했다. 그곳은 스미스필드의 클로이스터 게이트 바로 옆에서 몇 가게 떨어진 곳이었다. 우리는 노인의 바로 뒤에 서서 기회를 노렸다. 윌이 "자, 준비해"라고 말했다. 그는 그 말과 함께 일부러

비틀거리며 자기 머리를 노인의 몸에 세차게 부딪치며 넘어졌다. 노인은 질식이라도 할 듯 다시 세차게 기침을 내뱉기 시작하기 직전이어서 거의 숨도 못 쉬는 상태였다.

윌이 가한 거칠고 강한 충격으로 노인은 그 자리에서 나동그라졌다. 그와 동시에 돈 가방이 그의 손을 벗어나 허공으로 솟았다. 나는 즉시 달려가서 가방을 잽싸게 낚아채 완벽하게 손 안에 넣은 뒤 클로이스터 길을 따라서 죽기살기로 내달렸다. 그 길을 다 내달린 뒤에는 곧바로 왼편으로 돌아서 리틀 브리튼 지역을 가로질러 바르톨로뮤 클로스 쪽으로 내달렸다. 거기서 나는 다시 올더스게이트 가를 가로질러 폴스 앨리 길을 지났고 레드 크로스 길 쪽으로 방향을 틀었다. 그 이후로도 나는 여러 차례 큰길들을 가로질렀고 골목길들을 무수히 지나쳤다. 나는 단 한 차례도 발걸음을 멈추지 않았다. 마침내 나는 윌과 만나기로 한 무어필드 2구역에 이르렀다.

한편 노인과 고의로 부딪쳐 넘어진 윌은 즉시 몸을 추스르며 일어났다. 점잖은 노인(그렇게 보였다)은 느닷없이 길바닥에 나동그라져 너무 놀란 데다 기침 때문에 숨까지 막힐 지경이어서 한동안 기력을 회복하지 못하고 말문도 막혀 있었다. 민첩한 윌은 그 틈을 이용하여 어느새 일어나 도망쳤다. 노인은 한참 동안 "도둑이야! 도둑놈 잡아라!"라고 외칠 수 없었고, 돈 가방을 잃어버렸다는 말도 할 수 없었다. 그는 계속해서 기침만 심하게 내뱉으며 얼굴이 시뻘겋다 못해 거의 새까매질 때까지 이렇게 외쳐댈 뿐이었다.

"강, 강, 콜록, 콜록… 강도 놈들, 콜록, 콜록, 강도 놈들, 콜록, 콜록, 내 가, 가방, 콜록, 콜록, 콜록, 콜록, 콜록, 콜록…" 그러고 나서 그는 잠시 숨을 들이마셔야 했다. 그리고 그는 다시 외쳤다. "강도 놈… 콜록, 콜록…" 이후에도 한참 동안 더 콜록, 콜록 기침을 하고 난 후에야 그는 "강도 놈들이 내 돈 가방을 강탈해 갔다"고 간신히 말할 수 있었다.

노인이 그러고 있는 동안 사람들은 대체 그가 뭐라고 말하는지 이해할 수 없었다. 그 덕분에 노인이 말한 강도 놈들인 우리는 그곳을 완전히 벗어나기에 족한 시간을 확보했다. 반시간쯤 지나자 윌이 약속 장소로 왔다. 우리는 다시 풀밭에 앉아서 가방에서 돈을 꺼냈다. 가방 안에는 금화 8기니와 은화 5파운드 8실링이 들어 있었다. 모두 합쳐 14실링이 들어 있는 셈이었다. 우리는 그 자리에서 바로 돈을 나눠 가졌다. 우리는 그날 더 많은 소득을 올리러 다시 원정에 나섰다. 하지만 첫 번째 성공으로 이미 배가 부른 우리는 그날 나머지 시간은 그다지 열심히 일하지 않았다. 웬일인지 그날 저녁에는 더 이상 기회가 생기지 않았고 전리품도 없었다. 단 한 번의 시도로 앞서와 같은 수입이 생기는 일도 있을 것 같지 않았다.

우리는 그 이후에도 여러 번 원정에 나섰다. 우리는 종종 서로 거리를 유지하며 소소한 전리품을 챙겼지만 그런 일은 참으로 부끄러워했다. 정말이지 우리는 이제 소소한 물건들은 손대기가 싫었다. 앞서 말한 것처럼 조무래기 소매치기 놈들이나 좋아할 물건들 말이다. 우리의 관심을 끄는 물건은 이제 지갑, 서류 케이스, 거액의 현금 같은 것이었다.

다음번 우리의 모험은 어느 날 어둑어둑 땅거미가 질 무렵 그레이스 교회 길에서 롬바드 가로 이어지는 퀘이커 예배당이 있는 좁은 뒷골목 길에서 이루어졌다. 때마침 한 젊은이가 그곳을 지나가고 있었다. 나중에 안 사실이지만 그는 모직물 상점에서 견습 점원으로 일하던 친구였는데 당시 꽤 많은 돈을 수금하고 오는 길인 것 같았다. 그는 그 돈을 갖고 롬바드 가에 있는 어느 금은방으로 가서 상당한 액수를 지급했다. 그런데 그때 바깥이 어둑어둑해지기 시작해서 금은방 주인이 가게 문을 닫고 양초에 불을 붙였다. 우리는 길 건너편에서 그 광경을 훔쳐보며 젊은 견습생이 뭘 하는지 지켜보았다. 그는 자신이 지급하려고 했던 액수의 돈을 다 지급하고 난 뒤에도 한참 더 머무르며 지급 증서 같은 걸 쓰고 있는 것 같았다. 바깥은 이제 더 깜깜해져 있었다. 마침내 그가 가게 밖으로 나왔다. 그가 옆구리에 끼고 있던 돈 가방은 이제 꽤 불룩해 보였다. 그는 깜깜해진 뒷골목 길로 다시 들어섰다. 골목길 한가운데 판자를 둘러친 입구가 만들어져 있었고 거기서 조금 떨어진 끝 쪽에 문턱이 만들어져 있었다. 그가 그 문턱에 발을 걸치고 바로 왼쪽 그레이스 교회 길 쪽으로 돌아서려고 했다.

"자, 준비됐지. 재빠르게 처리해, 알았지?"라고 윌이 내게 말했다.

윌은 그 말과 함께 곧바로 젊은이를 향해 격렬하게 돌진했다. 그 젊은이는 너무 강력하게 돌진해 온 윌의 힘에 밀려 서 있기조차 힘들었다. 결국 그는 제대로 서 있으려고 발버둥치다 골목 문턱에 발이 걸리고 말았다. 그는 퀘이커교 예배당 쪽으로 머리를 향한 채 바람에 날리듯 뒷골목 반대편 방향으로 나자빠졌다. 그 순간 옆에서 지켜보며 준비하고 있던 내가 재빨리 달려가서 그의 손에서 떨어지는 소리를 들은 돈 가방을 더듬어 찾아냈다. 그는 돈이 문제가 아니라 당장 목숨을 구하는 게 문제였다. 나는 돈 가방을 들고 튀었다. 그를 넘어뜨린 윌도 내가 돈 가방을 챙겨 달아나는 걸 보고 즉시 내 뒤를 따라 도망쳤다. 내가 펜 처치 길을 달려가고 있을 때 이미 윌이 나를 따라잡았다. 거기서부터 우리는 함께 죽어라고 집을 향해 내달렸다. 가엾은 젊은이는 넘어지면서 약간 부상을 당한 것 같았다. 나중에 들은 바에 의하면 그는 주인에게 "강도에게 맞아서 넘어졌다"고 보고했다고 했다. 하지만 윌도 나도 손에 막대기 같은 걸 들고 있지 않았으니 그 말은 사실이 아니다. 여하튼 존 스위트애플이라는 그 젊은 견습 점원의 주인은, 그나마 나머지 갚아야 할 돈(100파운드 이상이었다)을 금은방 업자에게 갚으러 갈 때 점원이 습격받지 않은 걸 다행스러워한 것 같았다. 따라서 그는 자신이 입은 손실에 대해 법석을 떨지 않았다. 나중에 들어 보니 그는 그저 피해자 견습 점원에게 앞으로 좀더 조심하고 깜깜한 밤에는 그런 골목길로 들어가지 말라고 말했을 뿐이라고 했다. 그 젊은이는 사실 주인이 경고했던 시간대에 심부름을 한 적이 없는 친구였다. 우리는 그 전에도 그가 돈을 잔뜩 소지하고 심부름을 다니는 걸 본 적이 있었지만 그 시간이 늘 우리 같은 녀석들이 소매치기를 저지르기에 적절한 시간대가 아니었다. 사실 그는 이번 사건 이전에는 어떤 위험에도 빠져본 적이 없었다.

이번 일로 우리가 얻은 소득은 29파운드 16실링에 달해서 각각의 몫이 14파운드 18실링이나 되었다. 관리하기 거북할 만큼 거액으로 불어난 내 재산에 다시 큰돈이 추가된 셈이었다. 나는 정말이지 돈을 보관하는 일에 대한 걱정으로 머릿속이 꽉 차 있었다. 나는 돈을 맡길 친구가 있었으면 좋겠다는 생각이 들었다. 하지만 온통 도둑놈들뿐인 환경에서 자라난 가난한 길거리 부랑아에 불과한 내가 어디서 그런 친구를 찾을 수 있단 말인가. 혹 정직한 소년을 발견하여 내게 엄청나게 많은 돈이 있다는 사실을 알려준다고 치자. 그러면 아마 그는 내게 어디서 그리 많은 돈을 갖게 되었는지 물어보고 나서 그 돈을 맡아주길 꺼려할 것이다. 나는 언제든 또 다른 도둑질을 하다가 결국 붙잡힐 것이고, 그러면 그 친구도 장물아비로 몰리거나 방조범으로 몰리게 될 것이었다.

그러나 윌과 나는 계속해서 그런 범죄 생활을 해나갔고 여러 차례 성공을 거두었다. 비슷한 종류의 일들도 있었고 다른 종류의 일들도 있었다. 우리는 붙잡힐 걱정은 전혀 하지 않았다. 그런데 그 무렵부터 이제 다 큰 어른이 된 윌이 우리가 벌인 일들에 고무된 탓인지 지금까지와는 전혀 다른 성격의 악독함에 물들기 시작했다. 그는 몹시 악독한 갱단 무리와 친해지기 시작했다. 그들은 악독한 일이라면 물불 안 가리고 온갖 범죄 행위에 손을 대는 무리였다.

윌은 건장하고 힘이 센 데다 몹시 대담하고 무모한 친구였다. 그는 상대를 안 가리고 싸웠으며 어떤 일이든 못하는 게 없었다. 내 생각에는 이제 그는 평범한 소매치기 대열에서 벗어난 것 같았다. 나는 그를 아주 가끔 볼 수 있을 뿐이었다. 그러던 어느 날 그가 나를 찾아와 아주 호의적인 태도로 안부를 물었다. 나는 아직도 옛날 일을 계속하고 있으며 최근에는 두세 차례 재수가 썩 좋았다고 말했다. 나는 어느 젊은 여자의 호주머니에서 금화 11기니를 턴 얘기와 마차에서 막 내리는 시골 숙녀를 턴 얘기를 했다. 시골 숙녀를 털 때 나는 그녀가 마차에서 내린 뒤 가방을 열고 마부에게 마차 삯을 지불하는 걸 보고, 기회를 엿보며 뒤를 따라가다가 산뜻하게 가방을 슬쩍했었다. 그녀의 가방 안에는 8파운드 17실링이나 들어 있었지만 그녀는 내가 가방을 슬쩍하는 걸 눈치조차 못 챘다. 그 밖에도 나는 상당한 수입을 올린 다른 사례들도 윌에게 얘기했다. 그러자 윌이 말했다.

"내가 늘 너는 정말 재수 좋은 녀석이라고 말했었지, 잭. 하지만 이제 너도

다 큰 어른이야. 그러니 그런 째째한 놀이는 그만둘 때가 됐어. 내가 지금 네 일보다 훨씬 더 훌륭한 사업에 가담하고 있어. 아마 분명히 너도 그 일에 끼게 될 거다. 용감한 갱단 무리에 너를 소개시켜주겠다는 소리야. 모두 점잖은 신사들이라는 걸 너도 알게 될 거다."

그는 자기들 무리가 함께 벌이고 있는 사업에 대해 간략히 소개했다. 요컨대 그들이 벌이고 있는 사업이란 온갖 도둑질 중에서도 가장 악질적인 도둑질 두 가지였다. 다시 말하자면 그들은 저녁에는 노상강도 짓을 벌이고 다녔고 밤에는 가택을 침입하는 밤손님 짓을 벌이고 다녔다. 윌은 그럴듯한 사업 얘기와 자신들이 거둔 성공 얘기로 나를 유혹했다. 결국 늘 윌이 지시하는 일이면 무슨 일이든 그대로 하는 데 익숙해 있던 나는 주저 없이 그를 따라 나섰다.

사실 그때 시작하려는 사업이 선한 일인지 악한 일인지 분별할 수 있는 능력조차 내게 없었다는 것만큼 확실한 사실은 없을 것이다. 앞서 말했듯이 배운 게 아무것도 없었던 어린 시절로 말미암아 나는 그저 무지했고, 함께 지내던 아이들의 무디어진 양심과 못된 심성의 영향으로 분별력을 가질 수 없었다. 그리고 그 이유에 더해서 내 무지는 내가 지금까지 쭉 해온 일들 탓이기도 했다. 결론적으로 나는 양심에 대해 그 어떤 의식도 없었고 일탈 범죄를 저지르는 일에 대해 그 어떤 가책도 느끼지 않았다.

하지만 내 내면에는 어떤 비밀스러운 영향 때문이었는지 모르지만 방탕하고 사악한 생활을 막아주고 동료들이 지닌 악독한 심성을 갖지 않게 막아주는 무언가가 있었다. 예컨대 나는 상스러운 욕은 결코 하지 않았다. 누구든 내가 욕하는 소리를 들어본 사람이 없었다. 나는 술도 마시지 않았다. 나는 독주를 좋아하지도 않았다. 술 마시는 일을 막아주는 데 도움만 되는 것이라면 나는 하나도 놓치지 않았다. 앞서 말한 바 있듯이 나는 내가 본래 양갓집 출신의 신사라는 생각을 이상하게 갖고 있었다. 그리고 우연찮게 몇몇 상황이 이런 내 생각을 부추기는 데 일조했다. 예컨대 어느 날 우연히 로즈마리 길과 래트클리프 하이웨이 중간쯤 되는 유리가게 동네에 있을 때였다. 마침 옷을 잘 차려입은 신사 한 분이 수행 마차와 함께 그곳에 등장했다. 내 생각으로는 아마 그 동네에서 파는 유리병이나 기타 유리 제품을 사러 온 듯했다. 그런데 물건을 사려고 흥정하던 그 신사가 몹시 험악한 욕설을 내뱉었다. 그가 내뱉는 두세 단어 중 한 단어가 욕설일 정도였다.

결국 점잖고 진중한 유리가게 주인 노인이 감히 나서며 그 신사를 질책했다. 그러자 신사는 처음에는 욕설을 더 심하게 내뱉었다. 그러나 얼마 후 그의 욕설은 다소 누그러졌다. 그래도 처음보단 덜 해도 그의 욕설은 여전히 심했다. 다시 얼마 후 착한 유리가게 주인이 그에게 몸을 돌리며 말했다.

"이보시오, 신사 양반, 무슨 욕설을 그리 심하게 하시오. 아무 의미도 없이 그토록 심하게 하나님 이름을 팔며 상소리를 해대고 있으니 참고 응대해줄 수가 없소. 우리 가게 물건은 안 팔 테니 놔두고 다른 유리 가게나 가보시오. 너무 고깝게 받아들이진 마시오. 그저 당신처럼 심하게 욕하는 사람과 거래하고 싶지 않을 뿐이오. 당신이 우리 가게에 머물고 있는 동안 당신 머리 위로 가게가 내려앉는 게 아닌지 겁까지 날 지경이오."

주인 노인의 질책에 유머러스한 기분이 든 신사가 말했다.

"알겠으니 들어가지 마세요. 더 이상 욕을 안 하겠습니다. 가능하면 욕을 하지 않겠습니다."

그 말을 듣고 주인 노인은 그에게 다시 몸을 돌리고 그를 쳐다보며 말했다.

"진심이오, 손님. 손님처럼 점잖고 교양 있는 훌륭한 신사가 그런 혐오스러운 욕설을 익숙하게 내뱉다니 유감이오. 그런 욕설은 신사답지 못한 말이오. 그건 저기 저 유리 공장 용광로에서 일하는 새까만 노동자라든가 헐벗고 다니는 저런(그는 나를 가리켰다) 구두닦이 녀석들, 혹은 유리 공장 석탄재 구덩이에서 자는 더러운 녀석들에게나 어울리오. 아니지, 욕설은 그런 자들에게도 안 될 일이오. 그들도 반드시 욕하는 버릇을 고쳐야 하오. 어쨌든 교양 있는 신사분이라면 욕설이 격에 안 맞는 말이란 걸 명심해야 하오. 신사라면 반드시 그보다 더 현명해야 하고 더 잘 배워야 한다는 소리요. 당신이 그보다 더 현명한 분이라는 건 분명하오. 그러니 제발 부탁하오, 손님. 욕설을 하고 싶은 생각이 들 때마다 부디 '이게 과연 신사다운 행동일까? 이게 신사에게 어울리는 행동일까?'라고 자문해 보시오. 이런 질문을 꼭 스스로에게 던지시오. 그러면 이성의 힘이 승리를 거두게 될 것이고, 손님은 더 이상 욕을 하지 않게 될 것이오."

나는 그 대화가 오가는 동안 내내 엿듣고 있었다. 유리가게 주인이 욕설이란 우리 같은 부랑아들에게나 어울리는 말이라고 말했을 때 피가 얼어붙는 것 같았다. 요컨대 주인의 충고는 문제의 신사에게도 감명을 주었지만(결국 신사는 주인의 충고를 아주 우호적으로 받아들이고 고맙다는 인사까지 했다), 그 못지않게 내 마음속에도 깊은 감명을 주었다. 어쨌든 그 일 이후로 내게 욕설이나 부도덕한 말을 내뱉고 싶은 생각이 추호라도 든 적은 단 한 번도 없었다. 그리고 나는 동료들이 그런 말을 내뱉는 소리를 듣는 일이 혐오스러웠다. 술도 마찬가지였다. 내겐 술 마실 기회가 전혀 없었다. 나는 누군가가 자선 차원에서 주는 물이나 싱거운 맥주만 마셨을 뿐 독한 맥주 같은 건 절대로 안 마셨다. 그리고 돈을 소지하게 된 이후에도 나는 독한 맥주 같은 건 사 먹고 싶지 않았다. 나는 그런 일에 돈을 낭비하고 싶지 않았다.

도덕 원칙에 대해서도 마찬가지였다. 물론 내가 교육에 의해 확립된 도덕적 행동 원칙의 기초를 갖고 있지 않다는 건 사실이었다. 게다가 운명적으로 일찌감치 나쁜 동료들의 세계로 끌려들어 갔던 나는 그런 세계가 도덕적으로 나쁘다는 인식조차 갖고 있지 않았다. 그러나 사물을 이해하게 되고 온갖 나쁜 짓들에 휩싸여 빠른 속도로 교수대를 향해 나아가고 있다는 걸 인지할 수 있는 나이로 성장하게 되자, 나는 종종 내가 잘못된 길을 밟고 있다는 생각을 했다. 악마에게 가는 대로를 걸어가고 있다는 생각 말이다. 나는 종종 소스라치게 놀라며 '과연 내 삶이 신사의 삶일까?'하고 자문하곤 했다.

하지만 이런 사소한 자성의 생각은 세월이 흐르면서 점점 약해지기 시작했다. 결국 나는 예전부터 하던 사업을 다시 시작했다. 윌이 내게 갱단에 끼라고 부추기러 왔을 때부터 나는 더 심하게 그런 사업을 벌여나갔다. 앞서 말했듯이 윌은 모든 일에 있어서 내 행동의 지침이었다. 나는 습관과 근면의 힘 덕분에 그의 모든 행동 방식을 지켜보면서 내 주인 격인 그 못지않은 민첩한 선수가 되는 법을 배워나갔다.

다시 윌이 내게 찾아왔던 시점으로 돌아가겠다. 자신이 얼마나 훌륭한 사업을 시작했는지 설명하면서 그는 내게 함께 가자고 권했다. 그렇게 하면 내가 신사가 될 수 있다는 것이었다. 윌은 '신사'라는 단어를 나와는 사뭇 다른 의미로 이해하고 있는 듯했다. 그가 말하는 신사는 소매치기보다 한 단계 위의 악당인 "신사 형(型) 도둑놈" 이상도 이하도 아니었다. 그리고 그 신사는 우리 소매치기들의 방식보다 더 악랄한 짓을 할 수도 있고 교도소에 갈 자격도 더 많이 부여받는 사람이었다. 그러나 내가 마음에 두고 있는 신사는 비록 정확하게 그 의미를 설명할 수는 없었지만, 그런 신사와는 전혀 다른 의미를 지닌 사람이었다.

어쨌든 '신사'라는 말에 넘어가 나는 결국 그를 따라 나섰다. 우리는 그때 아직 젊은 나이였다. 윌은 스물 네 살쯤 되고 나는 열여덟 살쯤 되는 나이였다. 나는 나이에 비해 키가 꽤 큰 편이었다.

윌은 가장 먼저 다른 젊은 친구 두 명을 내게 소개시켰다. 우리는 해가 지기 반시간쯤 전에 그레이스 인 길 아래쪽 동네에서 만나서 '웨이크필드의 핀달'이라고 부르는 요새 쪽으로 갔다. 벽돌 굽는 가마가 많이 있는 한적한 장소였다. 이곳에서 우리는 팬크래스 교회 쪽을 향하여 들판의 큰길에서 각기 흩어져, 그들의 용어를 빌리자면, 덮치기 알맞은 사냥감을 찾아나서기로 했다. 그런데 얼마 후 켄트 시로 가는 방향 쪽에서 우리 패거리 중 두 명, 즉 윌과 다른 동료가 홀로 바삐 길을 가던 신사 한 명을 발견했다. 날은 이미 어두워져 있었다. 잠시 후 윌이 "여기다!" 하고 외쳤다. 우리는 그 소리를 들으면 그곳에서 멀찌감치 떨어져 조용히 대기하고 있기로 했었다. 그러다가 만약 그가 도움을 요청하면 즉시 끼어들고, 뭔가 위험한 상황이 벌어지면 그가 우리에게 신호를 보내기로 했었다.

윌이 그 신사에게 다가가 멈춰 세운 뒤 물었다.

"어이, 신사 양반, 돈 가진 것 좀 있나?"

신사는 윌이 혼자라는 걸 알고 들고 있던 지팡이를 그에게 내리쳤다. 그러나 힘이 세고 재빨랐던 윌은 즉시 반격했다. 두 사람 사이에 격투가 벌어졌고 결국 윌은 신사를 넘어뜨렸다. 신사는 살려달라고 애원했다. 윌은 신사에게 욕설을 퍼부으며 목을 잘라 버리겠다고 위협했다. 그런 일이 벌어지고 있는 와중에 이번에는 큰길에 전세 마차 한 대가 등장했다. 그러자 그쪽에 있던 네 번째 동료가 "여기다!" 하고 외쳤다. 놀람의 대상이 아니라 사냥의 대상이 나타났다는 걸 의미하는 신호였다. 그 신호를 듣고 다른 동료들이 그를 돕기 위해 그쪽으로 달려가서 마차를 멈춰 세웠다. 마차에는 지위 높은 환자를 왕진하러 갔다가 돌아오던 내과, 외과 의사 선생들이 타고 있었다. 둘 다 상당한 왕진비를 소지하고 있는 것 같았다. 그들은 값나가는 돈주머니를 두 개 갖고 있었는데 하나에는 금화 11~12기니가 들어 있었고, 다른 하나에는 금화 6기니와 잔돈푼 몇 개, 시계 두 개, 다이아몬드 반지가 들어 있었다. 외과 의사는 석고 박스도 갖고 있었고 그 안에는 은제 치료 도구들이 가득 들어 있었다.

동료들이 마차를 터는 동안 윌은 신사를 거꾸러뜨리고 위에 올라탔다. 그는 신사에게 소리만 안 지르면 목숨은 살려주겠다고 약속하며 마차가 사라지는 소리가 날 때까지 꼼짝 말고 있으라고 명령했다. 그 소리가 들려야 동료들의 작업이 끝났다는 걸 알 수 있었다. 윌은 신사를 길 바깥으로 끌고 가 두 손을 뒤로 묶었고 그곳에 조용히 엎드려 있으라고 명령했다. 그리고 그는 반 시간 정도 있다가 다시 돌아와서 약속대로 묶은 손을 풀어주겠지만 만약 소리를 지르면 바로 다시 돌아와 죽여버리겠다고 위협했다.

가여운 신사는 찍소리도 못한 채 조용히 엎드려 있겠다고 약속했고 실제로 그렇게 했다. 그의 호주머니 안에는 11실링 6펜스가 들어 있었다. 윌은 그걸 빼앗은 뒤 다른 동료들에게 돌아왔다. 그런데 그들이 그곳에 모여 있었을 때, '웨이크필드 펀달' 요새 쪽에 있던 내가 "여기다!" 하고 소리쳤다.

내가 발견한 건 초라한 행색의 두 여자였다. 한 명은 보모인 듯싶은 아줌마였고 다른 한 명은 켄트 시로 가던 하녀 같았다. 내가 이런 일에 아직 초보자라는 걸 알고 있던 윌이 쏜살같이 달려왔다. 그는 두 여자가 얼마나 손쉬운 사냥감인지 보고는 내게 말했다.

"이봐, 대령, 자네 혼자 직접 처리해 봐."

나는 두 여자에게 다가가 그중 나이가 많은 편인 여자에게 말했다.

"이것 봐요, 보모 아줌마, 뭘 그리 급하게 가시나. 나랑 얘기 좀 합시다."

그 말을 듣고 두 여자는 발걸음을 멈췄다. 둘 다 약간 겁을 집어먹은 것 같았다. 나는 하녀 쪽을 향해 말했다.

"예쁜 아가씨. 그리 겁먹을 필요 없어. 주머니 속의 돈만 조금 내놓으면 별일 없을 거야. 해치지도 않을 거고."

그때 윌이 모습을 드러냈다. 여자들은 그의 존재를 아직 모르고 있었다. 그제야 두 여자는 비명을 질렀다. 내가 다시 말했다.

"조용히 해. 떠들지 말란 말이야. 당신들을 죽이고 싶은 마음이 들지 않게 하라고. 우린 그러고 싶지 않아. 즉시 돈을 내놓으라고. 아무 말 하지 말고. 그러면 당신들을 해치지는 않겠어."

그 말을 듣고 가엾은 하녀는 5실링 6펜스를 내놓았고 보모는 금화 1기니와 1실링을 내놓았다. 보모는 그 돈이 자신이 세상에 남겨놓은 전 재산이라고 말하면서 훌쩍거렸다. 하지만 그녀의 애원에도 불구하고 우리는 돈을 빼앗았다. 물론 돈을 빼앗긴 가여운 그녀의 고통을 생각하니 나도 마음이 아팠다. 나는 그녀에게 사는 곳을 물었다. 그녀는 자기 이름이 스미스이며 켄트 시에 산다고 대답했다. 나는 다른 말은 하지 않고 다시 각각 볼일을 보러 가라고 말했다. 나는 빼앗은 돈은 윌에게 주었다. 우리는 몇 분 안에 모두 다시 한자리에 모였다. 그러자 동료들 중 한 명이 말했다.

"야! 오늘 수입은 쏠쏠한 걸! 길 하나를 턴 것치고는 충분해. 이제 그만 돌아가자."

우리는 길을 벗어나 들판을 가로질러 토트넘 궁 쪽으로 천천히 달렸다. 그때 윌이 말했다.

"아참! 아까 신사를 묶어두었어. 가서 풀어줘야 해."

그러자 일행 중 한 명이 말했다. "제기랄, 그냥 놔두고 가자고."

그러자 윌은 "안 돼. 약속을 안 지킬 수 없어. 가서 풀어주고 가야 해"라고 말했다.

결국 그는 범행 현장으로 갔다. 그러나 이미 신사는 사라지고 없었다. 스스로 결박을 풀고 도망친 것인지 아니면 지나가는 사람에게 도움을 청하여 결박을 풀게 된 것인지 윌로서는 알 수 없는 노릇이었다. 그는 큰 소리로 두 차례 신사를 불렀지만 아무 소리도 들을 수 없었다.

그 일로 우리는 한층 더 발걸음을 빨리 할 수밖에 없었다. 토트넘 궁 대로에 접어들어서도 우리는 그곳이 현장에서 너무 가깝다고 생각했다. 우리는 세인트 자일스 시를 지나서 피카딜리 지역을 가로질러 하이파크 게이트까지 갔다. 그런데 우리는 그곳에서 다시 한 번 과감하게 사륜마차 한 대를 털었다. 두 동료 중 한 명과 윌이 파크 게이트와 나이트 다리 사이에서 저지른 일이다. 마차 안에는 신사 한 명과 조무래기 한 명, 그리고 그 신사가 거기서 조금 떨어진 스프링 가든 동네에서 데리고 탄 듯한 매춘부 한 명이 타고 있었다. 윌과 동료는 신사의 돈과 시계와 은도금이 된 칼을 강탈했다. 그들이 매춘부에게 다가가자 그녀는 그들이 신사에게서 돈을 강탈했다고 욕설을 퍼부었다. 자기에게 돌아올 돈을 한 푼도 남겨놓지 않았다는 것이었다. 그녀는 옷차림은 화려했지만 수중에 6펜스짜리 동전 한 닢 없었다.

그 일을 끝내고 우리는 서둘러 큰길을 벗어나서 첼시로 가는 들판 쪽으로 향했다. 우리는 웨스트민스터에서 첼시로 가는 노상에서 세 명의 신사들을 만났다. 그러나 그들은 우리가 감당하기에는 너무 벅찼다. 그렇게 늦은 시간(사실 여덟 시쯤이었고 달빛도 약간 비추고 있었다. 하지만 안전을 보장하기에는 늦고 어두운 시간이었다)에 들판을 가로질러 간다는 게 걱정스러웠던지 그들은 첼시에서 고용한 경호원을 세 명이나 대동하고 있었다. 쇠스랑을 들고 있는 두 남자와 갈고리 형태의 노를 들고 있는 뱃사공이었다. 우리는 그들을 피해 가고 싶었다. 그리고 되도록이면 그들이 우리를 발견하지 않았으면 싶었다. 하지만 그들은 우리를 발견했고, "거기, 당신들 누구요?"라고 물어왔다. 우리가 "당신들과 한편인 친구들이요"라고 대답하자 그들은 다행이라며 그냥 지나갔다.

첼시에 도착하니 그들이 내게 알리지 않은 또 다른 사업이 남아 있는 것 같았다. 어느 저택을 터는 일이었다. 동료들은 이미 그 저택에서 일하고 있는 원래 그들과 한패였던 하인과 내통하여 저택에 대한 정보를 확보하고 있었다. 정복 착용 하인으로 위장하여 근무하던 그 동료가 미리 정해진 암호에 따라 동료들에게 문을 열어주기로 되어 있었다. 그런데 그가 악당 근성이 부족해서 그랬다기보다는 술에 흠뻑 취하는 바람에 자신의 역할을 망각하고 우리를 실망시켰다. 계획대로라면 그는 그날 새벽 2시에 일어나 우리를 저택에 들이기로 되어 있었다. 그러나 술에 흠뻑 취한 그는 열한 시까지 귀가하지 못했고 화가 난 주인은 대문을 걸어 잠그고 다른 하인들에게 무슨 일이 있어도 그를 집안에 들이지 말라는 명령을 내렸다.

우리는 1시쯤 그 저택에 도착하여 집 안의 동태를 살폈다. 그런 다음 뷰포트하우스 담장 밑에 가서 시계가 2시를 칠 때까지 휴식을 취하다가 다시 그 저택으로 갔다. 그런데 세상에! 저택에 도착하자 우리에게 문을 열어주기로 되어 있던 동료 녀석이 잔뜩 취해서 대문 앞에 뻗어 곯아떨어져 있는 게 아닌가! 이미 이 모든 일을 지휘하는 행동대장이라는 걸 내가 알아차린 윌이 녀석을 깨웠다. 그러자 두 시간이나 자고 난 그가 다소 정신을 차리며 자기가 부당한 대우를 당했으며(그의 말이다) 집에 들어갈 수 없는 처지라고 설명했다. 우리는 사실 저택을 억지로 침입해 들어갈 수 있는 도구들을 갖고 있었다. 그러나 윌은 곰곰이 생각해보더니 다음번에 다시 기회를 잡을 때까지 기다리면 말썽 없이 조용히 들어갈 수 있을 테니 이번에는 포기하는 게 낫겠다고 결론내렸다.

그런데 저택의 가족들 입장에서는 하인이 술에 취해 소동을 벌인 게 다행스러운 일이었다. 문제의 하인이 술에 취한 상태에서 우리 계획에 대해 몇 마디 누설을 한 것이다. 본래 술을 좋아하기도 했지만 오만불손한 편이었던 녀석이 이상한 말을 한 것이다. 그는 자기를 집안에 들이는 편이 주인의 신상에 좋을 것이라며, 만약 그리 하지 않는다면 나중에 큰 대가를 치를 거라고 협박 비슷한 말을 지껄였다. 그 말을 새겨들은 주인은 다음 날 아침 녀석을 해고시켰고 다시는 집 안에 발을 들여놓지 못하게 했다. 따라서 하인이 술에 취한 일이 저택의 가족들에게는 다행스러운 일이었다는 것이다. 그러는 바람에 그들은 강도를 당하고 목숨까지 빼앗길 뻔했던 일을 피할 수 있었다. 사실 우리 갱단 패거리는 아주 악독하고 무자비한 녀석들이었으며 나중에 알고보니 그 숫자도 무려 열세 명이나 되었다. 그리고 그중에서 세 명이 오밤중에 패거리에게 문을 따주기 위해 신사들의 저택에 하인으로 위장 취업을 하고 있었다. 갱단 패거리가 자기들이 일하는 저택으로 들어와서 강도짓을 하고 가족들을 요절내게 하려는 게 그 목적이었다.

나는 그날 밤새도록 그들과 함께 쏘다녔다. 그들은 첼시에서 실망스러운 결과를 얻자 켄싱턴으로 갔다. 그들은 그곳에서 양조장과 세탁장을 부수고 들어갔고, 같은 식으로 바깥 쪽 부엌을 통해 신사의 저택으로 침입했다. 그곳에서 그들은 구리 조리대와 엄청난 무게가 나가는 백랍 그릇을 훔쳐서 빠져나왔다. 그들에게는 애용하는 샛길이 있었다. 그들은 그런 장물을 처리해 주는 장소까지 안전하게 가는 법을 알고 있었다.

우리는 다음 날은 꼼짝도 하지 않고 있으면서 전날 훔친 물건들을 분배했다. 그중 내 몫은 8파운드 19실링이었다. 무게가 꽤 나가는 구리 조리대와 백랍 그릇은 무게를 단 후 인근 업자에게 반값으로 후려쳐 판매됐다. 윌과 나는 오후에 함께 밖으로 나왔다. 윌은 우리가 거둔 성공에 매우 흡족해 했으며 어떻게 하면 그런 식으로 매일 확실하게 성공할 수 있을지 궁리했다. 그러나 그는 전날 밤 원정의 성공에 대해 내가 예전처럼 크게 고무되지 않았고 자기처럼 앞날에 대한 기대감에 차 있지 않다는 걸 알아차렸다. 그러나 나는 그에게 할 말이 별로 없었다.

내 마음은 켄트 시 인근에서 내가 돈을 강탈한 불쌍한 보모 아주머니에 대한 생각으로 가득 차 있었다. 나는 그녀를 찾을 수만 있다면 강탈한 돈을 되돌려 주리라 결심했다. 나는 그런 짓이 너무 잔인하고 가증스럽다고 생각했고, 필연적으로 혐오감까지 느꼈다. 또한 그런 짓을 저지르는 건 악마에게 가는 지름길이며 결단코 신사의 삶이 아닐 거라는 생각이 더한 충격을 주며 떠올랐다.

나는 윌과 헤어졌다. 그러나 다음 날 아침 우리는 다시 만났다. 윌은 아주 명랑하고 쾌활했다. 그가 말했다.

"이봐, 잭 대령, 우리 금방 부자가 되겠어."

"그래. 그런데 부자가 되면 뭘 하는데?" 내가 대답했다.

"뭘 하냐고? 멋진 말 몇 마리를 사서 활동 범위를 더 넓히는 거지. 더 넓은 현장으로 나가는 거야." 그가 말했다.

"더 넓은 현장이라니 무슨 소리야?" 내가 물었다.

"무슨 소리냐고? 본격적인 노상강도가 되자는 거지. 신사답게 말이야. 그러면 우리는 정말 떼돈을 벌 수 있을 걸." 그가 대답했다.

"그래 좋아. 그럼 그러고 나면?" 내가 물었다.

"그러고 나면? 뭐가 그러고 나면이야? 그 다음부터는 신사처럼 살면 되지." 그가 대답했다.

"하지만 윌, 만약 떼돈을 벌게 되면 이 일에서 손을 뗄 거야? 가만히 앉아서 편안하게 살 거냐고?" 내가 물었다.

"물론이지." 윌이 대답했다. "엄청난 재산을 갖게 되면 당연히 손을 떼야지."

"하지만 이런 저주받을 짓을 계속한다면 말이다. 그런 때가 오기 전에 우리가 어디에 가 있을지 어떻게 알아?" 내가 말했다.

"그런 생각 마. 그따위 생각을 하면 너는 절대로 신사가 될 자격을 못 얻어." 윌이 말했다.

신사라는 말이 내 가슴을 정통으로 찔렀다. 아직도 내 가슴속에는 신사가 되겠다는 생각이 깊이 자리 잡고 있었다. 따라서 나는 한참 동안 말문을 열지 못했다. 하지만 얼마 후 다시 정신을 차리고 그에게 빈정대는 말투로 말했다.

"하지만 윌, 그런 삶의 방식을 신사의 삶의 방식이라고 말할 수 있어?"

"왜 없어?" 그가 반문했다.

"왜 없냐고?" 내가 말했다. "나이 많은 불쌍한 아주머니가 자신과 집에 있는 병든 아이의 빵 값으로 쓸 전 재산이니 제발 빼앗지 말라고 무릎 꿇고 애원했는데도 나는 2파운드 20실링을 강탈했어. 그게 신사다운 행동이야? 만약 네가 그때 옆에서 지켜보며 그런 짓을 하라고 부추기지 않았으면 내가 그런 짓을 했을 거라고 생각해? 사실 그때 너한테는 안 보였지만 나도 아주머니 못지않게 울면서 그 짓을 했다고."

"이런 바보 같은 놈." 윌이 말했다. "그따위 상황에 신경을 쓰면 너는 정말이지 결코 우리 사업에 동참할 자격이 없어. 내 당장 그런 일에 신경 안 쓰게 만들어 주지. 우리 사업에 동참할 자격을 갖추려면 피해자들이 반항할 때 싸울 줄 알아야 하고, 그들이 굴복할 때 목을 칠 줄 알아야 해. 그리고 숨통을 끊을 때는 확실히 끊어줄 줄 알아야 해. 그래야 애걸복걸하거나 빌지 않는다는 말씀이지. 젠장, 대체 연민의 감정이 무슨 의미가 있냐? 우리가 형사 재판소에 끌려가면 누가 우리에게 연민을 보이기나 하냐? 장담컨대 자기 돈 2파운드 20실링을 제발 빼앗지 말라고 훌쩍거리며 애원했다는 그 늙은 아줌마도 아마 그냥 구경만 할 걸. 무릎 꿇고 애원했다 해도 우리에게 유리한 증언을 해서 우리 목숨을 구해주는 일은 하지 않을 걸. 우리 같은 놈들이 교수대로 끌려갈 때 그런 사람들 중 어느 한 명이라도 울면서 우리를 불쌍히 여기는 걸 본 적이 있냐?"

"알았어, 윌." 내가 말했다. "어쨌든 예전의 소매치기 일로 다시 돌아가는 게 어때? 그러면 지금처럼 잔인한 일은 저지르지 않아도 되잖아. 그래도 더 많은 돈을 벌 수 있고 성공도 할 수 있을 거라고 생각한다마는."

"안 돼." 윌이 말했다. "너는 바보야. 너는 우리가 얼마나 짧은 시간 안에 얼마나 근사한 일을 하게 될지 몰라."

그 대화를 나눈 후 우리는 헤어졌다. 나는 속으로 이제 다시는 그와 얽히는 일은 하지 않겠다고 결심했다. 사실 그들 일당은 악명 높은 갱단이었고 무시무시하고 잔혹한 악당 놈들이었다. 심지어 그들과 함께했던 짧은 기간 동안에도 나는 그들이 하는 말을 들으며 피가 얼어붙는 오싹한 감정을 느낀 적이 한두 번이 아니었다. 그들은 시도 때도 없이 서로에게 소리 지르고 욕설을 내뱉었고, 혼잣말 말끝에도 욕을 달지 않는 적이 없었다. 나는 그들의 마음속에는 기회만 닿으면 누구든 죽여버리고 목을 잘라버리겠다는 생각이 자리 잡고 있다는 것도 알 수 있었다. 나는 첼시에서 저택 침입에 실패하고 실망하고 난 이후 그들의 대화를 들으면서 그런 사실을 처음 알았다. 그때 함께했던 두 동료와 윌은 목표로 삼은 저택에 못 들어간 일에 대해 욕설과 저주를 퍼부으면서, 만약 들어갈 수 있었다면 주인 놈의 목을 따버렸을 거라고 떠들었다. 그리고 그들은 톰(그 집에 위장시켜 들여놓은 하인이다)이 그들을 집 안으로 들일 기회를 잡기만 하면 가족을 모두 죽여 버리겠다면서 저주와 욕설을 내뱉고 악수까지 나누었다.

이틀 후 윌은 다시 내 숙소를 찾아왔다. 나는 그때 내 숙소를 따로 마련해 혼자 살고 있었으며 멋진 옷과 셔츠를 사서 누구 못지않게 차려입고 다니고 있었다. 그런데 윌이 찾아온 날 공교롭게도 나는 다른 원정 건으로 외출 중이었다. 윌이 원하는 악랄한 악당이 될 만큼 양심이 마비된 건 아니었지만 나는 아직 부도덕한 강도 생활을 벗어나기에 충분한 만큼의 도덕 원칙에 도달한 건 아니었다. 물론 내 이런 태도와 생활 역시 나를 다른 동료들이 빠지는 것과 같은 파멸로 이끄는 건 마찬가지였다. 물론 내 방식은 그들처럼 폭력적이고 급격한 방식은 아니었다. 집에 돌아온 나는 다음 날 저녁 모처에서 만나자는 윌의 메시지를 전해 받았다. 다음 날 나는 시간을 넉넉히 두고 약속 장소로 갔다. 하지만 나는 갱단과 관련된 일이라면 그와 절대로 어울리지 않겠다고 단단히 다짐하고 있었다.

그러나 천만다행으로 나는 윌을 만날 수 없었다. 그는 약속 장소에 모습을 드러내지 않고 대신 다른 장소로 가서 갱단 동료들을 만났다. 그들이 그에게 급히 처리할 사업이 생겼다는 급보를 보냈던 것이다. 급보 내용은 바로 그들이 첼시의 저택에 스파이로 심어놓은 동료로부터 기회가 왔다고 전해 온 호출이었다. 그들은 모두 함께 현장으로 갔다. 그들은 한스로우 동네에 있는 그 저택을 털 기회를 놓치지 않고 악랄한 강도 행위를 저질렀다. 그들은 저택 정원사에게 중상을 입혔으며(아마 사망했을 것이다), 엄청난 거액과 금은제 식기류를 강탈했다.

그러나 그들은 저택 사람들의 격렬한 저항에 부딪혀 일을 깔끔하고 마음

편하게 마무리하지 못했다. 그 바람에 이웃사람들이 놀라 사건을 눈치채게 되었고 결국 그들은 추격을 당하게 되었다. 그들은 강탈한 전리품을 들고 런던으로 돌아왔지만 그중 한 명이 체포되고 말았다. 날랜 솜씨를 지녔던 두목격인 윌은 홀로 도망을 쳤다. 그는 옷 속에 엄청난 무게가 나가는 돈과 식기류를 집어넣고 템스 강으로 뛰어들었다. 그는 헤엄을 쳐서 강을 건너 사람들이 다니는 오솔길이나 한길이 없는 반대편 강가 한적한 곳에 닿았다. 사람이 다닐 거라고 의심할 수 없는 곳이었다. 무사히 그곳에 도착한 그는 강물에 흠뻑 젖은 몸으로 인근 숲속에 은신했다. 나중에 그에게서 들은 말에 의하면 그곳은 첼시에서 멀리 떨어지지 않은 곳이었다. 윌은 그곳의 들판 숲속에 숨어서 옷이 마를 때까지 기회를 엿보며 기다렸다. 밤이 되자 그는 킹스턴까지 내려갔고 그곳에서 다시 모트락으로 갔으며 그곳에서 런던으로 가는 보트를 탈 수 있었다.

그는 동료들 중 한 명이 체포됐다는 사실을 몰랐다. 그저 다른 일행들이 거의 잡힐 정도로 아슬아슬하게 쫓기다가 부득이 뿔뿔이 흩어질 수밖에 없었고, 이후 각자 알아서 행동할 수밖에 없었다는 것만 알고 있었을 뿐이다. 그는 행운의 여신이 그렇게 되도록 지시라도 한 것인지 모르겠지만, 우연찮게도 경찰이 찾아와 수색을 마치고 돌아간 직후에 귀가했다. 체포된 그의 동료가 비밀을 털어놓으면 호의를 베풀어 교수형을 면제시켜 준다는 경찰의 설득에 넘어가 동료들의 정체를 밝혔고 특히 윌이 모든 범행의 주범이라고 폭로한 상황이었다.

윌은 도망갈 시간을 충분히 확보한 상태에서 그 사실을 알아차렸다. 따라서 그는 체포를 피해 나를 만나러 내 집을 찾았다. 그러나 이번에도 행운의 여신이 나를 보호해주었다. 이번 역시 나는 집에 없었다. 하지만 그는 모든 장물을 내 집에 놓고 갔다. 그는 낡은 외투에 장물을 싸서 내 침대 밑에 놓고 가면서 윌 형이 그곳에 왔다가 빌려 입은 외투를 침대 밑에 놓고 간다는 말을 남겼다.

나는 그 말이 무슨 소린지 몰랐다. 그러나 나는 침대에 가서 문제의 꾸러미를 발견했고, 그 속에 100파운드 이상의 가치가 나가는 식기류와 현금이 들어 있는 걸 발견하고 깜짝 놀랐다. 나는 물건을 놓고 간 그 윌 형이 어찌 되었는지는 전혀 알 수 없었다. 그리고 그 후 사나흘이 지나도록 아무런 이야기도 듣지 못했다.

나흘째 되던 날이 다 지나갈 때쯤 나는 나와 늘 함께 다니는 모습이 목격된 바 있고, 나를 동생이라고 부르던 그 윌이 결국 체포되어 교수형에 처해질지 모른다는 소식을 들었다. 다음 날 나는 우연히 로즈마리 레인 동네를 지나다가 옛날에 내게 친절하게 대해주었고 가끔 심부름을 시키며 먹을 것을 주곤 하던 가난한 구둣방 주인을 만났다. 그가 갑자기 내 팔을 꽉 붙들며 말했다. "잡았다, 잭, 마침내 널 잡았어." 그러고 나서 그는 나는 체포된 범인이고 자기는 경관이라도 되는 양 나를 잡아끌었다. 그가 다시 말했다. "내 말 잘 들어라, 잭. 나와 좀 가자. 꼭 해줄 말이 있어. 너 갱단에 가입이라도 한 거냐? 가택 침입 강도단에 가입하기라도 한 거냐고? 만일 그렇다면 내가 널 반드시 교수형에 처해지게 만들 거야."

너무나 두려운 말이었다. 이번 사건에 전혀 연루된 바가 없었어도 나는 교수형이라는 말에 충분히 겁을 집어먹고 있었다. 게다가 그날 아침 체포되었다는 소식을 들은 윌이 정말로 체포된 것이라면 나를 공범으로 물고 늘어질지 어쩔지 알 수 없는 노릇이었다. 어쨌든 구둣방 주인은 앞서와 같은 말을 하며 내가 어린 꼬마였을 때 했던 것처럼 나를 꽉 잡고 질질 끌기 시작했다.

그러나 그새 기운을 회복한 나는 화를 벌컥 내며 그에게 소리쳤다.

"아니, 아저씨, 대체 왜 이래요? 좀 놔요. 아니면 강제로 놓게 만들겠어요." 그 말과 함께 나는 몸을 비틀었고 이내 내가 옛날 심부름 다닐 때처럼 그가 질질 끌기에는 너무 큰 어른이 되었다는 걸 알려주었다. 그러면서 나는 여차하면 손으로 그의 얼굴을 때리기라도 하겠다는 몸짓을 했다. 그러자 그가 말했다.

"아니, 잭, 옛 친구를 때리기라도 하겠다는 거냐?" 그러면서 그는 잡았던 내 팔을 놓았다. 그가 다시 말했다. "자, 내 말 잘 들어라, 대령. 지금부터는 진지하게 얘기하는 거니까. 너에 대해 안 좋은 소식을 들었어. 사람들이 네가 나쁜 놈들과 한 패가 되었다더라. 그리고 그 윌이란 놈이 너를 동생이라고 부른다는 거야. 그놈은 아주 못된 놈이야. 그놈이 강도짓까지 하고 다녀 만약 붙잡히면 교수형에 처해질 거라는 말을 들었어. 제발 그놈과 네가 아무런 관련이 없기를 바란다. 혹 관련이 있다면 너라도 빨리 대책을 강구하는 게 좋을 거야. 경찰이 그놈을 뒤쫓고 있어. 그런데 만약 그놈이 체포되면 그놈은 가능하면 네게 죄를 다 뒤집어씌울 놈이야. 장담하는데 그놈은 분명히 자기 목숨을 구하려고 너를 교수대에 보낼 놈이라고."

참으로 친절한 조언이었다. 나는 아저씨에게 고맙다고 말했다. 하지만 그가 말한 내용이 너무나 심각하고 두려운 내용이라 앞서처럼 농담으로 할 얘기는 아니라고 말했다. 그리고 나는 그저 윌을 알기만 할 뿐 그가 벌인 사건과는 무관하다고 말했다. 나는 다만 사건과 무관한 나를 범인으로 오인한 누군가가 나를 체포할지 모르겠고 그렇게 되면 아무 죄가 없이 고통 속으로 빠져들게 될지 모르겠다고 말했다. 실제로 사건에 관여했든 아니든 적어도 내가 그들 패거리에 속한다고 사람들이 생각한다면 내가 무죄더라도 의심하게 만들기에 충분한 상황이었다.

아저씨도 그 점을 인정했다. 그는 조금 전에는 옛날에 내게 하던 식으로 농담조로 얘기했다고 말했다.

"하지만, 대령, 네게 그처럼 위험한 결과를 초래할 수 있는 일을 가지고 농담은 더 이상 안 할게. 다만 이것만은 조언해 주고 싶어. 이제부터는 절대로 그런 놈들과 한 패거리가 되어 어울리지 마."

나는 그에게 고맙다고 인사하고 그 자리를 떠났다. 하지만 나는 큰 혼란에 빠져들었다. 앞으로 나 자신을 어찌해야 할지 알 수 없었다. 또 불법으로 취득한 얼마 안 되는 내 재산을 어찌해야 할지도 알 수 없었다. 나는 골똘히 생각에 잠겨 늘 가던 산책로인 스텝니 벌판 쪽으로 홀로 걸어갔다. 그곳에 가서 앞으로 어찌할지 궁리해볼 작정이었다. 그런데 문득 이런 생각이 들기 시작했다. '윌이 장물을 내 다락방에 갖다놓았으니 만약 그가 체포되어 자백이라도 하고, 그래서 내 집으로 경찰을 보내 장물을 찾아내게 하기라도 한다면 어찌 되는 것인가. 그들이 그걸 찾아낼 것이고 그렇게 되면 꼼짝없이 공범으로 몰려 체포되고 파멸할 것 아닌가.' 나는 사실 사건에 대해 전혀 몰랐고 관여한 바도 전혀 없었다.

그렇게 골똘히 생각에 잠겨 당혹해하고 있는데 누군가가 뒤에서 큰 소리로 나를 불렀다. 돌아다보니 윌이 나를 쫓아 달려오고 있었다. 나는 처음에는 그 상황을 어떻게 받아들여야 할지 몰랐다. 하지만 그가 혼자 오고 있는 걸 보니 한결 덜 불안했다. 나는 그 자리에 서서 그가 올 때가지 기다렸다. 그가 다가오자 내가 말했다.

"윌, 대체 어찌 된 거야?"

"어찌 된 거냐고?" 그가 말했다. "큰일 났어. 나 완전히 망했어. 너 집에 언제 가봤니?"

"네가 내 집에 놓고 간 물건들을 봤어." 내가 말했다. "그런데 그게 다 뭐야? 그거 다 어디서 났어? 그거 때문에 망하게 됐다는 거야?"

"그래." 윌이 말했다. "그 물건들 때문에 망하게 됐다. 경찰이 내 뒤를 쫓고 있어. 잡히면 죽은 개 목숨이나 마찬가지다. 이미 체포된 조지 놈이 자기 목숨 구하겠다고 나와 동료들을 밀고해버렸어."

"목숨이라고! 아니, 체포되면 목숨까지 잃을지 모른다는 거야? 아니, 대체 그들이 네게 무슨 짓을 하는 건데?" 내가 물었다.

"무슨 짓을 하냐고? 교수형에 처할 테지. 국왕 폐하 경비대에 군인이 모자라는 한이 있어도 살아 있는 나를 분명히 교수형에 처할 거다." 그가 대답했다.

그 말을 듣고 나는 겁이 덜컥 났다. 나는 그에게 "그래 앞으로 어떻게 할 거야?" 하고 물었다.

"몰라." 그가 대답했다. "방법만 알 수 있으면 외국으로 도망치고 싶어. 하지만 그런 일에 문외한이니 대체 어찌해야 좋을지 모르겠어. 잭, 조언 좀 해줘봐. 제발 내가 어디로 가면 좋을지 얘기 좀 해보라고. 바다로 나가 선원이 될 용의도 있어."

"기꺼이 떠나겠다는 말을 하니 하는 말인데 내 다락방에 숨겨놓은 돈은 어떻게 할 건데? 거기 두면 안 되잖아. 그 돈을 내가 갖고 있는 게 발각되고 그게 네가 훔친 장물이란 게 밝혀지면 나도 끝장날 거야." 내가 말했다.

"그건 어찌 돼도 좋아." 윌이 말했다. "나는 떠날 테니 원한다면 네가 가져. 네 맘대로 하라고."

"나는 몰라." 내가 말했다. "네가 가지고 가겠다면 집에 가서 그 돈을 가져올게. 하지만 나는 관여하고 싶지 않아. 게다가 그릇들도 있잖아. 그릇들은 또 어떻게 할 거야? 그걸 팔러 어디든 가면 곧바로 붙잡힐 걸."

"그릇들은 마음만 먹으면 얼마든지 팔 수 있어." 윌이 말했다. "하지만 나는 이제 아는 사람들 앞에 모습을 드러낼 수 없는 처지야. 내 정체는 이미 탄로났어. 아마 나를 보는 순간 그들이 나를 밀고할 걸. 하지만 네가 대신 해주기만 한다면 그걸 어디 가서 팔면 되는지 알려줄게. 아마 사람들이 네게는 아무런 질문도 하지 않을 거다. 내가 알려주는 암호를 대기만 하면 말이나."

그는 내게 암호를 일러주며 원단 시장 근처의 전당포를 알려주었다. 암호는 '멋진 탑 깃발'이었다. 이 내용을 알려주며 그가 말했다. "이봐, 잭 대령, 네가 나를 배반하지 않을 거라고 믿어도 되겠지. 나 또한 만약 붙잡힌다면 설사 교수형에 처해지는 한이 있더라도 절대로 너를 배신하지 않겠다고 약속할게. 이제 보우 교회 근처 브롬리 동네에 있는, 너랑 나랑 자주 가던 집에 가 있을게. 거기서 어두워질 때까지 숨어 있다가 밤이 되면 거리로 나와 역시 너와 네가 잘 아는 건초더미 아래 밤새 누워 있을게. 네가 일을 마치지 못하고 그곳에 오지 않으면 다시 보우 교회로 돌아가 있을 거고."

나는 집으로 돌아가서 장물을 들고 원단 시장 전당포로 향했다. '멋진 탑 깃발'이라는 암호를 말하자 그들은 아무 말 없이 물건의 무게를 단 뒤 1온스 당 2실링씩 쳐서 물건 값을 지불했다. 나는 다시 돌아와 그를 만나러 갔지만 시간이 너무 늦어 첫 번째 약속 장소에서는 그를 만날 수 없었다. 다음 약속 장소인 건초더미로 가니 윌은 그곳에서 곤히 잠들어 있었다.

나는 그에게 돈을 건네주었다. 다 합쳐서 돈이 얼마나 되는지 나는 몰랐다.

액수를 듣지 않았기 때문이다. 나는 피곤한 몸을 이끌고 꽤 늦은 시간에 집으로 돌아왔다. 곧바로 잠자리에 들었지만 너무 피곤한 탓인지 도통 잠이 오지 않았다. 몇 시간 동안 몸만 뒤척였을 뿐이다. 그러다 마침내 나는 깜빡 잠이 들었다. 하지만 나는 문을 쿵쿵 두드리는 소리에 깜짝 놀라 잠에서 깼다. 찾아온 사람들이 집안 사람들에게 "경찰인데 다락방에 묵고 있는 자를 찾아왔으니 빨리 문을 여시오"라고 큰 소리로 외쳐대고 있었다.

나는 혼비백산 놀라 극도의 공포에 빠져 침대에서 벌떡 일어났다. 하지만 일어나 보니 야경꾼 두 명이 야경봉으로 3시가 지난 걸 알리는 야경봉 두드리는 소리 말고는 아무런 소리도 들을 수 없었다. 비가 추적추적 내리는 을씨년스러운 새벽녘이었다. 꿈을 꾼 거라는 걸 알고 나는 안도감을 내쉬었다. 그리고 다시 잠자리에 들었다. 하지만 곧바로 조금 전과 똑같이 소란스러운 소리가 들리는 것 같았다. 나는 아까보다 훨씬 더 재빠르게 반응하며 다시 한 번 벌떡 일어나 창문가로 달려갔다. 한 시간이 더 지나 있었고, 이번에도 야경꾼들이 4시가 지났다는 소리를 알리고 있었다. 그들은 조용히 사라졌다. 나는 다시 자리에 누웠고 그 뒤로는 아침이 올 때까지 깊은 잠을 잤다.

나는 소위 꿈이라는 것에 대해서는 그리 중요하게 생각하지 않는 사람이었다. 그리고 그때까지 꿈이라는 것이 중요한 의미를 지닐 수도 있다는 걸 이해하지 못하고 있었다. 그런데 아침에 일어나 윌을 만나러 가야겠다고 생각하고 길을 나섰다가 나는 뜻밖에도 내 전 형제 잭 대위를 만났다. 그는 나를 보고 다가오더니 무뚝뚝하게 말을 걸었다.

"너 소식 들었어?"

"아니. 무슨 소식?" 내가 대답했다.

"네 친구이자 선생이 오늘 아침 붙잡혀서 뉴게이트 감옥으로 끌려갔다더라." 그가 말했다. "뭐라고? 오늘 아침이라고?" 내가 소리쳤다.

"그래. 오늘 새벽 4시에 잡혀갔대." 그가 말했다.

"브렌트퍼드 너머에 있는 어느 저택에서 강도짓과 살인죄를 저질렀다는 죄목으로. 그런데 그가 동료들 중 한 명의 배반으로 잡혔다지, 아마. 그놈이 자기 목숨 살리겠다고 증인으로 변절해 버렸다는 거야. 그러니 너 어떻게 할지 잘 생각해." 대위가 말했다.

"어떻게 할지라니 그게 무슨 소리야?" 내가 물었다.

"잭 대령." 그가 말했다. "그렇게 화내지 마. 네가 지금 당장 위험에 처해 있지 않다는 건 너도 잘 알겠지. 그건 나도 기뻐. 하지만 그들과 네가 한패라는 건 분명한 사실이잖니?"

"아냐, 나는 아냐. 분명히 말하지만 나는 아냐." 내가 말했다.

"좋아." 그가 말했다. "하지만 네가 이번 사건에는 끼지 않았다 해도 다른 때는 그들과 한패였잖아. 그러니 다들 너를 그들과 한통속으로 볼 걸."

"나는 아냐. 너 완전히 잘못 생각했어. 나는 그들 갱단 패거리가 아니야. 그들은 나보다 한 수 위인 놈들이야." 내가 반박했다.

우리는 그 비슷한 대화를 좀더 나누고 헤어졌다. 멀어져 가는 잭 대위의 모습을 지켜보니 그는 연신 고개를 갸우뚱거리고 있었다. 그의 모습은 내가 처음에 걱정하던 모습보다 더한 모습처럼 보였다. 그런데 얼마 안 있어 밝혀지지만 사실 그런 그의 모습에는 나로 인한 것 이상의 이유가 숨어 있었다.

여하튼 윌이 뉴게이트 감옥에 잡혀갔다는 말을 듣고 내 충격은 극에 달했다. 어디든 갈 곳이 있었다면 분명히 죽기 살기로 도망쳤을 것이다. 온몸의 관절들이 벌벌 떨렸고 땅바닥에 꺼질 듯 온몸의 힘이 쭉 빠졌다. 나는 그날 저녁 내내 그리고 밤늦게까지 계속 극도의 공포감에 몸을 떨었다. 머릿속은 온통 뉴게이트 감옥과 교수대, 교수형에 관한 생각으로 가득 찼다. 사실 내 죄는 가난한 늙은 보모에게서 2파운드 20실링을 빼앗은 일밖에 없었다. 그러나 나는 그 죄만으로도 교수형을 당하기에 충분하다고 생각했다.

혼란스러운 생각이 몰려오는 가운데 가장 신경이 쓰인 건 갖고 있는 돈이었다. 그 즈음 나는 돈을 조그만 나침반 통 안에 넣어 대개 몸에 지니고 다니고 있었다. 독자 여러분께서 앞서 얘기를 들어 아시겠지만 나는 이제 60파운드 이상의 현금을 갖고 있었다. 그동안 쓴 돈은 별로 없었다. 나는 돈을 어찌해야 할지 몰랐다. 그러다 마침내 옛 은인인 세관 직원을 찾아가봐야겠다는 생각이 났다. 그를 찾아가서 지금 가지고 있는 돈도 맡아줄 수 없는지 알아봐야겠다는 생각이었다. 유일한 숙제는 그럴듯한 이야기를 꾸며서 내게 어떻게 그렇게 큰돈이 생겼는지 그가 의구심을 품지 않게 하는 것이었다.

내 상상력이 부족한 그 부분을 즉시 채워주었다. 마침 우리 패거리가 만나던 회합 장소 한 군데에 옷 한 벌이 있었다. 동료 한 명이 특별한 일이 있을 때마다 변장용으로 쓰려고 준비해 둔 옷이었다. 옷은 핑크색 끈이 레이스처럼 달려 있고 안감에도 같은 끈이 달려 있는 초록색 하인 정복이었다. 그리고 옷 말고도 챙 달린 모자와 부츠, 채찍도 갖춰져 있었다. 나는 그곳으로 가서 입고 있던 옷을 벗고 그 하인 정복으로 갈아입었다. 그런 다음 나는 타워 가에 있는 세관 직원 집을 찾아갔다. 그는 옛날처럼 정직한 신사로 건강하게 잘 살고 있었다.

그의 집을 찾아간 날 우연찮게도 나는 그와 대문 앞에서 만났다. 내가 레이스 달린 모자를 벗어서 옆구리에 끼고 허리를 굽혀 절을 하자 그는 나를 빤히 쳐다보았다. 나를 전혀 알아보지 못한 그가 마침내 내게 물었다.

"이보시오, 청년, 내게 무슨 할 말이라도 있는 거요?"

"그렇습니다, 선생님. 선생님(나는 이제 예절을 조금 알고 있었다)께서 저를 못 알아보시는 것 같군요. 제가 바로 옛날 그 불쌍한 소년 잭이랍니다." 내가 대답했다.

나를 빤히 쳐다보던 그는 그제야 나를 기억해 내고 외쳤다.

"누구? 잭이라고? 그래 맞구나. 대체 그동안 어디 가 있었던 거냐? 세상에! 못 본 지 한 오륙년은 된 것 같구나."

"6년 이상 됐습니다, 선생님." 내가 말했다.

"그래 그동안 어디 가 있었던 거냐?" 그가 물었다.

"시골에 내려가 하인으로 일했습니다." 내가 대답했다.

"잘했다, 잭 대령." 그가 말했다. "그런데 너 내 신용을 너무 오랫동안 이용한 것 아니냐? 내게 맡긴 돈은 왜 안 찾아 간 거야? 너 앞으로 그 이자만으로도 뭘 해야 할지 모를 만큼 부자가 될 거다."

나는 아무런 대꾸도 없이 그저 허리를 굽히고 발을 뒤로 빼며 여러 차례 인사만 올렸다.

"아무튼 잘 왔다, 잭. 자, 안으로 들어가자. 네 돈과 이자를 주겠다." 그가 말했다.

나는 몸을 숙여 질을 하며 그에게 돈 때문에 찾아온 게 아니며, 일할 직장도 한 군데 이상 있으니 돈도 부족하지 않다고 말했다.

"그렇구나, 잭 대령. 그래 지금 어느 분을 모시고 있지?" 그가 물었다.

"서머셋 주에 사시는 조너선 록섬 경입니다, 선생님." 내가 대답했다. 사실 이름만 들어봤지 그 신사에 대해 내가 아는 바는 없었다. 그 지역에 대해서도 마찬가지다.

"그래, 돈은 안 찾아가겠다는 거냐?" 그가 물었다.

"그렇습니다, 선생님. 선생님만 괜찮다면요. 제겐 좋은 일자리가 있거든요."

"나만 괜찮다면? 그게 무슨 소리냐? 이미 돈을 돌려줄 준비가 다 되어 있다고 말했잖니."

"아닙니다, 선생님. 제겐 좋은 일자리가 있어요."

"그래. 하지만 대체 무슨 소리냐, 잭? 도통 네 말을 알아들을 수가 없어."

"사실은요, 선생님. 제 옛 주인이셨던 돌아가신 조너선 경의 부친께서 제게 현금 30파운드와 상복 한 벌을 남겨 주셨답니다. 그래서…"

"그래서라니, 잭, 너 또 돈을 가져왔단 말이냐?"

그제야 그는 내가 무슨 말을 하고 있는지 알아들었다.

"그렇습니다, 선생님. 선생님께서 부디 그 돈까지 합쳐서 맡아주셨으면 합니다. 그중 일부는 제 급료를 모은 것입니다."

"아까 말했지만, 잭, 넌 앞으로 부자가 될 거다. 어디 네가 얼마나 모았는지 좀 보자꾸나."

이야기를 줄이겠다. 나는 가지고 온 돈을 다 꺼냈다. 그는 기꺼이 그 돈을 받았으며 내게 지금까지 맡겼던 돈의 이자를 합쳐 모두 94파운드에 이르는 총액에 대한 보관증을 써주었다. 총액 내역은 다음과 같았다.

25파운드 최초로 맡긴 돈

9파운드　6년간의 이자

60파운드 지금 맡긴 돈

94파운드 총액

나는 너무 기뻐 그에게 수도 없이 허리를 굽히고 발을 뒤로 빼며 절을 한 뒤 작별 인사를 올렸다. 나는 곧바로 옷을 갈아입으러 집으로 돌아갔다. 당분간 런던을 떠나서 돌아오지 않을 생각이었다. 그러나 다음 날 아침 나는 기겁할 일을 당했다. 로즈마리 레인 길을 건너 헌 옷 시장 끝 쪽을 지나고 있는데 뒤에서 누군가가 "어이, 잭!" 하고 부르는 소리가 들렸다. 잘 들리지 않았지만 소리의 임자는 그 전부터 내게 뭐라고 소리를 쳤던 것 같았다. 잭이란 이름을 듣고 뒤를 돌아본 나는 웬 남자 세 명과 경관 한 명이 화를 내며 달려오고 있는 모습을 보았다. 나는 너무 놀라서 달아나기 시작했다. 그러나 이미 그중 한 명이 나를 따라잡아 내 등을 후려치고 나를 사로잡았다. 순식간에 다른 일행들도 나를 에워쌌고 결국 나는 체포되고 말았다. 나는 그들에게 대체 원하는 게 무엇이고 내가 무슨 잘못을 했느냐고 물었다. 그들은 그곳에서 이야기할 일이 아니라며 내게 체포영장을 보여주고 판사님 앞에 가면 무슨 일인지 알게 될 거라고 말하고는 서둘러 나를 데려갔다.

나는 체포영장을 건네받았다. 그러나 글을 읽을 줄 몰랐던 나는 답답하지만 거기 적힌 내용이 무슨 내용인지 도무지 알 수 없었다. 따라서 나는 그들에게 영장 내용을 읽어달라고 부탁했다. 영장은 헌 옷 시장 잭 삼총사 중 한 명으로 활동하는 악명 높은 도둑을 체포한다는 내용이었다. 그리고 그가 모모 장소에서 모모 날짜에 악독한 강도짓과 가택 침입, 살인 죄 등을 저질렀다고 그의 동료가 맹세까지 하며 증언했다는 내용이었다.

그들은 내가 영장에 적힌 내용을 부정하거나 모르는 일이라고 잡아떼봐야 아무 소용없는 일이며 자기들은 관여할 바가 아니라고 말했다. 그리고 그들은 반론을 제기하려면 판사님 앞에 가서 하라고 말했다. 그곳에 가면 내 죄에 대한 증언이 있었다는 걸 알게 될 것이고 그러면 사태를 좀더 잘 납득할 수 있을 거라는 것이었다.

아무런 대책도 없었고 그저 참는 수밖에 없었다. 내 마음은 온통 공포감과 죄책감으로 가득 찼다. 그들이 나를 끌고가던 그 긴 시간 동안 나는 그런 감정에 짓눌려 죽을 것 같았다. 그들이 말한 강도 사건과는 무관했지만 나는 갱단에 가담한 첫날 내가 저지른 죄를 잘 알고 있었다. 나는 뉴게이트 감옥으로 보내져 결국 교수형에 처해질 거라는 걸 의심하지 않았다. 뉴게이트 감옥에 가서 교수형에 처해지는 일이 내게는 필연적인 인과 관계로 생각되었다.

하지만 그런 벌을 당하기 전에 나는 혼란스러운 혼선부터 먼저 정리해야 했다. 판사 앞에 섰을 때였다. 경관이 나를 데려가자 판사는 내게 이름을 물으려고 했다. 하지만 이름을 묻기 전에 그가 먼저 말했다.

"잠깐, 청년, 자네 이름을 묻기 전에 공정을 기하기 위해 몇 마디 일러두겠네. 원한다면 자네를 고발한 자들이 오기 전까지 대답하지 않아도 좋네."

그러면서 그는 경관을 향해 체포 영장을 가져오라고 시켰다. 그리고 그가 말했다.

"이봐, 자네, 여기 이 청년을 이 체포 영장에 의거하여 체포해 온 것이겠지. 이 청년이 영장에서 체포를 승인한 청년이 확실하겠지?"

"그렇게 믿습니다, 나리." 경관이 대답했다.

"그렇게 믿는다고? 아니 그럼 확신하지 못한다는 말인가?"

"송구합니다, 나리. 이자를 체포한 현장에서 사람들이 그렇다고 하기에 체포한 것입니다."

"그 영장은 특별 영장이야. 이름이 잭이란 청년을 잡아오라는 것이지 성이 잭인 청년을 잡아오라는 영장이 아니야. 물론 그가 잭 대위나 다른 이름으로 불린다고는 했지. 자, 청년, 자네 이름이 잭 대위인가? 아니, 사람들이 대체로 자네를 그렇게 부르는가?" 판사가 내게 물었다.

나는 즉시 나를 체포한 자들이 나에 대해 아무것도 모르고 있으며 경관도 그저 풍문만 듣고 나를 체포했다는 걸 알아차렸다. 나는 용기를 내서 판사에게 말했다.

"송구스럽지만 감히 제 생각을 말씀드린다면 지금 중요한 건 제 이름이 아닌 것 같습니다. 저를 밀고한 자나 이분들이, 과연 영장에서 체포를 승인한 대상이 정말 저인지 아닌지 확신하지 못하고 있다는 게 중요합니다."

판사가 미소를 지으며 말했다.

"지당한 말이네, 청년. 맞는 말이야. 장담컨대 만약 이자들이 자네를 체포해 왔으면서도 자네가 누군지 잘 모르고, 또 자네를 밀고한 자가 없다면 이자들은 자기들 명예를 실추시키는 실수를 저지른 거네."

그러자 나는 나를 고발했다는 밀고자가 올 때까지 내게 이름을 말하라고 강요해서는 안 된다고 판사에게 말했다. 그 말을 듣고 판사가 경관에게 말했다.

"일리 있는 말이네. 이봐, 경관, 자네 정말 영장에서 말한 범인이 이 청년이란 걸 확신하나? 그렇지 않다면 가서 이 청년을 밀고한 자를 반드시 데려와야 해. 그자의 맹세에 근거하여 영장이 발부된 것 아닌가?"

경관 일행은 내가 범인이 맞고 나도 그걸 잘 알고 있으며, 따라서 내게 이름을 자백하도록 강요해야 한다는 둥 이러쿵저러쿵 장황하게 주장했다.

나는 그런 주장이 불합리하다고 계속 우겼다. 그리고 내가 나 자신을 고발하는 일은 할 수 없다고 주장했다. 판사는 내가 자발적으로 내 이름을 말한다면 모르겠지만 자기로서는 내게 이름을 자백하라고 강요할 수 없다고 길게 말했다. 그러면서 그가 말했다.

"자네들도 봤겠지만 이 청년은 이런 일을 무작정 강요하기에 너무 똑똑한 친구야."

간단히 결과를 말하겠다. 판사 앞에서 한 시간가량 논쟁을 벌이며 나는 나를 잡아온 네 명을 대상으로 나 자신을 열심히 변론했다. 마침내 판사는 그들에게 나를 밀고한 자를 데리고 와야지 그렇지 않으면 나를 무죄 방면할 수밖에 없다고 말했다.

나는 그 말에 더 크게 고무되어 더 적극적으로 나 자신을 변호했다. 결국 투옥 중인 족쇄를 찬 밀고자가 감옥에서 불려왔다. 나는 그가 모르는 사람이라는 걸 알고는 매우 기뻤다. 다시 말하자면 그는 내가 처음 원정을 나가서 나이 많은 가난한 보모 아주머니를 턴 날 함께했던 두 악당 중 한 명이 아니었다.

밀고를 한 죄수는 방 안으로 들어온 뒤 내 바로 앞에 앉혀졌다.

"당신 이 청년 알아?" 판사가 물었다.

"모릅니다, 나리. 평생 한 번도 본 적이 없습니다." 죄수가 대답했다.

"허어, 자네가 잭, 혹은 잭 대위라는 이름을 지닌 자가 자네의 구금 사유인 강도짓과 살인 행위에 관여했다고 밀고하지 않았는가?" 판사가 물었다.

"송구스럽지만 그렇습니다, 나리."

"그게 바로 이 청년이냐고? 아닌가?"

"이 청년이 아닙니다, 나리. 이 청년은 처음 봅니다."

"잘 알았네. 이봐, 경관, 자네 뭐라고 말할 텐가?"

"저도 놀랐습니다." 경관이 말했다. "제가 어떤 집(그는 그 집 이름을 말했다) 앞에 서 있는데 이 청년이 그 앞을 지나갔습니다. 그런데 함께 간 일행이 '저기 당신이 잡으려고 하는 잭이 갑니다!'라고 외쳤습니다. 그리고 일행이 이 청년을 쫓아서 달려가서 붙잡았던 겁니다."

"알았네." 판사가 말했다. "그러면 자네들, 이 청년에게 할 말 있나? 이 청년이 범인이라는 걸 증명할 수 있느냐는 말이네."

"없습니다." 일행 중 한 명이 대답했다. 다른 한 명도 같은 대답을 했고 결국 세 명 모두가 "없습니다"라고 대답했다. 그러자 판사가 말했다.

"자, 그렇다면 어찌해야 되겠나? 이 청년을 무죄 방면해야 되겠지. 그런데 경관, 자네와 자네를 도와 이 청년을 이곳까지 끌고온 당신들에게 말하겠는데, 이 청년이 경솔했던 당신들의 행동이 적절치 못하다고 생각하면 당신들은 아주 곤란한 상황에 빠질 수 있어. 이보게 청년, 자네에게 아직 그리 큰 피해가 생긴 건 아니니 참작해주게나. 여기 이 경관에겐 아무런 악의가 없었네. 그저 자기 직무에 충실했던 것 아니겠나. 그러니 이번 일은 눈감고 넘어가주게."

나는 그에게 그의 부탁대로 그냥 넘어가겠다고 말했다. 하지만 경관과 나머지 일행이 나를 모욕하며 체포했던 장소에 함께 가서 사람들 앞에서 내가 명예롭게 무죄 방면됐으며 범인이 아니라고 공표하는 일 정도는 해줘야 한다고 주장했다. 판사는 내 주장이 지극히 타당하다고 인정했으며 경관과 그를 도와준 사람들도 기꺼이 그렇게 해주겠다고 약속했다. 그렇게 해서 우리는 체포 장소로 화기애애하게 돌아갔고 나는 의기양양하게 무죄 방면될 수 있었다.

한마디 덧붙이겠다. 사건이 마무리되자 판사는 앞서 말한 내용에 이어 이런 말을 했다. 자기가 보기에는 내가 양갓집 출신인 것 같고 나 자신에 대한 변론을 그토록 잘 하는 것으로 봐서 교육을 아주 잘 받은 청년이라고 확신한다는 것이었다. 따라서 내가 험한 꼴을 당한 게 자기로서는 유감스러울 뿐이며 다행히 무죄 방면되었으니 부디 불명예스러운 일로 생각하지 말아달라는 것이었다.

교육에 관한 발언만 놓고 보면 판사의 생각은 틀린 것이었다. 그러나 판사의 다른 말은 내게 큰 영향을 미쳤다. 나는 앞으로 기회만 주어진다면 반드시 읽기와 쓰기를 배워야겠다고 결심했다. 그래야 영장도 읽을 수 있고 내가 체포 대상인지 아닌지 알 수 있을 것이었다.

그리고 이번 일을 통해 내가 깨닫게 된 것은 그것만이 아니었다. 나는 내 의형제 잭 대위의 뻔뻔함을 알게 되었다. 자기가 문제의 갱단에 끼어 사건을 벌인 장본인이면서도 그는 뻔뻔하게 내게 거기 끼었느냐고 물었었다. 사실 그야말로 도망갈 이유가 넘쳤다. 내게 빨리 알아서 행동하라고 조언하던 순간 사실 그야말로 겁을 집어먹고 도망가야 할 충분한 이유가 있었다.

그런 생각이 들자 나는 황급히 그를 수소문해서 사실을 알려야겠다고 생각했다.

어쨌든 나는 내 안전에 대해서는 이제 확신하게 되었으며 더 이상 걱정하지 않았다. 그러나 나는 내게 못된 짓을 가르친 스승이자 선생인 가엾은 윌이 걱정되기 시작했다. 나는 이렇게 자유를 만끽하고 있는데 그는 감옥에 발이 꽁꽁 묶여 있지 않은가. 그가 보고 싶어서 나는 감옥으로 찾아갔다.

나는 그가 육중한 족쇄를 차고 빠져나갈 전망이나 희망이 전혀 없는 애처로운 상태라는 걸 발견했다. 그는 자기는 이제 죽게 될 테니 내게 마음 편히 먹으라고 말했다. 그는 강도짓에 겨우 한 차례 동참했을 뿐인 나를 밀고해봤자 아무런 이익도 없으니 그런 일은 없을 거라고 나를 안심시켰다. 나는 그가 나를 고통에 빠뜨리지 않을 거라고 믿을 수 있었다. 그들 일당을 밀고한 놈은 나를 한 번도 본 적이 없는 놈이니 그가 나를 밀고할 일도 없었다. 그런데 윌이 말했다.

"잭 대령, 우리가 누구와 같이 범행을 저질렀는지 알아? 바로 네 의형제 잭 대위다. 밀고자 놈이 분명히 잭 대위 이름을 불었을 거다. 그러니 알려줄 시간이 아직 있다면 빨리 가서 잭 대위에게 사실을 알려. 도망치게 말이야."

그는 내게 자기가 이끌었던 길을 앞으로 절대로 따르지 말라고 여러 차례 경고했다.

"너더러 악명 높은 도둑이 돼서 신사처럼 살라고 말했을 때 나는 제정신이 아니었어, 잭."

그는 자기들 패거리가 범행 대상 저택의 정원사를 죽인 것 같다는 사실에 몹시 괴로워했다. 특히 바로 자기가 그 정원사 목에 상처를 입혔는데 그게 치명상이 된 게 아닌지 두렵다는 것이었다.

그는 거액의 금화들을 갖고 있었다. 내가 건초더미에 숨어 있던 그를 찾아가 건넸던 바로 그 돈이었다. 그가 그 돈을 몸에 꼭꼭 숨기는 바람에 그를 체포한 사람들이 미처 발견하지 못했던 돈이었다. 그는 그중 상당액을 내게 건네며 자기 어머니에게 전달해달라고 부탁했다. 나는 나중에 정직하게 그 심부름을 해주었다. 나는 무거운 마음으로 면회를 끝내고 나왔다. 이후 나는 다시는 윌을 보지 못했다. 3주 후 열린 재판에서 그가 사형 판결을 받고 처형되었기 때문이다.

이제 한시 바삐 잭 대위를 찾는 게 급선무였다. 어려움이 없지는 않았지만 마침내 나는 그에 대한 소식을 듣고 그를 찾아냈다. 나는 그에게 모든 사실을 말해주었다. 나는 그로 오인되어 체포되었다가 무죄 방면된 사실과 아직 그에 대한 체포 영장이 유효하여 경찰이 그를 찾으려고 혈안이 되어 있다는 사실을 말해주었다. 이야기를 모두 마치자 그는 깜짝 놀라는 기색을 보여 자신이 유죄임을 드러냈다. 몇 마디 얼버무리더니 결국 그는 내가 말한 내용이 모두 사실이라고 시인했다. 그러면서 그가 말했다.

"그래, 사실이다. 나도 그 강도단에 끼어 있었어. 그리고 내가 가장 많은 장물을 차지했고. 하지만 대체 그 장물을 어찌 처리해야 할지 모르겠다. 앞으로 어찌해야 할지도 모르겠고. 그러니 내가 어찌해야 할지 말해줘, 잭."

나도 모르는 일이었다. 사실 나는 그들의 세계에 대해 아는 게 하나도 없었다. 그러자 그가 다시 말했다.

"스코틀랜드로 도망쳐야겠다. 그게 쉬운 일이겠어. 잭, 너도 함께 갈래?"

나는 경비만 감당할 수 있다면 기꺼이 그렇게 하겠다고 대답했다. 그런데 그는 대답을 통해 여행을 하면서 지금하고 있는 강도짓을 계속 저지르겠다는 속내를 드러냈다. 그는 이렇게 대답했다.

"장담하는데, 잭, 우리 여행이 우리 경비를 지불하게 될 거다."

"안 돼. 나는 더 이상 그런 짓을 안 해. 그런 짓을 또 저지르면 우리도 모르는 불행과 맞닥뜨리게 되고 거기서 결코 빠져나오지 못하고 파멸하게 될 거야." 내가 말했다.

"아냐, 그렇지 않아. 우리가 이곳에서 잡힌다면 그 어떤 자비도 구할 수 없겠지만, 다른 나라로 가면 아무런 해도 입지 않을 거야. 어쨌든 나는 모험을 감수할 거야." 그가 말했다.

"알았어, 대위." 내가 말했다. "여하튼 네가 너무 허송세월을 보내는 바람에 지금 같은 때에 꼭 필요한 돈이 없는 거야."

"그래, 정말로 돈이 거의 없어." 그가 말했다. "최근에는 운도 지독히 안 따랐어." 그가 말했다.

하지만 그는 거짓말을 하고 있었다. 사실 그는 앞서 직접 말한 것처럼, 그리고 다른 일행들이 그와 윌이 장물을 거의 다 챙겼다고 불평한 것처럼, 이번 강도짓을 통해 엄청난 몫을 챙겨두고 있었다. 두 사람이 나머지 패거리의 몫까지 보관하고 있었는데 바로 그 때문에 그들이 밀고까지 했던 것이었다.

그는 현금 22파운드와 현금으로 바로 바꿀 수 있는 장물을 갖고 있었다. 나는 그게 식기류일 거라고 추측했다. 하지만 그는 그게 무엇인지 어디에 보관해 놓았는지 얘기하고 싶어하지 않았다. 다만 섣불리 찾으러 갈 물건들이 아니라는 말만 했다. 그는 장물을 섣불리 찾으러 가면 곧바로 자기 정체가 탄로 나서 체포되고 말 것이니 그냥 두고 갔다가 나중에 때가 되면 다시 찾을 수 있을 거라고 말했다.

나는 정직하게 내가 갖고 있는 모든 돈을 내놓았다. 현금 16파운드와 몇 실링이었다. 내가 말했다.

"절약하며 여행한다면 위험이 없는 곳까지 무사히 빠져나갈 수 있을 거다. 우리 둘 다 잘 알고 있듯이 영국만 빠져나가면 안전해질 거라고. 누구도 우리를 해치질 못할 거고. 사람들이 우리를 알아본다 하더라도 말이야."

그러나 나중에 알게 됐지만 그때는 우리 둘 중 누구도 스코틀랜드까지 가는 길이 얼마나 험하고 먼지 꿈에도 생각하지 못했다.

지금 내가 의형제 잭과 같은 위험에 빠져있는 듯이 이야기하고 있지만 사실 나는 그와 처지가 달랐다. 비록 그와 같은 두려움에 떨고 있기는 했지만 나는 그와 같은 위험에 빠져 있었던 게 아니라는 소리다.

여행 준비를 하고 있던 중에 내게 있었던 일 한 가지를 이야기하는 걸 빠뜨렸다. 타워 가에 사는 세관 직원에게 돈을 맡기러 찾아가기 며칠 전에 나는 켄트 시를 향해 들판 길을 홀로 걸어간 적이 있었다. 나이 많은 불쌍한 보모에게서 빼앗은 돈을 되돌려주러 가는 길이었다. 그런데 미처 의식하기도 전에 나는 우연찮게 그때 그 범행 현장을 질러가고 있다는 걸 알았다. 불쌍한 보모와 하녀를 강탈하라고 윌이 강요했고, 그래서 바로 내가 그렇게 했던 현장이었다. 그동안 나는 수도 없이 내 몰인정한 행동을 자책했고, 보모에게 참회했고, 반드시 돈을 돌려주겠다고 나 자신에게 약속했었다. 그래서 그날 그 일을 하려고 길을 나섰던 참인데 공교롭게도 뜻하지 않게 그 불행한 범행 현장을 지나게 되어 적잖이 놀랐던 것이다.

범행 현장은 다시 한 번 내가 저지른 악독한 범행을 상기시켰다. 그때 불현듯 가슴속에 소망 비슷한 감정이 솟아올랐다. 물론 기도라고까지는 말할 수 없었다. 사실 나는 기도가 뭔지도 몰랐다. 나는 그저 제발 저주받을 강도 생활에서 벗어나게 해달라고 간절한 소망의 말만 읊조렸다.

"오! 제발 제게 먹고살 생업을 주세요! 그러면 다시는 강도짓을 하지 않겠습니다. 정말이지, 강도짓은 너무나도 사악하고 혐오스러운 짓입니다!"

사실 나는 이때 내가 올바른 부모가 해줘야 할 교육, 부모라면 마땅히 모든 자녀들에게 해줘야 할 교육을 못 받았다는 사실, 즉 생업 교육을 못 받고 자라났다는 사실을 깨달았다. 나는 여러 차례 엉엉 울었다. 비록 내가 빠져 있던 사악한 인생 행로에서 벗어나리라 결심은 했지만 나는 앞으로 무슨 일을 해야 할지, 무슨 일에 착수해야 할지 몰랐다.

다시 본 이야기로 돌아가겠다. 켄트 시로 가는 길을 물어보다가 나는 우연히 그곳에 산다는 가난한 여자를 만났다. 그녀의 말을 듣고 난 후 나는 그곳에 사는 스미스란 이름의 아주머니를 아느냐고 물었다. 그녀는 아주 잘 안다며 그 아주머니가 토박이는 아니고 다른 곳에서 온 외지인이라고 대답했다. 그리고 그녀는 그 아주머니가 비록 가난하지만 정직하고 부지런하며, 고통스러울 정도로 열심히 노력하면서 여러 해째 몸조차 못 추스르는 병든 남편을 부양하고 있다고 말했다.

"대체 내가 얼마나 못된 짓을 했단 말인가!" 내 입에선 자탄이 터져 나왔다. "어찌 내가 그처럼 가여운 부인에게 강도짓을 저질러 안 그래도 불행과 슬픔으로 가득 찬 그녀의 집에 눈물과 슬픔을 가중시킬 수 있었단 말인가!" 이런 자탄이 한시 바삐 그녀에게 돈을 되돌려 주어야겠다는 생각을 더욱 굳게 했다. 나는 그녀에게 빼앗은 돈뿐만 아니라 추가로 더 많은 돈을 얹어서 주어야겠다고 생각했다. 길을 물어 알게 된 정보의 도움으로 나는 그다지 어렵지 않게 그녀가 사는 집을 알아냈다. 그녀를 찾자 곧바로 그녀가 문으로 나왔다. 그녀는 문 앞에 먼저 나온 소녀에게 엄마 이름을 묻는 소리를 듣고 나온 거라고 했다. 나는 즉시 그녀에게 말했다.

"아주머니, 혹시 작년에 런던을 다녀오시다가 '웨이크필드의 핀달' 요새 근처에서 강도를 당한 적이 없으세요?"

"있습니다"라고 말하며 그녀는 몹시 겁먹은 표정을 지어 보였다.

"돈은 얼마나 빼앗겼어요?" 내가 물었다.

"세상에, 갖고 있던 돈을 몽땅 털렸어요. 정말 열심히 일해서 번 돈이었는데. 그 당시 제가 맡아서 키우던 위탁아의 보육비였어요. 그때 그걸 받으러 런던에 다녀다오는 길이었지요." 그녀가 대답했다.

"정확한 액수가 얼마였습니까?" 내가 물었다.

"아마 22실링 6펜스였을 겁니다. 21실링은 보육비로 받은 돈이었고, 나머지는 그 전부터 갖고 있던 제 개인 돈이었지요." 그녀가 대답했다.

"아주머니, 제가 그 돈을 되돌려 주면 어떨까 싶은데 괜찮으시겠어요? 제 생각에는 돈을 강탈한 범인 놈이 지금도 나쁜 짓을 계속하고 다니니 제가 나서서 일을 해결해줄 수 있을 듯싶어요. 사실 그 용건으로 아주머니를 찾아온 것입니다."

"세상에, 젊은 양반, 무슨 말씀인지 알겠습니다. 하지만 사실 그 범인을 다시 만난다 해도 저는 그 얼굴을 증언할 수 없답니다. 그때 너무 어두웠어요. 그리고 저는 그 일로 그 사람이 교수형을 당하는 걸 바라지 않아요. 그저 살아서 회개하길 바랄 뿐이에요." 그녀가 말했다.

"정말 착하시네요. 그놈이 받아야 할 대접 이상의 대접을 해주시는군요. 하지만 그 점에 대해서는 신경 쓰지 마세요. 아주머니께서 증언을 하러 나오시든 말든 그놈은 아마 교수형에 처해질 겁니다. 자, 어쨌든 잃어버린 돈은 다시 되돌려받고 싶으신 거죠?" 내가 말했다.

"물론이죠. 그렇게만 된다면 정말 기쁠 거예요. 잃어버린 돈 때문에 한동안 실의에 빠져 지금처럼 열심히 일도 못했으니까요. 지금은 가족들 빵 값을 벌려고 새벽부터 밤까지 죽도록 일만 하고 있죠." 그 말을 하며 그녀는 왈칵 울음을 터뜨렸다.

예순이 거의 다 된 불쌍한 아주머니가 노예처럼 열심히 일하고 있다는 생각을 하니 가슴이 미어지는 고통이 밀려왔다. 아직 스무 살도 안 된 내가 순전히 게으르고 사악한 생활을 영위하겠다는 이유로 그런 아주머니에게서 돈을 강탈한 것이었다. 참으려고 안간힘을 썼지만 눈에서 눈물이 주르륵 흘러나왔다. 내가 말했다.

"가엾은 아주머니, 그런 나쁜 놈들이 아주머니 같은 분을 갈취하고 강탈했다니 정말 가슴이 아픕니다. 하지만 분명히 범인 놈도 지금쯤 후회하고 있을 겁니다."

"이제 보니 젊으신 분이 참 동정심도 많네요. 저도 하느님께서 아직 그 사람에게 허락해 놓으신 시간을 그가 잘 활용하기를 진심으로 바랍니다. 그리고 회개하기를 바라고요. 그 사람이 누구든 간에 하나님께서 그의 회개를 허락해주시기를 기도하겠어요. 아니, 회개 여부에 관계없이 하나님께서 그를 용서해주시기를 기도하겠어요. 저는 그에게 어떤 나쁜 감정도 품지 않겠어요. 저는 그럴 거예요." 그렇게 말하면서 그녀는 나를 위해 기도를 올렸다.

"자, 아주머니, 이리 가까이 오세요." 그 말과 함께 나는 호주머니에 손을 집어넣었다. 그녀가 다가오자 나는 "손 좀 내미세요"라고 말했다.

그녀가 손을 내밀자 나는 반 크라운 은화 아홉 개라고 말하면서 그 손에 은화들을 쏟아부었다. 내가 말했다.

"자, 아주머니. 아주머니가 빼앗긴 돈 22실링 6펜스에 해당하는 은화입니다. 제가 나서서 그놈한테서 받아온 돈입니다. 사실 그 사건 이후 그놈은 자기가 저지른 여러 못된 일들 중 유독 아주머니 사건만 제게 털어놓았답니다. 제가 그놈이 한시도 편히 쉬지 못하게 추궁해서 결국 아주머니에게 돈을 반환하겠다는 약속을 받아냈던 거지요."

그녀의 손을 잡고 손바닥에 돈을 쏟아부으며 나는 그녀의 얼굴을 보았다. 그러자 그 얼굴이 잠시 붉게 상기되었다가 다시 본 모습으로 돌아가는 걸 알 수 있었다. 상상할 수 있는 가장 큰 놀라움에 빠져 있는 게 분명했다.

"세상에, 하느님께서 그 사람에게 은총을 내려주시고, 설령 본래 의도했었다 하시더라도 그 사람이 두려워하고 있는 파멸로부터 구해주시길 빌겠어요." 그녀가 말했다. "진심으로, 제가 전혀 기대하지 않았던 참으로 정의롭고 정직한 행동이에요."

그 말 말고도 그녀는 한참 동안 많은 말을 했다. 그리고 그녀는 돈을 돌려준 범인을 위해 눈물을 흘렸다. 그녀는 특히 내가 범인 놈에게 생명을 기대할 수 있는 여지가 아직 남아 있는지 의심스럽다는 말을 했을 때 더 눈물을 흘렸다. 그녀가 말했다.

"그러니 하나님께서 그 사람에게 회개를 허락하고 천국에 보내달라고 기도를 올려야겠어요. 정말이지, 그 사람은 틀림없이 본래부터 가슴속 깊이 선량한 심성을 지녔던 사람이었을 겁니다. 아마 몹쓸 친구들을 사귀거나, 좋지 않은 선례를 보았거나, 다른 유혹에 빠져 그런 생활을 하게 된 것이겠지요. 저는 그 사람이 죽기 전에 반드시 회개할 거라고 확신합니다."

그녀의 모든 말은 그녀가 생각했던 것 이상으로 나를 감동시켰다. 사실 그녀가 그때 기도를 해주던 대상은 바로 나 아니었던가! 그녀는 모르고 있었지만 나는 그녀가 기도를 마칠 때마다 속으로 "아멘!" 하며 외쳤다. 그토록 비참하게 살고 있는 나이 많은 불쌍한 아주머니가 얼마 안 되는 돈을 제발 빼앗지 말라고 간절히 원했는데도, 그걸 들은 척도 않고 강탈했던 놈이 바로 나였다. 세상에서 가장 악독한 짓 한 가지를 저지른 것이었다.

한마디로 말하면, 이 착한 아주머니는 자비로운 기도로 나를 지극히 감동시켰다. 나는 그녀를 위해 다시 한 번 호주머니에 손을 넣으며 말했다.

"아주머니, 그런 못된 놈의 회개를 위해 기도해주시다니 참으로 인자하시네요. 그래서 그가 내게 직접 부탁한 일은 아니지만 그를 위해 해줄 일이 한 가지 더 생각났습니다. 아주머니를 강탈한 그놈을 용서해달라는 부탁입니다. 그놈이 저지른 일은 아주머니에게 피해를 주고 아주머니를 대상으로 한 범죄였습니다. 그러니 그를 대신해 아주머니께 용서를 빌겠습니다. 부디 그놈을 진심으로, 그리고 진지하게 용서해주실 수 없겠습니까? 제발 부탁드립니다."

그러면서 나는 자리에서 일어나 모자를 벗고 용서를 구했다. 그러자 그녀가 말했다.

"세상에, 선생님, 일어설 것까지 없습니다. 모자도 쓰시고요. 저는 그저 가난한 아낙네에 불과해요. 그리고 저는 그 사람과 그 사람이 저지른 일을 진작 용서했어요. 그 사람이 한두 가지 범죄를 더 저질렀다는 것도 알지만 그것도 진심으로 다 용서했어요. 그리고 하느님께서도 용서해주시길 기도할게요."

"알겠습니다, 아주머니." 내가 말했다. "아주머니의 자비로운 마음씨에 대해 약간의 보상을 더 해드리고 싶습니다. 빼앗긴 돈 외에 약간의 돈을 더 드리겠습니다." 나는 그녀에게 1크라운 은화 한 닢을 더 주었다.

그러고 나서 나는 그녀와 함께 강도를 당한 하녀가 누구였느냐고 물었다. 그녀는 켄트 시에 살고 있던 하녀인데 지금은 그곳을 떠나서 어디 사는지 모른다고 말했다.

"알겠습니다, 아주머니." 내가 말했다. "혹시 그 하녀 소식을 들으면 사는 곳이 어딘지 좀 알려놓으라고 해주세요. 그리고 혹시 그녀가 아주머니를 찾아오면 내가 그녀의 돈도 되돌려주겠다고 전해주세요."

"그 애가 빼앗긴 돈은 얼마 안 되는 돈이었어요. 그렇지 않나요?" 그녀가 말했다. "제가 잘 아는데 아마 5실링 6펜스쯤 될 거예요."

"알겠습니다, 아주머니. 기회가 닿으면 그녀를 수소문해주세요." 내가 부탁하자 그녀는 그렇게 하겠다고 대답했다. 그렇게 일을 다 마치고 나는 그녀의 집을 나왔다.

일을 다 처리하니 너무나 만족스러웠다. 하지만 그 일의 자연스러운 결과로 내 가슴은 과거에 대한 반성으로 가득 차게 됐다. 아주머니와의 관계에 작용했던 것과 같은 도덕 원칙에 의해, 그동안 내가 저지른 다른 죄들에 대해서도 똑같이 배상해야 한다는 반성이었다. 하지만 그 배상을 어찌 다 한단 말인가? 그 점에 대해서는 나는 나 자신에게 만족할 만한 답을 줄 수 없었다. 결국 시간이 지나면서 이런 생각은 사라져갔다. 한마디로 나는 아직 그런 일을 할 만한 능력이 없었다. 게다가 내게 피해를 입은 사람들이 누군지 찾아낼 수도 없었다. 따라서 당장 나 자신을 만족시킬 수 없었던지라 나는 이 문제를 접었다.

나는 드디어 의형제 잭과 여행길에 나섰다. 우리는 걸어서 런던을 출발하여 첫날은 웨어 읍까지 갔다. 그 길은 우리가 너무나 잘 아는 길이었다. 우리는 웨어 읍 한복판으로 들어갔다. 둘 다 여행에 전혀 익숙하지 않아서 첫날은 무척 피곤했다. 하지만 웨어 읍에 도착한 이후에는 우리는 읍내 곳곳을 누비고 다니며 구경했다.

그런데 나는 대위의 읍내 구경이 단순한 호기심 때문이 아니라는 걸 곧바로 눈치챘다. 애초부터 그에게는 그런 생각이 없었다. 그저 뭔가 훔칠 게 없나 염탐하려는 게 그의 목적이었다. 그는 타고난 도둑이어서 길거리에만 나서면 무슨 물건이든 어떻게 하면 슬쩍해서 재빨리 갖고 도망칠까만 궁리하는 녀석이었다.

그날은 장날이 아니어서 그는 아무 소득도 올리지 못했다. 나는 그의 못된 짓 덕분에 생겨난 돈으로 먹고 마시는 일에 거리낌을 느끼지는 않았지만, 잭 대위 같은 녀석들이 말하는 '사업'에 뛰어들 생각은 전혀 없었다. 나는 그 누구에게서든 그 어떤 물건도 훔치지 않겠노라고 단단히 결심하고 있었다.

자기가 하는 사업에 대해 내가 부정적인 걸 알고는 대위가 물었다.

"좋아, 그러면 너는 대체 어떻게 여행할 건데?"

"너 만약 붙잡히면 아무리 작은 죄라도 분명히 교수형에 처해질 거야. 그 점에 대해서 너는 어떻게 생각하는데?" 내가 반문했다.

"그런 일이 어떻게 일어나니? 이곳에서 누가 날 안다고?" 그가 말했다.

"그건 그래." 내가 말했다. "하지만 이런 시골에서 도둑질하다 붙잡히면 사람들이 즉시 뉴게이트 감옥으로 연락하지 않을까? 혹시 감옥에서 도망친 탈주범이 없는지 안 물어보겠느냐고. 분명히 알아 둬. 교도관들이란 본래 가장 정확하게 서로 간에 정보를 주고받는 자들이야. 그러니 네가 여기서 계란 한 바구니를 훔친 죄로 붙잡힌다 해도, 당장 네 정체를 확인하러 너를 고소한 검사가 올 걸."

내 말에 겁을 먹었는지 그는 적어도 사나흘은 정직하게 살았다. 그러나 겨우 며칠이었다. 그는 그 이후 나와 헤어지고 난 다음에도 자질구레한 도둑질을 무수히 계속해나갔고 결국은 최후를 맞이하고 말았다. 물론 그의 최후는 여러분께서 앞으로 들으시게 되는 바와 같이 그로부터 몇 년 뒤에 일어나는 일이다. 계속된 그의 탈선 행각에 관한 이야기는 내 이야기도 아니고 이 책보다 훨씬 더 두꺼운 분량의 책에나 들어갈 내용이니 여기서는 지루한 여행 기간 동안에 일어났던, 특별히 관심 가는 일들만 얘기하기로 하겠다.

우리는 웨어 읍을 떠나 케임브리지 시로 갔다. 그런데 케임브리지 시는 우리가 가던 방향이 아니었다. 그 이유는 이랬다. 우리가 퍼커리지라고 불리는 마을을 지나가고 있을 때였다. 우리는 매가 그려져 있는 간판에 이끌려 어느 여관에서 쉬어 가기로 했다. 그런데 우리가 여관에서 쉬고 있는데 시골 사람 하나가 나타나 여관 문간에 말을 묶어놓고 술을 마시러 들어왔다. 우리는 마침 출입구 쪽에 앉아서 주문한 맥주 한 잔을 다 마시고 여관 마부에게 스코틀랜드로 가는 길을 물어보고 있었다. 마부는 우리에게 로이스턴으로 가는 길을 물으라고 하면서 이렇게 말했다.

"여기서 조금만 더 가면 길이 갈라지고 옆으로 빠지는 길이 있을 겁니다. 그런데 그 옆길로 가면 안 됩니다. 그건 케임브리지로 가는 길입니다."

우리는 맥주 값을 지불하고 잠시 쉬려고 문 앞에 앉았다. 그런데 그때 어느 신사가 탄 대형 마차가 여관 문 앞에 도착했다. 마차를 몰고 온 마부만 서너 명이었다. 마부들이 마차를 몰고 오자 여관 마부는 부득이 그들을 모시고 여관 안으로 들어가야 했다. 마부가 잭 대위에게 앞서 말한 시골 사람의 말을 가리키며 말했다.

"손님, 이 말 좀 잠시 잡아주실래요? 대형 마차가 들어갈 수 있게 잠시 말을 옆으로 빼야 해요."

잭은 그의 부탁을 들어주었다. 잠시 후 그가 내게 자기를 뒤따라오라는 신호를 보냈다. 우리는 갈림길까지 함께 걸어갔다. 그가 말했다.

"앞장서서 걸어. 그리고 갈림길에서 옆길로 빠져. 곧 뒤따라갈게."

따라서 내가 먼저 갈림길로 갔다. 몇 분 안 돼 그가 말에 올라타고 뒤따라 왔다. 그가 말했다.

"빨리 타, 잭. 정식으로 돈 주고 산 말은 아니지만 어쨌든 이 말을 타고 달리자."

나는 어렵지 않게 그의 뒤에 올라탔다. 우리는 전속력으로 달렸다. 말은 아주 튼튼한 우량종이었다. 우리는 한 시간 이상을 한 숨도 쉬지 않고 달렸다. 그 정도면 추격자들의 추격 범위를 벗어났다는 생각이 들었다. 게다가 아마 말 주인은 말을 잃어버렸다는 걸 알고 나서 우리가 로이스턴으로 가는 길을 물었다는 얘기를 들었을 것이었다. 그러니 분명히 그는 케임브리지 방향이 아니라 그쪽 길로 추격을 해갔을 것이었다. 우리는 처음 한 시간은 정신없이 말을 달렸다. 그러나 그 후부터는 비교적 편안히 달렸다. 그리고 마을 한두 곳을 지날 때는 한 사람씩 교대로 말에서 내려 둘이 함께 타고 가지 않았다.

대위는 손만 댈 수 있으면 어떤 물건이든 그냥 지나치지 않았다. 이미 그는 훔치지 않고는 못 배길 정도로 도벽이 도진 상태였다. 그런 그에게 이제 훔친 물건들을 실을 말까지 생겼으니 유혹이 훨씬 더 강해진 셈이었다. 어느 마을을 지날 때 어느 착한 아주머니가 세탁한 빨랫감이 길가 울타리에 걸려 있었다. 그는 그 기회를 놓치지 않고 그중에서 아직 반도 안 마른 멋진 셔츠 몇 장을 슬쩍해서 전속력으로 말을 달려 나를 따라왔다. 나는 걸어서 먼저 그곳을 떠났었다. 그가 따라붙자 나는 곧바로 그의 뒤에 올라탔고, 우리는 말이 달릴 수 있는 최대의 속도로 달렸다. 그런데 그 도둑질로 인해 우리는, 그의 재수가 좋아서 그랬는지 아니면 내 재수가 좋아서 그랬는지 모르지만 여행 경로에서 한참을 이탈하게 되었다. 길을 물어볼 사람이 아무도 보이지 않아 우리는 길을 잃었다. 다시 올바른 길로 접어들려면 몇 마일을 더 가야 하는지 알 수 없었다. 그런 식으로 길을 잃고 헤매다 우리는 마침내 런던에서 비숍 스토트퍼드를 경유하여 케임브리지로 가는 마차 전용 도로에 이를 수 있었다.

그런데 우리가 길을 잃어버린 구체적인 경위는 이랬다. 그 지역은 온통 구획이라고는 전혀 안 된 탁 트인 밀밭뿐인 곳이었다. 다른 곳보다 지대가 조금 높이 솟아 있는 언덕에 오르자 나는 말에서 내려 다리를 조금 풀며 걸으려는 생각으로 그에게 말을 세우라고 말했다. 금속제 등자도 없이 너무 오랫동안 말을 타고 왔더니 다리가 무척 피로한 상태였다. 나는 말에서 내려 주변 경관을 잠시 살피다 멀리 보이는 하얀색 대로를 발견했다. 2마일쯤 떨어져 보이는 대로였는데 그곳이 우리가 가야 할 길인 것 같았다.

그런데 바로 그때 우연히 왼쪽 뒤를 돌아보다가 나는 말을 탄 서너 명의 기수들이 앞서거니 뒤서거니 전속력으로 달려오고 있는 광경을 목격했다. 누군가를 전속력으로 추격하는 사람들처럼 서두르는 모습이었다. 그걸 보고 나는 즉시 대위에게 알려야겠다고 생각했다.

"잭, 잭, 빨리 말에서 내려. 이유는 나중에 묻고."

그러자 그가 즉시 말에서 내리며 물었다. "왜 그래, 무슨 일이야?"

"저기 좀 봐. 아까 우리가 길을 잃었던 게 천만다행이었어. 저기 저자들이 말을 타고 오는 게 보이지? 우리를 추격해오는 자들이 분명해. 아까 그 마을에서 네가 셔츠를 훔친 일 때문에 추격해오는 사람들이든지 아니면 그 전에 말을 훔쳤던 퍼커리지에서 추격해 오는 사람들이든지 둘 중 하나일 거야."

그는 냉정하게 평정심을 유지했다. 내가 말을 하지 않았는데도 그는 우리가 타고 온 말을 바로 뒤에 있던 커다란 산사나무 뒤에 숨겼다. 추격자들이 말을 보지 못하게 하려는 생각에서였다. 우리가 높은 언덕 위에 있었기 때문에 혹시 그들이 말을 보았을지도 모르고, 그래서 한달음에 이쪽으로 달려올지 모를 일이었다.

사실 그들이 말을 발견한다는 건 불가능한 일이었다. 그리고 그토록 먼 거리에서 그들이 자기들을 좀더 안전하게 주시하기 위해 땅바닥에 앉아 있던 우리를 발견한다는 것 역시 불가능한 일이었다.

대로는 구불구불 굽어 있었다. 우리는 이윽고 그들이 멀리 멀어져 가는 모습을 지켜보았다. 그들은 말들이 내달릴 수 있는 최대의 속도로 달려갔다. 시야에서 그들의 모습이 완전히 사라지자 우리는 다시 말을 타고 그들과 반대 방향으로 전속력으로 내뺐다. 두 사람이 함께 타고 있었지만 우리는 길이 허용하는 한 최대의 속도로 달렸다. 말을 타고 두 시간가량 달릴 때까지 우리는 누구에게도 길을 묻지 않았다. 마침내 우리는 어느 작은 읍내에 도착했다. 어딘지 물어보니 체스터퍼드란 곳이었다. 우리는 일단 그곳에서 내렸다. 우리는 그곳 사람들에게 특정한 목적지를 대며 길을 묻지 않고 그저 그 길을 따라 가면 어디로 가는지만 물었다. 우리는 그 길이 케임브리지로 가는 마차 길이면서 동시에 뉴 마켓, 세인트 에드먼즈 베리, 노르위치, 야머스, 린, 엘리 등으로 가는 길이기도 하다는 대답을 들었다.

우리는 이제 안전을 확신하며 그곳에서 한참 동안 머물렀다. 우리는 저녁 무렵 다시 길을 나서 본 브리지라고 불리는 다리 쪽으로 갔다. 뉴 마켓으로 가는 길과 케임브리지로 가는 길이 갈라지는 곳이었다. 그곳에는 집이라고는 달랑 두 채 밖에 없었는데 두 곳 다 여관이었다. 여기서 대위가 내게 말했다.

"내 말 좀 들어봐, 잭. 너도 알듯이 케임브리지 쪽으로 가면 계속 추격당할 거야. 그러다 그곳에 도착하면 붙잡힐 거고. 그런데 여기서 뉴 마켓까지는 10마일밖에 안 돼. 아마 그곳이라면 우리는 안전할 거야. 다른 사업을 할 기회도 잡게 될 거고."

"야, 잭, 사업 얘기는 이제 꺼내지도 마." 내가 말했다. "더 이상 너랑 그런 사업을 함께하지 않겠어. 스코틀랜드에 도착할 때까지 네 목에 교수형 밧줄이 걸리지만 않는다면 기꺼이 함께 가줄게. 하지만 영국 내에서 네가 교수형을 당하게 만들고 싶지 않다고. 그러니 뉴 마켓에 가서 허튼 짓을 하지 않겠다고 약속하지 않으면 나는 안 가겠다."

"알았다, 알았어." 그가 말했다. "하지 말라면 말아야지, 뭐. 하지만 말 한 필 더 얻는 일 정도는 허락해주겠지, 안 그래? 그래야 좀더 빨리 여행할 수 있어."

"안 돼. 그것도 허락할 수 없어. 하지만 만약 지금 이 말을 주인에게 정당하게 돌려보내겠다면 네게 말들을 빌리는 방법을 알려줄 수 있어. 적어도 역마차 한두 대를 끌 수 있는 말들 말이야. 그러면 그 말들을 타고 우리가 원하는 만큼 빨리 갈 수 있을 거야. 방법이 뭔고 하니 바로 말 주인에게 편지를 보내자는 거야. 그러면 우리가 붙잡힌다 해도 약간의 피해 보상만 하면 정상참작이 될 거야." 내가 말했다.

"용의주도한 책략가 같구나, 잭." 그가 말했다.

"어쨌든 그렇게 하는 게 지금 우리 처지보다 나을 거야. 이곳만 떠나면 여행 중에 붙잡힐 위험에서 완전히 벗어나니까."

그런데 그런 대화를 나누고 얼마 안 지났을 때였다. 칠흑같이 깜깜한 밤중인데도 한 남자가 건너편 여관에 도착했다. 앞서 말했듯이 그곳에는 여관이 두 곳 있었다. 그는 그곳에 도착하자 맥주 큰 컵을 주문했다. 하지만 여관 사람들은 이미 모두 잠들어 있어 좀처럼 일어나려고 하지 않았다. 그들이 간신히 일어나자 그는 혹시 말 한 필을 함께 타고 지나가는 두 녀석을 못 봤느냐고 물었다.

여관 주인은 보았다고 대답했다. 그러면서 그는 "그자들이 오후에 이곳을 지나가며 케임브리지로 가는 길을 물었습니다. 하지만 맥주 한잔 안 시켜먹고 곧바로 떠났죠"라고 말했다.

"뭐요? 그놈들이 케임브리지로 간다고 했다고요? 그렇다면 빨리 뒤쫓아 가야겠네." 그가 말했다.

그때 나는 우리가 묵고 있던 여관 다락방에서 다행히 잠이 깨어 있었다. 그러다 들려오는 온갖 소리에 불편하던 참에 건너편 여관에 그 남자가 도착하여 문을 열라고 소리치는 소리를 듣고 다락방 창문으로 갔던 참이었다. 나는 그 여관에서 들려오는 대화 내용을 모두 들을 수 있었다. 사태는 분명했다. 아직 우리에게 운명의 시간이 다가오지 않은 것이었다. 우리의 운명은 우리에게 다른 일을 결정해놓고 있었고, 우리는 그 운명을 유보당하고 있었다. 사태의 전말은 이랬다. 우리는 맨 처음 이 본 브리지 지역에 도착했을 때 지금 묵고 있는 여관 건너편에 있는 첫 번째 여관에 들러 케임브리지로 가는 길을 묻고 맥주 한 잔을 마신 뒤 다시 길을 나섰었다. 우리는 그곳 사람들이 가르쳐준 옆길로 돌아갔는데 아마 그들이 그 모습을 목격한 것 같았다. 하지만 얼마 안 있어 밤이 찾아오기도 했고 너무 피곤하기도 해서 우리는 길을 찾기가 어려울 것 같다고 생각했다. 그래서 어둠이 깔리자 가던 길을 다시 돌아와 두 번째 여관으로 들어갔던 것이었다. 웬만큼 갔다가 다시 돌아왔기 때문에 이번에는 이 여관이 첫 번째 여관인 셈이었다. 물론 처음 이 지역에 도착했을 때는 앞서 말했듯이 건너편 여관이 첫 번째 여관이었다.

그날 밤 내가 얼마나 놀랐는지는 여러분께서도 능히 짐작하실 수 있을 것이다. 사실 그럴 만한 이유가 충분했다. 잭 대위는 침대에 누워 깊은 잠에 빠져 있었다. 그러나 나는 그를 극심한 공포에 빠뜨릴 만큼 큰 소리로 깨웠다.

"일어나, 잭!" 내가 소리쳤다. "우리 둘 다 이제 끝장이야. 그들이 우릴 쫓아 여기까지 왔다고!"

그런데 그를 그 정도로까지 공포에 빠뜨린 게 잘못이었다. 그는 내 말을 듣자마자 혼비백산 놀라며 침대에서 뛰쳐나와 곧바로 창가로 달려갔다. 자기가 지금 있는 곳이 어딘지도 모르는 것 같았다. 그는 잠이 덜 깬 상태인데도 창문 밖으로 뛰어내리려고 했다. 그런 그를 제지하며 내가 말했다.

"대체 뭐 하는 거냐?"

"잡히고 싶지 않아. 놓으라고. 그들이 어디 있다고?" 그가 물었다. 혼란 그 자체였다. 공포에 휩싸인 그는 제정신이 아니었다. 잠도 덜 깬 그가 창문 밖으로 뛰어내리려는 걸 막으려고 나는 꽤 애를 먹었다. 어쨌든 나는 그를 꽉 붙잡았다. 마침내 그는 잠에서 완전히 깼고 모든 게 제자리로 돌아왔다. 그는 곧 평정을 되찾았다.

그제야 나는 그간 일어난 일을 말해주었다. 우리는 침대 가에 함께 앉아 앞으로 어찌하면 좋을지 궁리했다. 모든 상황을 놓고 봤을 때 우리를 추격해온 자가 케임브리지 쪽으로 갔다는 건 분명했다. 그러니 두려워 할 게 없었지만 우리는 동이 틀 때까지 조용히 기다리다 말을 타고 사라지기로 했다.

우리는 동이 트자마자 자리에서 일어났다. 다행히 우리는 건너편 여관에서 우리가 갈 길에 관한 정보, 즉 케임브리지로 가는 길은 왼편으로 꺾어지는 길이고 뉴 마켓으로 가는 길은 앞으로 곧장 가는 길이라는 정보를 얻어놓고 있었다. 그런 정보를 토대로 잭 대위가 내게 말했다.

"내가 먼저 뉴 마켓 쪽 길로 걸어갈게. 아마 그런 식으로 가면 홀로 여행하는 사람처럼 보일 거야."

그는 곧바로 홀로 길을 나섰다. 그런데 그가 하도 열심히 걸어가는 바람에 뒤따르던 나는 그가 나를 버리고 혼자 도망치려는 게 아닌가 하는 생각마저 들었다. 아무리 열심히 말을 달려도 그가 한 시간 동안이나 보이지 않았다. 마침내 디블스 디치라고 불리는 거대한 강둑을 지나면서 나는 그를 다시 발견하고 말에 태울 수 있었다. 우리는 뉴 마켓 읍의 초입에 다다를 때까지 함께 말을 타고 갔다. 그런데 퍼커리지에서 그랬던 것처럼 읍내의 한 여관 문 앞에 또 말 한 필이 서 있는 게 보였다. 잭 대위가 말했다.

"저 말이 만약 읍내 초입이 아니라 반대편 끝에 있었다면 퍼커리지에서처럼 내 차지가 되었을 거다."

그러나 그런 말은 해봤자 소용없는 일이었다. 그는 그곳에서 내려 길 오른편을 따라 읍내로 걸어 들어갔다.

그런데 그가 읍내를 절반도 지나지 않았을 때였다. 어쩐 일인지 아까 보았던 말이 묶인 게 풀려 우리 쪽을 향해 혼자서 천천히 걸어오고 있었다. 따라오는 사람은 아무도 없었다. 이런 일에 거의 선수였던 잭 대위는 말이 자기 앞을 상당한 거리만큼 지나치자 얼른 한 걸음 앞서 걸어갔다. 그리고 그는 말이 멀어져 가자 더 빨리 뛰어갔다. 그가 큰 소리로 외쳤다.

"이 녀석아, 거기 멈춰."

이때 이미 말은 읍내 반대편 끝 지점에 거의 도달해 있었다. 말 주인은 아직 말을 잃어버린 걸 모르고 있는 듯했다.

잭 대위가 "거기 멈춰"라고 외치는 소리를 듣고 착한 인근 주민들이 길 양쪽에서 달려나와 손쉽게 말을 멈춰 세우고 잭이 올 때까지 붙잡아주었다. 잭은 사뭇 진지한 태도로 말에게 다가가 한두 대 철썩 때리며 말이 도망을 쳤다고 "나쁜 놈"이라고 욕했다. 그리고 그는 말을 붙잡아준 남자에게 2페니를 준 뒤 태연하게 말을 끌고 나를 따라왔다.

정말이지 희한하기 그지없는 사건이었다. 잭 대위가 말을 훔친 게 아니라 말이 대위를 훔친 격이었다. 잭 대위가 내게 다가오며 말했다.

"어이, 잭 대령, 이 행운에 대해 어떻게 생각하나? 말이 내게 이토록 공손히 다가와 '제발 타주세요' 하는데 이걸 거절해야 할까?"

"아냐." 내가 말했다. "계획적인 게 아니라 순전히 네 기지로 말을 차지한 거야. 그러니 말을 타고 갈 수 있다고 생각해. 설령 붙잡힌다 해도 네가 나보다 더 안전한 상황일 거야."

다음 문제는 우리가 어떤 길로 가야 하는가였다. 우리 앞에는 네 갈래 길이 나 있었다. 그러나 모두 모르는 길이기는 마찬가지였다. 가장 먼저 오른쪽 방향으로 읍내에서 약 1마일쯤 되는 곳에 세인트 에드먼즈 베리로 가는 대로가 있었다. 그리고 그 오른쪽으로 약간 돌아서 곧장 가면 바턴 밀스와 셋퍼드, 그리고 계속해서 노르위치로 가는 대로가 있었다. 우리 바로 앞쪽에는 브랜던과 린으로 가는 대로가 있었다. 그리고 그 왼쪽 편에 엘리 시와 펜스로 가는 작은 길이 있었다.

요컨대 우리는 어느 길을 택해야 할지 몰랐다. 우리는 우리의 본래 목적지로 가는 북쪽 대로로 가는 길도 몰랐다. 결국 우리는 전혀 안내를 받지 못한 채 우리의 운을 순전히 요행에 맡기고 브랜던과 린 방면으로 가는 길을 택했다. 우리는 브랜드 혹은 브랜던에서 다우넘 교라고 불리는 다리를 넘어가면 펜을 지나 위스비치로 갈 수 있고, 그곳에서 넌 강 강변을 따라 피터버러로 갈 수 있고, 다시 그곳에서 스탬포드로 갈 수 있고, 그러다 보면 북쪽 대로를 만날 수 있을 것이라는 말을 들었다. 우리는 또한 린에 가서 습지대를 따라가다 보면 링컨셔 주로 갈 수 있고, 그리 해도 북쪽으로 여행해 갈 수 있을 것이라는 말도 들었다. 나는 대체로 다음 원칙을 우리의 여행 원칙으로 삼았다. 특정한 장소로 가는 길을 사람들에게 묻고 나서는 반드시 그들이 일러준 그 길로 가지 않고 다른 길, 즉 우연히 대화를 하다 주워들은 길로 간다는 원칙이었다. 여기서도 마찬가지였다. 우리는 주로 북쪽 대로로 가는 길을 물었기 때문에 곧바로 린 쪽으로 가기로 결정했다.

우리는 쉽고 안전하게 린에 도착했다. 그런데 그 다음에 어느 쪽으로 갈지를 숙고하다가 다른 길은 선택의 여지가 없으며 그저 습지대를 따라 링컨셔 주로 갈 수밖에 없는 지점에 이르렀다는 걸 발견했다. 그런데 우리는 그 길이 몹시 위험하다는 얘기를 들은 바가 있었다. 다행히 습지대를 지나 여행을 하고 있던 남자가 우리 앞에 나타났다. 우리는 그를 안내인으로 삼아 스폴딩까지 갔고, 다시 그곳에서 디핑이라고 불리는 소읍으로 갔고, 그리고 다시 그곳에서 링컨셔 주 스탬포드 시로 갔다.

스탬포드 시는 제법 크고 인구도 꽤 많은 소도시였다. 마침 우리가 도착한 날은 장날이었다. 우리는 시내 초입에 위치한 작은 여관을 숙소로 정한 뒤 시내로 걸어 들어갔다.

그런데 그곳에서도 솜씨를 뽐내는 잭 대위를 막는 게 불가능해 보였다. 나는 그에게 진지하게 말했다.

"도둑질하지 않겠다는 약속을 안 했으니 나는 함께 안 가겠다."

정말이지 그의 모험 기질이 초래할 일들에 대한 불안감 때문에 나는 숙소에 틀어박혀 꼼짝하지 않고 싶은 마음뿐이었다. 그러나 그를 설득한다는 건 불가능한 일이었다. 그는 곧바로 시장으로 갔고 그곳에서 돌팔이 약장수를 발견했다. 바로 그가 원하는 대상이었다. 잭 대위가 어떻게 단 15분 만에 두 사람의 지갑을 훔쳐 네덜란드 새 동전 8~9엘을 숙소로 가져왔는지, 어떻게 두 시간 만에 서너 차례 더 못된 도둑질을 저질렀는지, 또 이후 어떻게 어느 의사를 강탈하여 약을 빼앗았는지, 그리고 이 모든 일들을 그가 얼마나 깔끔히 해치웠는지 등에 대해서는, 앞서 말한 대로 그 자신의 이야기에 속할 내용이지 내 이야기는 아니니 생략하기로 하겠다.

그가 돌아오자 나는 그런 일은 그를 파멸시킬 뿐만 아니라 그가 죽기 전에 나까지 파멸시킬 거라고 심하게 책망했다. 나는 그 밖에도 많은 말로 그를 위협하며 차라리 헤어져 홀로 런던으로 돌아가겠다는 말까지 했다.

그러자 잭 대위는 다시는 그런 짓을 하지 않겠다고 약속했다. 우리는 밤에 대로를 이용하여 여행하기로 했다. 그런데 밤이 찾아오기도 전에 잭 대위는 또 나를 실망시켰다. 반시간도 지나지 않아 금시계를 손에 들고 돌아온 것이다. 그가 말했다.

"어이, 잭, 아직 준비 안 됐어? 너만 원한다면 나는 떠날 준비가 다 됐는데."

그러면서 그는 천연덕스럽게 금시계를 꺼냈다. 나는 그가 이런 시골 구석에서 그런 금시계를 훔쳤다는 사실에 적잖이 놀랐다. 아마 그곳 어느 교회에서 저녁 예배가 있었던 모양인데 그 기회를 틈타 예배에 참석한 뒤 어느 숙녀 신도 옆으로 다가가 금시계를 따내고 들키지 않고 태연히 돌아온 모양이었다.

우리는 그날 밤 달빛이 환히 비칠 때 밖으로 나왔다. 잭 대위는 시계 주인이 시계를 되찾으려고 보상금 10기니를 내놓았다는 얘기를 사람들로부터 듣고 기뻐했다. 그는 훔친 시계를 돈으로 바꾸고 싶어했다. 하지만 시계를 갖고 숙소로 다시 돌아갈 수는 없는 노릇이었다.

"그래." 내가 말했다. "너도 겁이 나겠지. 그러니 그 시계를 내게 내놔. 내가 주인에게 다시 갖다주는 게 낫지 않겠어?"

하지만 그는 그렇게 하려고 하지 않았다. 그는 스코틀랜드에 가면 아무 위험 없이 무사히 시계를 팔 수 있을 거라고 말했다. 사실 그건 맞는 말이었다. 실제로 스코틀랜드에서 우리에게 질문을 던진 사람은 아무도 없었으니 말이다.

앞서 말했듯이 우리는 깜깜한 밤에 달빛을 받으며 길을 떠났다. 길은 아주 평탄하고 널찍했다. 우리는 그랜트햄에 도착할 때까지 열심히 걸었다. 이미 새벽 두 시를 지나 읍내 전체가 쥐죽은 듯 잠들어 있었다. 우리는 여행을 계속했고 아침 8시경이 되었을 때 뉴워크에 도착할 수 있었다. 그곳에 숙소를 잡은 우리는 그날은 하루 종일 잠만 잤다. 그렇게 잠만 잤기에 나는 그날만은 잭 대위가 분명히 또 저질렀을 못된 짓을 막을 수 있었다.

우리는 뉴워크에서 우연히 우리가 갈 길들을 비교하는 도움말을 들을 수 있었다. 우리는 결국 노팅엄 시 옆을 경유하는 길이 최선의 길이라고 결론을 내렸다. 따라서 우리는 우리가 가던 대로를 벗어나서 트렌트 시 옆을 지나 노팅엄으로 갔다. 그런데 잭 대위는 그곳에서 나로서는 도저히 상상도 못하는 너무나도 놀랍고 기발한 방식으로 또다시 못된 짓을 저질렀다. 물론 그는 전혀 놀라지 않았고 역시 깔끔히 일을 처리했다. 그런데 그가 훔친 물건들은 부피가 너무 컸다. 그는 그것들을 대형 가죽가방에 담아서 가져갔다. 나는 그의 절도 행각을 더 이상 저지해봐야 아무 소용 없다는 걸 절실히 깨달았다. 결국 그는 그 이후로도 계속해서 제멋대로 행동했다.

노팅엄에서 잭 대위가 대담하게 도둑질에 성공하는 바람에 우리는 체포되어 여행을 망치는 걸 막기 위해 황급히 길을 나설 수밖에 없었다. 우리는 그곳에서 북쪽 대로를 벗어나서 맨스필드를 경유하여 스카스데일과 요크셔 주를 향해 갔다.

이제부터는 잭 대위가 저지른 탈선적인 범행들을 더 이상 이야기하지 않겠다. 그건 그 자체로 이야기할 가치가 충분하다. 이제부터는 오직 우리의 여행과 관련된 얘기만 해나갈 작정이다. 요컨대 나는 요크셔 주 리즈 시에 도착할 때까지 최대한 빠른 속도로 그를 끌고갔다. 리즈 시는 꽤 크고 인구가 많은 도시였지만 잭 대위는 그곳에서 별다른 재미를 보지 못했다. 웨이크필드에서도 마찬가지였다. 그가 내게 짤막하게 말했다.

"이곳 북쪽 지방 녀석들은 모두 도둑놈들이 틀림없어."

"그게 무슨 소리야?" 내가 물었다. "다른 지방 사람들과 별반 다를 바 없어 보이는데."

"아냐, 그렇지 않아." 그가 말했다. "저 봐. 온통 주변을 예의 주시하는 놈들뿐이잖아. 모두 눈매가 아주 매서워. 자기에게 다가오는 사람들을 모두 다 소매치기로 여기고 있는 것 같다고. 그렇지 않다면 저렇게 경계하고 있을 턱이 없지. 게다가 저들은 진짜 가난뱅이들 같아. 훔칠 것도 별로 없다니까. 북쪽으로 올라갈수록 상황이 더 나빠지는 게 아닌지 걱정이야."

"아니, 그건 또 무슨 소리냐?" 내가 물었다.

"무슨 소리냐 하면 말이다." 그가 대답했다. "북쪽으로 가면 아무 할 일이 없을 테니 거기 가서 굶어죽느니 차라리 남쪽으로 다시 돌아가 교수형에 처해지는 게 나을 게 아니냐는 거다."

어쨌든 우리는 마침내 타인 강을 끼고 있는 뉴캐슬 시에 도착했다. 마침 장날이어서 엄청나게 많은 사람들이 북적거리고 있었다. 식료품을 사려고 시민들이 시장으로 몰려나와 있었다. 잭 대위는 물론 그곳에서도 또 못된 짓들을 저질렀다. 우선 그는 어느 상점 주인을 속여 15~16파운드어치의 물건들을 깨끗이 사취했다. 그는 말 한 필을 훔쳐서 팔아먹기도 했다. 그 밖에도 그는 많은 절도 행위와 사기 행각을 벌여 그보다도 오히려 내가 겁이 날 정도였다.

'그보다도'라는 표현을 쓴 건 나는 숙소 여관에 꼼짝 않고 틀어박혀 있었기 때문에 나 자신에 대해서는 걱정할 게 전혀 없었다는 소리다. 게다가 나는 여관에서 일하는 사람들과 함께 있었기 때문에 알리바이를 증명할 수 있었다.

그런데 내 경고는 헛되이 한 게 아니었다. 잭 대위는 이미 절도 행각으로 악명이 높아서 어느 곳에서건 급습을 당하여 체포될 운명이었다. 결국 그는 정말로 체포되기 직전의 상황에 몰렸는데 천만다행으로 스코틀랜드를 떠나 런던으로 가는 길이라고 길까지 물어보며 너스레를 떨고 재치 있게 둘러대는 바람에 간신히 위기를 모면할 수 있었다. 그는 첫날은 그런 요령을 피워 자기를 체포하려는 자들을 혼동시키며 따돌릴 수 있었다. 만약 그가 그때 체포되었더라면 십중팔구 현지에서 교수형을 당했을 것이다. 어쨌든 그는 영악한 기지에 힘입어 반나절은 추격자들을 따돌릴 수 있었다. 사실 그는 그 일에 너무 놀라, 가지고 있던 모든 소지품들을 트위드 강에 일부러 빠뜨리고 말과 함께 헤엄을 쳐 강 건너로 도망가 버렸다. 그는 이제 사람들이 스코틀랜드 영토라고 부르는 곳에 들어가 있었다. 따라서 누구든 그곳 사람들이 반대하면 추격자들이 그를 체포할 권한이 없었다. 하지만 잭을 쫓는 데 혈안이 되어 있던 그들은 잭을 잡을 수만 있다면 이의가 제기되거나 모험을 감수하는 일이 있다 하더라도 그를 데리고 가겠다는 태세였다. 그러나 막상 잭이 트위드 강을 헤엄쳐 건너 건너편 강편에 도착하자 그들은 더 이상 추격을 지속할 수 없었다. 강 건너편은 평상시에도 강물이 높은 곳이어서 설령 잭을 체포했다손 치더라도 그들은 그를 다시 데려오기가 힘들었다. 잭이 강을 건넌 곳은 켈소라는 지점에서 조금 내려온 얕은 여울이었는데, 때마침 강물이 너무 높아 통행이 불가능했다. 잭의 경우는 상황이 상황이었는지라 그곳에서 200여 미터 떨어진 곳에 있는 나룻배까지 가고 말고 할 겨를도 없었다.

그렇게 도주에 성공한 잭 대위는 내게 따라오라고 했던 켈소까지 무사히 갈 수 있었다.

나는 무거운 마음으로 그의 뒤를 따랐다. 가면서 나는 수도 없이, 경관이나 그 비슷한 사람에게 그가 잡혀서 끌려가고 있는 광경을 길에서 목격하게 되는 건 아닌지, 또 그가 감옥으로 붙잡혀 갔다는 소식을 듣게 되는 건 아닌지 걱정을 했다. 그러나 윌러 하우 헤드라는 국경 인근 지역까지 갔을 때 나는 그의 추격과 도피 정황을 알게 되었다.

켈소에 도착한 나는 손쉽게 그를 찾을 수 있었다. 그는 유속이 엄청나게 빠르고 강폭도 엄청나게 넓은 트위드 강을 필사적으로 헤엄쳐 건너온 유명 인사가 되어 많은 사람들 입에 오르내리고 있었다. 물론 그곳 사람들은 그가 헤엄친 이유와 그의 됨됨이에 대해서는 전혀 들은 바가 없는 것 같았다. 잭도 모든 사실을 감추고 내가 갈 때까지 조용히 있어야 한다는 걸 알 정도의 지능은 가지고 있었다.

나는 그가 무사하다는 게 기쁘기는커녕 그의 행동 때문에 화가 났다. 특히 더 그랬던 것이, 그의 행동이 나와 약속했던 것과 어긋났기 때문이었다. 그는 자신의 행동이 자신이 처한 상황과 관련시켜 볼 때 전혀 상식 밖의 행동이라는 것은 눈곱만큼도 의식하는 것 같지 않았다. 무슨 말이든 그의 머리에 아무리 못이 박이게 집어넣어 봐야 소용없는 일이었다. 나는 그저 그가 마침내 안전한 곳에 오게 되었으니 기쁘다는 말만 했다. 나는 그에게 앞으로 그 나라에서 어찌 살 생각이냐고 물었다. 그는 짤막하게 대답했다.

"아직 몰라. 이곳 사람들이 몹시 가난하다는 의심은 들어. 하지만 그들에게 돈만 있다면 훔칠 생각이야."

"하지만 너도 알다시피 이곳 사람들은 네가 저지르는 짓 같은 짓에 대해서는 세상에서 가장 혹독히 벌을 내리는 사람들이야."

"그건 중요하지 않아." 그가 퉁명스럽게 말했다. "그래도 나는 훔칠 거야."

그 말을 듣고 내가 말했다.

"그런 식으로 생각한다면, 어디 한번 모험해봐라. 그러나 나는 너와 헤어져 영국으로 돌아갈 테다."

그는 언짢아하는 것 같았다. 그리고 그 순간 유순함과 거리가 먼 그의 거친 성품이 드러나는 것 같았다. 그는 내게 마음대로 하라면서 자기는 기회만 닿으면 자기 마음대로 할 거라고 말했다. 그러나 우리는 곧바로 헤어지지는 않았다. 우리는 일단 수도 쪽을 향해 갔다. 우리는 그곳으로 가는 노상에서 빈곤의 참상을 무수히 목격했다. 그곳은 그에게 뭔가 이득이 될 만한 게 있을 거라는 기대를 갖게 하기에는 사람들 숫자가 너무 적었다. 그는 아무리 매의 눈처럼 날카로운 눈초리로 주변을 예의주시하며 걸어도 자기가 할 일이 하나도 없다는 것을 분명히 알아차렸다. 스코틀랜드의 남자들에 대해 말한다면, 그들은 도대체 돈을 가지고 있는 것 같지 않았다. 여자들에 대해 말한다면, 남자들보다 조금 나아서 돈이 조금 있어 보이거나 호주머니가 달린 옷을 입고 있었지만 도무지 손대는 것 자체가 불가능했다. 여자들은 모두 옷에 무릎까지 내려오는 커다란 격자무늬 어깨걸이를 걸치고 있었는데, 그 어깨걸이가 몸을 에워싸고 있어서 잭이 마음에 품고 있는 일 같은 건 아예 꿈도 꿀 수 없었다.

켈소는 아주 훌륭한 소도시였고 사실은 사람들이 많이 살고 있었다. 잭 대위는 그곳에서 일요일 하루를 묵으며 신도들로 붐비는 대형 교회를 찾았다. 그러나 그가 나중에 말했듯이, 그곳 여자 신도들도 한 명도 빠짐없이 격자무늬 어깨걸이를 걸치고 있었다. 귀족 신도 좌석인 듯싶은 두 줄만 예외였는데 그들은 예배가 끝나고 나오자 정복 하인들이나 다른 하인들이 에워싸는 바람에 근처에 다가서는 일조차 불가능했다. 마치 경비대에 둘러싸인 국왕 폐하 근처에 함부로 다가설 수 없는 것과 같았다.

그 때문에 그는 낙심하며 그곳을 떠났다. 물론 나는 속으로 기뻤다. 우리는 곧장 에든버러로 갔다. 그곳으로 가는 내내 우리는 이렇다 할 만한 도시를 거치지 않았다. 처음으로 에든버러로 가는 우리에게 여행은 몹시 힘들고 거칠기만 했다. 특히 로더데일이라고 부르는 골짜기에서 갑자기 불어난 물을 건널 때 더욱 그랬다. 잭 대위는 말이 급류에 휩쓸리는 바람에 하마터면 말에서 떨어져 익사할 뻔했다. 그는 그 사고로 온몸이 물에 흠뻑 젖었고 뉴캐슬부터 갖고 온 훔친 물건들은 다 망가져 버렸다. 트위드 강을 건너 도망칠 때도 두 팔로 교묘히 들어올려 젖지 않았던 물건들이었다. 여하튼 그곳에서 하마터면 그와 말이 함께 실종될 뻔했다. 아마 물이 깊어서라기보다는 급류의 맹렬한 속도 때문에 그랬을 것이다. 어쨌든 그는 자신이 좋아하는 속담대로 비록 힘이 들기는 했지만 물에서 가까스로 빠져 나왔는데, 나중에 때가 되면 다시 말하겠지만 그는 물에 빠져죽을 팔자는 아니었다.

켈소를 떠난 지 사흘 만에 우리는 에든버러 시에 도착했다. 우리는 수트라 힐이라고 불리는 언덕 위 여관에 숙소를 정한 뒤 하루 종일 쉬며 소지품들을 말리고 기력을 재충전했다. 에든버러에 도착하고 하루가 지났을 때 우리는 이상하게 그곳에서 친근감을 느꼈다. 잭 대위는 산책을 하고 싶은 마음이 생겼는지 주변을 둘러보고 오더니 내게 "함께 시내 구경을 가지 않겠느냐?"고 물었다. 나는 "좋다"고 대답했다. 우리는 함께 밖으로 나가서 그곳 사람들이 네더 바우라고 부르는 문을 지나 사거리 교차로까지 이어진 커다란 대로를 따라 걸어갔다. 우리는 대로가 수많은 사람들로 가득 차 있는 걸 보고 깜짝 놀랐다. 그걸 보고 잭 대위가 소리쳤다.

"야, 이거 꽤나 짭짤하겠는 걸!"

하지만 나는 이미 그날만은 아무 짓도 하지 않겠다는 약속을 그에게서 받아두었었다. 그렇지 않으면 함께 산책을 나가지 않겠다는 조건을 달아서 말이다. 따라서 나는 그의 옷소매를 꽉 붙들고 내 곁에서 한 발자국도 못 벗어나게 했다.

우리는 이윽고 멀카트 크로스라고 불리는 사거리까지 오게 되었다. 많은 사람들이 그곳을 오가고 있었다. 마치 런던 주식 거래소처럼 온갖 지위와 신분의 신사들이 모여 있거나 거대한 행진을 하고 있는 것 같은 광경이 눈에 들어왔다. 잭 대위는 그 광경을 보고 다시 한 번 고무되어 흡족해 했다.

그곳을 구경하는 동안 우리는 예기치 않은 광경을 목격하고 깜짝 놀랐다. 우리는 갑자기 사람들이 곧 희한한 구경거리가 연출되기라도 할 것처럼 한쪽으로 우르르 몰려가는 걸 보았다. 그런데 실제로 희한한 구경거리가 있는 게 맞았다. 서쪽 방면에서 벌거벗은 두 남자가 우리가 있는 길 쪽으로 바람처럼 빨리 달려오고 있는 모습이 보인 것이다. 그걸 보고 우리는 그들이 큰돈을 걸고 내기 달리기 시합을 하는 것이라고 생각했다. 그런데 갑자기 그들에게 연결된 길고 작은 밧줄 내지는 끈들이 팽팽히 잡아당겨지면서 두 남자가 멈춰

서는 모습이 보였다. 둘은 순간적으로 서로 바싹 붙어 멈춰 섰다. 우리는 처음에는 그 광경이 무엇을 의미하는지 알 수 없었다. 하지만 한 남자가 그들 뒤를 따라오고 있는 모습을 보고 우리가 얼마나 놀랐는지는 독자 여러분도 상상하실 수 있을 것이다. 그 남자는 양손으로 밧줄 끝자락들을 잡고 있었다. 그는 두 남자에게 다가오자 손에 들려 있는 채찍으로 사정없이 끔찍하게 매질했다. 그러자 벌거벗은 두 남자는 매질을 피하려고 묶여 있는 밧줄 길이가 허용하는 만큼 죽자 살자 앞으로 내달렸다. 그런 다음 그들은 그곳에서 다시 채찍을 든 남자의 매질을 기다렸다. 두 남자는 그런 식으로 거의 반 마일에 이르는 대로 끝 지점까지 매질을 당하며 달리고 다녔다.

잭 대위로서는 더없이 우울한 광경이었다. 그 광경은 그에게 그곳에서 도둑질을 하다가 실수라도 해서 붙잡힐 경우 닥칠 운명을 상기시키기도 했지만, 어린 시절 악명 높은 브라이드웰 형무소에 잡혀가서 당했던 매질을 상기시키기도 했다.

하지만 그게 다가 아니었다. 우리는 체벌 장면을 지켜보다가 두 죄인의 죄목이 뭔지 궁금해졌다. 우리는 근처에 있는 청년에게 두 남자의 죄가 무엇인지 물었다. 심술궂은 이 스코틀랜드 청년은 우리의 말투와 질문 내용을 듣고 우리가 영국인이라는 것과 외지인이라는 걸 알아차리고는, 장난기 섞인 어조로 죄인들이 영국인들이며 소매치기와 사소한 절도죄로 붙잡혀 태형을 당하는 중이라고 대답했다. 그리고 그는 죄인들이 국경 너머 영국으로 인도될 거라고 설명했다.

사실 청년의 설명은 모두 거짓말이었다. 그저 약삭빠른 상상력을 발휘하여 영국인인 우리를 모욕하려고 날조한 것이었다. 좀더 알아보니 두 죄인은 스코틀랜드인이었고, 흔히 있는 죄목으로 체벌을 당하던 중이었다. 그런 체벌은 우리 영국에서도 흔히 있는 체벌이었다. 밧줄을 잡은 사람은 에든버러 시 교수형 집행관으로 고정 월급을 받고 있던 유명한 관리였다. 그는 자신이 맡은 직무에서 아주 솜씨 좋은 기술자였으며 상당한 수입을 올리는 사람이었다.

어쨌든 그 처벌 광경은 우리에게 너무나 충격적이었다. 잭 대위가 나를 향해 말했다.

"야, 잭, 이곳을 떠나자. 더 이상 있고 싶지 않아."

그 말을 들으니 기뻤다. 하지만 왠지 그가 진심을 담아 그 말을 한다거나 진정으로 그곳을 떠나고 싶어 한다는 생각이 들지 않았다. 우리는 숙소로 돌아와 오랫동안 틀어박혀 있었다. 우리는 그날 저녁 잠깐 산책만 했을 뿐이다. 그런데 산책을 하면서 대위는 별다른 일을 꾀하려고 하지 않았으며 의욕도 없어 보였다. 그는 사실 두세 차례 포목 조금과 여자 모자 몇 개를 슬쩍하기는 했다. 하지만 그는 훔친 물건들을 처분하는 방법을 몰랐다. 요컨대 그는 본심과 달리 그곳에서 부득이 정직하게 살 수밖에 없었다.

우리는 에든버러 시에 한 달가량 머물렀다. 그런데 한 달이 지났을 때 갑자기 잭 대위가 자기 말과 물건들을 갖고 자취를 감추었다. 대체 그에게 무슨 일이 일어난 것인지 알 수 없었다. 나는 그 후 18개월 동안 그를 못 만났고 소식도 듣지 못했다. 그는 내게 에든버러 시로 다시 돌아올지 여부 같은 최소한의 소식도 전해오지 않았다.

나는 그런 식으로 떠난 그가 몹시 괘씸했다. 이방인 처지의 내가 앞으로 그곳에서 홀로 어떻게 살아가야 할지 막막했다. 가지고 있는 돈도 급속히 줄고 있었다. 게다가 나는 말도 내 손으로 직접 관리해야 했다. 스코틀랜드에서는 말 값이 형편없어서 말을 유용하게 활용할 기회도 없었다. 나는 만약 영국으로 돌아가게 된다면 웨어를 경유하여 퍼커리지로 가서 말을 주인에게 돌려주겠다고 마음먹고 있었다. 그러니 말에게 해가 되는 일은 어떤 일도 해서는 안 됐고 오히려 한동안 녀석에게 도움을 줘야 할 처지였다. 나는 마침내 내 의도를 충족시키고 말에게도 도움이 될 기회를 얻게 되었다.

어느 날 한 남자가 스테이블러(스코틀랜드에서는 마구간지기를 이렇게 불렀다)를 찾아와 혹시 영국으로 반환될 말이 있는지 알고 싶다고 말했다. 여관 주인은 내게 찾아와 "손님 말이 손님 소유의 말입니까?"라고 퉁명스럽게 물었다. 내가 처한 상황을 생각해 본다면 이상한 질문이어서 나는 처음에는 무척 당황스러웠다. 내가 왜 그러느냐고 이유를 묻자 주인이 속마음을 밝히며 대답했다.

"아, 혹시 손님 말이 영국에서 빌려온 말인가 싶어서요. 스코틀랜드에 오는 영국분들 말들이 종종 그렇거든요. 혹 그러시다면 말을 반환하는 데 도움을 드릴 수 있어서요. 물론 말을 이용하는 값은 지불해 드립니다."

나는 그의 말을 듣고 기뻤다. 요컨대 말을 안전하고 건강하게 데려다줄 사람을 찾게 되었다는 소리였기 때문이다. 게다가 말 이용료로 15실링까지 챙길 수 있다는 소리 아닌가. 나는 말을 퍼커리지의 여관에 반환하는 계약을 흔쾌히 맺었다. 나중에 여러 해가 흐른 후 그곳에 가보니 말이 정직하게 반환되어 말 주인이 다시 말을 소유하고 있는 걸 확인할 수 있었다. 물론 말 주인은 말 이용료는 챙기지 못했다.

그렇게 말 관리 비용 부담을 덜자 나는 다시 할 일이 없었다. 나는 앞으로 어떻게 살아야 할지, 무슨 일에 손을 대야 할지 숙고를 시작했다. 가지고 있는 돈은 아직까지는 크게 축나지 않은 상태였다. 그동안 늘 조심하며 대위의 무모한 짓에 동참하지는 않았지만 그가 주는 돈으로 거리낌 없이 살았던 덕분이었다. 사실 나는 그가 내게 쓴 돈이 모두 정직한 사람들에게서 강탈한 돈이며, 그동안 내가 그의 도둑질의 수혜자였다는 걸 모르고 있지 않았다. 그러나 나는 영국을 떠난 후 그와 동행을 하면서 그런 일이 나쁜 일이라고는 생각하지 않았으며, 아직 그런 행동에 반감까지 느끼고 있지는 않았다.

또 하나 내가 점점 줄어들던 돈에 대해 크게 걱정하지 않았던 이유는 런던에 돈을 맡겨두고 있다는 생각 때문이었다. 그럼에도 불구하고 나는 당장의 생계를 위해 무슨 일이든 정직한 일자리를 갖고 싶었다. 지금까지 해온 떠돌이 생활은 이제 정말 지긋지긋했다. 나는 도둑질은 더 이상 하지 않기로 결심했다. 그러나 두세 차례 일자리가 주어졌어도 쓸 줄도, 읽을 줄도 몰랐던 나는 그 기회를 잡을 수 없었다.

한동안 그 사실이 나를 무척 괴롭혔다. 그러나 앞서 말한 마구간지기가 가난하지만 정직한 청년 한 명을 데려와서 그런 고민으로부터 나를 구해주었다. 내가 하겠다고만 하면 저렴한 비용을 받고 짧은 시간 안에 글쓰기와 읽기를 가르쳐주겠다고 그 청년이 나섰다. 나는 최선을 다해 공부하겠다고 약속했고 실제로도 그렇게 했다. 내겐 읽기보다 쓰기가 더 어려웠다.

반년 정도가 지나자 나는 꽤나 그럴듯하게 읽고 쓸 줄 알게 되었다. 이제 일을 하기에 적합한 수준은 된다는 생각이 들었다. 실제로 나는 글을 배운 덕분에 세관 관리에게 임시로 고용되었다. 그가 내게 시킨 일은 별다른 일은 아니고 라이스 시와 에든버러 시를 오가며 라이스 시 세관의 징세원들에게 그가 보관하던 전표들을 전하는 일이었다. 그는 내 임금이 적정 액수가 될 때까지는 일단 내 돈으로 살게 했다. 그 때문에 그나마 남아 있던 얼마 안 되는 돈이 생활비로 다 소진됐다. 그 해가 다 갈 무렵에는 거의 남지 않았다. 그때 내게는 영국 화폐 단위 12실링의 임금이 밀려 있었다. 그런데 재수없게도 나를 고용한 관리가 실직하는 일이 생겼고, 설상가상 그가 일을 잘못했다는 죄를 뒤집어쓰고 영국으로 피신하는 일까지 생겼다. 그 때문에 나를 포함하여 그를 돕던 세 명의 하인들은 각자 알아서 혼자 힘으로 생계를 꾸릴 처지에 놓였다.

낯선 타지에서 사는 내게는 정말 힘든 상황이었다. 그리고 그 일로 인해 나는 극단적인 처지에 내몰렸다. 차라리 영국으로 돌아가는 편이 나을지도 몰랐다. 마침 영국으로 떠나는 배가 있었다. 선장은 내 딱한 처지를 듣고 영국에 도착해서 배 삯 10실링을 지불하겠다는 약속만 한다면 자기 배에 기꺼이 태워주겠다고 제안했다. 그런데 그때 새로운 상황이 벌어졌다. 사라졌던 잭 대위가 다시 등장한 것이다. 그는 내 처지를 안 후 앞으로 다시는 나를 떠나지 않겠다고 약속했다. 나 또한 그와 헤어지는 게 싫었다. 그와 내가 함께할 운명이 아직 더 남아 있는 듯했다.

그가 나를 버리고 떠난 후 18개월이 흘렀다는 말을 한 바 있다. 그동안 그는 많은 모험을 했고 많은 곳을 편력했다고 했다. 그는 글래스고로 가서 못된 짓을 수도 없이 저질렀고, 그러다 기적적으로 교수형을 모면했다고 했다. 그리고 그는 그곳에서 아일랜드로 건너간 뒤 다시 방랑 생활을 하고 다녔으며, 산적으로 변신하여 몇 차례 범행을 저지른 뒤 런던데리로 도망갔고, 그곳에서 스코틀랜드 북부의 하이랜드 고원까지 돌아오게 된 것이라고 했다. 내가 고

용주를 잘못 만나 알거지가 되기 한 달쯤 전의 일이었다. 그런데 세상에! 그가 그 고원 지대에서 온갖 일들을 겪고 난 뒤 보병 병사가 되어 나룻배를 타고 내 앞에 다시 나타난 것이었다. 그는 북쪽 더글라스 연대 신병 모집에 지원하여 보병 병사가 되었다고 했다.

나 또한 많은 고통을 겪고 난 후였고 잭 대위처럼 거의 밑바닥까지 떨어진 상태여서 적어도 그 당시에는 그처럼 병사가 되는 일 말고는 뾰족한 생활 방편이 없었다. 결국 나도 잭 대위처럼 병사가 되어 어깨에 소총을 걸쳐 메고 행군하는 처지가 되었다. 그러나 고백하건대 병사 생활은 처음 예상했던 것만큼 그렇게 나쁜 것만은 아니었다. 비록 훈련에 열심히 임해야 했고 잠자리도 불편했지만(그 점은 특히 그 지역 병사들이 감당해야 할 팔자였다), 그런 일은 이미 유리 공장 석탄재 위를 뒹굴며 자는데 이골이 나 있던 내게는 별 문제가 아니었다. 오히려 나는 이제 더 이상 도둑질을 할 필요가 없고 감옥에 가거나 형리에게 채찍질을 당하는 공포에 싸여 살 필요가 없다는 사실에 은밀한 만족감까지 느꼈다. 특히 채찍질은 에든버러에서 흔히 볼 수 있는 형벌이었다. 그 벌이 하도 두려워서 나는 그 생각만으로도 오금이 저릴 지경이었다. 나는 내가 드디어 정직한 직업일 뿐만 아니라 신사의 직분과 어울리지 않는다고 말할 수 없는, 병사라는 확실한 직업을 갖게 되었다고 생각했다. 그런 생각을 하니 뭐라고 표현할 수 없을 만큼 마음이 편했다.

물론 그런 면에서는 만족감이 컸지만 병사 생활의 다른 측면들도 똑같이 내게 잘 맞는다는 생각이 든 것은 아니다. 특히 병사 생활을 시작하고 나서 6개월가량 지났을 때, 모든 신병들이 영국으로 행군해 가서 뉴캐슬이나 헐 항구에서 배를 타고 플랑드르 지방에 주둔하고 있는 연대와 합류해야 한다는 소식이 전해졌을 때 더욱 그랬다.

방금 전 내가 병사 생활이 만족스러웠다고 말한 것은 다음과 같은 이유도 있었다. 나는 훈련을 아주 자연스럽게 받았다. 총기 다루는 법을 가르친 하사관은 내가 아주 능숙하게 총기를 다루는 모습을 보고 농담조이긴 하지만 이렇게 장담까지 했다.

"자네를 보고 사람들이 대령이라는 별명으로 부르던데 내가 보기에는 자넨 정말로 대령이 될 사람이 확실하군. 아니면 자네는 어느 대령의 사생아임이 틀림없어. 그렇지 않다면 한두 차례 시범만 보고도 그토록 무기를 잘 다룰 수가 없지."

그의 칭찬은 나를 너무나 기쁘게 했고 큰 격려가 되었으며, 병사 생활에 푹 빠지게 만들었다. 그런데 그런 와중에 잭 대위가 찾아와 우리 신병들이 영국까지 행군해 간 뒤 뉴 캐슬 시의 타인 강 기슭에서 배를 타고 플랑드르 지방까지 파병된다는 말을 전했다. 나는 깜짝 놀랐다. 새로운 생각들이 머릿속을 가득 채우기 시작했다. 가장 먼저 든 생각은 잭 대위의 특수한 처지를 고려할 때 그가 공개적으로 뉴캐슬에 모습을 드러내는 일은 있을 수 없다는 것이었다. 그러나 우리 대대(우리는 신병들에 불과했고 해외 파견 중대 소속이었지만 총 숫자가 400명 이상이어서 대대로 불렸다)의 병사들과 함께 행군해 가야 하니 꼼짝없이 그럴 수밖에 없었다. 다시 말하자면 잭 대위가 부대원들과 행군하며 사람들 앞에 부득이 모습을 드러내야 한다는 소리였는데 그렇게 되면 그는 당장 체포될 것이 틀림없었다. 내게 든 두 번째 생각은 내가 런던에 무려 100파운드에 이르는 거금을 맡겨 놓고 있다는 것이었다. 그 돈을 모두 찾을 수 있다면, 즉 주머니 안에 100파운드의 거금을 갖고 있다면 대체 졸병 신분으로 플랑드르 지방까지 파병가겠다는 병사가 누가 있겠느냐는 것이었다. 나는 우리 대대원 누구라도 그런 질문에 긍정적으로 대답할 자는 없을 거라고 생각했다. 당시만 하더라도 100파운드라는 거금은, 오래된 주둔지에 자리 잡은 유서 깊은 연대라면 몰라도, 웬만한 연대 하나쯤은 아예 사버려 그 연대를 소유하기에 충분한 액수였다. 그런 생각이 내 야심에 불을 질렀다. 나는 신사 같은 병사가 아니라 신사 같은 장교가 되는 꿈을 꾸기 시작했다.

두 가지 생각이 동시에 들기 시작하자 내 마음은 몹시 불편해지기 시작했다. 그러면서 나는 가엾은 소총수 신분으로 플랑드르 지방까지 끌려가서 고작 36펜스의 주급을 받으며 머리나 얻어터지고 산다는 생각이 싫어지기 시작했다. 그렇게 매일같이 해외 파병에 대해 골머리를 앓고 있던 어느 날 저녁 잭 대위가 나를 찾아와서 말했다.

"이봐, 잭, 할 말이 있어. 숲속을 조금 벗어나 들판이나 좀 거닐래?"

당시 우리는 던바 시 인근 파크 엔드라고 불리는 장소에 주둔하고 있었다. 그곳은 트위드 강변 버위크 시에서 20마일가량 떨어진 곳이었고 가장 가까운 지름길로 가면 트위드 강에서 16마일가량 떨어진 곳이었다.

우리는 부대 근처의 들판을 거닐며 유럽 출정에 대해 심각하게 얘기를 나누었다. 대위는 자신이 처한 상황을 설명하면서 자기는 대대와 함께 뉴캐슬까지 가는 행군에 동참하지 않겠다고 말했다. 그렇게 된다면 자기는 바로 대열에서 불려나와 목숨을 잃게 되는 봉변을 당할지도 모른다는 이유에서였다. 사실 그건 그만큼 나도 잘 알고 있는 이유였다. 그가 말했다.

"나 혼자서도 몰래 뉴캐슬로 갈 수 있어. 가서 그 도시 구석구석을 돌아다닐 수도 있고. 하지만 내가 공개적으로 그곳에 간다면 파멸의 구렁텅이 안으로 뛰어드는 짓이야."

"그래, 맞는 말이다." 내가 말했다. "그래서 어쩔 셈인데?"

"어쩔 셈이냐고? 너 혹시 내가 이곳에 묶여 있는 게 신사다운 병사의 명예심 때문이라고 생각하냐? 교수형도 기꺼이 받겠다는 심정으로? 천만에. 절대로 그렇지 않아. 나는 이곳을 떠나기로 했다. 그러니 너도 우리와 같이 떠났으면 좋겠어."

"우리? 그게 무슨 소리야?" 내가 물었다.

"무슨 소리냐 하면 우리와 같은 처지의 정직한 영국인 병사 한 명이 더 있다는 소리다." 그가 말했다. "그자도 나처럼 탈영하기로 결심했어. 오랫동안 군대에 몸담았던 자인데 그자의 말인즉슨 해외에 나가면 우리가 어떤 대접을 받게 될지 뻔하다는 거야. 그러니 자기는 플랑드르로 가지 않겠대. 무슨 일이 있어도 절대로!"

"하지만 말이다." 내가 말했다. "만약 탈영하다 붙잡히면 탈영범으로 몰려 총살형에 처해질 거야. 그리고 아침 일찍부터 너를 추격하기 위해 이곳 전 지역에 추격대가 보내질 거고. 그러면 너는 분명히 추격대 손아귀에 들어갈 거야."

"그 점은 걱정 마라." 그가 말했다. "함께 가기로 한 그자가 이곳 지역의 길들을 훤히 꿰고 있어. 추격병들이 따라붙기 전에 그가 트위드 강변 둑까지 우리를 데려다준다고 했어. 일단 트위드 강변까지만 가면 그들은 우리를 잡을 수 없어."

"그래 언제쯤 도망칠 건데?" 내가 물었다.

"지금 당장. 지체할 시간이 없어. 마침 달빛이 환히 비치는 훌륭한 밤이잖아." 그가 말했다.

"난 짐도 안 챙겨 왔어. 가서 옷가지하고 다른 소지품을 좀 가져 올게."

"옷이 대수냐? 영국으로 돌아가서 다시 옛날 방식으로 살면 옷 같은 건 손쉽게 얻을 수 있다고." 그가 말했다.

"안 돼. 옛날 방식의 삶은 더 이상은 안 돼. 그런 방식으로 살다가 우리가 지금 이런 곤경에 처한 게 아니냐고."

"그래, 그래, 알았다. 하지만 말이다." 그가 말했다. "옛날 방식이 지금처럼 배를 쫄쫄 굶는 병사 생활보다는 낫다. 신사라고 불리면 뭐하냐고."

"어쨌든 말이다." 내가 대답했다. "주머니에 돈 한 푼 없는데 여행 경비는 어찌 감당할 거야?"

"내게 돈이 조금 있어." 잭 대위가 말했다. "적어도 뉴캐슬까지 가는 경비로는 충분할 거야. 그리고 만약 가는 도중에 돈이 떨어지면 우리를 태워 줄 석탄 운반선이 있는지 알아보자고. 바다를 통해 우리를 런던까지 실어다 줄 배 말이다."

"네가 지금까지 내놓은 제안들 중에서 가장 맘에 드는 제안이다." 내가 말했다.

나는 그와 함께 하겠다고 굳게 약속하고 즉시 길을 떠났다. 교활한 악당 잭 대위는 이미 언덕 아래 1마일쯤 되는 곳에 함께 탈영하기로 한 동료를 기다리게 해놓고 있었다. 그는 그곳까지 나를 데리고 가면서 조금씩 설득을 했던 것이었다. 결국 내가 그의 설득에 넘어가 탈영에 동의하게 되었을 때쯤 함께 탈영하기로 한 그 동료가 시야에 들어왔다.

“자, 저기 우리와 함께할 동료가 보인다.” 그가 말했다. 병사들 사이에서 본 적이 있어서 나는 그를 즉시 알아보았다. 그렇게 합세하게 된 우리는 언덕 아래로 발을 옮겼다. 1마일쯤 가자 동이 훤히 트기 시작했다. 우리는 더욱 발걸음을 재촉했다. 우리는 가능하면 우리의 탈영을 알아차린 추격대가 우리를 추격하기 전에 그들에게서 벗어나자고 결심했다.

우리는 우리에게 주어진 시간 동안 최대한 열심히 걸었다. 새벽 5시 무렵 우리는 지금 이름도 생각나지 않는 어느 작은 마을에 도착했다. 그곳 마을 사람들이 우리에게 8마일 정도 더 가면 트위드 강이 나오며, 그 강을 건너면 곧바로 영국 땅을 밟을 수 있다고 말했다.

우리는 그 마을에서 잠시 휴식을 취한 뒤 곧바로 다시 길을 나섰다. 우리는 아침 9시가 돼서야 트위드 강에 도착했다. 앞서 마을 사람들이 8마일이라고 했던 거리는 사실 12마일은 되는 것 같았다. 우리는 강변에서 우리와 같은 연대 소속의 탈영병 두 명을 만났다. 그들은 또 다른 신병대가 주둔하고 있던 해딩타운에서 탈주한 병사들이었다.

스코틀랜드 출신이었던 그들은 몹시 가난해서 주머니에 단돈 1페니도 갖고 있지 않았다. 그들이 탈영 당시 소지했던 돈은 다 합쳐서 8실링밖에 안 됐다. 그들은 같은 연대 소속인 우리를 보자 추격대로 오인했다. 자신들을 잡으러 온 병사들로 오해했던 것이다. 그들은 우리를 보자마자 우리 연대가 사용하는 검을 들고 방어 자세를 취했다. 그 검은 우리도 들고 있었다. 그러나 우리는 아직 연대 장식이나 연대 복장은 하고 있지 않았다. 우리에게는 플랑드르 주둔 연대에 합류할 때까지 정식으로 연대 복장을 지급하지 않게 되어 있었다.

우리는 한참 만에 우리도 그들과 같은 처지라는 사실을 그들에게 겨우 납득시켰다. 이후 우리는 같은 일행이 되었다. 강을 건너 영국 쪽으로 간 우리는 그쪽 편 강기슭에서 잠시 휴식을 취한 뒤(우리는 너무 피곤했고 새로 만난 두 병사도 우리만큼 지쳐 있었다), 뉴캐슬 시를 향해 갔다. 여행 경비가 바닥이 나고 있었기 때문에 우리는 그곳에서 바다를 통해 런던까지 갈 생각이었다.

우리가 가진 돈은 서서히 탕진되어 갔다. 물론 내 주머니 안에는 마지막 극단적인 상황에서 쓰려고 아껴둔 금화 한 닢이 남아 있었다. 그러나 그래봤자 겨우 반 기니 금화에 불과했다. 우리의 여행 경비는 잭 대위가, 감당할 수 있는 한도 내에서 전부 부담했다. 결국 뉴캐슬에 도착했을 때 우리에게 도움을 줄 총 재산이 겨우 6페니밖에 남지 않게 되었다. 스코틀랜드 병사들은 여행 내내 구걸을 하며 버텼다.

우리는 어스레한 저녁 무렵 가까스로 뉴캐슬에 도착했다. 그러나 우리는 그 시간에 사람들 왕래가 잦은 시내 쪽으로 감히 다가가지 못했다. 다만 강을 따라 유리 공장들이 늘어서 있는 아래쪽 지역으로 내려갔을 뿐이다. 그곳에 가서 우리는 어찌해야 할지 몰랐다. 우리는 그저 우리의 처지를 막연히 운명에 맡긴 채 사태를 낙관적으로 생각하기로 했다. 우리는 어느 술집에 들어가 앉은 뒤 맥주 1파인트를 주문했다.

술집은 여주인이 혼자 지키고 있었고 다른 손님은 없었다. 아주 솔직해 보이는 여주인은 우리를 밝은 모습으로 맞이했다. 우리는 그녀에게 우리의 처지를 설명하고 혹시 바다를 통해 우리를 런던까지 데려다줄 아는 석탄 운반선 선장이 있으면 소개해달라고 부탁했다. 그런데 사실 이 여주인은 몹시 교활한 여자였다. 그녀는 우리가 미끼에 걸려든 물고기라는 사실을 곧바로 알아차렸다. 그녀는 더없이 친절하게 따뜻한 말을 건네며 우리를 하루 전에 만나지 못한 게 안타깝다고 말했다. 자기가 특별히 잘 아는 석탄 운반선 선장이 있는데 그가 아마 그날 아침 조류를 이용하여 떠났을 것이라는 것이었다. 그녀는 그 선장의 배가 정박장 쪽으로 떠났는데 자기 생각으로는 아직 강어귀를 벗어나지 못했을지도 모른다고 말했다. 그러면서 그녀는 어쨌든 사람을 보내 선장이 그 배를 탔는지 알아봐주겠다고 말했다. 가끔 선장들이 배 뒤편으로 조류가 충분히 밀려올 때까지 출발을 늦추는 경우도 있다는 것이었다. 그녀는 만약 배가 아직 떠나지 않았으면 선장을 설득해서 우리 일행을 배에 태워주라고 부탁해보겠노라고 말했으며, 만약 그렇게 된다면 우리 일행 모두가 바로 그날 밤 지체 없이 배를 타야 할 테니 그게 걱정이라고 덧붙였다.

우리는 선장의 집에 사람을 보내달라고 그녀에게 간청했다. 우리로서는 다른 방도가 없었다. 우리는 배에 탈 수 있게 그녀가 친절을 베풀어주기만 한다면 늦은 밤에 배를 타는 일은 전혀 개의치 않겠다고 말했다. 돈도 없는데다 마땅한 숙소도 없었던 우리는 배를 타는 일 말고는 다른 무엇도 바라는 게 없었다.

우리는 술집 여주인이 선상 집에 사람을 보내준 일을 큰 호의라고 생각했다. 반시간쯤 지난 후 너무나 반갑게도 여주인이 우리에게 선장이 아직 떠나지 않고 시내의 한 술집에 머무르고 있으며, 그래서 급사 소년을 급히 그리로 보냈다고 말했다. 얼마 후 급사가 돌와와 선장이 귀갓길에 우리가 있는 술집에 들르겠다는 말을 했다고 소식을 전했다.

정말이지 술집 여주인이 큰 친절을 베푼 것이었다. 우리는 그 소식을 듣고 너무나 기뻤다. 여주인과 함께 기다리며 반시간쯤 지났을 때 술집 하녀가 와서 선장님께서 아래층에서 기다린다고 전했다. 여주인은 직접 내려가서 선장에게 우리의 딱한 처지를 알리고 모두 배에 태워달라고 설득할 여지가 있는지 알아보고 오겠다고 말했다. 얼마 후 그녀는 선장 본인을 우리가 있는 방으로 직접 데리고 와서 소개시켰다. 선장이 말했다.

"그래, 그토록 심한 고통에 빠져 있다는 신사 병사들이 바로 이분들인가?"

우리는 모두 자리에서 벌떡 일어나 그에게 인사를 했다.

"됐소, 됐소, 신사분들. 그래 돈을 다 써버렸다 이 말이오?"

"그렇게 됐습니다." 우리 일행 중 누군가가 대답했다. "그러니 우리를 배에 태워주신다면 정말로 감사하겠습니다. 우리는 선원 출신은 아니지만 배에서 할 일이 있으면 무슨 일이든 열심히 하겠습니다."

"글쎄요." 그가 말했다. "모두 평생 한 번도 바다에 나가본 적이 없다 이건가?"

"그렇습니다." 우리가 대답했다. "누구도 나가본 적이 없습니다."

"그렇다면 당신들은 내게 아무런 도움도 못 되오." 그가 말을 했다. "모두 뱃멀미를 할 거요. 하지만 착한 주인 아주머니를 봐서 당신들을 태워주기는 하겠소. 그런데 당신들 배에 탈 준비는 되어 있는 거요? 바로 오늘 밤 출항 예정인데."

"되어 있습니다, 선장님." 다시 우리가 말했다. "지금 당장이라도 좋습니다."

"아니, 지금 당장은 아니지." 그가 매우 친절한 태도로 말했다. "우선 함께 술이나 한잔 합시다. 자, 아주머니, 이 착한 신사들에게 큰 잔으로 펀치 술이나 한 잔씩 갖다주시오."

우리는 서로의 얼굴을 바라보았다. 모두 수중에 돈 한 푼 없다는 걸 잘 알고 있었기 때문이다. 그걸 눈치채고 선장이 말했다.

"자, 자, 돈이 없어도 되니 걱정 마시오. 이 집 아주머니와 나는 공짜 술을 먹고 입을 닦는 관계가 아니오. 자, 착한 아주머니, 부탁한 대로 펀치 술을 내오시오."

우리는 선장에게 감사를 표하고 백 번도 넘게 "하나님께서 고귀한 선장님께 은총을 베푸실 것"이라고 기원했다. 우리는 그런 행운을 만나게 되어 너무 기뻤다. 우리가 펀치 술을 마시는 동안 선장이 여주인을 부른 뒤 이렇게 말했다.

"자, 나는 짐도 챙기고 가족들과 작별 인사도 나눠야 하니 집에 갔다 오겠소. 그동안 아주머니는 만조 때 내가 타고 갈 보트나 좀 불러주시오. 그리고 아주머니, 저녁 식사도 좀 준비해주시오. 이 착한 신사들에게 배에 태워 주겠다고 약속했으니 물론 저녁 식사까지 대접해야겠지. 이들이 식사도 변변히 못한 것 같으니 말이오."

그는 그 말을 하고 사라졌다. 얼마 안 있어 우리는 고기 굽는 쇠꼬챙이가 돌아가는 소리를 들었다. 우리 중 한 명이 그 모습을 구경하러 아래층으로 내려갔다 오더니 화덕에서 맛 좋은 양고기 다리가 구워지고 있다고 말했다. 반시간도 안 돼 선장이 다시 나타났다. 그는 우리에게 와서 펀치 술을 다 마시지 않았다고 힐난하며 말했다.

"아니, 송구스러워하지 말라니까 그러네. 그 술이 다 떨어지면 더 시켜주면 될 거 아니오. 나는 불쌍한 사람들에게 호의를 베풀 때는 확실히 베푸는 걸 좋아하는 사람이오."

우리는 술을 마셨고 처음 시킨 펀치 술이 다 떨어지게 되었다. 그러자 더 많은 술이 나왔다. 선장은 그 술도 빨리 마시라고 재촉했다. 그때 마침 양고기 구이가 나왔다. 우리가 그 양고기를 배불리 먹었다는 이야기는 할 필요도 없을 것이다. 우리는 식사비를 지불할 필요가 없다는 이야기를 여러 번 들었다. 식사가 끝나자 선장이 술집 여주인에게 부탁한 보트가 도착했느냐고 물었다. 그녀는 만조가 되려면 아직 한참 시간이 남아서 보트가 도착하지 않았다고 대답했다. 그가 말했다.

"아직 아니라. 그렇다면 이 사람들에게 펀치 술을 더 갖다주시오."

펀치 술이 또 나왔다. 그런데 나중에 사실로 드러나지만, 그 술 안에 뭔가 이상한 음료가 추가되어 평소보다 더 많은 양의 브랜디가 들어 있는 것 같았다. 이번에 나온 펀치 술이 다 떨어질 때쯤 우리는 모두 대취했다. 내 경우에는 만취해서 그만 잠까지 들어버렸다.

제일 마지막으로 나온 술이 다 떨어질 무렵 우리는 보트가 도착했다는 이야기를 들었다. 우리는 서로 몸을 부딪치고 바닥을 뒹굴다시피 하며 보트에 올랐다. 물론 선장도 우리와 함께 보트를 탔다. 우리 일행은 보트에 오른 후 다는 아니지만 대부분 잠들어버렸다. 우리는 얼마나 멀리, 얼마나 오랫동안인지도 모른 채 보트를 타고 갔고, 보트가 멈추고 잠이 깬 후에야 우리가 타고 갈 본선 옆에 도착했다는 소리를 들었다. 그리고 그건 사실이었다. 갑판 너머로 추락할까봐 많은 사람들이 우리를 붙잡고 도움을 주었다. 그렇게 해서 우리는 모두 배에 올랐다. 내가 기억할 수 있는 건 우리가 배에 오르자마자 우리를 데려온 그 선장이라는 작자가 이렇게 큰소리를 질렀다는 것뿐이다.

"어이, 갑판장, 이 양반들 잘 보살펴주게. 선실도 좋은 걸로 내주고. 그리고 선실 안으로 데리고 들어가서 좀 재우게. 모두 무척 피곤한 상태야."

그런데 우리는 사실 그랬다. 게다가 술까지 만취한 상태였다. 내 경우 평생 그토록 많은 양의 펀치 술을 마셔본 건 그때가 처음이었다.

어쨌든 선장의 부탁에 따라 배의 선원들은 우리를 잘 보살피며 아주 좋은 선실로 데리고 들어갔다. 이후 우리가 곧바로 그 안에서 곯아떨어진 게 분명하다. 우리가 잠들어 있던 동안 우리 때문에 모래톱 정박지에 닻을 내려놓고 있던 배가 출항 명령이 떨어지자 닻을 올리고 바다로 나아갔다. 잠에서 깨어 밖을 내다보았을 때는 이미 정오 무렵이 다 된 것 같았다. 우리는 배가 상당히 먼 거리를 항해해 왔다는 사실을 깨달았다. 멀리 육지 모습이 보였지만 그 거리가 매우 멀었다. 우리는 모두 배가 런던을 향해 가고 있다고 상상하면서 즐거워했다. 우리는 사흘 정도 시간이 흐를 때까지 선원들로부터 대접을 잘 받았고 우리의 상황에 대해 무척 흡족해 했다. 사흘이 되었을 때 우리는 "이제 거의 다 온 것 아닙니까? 앞으로 얼마나 더 가야 강에 도착하나요?"라고 묻기 시작했다. 그러자 선원들 중 한 명이 말했다.

"강이라니? 무슨 강 말이요?"

그러자 잭 대위가 대답했다.

"무슨 강이라니? 런던의 템스 강 말이요."

"템스 강이라니? 대체 그게 무슨 소리요? 술 깰 시간이 더 필요한 거요?"

잭 대위는 더 이상 말을 못하고 바보처럼 주변만 둘러보았다. 그리고 얼마쯤 시간이 지난 후 우리들 중 다른 한 명이 잭 대위와 똑같은 질문을 던졌다. 우리에게 저질러진 사기 행위를 모르던 배의 선원들은 그제야 뭔가 음모의 냄새를 맡은 것 같았다. 앞서 말한 선원이 우리 일행의 다른 영국인 병사에게 몸을 돌리며 말했다.

"아니 당신들, 자꾸 템스 강 이야기를 하는데 대체 지금 어디로 가고 있다고 생각하고 있는 거요?"

"어디긴요." 상대방이 대답했다. "런던이지요. 그곳이 아니라면 대체 지금 어디로 가고 있단 말입니까? 우리를 이 배에 소개한 선장이 이 배가 우리를 런던까지 데려다줄 거라고 약속했단 말입니다."

그러자 그 선원이 말했다.

"선장은 무슨 선장. 딱한 사람들 같으니라고! 내 감히 말하지만 당신들은 모두 속은 거요. 당신들이 그 인신매매 전문범 길먼이란 놈과 함께 올 때부터 알아봤다니까! 쯧쯧, 불쌍한 사람들! 당신들은 모두 사기를 당했소. 세상에! 당신들은 지금 식민지 버지니아로 가고 있단 말이오. 이 배는 버지니아행이오!"

영국인 동료는 그 말을 듣자마자 미친 사람처럼 날뛰며 고함을 지르기 시작했다. 나머지 우리 일행도 그의 주변에 모여들었다. 그때 우리가 얼마나 혼비백산 놀랐는지, 그리고 사건의 진상을 듣고 얼마나 혼란에 빠졌는지, 누구든 충분히 짐작할 수 있을 것이다. 간단히 말하겠다. 우리는 모두 칼을 빼어 들고 주변에 휘두르기 시작했다. 그리고 우리는 고래고래 고함을 지르며 배 위에서 난리법석을 피웠다. 마침내 배의 선원들은 동료 선원들에게 도움을 요청하는 소리를 지를 수밖에 없었다. 배의 선장은 먼저 우리들에게 무장 해제를 명령했다. 물론 그 명령은 양측 모두 상대방에게 어느 정도 부상을 입히고 또 부상을 당하고 나서야 이행될 수 있었다. 얼마 후 선장은 우리를 넓은 선장실로 데려오게 했다. 침착한 태도로 그가 우리에게 말했다.

"당신들에게 이런 일이 일어난 건 정말 유감스럽소. 내 생각으로는 당신들이 계략에 걸려든 것 같소. 당신들을 배에 데려온 그놈은 자신과 한통속인 못된 무역상들에게 고용된 불한당 놈이오. 아마 그놈이 당신들에게 자기를 선장이라고 사칭한 것 같은데, 그런 거요?"

우리는 그렇다고 대답했고, 우리가 어떻게 해서 술집 여주인 가게에 가서 우리를 런던까지 태워다줄 석탄 운반선 선장을 찾게 되었는지 장황히 설명했다. 그리고 그자가 우리를 어떤 식으로 자기 배에 실어 런던까지 데려다주겠노라고 약속했는지도 상세히 설명했다. 선장이 우리에게 말했다.

"당신들 일은 무척 유감이오. 하지만 나는 이 사건과 무관하오. 그리고 당신들을 돕는 일은 내 능력 밖의 일이니 부디 현재의 처지를 직시하기 바라오. 당신들은 메릴랜드까지 배를 타고 가서 아무개 씨에게(그는 인수자의 이름을 직접 말했다) 인도될 하인 노예들로 내 배를 탄 것이오. 그러나 당신들 처지가 비록 그렇다 해도 배 위에서 조용히 질서를 유지한다면 목적지에 도착할 때까지 잘 대접해 주겠소. 그리고 그곳에 도착해서도 대접을 잘 받을 수 있게 신경 써주고 내가 할 수 있는 일이 있으면 무슨 일이든 도와주겠소. 그러나 만약 배 위에서 질서를 안 지킨다거나 반항한다면 부득이 그에 상당하는 조치를 취하는 것 말고는 기대할 게 없을 것이오. 다시 말하자면, 양손에 수갑을 채워 당신들을 갑판 아래로 데리고 가서 죄수 취급을 할 수밖에 없다 이 말이오. 배에서 소동이 벌어지면 반드시 막아야 하는 게 내 임무요."

잭 대위는 그 말을 듣자마자 미친 사람처럼 고래고래 소리를 질렀고 선장을 향해 욕설을 마구 퍼부었다.

"배 위에서건 육지에서건 당신 내 손에 잡히기만 하면 반드시 목을 비틀어 버리겠어. 지금 당장 그렇게 못하면 나중에라도 영국에 가서 그렇게 하겠다는 말이야. 당신이 그 상판대기를 내 눈앞에 다시 드러낸다면 말이야. 분명히 말하지만 지금은 어쩔 수 없이 버지니아로 끌려간다 해도 나는 결단코 영국으로 다시 돌아올 길을 찾을 거야. 그게 20년 후의 일이라 할지라도 반드시 그렇게 할 거야."

그러자 선장이 미소를 지으며 말했다.

"알았네, 젊은이. 자네 아주 솔직하게 말하는 편이군 그래. 그래서 어쩌자고? 내 배에 타고 있는 동안은 내가 자네를 관리해야 하네. 우선 그런 다음 나 자신에게 신경 써야겠지."

"최악의 짓거리라도 어디 한번 해볼 테면 해보쇼. 언젠가 때가 되면 반드시 그 대가를 톡톡히 치르게 할 테니." 잭이 대담하게 말했다.

"한번 당해보지 뭐." 선장은 여전히 침착하게 말했다. "하지만 우선 자네와 이야기를 좀더 해야겠어."

그러면서 그는 옆에 있던 갑판장에게 잭 대위를 꽉 붙잡고 있으라고 명령했다. 갑판장은 명령대로 했다. 나는 잭 대위에게 제발 마음을 편히 먹고 참으라고 말하면서 선장은 우리의 불행과 아무 상관이 없다고 설득했다.

"뭐? 상관없다고? 나가 뒈지라고 그래." 그가 큰 소리로 말했다. "아니, 너, 저자가 이 사기 사건 공모자가 아니라고 생각한단 말이냐? 아니, 대체 어느 정직한 선장이 순진한 사람들을 배에 태우면서 그들이 어떤 상황에 처해 있는지 묻지도 않고 그냥 막 데려 가냐? 말 한마디 없이 말이야. 게다가 지금 저자는 우리가 얼마나 비열한 대접을 받았는지 알고 있어. 그런데 왜 우리를 다시 물에 내려주지 않는 거냐 이 말이다. 분명히 말하는데 저자도 한통속이고 나쁜 놈이야. 다른 선원들은 몰라도 그건 분명해. 차라리 우리를 죽여서 자신의 악당 짓을 끝내라고 그래. 그러면 우리의 복수로부터는 벗어날 테니. 어쨌든 저자가 우리를 지옥으로 보내든 아니면 저자가 그곳으로 가든 둘 중 하나가 이뤄져야 저자가 내 손에서 벗어날 수 있을 거다. 자, 이 정도로 깔끔하게 말했으니 적어도 저자가 내게 했던 것보다는 내가 더 정직하게 말한 셈이겠지. 게다가 나는 지금 저자만큼 화도 내고 있지 않다고."

잭 대위의 대담한 발언에 선장은 다소 놀란 것 같았다. 이 말 말고도 잭 대위가 그 비슷한 대담한 기백과 분노가 뒤섞인 발언을 계속해서 퍼부었기 때문이다. 그런데 잭 대위는 성질을 내면서도 발언에 두서가 없지 않았다. 사실 나는 그의 말을 들으며 깜짝 놀랐다. 나는 그때까지 잭 대위가 그토록 조리 있게 말하는 모습을 본 적이 없었다. 선장은 잭 대위의 말에 적잖이 놀라며 아주 점잖게 말했다.

"이봐, 젊은이, 내 자네 말을 좀더 참고 듣겠네. 자네 처지가 아주 열악하다는 사실을 내가 알기 때문이네. 하지만 나를 협박하는 일만은 이제부터 허락하지 않겠네. 그런 협박을 계속한다면 자네 스스로 본래의 내 의도보다 더 가혹하게 자네를 대접해달라고 강요하는 셈이 될 것이네. 하지만 나는 자네가 내 목숨을 협박하는 일을 막기 위해 필요한 경우만 아니라면 자네에게 어떤 짓도 하지 않겠네."

그때 갑판장이 잭 대위를 돛대 쪽으로 끌고 가서 '캣 어 나인 테일즈' 벌을 맛보게 해야 한다고 소리쳤다. 우리는 한참 뒤까지 그게 무슨 말인지 이해하지 못했다. 우리는 나중에서야 그 말이 잭 대위의 등짝을 두들겨 패고 그 상처 위에 소금과 식초 칠을 해버리는 체벌을 하자는 소리라는 걸 알았다. 선장을 뺀 나머지 선원들은 잭 대위의 무례한 발언을 더 이상 참을 수 없었던 것이었다.

"아냐, 안 돼. 이 젊은이는 정말 충격을 받았어. 저렇게 노발대발할 충분한 이유가 있어. 젊은이, 여하튼 내가 그런 피해를 입힌 건 아니오." 선장이 항변조로 말을 이어나갔다. "나는 당신과 당신 일행이 이 배에 타게 된 일에 전혀 관여하지 않았소. 나는 그저 당신들의 주인이 될 분의 대리인의 부탁으로 그들을 위해 이 일을 하고 있을 뿐이오. 물론 항해할 때마다 우리가 노예로 팔린 하인들을 버지니아로 실어 나른 건 사실이오. 하지만 그 일은 배의 선장인 내게 이익을 주는 일이 아니오. 그들은 늘 그들을 산 주인들 부탁으로 배에 태워진 자들일 뿐이오. 그러니 내가 당신들에 대해 뭘 물어본다는 것은 내 소관사항이 아니오. 그리고 당신들 일에 내가 무관하다는 걸 증명하는 것도 내 소관사항이 아니오. 어쨌든 당신들이 그런 비열한 짓을 당했다니 나도 무척 안타깝소. 나는 당신들을 당신들 의사에 반하여 버지니아까지 실어 나르는 일을 하고 싶지 않소. 그러니 바람과 날씨만 괜찮다면 당신들을 뭍에 내려주겠소."

그러나 그때 바람이, 그것도 돌풍에 가까운 세찬 바람이 남서쪽 방향으로 불고 있었다. 우리가 탄 배는 이미 스코틀랜드 북동쪽에 위치한 오크니 군도 인근 해역까지 달려왔기 때문에 뭍으로 다시 돌아가는 일은 불가능했다.

사정이 그러했는데도 잭 대위는 요지부동이었다. 그는 다소 누그러진 말투로 선장에게 다시 말했다.

"바람이 어찌 불건 그건 내가 알 바가 아닙니다. 여하튼 우리는 동의하지 않았으니 선장님께서는 우리를 싣고 가서는 안 됩니다. 그리고 내 주인이니 뭐니 하는 핑계 따위는 아무 의미도 없습니다. 어찌 되었든 우리를 지금 버지니아로 싣고 가는 건 선장님 아니냐는 말씀입니다. 어떤 놈이 우리에게 이 배를 타라고 사기를 쳤든 상관없습니다. 다시 한 번 분명히 말씀드리겠습니다. 우리를 계속 싣고 가려거든 차라리 우리를 죽이고 가세요. 우리를 뭍에 내려달라고 강력히 요구합니다. 그렇게 해주지 않으면 선장님도 도둑놈이고 살인자입니다."

선장은 여전히 침착한 태도를 고수했다. 그때 내가 끼어들어 날씨만 방해가 되지 않았다면 진심으로 우리를 다시 뭍으로 데리고 돌아갈 생각이었느냐고 선장에게 물었다. 그런데 나는 나중에 항해와 관련된 일을 좀더 잘 이해하게 되고 나서야 당시의 상황이 정말로 회항이 불가능한 상황이었고 선장의 말이 본심이었다는 걸 이해하게 되었다. 나는 선장에게 내 형이 흥분한 일에 대해서는 미안하지만 어쨌든 우리가 받은 대우는 비열했다고 말했다. 선장도 그 점은 부인하지 못했다. 그러자 나는 내 복장과 어울리지 않는 태도로 그에게 말했다.

"우리는 사실 노예로 팔려갈 사람들이 아닙니다. 불행하게도 우리는 불가피한 이유로 우리의 신분을 감출 수밖에 없는 처지입니다. 우리는 사실 플랑드르 지방 출정을 원하지 않아 신분을 감추고 군대에서 탈영한 병사들입니다. 하지만 우리는 나름대로 지위가 있는 사람들입니다. 그리고 가능하다면 이렇게 노예로 끌려가는 일을 벗어날 능력도 있는 사람들입니다."

그 말을 하며 나는 그 사실을 선장에게 확신시키기 위해 내 형과 내 몸 값으로 1인당 20파운드라는 충분한 보상금을 지불하겠다고 말했다. 그리고 그가 우리를 런던 어느 곳이든 내려만 준다면 그곳에서 사람을 보내 짧은 시간 안에 회신을 받을 수 있을 거라고 말했다. 나는 그런 일을 할 수 있다는 걸 입증해보이려고 세관 관리에게서 받았던 94파운드짜리 어음을 꺼내어 그에게 보여주었다. 너무나 기쁘게도 선장은 내 어음을 보자마자 즉시 발행인을 알아보았다. 그는 깜짝 놀라면서 두 손을 들며 말했다.

"아니, 대체 당신 같은 사람이 무슨 곡절로 이런 배에 타게 됐단 말이오!"

그 점에 대해 나는 이렇게 말했다.

"그 점에 대해서는 이미 선장님께 말씀드렸습니다. 더 추가할 말도 없고요. 다만 당장 제가 말씀드린 은전을 베풀어달라고 요청드릴 따름입니다."

"글쎄요." 그가 말했다. "참으로 유감이지만 당장 배를 돌리자는 당신의 요구를 들어줄 수 없소. 설령 배를 돌릴 수 있다손 치더라도 그런 일은 실행될 수 없는 일이오."

이 이야기가 오가는 동안 스코틀랜드 병사 두 명과 영국 병사는 침묵을 지키고 있었다. 그러나 내가 체념하며 선장의 말을 받아들이려고 하자 스코틀랜드 병사들이 같은 말을 다시 하기 시작했다. 그걸 다시 반복할 필요는 없을 것이다. 그리고 그 다음에 이어진 다소 위안이 되는 말만 아니었다면 나는 그들의 말을 옮기지도 않았을 것이다. 스코틀랜드 병사들이 말을 다하고 나자 선장은 그래도 그들이 자기 말을 따라야 한다고 말했다.

"그러면 기어이 우리를 버지니아로 데려간다는 말씀입니까?"

"그렇소." 선장이 말했다.

"그렇다면 선장님." 스코틀랜드 병사들이 말했다. "젠장, 선장님도 우리의 이 인신매매 사건 뒤에서 굿이나 보고 떡이나 먹겠다는 소립니까?"

"마음대로들 말하게." 선장이 미소를 지으며 말했다. "자, 자, 그 문제는 빌어먹을 악마와 내가 상의할 테니 자네들은 조용히 하고 점잖게 굴라고. 그러면 배를 타고 가는 동안 친절한 대접은 받을 거네. 버지니아에 도착해서도 최선을 다해 그런 대접을 받게 해주겠네."

가엾은 스코틀랜드 병사들은 선장의 말에 대꾸할 말이 없었다. 그리고 그건 나도, 일행 누구도 마찬가지였다. 우리는 그저 선장이 자기가 한 말을 정직하게 지켜주기만을 바랄 뿐이었다. 우리는 그가 악마와 상의를 하든 말든 속수무책이라는 사실을 깨달았다.

간단히 말해 우리는 모두 선장의 말을 따를 수밖에 없었다. 그런데 잭 대위만 예외였다. 그는 내가 거액의 어음을 제시하겠다고 말하는 걸 보고는 더욱 완강히 저항하며 고집을 피워댔다. 아무리 타일러도 도무지 설득할 수 없었다. 그는 항해 기간 내내 여러 차례 선장과 흥미로운 말싸움을 벌였다. 그 과정에서 그는 시종 선장을 "인신매매 납치범", "악당"이라는 호칭으로 불렀으며 오로지 복수하겠다는 말만 했다. 어쨌든 그 이야기는 생략하겠다. 재미는 있지만 내 이야기와는 무관하기 때문이다.

간단히 말하겠다. 쾌적하긴 했지만 바람은 계속해서 무척 세차게 불었다. 선원들이 우리가 탄 배가 스코틀랜드 북쪽 군도를 지났다고 말할 때까지 그랬다. 우리는 그곳에서 배를 서쪽으로 돌려 내려갔다. 불과 며칠 만에 일어난 일이었다(나중에 안 사실이다). 이미 육지에서 수백 마일은 족히 멀어졌고 주변에는 다른 육지도 없었기 때문에 이제 배에서 내릴 어떤 방법도 없었다. 그저 최선을 다해 마음을 편히 먹는 게 상책이었다. 홀로 잔뜩 화가 나 있는 잭 대위만 시종일관 같은 모습을 유지했다.

우리는 항해 기간 내내 폭풍우를 만나지 않았다. 항해는 아주 훌륭했으며 거의 20일 동안 계속해서 북풍만 불었다. 우리는 서쪽으로 항로를 잡은 지 한 달 이틀 만에 버지니아 곶에 도착했다. 앞서 말한 바 있듯이 북위 60도 30분에 위치한 곳이었다. 사실 그곳은 대영제국 북쪽에 위치하고 있는 곳이어서 선원들은 정말 빨리 도착한 것이라고 말했다.

항해 중 내게는 별다른 일이 일어나지 않았다. 사실 버지니아에 도착할 때까지 행동반경이 너무 좁아서 별다른 일이 일어나고 말고 할 것도 없었다.

배가 포토맥 강이라고 부르는 큰 강 옆 뭍에 닿자 선장은 우리에게, 특히 나에게 뭔가 내놓을 게 없느냐고 물었다. 그러자 잭이 대답했다.

"나한테 당신에게 내놓을 게 있소. 뭐냐 하면 당신 목을 댕강 잘라버리겠다고 한 내 약속이오. 장담하지만 반드시 그 약속을 지킬 거요."

"아이고, 알았네, 알았어, 이 사람아. 그런 일을 피할 수 없다면 자네 마음대로 하라고."

그러면서 그는 내게 돌아섰다. 나는 그의 본심이 뭔지 너무 잘 알았다. 하지만 이제 이미 어떤 구원도 받을 수 없는 상황이었다. 게다가 어음에 대해 말한다면, 그건 여기서는 아무런 값어치도 없는 종이쪽지에 불과했다. 나 말고는 누구도 그걸 받으려고 하지 않을 것이었다. 그곳을 벗어날 수 있는 어떤 방법도 알 수 없었기에 나는 선장에게 아무런 관심도 없는 물건을 얘기할 때처럼 무관심하게 어음 얘기를 했다. 사실 나는 매사에 관심 없는 무심한 인간으로 변해 있었다. 항해를 하면서 나는 내 정체성에 대해 곰곰이 숙고해 보았다. 떠돌이 부랑아로 태어나 소매치기로 살았고, 병사가 되었고, 탈영까지 저지른 인간이 바로 나였다. 이 넓은 세상에 안락한 집도 없고, 먹고살 변변한 직업도 없고, 그저 날 때부터 한 짓이라고는 나쁜 짓거리뿐이었던 인간이 바로 나였다. 내 인생은 항상 뒤꿈치에 교수대를 달고다니며 사는 인생이나 마찬가지였다. 분명히 예견할 수는 없었지만 나는 앞으로 버지니아에서 살게 될 내 인생이 내가 살았던 다른 인생들보다 적어도 못하지는 않을 거라고 생각했다. 나는 그곳에서 노예 생활을 5년 정도만 하면 면천의 은전을 받게 된다는 그곳 사람들의 말을 듣고 특히 더 만족스러웠다. 그 기간이 지나면 순전히 내 몫으로 내가 가꾸고 경작할 수 있는 일정 분량의 땅까지 주어진다고도 했다. 비로소 내가 뭔가 내 일을 하면서 먹고살 수 있게 된다는 소리 아닌가! 도둑질이라고 부르는 지긋지긋한 일, 내 영혼 속 깊은 곳부터 혐오하던 일, 켄트 주의 어느 마을에서 불쌍한 과부 아주머니를 턴 이후 내가 손을 털었던 바로 그 일로부터 깨끗이 벗어나 살 수 있다는 소리 아닌가!

처음 버지니아에 도착했을 때 나는 위와 같은 마음이었다. 나는 선장이 앞으로 무엇을 할 생각이며 자신에게 부탁할 게 없느냐고 물었을 때, 그리고 그가 너무나도 손에 넣고 싶어 하던 내 어음을 자기에게 줄 생각이 없느냐고 물었을 때, 냉정한 어조로 그 어음은 뭔가 다른 것으로 바꿔 줄 사람이 그곳에 없으니 내게는 쓸모없는 물건이라고 말했다. 다만 나는 그가 자기 배에 나와 잭 대위를 다시 영국까지 태우고 가서 런던에 내려 준다면 어음을 현금으로 바꿔 한 사람당 20파운드의 배 삯을 제공하겠다고 말했다. 선장은 내 제안을 받아들일 생각이 전혀 없었다. 그가 말했다.

"자네 형이라는 저놈은 20파운드의 두 배를 준다 해도 태우고 갈 생각이 전혀 없네. 저렇게 철면피에다 막돼먹은 놈은 처음 봤네. 아마 저놈을 데리고 가려면 올 때처럼 쇠사슬로 꽁꽁 묶어서 가야 할 걸세."

우리는 선장, 아니 사실은 인신매매범이라고 불러야 할지도 모르는 그자와 헤어진 후, 우리를 인수하기로 되어 있는 상인들에게 인도되었다. 그 상인들은 다시 우리를 적절하다고 생각되는 곳에 처분했다. 우리는 며칠 안에 뿔뿔이 헤어졌다.

우선 잭 대위에 관한 이야기를 간략히 요약해보겠다. 그는 운이 좋아서 착하고 관대한 주인을 만났다. 그런데 그는 그런 선량한 주인의 관대한 심성을 철저히 기만했다. 결국 그는 주인이 다른 하인과 함께 보트를 타고 강 아래에 있는 그의 다른 농장에 가서 식량을 전달하고 오라는 심부름을 시키자 도주하고 말았다. 두 사람은 보트와 식량을 갖고 도망쳐 북쪽 방면, 사람들이 그곳 바다의 만 끝자락이라고 말하는 곳까지 갔고, 그곳에서 다시 서스크하누아 강이라고 부르는 강까지 간 뒤 보트를 버리고 숲속을 헤치며 나아가 펜실베이니아에 도착했다. 그곳에서 그들은 어렵사리 뉴잉글랜드까지 배를 얻어 타고 갔고, 다시 그곳에서 영국으로 되돌아갈 수 있었다. 영국에 도착한 잭은 옛 동료들과 다시 어울리며 옛날의 직업으로 돌아갔다. 그런 생활을 하던 중 그는 결국 붙잡혔고, 급기야 교수형에 처해졌다. 20년쯤 세월이 흐른 뒤, 내가 런던으로 돌아가기 한 달 전쯤 일어난 일이었다.

나는 후반부에는 그렇지 않았지만 초반부에는 잭보다 훨씬 더 모질고 힘든 운명을 맞았다. 나는 스미스라는 이름의 부유한 농장주에게 처분되었다. 아니, 처분보다는 팔렸다는 표현이 더 적절할 것이다. 잭과 내가 스코틀랜드 던바에서 탈영할 때 잭이 데려왔던 영국인 탈영병도 나와 함께 같이 팔렸다.

우리는 이제 동료 노예가 된 셈이었다. 우리는 포토맥 강과 이어진 조그만 지류 내지는 작은 만을 따라 목적지로 이송되었다. 큰 강에서 8마일쯤 떨어진 곳이었다. 우리는 그곳에서 다시 농장으로 이송되었고 50여 명의 노예들 속에 끼게 되었다. 물론 노예들 속에는 흑인들도 섞여 있었다. 농장의 우두머리인지 책임자인지 관리인인지 모르겠지만 우리를 인도받은 감독은 조심스럽게 농장주가 비싼 돈을 들여 우리를 샀으니 열심히 일해야 한다고 말했다. 나는 그에게 순종적인 태도로 그런 비참한 상황에 처하게 된 건 우리의 불운이지만 어쨌든 그도 잘 알듯이 우리는 그런 노역에 익숙하지 않으니 그저 일을 서서히 배우게 되기만을 바랄 뿐이라고 말했다. 그러면서 나는 특히 우리가 어떻게 해서 그곳까지 오게 되었고, 무슨 사기를 당해 그런 처지에 놓이게 되었는지 그가 안다면 아마, 어느 정도 이상은 아니지만 적어도 호의는 베풀어야겠다는 생각을 하게 될 것이라고 덧붙였다. 내가 워낙 애처롭게 말을 했기 때문에 그는 우리 이야기를 자세히 듣고 싶은 호기심이 동한 것 같았다. 나는 그에게 더 자세하게 우리가 당한 일을 우리에게 유리하게 윤색해서 이야기했다.

내 이야기는 그를 다소 감동시켰고 그래서 그가 우리를 좀더 부드럽게 대하게 만드는 데 일조한 것 같았다. 하지만 그래도 그는 농장 일은 반드시 완수해야 하며 우리가 꼭 그렇게 해주기를 바란다고 앞서와 같이 말했다. 그는 무슨 일이 있어도 자기 임무를 수행하지 않을 수 없다고 말했다. 결국 우리는 농장 일을 하러 갈 수밖에 없었다. 정말이지 우리를 기다리고 있었던 건 지극히 힘든 세 가지 상황뿐이었다. 우리는 열심히 일을 해야 했고, 열악한 숙소에서 자야 했고, 험한 음식을 먹어야 했다. 그중 특히 첫 번째 상황이 내게 너무나 낯설었다. 그러나 세 번째 상황은 충분히 견딜 만했다.

이런 인생의 국면을 맞이하여 나는 내 과거와 이 세상에서의 내 행적에 대해 반성할 시간을 가질 수 있었다. 내게는 명징한 판단이나 양심에서 나온 반성 능력이 없었다. 그러나 반성의 시간이 내게 상당한 영향을 미쳤다. 나는 특히 이처럼 비참한 노예로 전락한 일이 어린 시절의 내 사악한 삶에 대한 징벌로서, 나를 이끄는 이상한 미지의 힘에 의해 주어진 것이라고 생각했다. 그리고 그런 생각은 다음과 같은 일을 겪으며 점점 더 커져갔다.

내가 일하던 농장의 농장주는 상당한 재산과 권위를 지닌 그 지역 유력자였다. 그는 흑인 노예들과 백인 노예들을 합쳐 거의 200여 명에 육박하는 엄청나게 많은 노예들을 소유하고 있었다. 그렇게 많았기 때문에 매년 병약해져 일을 할 수 없게 된 노예들도 있었고 계약 기간이 끝나 그곳을 떠나는 노예들도 있었다. 물론 죽는 노예들도 있었다. 따라서 이런저런 이유로 새로운 노예들을 충원하지 않으면 노예 숫자가 부족하게 될 판이었고. 그 때문에 농장주는 매년 새 노예들을 사들이지 않을 수 없었다.

그런데 내가 그곳에 있던 기간 동안 런던에서 노예들을 싣고 배 한 척이 도착한 적이 있었다. 그 노예들 중에 유배 온 17명의 중죄인들이 섞여 있었다. 몇 명은 손에 화인(火印)까지 찍혀 있었지만 나머지는 찍혀 있지 않았다. 농장주는 그들 중에서 여덟 명을 사들이고 각각 영장에 명시된 유배 기간 동안 노예로 부리기로 결정했다. 각각의 경우에 따라 노예 계약 기간이 길기도 하고 짧기도 했다.

농장주는 지역의 유력자로서 치안판사 직도 겸하고 있었다. 그동안 그는 내가 일하는 농장에 한 번도 온 적이 없었다. 하지만 새로운 노예들이 해안에 도착하여 우리 농장으로 팔려왔다는 소식을 듣고 그가 그들을 보려는 목적으로 농장을 찾았다. 새 노예들이 농장주에게 불려갔을 때 접견이 끝난 후 내가 노예들 중에서 그들을 묶어서 농장 일터까지 인솔해 가서 배치할 안내자 비슷한 사람으로 뽑혔다. 그들은 배에서부터 따라온 선원들로 구성된 경비대에 의해 끌려와서, 함께 따라온 이등 항해사에 의해 앞서 말한 유배 확인 영장과 함께 농장주에게 인도되었다.

영장을 다 읽고 난 농장주는 한 사람씩 이름을 부르며 차례로 노예들을 나오게 했다. 그는 영장에 적힌 내용을 각각의 노예에게 다시 한 번 읽어주면서 그들이 무슨 죄목으로 유배되어 온 것인지 알게 되었다고 말했다. 그리고 그는 모두 여덟 명이었던 그들 각자에게 심각한 표정으로 다음과 같은 사실을 명심해야 할 것이라고 말했다. 그의 말의 요지는 그들의 죄에 대해 법에서 정한 교수형 처벌이 내려지지 않고 유배형 처벌이 내려진 것은 큰 은총이며, 만약 그들이 유배형 판결을 받지 않았다면 분명히 교수형에 처해졌을 것이며, 유배형 판결이 사실은 그들 자신의 겸손한 요구와 청원 덕분이라는 것이었다.

그런 다음 그는 이런 견해도 밝혔다.

"그러니 너희들은 지금부터 시작하는 이 새 인생을 세상을 다시 사는 기회로 여겨야 한다. 만약 너희들이 깨끗한 마음으로 부지런히 일하는 게 합당하다고 생각하며 산다면, 노예 계약에 명시된 기간이 완료됐을 때 너희들은 이 지역의 법에 따라 자력으로 농장을 운영하며 안정된 삶을 살 수 있을 것이다. 그리고 그런 자들에게는 나부터 호의를 베풀 것이다. 너희들 중 누구라도 정해진 계약 기간 동안 충실히 임무를 완수한다면 이 지역에 안착하는 데 기꺼이 도움을 주자는 게 내가 정한 규칙이다. 그런 태도라면 마땅히 그런 대접을 받을 만한 자격이 있다. 너희들 주변을 잘 둘러보면 너희들과 같은 출신에다 너희들과 같은 처지로 이곳 생활을 시작했지만 지금은 아주 잘살고 있는 전직 노예 출신 농장주들이 운영하는 여러 농장들을 직접 보게 될 것이다. 너희들과 같은 출신이라는 소리는 런던의 뉴게이트 감옥 출신이라는 소리다. 그 중 몇 명은 손에 화인까지 찍힌 흉악범이었지만 지금은 큰 기쁨 속에서 아주 정직하게 살고 있다."

농장주는 새로 온 노예들 중에서 특히 열일곱 내지 열여덟 살이 채 안 된 듯싶은 소년에게 다가갔다. 영장에 따르면 그는 아직 어린 나이였는데도 벌써 여러 차례 범죄를 저지른 상습범이였다. 그는 여러 차례 유죄 판결을 받았지만 그때마다 집행유예를 받거나 사면을 받았다. 그럼에도 그는 죄를 뉘우칠 줄 모르고 소매치기 생활을 계속했다. 그러다 이번에 어느 상인의 호주머니에서 지갑을 소매치기 하다가 붙잡혀 유배를 오게 된 것이었다. 그가 훔친 물건들 중에는 어음교환소에서 바꿔 쓸 수 있는 거액의 어음들이 들어 있었다. 그는 그 어음들 중 몇 장을 현금으로 바꿔 썼고, 다시 다른 어음 한 장을 들고 롬바드 가에 있는 금은방에 들어가서 현금으로 바꾸려다 체포된 것이었다. 이미 그 어음은 분실 신고가 되어 있었다. 그는 중범죄 죄목으로 사형을 선고받았다. 그는 이미 악명 높은 상습범이어서 분명히 사형 집행이 이루어져야만 했다. 그런데 피해자 상인이 열성적으로 구명 운동을 해준 덕분에 유배형으로 감형받고 이곳까지 오게 된 것이었다. 물론 훔친 나머지 어음들을 주인에게 모두 돌려줘야 한다는 감형 조건이 붙어 있었다. 그는 그 조건은 성실히 이행했다.

농장주는 그 소년에게 놀라움을 표하며 장시간 훈계를 했다.

"너처럼 어린 나이에 그토록 오랫동안 그런 나쁜 짓들을 해왔다니 놀랍구나. 상습범이라는 악명까지 얻게 되었으니 말이다. 그런데도 아직도 개과천선을 못했다니 그건 매질 몇 차례나 수감 생활 몇 차례, 손에 화인을 찍는 일만 가지고는 아무 소용 없다는 소리겠지. 과거의 잘못을 되풀이하고 있으니 말이다." 주인은 소년에게 이렇게 종교적인 설교도 했다.

"하느님께서 자비를 베푸셔서 너를 교수대에서 구하시고 같은 죄를 또 저지를지도 모를 처지에서 빠져나오게 하신 것이다. 그리고 그분께서 네가 네 힘으로 정직한 삶을 살도록 배려해 주신 것이다. 그런 삶을 어떻게 살아야 하는지 너는 아마 예전에는 알 수 없었을 것이다. 이곳의 삶은 매우 고될 것이다. 하지만 어느 정직한 장인의 도제로 들어가서 생활하게 된 것이라고 생각하거

라. 그렇게 생활하다보면 어느새 형기가 다 끝나 있을 것이다. 그때 너 스스로 정직하게 일하며 먹고살 수 있는 안정된 삶의 방편을 마련해주겠다."

그러면서 주인은 이렇게 덧붙였다.

"노예 생활을 하는 동안은 더 이상 부정직한 삶을 살 기회를 갖지 못할 것이다. 그리고 네가 자립할 수 있게 되었을 때도 너를 그런 삶으로 다시 끌고 들어갈 유혹이 존재하지 않을 것이다."

농장주는 소년 외에 다른 죄수 노예들에게도 따뜻한 위로의 말을 많이 해주었다. 농장주의 말이 끝나자 그들은 자리를 떠났다.

나는 농장주가, 타고난 도둑이자 소매치기로 어린 시절을 보낸 절도범 소년에게 하는 말을 듣고 진한 감동을 받았다. 내가 그럴 수밖에 없었다는 것은 누구든 짐작할 수 있을 것이다. 나는 농장주의 모든 말이 바로 나를 두고 한 말이라는 생각이 들었다. 나는 농장주가 틀림없이 비범한 능력을 지닌 사람일 것이라는 생각을 여러 번 했다. 불현듯 지금까지 내가 저지른 모든 잘못들도 그가 이미 다 알지 모른다는 생각이 들었다.

그런데 다른 노예들과 하인들을 모두 물리치고 난 후 농장주가 나를 특별히 지목하며 농장 감독에게 "저자를 이리 데려와라"라고 지시했다. 나는 깜짝 놀랐다. 그때 나는 이미 그곳에 와서 일한 지 1년이 넘은 처지였다. 게다가 나는 일도 아주 잘했기 때문에 농장 서기와 감독 모두로부터 칭찬을 듣고 있었다. 그들은 내가 일을 아주 잘한다고 진심으로 믿고 있었다. 그런데 농장주가 큰 잘못을 저질러 채찍질을 해야 하거나 다른 방식으로 교정할 필요가 있을 때 노예를 부르는 어조로 나를 큰 소리로 지목해 부른 것이었다. 나는 공포에 휩싸였다.

나는 내가 정말로 죄를 지어 범행 현장에서 붙잡혀 판사 앞에 끌려온 것 같다는 생각까지 들었다. 그런데 정말 그런 상황이 벌어졌다. 내가 농장주의 내실, 즉 집 안으로 이어진 응접실까지 인도되어 간 것이다. 앞서 농장주가 다른 노예들에게 훈시를 했던 곳은 커다란 홀이었다. 그곳에서 그는 판사석에 앉은 판사나 옥좌에 앉은 작은 왕국의 왕처럼 자리에 앉아 있었다.

방 안으로 들어가자 그는 하인에게 나가라고 명령했다. 그때 내 몰골은 거의 벌거벗은 것이나 마찬가지여서 맨 머리에 손에는 괭이까지 들고 있었다. 정확히 노동 현장에서 일할 때의 자세와 모습 그대로였다. 농장주는 내게 괭이를 내려놓고 자신에게 좀더 가까이 다가오라고 명령했다. 그는 내가 생각했던 것보다 훨씬 덜 엄하고 덜 무서운 표정을 짓기 시작했다. 아니면 그때도 그렇고 그 전에도 그랬었고, 농장주의 표정이 그의 실제 모습과 다르다고 내가 착각한 것인지도 모르겠다. 우리는 그런 일에 있어서 늘 어떤 사람의 진정한 성품을 가지고 판단하지 않고 우리가 지닌 걱정의 양에 비례하여 판단하곤 한다. 농장주가 먼저 말을 꺼내며 우리의 대화가 시작되었다.

"내 말 잘 듣거라. 그래 나이는 몇 살이나 되었느냐?"

"사실은 저도 모릅니다, 주인님."

"이름은 뭐냐?"

"이곳 사람들이 저를 대령이라고 부릅니다. 하지만 송구스럽게도 제 본명은 잭입니다."

"그래. 그럼 성은 뭐냐?"

"잭입니다."

"그래. 그럼 대령이 네 이름이란 소리구나. 성은 잭이고?"

"진심입니다만, 주인님께 사실을 말씀드리자면 저는 저 자신과 제 진짜 이름에 대해 거의, 아니 아무것도 모릅니다. 기억이 나기 시작한 시절부터 쭉 그런 식으로 불려왔을 뿐입니다. 저는 그 둘 중에서 어떤 게 제 이름이고 어떤 게 성인지, 아니 아예 제게 이름 같은 게 있기는 한 건지 모릅니다."

"허어. 하지만 정직한 대답이다. 그래 이곳까진 어떻게 와서, 무슨 이유로 노예 생활을 하게 된 것이냐?"

"제 지난 이야기를 다 들으시려면 인내심을 가지셔야 합니다. 그리고 그 이야기는 주인님께서 여태껏 들으셨던 이야기들 중에서 가장 가혹하고 부당한 이야기일 것입니다."

"그래. 이야기해보거라. 전부 다, 자세히 이야기해보거라. 다 들어줄 테니.

설령 한 시간이 걸린다 해도 다 들어주겠다."

그 말이 용기를 북돋았다. 나는 병사 시절부터 이야기를 시작했다. 그리고 던바에서 탈영하자는 부추김에 넘어간 것을 비롯해서 앞서 이야기한 바 있듯이 그 이후 그곳 해안에 이르기까지 내게 일어났던 모든 일들을 자세히 이야기했다. 나는 그곳에 도착한 직후 타고 온 배의 선장이 내 어음에 대해 말한 내용도 이야기했다. 농장주는 내 이야기를 들으면서 여러 차례 두 손을 들어 올리며 뉴캐슬에서 내가 당한 일이 정말로 혐오스러운 일이라고 말했다. 그는 선장 이름을 물으면서 아무리 그럴싸하고 부드럽게 말을 했다 해도 자기가 보기에는 그 역시 악당이 틀림없다고 말했다. 나는 선장의 이름을 말했고 그는 수첩에 그걸 받아 적었다. 우리는 다시 대화를 이어나갔다.

"하지만 내 다른 질문에 대해서도 정직하게 대답해다오. 아까 내가 그 소년, 즉 소매치기 출신 소년에게 말할 때 대체 왜 그렇게 깊은 관심을 보였느냐?"

"송구스럽지만 주인님께서 가엾은 그 소년에게 너무 인자하게 말씀하시는 걸 보고 감동해서 그랬습니다."

"그게 다냐? 진심으로 하는 말이고?"

"진심으로 그렇습니다. 하지만 은밀한 소망 하나가 마음속에 생겨나긴 했습니다. 그런 소년에게 그렇게 인자하게 대하시는 주인님이시니 제 사정도 아시게 된다면 분명히 저도 불쌍히 여겨 무슨 일이든 해주실 것이라는 소망입니다."

"그래, 알았다. 하지만 아까 그 소년 때문에 네가 그렇게까지 감동받을 만한 일이 별로 없었던 것 같구나. 나는 네가 눈물까지 흘리는 걸 보았다. 그래서 너와 이야기를 해보려고 너를 부른 것이다."

"정말이지, 주인님, 저는 아주 못되고 게으른 소년이었습니다. 세상에 버려진 외로운 아이였고요. 하지만 아까 그 소년이 도둑질로 교수형까지 선고받았던 것에 비해 저는 평생 판사님 앞에 서 본 적이 없었습니다."

"그래, 알았다. 판사 앞에 한 번도 서본 적이 없고 또 유배형을 선고받고 온 죄인도 아니라니 내 너를 너무 지나치게 심문하지는 않겠다. 더 이상 물어볼 말도 없고. 너는 아주 악랄한 사기를 당했다. 그건 분명한 사실이야. 그 사실이 네게 영향을 미쳤겠지?"

"정말로 그렇습니다, 각하(우리는 농장주를 각하나 전하라는 극존칭으로 부르기도 했다)."

"그래, 이제 네 사정을 잘 알았다. 너를 위해 무슨 일을 해주면 좋겠느냐? 아까 네가 풀려나는 조건으로 선장에게 40파운드를 줄 수도 있다던 94파운드짜리 어음 얘기를 했다. 아직도 그 어음을 갖고 있느냐?"

"그렇습니다, 주인님. 여기 있습니다."

"나는 속바지 허리춤에서 어음을 꺼냈다. 그걸 종이에 싸서 허리춤에 꽂아 놓으면 항상 잘 보관할 수 있었다. 그런데 하도 여러 번 핀으로 꽂았다 뺐다를 반복했던 까닭에 어음은 너덜너덜해져 있었다. 주인에게 어음을 읽어보라고 건네자 그는 그걸 읽어보았다.

"그래, 네게 어음을 발행해 준 신사분은 지금 살아 계시느냐?"

"네, 주인님. 제가 런던을 떠날 때 건강하게 살아 계셨습니다. 어음 발행 날짜가 보이시죠. 바로 그 다음 날이 제가 떠난 날입니다."

"네가 이곳에 도착했을 때 선장이란 자가 네게서 어음을 취하려고 했던 게 놀랄 일이 아니구나."

"저와 제 형을 영국에 데려다주기만 했다면 저는 어음을 선장에게 맡기고 어음 액수 중에서 그가 요구하는 액수를 지불했을 것입니다."

"알겠다. 하지만 선장은 그런 일보다 더 교활한 짓을 했을 거다. 그자는 아마 영국의 네 지인들이 자신에게 네게 한 짓거리를 해명하라고 요구할 거라는 걸 알았을 거다. 어쨌든 이상하구나. 배를 타고 항해해 오던 도중에 왜 그자가 기만적인 수단이나 강압적인 수단을 동원하여 어음을 안 빼앗았는지 모르겠다."

"그 사람은 그런 짓은 하려고 하지 않았습니다."

"그래, 잘 알았다. 내가 어음 일에 도움을 줄 수 있다면 기꺼이 애써보겠다. 분명히 약속한다만, 어음에 적힌 돈이 지급되어 그 돈을 안전하게 회수할 수 있다면, 네가 그 선장이란 작자보다 훨씬 더 훌륭한 사람이 될 수 있도록 도와주겠다. 물론 앞으로 정직하고 부지런하게 산다면 말이다."

"제가 주인님을 위해 일하는 모습을 보시고 직접 판단하시기를 바랄 따름입니다."

"하지만 너는 결국 영국으로 돌아가기를 갈망하고 있겠지."

"절대로 그렇지 않습니다, 주인님. 이곳에서 정식하게 밥반 먹고 살 수 있다면 저는 영국으로 돌아갈 생각이 없습니다. 저는 그곳에서 밥을 벌어 먹고 살 방법을 모릅니다. 만약 그 방법을 알았다면 군에 입대하는 일은 없었을 것입니다."

"알겠다. 그 일에 대해서는 나중에 다시 몇 가지 물어보기로 하자. 수중에 94파운드란 돈이 있는데도 군대에 자원입대했다는 건 정말 이상한 일이니."

"원하신다면 주인님께 제 생애의 일부를 말씀드린 것처럼 그 부분에 대해서도 상세히 말씀드리겠습니다. 하지만 정말로 긴 이야기입니다."

"됐다. 그 얘긴 나중에 듣자꾸나. 어쨌든 지금 당장의 일만 처리하자. 네게 어음을 발행해준 신사분과 논의할 사람을 내가 런던으로 보내주길 바라느냐? 돈을 찾아오라는 게 아니라 그저 그 신사가 아직도 네 그 많은 돈을 보관하고 있는지 알아보고 오라는 거다. 그래서 네 지시로 그 어음, 아니 그 사본, 즉 그 어음을 베낀 종이를 보내면 그 신사가 어음에 적힌 액수를 지급할 것인지 물어보고 오라는 것이다."

농장주가 어음을 베낀 종이라고 말한 건 참 고마운 일이었다. '사본'이란 말은 내가 전혀 모르는 말이었다.

"그렇게 되길 바랍니다, 주인님. 원하신다면 아예 어음 자체를 주인님께 맡기겠습니다. 선장은 믿지 못했지만 주인님은 믿을 수 있습니다."

"아니다, 아냐. 네게서 어음을 받지는 않겠다."

"부디 저를 위해 어음을 맡아주셨으면 합니다. 그걸 잃어버리기라도 하면 저는 끝장이니까요."

"잭, 네가 그리 원한다면 너를 위해 어음을 보관해주겠다. 하지만 보관하고 있다가 네가 요구만 하면 즉시 되돌려준다는 의미로 직접 보관증을 써주

마. 그러면 너로서도 어음을 안전하게 보관하는 셈일 거다. 그렇지 않다면 맡아줄 수 없다."

그렇게 해서 나는 농장주에게 어음을 맡겼고 그는 내게 보관증을 써주었다. 그리고 적당한 때가 되면 다시 이야기하겠지만, 그는 나를 위해 성실한 심부름꾼 역할도 해주었다. 면담이 끝나자 나는 그 자리를 떠나 다시 일터로 돌아왔다. 하지만 그 후 두 시간쯤 지났을 때 농장 관리인, 즉 농장 감독이 말을 타고 일하고 있는 나를 찾아왔다. 그는 주머니에서 럼주 한 병을 꺼내더니 다정한 태도로 내게 한 모금 마시라고 권했다. 내가 한 방울 정도만 홀짝거리자 그는 다시 병을 내밀며 한번 더 마시라고 했다. 그런 다음 그가 놀랄 정도로 예의 바른 태도로 내게 말을 했다. 그 전에 말하던 태도와 사뭇 다른 태도였다. 그 때문에 나는 용기가 생겼고 기운도 났다. 하지만 나는 그의 태도 변화가 무슨 의미인지 아직 자세히 몰라 어떤 식으로 대응해야 편한지 알 수 없었다.

하루이틀 더 지나고 아침에 모두 일터로 가고 있던 중이었다. 농장 감독이 다시 나를 불렀다. 그가 술 한 모금과 큼지막한 빵 한 조각을 건네며 꼭 할 얘기가 있으니 1시쯤 일터에서 나와 자기 집으로 찾아오라고 지시했다.

그를 찾아갔을 때 나는 평소처럼 벌거벗은 것이나 다름없는 초라한 노예 복장을 하고 있었다. 그가 말했다. "이리 오게, 청년. 괭이는 내게 주고."

괭이를 건네자 그가 다시 말했다. "그래. 자네는 이제 이 농장에서 더 이상 일할 필요가 없네."

나는 놀란 표정을 지으며 겁에 질린 모습으로 그에게 말했다. "제가 무슨 잘못이라도 저질렀나요, 감독님? 저를 어디로 보내시려는 거죠?"

"아니네, 아냐." 그가 대답했다. 그리고 무척 재미있다는 표정을 지었다. "겁먹지 말게. 자네에게 이익이 되는 일이지 해가 되는 일이 아니네. 자네를 감독으로 승격시키라는 지시를 받았어. 그러니 이제 자네는 더 이상 노예가 아니라는 소리네."

"그럴 리가요!" 내가 말했다. "제가요? 감독이라고요? 저는 그런 일을 맡을 만한 처지가 못 됩니다. 저는 입을 만한 옷이나 속옷도 없고 자립 수단도 없는 사람입니다."

"아네, 알아." 그가 말했다. "자네는 자네가 알고 있는 것보다 훨씬 더 좋은 대접을 받게 될 걸세. 자, 나와 함께 가세."

그러면서 그는 나를 거대한 대형 창고(아니, 줄지어 늘어선 창고 단지라고 해야 할 것이다)로 데려갔다. 그가 창고 관리인을 부른 뒤 말했다.

"이 청년에게 의복을 챙겨 입히게. 필요한 모든 걸 다 내주게. 그리고 회계 장부 5번 항목 밑에 기입해 두게. 계산서는 내게 주고. 주인님께서 서부 농장 회계로 처리하라고 허락하셨네."

아마 서부 농장이 내가 가게 되어 있는 농장인 듯싶었다. 창고 관리인은 창고 안으로 나를 데리고 들어갔다. 그의 지시에 따라 그곳에 의복 여러 벌이 준비되었다. 평범하지만 영국에서 1야드에 11실링이나 하는 고급 옷감으로 만들어진 꽤 좋은 기성복들이었다. 그는 그 옷들과 함께 네게 멋진 셔츠 석 장과 구두 두 켤레, 스타킹과 장갑들, 모자, 넥타이 여섯 개도 주었다. 간단히 말해 그는 내가 원하는 옷가지를 모두 다 내주었다. 옷가지를 모두 꼼꼼히 챙기고 맞춰본 후 그는 나를 옆의 작은 방으로 데려갔다. 그가 말했다.

"자, 이제 노예 모습으로 저 방에 들어갔다가 신사로 변모해서 나오게."

그 말을 하며 그는 모든 옷가지를 방으로 갖고 들어가더니, 문을 닫고 내게 옷을 갈아입으라고 했다. 나는 기꺼이 그렇게 했다. 여러분도 믿으시겠지만 이제 나는 지금까지 지내온 것보다 더 나은 인생이 내 앞에 펼쳐질 거라는 희망을 품기 시작했다.

얼마 후 농장 감독이 와서 새 옷으로 갈아입은 나를 축하해 주며 내게 함께 가자고 말했다. 그렇게 해서 나는 전에 일하던 농장보다 훨씬 더 큰 농장으로 옮기게 되었다. 그 농장에는 감독(혹은 담당 직원)이 두 명 있었다. 한 명은 사무실 담당이고 다른 한 명은 현장 담당이었다. 그런데 현장 담당 감독이 다른 농장으로 옮겨가면서 내가 그 자리를 물려받게 된 것이었다. 다시 말하자면 내가 현장 담당 감독이 된 것이었다. 내게 주어진 임무는 하인들과 흑인 노예들 관리하고 그들이 일을 제대로 하는지 감시하고 음식을 제공하는 일이었다. 요컨대 내 임무는 그들을 통제하고 감독하는 일이었다.

나는 승진을 하게 되어 가슴이 뿌듯했다. 그 일이 너무 기뻐서 그 기쁨을 표현할 수조차 없었다. 그런데 한 가지 어려운 점이 있었다. 그 일이 내 마음속에 너무 강력한 충격을 주는 데다 타고난 본성에도 너무 거슬려서 정말이지 이 새 일자리를 그만두고 싶은 마음마저 들었다는 것이다. 그리고 참으로 너그럽게 대해 주신 주인님의 호의까지 물리쳐버리고 싶은 마음이 들었다는 것이었다. 사정은 이랬다. 새로운 직책을 맡게 된 내게 말과 긴 말 채찍이 제공되었다. 영국에서 사냥용 채찍이라고 부르는 채찍이었다. 말은 하인들과 흑인 노예들이 일을 제대로 하는지 감독하러 농장 곳곳을 돌아다닐 때 필요했다. 농장이 너무 넓어서 그 일은 걸어다니면서 할 수 없었다. 적어도 내게 요구되는 만큼 자주 그리고 효과적으로 일을 하기에는 그랬다. 말채찍은 게으름을 피우거나 싸움질을 하는 하인들과 노예들, 다시 말하자면 잘못을 저지르는 자들을 체벌하는 데 필요했다. 그런데 바로 이 채찍질이 타고난 내 기질과 맞지 않았다. 나는 그런 체벌에 대해 냉정하게 생각할 수 없는 사람이었다. 어제까지만 해도 그들과 같은 노예의 신분으로 채찍질의 권위에 놀아나던 존재에 불과했던 내가 어떻게 내 손으로 바로 어제까지 내게도 공포의 대상이었던 잔혹 행위를 할 수 있단 말인가. 나는 '이런 일은 도저히 할 수 없다'고 생각했다. 나는 흑인 노예들이 내 이런 양심의 가책을 눈치채고 곧바로 내 권위에 경멸을 표할 때까지, 그리고 그들의 그런 행동을 보고 내가 혼란에 빠질 때까지는 그렇게 생각했다.

그들에게 보여준 자비에 대한 보답으로 그들이 그렇게 배은망덕하게 나오자 나는 화가 나기 시작했다. 고백하건대 내 양심은 조금씩 무감각해지기 시작했다. 체벌을 가하지 않을 수 없었던 두 흑인 노예가 그 시작이었다. 나는 아주 몰인정하게 그들을 체벌했다고 생각했다. 그러나 그들에게 가한 매질이 매번 내 마음의 상처로 되돌아오는 바람에 급기야 나는 기절 직전의 상황까지 몰리게 되었다. 그 모습을 지켜보던 녀석들은 나를 비웃었고 그중 한 녀석은 무례하게 내 등 뒤에서 욕설까지 내뱉었다. 그러면서 그는 만약 자신에게 나를 때릴 기회가 주어진다면 흑인 노예를 어떻게 때리는지 본때를 보이겠노라고 비아냥거렸다.

아아, 그러나 꼭 필요하다는 생각은 들었지만 그토록 잔인한 방식으로 채찍질할 힘이 내게는 남아 있지 않았다. 내 이런 결점은 농장주의 사업에 손실이 되기 시작했다. 나는 이제 버지니아나 바베이도스, 기타 식민지에서 흑인 노예를 때릴 때 자주 언급되는 잔혹함이, 알려진 바와 같이 포악하고 격분 잘하고 잔혹한 영국인의 심성 때문이 아니라(사실 영국인은 잔인한 심성과는 무관한 민족이다), 친절하고 예의 바른 대접을 해주면 관리가 안 되고 오직 쇠회초리에 의해서만 통제되며, 성경에 나와 있듯이 전갈처럼 때려야만 통제되는 흑인들의 야만적이고 고집스러운 심성 때문이라는 사실을 절실히 깨닫기 시작했다. 그리고 나는 흑인들이란 그들이 스스로를 대접하듯 대접해야지 그렇지 않으면 반란을 일으켜 주인들을 모두 살해할 것이라는 사실도 깨달았다. 그들의 숫자를 감안할 때 그런 일은, 그들에게 그들의 분노와 잔인한 심성에 걸맞은 무기와 탄약만 주어진다면 실행이 그리 어려운 일도 아니었다.

나는 흑인 노예들의 그런 야만적인 심성이 적절히 관리되고 있지 않다는 사실도 깨닫기 시작했다. 또한 나는 자비를 베풀건 징벌을 가하건 그 일들이 그들이 제대로 이해할 수 있는 최선의 방법으로 행해지고 있지 않다는 사실도 깨달았다. 나는 그런 심성을 가장 악독하게 지닌 흑인 노예라 할지라도 채찍질 없이, 즉 사람들이 일반적으로 가하는 채찍질 없이도 충분히 고분고분하게 만들 수 있을 것 같았다.

농장주는 진정 인도주의 자체라고 말할 수 있는 사람이었다. 그는 종종 측은지심이 우러나 감독이나 집사들의 가혹 행위를 금지시키곤 했다. 그러나 그런 그도 가혹한 체벌이 불가피하다는 건 알고 있어 결국 그런 일을 고위직 하인들의 재량에 맡길 수밖에 없었다. 그래도 그는 빈번히 자비를 베풀라고 지시했으며 흑인 노예들의 체질적 차이를 고려하라고 지시했다. 어떤 흑인 노예가 다른 노예보다 체벌의 고통을 더 참지 못하는 경우도 있고, 고집이 덜

센 경우도 있다는 걸 감안하라는 것이었다.

그런데 누군가가 주제넘게 그 문제를 갖고 주인에게 나에 대한 음해성 험담을 했다. 내가 주인의 일을 게을리 처리해서 하인들과 노예들이 잘 통제되지 않고 있으며, 그로 인해 농장이 적절히 관리되지 못하여 모든 게 엉망이라고 고자질한 것이다.

어린 감독이 감당하기에 너무나 가혹한 비난이었다. 어느 날 농장주가 직접 그 사실을 알아보고, 판단하고, 이유도 들어보기 위해 수행원들을 거느리고 직접 나를 찾아왔다. 농장주는 나를 비난하기에 앞서 공정하게 내 변명을 충분히 들어줄 생각이었다. 그는 다른 사람들 앞에서뿐만 아니라 나와 단둘이 있는 자리에서도 내 말을 들어주었다. 그렇게 개인적인 변명의 자리를 마련해 준 일은 내게 행운이었다. 그 전에도 내게 자유롭게 말할 기회를 주었던 것처럼 그는 이번에도 내게 같은 자유를 허용하며 나 자신을 옹호하고 변명하게 했다.

사실 나는 농장주가 이야기를 꺼낼 때까지 나에 대해 불평이 있다는 사실을 까맣게 모르고 있었다. 나는 그가 내가 일하는 농장에 나타나 농장을 둘러보고 새롭게 농장으로 개발하라고 지시한 부지를 살피는 모습을 볼 때까지, 그가 그곳에 온 실제 이유도 몰랐다. 그는 농장을 모두 둘러보고, 모든 일이 잘 진행되고 있고, 모든 것이 질서 있게 제자리를 잡고 있고, 흑인 노예들이 모두 열심히 일하는 모습을 확인한 후에야 집 안으로 들어갔다.

그가 보도를 걸어오는 모습을 본 나는 얼른 달려가서 인사를 올렸다. 나는 예전의 비참한 처지에서 나를 구해주고, 믿고 일을 맡긴 그의 배려에 감사를 드렸다. 그는 처음에는 별다른 말을 하지 않았다. 하지만 그는 기분이 아주 좋아 보였다. 나는 그를 수행하며 농장 곳곳을 다녔고, 그렇게 다니면서 그에게 모든 사항을 설명했다. 그리고 모든 곳에서 그가 예상하지 못한 태도로 그의 반대 의견이나 질문에 완벽하게 답변했다. 결국 그는 내 공로를 인정하며 모든 일을 아주 마음에 들어 했다.

앞서 말했듯이 내가 일하던 농장에는 나 말고 감독이 한 명 더 있었다. 그는 나를 그다지 공손히 대하는 편이 아니었다. 그는 내 임무보다 더 나은 임무를 맡고 있었다. 그의 주 임무는 담배 포장을 감독하고 포장된 담배를 범선까지 운반하는 일었다. 그 외에도 그는 주인의 지시에 따라 해안 인근에 있는 또 다른 농장의 대형 창고에 화물이 도착하면 화물 수령 업무를 수행하기도 했다. 간단히 말해 경리 업무도 그의 주 임무였다. 정직하고 올바른 사람이었던 그는 앞서 주장된 것처럼 농장 일이 소홀히 관리되고 있다는 불평이나 그 비슷한 말은 주인에게 전혀 하지 않았다. 주인이 그 점에 관해 꼬치고치 물었을 때에도 그는 그런 대답을 전혀 하지 않았다.

말을 타고 농장을 둘러보던 주인이 노예들이 잘못을 저질러 통상적으로 징벌을 받는 장소까지 가게 되었다는 말은 꼭 해야겠다. 마침 흑인 노예 두 명이 재판을 받을 때처럼 양손을 뒤로 묶인 채 그곳에 서 있었다. 주인이 다가가자 그들은 무릎을 꿇고 처량한 몸짓으로 자비를 구했다.

"이런! 세상에!" 그가 나를 향해 말했다. "이자들을 이곳에 왜 데려온 거냐? 이런 모습은 보고 싶지 않다. 나더러 어떻게 하라는 거냐? 이자들을 용서해 주어야겠다. 말해보거라. 이자들이 대체 무슨 잘못을 저지른 거냐?"

나는 그들이 그곳에 오게 된 구체적인 잘못을 보고했다. 한 녀석은 럼주 한 병을 몰래 훔쳐 마시고 술에 취해서 말도 안 되는 미친 짓을 저지른 녀석이었다. 게다가 그는 백인 하인의 머리를 두들겨 패려고까지 했었다. 다행히 그 백인이 가까스로 가격을 피하며 그의 발꿈치를 쳐서 쓰러뜨려 제압을 했다. 그는 그런 잘못으로 그곳으로 잡혀와 그곳에서 하룻밤을 보냈다. 나는 그날 녀석을 매질할 예정이었으며, 그 후 사흘에 걸쳐 하루에 두 차례씩 더 매질할 예정이었다고 주인에게 보고했다.

"아니, 어찌 그리 잔인할 수 있단 말이냐?" 주인이 말했다. "대체 이 가여운 녀석을 죽이기라도 하겠다는 말이냐? 그렇다면 이 녀석이 흘린 피에 대해 네가 책임을 져야 할 것이다. 건장한 남자 흑인 노예 한 명을 잃는 손해를 내게 끼치는 것이니 말이다. 이 녀석은 적어도 30파운드 내지 40파운드는 주고 산 노예다. 그리고 네가 그런 체벌을 가한다면 농장 전체에 비난을 불러오는 일이 될 것이다. 아니 그 이상이다. 이들 중 몇 명이 작당하여 기회만 되면 나를 죽이려 할 것이다."

"주인님." 내가 말했다. "노예들을 폭력으로 다스리지 않으면 물론 주인님은 만족하실 것입니다. 그러나 그렇게 되면 그들을 데리고 아무 일도 할 수 없습니다. 주인님의 농장 작업장에서 제가 노예들에게 두려움의 대상이 아니라 조롱의 대상이라는 말이 돈답니다. 그들이 마땅히 받아야 할 대접을 제가 하지 않았기 때문이랍니다. 그래서 저는 아무리 제 본성에 거슬리더라도 제 부적절한 인내심 때문에 주인님 사업을 망치는 일은 없어야겠다고 결심했습니다. 그러니 제가 이 녀석을 죽도록 매질한다고 해서…."

"그만 해라." 그가 말했다. "안 된다. 절대로 안 돼. 내 농장에서 그런 가혹 행위는 절대로 안 된다. 너도 한때 노예였다는 사실을 명심해라. 네가 노예의 처지였을 때 정당하다고 인정했을 법한 태도로 이 녀석을 대해주거라. 그리고 늘 자비심도 함께 갖고. 그게 내 바람이다. 만일 그렇게 너그럽게 대해주었는데도 결과가 안 좋다면 그건 모두 내 탓으로 돌려라."

농장주의 이 말은 내가 바랄 수 있는 최상의 발언이었다. 아니, 그 이상이었다. 나도 모르는 사이에 그와 나 사이에 오간 대화를 몇몇 흑인 노예들과 백인 노예들, 그리고 몇몇 사람들이 듣고 모든 농장 사람들에게 널리 알렸다.

"저 잔인한 감독 말이다." 우리 뒤에 있던 백인 노예가 말했다. "천만다행으로 주인님께서 이곳에 오시지 않았으면 저 불쌍한 골통(그들은 체벌을 당하기 직전이었던 흑인 노예를 그렇게 불렀다)을 아마 때려 죽였을 거야."

어쨌든 나는 문제의 흑인 노예가 저지른 잘못을 다시 한 번 강조하며 농장주의 말대로 그에게 관용을 베푼다면, 다루기 힘들고 교정도 잘 안 되는 흑인 노예들의 기질을 감안해 볼 때 틀림없이 아주 위험한 일이 벌어질 거라고 주장했다. 그러면서 나는 흑인 노예들에게 단단히 본을 보일 필요가 있다고 강변했다. 그러자 농장주가 말했다.

"그래, 알았다, 알았어. 하지만 다음번에 그렇게 해라. 그리고 그런 방식이 아닌 다른 방식을 써라."

나는 더 이상 말하지 않았다. 다른 노예의 죄는 앞의 노예에 비하면 사소한 것이었다. 그 이야기를 하면서 농장주가 내 앞에서 걸어갔고 나는 그 뒤를 따라갔다. 농장 사무실에 도착한 뒤 잠시 앉아 있다가 그가 다시 나를 불렀다. 그는 나를 비난한 자들이 가까이 오지 못하게 하고 내 변명을 모두 들어주었다. 그가 먼저 말을 시작했다.

농장주: "내 말 잘 듣거라, 잭. 네게 해줄 말이 있다. 네게 이 농장의 감독직을 맡긴 후 너에 대해 불평이 있었다. 나는 네가 내게 느끼고 있을 고마움을 생각하며 분명히 부지런히 일하며 내게 충성을 바칠 거라고 생각했다."

잭: "저에 대해 불평하는 소리가 있었다니 정말 송구스럽습니다. 주인님의 은혜에 대한 고마움에(솔직한 고백이었다) 저는 진심으로 최선을 다해 주인님께 득이 되게 일했습니다. 제가 일을 잘못한 것인지는 모르겠습니다. 하지만 의도적으로 일을 게을리하지는 않았다는 말씀은 분명히 드리겠습니다."

농장주: "그래, 네 해명을 들어보지도 않고 너를 비난하지는 않겠다. 그것 때문에 이야기를 해보자고 너를 부른 것이다."

잭: "주인님께 황송하고 고마울 따름입니다. 한 가지 청이 있습니다. 저에 대한 비난과 불평의 구체적인 내용이 무엇인지 알고 싶다는 것입니다. 그리고 괜찮으시다면 말을 한 장본인까지 알고 싶습니다."

농장주: "첫 번째는 알려주겠다. 너를 이렇게 개인적으로 만나 이야기하는 이유 말이다. 너를 비난한 자들이 누구인지는 앞으로 네 이야기를 더 들어야 할 필요가 있으면 그때 알게 될 것이다. 너에 대한 비난은 방금 전 내가 농장에서 본 내용과 정반대되는 내용이었다. 그러니 너와 내가 이 문제를 새롭게 이해해야 하겠구나. 내가 너에 대해 지나치게 머리를 썼다고 생각했었는데 이제 보니 오히려 네가 나를 위해 지나치게 머리를 썼다는 생각이 든다."

잭: "제가 주인님 마음을 충분히 헤아리지 못해도 부디 마음 상해하시지 말기를 부탁드립니다."

농장주: "너는 내 마음을 헤아려줄 것이라고 믿는다. 자, 네 솔직한 속마음을 털어놓아보거라. 그 가엾은 흑인 노예를 진짜로 나흘에 걸쳐 하루에 두 차

례씩 매질할 생각이었느냐? 다시 말해 매질해서 죽일 생각이었느냐는 것이다. 그래. 이게 이야기를 확실히 매듭지을 수 있는 더 쉬운 대화겠다."

잭: "제게 추측을 할 수 있는 재량을 허용해 주신다면 말입니다, 주인님, 사실 저는 제게 가해지고 있는 비난을 이미 알고 있었다고 생각합니다. 그리고 제가 다른 하인들이나 흑인 노예들에게 지나치게 너그럽게 대한다는 이야기, 이곳에서는 익숙하게 느껴질 만큼 가혹한 태도로 노예들을 대해야 하는데도 제가 그 절반도 안 될 정도의 가혹한 태도로 그들을 다룬다는 이야기, 그 때문에 노예들이 주인님 사업을 등한시하고 있다는 이야기, 그래서 결국 주인님의 농장이 제대로 관리되지 못하고 있다는 이야기 등을 주인님께서 이미 듣고 계시다는 사실도 저는 이미 알고 있었습니다."

농장주: "그래, 제대로 추측했구나. 계속해봐라."

잭: "첫 번째 비난은 저도 인정합니다. 하지만 두 번째 비난은 인정할 수 없습니다. 주인님께서 농장 구석구석을 몸소 자세히 살펴보시라고 호소합니다."

농장주: "두 번째 비난이 사실이 아니라니 첫 번째 비난도 사실이 아니라면 기쁘겠다. 농장 일이 소홀히 다루어지지 않고 우리의 안전이 위협받지 않는 가운데 노예들이 더 인간적으로 대접받을 수 있다면 내게는 무한한 기쁨일 것이다. 나는 천성적으로 잔혹 행위를 싫어하는 사람이다. 농장이 이렇게 번창하고 있지만 나를 유일하게 불편하게 만드는 게 바로 그 점이다."

잭: "주인님, 솔직히 고백하겠습니다. 우선 그런 끔찍한 행위를 저지르는 일이 사실 제게는 불가능한 일이라는 말씀을 드리겠습니다. 저 자신이 그런 체벌의 공포에서 막 벗어난 처지니까요. 얼마 전까지 저도 가엾고 헐벗은 비참한 노예였습니다. 내일이라도 당장 같은 처지로 전락할 수 있는 제가 어찌 감히 그런 짓을 저지를 수 있겠습니까? 제가 어찌 감히 끔찍한 채찍을 들고 동료 노예 아니, 동료 인간에게 사용할 수 있겠습니까? 주인님, 제 의무 때문에 그런 일이 불가피한 경우라 해도 저는 극단적인 공포를 느끼지 않고 그런 짓을 할 수 없는 인간입니다. 제발 저를 용서해 주십사 간청드리겠습니다. 천성이 이처럼 유약하니 제가 주인님 하인으로 적합한지 모르겠습니다. 하지

만 저도 잘못을 저질러본 적이 있는 입장이니 노예들을 채찍질로 체벌하는 능력이 부족한 것을 용서해달라고 간청드리겠습니다."

농장주: "알겠다. 하지만 그러면 내 농장 사업은 어찌 되는 것이냐? 그리고 다른 방법으로는 도저히 통제할 수 없다고 이야기하는 저 고집불통 흑인 노예들이 일을 게을리하면 어찌 막겠느냐? 나아가 태업을 벌이고 반란이라도 일으키면 어찌 되는 것이냐?"

잭: "주인님, 그 말씀은 제 두 번째 변명으로 이어집니다. 저는 주인님께 지금 이 자리에 저를 비난했던 자들을 부르시고, 수고스럽겠지만 직접 농장을 꼼꼼히 점검하시고, 그리고 농장 일 중 어느 것 하나라도 소홀히 처리되는 게 있는지, 농장 일에 피해가 있는지 직접 살펴보시기를 바랍니다. 그리고 그 자리에서 저를 비난한 자들에게도 그런 것을 함께 보게 하시길 바랍니다. 또 하인들이나 흑인 노예들이 전보다 통제가 덜 되는 점이 있는지도 살펴보시기 바랍니다. 그 결과 만약 저를 비난한 자들의 주장과 달리 다음과 같은 비밀이 밝혀진다면 주인님께서는 그들이 제게 가한 비난을 제게 돌리지 않으실 것이라고 생각합니다. 제가 말하는 비밀이란 사실 농장의 질서가 아주 잘 지켜지고 있고, 농장 일이 부지런하고 신속하게 잘 처리되고 있고, 흑인 노예들이 두려움을 느끼며 잘 관리되고 있고, 그들의 타고난 성질이 순종적인 성질로 바뀌고 있고, 주인님 가족 분들의 안전과 평화가 안전하게 확보되고 있다는 비밀입니다. 그리고 이 모든 일들이 잔혹한 방법이 아니라 온건한 방법에 의해서, 고문이 아니라 온건한 교화에 의해서, 그리고 참을 수 없는 고통의 공포가 아니라 정당한 기율이 만들어내는 경외심에 의해서 실천되고 있다는 비밀입니다."

농장주: "만약 그렇다면 당연히 네 죄를 묻지 않겠다. 또한 만약 그렇다면 너는 아마 내가 지금까지 고용했던 감독들 중에서 가장 인정받는 감독일 것이다. 그러나 그게 네가 아까 그 가엾은 흑인 노예에게 내린 몰인정한 결정과 어떻게 어울린다는 말이냐? 저기 저 끔찍한 구덩이에 집어넣고 나흘 동안 여덟 차례 매질하려던 녀석 말이다."

잭: "아주 잘 어울립니다, 주인님. 우선 녀석은 그동안 어떤 흑인 노예도 당

해본 적이 없는 체벌에 대한 끔직한 두려움에 떨고 있습니다. 주인님만 허락하신다면 사실 저는 전혀 매질을 하지 않고, 그가 저지른 잘못에 대해 대화만 나눈 뒤 그를 풀어줄 생각입니다. 그의 마음속에 용서라는 게 뭔지 인식시키는 것이지요. 그런 방법이 가혹한 매질보다 더 효과적으로 녀석을 훌륭한 노예로 만들 수 있다면, 제가 점수를 땄다고 주인님도 인정하실 수밖에 없으리라 생각합니다."

농장주: "알았다. 하지만 만일 그리 되지 않는다면 어쩔 셈이냐? 흑인 노예들은 본래 보은의 감정이 없는 자들이다."

잭: "그건 말입니다, 주인님, 그들이 단 한 번도 용서를 받은 적이 없었기 때문입니다. 그들은 자신들이 저지른 죄에 자비가 베풀어진다는 게 뭔지 결코 알지 못합니다. 그러니 보은의 감정을 느끼고 말고 할 게 뭐가 있겠습니까?"

농장주: "네 말이 맞다. 그들에게 자비를 베푼 적이 없는데 보은을 기대할 수는 없겠지."

잭: "게다가, 주인님, 아주 드물게 간혹 그들을 풀어주는 경우에도 그들은 그 이유에 대해 설명을 듣지도 못합니다. 그러니 그들은 자기들에게 어떤 친절이 베풀어졌는지도 모르며 은혜를 입기는 입은 것인지도 모릅니다. 그 결과 그들은 자신들이 어떤 이익을 보게 된 것인지도 모르고 보은의 원칙을 애써 마음속에 새기려고 하지도 않습니다."

농장주: "그래, 네가 사용하려는 방법이 과연 효과는 있겠느냐? 조금이라도 감동을 줄 수 있겠느냐? 너는 그럴 거라고 생각하겠지. 하지만 그 생각이 이곳 모든 사람들의 생각과 반대된다는 건 너도 알고 있을 것이다."

잭: "일반인들, 아니 국민 전체가 저지르는 행동상의 실수나 과실이라는 게 있는 법입니다. 바로 이 문제가 그런 경우입니다."

농장주: "네가 그 문제를 직접 실행에 옮겨보았느냐? 직접 실행해보고 입증하기 전까지는 실수라고 말할 수 없다."

잭: "주인님의 농장 전체가 증거입니다. 아까 그 흑인 노예는 럼주를 마셔서 머리가 온통 럼주로 꽉 찼었습니다. 그는 그렇게 자제력을 잃지 않았더라

면 결코 말썽을 피우지 않았을 녀석입니다. 사실 제가 벌줄 수밖에 없었던 그의 잘못은 럼주 한 병을 훔쳐 몽땅 마셔버린 일이었습니다. 그런데 그는 성경 속의 노아처럼 술의 위력을 몰랐습니다. 술을 다 마시고 대취하자 그는 제정신이 나가서 미쳐 날뛰었습니다. 다른 행동들에 대해서는 오히려 그를 불쌍히 여겨야지 벌을 주어서는 안 된다고 생각합니다."

농장주: "네 말이 맞다. 분명히 맞아. 만약 그런 생각을 실행에 옮긴다면 너는 아주 보기드문 감독이 될 것이다. 네 생각을 다른 흑인 노예에게도 실행해 봤으면 좋겠다. 그 결과를 볼 수 있게 말이다. 그래서 만약 그 결과가 괜찮게 판명난다면 너에게 상으로 500파운드를 주겠다."

잭: "주인님, 저는 주인님의 사랑만 바랄 뿐이지 그 밖에 다른 것은 아무것도 바라지 않습니다. 주인님께 은혜를 갚기 위해서라도 주인님의 노예들 중 한 명에게 제 생각을 실행해보고 그 결과를 알려드리겠습니다. 그러면 농장 사람들도 인정해 주겠지요."

농장주: "잭, 나를 진실로 기쁘게 하는구나. 이 자리에서 분명히 약속하겠다. 만약 이번 일에 성공한다면 네게 자유를 돌려줄 뿐만 아니라 네 생명이 다하는 날까지 이곳 신세계에서 성공하도록 도와주겠다."

나는 그 말을 듣고 지극히 공손하게 절을 올렸다. 그런 다음 나는 그에게 다음과 같이 이야기를 시작했다.

"주인님, 제가 이곳에 오기 몇 년 전부터 주인님의 농장에서 노예 생활을 해온 흑인 노예 한 명이 있습니다. 그런데 그 노예가, 그 자체만 놓고 보면 그다지 심각하지 않지만 계속 방치하면 더욱 안 좋은 결과를 초래할 수 있는 잘못을 저질렀습니다. 그래서 저는 그에게 평소에 사용하는 징벌 장소로 데려가서 교정을 위해 그의 양 엄지손가락을 붙들어 매고 끔찍한 방식으로 매질하고 이어서 매질한 등짝에 소금을 뿌리는 가혹한 체벌까지 하겠다고 겁을 주었습니다.

저는 그 노예의 머리에 그가 당할 징벌이 얼마나 무서운 벌인지 똑똑히 각인시켰습니다. 그리고 그가 충분히 몸을 낮춘 것을 확인했습니다. 그런 다음 저는 사무실로 돌아와서 그를 다시 데려오라고 시켰습니다. 그런 경우 흔히 흑인 노예들을 징벌하는 방식을 쓴 것이지요. 저는 먼저 그의 옷을 벗기고 그를 잡아매게 한 후 두 차례 가혹한 채찍질을 받게 했습니다. 저는 매질하는 사람들에게 잠시 멈추라고 말했습니다. 가엾은 녀석에게 매질을 시작한 두 사람에게 '잠시 멈추시오. 녀석과 할 얘기가 있소'라고 말한 것이지요.

그래서 그 노예는 형틀에서 내려왔습니다. 저는 그에게 '위대하신'(흑인 노예들이 농장주를 부를 때 붙이는 수식어였다) 주인님께서 그동안 그에게 참으로 다정하고 너그럽게 대해주셨고, 그에게 어떤 해도 가한 적이 없으셨고, 예전에도 그가 몇 차례 잘못을 저질렀지만 그를 그런 식으로 체벌한 적이 결코 없으셨다고 말했습니다. 그리고 저는 그가 럼주를 훔쳐 먹고 자신만 취한 게 아니라 다른 두 흑인 노예들까지 취해 제정신이 나가게 만들었으며, 그것도 모자라 비록 다른 농장에서 일하기는 하지만 주인님을 위해 일하는 남편이 있는 두 흑인 여자 노예들을 욕보이기까지 했다고도 말했습니다. 끝으로 저는 그에게 이번 잘못은 끔찍한 잘못이며, 이 잘못 외에도 그가 다른 탈선 행위들을 저질러서 이런 체벌을 가하게 된 것이라고 설명했습니다.

그러자 그는 머리를 좌우로 흔들며 '진심으로 죄송하다'는 몸짓을 해보였습니다. 제가 그에게 말했습니다. '만약 주인님께 너를 용서해달라고 내가 가서 주인님을 설득한다면 너는 뭐라고 말하고 행동하겠느냐? 네가 부탁한다면 내가 가서 그리 해줄 용의가 있다.' 그러자 그는 그렇게만 해준다면 내 앞에 납작 엎드릴 것이며, 내가 원한다면 자기를 죽여도 좋다고 말했습니다. 그리고 내가 시키기만 하면 목숨이 붙어 있는 한 기꺼이 달리고 일하고 나르고 가져올 것이라고 말했습니다. 바로 그때가 그동안 제가 궁금해하던 한 가지 생각, 즉 흑인들도 이성적인 인간이 지닌 능력을 갖고 있는 존재인지, 과연 그들이 부드러운 심성이나 타고난 너그러움, 요컨대 보은의 감정의 토대가 되는 감정을(그렇습니다. 보은의 감정은 너그러움이라는 원칙의 산물입니다) 조금이라도 지닌 존재인지 알아볼 좋은 기회였습니다."

"첫머리부터 흥미롭구나. 그래, 계속해봐라." 농장주가 말했다.

"알겠습니다, 주인님." 내가 계속해서 말했다. "그런데 주인님께서 그런 경우 가능할 것이라고 상상하셨거나 상상하실 내용보다 훨씬 더 성공적으로 그 기회가 주어졌고 사실이 입증되었습니다. 물론 저는 그 공을 제게 돌릴 만큼 오만한 사람이 절대로 아닙니다. 저는 그 노예에게 말했습니다. '아니야, 절대 아니야. 네가 나를 위해 가고 달리고 하라는 게 아니다. 너는 그 모든 일들을 오직 우리의 위대하신 주인님을 위해서만 해야 한다. 혹시 네가 용서를 받는다면 그건 전적으로 주인님 덕이야. 네가 죄를 지은 대상이 주인님이시니 그분께 감사를 드려야 해. 네가 나를 위해 일하겠다고 말했듯이 네 목숨이 붙어 있는 한 당연히 그 분을 위해 달리고 일하고 나르고 가져와야 하는 거다.'

'알겠다. 정말 그렇다.' 그가 말했습니다. '꼭 그렇게 한다. 하지만 너를 위해서도 그렇게 한다. 그러니 제발 나를 위해 주인님께 부탁드려라.'

어쨌든 저는 그가 제게 은혜를 갚겠다고 약속한 내용을 모두 제게서 주인님께 돌려드리겠습니다. 그게 제 의무니까요. 저는 그에게 '주인님께서는 참으로 너그러우시고 동정심도 많으신 분이니 최선을 다해 설득해보겠다'고 말했습니다. 그리고 내가 주인님께 직접 갈 것이니 내가 돌아올 때까지 매질은 중지될 것이라고 말했습니다. '하지만 잘 들어, 무차.' 제가 말했습니다. 그 흑인 노예의 이름은 무차였습니다. '내가 이곳에 처음 왔을 때 너희 흑인 노예들은 호의를 베풀 필요가 전혀 없는 자들이라고 사람들이 말했어. 즉 괜히 매질을 아끼다가는 오히려 너희들의 비웃음이나 사든지 아니면 더 험한 꼴을 당하기 쉽다는 거지.'

그는 매우 심각한 표정으로 저를 바라보며 말했습니다. '오, 절대 그렇지 않다. 주인님들이 그렇게 말하지만, 절대 안 그렇다. 안 그렇다. 정말이다, 정말이다.' 우리는 계속해서 대화를 이어갔습니다.

잭: '그럼 사람들이 왜 그렇게 말했을까? 분명히 그들이 너희 모두를 시험해보고 한 얘기 같던데.'

흑인 노예: '아니다, 절대 아니다. 전혀 시험해보지 않았다. 말은 그렇게 했을지 몰라도 절대 그렇지 않았다.'

책: '모두 그렇게 말하는 소리를 들었어.'

흑인 노예: '감독님한테 진실을 말하는 거다. 그들은 결코 안 그랬다. 늘 매질만 하고 채찍질만 하고 잔인하게 때려 눕혔다. 검둥이는 착한 사람이고 일도 더 잘한다. 하지만 그들은 우리에게 자비를 말하지 않는다.'

책: '그래 사람들이 너희에게 조금도 자비심을 보이지 않았다는 거냐?'

흑인 노예: '전혀, 조금도, 안 보여주었다. 매일 매질만 했다. 매질만. 잔인하게. 말이나 개를 매질할 때보다 더 잔인하게 매질했다.'

책: '하지만 그 매질 때문에 너희들이 더 나아진 게 아니냐?'

흑인 노예: '그렇다, 그렇다. 우리 검둥이도 더 나아질 수 있다. 주인님들이 자비롭다면 그렇다. 하지만 계속 매질하면 우리 검둥이는 많이 운다. 많이 증오한다. 총이 있으면 쏴 죽일 거다. 하지만 자비를 보여 주면 검둥이는 많이 감사한다. 그리고 일하기 좋아한다. 일도 많이 한다. 주인님이 착하게 잘해주기 때문이다.'

책: '사람들은 그렇게 말하지 않았어. 너희가 그들을 비웃을 거라고 말했어. 자비를 보여주면 조롱만 당할 거라고 말했어.'

흑인 노예: '자비는 무슨! 자비를 보여준다고 말하면서 그들은 한 번도 자비를 안 보여줬다. 나는 평생 그들이 자비를 보여주는 걸 한 번도 본 적이 없다.'"

"주인님." 내가 다시 말을 이었다. "만약 그 흑인 노예의 말이 사실이라면, 감히 말씀드리지만, 흑인 노예들은 너그러우신 주인님의 성품과 반대로 엇나갔던 것입니다. 제가 알기로는 주인님께서는 비참한 불행에 빠진 자들에 대한 동정심으로 가득 찬 분이십니다. 저는 제 경우를 통해 그 점을 똑똑히 목격했습니다. 외람되게 말씀드리지만 주인님께서는 공포심보다 사랑의 마음으로 일을 시키고 싶어하는 분이십니다. 주인님은 하인들과 노예들이 사소한 잘못을 저질러도 피를 흘릴 정도의 벌은 결코 받게 하지 않는 분이십니다. 앞으로 듣게 되시겠지만 저도 주인님의 그런 성품을 염두에 두고 이 무차라는 흑인 노예를 다루었습니다."

농장주: "농장주가 된 지 어언 40년이 흘렀지만 이런 이야기는 처음 듣는

구나. 이야기가 흥미로우니 계속해보거라. 마음에 드는 결론이 나올 것 같구나."

잭: "주인님, 결론 역시 서두 못지않게 주인님의 마음에 드실 것입니다. 결론이 모든 면에서 제 기대와 맞아떨어졌기 때문입니다. 그리고 주인님의 기대와도 맞아떨어질 것입니다. 그러니 결론이 주인님의 마음에 드신다면 앞으로는 주인님의 농장 사업이 얼마나 충실하고 성실하게 운영될지 알게 되실 것입니다. 지금까지는 분명히 그렇게 운영되지 않았습니다."

농장주: "그래, 그랬다. 노예들은 꼭 악마의 일을 도와주듯 내 일을 도와주었어. 그들은 그저 매질이 두려워서 일했을 뿐이었다. 하지만 그런 매질은 농장 일에서 기쁨을 느끼는 영리한 노예들에게 맞지 않는 방식이었다. 나도 그 방식이 싫었다. 다른 방식이 있었다면 그 방식을 썼을 것이다."

잭: "주인님, 지금보다 더 나은 원칙으로 노예들을 부릴 수 있고 그들이 주인님 마음에 더 들면서 일도 더 잘 할 수 있게 만들 수 있다는 것을 보여주는 건 쉽게 입증할 수 있습니다. 제가 감히 주인님께 그걸 확인시켜드리겠습니다."

농장주: "그래, 이야기를 계속해보거라."

잭: "앞서의 대화를 나눈 후 제가 말했습니다. '무차, 내가 지금 당장 가서 위대하신 주인님께 네게 자비를 베풀어주시라고 부탁하고 오겠다. 그런 다음 앞으로 네가 어떻게 행동하는지 두고보겠다.'

흑인 노예: '그렇다. 보게 된다. 많이 보게 된다. 많이 보게 된다.'"

그 말을 마치고 저는 제 말을 불렀습니다. 그리고 말을 타고 주인님께 가는 척하면서 그를 떠났습니다. 저는 주인님께서 옆 농장에 계신다는 이야기를 이미 듣고 있었습니다. 저는 네댓 시간쯤 시간을 보낸 후 다시 녀석에게 돌아갔습니다. 그리고 이렇게 말했습니다.

'주인님을 뵙고 오는 길이다. 주인님께서 네가 저지른 짓을 들으시고 무척 화가 나셨다. 그래서 농장의 다른 노예들에게 본을 보이시려고 너를 죽도록 매질하겠다고 말씀하셨다. 하지만 내가 나서서 네가 얼마나 잘못을 뉘우치고 있는지, 그리고 만약 용서를 해주신다면 네가 얼마나 착한 노예가 될 것인지 말씀드렸다. 마침내 나는 주인님을 설득했다. 주인님께서는 사람들이 흑인 노예들에 대해 하는 말, 즉 너희에게 자비를 베푸는 일은 너희를 진지하게 다루는 방식이 아니며, 너희 입장에서도 그런 일은 그저 장난을 치거나 자기들을 가지고 논다고 생각하게 만들 뿐이라고 말씀하셨다. 하지만 나는 네가 내게 말한 내용을 말씀드렸다. 흑인 노예들의 그런 태도는 모두에게 해당되지 않으며 그저 백인들이 지어낸 내용에 불과하다고 말이다. 나는 백인들이 너희 흑인 노예들에게 단 한 번도 제대로 자비를 베푼 적이 없기 때문에, 과연 그런 일이 성공할지 시도조차 해보지 않는 것이라는 말씀도 드렸다. 결국 나는 주인님을 설득하는 데 성공했다. 그래서 그분께서 내게 자비를 베푸셔서, 과연 너그러운 용서가 잔인한 체벌만큼이나 효과적인지 확인해보라고 하셨다. 무차, 이제 너를 풀어주겠다. 그러니 이제부터는 내가 주인님께 말씀드린 내용이 사실이라는 것을 네가 직접 주인님께 입증해보여야 한다.'

저는 그의 몸을 풀어주라고 명령하고 주머니에서 작은 럼주 병을 꺼내어 그에게 한 모금 마시게 했습니다. 나는 그에게 음식도 조금 갖다 주게 했습니다.

묶였던 몸이 풀리자 무차는 제게 다가와 무릎을 꿇었습니다. 그리고 제 다리와 발을 잡고 머리를 땅에 대고 잘못을 뉘우친 어린애처럼 엉엉 울었습니다. 하지만 그는 아무리 애를 썼어도 말은 하지 못했습니다. 그저 그런 자세로 한참 동안 울기만 했습니다. 제가 그를 일으켜 세우려고 했지만 그는 도무지 일어나려고 하지 않았습니다. 저도 녀석 못지않게 눈물이 나왔습니다. 가엾은 그가 땅바닥에 그대로 엎드려 있는 걸 더 이상 참고 볼 수 없었습니다. 사실 얼마 전까지 저도 그처럼 노예 신분이었으니까요. 결국 15분쯤 지나서야 비로소 저는 그를 일으켜 세울 수 있었습니다. 그는 이렇게 말했습니다.

'주인님은 너무 착하다. 너무 너무 착하다. 감독님도 너무 착하다. 어떤 흑인도 고마움을 모르지 않는다. 나는 나한테 큰 은혜를 베푼 사람들을 위해 죽을 거다.'

저는 그를 보냈습니다. 그가 결혼을 한 처지였으므로 부인에게 보낸 것입니다. 그리고 저는 그에게 그날 오후는 일하지 말라고 말했습니다. 하지만 그가 떠나기 전에 저는 다시 한 번 그를 불러 이렇게 말했습니다.

'자, 무차, 이제 너도 백인들이 자비를 베풀 수 있다는 걸 알았을 것이다. 그러니 가서 다른 흑인 노예들에게 그들이 백인들에게 어떻게 평가되고 있는지 알려주어라. 매질 말고 다른 일에는 신경도 안 쓰고, 너그럽게 대해 주면 그에 보답하여 착하게 행동하는 게 아니라 오히려 더 못되게 구는 자들로 그들이 평가되고 있다고 전해라. 그리고 바로 그 이유 때문에 우리 백인들이 자비를 베풀지 않는 거라고 말해주어라. 만약 그들이 모진 매를 맞은 뒤에 온순하게 굴듯이 너그럽게 대접받은 뒤에도 고마움을 느끼며 착하게 군다면 지금보다 더 좋은 대접과 더 친절한 대우를 받을 거라고 확실히 전해라. 그리고 네 말이 그들에게 통하는지도 알아보거라.'

'가겠다. 가겠다.' 그가 말했습니다. '가서 그들에게 많이 말한다. 그들도 나처럼 기뻐할 거다. 그리고 주인님한테 좋은 대접을 받으면 일도 많이 할 거다.'"

농장주: "그래, 지금 네가 말한 그들의 보은의 감정에 대한 증거를 얻었느냐? 흑인 노예들에게 뭔가 변화가 일어난 걸 감지하기라도 했느냐?"

잭: "바로 그 말씀을 드리려던 참입니다. 그 일이 있고 나서 한 달쯤 지난 후 저는 농장에 제가 주인님께 잘못을 저질러 교수형에 처해지게 됐다는 헛소문을 퍼뜨렸습니다. 주인님께서도 아시다시피 얼마 전 주인님께서 포튜젠트 강으로 저를 심부름 보내신 적이 있었습니다. 그때 그곳에 제가 12일 정도 가 있었지요. 바로 그 기회를 이용하여 흑인 노예들에게 헛소문을 퍼뜨린 것입니다. 그 소문이 어떤 효과를 빚어내는지 알아보기 위해서였습니다."

농장주: "뭘 알아본다고? 무차가 그 소문을 어떻게 받아들이는지 알아보려 했다는 거냐?"

잭: "그렇습니다, 주인님. 그런데 그의 진정한 본심이 드러났습니다. 가엾은 그는 처음에는 소문을 믿지 않았습니다. 하지만 제가 계속 자리를 비우자 그는 농장의 선임 직원에게 달려와 열 살 먹은 바보같이 멍한 표정을 짓고 그의 집 문 앞에 서서 아무 말 없이 한참 서 있었답니다. 얼마 후 그 선임 직원이 나와서 그가 문 앞에 서 있는 모습을 발견했습니다. 그는 처음에는 무차가 그

저 심부름 온 거라고 생각했습니다. 그러나 그가 그곳을 두세 차례 오가는 동안에도 무차가 계속해서 같은 자세로 같은 자리에 꼼짝 않고 있는 모습을 보고 그는 마침내 놀라서 녀석의 앞으로 갔답니다. 그리고 그가 말했습니다.

'대체 이렇게 오랫동안 여기 이렇게 서 있는 이유가 뭐냐?'

'내가 말한다. 내가 이유를 설명한다.' 그가 말했습니다.

그러자 직원은 그가 곧 중요한 비밀을 말할 거라고 짐작하고 잔뜩 긴장하여 귀를 기울이기 시작했습니다. 그가 물었습니다.

'그래, 내게 할 말이 뭐냐?'

'제발 말해줘라.' 무차가 말했습니다. '다른 주인님 어디 갔냐?'

그의 말은 다른 감독이 어디 있는지를 묻는 것이었습니다. 그러자 직원이 물었습니다.

'다른 주인님이라니 대체 누굴 말하는 거냐? 혹시 농장주님을 말하는 것이라면 그분은 왜 찾는 거냐? 그분은 너 같은 노예와 말씀을 나누실 분이 아니다. 대체 무슨 일이냐? 나한테 말할 수는 없는 것이냐?'

'안 된다, 안 된다. 말 안 한다. 농장주님이 아니라 다른 주인님이다.' 무차가 말했습니다.

'뭐라고 그럼 그 대령이라는 감독을 말하는 것이냐?' 직원이 말했습니다.

'그렇다, 그렇다. 바로 그다.' 녀석이 말했습니다.

'그 사람, 농장주님을 화나게 한 죄로 내일 교수형에 처해질 예정이라던데. 너 그걸 아직도 모른단 말이냐?' 직원이 말했습니다.

'그래, 그래.' 무차가 말했습니다. '나도 안다, 안다. 하지만 말 안 한 거다. 하지만 할 말이 있다.'

'그래, 대체 뭘 말하고 싶은 거냐?' 직원이 말했습니다.

'오! 안 된다! 감독님은 농장주님을 화나게 하지 않는다.' 그 말을 하며 그는 직원 앞에 무릎을 꿇었습니다.

'대체 왜 그리 괴로워하는 거냐?' 직원이 말했습니다. '말했지만 그 감독은 교수형에 처해질 거야.'

'안 된다. 절대 안 된다.' 무차가 말했습니다. '감독님 교수형 안 된다. 내가 농장주님 앞에 무릎 꿇는다.'

'무릎을 꿇는다고!' 직원이 말했습니다. '아니 농장주님께서 네까짓 놈에게 신경이나 쓰실 것 같으냐? 그 감독은 농장주님을 화나게 만들었다니까. 그러니 분명히 교수형에 처해질 거다. 말했다시피 네놈이 빌어봐야 아무 소용이 없어.'

흑인 노예: '오! 제발, 제발, 주인님께 빌어줘라.'

직원: '아니, 대체 왜 그 감독을 돕지 못해 안달을 하는 거냐?'

흑인 노예: '오! 그 감독님이 나를 위해 농장주님께 빌었다. 이제 나도 빈다. 농장주님은 너무 착하다. 너무 착하다. 감독님이 부탁하자 나도 용서했다. 이제 내가 빌면 감독님도 용서한다.'

직원: '아냐, 그렇지 않아. 네가 대신 빌어도 소용없어. 네가 대신 교수형이라도 받을래? 만약 그런다면 상황이 바뀔지 모르지.'

흑인 노예: '그렇다, 그렇다. 내가 교수형 받는다. 나를 위해 빌었던 불쌍한 감독님 위해 무차가 교수형 받는다. 농장주님이 나를 교수형 한다. 나를 매질 한다. 불쌍한 감독님 구하기 위해 뭐든 한다. 그렇다. 정말이다.'

직원: '너 그말 진심이냐, 무차 ?'

흑인 노예: '그렇다, 정말이다. 나는 진심을 말한다. 농장주님도 내가 진심 말하는 것 안다. 백인이 나 무차를 교수형하려고 한 걸 농장주님도 안다. 나를 위해 빌어준 불쌍한 감독님 위해 이 불쌍한 흑인 노예 무차가 대신 교수형 받고, 대신 매 맞고, 뭐든 한다.'

그 말과 함께 가엾은 녀석은 애처롭게 엉엉 울었습니다. 그의 마음이 진심이라는 데에는 의문의 여지가 없었습니다. 그런 상황에서 제가 갑자기 모습을 드러냈습니다. 저는 그 모든 상황을 지켜보려고 이미 소식을 듣고 와 있었습니다. 저는 처음에는 농장 사무실 안에 들어가지 않았습니다. 하지만 때마침 주인님께서 보내셨던 심부름을 마치고 막 집에 돌아와 있었던 참이라 모든 대화를 들을 수 있었습니다. 정말이지 이제는 저도 농장 직원도 더 이상 사실을 숨길 수 없었습니다. 결국 직원이 제게 다가와 이렇게 말했습니다.

'이보게, 그만 무차에게 가보게. 자네가 흑인 노예도 보은의 감정을 가질 수 있다는, 영원히 잊지 못할 사례를 만들어 냈네. 직접 가보게. 나는 이제 그에게 더 이상 할 말이 없네.'

그래서 제가 드디어 그의 앞에 모습을 드러낸 것입니다. 저는 그에게 곧바로 말을 붙이며 제가 자유의 몸이란 걸 보여 주었습니다. 그때 불쌍한 그가 어떻게 행동했는지 들으신다면 주인님께서도 즐겁지 않을 수 없으실 겁니다."

농장주: "이야기가 너무나 흥미로우니 계속해보거라. 모두 다 내게는 흑인 노예의 새로운 모습이로구나. 매우 감동적이기도 하고."

잭: "무차는 벼락에라도 맞은 사람처럼 한동안 얼이 빠져 멍하니 있었습니다. 그저 아무 말 없이 저를 뚫어져라 바라보기만 했습니다. 마침내 그가 웃음을 터뜨리며 혼잣말로 이렇게 중얼거렸습니다. '그래, 그래, 무차에게 보인다. 아니다, 무차에게 안 보인다. 내가 깨 있다. 아냐, 안 깨 있다. 교수형 아니다. 교수형 아니다. 감독님이 살았다. 정말 살았다.' 그러면서 그는 갑자기 제게 달려들더니 제가 마치 열 살배기 아이라도 되는 양 저를 와락 붙잡고 자기 등에 태운 뒤 달리기 시작했습니다. 그에게 그만 멈추라고 소리를 지를 때까지 그랬습니다. 그러자 그는 저를 내려놓고 다시 한 번 빤히 쳐다봤습니다. 그는 제 주변을 돌며 마법에라도 걸린 양 춤을 추기 시작했습니다. 한창 흥이 났을 때 흑인 노예들이 아내와 아이들 주변을 돌며 춤을 추는 모습을 주인님께서 보셨을 때처럼 그랬습니다.

그런 다음에야 그는 저와 이야기를 나누기 시작했습니다. 그는 사람들이 그에게 했던 말, 즉 내가 교수형에 처해질 거라는 말을 들었다고 했습니다. 제가 말했습니다.

'그래, 무차, 나를 구할 수만 있다면 네가 나 대신 기꺼이 교수형에 처해질 마음이 있다는 말이지?'

'그렇다, 그렇다, 감독님 구하기 위해 내가 정말로 교수형 받는다.' 그가 말했습니다.

'하지만 나를 그렇게 좋아하는 이유가 뭐냐, 무차?' 제가 물었습니다.

'감독님이 농장주님한테 내 목숨 빌지 않았냐? 감독님이 나를 구하고 농장주님을 아주 착한 사람 만들었다. 아주 친절하고 나를 안 때리게 했다. 나는 안 잊는다. 내가 매 맞고 내가 교수형 받는다. 감독님은 교수형 안 받는다. 내가 죽고 감독님은 안 죽는다. 내가 살아 있는 동안 나는 감독님한테 나쁜 일 일어나게 하지 않는다.'

자, 주인님, 이제 주인님께서도 친절하고 너그럽게 관용을 베풀기만 한다면 잔혹하고 잔인하게 다루는 일 못지않게 흑인 노예들의 마음속에 보은의 감정을 충분히 불러일으킬 수 있으며, 그들에게도 보은의 원칙이 마음속에 들어 있다는 걸 직접 판단할 수 있으실 것입니다."

농장주: "그러면 우리가 예전에 그렇게 믿지 못했던 이유가 무엇이냐?"

잭: "정말이지, 주인님, 저는 무차가 그 이유를 말해준 게 아닌가 싶습니다."

농장주: "그게 대체 뭐냐? 우리가 너무 잔인했다는 말이냐?"

잭: "그동안 그들에게 단 한 번도 자비가 베풀어지지 않았다는 것입니다. 과연 그들이 보은의 감정을 품는지 아닌지 단 한 번도 시도해보지 않았다는 것입니다. 그들은 잘못을 저지른 뒤 결코 용서받은 적이 없었습니다. 그들은 무조건 잔인한 방식으로 벌을 받았습니다. 그래서 그들은 공포감 외에 행동지침이 될 만한 다른 감정, 예컨대 사랑의 감정 같은 것을 가질 수 없었습니다. 그런데 공포감이란 필연적으로 증오감을 동반하는 감정입니다. 만일 연민의 감정을 갖고 그들을 다루었다면 그들은 다른 어느 하인 못지않게 사랑의 감정을 갖고 일했을 것입니다. 자연은 누구에게나 공평하고 이성은 누구에게나 정확히 같은 비율로 작용합니다. 자비가 무엇인지 그 맛조차 보지 못했던 그들로서는 사랑의 원칙에 따라 행동한다는 것이 무엇인지 알 도리가 없었던 것입니다."

농장주: "나도 정말 그렇다는 확신이 든다. 하지만 지금 저기 감금되어 있는 저 가엾은 흑인 노예들에게는 이런 일을 어찌 실험해볼 것이냐? 저들에게 하루에 두 번씩 나흘 동안 연속해서 하겠다는 매질은 너무 가혹한 처벌 아니

냐? 그런 처벌도 자비를 보여주는 것이냐?"

잭: "제 방식은 똑같습니다. 주인님께서 주인님의 다른 하인 —(아무개)씨에게 물어보시면 확인할 수 있으실 겁니다. 그와 저는 무차에게 사용한 것과 같은 방식을 사용하자고 합의를 보았습니다. 다시 말씀드린다면 이런 방식입니다. 우선 맨 처음에는 그들이 들어본 처벌 중에서 가장 가혹한 처벌을 한다고 말하며 그들을 극단적인 공포와 두려움에 빠뜨립니다. 그렇게 되면 주인님께서 베푸실 용서의 가치가 배가됩니다. 물론 우리는 그 용서가 우리의 간절한 개입 덕택이 아니라면 꿈도 꿀 수 없는 일이라고 강조합니다. 그런 다음 우리는 그들에게 베푸는 자비가 그들의 마음속 깊은 곳에 뿌리내리고 영원히 영향을 미치도록 그들의 이성에 호소하며 설득합니다. 나아가 무차에게 했던 것처럼 그들에게 보은의 의미가 무엇인지, 또 감사의 마음의 본질이 무엇인지 설명해줍니다."

농장주: "충분한 답변이 되었다. 확실히 올바른 방식이다. 앞으로 그 방식을 계속 사용해도 좋다. 나는 (적어도 낙원과도 같은 우리 농장에서) 내 밑의 모든 흑인 노예들이 내가 베푼 자비에 대한 보은의 감정을 지니고 일하게 만드는 것 외에 더 이상 바라는 게 없는 사람이다. 나는 폭군이나 사자처럼 공포의 대상으로 여겨지는 건 질색이다. 모든 면에서 볼 때 그런 일은 인간의 본성에 가해지는 폭력이며, 너그러운 심성을 지닌 사람에게는 가장 불쾌한 일이다."

잭: "하지만 주인님, 가여운 흑인 노예들에게 제가 바로 그런 방식으로 행동할 생각이었다는 것을 주인님께서 진정으로 믿으시는지 의심이 드는군요. 그러니 제 동료를 불러주시기를 간청드립니다. 그가 나와 동의했던 내용을 주인님께 말씀드릴 것입니다."

농장주: "대체 내가 무슨 까닭으로 그런 의심을 한다는 거냐?"

잭: "저도 주인님께서 의심하지 않으시기를 바랍니다. 하지만 아까 제가 솔직하게 드린 말씀을 들으셨듯이 제게 그들에게 내린 처벌을 직접 행할 능력이 있다고 생각하신다면 정말 유감입니다. 그러니 그런 의심을 불식시킬 수 있는 효과적인 방법은 하인 —(아무개)씨를 불러 확인하는 것 말고는 없

습니다."

농장주: "좋다, 네가 그토록 이 문제를 중시하고 있다니 그를 부르겠다."

결국 그 동료가 불려왔고 농장주는 그에게 흑인 노예들을 징벌하고 관리하기 위해 우리 두 사람이 합의한 조치들을 다 말하라고 했다. 그러자 그는 모두 사실대로 말했다.

잭: "주인님, 이제 주인님께서도 우리가 합의를 본 방식에 관해 제가 한 이야기가 모두 사실이라는 것과 그 방식이 너무나도 적절하며 또한 주인님의 농장 운영 목적에도 잘 맞는다는 것을 아셨을 것입니다. 그러니 만족스럽게 여겨주시기 바랍니다."

농장주: "더할 나위 없이 만족했다. 그리고 그 방식이 그 목적에 잘 맞는다는 것도 알고 있으니 기쁘다. 앞서 말했듯이 내게는 그런 방식보다 더 마음에 드는 방식이 없어. 내 이름을 앞세워 가엾은 노예들 몸에 가혹한 체벌을 가하는 일보다 더 내 재산이 내게 주는 만족감을 빼앗는 일은 없다."

잭: "그런 체벌은 정말 잘못된 일입니다, 주인님. 잘못된 일일 뿐만 아니라 야만적이고 잔인하기까지 합니다. 그리고 주인님의 농장 사업을 관리하고 수행하는 데 있어 최악의 방식이기 때문에 잘못된 일이기도 합니다."

농장주: "나도 정말 혐오하는 일이다. 내 영혼을 두려움에 떨게 하는 일이고. 그렇게 가혹한 처벌이 행해지는 현장을 지나쳤다면 나는 아마 그걸 보고 땅속으로 가라앉는 느낌을 받았거나 불같이 화가 났을 것이다. 그래서 그 일이 내 이름을 빌려 행해진 일이었을지라도 그 집행자를 죽였을지도 모른다."

잭: "주인님, 감히 말씀드리지만, 저는 그런 일이 주인님의 이익이라는 측면에서도 분명히 잘못된 일이라고 확신합니다. 무자비한 고문관의 채찍과 쇠사슬에 내몰리며 질질 끌려다니는 흑인 노예들보다는, 너그럽고 관대한 방식으로 일하는 흑인 노예들에 의해 주인님의 농장 질서가 더 잘 유지되고 농장 사업이 더 잘 실행되기 때문입니다."

농장주: "현재의 농장 상황 자체가 네 말을 입증하는 것 같구나. 의심의 여지없이 그럴 것이다. 나는 종종 그렇게 되기를 기대하곤 했다. 그리고 수천

번도 더 그렇게 되길 바라고. 하지만 내가 데리고 있는 모든 영국인들이 그렇지 않다고 주장했었다. 그들은 흑인 노예들에게 친절하고 관대한 마음을 인식시켜 그들을 사랑의 감정에 복종하게 만드는 일은 절대로 불가능하다고 말했었다."

잭: "물론 가끔은 주인님의 말씀처럼 분별없고, 어리석고, 야비한 심성을 지니고 있고, 도무지 순종적이지 않고 유순하지도 않고, 감동이라고는 전혀 받지 않는 흑인 노예들이 있는 건 사실입니다. 제가 말씀드린 관대함의 원칙을 인지할 능력조차 없는 자들입니다. 그러나 주인님께서도 아시다시피 그런 자들은 흑인 노예들뿐만 아니라 우리 기독교인들 중에도 존재합니다. 바로 그 때문에 〈교수대 위의 도둑놈 목숨을 살려주면 그놈이 가장 먼저 네 목을 치려고 달려든다〉는 영국 속담이 나온 것입니다. 하지만 주인님, 그처럼 다루기 힘들고 유순하지 않은 악종이 우리 앞에 나타나더라도 반드시 우선 부드러운 방식으로 그를 다루는 게 순서일 것입니다. 그런 다음 말을 길들일 때처럼 거친 방식으로 녀석의 기를 꺾어야 합니다. 그래서 두 방법 다 효과가 없으면 그때 그런 악종 놈을 팔아치우고 그 자리에 다른 노예 녀석을 사와야 합니다. 극악무도한 심성을 지닌 노예 녀석 때문에 농장의 안녕 질서를 깰 수는 없으니까요. 농장 사업을 이런 방식으로 해나가신다면 주인님께서는 틀림없이 농장을 잘 운영해 나가실 것이고 농장 사업도 잘 될 것입니다. 그리고 농장의 모든 노예들과 하인들이 단 한 명도 빠짐없이 주인님을 위해 열심히 일할 것이고 기회만 닿으면 목숨까지 바칠 것입니다. 바로 무차가 저를 위해 그렇게 하려고 했다는 걸 주인님도 잘 아십니다."

농장주: "그래. 그러니 앞으로 네 방식대로 일을 해도 좋다. 그리고 성공을 거두기를 기원하마. 만약 그런 방식으로 성공을 거둔다면 내 반드시 충분히 보상해 주겠다고 약속하마. 나야말로 더 이상 가혹한 처벌 방식이 사용되지 않기를 바라는 사람이다. 특히 내 농장에서 말이다. 다른 농장은 자기들 식대로 하라고 놔두자."

대화를 마친 농장주가 자리를 뜨자 나는 갇혀 있던 노예들에게 갔다. 나는 우선 그들에게 다음과 같이 말했다.

"농장주께서 다녀가셨다. 그분은 원래 너희를 용서할 마음이 있으셨어. 그런데 너희의 죄가 무엇인지 아시고 나서는 극악한 중죄이니 반드시 처벌하라고 말씀하셨다."

"게다가 말이다." 그들과 이야기하던 다른 감독도 거들었다. "농장주께서는 너희를 용서해준다손 치더라도 그저 더 나빠질 뿐이라고 말씀하셨다. 너희 흑인 노예들은 용서를 해도 감사할 줄 모른다는 말씀이다. 그러니 가혹한 처벌 말고는 너희를 복종시키는 방법이 없다고 하셨다."

그때 다른 흑인 노예들보다 비교적 똑똑한 편이었던 노예가 만약 너그러운 대접을 받았는데도 더 나쁘게 행동한다면 그때는 어떤 흑인 노예든 개선이 될 때까지 매질을 당해도 싸다고 대답했다. 그러나 그는 흑인 노예가 너그러운 대접을 받았던 일이 그동안 있었는지 결코 알지 못하기에 사실 자기도 과연 그렇게 될지 결코 확신할 수 없다고 말했다.

그 말은 다른 노예가 한 말이기도 했고 분명한 진실이기도 했다. 사실 감독들 입장에서는 자비나 너그러움 같은 감정은 전혀 모르는 감정이었다. 가혹한 처벌이 아닌 다른 방식으로는 흑인 노예들을 다스릴 수 없다는 게 감독의 생각이어서 그들은 다른 방식은 한 번도 시도한 적이 없었다.

간혹 흑인 노예들을 느슨하게 다루는 일이 있었는데 그런 일은 신중히 행하는 일도 자비를 베푸는 일도 아니었다. 그리고 그런 일은 흑인 노예들에게 일의 성격과 이유를 납득시키고 그들이 그런 대접에 대한 보답으로 무엇을 해야 하는지 알려주려는 목적하에 논리의 도움을 받아 행해지는 일도 아니었다. 아마 그저 관리 태만과 관리 부실, 농장 경영에 대한 이해 부족의 결과일 뿐이었을 것이다. 그러니 흑인 노예들이 그런 기회를 이용해 먹는다는 게 놀랄 만한 일이 아니었다.

여하튼 나는 두 흑인 노예에게 무차의 경우에서처럼 일을 처리해 나갔다. 그러니 자세한 내용은 반복하지 않겠다. 그들은 감사의 마음과 보은의 감정을 품고 풀려났다. 그리고 그런 일을 당한 사람들에게 늘 일어나듯이 그들은 너무 기뻐서 거의 정신을 못 차릴 정도였다. 죄를 용서받은 두 노예가 느낀 은혜의 감정으로 인해 그들은 이후 쭉 무차를 빼놓고 농장 전체에서 가장 충직하고 부지런한 노예들로 변했다.

나는 그런 식으로 농장주의 마음에 쏙 들게 농장 생활을 해나갔다. 1년이 채 지나기도 전에 농장에서는 체벌을 통한 순화라는 말이 사라졌다. 물론 너그러운 대접이 빚어내는 감동을 아직 모르는 몇몇 소년 노예들은 예외였다. 하지만 그들의 경우도 두 가지 방식의 차이를 알 수 있는 나이가 될 때까지만 그런 예외가 허용되었다.

앞서의 대화가 있고 꽤 시간이 흐른 어느 날 대농장주(우리가 부르는 명칭 그대로 부른 것이다)가 다시 한 번 사람을 보내 나를 자신의 집으로 불렀다. 그는 내 어음 조회를 위해 일전에 편지를 보냈던 영국 친구로부터 소식이 왔다는 얘기부터 꺼냈다. 나는 그가 어음을 영국으로 직접 보내자는 허락을 얻어내려는 줄 알고 은근히 겁이 났다. 하지만 그는 그런 말은 전혀 없이 이런 얘기만 했다.

"내 런던 친구가 어음을 발행한 신사를 만났고 그가 어음 발행 사실을 인정했다는 얘기는 일전에 네게 했었다. 그리고 그 신사가 어음에 명시된 돈을 잘 보관하고 있지만 돈을 맡긴 소년(바로 나를 말하는 것이다) 본인 외에는 누구에게도, 설령 그 사람이 어음을 갖고 온다 하더라도, 돈을 지급하지 않겠다고 약속했다는 말도 전했었다. 아마 그 사람이 소년에게서 어음을 빼앗은 것일지도 모른다는 이유로 그런 말을 한 것이겠지. 잭, 그래서 내가 그 다음 편지에 네가 지금 있는 곳, 네가 몹쓸 사기를 당해 이곳까지 납치되어 왔다는 사실, 그리고 어음에 명시된 돈을 찾을 수 있게 네가 자유를 얻는 게 불가능하다는 사실 등을 그에게 소상히 적어 보냈다. 그랬더니 내 친구가 답장을 보내왔다. 내 친구 말에 의하면, 일단 어음 사본을 적법하게 작성해서 공증을 받은 후 네가 지금 지고 있는 빚 공증서와 함께 어음 발행인 신사에게 보내고, 그 후 그의 지시가 있을 때 어음 원본을 다시 보내면 그가 돈을 네게 보내줄 수 있다는 것이다."

나는 그가 시키는 일이라면 무슨 일이든 다 하겠다고 말했다. 따라서 요구 사항대로 적법한 절차에 의해 어음 사본이 작성되었다.

"그런데 그 돈으로 무엇을 할 생각이냐, 잭?" 그가 웃으면서 물었다. "내게서 자유를 사서 농장 운영이라도 할 생각이냐?"

사실 나는 그가 생각하고 있는 것보다 영리한 편이었다. 나는 그가 내게 했던 약속을 기억해냈다. 그리고 나는 그가 얼마나 정당한 행동 원칙을 지닌 사람인지, 그가 내게 지닌 호감이 어떤 것인지 아주 잘 알고 있었다. 나는 그가 자기가 한 말은 반드시 지키는 사람이라는 사실도 의심하지 않았다. 결국 나는 그의 말을 다른 의미로 해석했다. 그가 내게 농장 운영을 할 생각이냐고 물은 것은 실은 내가 자기를 떠날 생각인지 떠보려는 질문이라는 것을 알아차린 것이다. 그래서 나는 이렇게 대답했다.

"자유를 사다니요, 주인님. 그건 주인님을 위해 일하는 걸 그만두겠느냐는 말씀 같군요. 저는 그러느니 차라리 주인님을 위해 더 많이 일할 시간을 사겠습니다. 지금도 주인님을 위해 봉사할 시간이 2년밖에 남지 않았다는 게 유감스러울 따름입니다."

"알았다, 진정해라, 잭 대령." 그가 말했다. "내게 아첨까지 할 필요는 없다. 나는 분명한 거래를 좋아하는 사람이다. 자유란 모든 사람에게 소중한 것이다. 네 돈을 이곳으로 송금시키고 싶은 마음만 있다면 너는 혼자 힘으로 자립 생활을 할 자유를 얻게 될 것이다. 좋은 농장을 구하는 일이나 네가 이곳 사람들에게 좋은 대접을 받는 일은 내가 신경을 써주마."

나는 메릴랜드에서 가장 훌륭한 농장을 구해준다 하더라도 그를 위한 봉사는 그만두지 않겠다고 거듭 주장했다. 그리고 나는 그동안 그가 내게 너무나 잘 대해주었고 나 또한 그에게 쓸모 있는 하인이었다고 믿고 있으므로 그런 일은 생각조차 할 수 없다고 주장했다. 나는 내가 흑인 노예가 갖고 있는 것만큼의 보은의 감정도 지니지 않은 인간으로 여겨지지 않았으면 좋겠다는 말도 덧붙였다.

농장주는 미소를 지으면서 앞으로 내 남은 계약 기간 동안은 일을 시키지 않겠다고 말했다. 그리고 그는 나와 한 약속을 잊지 않고 있다며 당장 내게 자유를 주기로 결심했다고 말했다. 그러면서 그는 서류 한 장을 꺼내어 내게 건네며 말했다.

"보거라. 그 서류는 네가 이곳 해안에 도착한 시점부터 5년 동안 내게 팔렸다는 증명서다. 너는 그 5년 중에서 이미 3년을 나를 위해 일을 했다. 이제부터는 네가 너 자신의 주인이다."

나는 그에게 인사를 올렸다. 그리고 내가 나 자신의 주인이라 해도 그가 나를 받아주기만 한다면 기꺼이 다시 그의 하인이 되겠다고 말했다. 우리는 그때부터 서로 예의를 지키며 대화를 나누었다. 그는 내가 그의 하인 역할을 계속해서 수행하려면 두 가지 조건이 있다고 말했다. 첫째는 앞으로는 농장 관리의 대가로 연간 30파운드의 급료와 숙식을 제공하겠다는 것이었고, 둘째는 그와 동시에 내 개인적인 이익을 목표로 하는 자립 경영할 새 농장을 내게 얻어주겠다는 것이었다. 그는 웃으면서 말했다.

"잭 대령, 너는 아직 젊지만 바로 지금이 너 자신을 위해 뭔가 일을 도모할 적기다."

나는 나 자신을 위해 내 소유의 농장에서 일하게 된다면 그의 농장 일을 소홀히 할 수밖에 없을 텐데, 그런 일은 그 어떤 조건으로도 결코 하지 않겠다고 마음먹었다고 말했다. 나는 그가 살아 있는 한, 그래서 나를 받아주는 한 그를 위해 충성을 다 바쳐 봉사하겠노라고 다짐했다.

"그리해라." 그가 말했다. "그리고 재차 말하지만 너 자신에게도 봉사해라." 우리는 이 대화를 나눈 후 헤어졌다.

이쯤에서 이야기를 장황하게 하는 걸 피하기 위해 개괄적으로 이야기하겠다. 앞서 말했듯이 내가 징벌을 면하게 도와준 두 흑인 노예들은 그 이후, 나중에 좀더 이야기를 하게 될지 모르는 무차를 제외한다면, 농장 전체에서 가장 부지런하고 열심히 일하는 노예들로 바뀌었다. 그들은 스스로도 그처럼 쓸모 있는 사람들로 변한 걸 고마워했지만, 농장 전체에 좋은 영향을 미치기도 했다. 결국 그들에게 베푼 너그럽고 자비로운 대우 방식이 지금까지 그들을 다뤄왔던 방식, 즉 때리고 채찍질하고 고문하는 방식보다 더 큰 효과를 발휘한 것이었다. 이제 우리 농장은 노예를 다루는 그런 새로운 방식으로 유명해졌다. 다른 농장주들 중에서 우리와 같은 방식을 따라 하는 농장주들도 생겨났다. 물론 그들이 우리와 같은 성공을 거두었다고까지는 말할 수 없다. 아마 노예들에게 더 많은 노력을 기울이거나 그들의 감정을 제대로 활용하지 못했기 때문일 것이다. 사실 노예들 역시 다른 인간들과 마찬가지로 이성적으로 설득해야 하는 대상이며 그들이 하는 대부분의 일을 제대로 하게 만들려면 그들의 이성을 이용해야 한다.

어쨌든 메릴랜드 지역의 농장들은 이런 경영 방식 덕분에 대부분 전보다 더 잘 운영되었다. 이 책을 쓰고 있는 지금도 그곳의 농장들은 바베이도스나 자메이카의 농장들보다 흑인 노예들을 덜 잔인하고 덜 야만적으로 대접하고 있다고 한다. 그리고 그곳의 흑인 노예들은 다른 식민지 노예들보다 덜 자포자기적인 태도를 보이고 있으며, 도망도 덜 치고 주인에 대해 음모도 덜 꾸민다고 한다.

특별히 이런 이야기를 하는 이유는 미래의 후손들이 혹시라도 불쌍한 흑인 노예들을 다루게 될 때 좀더 인도주의에 입각하여 부드러운 방식을 사용하라고 권하기 위함이다. 그리고 매번 그들을 다룰 때마다 상식과 분별력까지 덧붙인다면 결국 자연스러운 일이 될 거라는 사실을 후손들에게 확신시키기 위함이다. 그렇게 되면 노예들은 충직하고 즐겁게 맡은 일을 하게 될 것이며, 지금 그들이 갖고 있다고 불평되는 반항심과 심술궂은 기질을 그들에게서 더 이상 발견하지 못하게 될 것이다. 또한 그렇게 되면 흑인 노예들은 기독교인 노예들과 별 차이가 없게 될 것이며, 오히려 더 감사할 줄 알고, 더 겸손하고, 더 근면한 노예들이 될 것이다.

농장주와 대화가 있은 후 나는 같은 상황 속에서 대여섯 해를 보냈다. 나는 그 기간 동안 지극히 사소한 이유로 불운한 한 소년 노예를 매질한 일 말고는 단 한 명의 노예에게도 매질을 하지 않았다. 물론 천성적으로 다루기 힘든 나쁜 본성을 타고난 노예들이 있다는 얘기는 하지 않을 수 없다. 그러나 어느 때

건 나는 그런 노예들이 잘못을 저지르면 일단은 앞서 말한 것처럼 용서부터 해주었다. 그런 다음 같은 노예가 또다시 잘못을 저지르면 나는 그를 농장 밖으로 쫓아내라고 명령했다. 그런데 농장 밖으로 쫓겨날지 모른다는 두려움에서 비롯된 고통이 단순한 채찍질을 당할 때 느끼는 고통보다 훨씬 더 컸다. 단순히 매질만 당할 때 그들은 그저 퉁명스럽고 우울해하기만 했다. 마침내 우리는 노예들을 교화시키고 더 부지런하게 만드는 데에 있어서 농장에서 쫓겨날지 모른다는 두려움이 체벌의 고통을 주는 방식 못지않게 효과적이라는 사실을 발견했다. 이유는 분명했다. 그들은 우리 농장에서는 인간다운 대접을 받았지만 다른 농장에서는 개 같은 대접을 받았던 것이다.

농장주는 만족을 느끼며 이런 축복 같은 변화(그는 그렇게 불렀다)를 세상을 떠날 때까지 즐겼다. 그는 흑인 노예들의 보은을 지켜보며 심취했고, 자신을 위해 봉사하는 사람들이 바치는 보은의 태도를 자신이 도움을 주는 다른 사람들에게 몸소 보여주기도 했다. 그는 특히 내게 그랬다. 간단히 말하겠다. 앞서 말한 것처럼 그가 내게 자유를 주고 쓸 돈을 빌려주고 나서 가장 먼저 한 일은 내게 그 지역의 땅 한 필지를 선물한 일이었다. 그는 내가 혼자 힘으로 농장 사업을 일구어나갈 만큼의 땅을 선물했다.

그는 그 일을 홀로 처리했다. 나중에 알고 보니 300에이커에 달하는 땅은 내 이름으로 구입되었다. 그 땅은 내가 다른 식으로 불하받았을 경우 위치했을 장소보다 훨씬 더 편리한 장소에 위치하고 있었다. 그가 식민지 총독과의 신뢰 관계를 이용하여 땅을 마련했기 때문에 비록 그의 농장 바로 곁은 아니지만 그곳에서 비교적 가까운 곳에 있는 땅이 내 몫으로 불하될 수 있었다. 농장주에게 그 점을 감사드리자 그는 자기에게 감사할 필요가 전혀 없다고 말했다. 그는 그런 배려를 한 것은 내가 내 농장 일을 하느라 자기 농장 일을 게을리 할까봐 그랬다고 겸손하게 말했다. 그리고 그는 내게 그런 배려에 들어간 돈을 따로 청구하지 않겠다고 말했다. 그 지역의 관행에 따르면 그 돈은 그리 큰 액수가 아니었다. 내 생각으로는 아마 40~50파운드쯤 되었을 것 같았다.

이처럼 그는 너무나도 너그럽게 내게 자유를 주었고, 돈까지 빌려주었고,

내 소유의 농장을 경영하게 해주었다. 게다가 그는 자기 농장을 관리하는 급료로 1년에 30파운드라는 돈까지 주었다. 그는 이렇게 말했다.

"하지만 대령, 너에게 농장을 선물하기만 하고 그걸 유지하고 운영해 나가는 데에 직접적인 도움을 주지 않는다면 아무 의미가 없겠지. 그러니 네 농장을 유지하는 데 필요한 모든 것들을 신용으로 빌려 주겠다. 각종 도구들, 농장 일을 처음 시작할 때 필요한 하인들, 그들이 먹을 식량, 바깥 별채와 헛간을 짓는 데 필요한 자재, 농장에 필요한 온갖 생필품, 기본 자산으로 필요한 돼지, 소, 말, 기타 동물들을 주겠다. 그리고 그 모든 것에 대한 비용은 런던에서 오기로 한 네 재산에 달아놓겠다."

참으로 고맙고 친절한 배려였다. 그리고 그건 앞으로 밝혀질 이유 때문에 더욱 그랬다. 농장주는 약속대로 내게 목수 두 명을 보내주었다. 그가 보낸 목재, 판자, 널빤지, 기타 그 지역에서 나는 거의 모든 자재들에 있어서도 나는 부족함이 없었다. 나는 이 자재들을 이용하여 3주도 되지 않은 짧은 시간 안에 조그만 나무집을 지었다. 방 세 칸, 부엌 한 칸, 별채 한 채, 집에서 멀리 떨어진 곳에 지은 창고 비슷한 큰 헛간 두 개, 그리고 그 헛간들 끝에 붙은 마구간으로 이루어진 집이었다.

이렇게 해서 나는 난생 처음 세상에 제대로 자리를 잡게 되었다. 간단히 말한다면, 나는 여러분이 들으시던 대로 한 계단 한 계단 조금씩 신분이 상승해온 사람이었다. 나는 소매치기 강도였다가 납치되어 버지니아(메릴랜드가 버지니아에서 멀리 떨어졌다고 말들을 하지만 당시의 많은 지도에서는 그곳을 동버지니아라고 불렀다)의 비참한 노예로 전락한 사람이었다. 그러나 그 노예에서 농장 직원 내지는 감독으로 신분이 상승했고, 그러다 마침내 농장주로 신분이 급상승한 사람이 바로 나였다.

나는 앞서 말했듯이 이제 버젓한 집 한 채, 마구간 한 칸, 창고 두 칸, 300에이커 땅을 소유한 주인이었다. 하지만 사람들이 흔히 "쥐뿔도 없으면서 잘난 체 한다"고 말하듯이 사실 내게는 나무를 벨 도끼나 손도끼 한 자루 없었고, 땅에 놓아먹일 말이나 돼지, 소도 없는 처지였다. 그리고 내게는 땅을 개간할 괭이 한 자루나 삽 한 자루 없었고, 일손을 도와줄 하인도 없었다. 나는 농장 일을 하기 위해 내 맨손에 의지해야 할 처지였다.(앞의 내용과 맞지 않는 까닭은 원작자 디포의 부주의 탓이다 — 옮긴이 주)

하지만 부지런한 하인에게는 하늘과 착한 주인이 이 모든 것들을 마련해 주는 법이다. 나는 이 점을 특히 강조하고 싶다. 유배형을 받고 오게 되었든 음모에 빠져 오게 되었든 간에 노예가 되어 식민지로 유배 오는 사람들은 일반적으로 비참한 불행에 빠져 파멸한 사람들이라고 생각된다. 하지만 나는 내 사례를 들어 절대로 그렇지 않다고 그들을 격려하고 싶다. 노예 의무 복무 기간 동안 근면 성실하게 일하다보면 좋은 평판을 얻게 되고, 그러면 틀림없이 그게 효과를 빚어내어 그들은 이제 세상에서 가장 불쌍하고 경멸스러운 중죄인 신분을 벗어날 수 있게 된다. 노예 복무 기간이 끝나면 그들은 자력으로 새 인생을 시작할 수 있고 언젠가는 분명히 멋진 농장을 경영하는 농장주가 될 수 있다.

가장 비참한 상황에 빠진 노예의 예를 들어보자. 그는 대개 5~7년이 지나면 의무 복무 기간을 무사히 다 마친다(유배 온 죄인의 경우 대개 복무 기간이 7년임을 감안한 것이다). 그러고 나면 내가 있던 당시의(그 이후는 어떻게 바뀌었는지 모른다) 그곳의 관행은 그가 충실히 복무했다는 걸 주인이 보증할 경우 농장으로 운영할 50에이커의 땅을 불하받는다. 그러면 그는 스스로 짠 계획에 따라 농장 일을 시작한다.

어떤 자들에겐 말, 소, 돼지 세 마리가 주어진다. 혹은 땅을 개간할 목적으로 이런 동물들이 임대되기도 한다. 동물들 값은 특별히 정해진 시간과 요금 원칙에 따라 나중에 갚으면 된다.

농장 사업을 처음 시작한 이들에게는 일단 신용으로 각종 도구와 의복, 못, 철물, 기타 농장 경영에 필요한 물품들을 제공해 주는 게 관행이다. 이후 농장에서 처음으로 재배한 담배 소출이 생기면 그들은 신용 제공자들에게 빚을 갚는다. 그런 빚을 갚을 때 채무자가 채권자에게 사기를 치는 일도 생기지만 그건 당국의 권한 밖 일이다. 담배는 생산품이면서 동시에 현금이나 마찬가지로 쓰이기 때문에 모든 물품들은 일정량의 담배를 내고 구입할 수 있고 가격도 그런 식으로 매겨진다.

이런 식으로 맨몸밖에 없는 초보 농장주라도 신용을 이용하여 즉시 농장 일을 시작하고, 땅을 개간하고, 담배를 경작한다. 버지니아와 메릴랜드에서 큰 성공을 거둔 대농장주 몇 명은 이렇게 처음 시작은 미미했지만 나중에 대성한 사람들이다. 그들은 처음에는 자기 소유의 모자 한 개나 신발 한 짝 없던 처지였지만 지금은 무려 4만~5만 파운드의 가치에 해당하는 넓은 토지의 소유자들이다. 나는 건강한 사람이라면 누구나 이런 식으로 절약을 하면서 부지런히 노력하면 실패할 사람이 없을 것이라고 덧붙이겠다. 그런 사람은 매년 재산이 조금씩 늘어나고, 땅도 차츰 불어나고, 현금처럼 쓰이는 담배도 조금씩 더 심고, 결국 실제 재산이 점점 불어나게 된다. 그러다 그는 흑인 노예와 하인들까지 살 여유가 생기고 앞으로 다시는 직접 일하지 않아도 되는 신분까지 상승한다.

한마디로 말해 런던의 뉴게이트 감옥에 수감되어 있는 모든 죄수들, 자포자기 상태에 빠진 모든 인간들, 세상에서 가장 큰 경멸을 당하는 파멸한 인간들도 이곳 신세계 식민지에 오면 새 인생을 다시 한 번 시작할 수 있는 공정한 기회를 얻게 된다. 한때 세상에서 최악의 상황에 처했던 많은 사람들이 이런 식의 새 출발을 통하여 어느 정도 이익을 얻고, 그걸 발판 삼아 정직의 원칙이라는 확실한 경영 방식을 이용하고, 자신의 과거 행적이 아무런 영향도 미치지 않는 새로운 평판을 얻게 되고, 결국 비참한 처지를 딛고 일어나 성공을 거두는 것이다. 다시 말하자면 그들은 저주받은 뉴게이트 지하 토굴 감옥을 빠져나와 성공을 거두는 것이다.

다시 내 이야기로 돌아가겠다. 나는 이제 어엿한 농장주가 되었다. 모두 은인이었던 전 농장주의 격려 덕분이었다. 그는 특히 내가 내 농장 일에만 전념하게 될 때를 대비하여 아무런 득실에 대한 고려 없이 내게 은혜를 입은 흑인 노예 무차를 내게 공짜로 내주었다. 그는 그 일이 무차가 내게 품고 있던 애정에 대해 자신이 갚아야 할 당연한 채무라고 생각해서 한 일이라고 말했다. 나에 대한 무차의 애정은 늘 한결같았다. 그는 처음 나를 만났을 때 나를 위해 교수형까지 대신 받겠다고 말했던 것처럼, 지금도 죽는 날까지 나를 사랑하겠다고 맹세했다. 나를 위해 하는 모든 일이 그가 즐거운 마음으로만 한다는 것은 너무나 분명했다. 내 노예로 가게 되었다는 얘기를 처음 듣고 그가 하도 기뻐해서 농장 사람들은 그의 머리가 돌아버렸다고 생각할 정도였다.

농장주는 무차 말고도 내게 남자 노예 한 명과 여자 노예 한 명을 더 보내주었다. 하지만 그는 이 두 노예들에 대한 비용은 청구했다. 무차와 두 노예는 곧바로 나를 위해 일을 시작했다. 그들은 2에이커가량의 땅을 개간하는 일부터 시작했다. 그 땅에는 원래 나무들이 몇 그루 서 있었지만 대부분 내 집(헛간이라고 불러야 할지도 모르겠다)을 지어준 두 목수에 의해 벌목되었다.

나는 이 2에이커의 땅을 개간하여 웬만큼 소출을 얻었다. 나는 그곳 대부분의 땅에 담배를 심었고 일부에는 감자, 당근, 양배추, 완두콩, 콩 같은 작물용 채소를 심었다.

그런데 모든 일마다 나를 곤경에서 구해준 내 농장주처럼 인심 좋은 농장주를 만난 게 내게는 너무나 다행스러운 일이었다. 농장 일을 시작한 첫 해부터 내게 치명적인 타격이 될 뻔했던 사건이 일어났던 것이다. 앞서 말한 것처럼 내 어음은 사본이 작성되어 공증을 마친 뒤 런던으로 보내졌다. 친절한 내 지인 세관 관리는 돈을 지급했고, 나는 내 착한 주인의 지시에 따라 그 돈을 모두 투자하여 런던의 상인이 내게 필요한 각종 물품들을 구입해 배에 화물로 실어 보내게 했다. 일순간에 나를 성공한 농장주로 탈바꿈시켜줄 물품들이었다. 그런데 말로 표현할 수 없을 만큼 끔찍하고 놀라운 사건이 일어났다. 내 화물을 싣고 온 배가 그만 침몰하고 만 것이다. 그것도 바로 항구가 위치한 버지니아 곶 입구에서, 다시 말하자면 버지니아만 입구에서 그렇게 되고 말았다. 화물들 중 일부는 회수됐지만 상당수가 이미 못쓰게 되어버린 형편이었다. 요컨대 못과 몇몇 도구들과 철제품 말고는 쓸 만한 물건이 하나도 안 남게 되었다. 물론 잃어버린 물품들만은 못 하지만 남은 물품들의 가치도 제법 상당했다. 그러나 내 손실은 회복이 불가능했다. 그렇다. 내가 이 사건으로 입은 엄청난 손해는 회복이 불가능한 것이었다.

배의 침몰 소식을 처음 접했을 때 나는 혼비백산 놀랐다. 특히 이제 내 후견인인 농장주에게 빚을 진 셈이 되었고 앞으로 그걸 갚으려면 몇 년은 족히 걸릴 거라는 생각이 들어 더욱 놀랐다. 배가 침몰했다는 나쁜 소식을 직접 전하러 온 농장주는 그 소식을 듣고 내가 얼마나 혼란에 빠졌는지, 즉 내가 얼마나 당황하고 얼마나 대경실색했는지 직접 목격했다. 큰 빚을 지게 되었다는 생각에 나는 정말로 그런 상태였다. 그런데 그가 밝은 태도로 이렇게 말했다.

"잭, 너무 상심하지 마라. 손실이란 만회할 수 있는 것이다."

"아닙니다, 주인님." 내가 말했다. "절대로 만회할 수 없습니다. 그게 제 전 재산입니다. 저는 결코 빚에서 헤어날 수 없을 겁니다."

"글쎄다." 그가 말했다. "하지만 너는 나 외에 다른 채권자가 없다. 그리고 전에 말했듯이 내가 너를 성공시키고 싶어한다는 걸 다시 한 번 명심해라. 나는 이번 사고 때문에 너를 실망시키는 일은 하지 않을 것이다."

나는 전보다 더 많은 존경심을 품고 더 격식을 차리며 농장주에게 감사를 표했다. 나는 이제 전보다 훨씬 더 곤경에 처했다는 생각이 들었다. 농장주는 내게 한 약속을 지켰다. 그는 내가 원하는 일이라면 아무리 사소한 것이라도 나를 실망시키는 법이 없었다. 사실 나는 비율로 따져볼 때 내게 필요한 양보다 더 많은 양의 철제품들을 침몰한 배에서 건져낼 수 있었으므로, 그중 상당량을 주인에게 제공하고 그 대가로 약간의 리넨 천과 의복, 기타 생필품들을 얻을 수 있었다.

내 재산은 서서히 눈에 띄게 불어나기 시작했다. 나는 꽤 넓은 땅을 개간했다. 나는 그곳에 있던 꽤 많은 나무들을 벌목했다. 이제 나는 상당량의 담배 수확을 목전에 두고 있었다. 내게는 일반 노예 세 명과 흑인 노예도 한 명 더 불어나 있었다. 요컨대 백인 노예 다섯 명과 흑인 노예 두 명을 갖게 된 셈이었다. 내 사업은 이들의 도움으로 번창해나갔다.

나는 첫 해에 정말로 농장주에게서 내 임금 혹은 급료로 연봉 30파운드를 받았다. 그때 내게는 그 돈이 절실히 필요했다. 하지만 나는 두 번째 해와 세 번째 해에는 그 돈을 결단코 받지 않으리라 결심했다. 나는 빚을 갚는 셈 치고 그 돈을 은인인 주인의 손에 그냥 맡겨두겠다고 결심했다.

여기서 잠시 독자 여러분께 곁가지 이야기를 조금 해야 할 것 같다. 어린 시절 비참한 환경 속에서 그 환경이 제공하는 온갖 불이익을 당하며 살아왔음에도 불구하고, 나는 이제 세상에서 어느 정도 성공을 거두었고(그렇게 말하고 싶다) 누구의 도움도 필요 없는 자립생활을 하게 되었다고 생각하기 시작했다. 나는 곧 상당한 지위를 지닌 사람도 될 수 있을 거라는 예상도 하기 시작했다. 그런데 그런 생각들이 들 즈음, 나는 마음속에 또 다른 감정이 움트고 있다는 걸 깨달았다. 사실 어린 시절 나는 확고한 정의와 정직의 원칙을 고수하던 아이였다. 그런데 내 지난 삶을 돌아보니 과거에 대한 은밀한 공포감이 엄습해 왔다. 어린 시절 맨 처음 비루한 생활을 시작했을 때 나는 내 행동을 억제하곤 하던 본연의 감정이 정확히 무엇인지 알지 못했다. 그 감정은 그저 어린 내게 '너는 앞으로 신사가 될 사람'이라고만 속삭였었다. 그런데 그 감정이 어른이 된 이후에도 설명할 수 없는 방식으로 내게 계속 영향을 미치고 있었다. 나는 옛날 유리공장 사장이 어느 신사에게 말했던 말을 끊임없이 기억하고 살았다. 그때 그는 욕설을 내뱉던 그 신사를 질책하면서 신사란 무릇 정직해야 하고, 정직하지 않으면 인간의 본성은 타락하게 되며, 그렇게 타락한 신사는 존엄을 상실하고 정직한 거지만도 못한 자가 된다고 말했었다. 내 열악한 상황 속에서 신사가 말한 이 원칙은 내 마음속에서 점점 더 중요성을 더해갔고, 말로 표현할 수 없는 은밀한 만족감을 주었다. 나는 이제, 내가 사람다운 사람, 그것도 정직한 사람이 된 것 같다는 생각이 들어 더할 나위 없이 기뻤다. 나는 단순히 노예 신분, 즉 버지니아에 팔려온 비참한 노예 신분을 벗어났다는 사실보다, 몸값을 떳떳이 치르고 부랑아, 도둑, 범죄자의 신분에서 벗어났다는 사실이(어린 아이에서 어른이 되었다는 사실만큼) 더 기뻤다. 나는 하인과 노예 생활의 모진 고초를 충분히 절감하고 있었다. 내가 몸소 그런 고초를 겪어보았기에 그랬다. 나는 그런 삶이 고된 노역과 고생과 고통으로 점철된 삶이라는 걸 잘 알고 있었다. 그러나 앞서 말한 부랑아, 도둑, 범죄자의 삶은 내 본성 자체에 충격을 주고, 내 피를 얼어붙게 하고, 내 내면의 영혼 자체를 변질시키는 삶이었고, 생각만으로도 지옥과 저주받은 영혼을 떠올리게 하는 무시무시한 삶이었다. 그런 생각만 하면 공포가 엄습했다. 나는 지난 과거를 회상만 해도 혐오감이 들고 무서웠다. 그런 생각만 하면 불편한 경련 발작과 신경 이상이 생겨날 정도였다.

그러니 이제 내 상황이 변했고, 내가 행복한 삶을 살게 되었고, 혼자 힘으로 살아갈 수 있고, 더 이상 불가피하게 악당 노릇을 하지 않아도 되고, 또 먹고 살기 위해 위험한 모험을 감수한다거나 행복한 가정을 파괴하지 않아도 된다는 걸 생각만 하면 나는 얼마나 행복한지 몰랐다. 그리고 이런 행복한 생각은 단순히 즐겁고 유쾌한 감정 이상의 의미를 담고 있었다. 이런 생각은 내가 그때까지 전혀 알지 못했던 기쁨까지 담고 있었다. 결핍을 못 견뎌 그 결핍된 물질을 얻기 위해 불가피하게 나쁜 짓을 저질렀고, 굶어죽느니 차라리 교수대로 가는 삶을 감수하겠다고 나설 수밖에 없었고, 궁핍이 두려워 늘 악한 삶을 살아야만 했던 내 과거는 정말 슬픈 과거였다.

이런 행복한 생각이 종교적인 사색이나 양심의 가책에서 나왔다고는 말할 수 없을 것이다. 다만 나 자신의 논리적 판단에서, 그리고 내가 전보다 훨씬 더 올바른 판단 능력을 갖게 되었다는 사실에서 나왔다는 말은 할 수 있을 것이다. 솔직히 고백하자면 나는 내 과거의 삶에 대해 극심한 혐오감을 느꼈다. 그 혐오감이 하도 심해서 배의 침몰이라는 재난이 사실은 은밀한 안도감과 기쁨마저 줄 정도였다. 비록 손실은 컸지만 나는 기뻐하지 않을 수 없었다. 사실 그 사건으로 인해 옛날에 내가 부정하게 취득한 재산과 물건들이 사라져버린 셈 아니던가. 나는 이제 잃어버린 재산에 대해서 더 이상 생각하지 않기로 결심했다. 그 재산을 지금의 내 재산에 섞었다면 아마 아마포 옷에 불이 붙은 것이나 마찬가지였을 것이다. 지금의 내 재산은 정당하게 취득한 재산이었다. 성공의 발판으로 사용하라고 하늘이 내게 선물한 재산이었다. 그에 비하면 부당하게 얻은 과거의 내 재산은 불에 타버릴 나방 같은 재물에 불과했다.

내 이런 생각은 또한, 비록 지금의 재산이 새로운 삶의 토대이긴 하지만 궁극적인 상부 구조물은 아니라는 사실도 깨우쳐주었다. 그 재산은 훨씬 더 위대한 결과를 얻어내기 위해 내가 거듭날 수 있는 재산이었다. 사람들을 부자면서도 위대한 사람으로 만들고, 명예를 가져다주고, 세상에 이름을 날리게 만드는 것은 오직 정직함과 덕성뿐이다. 나는 이런 미덕들을 내 삶의 토대로 삼으며 앞으로 내게 다가올 미래를 기다리기로 했다.

나는 이런 생각에 도움을 받기 위해 이때부터 책을 즐겨 읽기 시작했다. 스코틀랜드에 있었을 때 이미 읽기와 쓰기는 배워둔 바가 있었다. 나는 중요한 저서들, 이를테면 리비의《로마사》,《터키 역사》, 스피드의《영국사》나 기타 역사서들,《베네룩스 삼국 전쟁사》,《스웨덴 왕 구스타브 아돌프 전기》,《스페인인들의 멕시코 원정기》같은 책들을 읽을 기회를 가졌다. 그 외에도 나는 최근 세상을 떠나 유품이 판매되었던 어느 농장주의 집에서 사온 책들도 몇 권 읽었다. 나는 책을 빌려 읽기도 했다.

당시 나는 서른을 넘은 나이였지만 청소년 시절에 아무것도 배운 게 없었던 탓에 내 지적 수준이 청소년 수준에 불과하다고 생각했다. 제법 번창해가고 있던 내 농장 사업이 허락하기만 한다면 나는 기꺼이 학교에 진학하고 싶었다. 그런데 아직도 나를 위해 무엇인가를 준비해놓고 계시는 운명의 여신이 내게 다른 기회를 제공했다. 요컨대 브리스톨에서 그곳으로 유배 온 영리한 백인 중죄인 한 명을 내게 보내 노예로 삼게 하신 것이었다. 그 백인은 스스로 인정했듯이 방탕한 삶을 살다가 극한 상황까지 몰려 노상강도로 전락한 자였다. 아마 노상강도 짓을 하다 현행범으로 붙잡혔다면 그는 분명히 교수형에 처해졌을 것이다. 하지만 그는 다행히 악독한 범죄 대신 경범죄를 저지르다 붙잡혔고, 그 죄목으로 유죄 판결을 받고 유배를 오게 된 자였다. 그의 말을 빌리자면, 그렇게 유배를 오게 된 게 그에게는 다행스러운 일이었다.

그런데 이 백인 유형수가 매우 훌륭한 학자였다. 나는 그 사실을 알고 그에게 내게 라틴어를 가르쳐줄 수 없느냐고 물었다. 그는 미소를 지으며 이렇게 대답했다.

"물론입니다. 책을 볼 수 있도록 허락만 해주신다면 3개월 안에 가르쳐드릴 수 있습니다. 아니, 책이 없더라도 시간만 주신다면 가능한 일입니다."

나는 이렇게 말했다. "당신은 괭이보다 책이 더 어울리는 사람이오. 내게 책읽기에 충분한 수준의 라틴어를 가르쳐주겠다고 약속한다면, 당신에게 부과할 의무가 내게 있는 노역을 면제해주겠소. 당신에게 친절한 주인이 베푸는 호의를 받을 만한 자격이 있다면 말이오."

간단히 말해 나는 내 은인인 전 농장주가 나를 대해주었던 것처럼 그를 대해주었다. 그리고 나는 그에게서 많은 지식을 습득했다. 노예가 가르쳐줄 수 있는 한도를 넘어서는 소중한 지식이었다. 물론 그 지식은 내가 대가를 치른 결과물이었다. 그 대가가 무엇인지는 나중에 다시 말하겠다.

틈틈이 앞서 말한 생각을 하면서 나는 즐거운 마음으로 농장 일을 해나갔다. 내 농장은 다섯 명의 노예들 덕분에 조용하지만 안정되게 운영되었고 비록 더디긴 했지만 점차 확장됐다. 세 번째 해를 맞이하여 나는 농장주의 도움으로 흑인 노예 두 명을 더 매입했다. 따라서 이제 총 일곱 명의 노예들을 소유하게 된 셈이었다. 나는 그들을 먹여 살릴 만큼 충분한 땅을 개간했기 때문에 별다른 어려움 없이 그들과 생활을 유지해나갈 수 있었다. 내 농장은 더욱 확장됐다. 내 개인 생활비는 옛 농장주(우리는 이제 그를 이렇게 불렀다)가 주는 비용으로 충당했기 때문에 따로 들지 않았다. 그가 연봉 30파운드 말고도 다른 비용까지 모두 대주었기 때문에 나는 농장에서 얻은 이익을 모두 축적할 수 있었다.

나는 2년간 이런 식으로 농장 사업을 더 계속했다. 농장은 대성공이었다. 나는 이제 내 친구라고까지 부르는 옛 농장주의 도움으로 런던에 거래처까지 두었다. 그 거래처와 교역을 튼 뒤, 나는 그에게 수확한 담배를 실어 보냈고 그 대금으로 농장 운영에 필요한 물품들을 탁송받았다. 나는 보내온 물품 양이 충분할 때는 남은 양을 다른 농장주들에게 팔기도 했다.

그런데 내 친구이자 은인인 착한 옛 농장주가 그만 세상을 떠나고 말았다. 나는 상실감으로 크게 낙심했다. 그의 죽음은 정말이지 내게 크나큰 손실이었다. 그는 내게 아버지 같은 사람이었다. 그가 없는 나는 버려진 이방인이었다. 비록 내가 이제는 그 지역을 잘 알고 있었고, 사업도 제법 잘 해나갔고, 이미 그의 사업도 오랫동안 맡아왔었지만, 나는 그가 세상을 떠나 당황스럽기만 했다. 으뜸가는 조언자이자 후원자가 사라진 것이었다. 이제 내게는 예전처럼 흉금을 터놓고 모든 일을 상의할 사람이 없었다. 그러나 방법이 없었다.

그러나 어찌 보면 지금의 상황이 이전보다 홀로서기에 더 나을지도 몰랐다. 나는 무척 넓은 농장을 보유하고 있었고, 거의 70여 명에 이르는 하인들과 흑인 노예들을 보유하고 있었다. 한마디로 무일푼으로(그렇게 말할 수 있다) 시작한 처음의 상황을 감안한다면, 이제 나는 진짜 부자가 되어 있었다. 처음에 아무런 자산도 없었으면서도 나는 대단히 시작을 잘한 셈이었다. 처음부터 옛 농장주 같은 훌륭한 농장주의 우정과 지원을 얻을 수 있었기에, 정말이지 나는 다른 자산은 아무것도 필요가 없었다. 설령 농장 사업을 시작할 때 500파운드라는 거액의 초기 자금이 있었다 해도, 그런 분의 지원과 충고와 격려가 없었더라면 나는 결코 지금보다 나은 상황에 있지 못할 것이었다. 그는 나를 성공하게 만들어주겠다고 약속했고 그 약속을 지켰다. 어떤 면에서는 그런 지원을 받을 만한 자격이 내게 있었다고 말할 수도 있었다. 나는 그의 농장에 체계를 잡고, 흑인 노예들을 질서정연하게 관리할 수 있게 만든 사람이었다. 그러니 그런 일을 완수한 대가로 내게 500파운드라는 거액을 주었다 해도 그는 그 돈을 잘 주었다고 생각했을지도 몰랐다. 그의 농장 사업은 내 덕분에 늘 그의 마음에 들게 질서 있게 운영되었고 번창 일로에 있었다. 내 덕분에 그의 하인들은 모두 그를 좋아했고 심지어 흑인 노예들조차도 그랬다. 내 덕분에 그의 농장에서는 그곳 농장주들 사이에서 잘 알려진 가혹한 체벌이 더 이상 존재하지 않았다.

그런데 그런 상황은 내 소유의 농장에서도 마찬가지였다. 나는 이성에 근거하여 흑인 노예들의 감정을 배려하며 일해나갔다. 그 때문에 그들은 즐거운 마음으로 충직하고 근면하게 나를 섬겼다. 반면에 다른 농장들에서는 흑인 노예들이 고통스럽게 체벌을 당했고, 체벌에 대한 공포감 때문에 단 일주

일이라도 끔찍한 비명소리와 울부짖는 소리가 들리지 않는 적이 없었다. 그런 농장들의 흑인 노예들은 우리 농장의 흑인 노예들과 대화를 나누며 차라리 죽어서 고향으로 돌아가게 되기를 바랐다(그들은 자신들이 죽으면 고향으로 돌아간다고 믿었다).

가끔 도저히 어쩔 수 없는, 성격이 못 되고 멍청한 노예를 만나는 일도 있었다. 그러면 나는 늘 그런 노예는 내보내거나 팔아버렸다. 나는 친절하고 따뜻하게 대접해도 감복하지 않는 노예는 한 명도 데리고 있고 싶지 않았다. 하지만 사실 그렇게 못된 노예들은 좀처럼 보기 힘들었다. 나는 이성적으로 설득하기만 한다면 아무리 거친 기질을 지닌 노예라 할지라도 누그러지거나 부드러워진다는 걸 알았다. 시간의 차이는 있지만 자신들에게 이익이 된다는 생각만 들면 그들은 그렇게 설득되었다. 그렇지 않은 경우, 즉 도저히 순화될 수 없는 기질이라서 농장 식구들이나 지역의 다른 사람들이 모두 반감을 가지고 있다는 얘기가 도는 노예들이 있으면, 더 빨리 그들을 설득할 수 있는 방법이 있었다. 사실상 지도자 격인 노예를 한 명 골라서 집중적으로 설득하여 순종하게 만들고 즐겁고 감사하는 마음으로 일하게 만드는 방법이었다. 그렇게 되면 그 지도자 노예는 다른 노예들 모두를 상상 이상으로 손쉽고 빠른 시간 안에 행동하게 만들었다.

나는 이제 농장주면서 동시에 학생이었다. 앞서 말한 내 선생은 매우 부지런하고 비범한 사람이었다. 그는 나를 열심히 가르쳤으며, 가르치는 일에 있어 놀라운 판단력을 지니고 있었다. 그때 이후 나는 훌륭한 학자라고 해서 다 좋은 선생의 자질을 가진 것은 아니며, 가르치는 기술과 가르치는 언어에 대한 지식은 완전히 별개 사항이라는 점을 보여주는 사례를 여러 번 목격했다.

그런데 내 선생은 이 두 가지를 모두 겸비하고 있으니 내게 크게 도움이 되는 사람이었다. 나는 그가 처한 상황을 고려하고 그의 가치를 따져보면서 그에게 친절하게 대해야 할 이유가 충분하다고 생각했다. 나는 한번은 용기를 내서 그에게, 인문 교육을 받았음이 분명하고 세상에 나가 성공할 만한 유리한 자질을 지닌 그가 대체 무슨 연유로 그곳에 유배를 오게 된 것인지 물었다.

무척 조심스러운 질문이었다. 그런 질문에 대한 대답이 털어놓기에 그다지 달갑지 않은 일일 수 있었으므로, 나는 곧바로 말을 바꾸어 대답하고 싶지 않으면 하지 않아도 개의치 않겠다고 말했다. 그와 같은 고통에 처한 사람에게는 늘 따뜻하게 대해야지 억지로 감추고 싶은 내용을 털어놓게 해서 가슴 아프게 만들어서는 안 되기에 그렇게 신중을 기한 것이었다. 그는 지난 삶을 되돌아보는 일은 참으로 비통한 일이라면서 이렇게 말했다.

"그러나 그 비통한 일이 오히려 회개에 도움이 되니 지금의 제게는 유익한 일입니다. 저는 지금 진지하게 회개를 하고 있습니다." 그는 헛되이 보낸 시간을 돌아보고, 아낌없이 주시는 창조주께서 더 훌륭한 사람이 되라고 축복처럼 내려주신 재능을 오용했던 일을 돌아보면 두렵기만 할 뿐이라고 말했다. 하지만 그는 그럼에도 불구하고 그분께서 운명으로 점지해주신 치욕을 자신에게 최대한 부담시켜야 한다고 말했다. 자신은 이미 아무런 부끄러움 없이 죄의식으로 스스로를 괴롭히는 중이라는 것이었다. 그는 하나님께서 이제 제발 자신을 끝장내주셨으면 좋겠다고 말했다(그는 그분께 제발 그런 자비를 베풀어달라고 간구했다). 그리고 그는 그분께서 공개적인 치욕을 당하게 해주실 때까지 그렇게 간구할 것이라고 말했다. 물론 그는 자신이 아직 정의의 여신의 심판을 받지 못했다고 말했다. 만약 그랬다면 버지니아로 보내지는 대신, 절망에 빠져 영겁의 사후 세계로 들어가 사악했던 자신의 삶을 회개하고 있을 거라는 것이었다. 그는 말을 더 이어갈 수 있었다. 그러나 나는 회한의 눈물로 뒤범벅이 된 그가 격렬한 내면의 갈등으로 더 이상 말을 잇지 못한다는 걸 알았다.

나는 그의 모습을 못 본 척했다. 그리고 그에게 과거를 물어봐서 미안하며 그저 호기심 때문이었다고 해명했다. 나는 그에게 무식하고, 교육을 못 받았고, 반항적인 자들이 비참한 불행과 치욕에 빠져 있으면 그 사정이 전혀 궁금하지 않지만, 재능과 학식을 겸비한 사람들이 그런 처지에 빠져 있으면 특별한 악한 일 때문에 그렇게 된 것이 분명하다고 생각하게 된다고 말했다.

"정말로 그렇습니다." 그가 말했다. "판사님께 자비를 베풀어달라고 라틴어로 말했을 때 그분도 그렇게 말씀하셨습니다. 그분은 학식을 갖춘 자가 범죄에 빠져든다면 다른 사람들보다 더 용서의 여지가 없다고 말씀하셨습니다. 그에게는 학식이 추천장이나 마찬가지이니 유리한 점이 부족하지 않았을 것이고, 따라서 범죄의 유혹도 더 적었을 거라는 말씀이셨습니다."

"하지만 주인님." 그가 계속해서 말했다. "저는 제 경우가 세상의 악인들이 대부분 겪는 경우라고 믿습니다. 궁핍한 처지에 몰리다가 악한 삶을 살게 되었다는 것입니다. 궁핍은 단순한 유혹이 아닙니다. 궁핍은 인간의 타고난 본성만으로는 도저히 저항할 수 없는 강력한 유혹입니다. 그러니 그런 궁핍을 거두어감으로써 그로 인한 유혹까지 거두어가시는 하나님이 계신다면 얼마나 인자하신 분이겠습니까?"

나는 그의 말이 참으로 진실이라고 충분히 공감했다. 나 자신의 경험을 통해 그걸 너무나 잘 알고 있었다. 나는 대화를 더 진행해나갈 수 없었다. 하지만 그가 자발적으로 나서며 이야기를 계속했다. 그가 말했다.

"저는 그 사실을 너무나도 똑똑히 인식했습니다. 지금 제가 처한 상황이 예전에 살았던 상황보다 덜 비참하다는 생각이 들 정도였습니다. 비록 빵을 얻기 위해서였지만 제 파멸의 원인이었던 악한 행위들을 저지르지 않을 수 없었던 끔찍한 궁핍에서 저는 이제 구원을 받았습니다, 저는 이제 폭력이나 부정한 행위를 통해 다른 사람들의 입에서 빵을 빼앗지 않아도 먹고살 수 있습니다. 물론 제 손으로 고된 노동을 해서 먹고살아야 합니다. 그래도 나는 그 차이에 대해 하나님께 감사를 드립니다." 그는 잠시 말을 멈추었다가 다시 이었다.

"버지니아에서 노예로 사는 삶이 세상에서 가장 성공한 도둑으로 사는 일보다 얼마나 더 좋은지요! 저는 이곳에서 행복하지는 않지만 정직하게 살고 있습니다. 저는 비록 부당한 일을 겪고 있지만 제가 그런 짓을 하고 있지는 않습니다. 제 몸은 체벌을 당하지만 제 양심은 괴롭지 않습니다. 그리고 제가 예전에 말했듯이 저는 과거에는 제 마음속을 들여다볼 여유가 없었습니다. 그저 언젠가 편히 쉴 시간이나 남는 시간이 찾아오면 그런 일을 시작하리라 마음만 먹고 있었습니다. 그런데 이제 하나님께서 제게 회개할 시간을 주셨습니다." 그는 그런 식으로 이야기를 계속한 뒤 비참했던 자신의 삶에서 구원받게 된 일을 감사드렸다. 내가 보기에 정말로 가슴에서 우러난 감사였다. 사실은 당시의 그의 불행이 과거에 비해 열 배는 더했는데도 그랬다.

나는 그의 과거 고백에 진심으로 감동했다. 그의 상황이 얼마나 달라진 것인지 너무나 잘 알았기 때문에 감동하지 않을 수 없었다. 물론 그때 나는 종교적인 내용은 거의 알지 못했다는 걸 고백한다. 사실 그와 같은 정도는 아니었지만 나 또한 그처럼 죄인이었다. 그러나 나는 회개에 대해 전혀 몰랐다. 나는 어떤 일을 되돌아보며 그걸 죄악으로 생각해본 적이 없었다. 나는 그런 일을 그저 불명예스럽고 신사답지 못한 일로만 여겼었다. 앞서 여러 차례 언급했듯이 내 머릿속은 그런 생각으로만 가득 차 있었다.

"잘 들었소." 내가 말했다. "당신은 회개자처럼 얘기했소. 그게 진심이길 바라오. 그런데 지금 당신의 처지, 즉 돈 때문에 팔려온 비참한 노예 처지에서 구원된다면 당신의 상황이 어떨 것이라고 생각하오? 그때도 과거와 똑같은 사람이 아닐 것이라고 생각하오?"

"하늘을 두고 맹세합니다." 그가 대답했다. "만약 제가 여전히 과거와 같은 사람이라면 차라리 구원받지 못하게 되기를 진심으로 기원합니다. 저는 또다시 죄인이 되느니 차라리 영원히 노예가 되게 해달라고 기원할 것입니다."

"좋소." 내가 말했다. "하지만 과거와 같은 궁핍한 처지, 즉 굶어 죽기 직전의 상황에 다시 놓였다고 상상해봅시다. 그러면 과거와 똑같은 행보를 밟지 않겠소?"

그는 단호하게 대답했다. 주기도문에 들어 있는 "우리를 시험에 들지 말게 하옵소서"와 솔로몬서나 아가서의 기도문에 들어 있는 "제가 도둑질을 하지 않도록 굶주림을 주지 마옵소서"처럼 기원의 필요성을 역설하는 대답이었다.

"저는 인간의 본성만 가지고는 도저히 저항할 수 없는 덫에 빠지지 않게 해달라고 늘 하나님께 간청드릴 것입니다. 저는 도둑질을 하느니 차라리 굶어 죽는 위험을 감수할 것이라는 희망을 품고 있습니다. 그러나 저는 그분께 위험에서 구해주십사 항상 간청을 드리고 있습니다. 제 능력이 어느 정도인지 모르기 때문입니다."

참으로 진솔한 말이었다. 그가 하는 모든 말 속에 진심의 징후가 명백히 박혀 있어서 나는 도저히 그를 의심할 수 없었다. 그런데 그런 주제로 대화를 나누던 중에 그가 작고 더러운 종이 책 한 권을 꺼냈다. 안에 세상 어느 기독교인도 써넣을 법하지 않은 운문체 기도문을 써넣은 책이었다. 그 내용을 여기 기록하지 않을 수 없다. 나는 평생 그런 기도문은 한 번도 본 적이 없었다. 기도문의 내용은 이랬다.

주님! 그 어떤 슬픔이 제 가슴을 갈가리 찢는다 해도
제 죄가 사라질 때까지 제게 휴식을 주지 마옵소서.
제 처지가 아무리 우울하고, 제 고통이 아무리 쓰라리다 해도
오! 제 고통이 멈추지 않고 제 죄가 그대로 남게 해주옵소서.
자유로운 승리의 은총이 제 죄악들이 시작된 빈 옥좌를 되찾고
제 심장의 자발적인 포로가 될 때까지,
그리고 은총이 제 영혼을 완전히 정복하여
예수님의 정복이 완성되고 제 굴종이 실현될 때까지,
예수님을 위하여, 부디 제 고통을 없애지 말아주옵소서.

책 속에는 그 기도문 말고도 같은 주제의 더 많은 기도문 구절들이 적혀 있었다. 어쨌든 이 구절이 시작이었다. 내용이 너무 강렬한 감동을 주었기 때문에 나는 이후에도 계속해서 그걸 똑똑히 기억하며 수도 없이 혼잣말로 되뇌었다.

그토록 특별한 대답을 들은 데다 대답이 감동적이기까지 했으니 내가 그를 더 이상 압박하지 않았다는 건 독자 여러분께서도 쉽게 확신하실 수 있을 것이다. 그가 진실한 회개자라는 사실은 쉽게 알 수 있었다. 그는 자신이 받고 있는 벌에 대해 슬퍼하지 않았다. 그의 처지는 그의 감정에 아무런 영향도 미치지 않았다. 그는 앞서처럼 오히려 자기 처지에 감사를 드렸다. 그의 관심사는 오로지 자신이 살았던 사악하고 추악한 삶과, 하나님과 인간 모두에 반하여 저질

렀던 혐오스러운 죄악에 대한 반성과 애처로운 자각뿐이었다. 그는 자신이 처한 상황, 지금 자신이 있는 곳까지 오게 된 상황에 대해 거의 의식하지 않았다.

나는 그에게 재판 판결 직전이나 직후에는 그런 자성을 하지 않았었느냐고 물었다. 그는 이렇게 대답했다.

"뉴게이트 감옥(런던에 있는 동명의 감옥처럼 브리스톨의 감옥도 그런 명칭으로 불리는 것 같았다)은 결코 회개자를 만들어내는 곳이 아닙니다. 그곳은 오히려 종종 하나님께 반항하며 악마를 배울 때까지 악당들을 더 악독하게 만드는 곳입니다. 그러나 비록 그런 곳이더라도 저는 그곳에서 지금처럼 제 과거를 돌아볼 수 있었습니다. 그곳에 감금돼 있었을 때 지금처럼 제 과거를 의식하지 않을 수 없었다는 말씀입니다. 하지만 그곳에서의 회개는 진지하지 않았고 하늘을 우러러보는 완벽한 회개가 아니었습니다. 저는 사실 악한 짓을 저지르는 틈틈이 반성의 시간이 찾아오면 저 자신에게 이런 질문을 던지곤 했었습니다. '대체 내가 지금 어디로 가고 있는 걸까?' '대체 이 모든 짓이 나를 어디에 데려다 놓을까?' 죄의식과 치욕감이 번갈아가며 저를 찾아왔습니다. 결국 제가 교수대로 끌려가게 될 거라는 사실은 명백했습니다."

이어서 그는 이렇게 말했다. "저는 가슴을 치며 이렇게 말하곤 했습니다. '가련하고 사악한 놈. 대체 언제 회개를 할 테냐!' 그러면 저는 그때마다 저 자신에게 이렇게 대답했습니다. '결코 안 해! 결코 안 한다고! 감옥에 들어가든지 교수대에 올라가든지 둘 중 하나야!'"

"그러다 저는 엉엉 울며 탄식을 내뱉곤 했습니다." 그가 계속해서 말했다. "그리고 저는 한동안 제 비참했던 삶을 되돌아봤습니다. 그 자세한 내용이 아마 온 세상 사람들을 깜짝 놀라게 할 것입니다. 아아! 제 앞날은 칠흑같이 어두웠고 제 마음을 온통 공포감으로 가득 채워주는 것이었기에 저는 견딜 수 없었습니다. 저는 그런 마음을 달래려고 술과 친구들에게 달려갔습니다. 폭음을 하며 저처럼 못된 친구 놈들과 어울리다 보면 유혹이 생겨났고 그러다 보면 반성이고 회개고 싹 사라졌습니다. 그러면 저는 예전과 똑같은 놈이 되어 있었습니다."

그는 감정이 북받쳐 오른 상태로 이 이야기를 했다. 따라서 말을 하던 얼굴은 시종 웃고 있었지만 눈에는 눈물이 그렁그렁 맺혀 있었다. 그는 시종일관 그랬다. 적절한 표현인지는 모르겠지만 그는 이야기를 하면서 '기쁜 슬픔'을 느끼고 있었다.

그의 이야기는 내게는 정말로 이상한 이야기였다. 그런데 그 이야기가 도무지 이해할 수 없는 식으로 내게 영향을 미치기 시작했다. 나는 그의 과거 이야기를 듣는 게 좋았지만 이상하게 그걸 듣기만 하면 늘 가슴속에 무거운 납덩어리 같은 게 얹히는 것 같았다. 그 이유를 알 수 없었고 왜 그런 일이 생기는지 상상할 수 없었다. 그 무거운 납덩어리가 무엇인지, 나를 괴롭히는 것이 대체 무엇인지 정확히 말할 수 없었지만, 나는 그게 내 영혼을 무겁게 짓누르고 있다고 느꼈다.

"그렇습니다." 그가 이야기를 계속했다. "그 일이 있고 나서 저는 범죄로 보기에는 무리가 있는 다른 사소한 일로 또다시 판사님 앞에 가게 되었습니다. 사실 저는 노상강도뿐만 아니라 다른 강도짓도 이미 백여 건이나 저질렀던 자였습니다(그 세세한 내용을 모두 이야기하자면 아마 책 한 권은 채울 것입니다). 그러니 붙잡히기만 하면 언제든 쇠사슬에 묶여 교수형에 처해질 운명이었습니다. 제가 붙잡혔다는 소식이 알려지면 틀림없이 20여 명이 찾아와 저를 고발했을 것입니다. 그런데 그런 제가 엉뚱한 사건으로 어느 시골 감옥에 은밀히 급송되었던 것입니다. 저는 그곳 신부님의 은혜에 힘입어 하찮은 죄목으로, 더구나 제가 주범이 아니라는 식으로 재판을 받았고, 그 덕분에 유배형이라는 은전을 입게 되었습니다.

그런데 대체 무엇이 제게 이토록 현저히 영향을 미쳤고, 하나님께서 제 영혼 속에 만드셨다고 말하고 싶은 성스러운 변화를 만들어냈다고 생각하십니까?" 그가 말했다. "그건 제가 저지른 악독한 죄들이 아니었습니다. 바로 자비로우신 하나님의 놀라운 기적이었습니다. 하나님께서는 인간을 위해 자비를 준비해놓고 계시기도 하시지만, 종종 하찮은 죄목으로 그들을 가시덤불과 슬픔과 불행 속에 빠뜨리십니다. 그러면 그들은 그제야 자신의 몫이라고 알고 있었던, 그보다 훨씬 더 큰 죄악 때문에 마땅히 받아야 할 징벌을 어떻게 면제받았는지 깨닫습니다. 저는 교수형에 처해질 이유가 무수히 많은 놈이었습니다. 만약 제 본색이 알려지고 저같이 악명 높은 놈이 붙잡혀서 감금되었다는 공지가 최소한만 이루어졌어도 저는 틀림없이 교수형에 처해졌을 것입니다. 그런 제게 유배형이라는 은전이 내려졌을 때 그게 얼마나 큰 하나님의 선의의 기적이었는지 제가 어찌 못 느꼈겠습니까? 바로 그 시점부터 제게는 회개를 해야 한다는 동기가 생겨나기 시작했습니다. 저는 우리의 생명을 살려주시는 위대한 창조주 하나님의 선의를 그때 분명히 느꼈습니다. 우리의 생명을 하나님의 정의에 맡기면 그분께서는 자비를 베푸셔서 우리가 우리 자신을 내던진 비참한 불행의 구덩이에서 빠져나오게 도와주십니다. 우리를 탈출시킬 출구가 전혀 없을 때에는, 그분께서는 그 비참한 불행이 오히려 우리의 구원의 수단이 되게 하십니다. 그리고 우리가 그분의 선에서 벗어나 악을 행하면 그분께서는 우리가 그 악에서 빠져나오게 선을 행하십니다. 바로 이런 사실이 분명히 세상에 존재하는 가장 강력한 회개의 동기입니다. 그리고 교수형을 면제하게 하여 도둑을 살려주는 일은 분명히 교수형보다 더 많은 회개자들을 만들어냅니다."

"물론 징벌에 대한 공포도 사람들의 마음속에 강력히 영향을 미치는 게 사실입니다." 그가 계속해서 말했다. "죽음을 목전에 두면 사람들의 영혼은 공포감으로 가득 차게 됩니다. 그리고 그들은 그릇된 회개를 청하게 됩니다. 제가 보기에는 그런 회개는 그들이 오해하고 있는 회개일 뿐입니다. 그런 회개는 그들이 받게 될 징벌에 대한 슬픔이 만들어낸 영혼의 고통에 불과합니다. 그리고 앞으로 생길 일에 대한 끔찍한 전망에 근거한 충격에 불과합니다. 하나님의 자비에 대한 자각은 그런 것과 완전히 다른 감정입니다. 그것은 모든 격정과 감정을 지배합니다. 그리고 범죄 행위를 우리의 은인이신 하나님에 반하는 죄악이자 그분에 대한 비열한 배은망덕 행위로 진정 혐오하게 만듭니다. 우리에게 생명을 주시고, 온갖 삶의 안락을 주시고, 우리를 파멸시키고 싶으실 만큼 화가 나셔도 끊임없이 우리에게 선을 베푸시며 우리를 지배하시는 분에 대한 배은망덕 말입니다."

"바로 그 같은 하나님의 자비에 대한 자각이 제게 너무나 큰 기쁨을 주었습니다. 회개의 감정이 샘물처럼 흘러나왔습니다, 주인님." 그가 말했다. "그 감정이 제 눈에서 눈물이 흘러나오게 만들었고 제 얼굴에 미소가 자리 잡게 만들었습니다. 저는 주인님께 제 기쁨을 그런 식으로 표현하는 것 외에 달리 표현할 방법이 없습니다. 저는 어른이 된 이후의 세상살이에서 단 하루도 행복한 삶을 살아본 적이 없었습니다. 신세계에 도착하여 주인님 농장에서 일하게 될 때까지 그랬습니다. 그런데 헐벗고, 굶주리고, 지치고, 힘 빠지고, 그리고 한 철에는 추위로 고생하고 다른 철에는 더위로 고생했을망정, 저는 이곳에 와서 제 평생 처음으로 제 과거의 삶의 방식을 속속들이 들여다보며 육신의 고통과 정신의 고통의 차이를 깨닫기 시작했습니다. 예전의 저는 마음껏 먹고 마시며 살았었지만 지금 이곳에서는 거친 음식으로 고생을 합니다. 예전의 저는 방탕한 쾌락과 나태 속을 뒹굴며 살았었지만 지금은 과도한 노동으로 체력이 바닥나 땅속으로 꺼져드는 느낌이 들 때까지 중노동을 하고 삽니다. 그러나 저는 과거의 삶과 현재의 삶의 차이를 느끼게 되었습니다. 과거에 저는 마음이 온통 지옥이었고 공포와 혼돈으로 가득 차 있었고, 하루하루 두려움에 떨었고, 늘 비참한 종말만 예상하며 살았습니다. 반면 지금 이곳에 와서 저는 은총을 입었고, 천국의 선구자이며 상징인 영혼의 평온을 얻었습니다. 저는 하나님의 자비가 저를 악마의 입에서 낚아채어 구해준 사실을 늘 감사하며 겸손한 마음으로 우러러 받들게 되었습니다. 바로 이런 생각이 지금 제 머릿속을 채우고 있습니다. 그리고 그 생각이 피곤에 지친 시간을 즐겁게 만들고, 제 노동을 가볍게 만들고, 제 마음을 명랑하게 만듭니다. 열악한 숙소에 누울 때마다 저는 넘치는 감동을 받으며 하나님을 찬양하지 않은 적이 없었습니다. 그건 그 숙소가 '저주 받은 구덩이'가 아니라거나 제가 마땅히 맞이했어야 할 죽음으로부터 구원 받았기 때문은 아니었습니다. 그건 그곳이 총살장이 아니라는 생각, 제가 이제 더 이상 강도도 아니고 착하고 정직한 사람들에게 공포의 대상도 아니라는 생각, 제가 더 이상 가난하고 무고

한 사람들을 강탈하는 강도도 아니고 다른 사람들의 안전을 위해 이 세상에서 반드시 뿌리 뽑아야 할 도둑도 악당도 아니라는 생각 때문이었습니다. 그리고 그건 제가 방탕한 삶을 유지하기 위해 죄를 저지르고 다른 악행에 필요한 또 다른 악행을 저지르는 끔찍한 유혹으로부터 구제받았기 때문이었습니다. 이런 생각이 비통한 슬픔을 달콤하게 만들고, 버지니아든 그보다 훨씬 더 열악한 곳이든 감사하게 만들기에 충분하다는 사실은 제가 몸소 증명할 수 있습니다." 그는 다음과 같은 견해도 내게 피력했다.

"만약 천국과 지옥의 모습이 드러나서 세상 사람들이 천국의 기쁨과 영광과 최고의 행복과, 지옥의 공포를 분명히 직시할 수 있게 된다면, 그래서 사람들이 인간으로서의 논리적 추론에 힘입어 그 두 곳을 분명히 분별할 수 있게 된다면, 그들을 개심시키는 데에는 당연히 지옥보다 천국이 더 강력하고 강렬한 영향을 미칠 것입니다."

우리는 그 이후에도 여러 차례 이런 주제로 많은 이야기를 나누었다. 그런데 그의 이야기가 내 경우, 즉 내 과거의 삶의 상황과 많은 면에서 그토록 맞아떨어지는데도 어쩌면 그렇게 아무 충격도 받지 않은 양 태연히 모든 이야기를 들을 수 있었느냐고 누군가가 묻는다면 나는 그 질문에 즉시 자연스럽게 대답했을 것이다. 여하튼 나는 그에게 이 사실을 전혀 알리지 않았다. 그는 나에 대해 내가 나 자신에 대해 품고 있던 생각과 완전히 다른 생각을 품고 있었다. 이런 경우 대개 그렇듯이 나는 그에게 내 인생 이력을 털어놓는 일조차 시작하지 않았다. 그저 가끔 기회가 되면 나는 그에게 내가 범죄자로 버지니아로 온 게 아니라고, 즉 유배형을 선고받고 온 게 아니라고 말했을 따름이었다. 당시 그곳에서 유복하게 살고 있는 사람들 중에는 좋지 않은 이유로 온 경우가 많았기 때문에 그런 변명은 꼭 필요했다.

현재의 상황이 중요하지 내가 과거에 어떤 사람이었는지는 누구에게도 중요하지 않았고, 게다가 내가 어떤 불행한 사건으로 그 나라에 오게 되었는지 이제 기억에서 점점 가물가물해지고 있었기 때문에, 나는 내 자발적인 의사로 그리 한 것은 아니었지만 어쨌든 한때 노예였던 내 정체를 밝히지 않았다.

그런 일은 내가 할 일이 아니니 내 과거의 이력은 비밀에 부치기로 한 것이다. 그러나 이런 모든 이유에도 불구하고 그가 자신의 이야기를 할 때마다 내가 빠져들었던 심적인 혼란마저 숨긴다는 것은 불가능했다. 나는 그때까지 내게 일어나는 일들에 대해서는 그저 그것들이 내게 좋은 영향을 미치느냐 나쁜 영향을 미치느냐 여부에 따라 생각을 해오던 사람이었다. 나는 내 삶이 행복한가 불행한가 여부에 따라 내게 안락과 슬픔이 주어진다고 생각을 해오던 사람이었다. 나는 그때까지 내가 겪은 인생의 부침들이 내게 생명을 주신 분에 의해 얼마나 영향을 받았는지, 그리고 그 부침들이 온 세상 피조물들을 창조하고 지배하는 최고의 권능을 지니신 하나님에 의해 얼마나 좌지우지되는지 전혀 생각한 바도 없었고 이해도 못 하고 있었다.

독자 여러분께서 지금까지 들으신 내용 외에 나는 어떤 교육도 받아본 적이 없었다. 그러니 그런 내가 종교에 대해 배운 바가 없으며, 그 지식도 없고, 그 의미에 대해 모른다는 말은 할 필요도 없을 것이다. 나는 이제야 종교에 대해 알아보겠다고 나섰지만 그건, 말하자면 이 세상이 어떤 모양이고 어떤 곳인지, 그리고 그 안에서 대체 무슨 일이 일어나고 있는지 알아보겠다고 나서는 일이나 마찬가지 일이었다. 세상을 창조하신 분에 대해 말한다면, 그분께서 만드신 모든 피조물들과 영혼의 소유자들 중에서 나보다 더 까막눈에다 궁금증이 없던 존재는 결코 없었을 것이다.

여하튼 그 젊은 친구의 진지하고 감동적인 이야기는 내게 특이한 영향을 미치기 시작했다. 나는 나 자신에게 이렇게 말하기 시작했다.

'이 친구의 반성은 분명히 옳은 것이야. 하지만 나는 대체 뭐하는 놈이냐? 대체 뭘 하고 있는 거냐고? 나는 지금까지 단 한 번도 반성이라는 것을 해본 적이 없고, 구원이라든가 이 세상에서 받은 선물에 대해 단 한 번도 하나님께 감사를 드려본 적이 없어! 내 삶 또한 이 친구의 삶 못지않게 파란만장했고, 무수한 위험과 위해들로부터 기적처럼 구원받은 삶이었어. 그런데 그 모든 일들이 보이지 않는 어떤 자비로운 손길에 의해 일어났던 거라면 나는 대체 그동안 뭘 하며 어디서 살아왔다는 말일까? 아아, 나는 하나님의 모든 피조

물들 중에서 가장 생각 없고 배은망덕한 놈이야!'

이런 생각은 점점 더 커져 나를 매우 우울하게 만들었다. 하지만 나는 종교에 대해 지극히 무지했다. 종교를 내 새로운 인생행로의 지침으로 삼는다거나 변화를 도모하는 수단으로 삼아야겠다고 마음먹었더라도, 대체 그 시작을 어디서부터 해야 하는지, 그리고 무슨 일을 해야 하는지 알 수 없었다.

그러던 어느 날 우연찮게 '내 선생'(나는 젊은 친구를 늘 그렇게 불렀다)이 손에 성경을 들고 들여다보고 있었다. 그가 매일 여러 차례 하는 일이었다. 그가 무슨 목적으로 성경을 보는지는 알지 못했지만 어쨌든 나는 그에게서 성경을 건네받고 안을 들여다보았다. 예전에는 한 번도 해본 적이 없는 행동이었다. 그때까지 나는 평생 성경의 단 한 장(章)도 읽어본 적이 없는 사람이었다. 그는 성경을 세상에서 유일무이한 책이라고 소개하면서 그걸 어디서 얻었고 어떻게 버지니아까지 가지고 오게 되었는지 설명했다. 그러면서 그는 환희에 차서 성경을 들고 입을 맞추며 이렇게 말했다.

"은총을 받은 성스러운 책이지요! 제가 영국에서 가져온 진정한 보물입니다. 제게 위안이 되는 보물이기도 합니다." 그는 이런 말도 덧붙였다. "세상의 그 어떤 보물을 준다 해도 저는 이 책 없이 슬픔에 빠져 나날들을 보내지는 않을 것입니다." 그는 더 자세히 이야기를 계속해나갔다.

나는 그가 하는 이야기의 의미를 전혀 알아듣지 못했다. 앞서 말한 대로 나는 그저 이 세상에 작용하고 있는 하나님의 섭리와 나에 대한 그분의 자비로운 처사에 대해서 갓난아기처럼 미숙한 생각만 가지고 있었을 뿐이다. 나는 그에게서 성경을 건네받고 안을 펼쳐보았다. 그런데 공교롭게도 펼쳐본 쪽에 사도행전 26장 28절의 내용이 적혀 있었다. 펠릭스 총독 아그리파가 사도 바울에게 "그대는 그렇게 쉽게 나를 설득하여 그리스도인으로 만들 수 있다고 생각하는가?"라고 말하는 장면이었다.

나는 그에게 말했다. "당신이 긴 인생 내력을 이야기하던 동안에 그걸 듣고 있던 내 심정에 딱 들어맞는 말이 바로 이 말이오. 여기 이 총독이 말한 내용을 당신에게 읽어주지 않을 수 없소." 그러면서 나는 성경 속 문장을 그에게 읽어주었다.

그는 그걸 듣고 이렇게 대답했다. "성경 속 그 다음 구절에서 사도 바울께서 대답한 말씀을 빌려 주인님께 대답할 수 있었으면 합니다. 바로 '저는 총독 전하뿐 아니라 오늘 제 말을 듣고 있는 사람들 모두가 저와 같은 사람이 되기를 하나님께 빕니다. 물론 이 쇠사슬만은 제외하고 말입니다'라는 대답입니다."

내 어림짐작에 의하면 그때 내 나이는 서른 살을 넘기고 있었다. 내 유아 시절을 조금이라도 알고 있는 사람이 없었으니 내가 내 나이를 정확히 계산해 낸다는 게 가능한 일이었겠는가? 어쨌든 나는 서른을 넘긴 나이였고 그래도 제법 다양한 세상 경험을 한 사람이었다. 그러나 나는 유아 시절부터 완전히 버림을 받았고 어린 시절 전혀 교육을 받아본 적이 없는 사람이었다. 나는 세상 사람들이 종교적인 내용이라고 일컬을 만한 내용에 대해서는 전적으로 무지했다. 그러니 바로 그때가 종교에 관한 생각이 내 가슴속에 자리 잡은 최초의 시간이었다. 나는 내 선생의 말을 듣고 여러 차례 깜짝 놀랐다. 특히 그가 자신의 과거 경험들을 실감나게 이야기할 때 더욱 그랬다. 그가 겪은 경험들은 내가 겪은 경험들과 워낙 흡사해서 그가 매번 거기서 종교적인 추론을 끌어내어 이런저런 상황들과 견주며 주장을 펼 때마다 그 주장이 마치 총탄처럼 내 머릿속에 들어와 박혔다. 분명히 나 또한 그 못지않게 감사를 드리고 회개할 일이 많았다. 다만 그처럼 감사를 드려야 할 보다 훌륭한 대상을 내가 알지 못하고 있다는 차이뿐이었다. 그런데 그렇게 감사조차 드리지 못하는 존재에 불과한 내가, 그와 똑같이 팔려온 노예라는 고통스럽고 비천한 처지에서 구원을 받아 세상에 떡하니 자리 잡은 농장주로 안락한 삶을 살고 있었던 것이었다. 그에 비해 그는 여전히 노예의 신분에 놓여 있었다. 혹시 그의 죄가 내 죄보다 더 큰 것이었다면, 그래서 그의 고통 또한 더 큰 것이었으리라.

이후 이 감사의 마음이라는 문제가 내 마음속 깊은 곳을 건드리며 그곳에 무겁게 내려앉았다. 나는 비참한 처지의 나를 구해주었던 옛 농장주에 대해서는 지극한 감사의 마음을 품었었다. 나는 심지어 그의 이름과 그가 발을 디디고 있는 흙까지 사랑했었다는 게 기억났다. 그러나 그런 내가 그것보다 훨씬 더 지고한 은혜에 대해서는 단 한 번도 생각하지 않았었고, 바리새인들처럼 단 한 번도 하나님께 "하나님, 감사합니다"라는 말을 하지 않았었다. 나는 내가 겪은 모든 일들을 통해 그분의 섭리가 베풀어주신 은혜를 결코 감사해하지 않았었다.

그러자 곧바로 이런 생각이 떠올랐다. 내 선생이 자세히 말했던 것처럼 그 모든 일들 중 어느 것 하나도 하나님의 권능 없이는 우리에게 일어나지 않는다는 생각, 하나님께서 매 순간 모든 일들과 인생의 사소한 사건 하나까지 일일이 지시하셔서 '그분의 허락 없이는 머리카락 한 올도 함부로 바닥에 떨어지지 않는다'는 생각이었다. 내게는 또 이런 생각도 떠올랐다. 그동안 내게 그토록 많은 것을 베풀어주신 하나님께 감사할 줄도 모르는 배은망덕한 놈이 바로 나였다는 생각이다. 나는 이런 자성에 이어진 결과로, 권능을 지니신 하나님께서 내게서 그토록 불친절한 대접을 받았으니 당장 내가 입고 있던 양털 옷과 아마포 옷을 빼앗고, 나를 처음의 비참한 처지로 다시 빠뜨리시는 게 그분의 지당한 처사라고 생각했다.

나는 그런 생각에 빠져 무척 혼란스러웠다. 나는 크나큰 수심에 빠졌고 슬퍼졌다. 하지만 늘 내 선생이 그런 나를 위로해주었다. 어느 날 아침 그와 라틴어 공부를 하다가 나는 그 공부를 그만두고 내게 종교에 관해 가르쳐주는 건 어떻겠느냐고 그에게 물었다.

그는 겸손하게 내가 모르는 내용은 자기도 모르니 가르칠 능력이 없으며, 그 대신 확실하고 유일한 가르침의 보고인 성경을 매일 읽으라고 권했다. 나는 예수님의 12제자 중 하나였던 성 빌립이 어느 환관에게 읽은 내용을 잘 이해했느냐고 묻자 그가 빌립에게 했다는 대답을 빌려, 내 선생에게 "누군가가 인도해주지 않는데 어떻게 그걸 이해합니까?"라고 대답했다.

우리는 그런 주제로 종종 대화를 나누었다. 그 과정에서 나는 그가 진실한 회개자라고 믿을 충분한 근거를 발견했다. 그와 나눈 모든 대화에서 나는 그를 그런 회개자가 아닌 다른 사람으로 말할 수 있었던 적이 한 번도 없었다. 하지만 그때 나도 그와 같은 회개를 할 만큼 생각이 무르익었다고 말할 수 없다. 나는 여전히 내 과거의 삶에 불편을 느꼈다. 물론 나는 이제 아주 규칙적이고 건전하게 살고 있었으며, 그를 알기 이전부터 그렇게 살고 있었다. 나는 늘 농장 사업에 열심이었고 무절제하게 산 적이 결코 없었다. 그럼에도 불구하고 나는 그처럼 새로 시작한 회개 초심자라고 말할 수 없었다. 내게는 그런 회개에 대한 충분한 확신이 없었고 도움이 되는 종교적인 지식 또한 축적된 게 없었다. 결국 최초의 감동이 깊게 자리 잡지 못한 일들이 대개 그렇듯이, 이 일은 점점 더 내 기억 속에서 사라져갔다.

그 과정에서 내 선생은 자신의 불행했던 삶을 주제로 내게 긴 강론을 했고, 그 내용을 내게 진지하게 적용하기도 했다. 우리의 대화는 늘 딱딱하고 무거웠다. 종교적인 대화가 아닐 때에도 우리 두 사람 사이에는 가벼운 대화가 전혀 오가지 않았다. 그는 내게 역사책을 읽어주며 역사에 대해서도 가르쳤다. 그는 책이 없을 경우에도 현대 역사서에 기록되지 않은 내용과 다수의 역사책들이 다루지 않은 내용에 대한 개념을 내게 가르쳤다. 나는 그의 가르침에 힘입어 세상에서 일어나고 있는 일들에 대해 다소 이해하게 되었다. 그런데 그의 가르침이 내 안에 아직도 꺼지지 않고 있던 갈증을 불러일으켰다. 정도의 차이는 있지만 당시 전 세계가 전쟁에 휘말려 있었기 때문에 더욱 그랬다. 마침 프랑스 왕이 유럽의 모든 열강에 대항하여 교전을 벌이며 전쟁을 벌이고 있던 중이었다.

그러자 그때부터 나는 나 자신이, 세상에서 멀리 고립되어 구석에 파묻혀 자력으로는 아무것도 들을 수 없고 그저 남들이 본 내용만 조금 들을 수 있을 뿐인 초라한 사람으로, 그것도 사건이 일어나고 적어도 반년이나 1년 이상의 시간이 지난 뒤에야 들을 수 있을 뿐인 초라한 사람으로 생각되기 시작했다. 한마디로 현재의 내 삶은 여전히 '신사의 삶'이 아니라는 내 해묵은 자책감이 내 앞에 다시 뻔질나게 모습을 드러내기 시작했다.

물론 지금의 내 삶이 소매치기 시절의 삶이나 팔려온 노예의 삶보다 훨씬 더 신사의 삶에 가까워졌다는 건 사실이었다. 그러나 간략히 말한다면 나는 내 삶이 충분하다는 생각이나 만족감을 얻을 수 없었다. 나는 지금 엄청난 규모의 두 번째 농장까지 소유하고 있었고 그 농장 또한 잘 운영되고 있었다. 그 농장에만 하인과 노예의 숫자가 거의 100여 명에 달했으며 감독도 한 명 있었다. 장담컨대 곧 세 번째 농장도 생겨나기 직전의 상황이라고 말해도 무리가 없는 충분한 근거가 있었다. 새로운 인생을 시작한 이후 어떤 방식이든 내가 마음먹은 방식으로 농장을 운영하는 일에 방해가 되는 것은 아무것도 없었다.

그러나 바로 그때부터 영국으로 돌아가야겠다는 생각이 마음속에 자리 잡기 시작했다. 나는 기회만 되면 그 생각을 실천에 옮기리라 결심했다. 사실 내 마음속에는 가능하기만 하다면 세상을 좀더 구경하고, 지금까지 책의 도움으로 막연하게 개념만 품었을 뿐인 생각들을 실천에 옮겨보겠다는 결심이 은밀히 도사리고 있었다.

나는 우선 세 번째 농장을 안정시키는 일에 매진했다. 나는 그 농장이 제자리를 잡게 되면 임차인에게 빌려주든지 아니면 기회가 닿는 대로 농장 감독에게 위탁하든지 할 생각이었다.

농장 감독이나 집사에게 농장을 맡기기로 결심한다면 내 젊은 선생보다 그 일을 더 잘 맡아서 할 적임자는 누구도 없었을 것이다. 하지만 나는 그와 헤어지고 싶지 않았다. 바로 그가 내게 그곳을 떠나고 싶다는 욕망을 불러일으킨 원인 제공자였으므로 나는 그를 내 여행의 동반자로 삼겠다고 마음먹고 있었다.

영국으로 돌아가겠다는 생각을 품은 지 3년이 흐른 뒤에야 비로소 나는 농장 일을 제자리에 안착시키고 그곳을 떠날 준비를 시작할 수 있었다. 그 기간 동안 나는 먼저 내 선생을 노예 신분에서 면천시켰다. 나는 그에게 자유까지 허락할 생각이었다. 그러나 실망스럽게도 나는 당국에 등록된 그의 유배 증명서에 명시된 기간이 다할 때까지 그를 영국으로 귀국시킬 권한이 내게 없다는 사실을 알게 됐다. 따라서 나는 그저 그를 감독직으로 승격시켜 내 착한 은인이 내게 썼던 것과 같은 수단으로 그가 나와 같은 방식의 삶을 살 수 있다는 희망을 품도록 서서히 이끌어줄 수만 있었다. 다만 나는 내가 도움을 받았던 것처럼 그가 직접 농장 경영을 시작하게 도움을 주지는 않았다. 나는 그런 도움을 줄 생각은 없었다. 그러나 그는 내가 그런 도움을 주지 않았는데도 스스로의 근면과 정직한 노력으로 앞서 말한 것처럼 내가 감독직에 승격시켜 놓은 결과로 인한 것보다 더 많은 구원을 얻어냈다. 물론 그 구원이란 노예로서 감내해야 했던 고된 노동과 거친 식사에서 벗어나 빠른 시간 안에 안락한 삶을 살게 된 구원이었다.

농장을 맡은 뒤 그는 지극히 성실하고 부지런하게 소임을 다하여 그곳 사람들의 호감을 얻었다. 그 후 20년이라는 세월이 흐른 뒤 내가 다시 버지니아에 돌아갔을 때 그는 내가 정해준 지위와 사뭇 다른 지위에 올라 있었다. 앞으로 적절한 기회에 독자 여러분께 말씀드리겠지만 그 20여 년 동안 그는 내 농장의 관리 책임자라는 지위 외에 또 다른 지위까지 올라 있었다.

이 이야기를 다소 자세히 다루고 있는 건 혹시라도 그와 비슷한 처지에 빠지게 된 불행한 사람들이 그의 모범 사례를 읽게 된다면 거기서 다음과 같은 간단한 교훈을 배우게 될 것이기 때문이다.

1. 버지니아 유배형이라는 상황은 그들이 지금까지 처했던 상황들 중에서 가장 행복한 상황일 수 있다. 진심 어린 회개를 하고 해야 할 일을 열심히 한다면 그들은 그곳의 삶이 기반이 되어 악독하고 사악했던 과거의 삶에서 효과적으로 구원받고 완전히 새로운 상황에 놓일 수 있다. 그리고 그들은 그 새로운 상황 속에서 예전에 느꼈던 범죄의 유혹을 더 이상 느끼지 않고 미래의 이익과 성공에 대한 희망만 갖게 된다.

2. 버지니아에서는 가장 비열하고 경멸받는 자들이라 할지라도 노예 의무 복무 기간이 끝날 때까지 그곳에서 정해준 일을 부지런히 완수한다면(물론 생명과 건강을 잘 유지해야 한다), 틀림없이 유복한 삶과 부자가 되는 일을 보장받을 수 있다.

목숨만 부지한다면 가장 불운한 자라 할지라도 이런 발판을 이용할 자격이 있다는 것이다. 이런 발판을 이용할 수만 있다면 차라리 유배를 온 중죄인이 아직 체포되지 않은, 영국에서 가장 성공한 도둑놈보다 차라리 더 행복하다고 생각한다. 그리고 자발적으로 유배지로 떠나는 가엾은 젊은 친구들 중에는 사람들이 생각하는 것만큼 나쁜 짓을 저지르지 않은 친구들도 많다. 그들은 자진해서 그곳으로 건너가 정착하기 위해 자신을 그곳에 속박시킨다. 특히 주인이 옆에서 무슨 일이든 정직하게 하는 사람이라면 그들은 더욱 그렇게 한다. 이런 젊은 친구들은 과거에 어떤 인생 행로를 택해야 할지 모르던 친구들이고, 행실에 있어 실패자로 여겨지던 친구들이다. 그런데 유배지에서는 곧바로 그들에게 먹고 살 확실한 수단이 제공되며 유배 기간이 끝나면 자립할 수 있는 상황이 주어지는 것이다.

다시 내 이야기로 돌아가겠다. 이제 내 인생은 새로운 국면이 시작되는 시점에 놓이게 되었다. 나는 내 새 농장을 안심하고 맡길 만한 사람들에게 안정적으로 맡기고 영국으로 떠날 준비를 하기 시작했다. 가장 먼저 한 일은 해외로 나가서 여러 일들이 생겼을 때 충분히 도움이 될 돈과 화물을 챙기는 일이었다. 그 화물이 메릴랜드에 많은 수익을 가져다줄지도 모를 일이었다. 그러나 항해에 대해 좀더 숙고해보니 문득 내가 타고 갈 배에 화물을 한꺼번에 다 싣는 일이 신중하지 못하다는 생각이 들었다. 따라서 나는 미리 대형 나무통 500여 통에 이르는 분량의 담배를 영국으로 가는 배편들에 여러 번에 걸쳐 나누어 실어 보냈다. 그리고 나는 런던의 거래처에다 내가 모월 모시에 도착하니 그때까지, 보낸 화물의 가격에 해당하는 대금을 확보해놓고 있으라고 지시했다.

두 달 후 나는 24문의 대포와 대형 나무통 600여 통의 담배를 실은 튼튼한 배를 타고 버지니아를 떠나 영국으로 출항했다. 우리는 –(모)년 8월 1일 버지니아 항을 떠났다. 평소에는 날씨가 좋기로 유명한 계절이었지만 처음 보름 동안은 몹시 힘들고 거친 항해를 했다.

출항한 지 열하루가량이 지날 때까지 계속해서 바람이 서쪽 내지는 서쪽과 북서쪽 사이 방향으로 거칠게 불어댔다. 그 때문에 우리는 통상적인 영국행 항로에서 동쪽으로 벗어나 밀려 내려갔다. 설상가상으로 맹렬한 폭풍우까지 만났다. 우리는 닷새 동안 계속해서 극심하게 불어대는 폭풍우에 휘말렸다. 우리는 부득이, 선원들 말을 빌리자면, "바람을 타고" 우리가 가고 있는 곳이 어딘지도 모른 채 배를 운명에 맡기고 달릴 수밖에 없었다. 이 폭풍우로 인해 우리 배는 큰 피해를 입었으며 배에 물이 새는 구멍들까지 생겼다. 그러나 그리 심각한 구멍들은 아니어서 선원들의 부지런한 손길로 막을 수 있었다. 결국 궂은 날씨와 높은 파도에 맞서 바람을 타고 최선을 다해 항해하던 선장은 버뮤다 제도 쪽으로 피난하기로 결심했다.

나는 정식 선원이 아니어서 선원들이 티격태격하는 이유를 알 수 없었다. 가만히 보니 버뮤다 제도를 향해 가던 그들이 깜빡 위도를 지나쳐서 그곳으로 다시 돌아갈 수 없는 상황에 처한 것 같았다. 선장과 항해사는 상황에 대해 극단적으로 의견이 갈렸다. 두 사람의 계산은 평소보다 더 차이가 났는데 아마 심한 폭풍우로 인해 다소 제정신이 아니었던 탓인 듯했다. 다소 독단적인 편이었던 선장은 항해사를 모욕하며 영국에 돌아가면 웃음거리로 만들겠다고 위협했다. 항해사는 사실 훌륭한 항해 전문가에다 풍부한 경험을 지닌 베테랑 선원이었고 겸손하기까지 한 사람이었다. 그는 자신이 옳다고 주장했지만 그 주장을 신분에 합당한 공손한 말로 폈다. 어쨌든 여러 날에 걸친 논쟁은 끝났고 날씨가 다시 좋아지자 그들은 관측을 다시 하여 현 위치를 파악할 수 있었다. 항해사의 말이 옳고 선장의 말이 틀린 것 같았다. 우리는 버뮤다 항로에서 한참 벗어나 위도 25도에 위치해 있었다.

항해사는 그런 사실을 조금도 무례히 이용하려고 하지 않았다. 선장도 설득이 되었기 때문에 그는 밝혀진 사실을 공손하게 전달했고, 결국 두 사람 사이의 열띤 논쟁은 끝이 났다. 하지만 다음은 어떻게 할 것인가가 또 문제였다. 선원들마다 제각각 이리 저리 항해하자고 중구난방으로 떠들어댔다. 결국 남쪽이나 남서쪽 방향으로 바람이 불지 않는다면 배가 영국으로 가는 직항로를 택해서 갈 수 없다는 결론에 모두 동의했다. 그러나 그런 바람은 항해를 시작한 우리의 운명과 거리가 멀었다.

모든 선원들의 중지를 모아 우리는 카나리아 제도 쪽으로 항해해가기로 결정했다. 베르드 곶 제도를 제외하면 그곳이 우리의 현 위치에서 도착할 수 있는 가장 가까운 육지였다. 베르드 곶 제도는 너무 남쪽에 위치해 있어서 우리는 가능하면 그쪽 항로는 피하기로 했다.

이런 결정이 내려진 뒤 우리는 북동쪽으로 향했다. 마침 바람이 계속해서 서쪽 내지는 서북 쪽 방향에서 불어오고 있었으므로 우리는 무난히 항해했다. 보름가량 항해를 한 뒤 우리는 카나리아 제도의 한 섬에 높이 솟은 피코 테네리프 산에 도착했다. 우리는 그곳에서 원기를 보충하고 신선한 식량과 물을 구하고 맛좋은 와인도 풍성히 얻었다. 그런데 그곳에는 악천후로 한쪽으로 기울어져 물이 새고 있던 배를 수리할 만한 항구 시설이 없었다. 우리는 부득이 카나리아 제도에서 나흘 정도만 정박하며 최선을 다해 우리가 직접 배를 손본 후 항해에 나섰다. 카나리아 제도를 떠난 우리가 '사운딩스', 즉 '영국 해협의 입'이라는 별칭으로 불리는 바다에 도착할 때까지 날씨는 그럭저럭 괜찮았고 바다도 잔잔했다. 그러나 그곳에 다다르자 또다시 북풍과 북서풍이 거세게 불기 시작했다. 따라서 우리는 선원들 표현을 빌리자면 그 해협 입구에서 줄곧 해안 앞바다를 따라 항해할 수밖에 없었다. 그런데 아뿔싸! 어스레한 새벽녘 대포 26문을 갖춘 프랑스 순양선인지 해적 사략선(私掠船)인지 모르는 배가 나타나 돛을 모두 올리고 전속력으로 우리 배를 추격해오고 있는 게 아닌가. 우리 배의 선장은 즉시 공격을 지시했고 우리는 한두 차례 일제 공격을 주고받았다. 그런 광경을 한 번도 본 적이 없는 내게는 너무나 무시무시한 상황이었다. 프랑스인들이 우리에게 연속적으로 대포 공격을 퍼붓는 바람에 우리 배의 고참 선원 여섯 명이 죽거나 부상을 당했다.

구조의 여지는 전혀 없었다. 그들에게 붙잡히지 않으면 그들의 배 옆에서 우리 배가 침몰할 수밖에 없다는 걸 보여주기에 충분하고, 우리 선장의 명예를 지켜주기에 충분할 만큼 오랫동안 교전을 벌인 후, 우리는 결국 그들의 포로가 되고 말았다. 우리 배는 생 말로 섬으로 끌려갔다.

나는 배 안에 실려 있는 내 재물의 손실에 대해서는 신경 쓰지 않았다. 이미 세상 곳곳에 내 다른 재물들이 나누어져 있었다. 나는 사실 몸에 지니고 있던 모든 물건들과 몸에 걸치고 있던 옷가지를 홀랑 빼앗기는 몹시 처량한 신세가 되고 말았다. 그러나 누군가가 사략선 선장에게 나는 그저 승객에 불과한 무역상이라고 말했다. 그러자 선장은 나를 불러 내 사정을 물었다. 그는 내게 사정을 듣고 내가 어떤 대접을 받았던 사람인지 알고 나서는 자기 선원들에게 명하여 내게서 빼앗은 외투와 중절모와 구두를 가져오라고 시켰다. 그는 배를 타고 가는 동안 입으라고 내게 자기 실내복까지 내주었다. 공정하게 말하자면 그는 나를 극진히 대접해주었다.

그러나 나는 포로로 붙잡혀 사략선에 태워지는 신세가 되었다는 사실이 굴욕스러웠다. 그리고 나는 앞서 말한 대로 내가 타고 온 배에 프랑스인들이 올라탄 뒤 그 배를 생 말로 섬으로 끌고가는 것을 보았다. 그런데 나중에 억울한 일이 발생했다. 생 말로 섬으로 보내진 그 배가 그곳으로 가던 도중 영국 군함에 나포되어 안전하게 포츠머스 항으로 보내졌다는 것이었다.

우리 배를 보낸 뒤 프랑스 사략선은 다시 해협 입구 쪽으로 출항했다. 하지만 그들은 아무 소득도 얻지 못했다. 그러다 그들은 범선 한 척을 만났는데 그 배는 그들과 같은 국적으로 같은 업종에 종사하던 배였다. 그들은 그 배를 통해(프랑스 사략선 몇 척이 사운딩스 해협에 출몰한다는 소식이 영국에 전해짐에 따라) 영국 배들이 해협을 안전하게 순항하도록 영국 군함 세 척이 급파되었으며, 분명히 그 군함들이 사략선들과 마주치게 될 거라는 얘기를 들었다. 대담하고 용감했던 프랑스 사략선 선장은 그 소식을 듣고 나서도 겁이 나서 해적질을 그만두기는커녕 북동쪽 세인트 조지 해협 쪽으로 직항했다. 사략선은 위도 48도 1/2의 위치에서 유감스럽게도 자메이카에서 영국으로 향해 가고 있던 호사스러운 대형 영국 배 한 척을 만났다. 어스레한 새벽 미명이 아직 남아 있는 맑은 날씨 속에서 갑자기 돛대 장주에 올라가 있던 선원이 "오 브왈로(범선이다)!"라고 큰 소리로 외쳤다. 나는 진심으로 그 배가 영국 군함이기를 바랐다. 나는 선원들이 혼란에 빠져 허둥지둥 전투 준비를 하는 모습을 보고 상대방 배가 영국 군함이 틀림없다고 결론을 내리고는 해먹에서 내려왔다(그때 내게는 들어가서 쉴 선실이 없었다). 나는 상대방 배의 정체를 파악할 수 있을 것이라고 생각했다. 그러나 나는 즉시 내 바람이 헛되고 잘못되었다는 걸 깨달았다. 당시 내 해먹은 사략선의 왼편 뱃전에 있었고 배는 아일랜드 북쪽을 향하고 있었다. 해먹에서 내려오니 모든 선원들이 돛을 모두 펼치고 전속력으로 영국 배를 추격하고 있다는 걸 알 수 있었다. 반면 영국 배 쪽에서도 사략선을 목격하고 정체를 알아차린 게 분명했다. 그들 역시 이 프랑스 해적들을 피하려고 모든 돛들을 활짝 펼치고 아일랜드 해안 쪽으로 전속력으로 내달렸다. 그곳 항구로 도망치려는 의도였을 것이다.

영국 배가 1피트 가면 프랑스 사략선이 2피트 가는 식으로 사략선의 속도가 더 빠르다는 게 분명해 보였다. 결국 사략선은 저녁 무렵 영국 배를 따라잡았다. 여섯 시간만 더 버텼으면 영국 배는 리머릭 강으로 들어가거나 해안가 밑 어딘가에 도착할 수 있었고 그랬으면 사략선은 감히 그들을 공격하는 모험을 감수하지 않았을 것이다. 그러나 사략선은 영국 배를 따라잡았다. 영국 배의 선장은 자신들에게 어떤 구원의 손길도 없다는 걸 깨닫고 용감하게 배를 갖다 붙이며 전투태세를 갖추었다. 사실 영국 배는 대포 30문을 장착하고 있는 배였다. 그러나 갑판에 쌓인 무거운 화물들로 배는 바다에 깊이 잠겨 있었고 그것들이 방해도 되었던 터라 선원들은 아래쪽 갑판도 사용할 수 없었다. 바다는 파고가 몹시 높았다. 마침내 영국 배가 먼저 대포가 장착된 포실 포문을 과감히 열고 측면 방향에서 대포 세 발을 발사했다. 그러나 화물이 잔뜩 실려 있어 배가 물속에 깊이 잠겨 있었다는 게 영국 배의 악운이었다. 프랑스 사략선은 곧바로 영국 배 옆으로 다가가 바싹 붙은 뒤 일제사격을 퍼부었고, 곧바로 또다시 일제사격을 준비했다. 그러나 영국 배도 병력 배치가 잘되어 있었다. 영국 선원들도 용기를 내고 크게 분발하며 민첩하게 일제사격을 가했다. 나는 첫 번째 교전에서 프랑스 사략선 측에 더 많은 사상자가 났다는 걸 알았다. 그리고 다음 상황은 더 좋지 않았다. 영국 배는 프랑스 배처럼 돛이 잘 장착된 배는 아니었지만 훨씬 더 크고 튼튼하게 건조된 배였다. 사략선이 다시 공격하자 영국 선원들은 대담하게 덤비며 배를 사략선의 풍우 방책용 뱃전에 비스듬히 갖다 대며 사략선을 덮쳤다. 영국 배의 선장은 배의 낮은 쪽 뱃전에서 대담하게 총기를 발사하게 해 프랑스 사략선에 큰 피해를 입혔다. 공격이 계속되었다면 사략선은 최악의 피해를 입었을 것이다. 그러나 프랑스 선원들은 놀랍도록 민첩하고 용감했다. 사략선 선장 또한 손에 칼을 들고 동에 번쩍 서에 번쩍 하며 선원들의 용기를 북돋았다. 그들은 빗자루를 이용하여 영국 배를 밀쳐냈고, 그것이 떨어져 나가자 무지막지하게 소총 공격을 개시했다. 상대방 영국 선원들이 갑판에 모습을 드러내지 못할 정도였다. 그렇게 프랑스 사략선이 영국 배에서 떨어져 나가자 두 배는 뱃전을 나란히 한 모양새가 되었다. 그런데 그 상태에서 오랜 시간에 걸친 총탄 공격으로 마침내 영국 배가 무력한 상태에 빠지게 되었다. 그들의 배의 뒤 돛대와 돛 아래 활대는 총탄에 맞아 떨어져나갔다. 무엇보다도 그들로서 최악의 상황이 벌어진 것은 교전 중에 그만 선장이 사망하고 만 일이었다. 결국 밤새 계속된 교전은 끝이 났고(영국 선원들은 깜깜한 어둠 속에서도 다음 날 새벽까지 계속 버텼다) 영국 선원들은 부득이 돛을 내릴 수밖에 없었다.

교전이 계속되던 동안 프랑스 사략선 선장은 예의를 갖추어 내게 배 밑의 화물창에 내려가 있으라고 권했다. 나는 그가 예의상 내가 그래 주기를 바란 것이기도 하지만, 혹시 내가 무슨 해라도 끼칠까 봐 갑판에 있는 걸 바라지 않은 것인지도 모른다고 생각했다. 나는 내 동포들에 의해 죽음을 당할 생각이 추호도 없었기 때문에 기꺼이 아래로 내려갔다. 나는 아래로 내려가 의사 옆에 앉아서 교전 결과를 지켜보았다. 맨 처음, 영국 선원들이 발사한 일제사격으로 부상당한 부상자 7명이 실려 왔다. 그 다음, 즉 영국 선원들이 뱃머리를 사략선 뱃전에 비스듬히 갖다 대며 공격했을 때 33명이 더 실려 왔고, 배를 밀어낸 뒤에도 11명이 더 실려 왔다. 결국 사략선 측은 총 51명이 부상당하고 21명이 전사했다. 영국 배 측은 총 18명의 사상자가 났는데 그중에는 선장도 끼어 있었다.

교전에서 승리를 거둔 프랑스 사략선 선장은 희희낙락했다. 나포한 영국 배는 대단한 부자 배였다. 배 위에는 은이 산더미처럼 쌓여 있었다. 프랑스 선원들은 영국 배를 장악하자마자 엄청난 규모의 선실부터 샅샅이 뒤지며 약탈했다. 영국 배의 항해사는 사략선 선장에게 만약 자신을 풀어준다면 어느 선원도 모르는, 은화 6,000에이트가 있는 곳을 몰래 알려주겠다고 약속했다. 선장은 즉시 그 말에 관심을 보이며 뭍에 도착하자마자 그를 풀어주겠다고 약속했다. 따라서 밤이 되자, 즉 그들의 용어를 빌리자면 선원들이 꿈나라로 들어가거나 야간 경비에 열중하거나 하게 되자, 선장과 영국 배의 항해사는 갑판으로 올라갔다. 그들은 돈을 감출 목적으로 마련해놓은 장소에 감춰져 있는 돈을 찾아냈다. 선장은 뭍에 도착할 때까지 그 돈을 그냥 그곳에 놓아두기로 결정했다. 그는 뭍에 도착해서야 그 돈을 개인적으로 쓰려고 몰래 뭍으로 옮겼다. 결국 사략선의 선주들이나 다른 선원들은 아무도 그 돈을 나눠 갖지 못했다. 선장의 부정 행위였다. 그러나 영국 배의 항해사 입장에서는 몸값을 지불한 것이었다. 선장은 약속대로 그를 풀어주었다. 그는 영국으로 돌아가는 여비로 쓰고 손해도 벌충하라고 항해사에게 은화 200에이트까지 떼어주었다.

영국 배를 포획한 사략선 선장은 이제 빼앗은 배를 어떻게 프랑스까지 무사히 끌고 가느냐의 문제에 골몰했다. 영국 배에는 부하들과 사략선 선주들 모두를 부자로 만들기에 충분한 화물들이 가득 실려 있었다. 사략선 선장의 장부에 적힌 화물 목록을 마침 내가 베껴두었는데 그 내용은 대략 다음과 같았다.

설탕: 대형 통(63-140갤런들이) 260통

설탕: 중형 통 187통

인디코(남색 염료): 소형 통(36갤런들이) 176통

피에멘토: 중형 통 28통

원면(생면): 42주머니

상아: 80개

럼주: 소형 통 60통

에이트 은화: 18,000개(선장이 몰래 챙긴 6,000에이트 제외)

기타: 각종 약품, 거북 등딱지(귀갑), '수커드'라고 부르는 설탕 절임 과일, 초콜릿, 라임 주스 등이 들어 있는 짐짝들과 그 밖에 상당한 가치가 있는 물품들

영국 무역상들로서는 끔찍한 손해를 본 셈이었고 빼앗은 해적들로서는 값비싼 전리품을 챙긴 셈이었다. 그러나 그 전리품은 공식 전투, 그들 말을 따르자면 정당한 전투를 통해 얻은 것이었으니 그들에 대해서는 어떤 비난도

할 수 없었다. 게다가 그들에 대해 공정히 얘기한다면, 그들은 그걸 얻기 위해 용감히 싸우기까지 했다.

프랑스 사략선 선장은 영국 군함과 대담히 싸워본 적은 없는 사람이었다. 그는 지극히 조심하기로 했다. 그토록 값나가는 영국 배를 소유하게 되었으니 그는 최선을 다해 그 배를 빼앗기지 말아야겠다고 결심했다. 따라서 그는 지브롤터 해협을 지나서 마르세유 항을 통하여 귀국하려는 게 아닌가 하는 생각이 들 만큼 남쪽으로 멀리 직항해 내려갔다. 위도 45도 3분쯤 되는 곳까지 항해해 가자 그는 거기서 방향을 바꾸어 비스케이 만 하부로 향했고, 거기서 다시 보르도 강으로 배를 운항했다. 사략선이 굉장한 영국 배를 포획하여 도착했다는 소식이 전해지자 사략선의 주인인 선주들이 육로를 통해 선장을 만나러 왔다. 그들은 포획한 영국 배를 어떻게 처리할지 상의했다. 우선 그들은 현금과 화물부터 확실히 챙겼다. 사략선과 빼앗은 영국 배는 마침 해안을 따라 순항하고 있던 프랑스 군함들을 호위 선단 삼아 위샹이라는 곳까지 갔고 거기서 다시 생 말로 섬까지 갔다.

앞서 말한 대로 사략선 선장은 그 섬에서 영국 배의 항해사에게 얼마간의 돈을 주고 풀어주었다. 영국 항해사는 그곳에서 디엡까지 승선권을 얻어 배를 타고 갔고, 그 이후는 통행 허가증의 도움을 받아 플랑드르 지방을 지나서 오스텐드까지 간 뒤, 그곳에서 영국으로 귀환했다. 사략선 선장이 기꺼이 그를 보낸 것은 물론 그가 자신이 몰래 챙기게 도와준 은화에 관한 비밀을 다른 사람들에게 들키지 않기 위해서였을 것이다.

나는 이제 프랑스 보로드에 있게 되었다. 어느 날 아침 사략선 선장이 찾아와 내게 앞으로 어찌 할 작정이냐고 물었다. 나는 처음에는 그 말이 무슨 소린지 알아듣지 못했다. 그러나 그는 이내 자기 말뜻을 이해시켰다. 그의 말인즉슨 내게는 이제 영국인 포로로 프랑스 정부에 인도되어 브르타뉴에 있는 디낭이라는 곳으로 끌려가거나, 몸값을 지불할 방법을 찾아내거나, 그것도 아니면 포로 교환 대상이 되어 다른 포로와 교환되거나, 셋 중 하나의 선택만 남아 있다는 것이었다. 그는 내 몸값이 은화 300크라운이라고 말했다.

나는 어찌해야 할지 몰랐다. 나는 그에게 영국에 있는 지인들에게 편지를 쓸 기회를 달라고 부탁했다. 내가 직접 버지니아에서 영국 지인들에게 가져가던 화물이 배에 실려 있었지만 배가 사략선 해적들의 수중에 들어갔으니 이제 장차 내 운명이 어떻게 될지 알 수 없었다. 선장은 기꺼이 내게 기회를 주었고 나는 우편을 통해 영국의 지인들에게 편지를 보낼 수 있었다. 나는 이내 만족스러운 답장을 받았다. 그런데 나는 그 답장을 통해 빼앗겼던 영국 배가 탈환되어 포츠머스 항으로 갔다는 소식을 들었다. 나는 틀림없이 그 소식을 듣고 선장이 더 엄하게 굴 것이라는 걸 의심하지 않았다. 그러나 그는 그 소식에 대해 내게 한마디도 하지 않았고 나 또한 마찬가지였다. 사실 나중에 알고보니 그도 이미 소식을 통보받고 알고 있었다.

그러나 그 소식은 내게 도움이 되었으며 선장에게 몸값을 지불하는 일 이상으로 쓸모가 있었다. 내가 살아 있다는 소식을 접한 런던의 지인은 보르도 주재 영국 무역상을 통해 필요한 돈을 마련하라고 내게 즉시 신용장을 보냈다. 나는 그 신용장을 받자마자 보르도 주재 영국인 무역상을 찾았다. 그는 신용장을 인정하며 필요한 돈을 지불하겠다고 말했다. 그런데 그 도시에 처음 와본 이방인 처지로 앞으로 어찌해야 할지 몰랐던 내게 이제, 말하자면 사정을 터놓고 상의할 수 있는 친구가 생긴 셈이었다. 내 몸값과 관련된 사정을 모두 털어놓자 그 무역상이 말했다.

"잠깐만요. 선생님 처지가 그렇다면 혹시 몸값을 지불하지 않고서도 선생님에게 자유를 되찾아줄 방법을 찾을 수 있을지 모르겠습니다." 때마침 피니스테르 갑(岬)에서 영국 군함에 나포되어 마르티니코까지 끌려갔다가 프랑스로 돌아올 예정인 프랑스 배가 있었다. 그런데 그 프랑스 배에 일반 승객으로 탔다가 영국 플리머스까지 잡혀간 프랑스 무역상이 있다는 것이었다. 그런데 그 무역상이 지인들을 동원하여 자기는 가난해서 몸값으로 낼 돈이 없다고 애원하면서 부디 포로 교환 대상이 되게 해달라고 애원하고 있다는 것이었다. 이제 내 친구가 된 것이나 마찬가지인 보르도 주재 영국 무역상은 비록 상세히는 아니지만 그 사실을 내게 전하며, 너무 성급히 몸값을 지불하지 말라고 말했다. 나는 그의 말을 따랐다. 마침내 조바심이 난 선장이 내 앞에 나타났다.

그는 잠시 뜸을 들이다가 내가 자기를 부당하게 대한다고 불평했다. 그는 내가 몸값에 대한 기대담을 부풀렸으며, 나를 예의 바르게 대접하고 자기 돈까지 쓰며 비용을 댔는데도 몸값 지불을 지연시키고 있다고 비난했다. 요컨대 그는 몸값을 구하지 못하면 나를 열흘 안에 디낭으로 보내어 프랑스 국왕의 포로로 만들 것이고, 포로 교환 대상이 될 때까지 그곳에 수감되어 있게 만들겠다고 위협했다. 그러나 그런 위협에 대해서는 이미 내 무역상 친구가 해결책을 알려준 바 있었다. 나는 그가 가르쳐준 대로 대답했다. 나는 일단 선장에게 나를 예의 바르게 대접해준 걸 알고 있으며, 나 때문에 쓴 비용을 손해볼지 모르니 그 점에 대해서는 미안하다고 사과했다. 그러나 나는 고향 친구들이 나를 잊었다는 걸 알았고, 그래서 앞으로 어떻게 해야 할지 모르겠다고 말했다. 그리고 그에게 계속 부담을 주느니 차라리 디낭이든 어디든 내가 가기에 적절하다고 생각되는 곳으로 가는 편을 택하겠노라고 말했다. 그러나 나는 혹시 내게 자유를 되찾는 일이 생겨 영국으로 돌아가게 된다면 내 생활비로 그가 쓴 돈은 반드시 갚겠다고 말했다. 간단히 말해, 나는 그런 식의 말을 통해 내 처지가 몹시 딱해 보이게 만들었다. 그는 고개를 저으며 아무 말도 하지 않았다. 다음 날 그는 그곳 감독관의 지시를 받아서 나를 국왕의 관리를 받는 영국인 포로 명단에 넣었다. 나는 브르타뉴로 호송되었다.

나는 그렇게 사략선 선장의 수중에서 벗어났다. 그러자 보르도의 영국 무역상 친구와 플리머스에 잡혀 있는 프랑스 무역상의 친구들인 다른 두 무역상이 즉시 감독관을 찾아가 포로 교환 명령을 얻어냈다. 상대방 프랑스 포로 무역상이 나와 동시에 방면되지 않을 경우 내 친구 무역상이 나를 다시 데려온다는 각서를 제출한 뒤, 나는 즉시 자유의 몸이 되었다. 나는 그와 함께 그의 집으로 갔다.

우리는 그런 식으로 프랑스 선장에게서 내 몸값을 떼어먹었다. 그러나 내 친구는 그에게 가서 감독관의 명령에 따라 내가 포로 교환 대상이 되었다고 알렸고, 그가 내 생활비라고 주장한 비용을 갚았다. 사실 그때 이미 선장에게는 그런 명령에 반대하거나 내 몸값을 내놓으라고 주장할 권한이 없었다.

나는 보르도에서 던커크로 가는 프랑스 배의 승선권과 보르도의 감독관이 발행한 포로 교환 대상 증명서를 얻었다. 그리고 스페인령 네덜란드나 그밖에 내가 가고 싶은 나라로 자유로이 갈 수 있는 통행 허가증도 구했다.

—(모)년 4월 나는 겐트로 갔다. 마침 그곳에서는 군부대가 막 전장에 출전하려던 참이었다. 나는 군대가 싫지는 않았지만 이제는 그런 일을 할 신분을 넘어섰다는 생각이 들었다. 게다가 아직 처리해야 할 일도 있었다. 모국에서 살 수 없는 딱한 처지의 사람들 말고는 누구도 전장에 나가지 않는다는 게 내 생각이었다. 그러나 나는 실제 전투가 벌어지는 광경은 조금 구경해보고 싶었다. 나는 마침 겐트에 주둔하고 있던 어느 부대의 영국군 장교와 사귀게 되었고, 그에게 내 의향을 밝혔다. 그는 참전을 권유하며 나를 자원 봉사자로 보호해주겠다고 제안했다. 자기 텐트에서 함께 숙영하고 무기는 소지하든 말든 원하는 대로 마음대로 하라는 것이었다.

그가 소속된 부대의 출정은 (그 전에 있었거나 앞으로 있을 것 같은) 치열한 출정이 아니었다. 따라서 나는 일상적인 군 생활(이런 표현을 써도 큰 무리가 없을 것이다)을 여유 있게 구경하는 즐거움을 만끽할 수 있었다. 사실 이 출정 중에는 교전이 그다지 많이 벌어지지 않았으므로 나는 주요 군사 작전 같은 건 구경하지 못했다. 양측 진영이 주장하는 참전 명분에 대해서는, 나는 아는 바가 없었다. 나는 그런 명분에 대한 어떠한 논란도 굳이 머릿속에 담아두지 않았다. 당시 네덜란드의 오렌지 공이 영국 국왕이 되어 영국군이 전적으로 그의 편을 들던 상황이었다. 나는 병사들 사이에서 그렇게 영국 국왕이 된 윌리엄 왕에 대한 맹세와 다짐이 오가는 소리를 들었다. 그러나 전투에 대해 말한다면, 나는 프랑스 군대가 여러 차례 영국군을 누르고 승전하는 것을 목격했다. 그런데 내 장교 친구가 속한 연대가, 주둔하고 있던 마을에서 포위를 당하여, 무슨 이유로 그리 되었는지 모르지만 결국 연대 병사들 모두가 포로로 붙잡히고 말았다. 그러나 천만다행으로 나는 현역 병사도 아니고 연대의 명령을 받는 입장도 아니어서 그때 그곳 지역을 구경하러 나가 한가롭게 산책을 하던 중이었다. 나는 튼튼하게 지어진 마을과 아름다운 요새들을 즐겁게 구경하고 있었다. 그렇게 혼자서 떨어져 있었던 덕택에 프랑스군의 포로가 되는 일을 피할 수 있었다.

산책에서 돌아온 나는 적이 마을을 점령했다는 걸 알았다. 그러나 현역 병사가 아니었던 나는 그들로부터 아무런 해도 입지 않았다. 게다가 내 주머니 안에는 프랑스 통행 허가증까지 들어 있었다. 그들은 내게 뉴포트까지 가도 좋다고 허락했다. 나는 그곳에서 도버 항 대신 딜 항까지 가는 정기선을 탔지만 악천후로 인해 부득이 다운스 항에 내려야 했다. 그렇게 해서 내 짧은 출정 경험은 끝이 났다. 군대와 관련된 내 두 번째 경험이었다.

런던에 도착한 후 나는 재산을 맡겨놓은 거래처 대리인으로부터 따뜻한 환대를 받았다. 나는 내 상황이 아주 좋다는 것을 알았다. 우선 앞서 말한 대로 버지니아에서 그에게 여러 차례 나누어 보내두었던 화물들이 내 수중에 들어왔다. 농장을 맡기고 온 버지니아의 내 농장 관리인들도 농장에서 생산된 대형 통 400통 분량의 담배를 이 거래처 대리인에게 여러 차례 배로 실어 보냈다. 다 합쳐 보니 내가 이 대리인의 손에 1,000파운드 이상의 거액을 맡겨놓고 있던 셈이었다. 게다가 아직 팔리지 않은 대형 통 200통 분량의 담배까지 남아 있었다.

나는 전에 나를 조금이라도 알던 사람들에게 내 정체를 숨기는 일 말고는 딱히 할 일이 없었다. 그건 세상에서 가장 쉬운 일이었다. 나는 이제 사람들이 모르는 사람이었다. 내가 새롭게 알게 된 대부분의 사람들은 내 정체를 몰랐다. 나는 적절한 장소들을 수소문하고 다니며 나와 같이 떠났었던, 아니 나를 유인하여 세상으로 끌고 나갔었던, 잭 대위의 소식을 알아보았다. 그는 런던으로 돌아온 뒤 옛날에 하던 짓거리로 다시 빠져들었다고 했다. 그는 도저히 그 짓을 그만둘 수 없었으며 결국 노상강도로 악명을 떨치다 교수대에 올라 세상을 떠났다고 했다. 14년에 걸친 치밀하고도 성공적인 악당 짓의 종말이었다. 앞서 말한 대로 그의 생애에 관한 내용만 가지고도 흥미진진한 이야기 책 한 권은 족히 채울 것이다. 내가 소령이라고 불렀었던 또 다른 잭 역시 그런 못된 일을 뒤따랐다고 했다. 잭 대위보다 조금 더 점잖고 너그럽기는 했지만, 그 역시 굉장한 솜씨를 발휘하며 사람들에게 많은 강도짓을 저지르다 붙잡혔고, 쇠 족쇄에 묶여 뉴게이트 감옥에 갇히는 영어(囹圄)의 몸이 되어 결국 잭 대위와 같은 길을 밟게 될 처지에 놓였다고 했다. 그러나 그는 워낙 손재주가 민첩한 친구여서 어떤 감옥이나 쇠 족쇄도 그를 붙잡아 둘 수는 없었다. 그는 다른 두 죄수와 함께 쇠 족쇄를 파손하는 방법을 알아내어, 야밤에 감옥 벽을 타고 넘어 밖으로 도주하는 데 성공했다. 그렇게 도주한 그들은 프랑스로 들어가는 수단을 발견했다. 프랑스에 간 그들은 다시 예전과 같은 직업에 종사했다. 그는 큰 성공을 거두어 앤서니라는 별명으로 악명을 떨쳤다. 그러나 결국 그 역시 영국식 강도 방식, 즉 그들 말대로 하자면 피해자를 죽이거나 부상을 입히거나 학대하는 일 없는 너그러운 강도 방식을 몸소 가르친 다른 세 동료 강도와 운명을 함께 나누는 영광을 누렸다. 무슨 영광이냐 하면, 파리의 그레브라는 동네에서 죄인을 찢어 죽이는 형거(刑車)에 매달린 채 돌려져서 온몸이 처참하게 찢겨 죽는 영광이다.

나는 그들 패거리가 저지른 자세한 범행 행각과 그 결말을 운 좋게 도망친 그의 동료에게서 들어 충분히 알아낼 수 있었다. 물론 나는 내가 누구이고 무슨 이유로 그걸 알고 싶어하는지 짐작조차 못하게 하며 정보를 알아냈다.

나는 이제 내 행운의 최고 정점에 있었다. 내 상황은 더할 나위 없이 좋았다. 애당초 검약한 기질을 타고난 사람이었던 나는 재물이 생기는 족족 저축을 했다. 그러면서도 나는 아주 잘 살았다. 나는 버지니아에서 온 거부(巨富)에다 상당한 영향력을 지닌 거상(巨商) 무역상이라는 명성도 얻었다. 버지니아의 농장에서 이런저런 용품이 필요하다고 편지를 보낼 때마다 그것들을 빈번히 구해서 보내주었는데, 그런 일로 무역상으로 통하게 된 것이었다.

나는 하숙집을 얻어 홀로 살았으며 이내 유명해졌다. 나는 내 대리인에게만 이름을 잭으로 사용했다. 그런데 1년여간 나와 어울린 프랑스인들도, 잭이라는 이름이 무슨 뜻인지도 모르고 나를 므슈 자크나 자크 대령이라고 불렀고, 결국은 정식으로 자크 대령이라고 불렀다. 물론 내 포로 교환 증명서에도 그 이름이 사용되었었다. 나는 플랑드르 지방에서도 그렇게 불렸었다. 그런데 나중에는 그 이름을 들은 데다 내 포로 교환 증명서를 본 내 대리인 영국 친구까지 나를 자크 대령이라고 부르게 되었다. 이름이 그렇게 불리게 되자 나는 영국인이 아니라 외국인, 즉 프랑스인으로 통했다. 나는 사람들이 나를 프랑스인으로 생각하는 일이 싫지 않았다. 프랑스인들과 오랜 시간 함께 어울린 덕분에 나는 프랑스어를 꽤 잘하는 편이었다. 나는 늘 런던의 프랑스인 교회에 나갔고 가능한 한 프랑스어만 하고 살았다. 나는 겉모습까지 완벽한 프랑스인으로 만들고 내 무역 사업을 관리할 프랑스 직원까지 고용했다. 내 주 사업은 버지니아농장에서 보내오는 대형 통 500~600통 분량의 담배를 수령하고 처분하는 일과 그들에게 원하는 화물을 보내주는 일이었다.

그런 식으로 생활하며 나는 2년을 더 보냈다. 그런데 그 옛날 내가 도둑이 되는 걸 한사코 거부했던 시절 이후로 쭉 내게 앙심이라는 빚을 지고 있던 악마라는 놈이 바로 그 시점에서 이자까지 붙여 내 앞에 덫을 놓고 통렬하게 빚을 갚고 말았다. 그 일로 나는 파멸 직전의 지경에 이르렀다. 그 자세한 전말은 이랬다.

내가 하숙하고 있던 집 맞은편 집에 빼어난 외모의 숙녀가 살고 있었다. 그녀는 단정한 외모에 옷도 잘 차려입고 다니는 미인이었다. 게다가 얌전하고 노래도 잘했다. 그녀의 집과 우리 집은 롬바드 가(街)의 스리킹 코트 안마당과 크게 다르지 않은 좁은 안마당을 사이에 두고 가까이 면해 있어서 나는 이따금 그녀의 노랫소리를 또렷이 들을 수 있었다.

그런데 이 숙녀가 내 앞에 자주 모습을 보였고 나는 그녀를 주목하지 않을 수 없었다. 나는 그녀가 자기 집 창문이나 문 앞에 서 있는 모습을 볼 때 혹은 안마당에서 서로 지나칠 때 모자를 벗고 인사를 건넸다. 우리는 그런 식으로 일정한 거리를 두고 아는 사이가 되어갔다. 그녀는 가끔 내가 사는 집을 방문하기도 했다. 그녀가 방문했을 때 그녀에게 나를 정식으로 소개시키자는 게 집안 사람들 생각이었다. 우리는 점점 더 친해져서 격식을 따지는 대화이긴 하지만 종종 집안사람들 있는 데서 대화까지 나누게 되었다. 우리는 오랫동안 그런 관계만 유지했다.

나는 연애 문제에 있어서는 풋내기에 불과했다. 나는 내 또래의 그 어떤 유럽 남성보다도 이성과 관련된 일에 무지한 편이었다. 아내에 관한 생각이나 이성 애인에 관한 생각이 내 머릿속을 차지했던 적은 거의 없었다. 나는 성에 대해서도 완전히 무지했다. 내 성 지식은 유리 공장 석탄재 위를 뒹굴며 살던 열 살 무렵 그대로였다.

그러니 그 숙녀와 대화를 나누며 내가 대체 무슨 마법에 홀린 것인지 몰랐다. 그녀가 왜 나를 선택했는지도 모를 일이었다. 여하튼 나는 무슨 이유와 목적 때문에 그렇게 된 것인지도 모른 채 그녀의 덫에 빠져들기 시작했다. 나는 그녀에 대한 생각으로 너무 당황했다. 그녀는 마법을 건 것처럼 늘 나를 자기 행동반경 안에 집어넣었다. 그녀가 세상에서 가장 교활한 여자들 중 한 명이 아니었다면 자기 때문에 내가 그렇게 불편해하는 일을 도모하지 않았을 것이다. 나는 나보다 훨씬 더 분별력이 있는 사람까지 속일 능력이 있는, 천부적인 재능을 지닌 여자의 마법에 끌려 들어간 것이었다. 그런 그녀를 거부한다는 건 불가능한 일이었다.

그녀는 끊임없이 교활하게 행동했고, 효과를 발휘하지 않을 수 없는 술책을 구사하여 나를 공략했다. 말하자면 그녀는 늘 내 시야에 얼씬거렸고 뻔질나게 내가 있는 자리에 동석했다. 그러면서도 그녀는 늘 나서지 않고 조신하게 행동했다. 그녀 곁은 늘 방해물처럼 다른 사람들이 에워싸고 있었다. 그녀는 내가 말을 걸 기회를 노리고 있다는 걸 눈치채고도 몇 달 동안이나 그 기회를 허락하지 않았다. 그렇게 내가 다가오지 못하도록 방비하고 있어서 나는 그녀를 공략조차 할 수 없었다.

그런 뻣뻣한 태도는, 그녀가 내가 쳐다보는 일이나 다른 사람들이 있는 자리에서 대화를 나누는 일까지 거부하지는 않는다는 걸 감안할 때 참으로 이해하기 힘들었다. 하지만 그녀는 그런 태도를 고수했다. 그녀는 혹시 내가 쪽지를 건네거나 다정한 말이라도 꺼낼까 봐 옆자리에는 아예 앉지도 않았다. 둘 사이에 늘 누군가를 끼게 만드는 바람에 나는 그녀에게 좀처럼 개인적으로 다가갈 수 없었다. 정말이지 그녀는 나와는 개인적인 친분을 맺지 않겠다고 굳게 맹세한 사람처럼 여러 달 동안 나를 안달하게 만들었다.

마침내 올가미를 던져 포획하듯 그녀가 나를 손쉽게 포획할 수 있는 일보다 더 분명한 일은 없게 되었다. 정말이지 그런 일은 올가미 포획이나 마찬가지 일이었다. 그녀는 온갖 기교를 동원하여 일을 꾸며 나갔고 단호함과 주저함을 번갈아 보이며 나를 유혹했다. 그런 태도에 속아 넘어가지 않는다는 건 거의 불가능한 일이었다. 그녀는 천박해 보이지 않았고, 가난하지 않았고, 남자를 유혹하기 위한 많은 기술을 필요로 하는 상황에 있지 않았다. 사실 기만한 쪽은 내 쪽이었다. 내가 엄청난 부자에다 대단한 무역상이며 나와 결혼하면 여왕처럼 살게 된다는 얘기를 들었던 건 불행하게도 바로 그녀였다. 물론 나는 그런 얘기가 그녀의 귀에 들어가는 데 전혀 관여한 바가 없었다. 나는 그녀가 그런 동기로 행동했던 것인지도 몰랐다.

그녀는 자기가 얼마나 쉽게 소유할 수 있는 여자인지 전혀 감지하지 못하게 만들 만큼 교활한 여자였다. 그녀는 세상 어느 여자라도 그리 할 수 있다는 생각이 들 정도로 자연스럽게 우연을 가장하여 온갖 일을 획책했다. 나는 그 후 종종 대체 어떻게 해서 그런 그녀의 태도에 내가 반감을 품지 않았는지 의아해했다. 그때까지 나는 여성에 대해 완전히 무심했었으며, 어떤 생각도 품은 적이 없었다. 내게는 여성들이 그저 벽에 걸린 그림 같은 존재였을 뿐이다.

우리는 다른 사람들 앞에서는 자유로이 대화를 나누었다. 그녀는 여러 차례 남자들을 빈정대며 그들이 여자들을 모욕하는 잘못을 저지른다고 조롱하곤 했다. 그녀는 남자들이 바보가 아니라면, 결혼이란 그저 두 이웃 간의 평화협정에 불과하다고 생각했다. 그녀는 결혼이 가끔은 두 사람 간의 면담이나 개인적인 협약에 의해 불가피하게 수행되는 일이 분명하지만, 그보다 더 자주 두 사람을 대행하는 대리인이나 심부름꾼에 의해 수행되는, 공격적 동맹 관계 내지는 수비적 동맹 관계에 불과하다고 생각했다. 그러나 그녀는 여자들이 남자들보다 더 지혜로우며, 그래서 그들을 무릎 꿇게 만들고, 자기들 뒤를 애처롭게 칭얼대며 따라다니게 만들고, 스스로를 비굴하게 만들어 결국 다시는 동등한 지위를 찾겠다고 주장할 수 없게 만드는 것이라고 생각했다.

나는 그녀에게, 다소간 거절할 여지를 제공하는 태도는 숙녀에 대한 구애 과정에 필요한 예의라고 말했다. 그리고 내 경우 어떤 여성이 나를 거절했다고 해서 그녀를 더 안 좋아하는 일은 없을 것으로 생각한다고 말했다.

나는 그게 내 본심임을 넌지시 내비치며 "내일 당신을 방문했을 때 바로 그런 일이 있을 것 같습니다, 마담"이라고 말했다. 그러자 "아마 그 생각이 틀리지 않을 거예요, 선생님"이라고 그녀가 말했다. "방문을 청하기 전에 지금 당장 제가 거절할 테니까요."

나는 매정하기 짝이 없는 대답에 낙심해서 다소 퉁명스럽게 그런 폐를 끼치지 않겠으며 혹시 그런 마음이 다시 생긴다면 마음 상하지 않게 조심하겠다고 대꾸했다.

"제게 베풀어주실 수 있는 최대한의 경의 표시네요, 선생님." 그녀가 말했다. "참 기분 좋은 말씀이고요. 그 경의가 머지않아 제가 선생님에게서 또 얻을 수 있을 거라고 희망할 수 있는 경의면 좋겠네요."

"당신에게 베풀어드릴 수 있는 능력이 내게 있다면 무엇이든, 또 언제든 명령만 내리세요, 마담. 그리고 지금 대화하고 있는 방식으로 명령해주세요." 나는 여전히 이 말을 다소 골을 내며 했다.

"그 말씀은 저를 미워할 거라는 약속이겠죠, 선생님. 저도 그에 상응하는 적절한 보답을 해야겠다고 말할 만한, 진지한 약속이겠죠."

"그 말을 7년 전에 했다면 아마 인정했을 겁니다, 마담." 내가 말했다. "나는 정말이지 여성이라면 모두 혐오하는 사람이었습니다. 그런데 그랬던 내가 대체 무슨 영문으로 당신과의 대화에 경의를 표하며 그런 마음이 줄게 되었는지 모를 일이군요. 그러나 분명히 말씀드립니다만 그 줄어든 정도는 아주 작습니다. 그러니 당신의 그런 말을 들었지만 나는 아무런 해도 입히지 않겠습니다."

"그 말씀에는 정말이지 이해가 안 되는 부분이 있네요, 선생님." 그녀가 말했다. "저는 보다 구체적인 방식으로 여성에 대한 선생님의 혐오감이 줄게 돕고 싶었어요. 그러나 한편으로는 그런 도움을 받고도 선생님의 그 혐오감이 결코 줄지 않기를 바라기도 했어요."

우리는 그날 이후 여러 차례 더 비비꼬인 악의적인 대화를 나누었다. 그러나 그녀의 혀가 내 혀보다 독설기가 더 심해서 늘 나보다 한술 더 뜨는 편이었다. 그녀를 능가하는 여자는 여태껏 본 적이 없다고 말할 정도였다. 그런데 그런 대화가 오가던 기간 내내 그녀는 싹싹했고, 대화의 모든 부분에서 세상에 둘도 없을 만큼 예의 바른 태도를 견지했다. 사실 그녀의 모든 말에 진심이 담겨 있었던 것은 아니다. 분명히 고백하지만 그녀의 그런 태도가 결코 그녀의 목적에 부합하지 않았다는 걸 지적하겠다. 그 태도는 사실 그녀에 대한 내 모든 생각을 차갑게 식게 만들었다. 평생 이성에 대해서 완전히 무관심한 상태로 살았던 나였다. 나는 다시 옛날의 태도로 되돌아갔다. 나는 점차 그녀를 만날 때마다 통상적으로 보이던 경의만 표했고 차갑고 무관심하게 대했다.

그녀는 곧바로 내게 너무 과한 작전을 썼다는 걸 알아차렸다. 간단히 말하자면 그녀는 너무 극단적인 책략을 썼다는 것, 여자 뒤를 애걸복걸 따라다니는 남자 명단에 내가 아직 이름도 올리지 않은 풋내기라는 것, 그러니 자기가 여자를 숭배하는 일이 무슨 일인지도 모르는 남자를 상대해야 한다는 것을 알아차렸다. 그리고 그녀는 통상적으로 사랑에 빠져들면서 여자들의 냉정한 태도에 흥분하며 격정에 빠져드는 남자들, 그래서 여성들이 그 보답을 받게 되는 남자들의 경우와 내 경우가 다르다는 걸 알아차렸다. 그녀는 그런 남자들의 경우와 내 경우가 완전히 다르다는 걸 확실히 깨달았다. 나는 예전처럼 그녀를 정중히 대하기는 했다. 그러나 예전처럼 내가 먼저 나서지는 않았다. 나는 그녀가 침실 창문에 모습을 보이면 예전에 그녀에게 말을 건넸을 때처럼 내 창문을 활짝 열지 않았다. 또한 나는 그녀가 내가 잘 들을 수 있게 응접실에서 노래를 부르면 그 소리에 귀를 기울이지 않았다. 그녀가 내가 살고 있는 집을 방문해도 나는 늘 내려오지는 않았다. 혹시 내려온다면 그건 부득이 외출할 일이 있을 때였다. 그래도 나는 그녀와 동석할 때면 예전같이 친밀하게 대해주기는 했다.

나는 내 그런 태도가 그녀를 몹시 초조하고 극도로 당황하게 만들었다는 것을 알아차렸다. 그녀는 모든 책략을 다시 꾸며내야 하며 자신이 무례하거나 교양 없어 보일 만큼 내게 너무 과하게 새침을 떨었다는 것도 깨달았다. 그녀는 사실 허울뿐인 거짓 사랑에 빠진 여자였기 때문에 언제든 자신이 원하는 모습으로 변신할 수 있었다.

그녀는 영악해서 남자에게 먼저 사근사근하게 나서는 태도를 보이지 않는 여자였다. 그녀는 여자의 그런 태도는 지극히 천박한 태도이고 여자가 보여야 할 마지막 단계이며, 다가가고자 하는 남자의 발치에 자신을 내던지는 태도라는 걸 잘 알고 있었다. 사실 사근사근한 태도는 여성이 최후에 허락하며 베푸는 호의는 아니었다. 그러나 그것은 여성이 허락할 수 있는 마지막에서 두 번째 호의이며, 자기를 거의 바닥에 내려놓는 태도, 즉 남자의 처분에 자기를 내맡기는 태도였다. 그러나 그녀는 그런 태도까지는 보이지 않았다. 그 대신 변신의 귀재였던 그녀는 다른 색조를 띤 모습, 즉 더없이 진지하고 위엄 있는 여자 모습으로 돌변했다. 일주일 만에 그녀가 갑자기 스물두 살의 아가씨에서 쉰 살의 부인으로 변했다는 생각까지 들 정도였다. 그녀는 극도의 자제력을 발휘하여 표변한 모습을 견지해나갔다. 그 모습이 하도 진지해서 그게 본래의 모습을 위장한 게 아니라 자연스럽게 타고난 모습 같았다. 살아 있는 그 어떤 사람도 구분할 수 없을 정도였다. 그녀는 자기 집의 응접실에서 자주 노래를 불렀다. 혼자서 노래를 부르기도 했고 종종 놀러 온 두 아가씨와 함께 부르기도 했다. 나는 그들의 손에 들린 악보나 그녀의 손에 들린 기타를 보고 그녀가 노래를 부르고 있다는 걸 알 수 있었다. 그러나 그녀는 결코 예전처럼 창문을 열지 않았다. 내가 창가에 나타나면 그녀는 늘 창문을 닫았다. 혹시 창문이 열려 있을 때면 그녀는 바느질을 하며 눈길을 들지 않았고 어쩌다 든다 해도 반시간에 한 번 들까 말까였다.

그러다 우연히 나를 만나면 그녀는 예전처럼 명랑한 미소를 지으며 말을 걸곤 했다. 그러나 그저 한두 마디뿐이었다. 그녀는 겨우 예의만 차리고 사라지곤 했다. 우리는 일주일에 겨우 한두 마디만 건네는 식으로 대화했다.

그녀는 그런 태도를 견지하며 나를 지치게 만들었다. 사실 내가 먼저 서먹

서먹한 태도를 보였지만 내 본심은 그렇게 심할 정도로 관계를 어색하게 만들자는 게 아니었다. 그러나 그녀는 처음 시작했을 때처럼 끝까지 그런 태도를 고수했다. 그녀는 평소대로 내가 살고 있는 집을 찾았다. 우리는 종종 함께 자리했고, 저녁을 먹었고, 카드 게임을 했고, 춤도 추었다. 나는 프랑스에 있었을 때, 어린 시절부터 내 참모습이라고 믿고 싶었던 신사의 모습으로 보이는 데 필요한 사항들을 모두 배워둔 바 있었다. 우리는 계속해서 앞서 말한 태도로 대화를 나누었다. 그러나 그녀는 대화의 모든 양상에서 예전 모습과 다른 모습을 보였다. 나는 그녀가 예전에 보였던 모습은 일시적으로 흥분하거나 감정이 격해져서 보인 모습이었거나, 불현듯 찾아온 변덕스러운 모습이었거나, 혹은 나를 매혹시킬 거라고 오해하고 요염한 시내의 뭇 여성들을 흉내 낸 모습이었을지 모른다고 생각했다. 나를 프랑스인이라고 생각하고 그런 경박한 모습을 내가 좋아할 거라고 생각한 것인지도 몰랐다. 그런데 새롭게 변한 모습이 그녀에게 더 잘 어울렸다. 그녀가 그 모습을 하도 훌륭하게 연기했기 때문에 나는 예전보다 더, 즉 예전과 같은 정도가 아니라 더 많이 그녀에 대해 새로운 감정을 품게 되었다.

그러나 그녀의 그런 변화가 진실인지 위장인지 알아내고 밝혀내는 데에는 꽤 오랜 시간이 걸렸다. 나는 그녀의 명랑한 모습이 위장된 모습일 수도 있다는 사실을 쉽게 믿을 수가 없었다. 결국 1년 3개월가량의 시간이 흐른 후에야 비로소 나는 그녀에 대해 어느 정도 결론 내릴 수 있었다. 우연한 기회에 그녀와 단 둘이서 대화를 나누게 되었을 때였다.

그녀는 평소처럼 우리 집을 방문했다. 그런데 공교롭게도 집안의 다른 여자들은 모두 외출 중이었다. 그때 집으로 들어가려던 참이었는지 나가려던 참이었는지 나는 계단 쪽을 향하고 있었다. 나는 그녀가 노크를 하자 발걸음을 돌려 대문을 열어주었다. 그녀는 별다른 예의를 차리지 않고 곧장 응접실로 달려 들어갔다. 당연히 그곳에 다른 여자들이 있다고 생각한 것 같았다. 나는 그녀를 따라 들어갔다. 가족들이 모두 외출 중이라는 사실을 그녀가 모르고 있었을 테니 그러지 않을 수 없었다.

내가 들어가자 그녀는 다른 여자들에 대해 물었다. 나는 모두 외출 중이니 대신 나와 시간을 보내다 가기를 바란다고 말했다. 그녀는 깜짝 놀라는 척하면서 "모두 외출 중이라고요?"라고 말하며(나중에 알고 보니 그녀는 사실 이미 그걸 알고 있었고 따라서 집에 나 혼자 있다는 것도 알고 있었다) 일어서서 돌아가려고 했다.

"안 됩니다, 마담." 내가 말했다. "가지 마세요. 나는 방문하러 오신 숙녀분이 나와 함께 있다가 싫증이 나서 그리 빨리 돌아가는 일에 익숙하지 않습니다."

"아니, 그런 말씀을 하다니 짓궂기도 하시네요." 그녀가 말했다. "부디 제가 선생님을 방문하러 왔다고 말씀하지 마세요. 저는 제가 누구를 방문하러 온 것인지 잘 알고 있어요. 선생님도 그걸 잘 알고 있다는 것도 잘 알고 있고요."

"알겠습니다, 마담." 내가 말했다. "하지만 집에 있는 사람이 공교롭게 나뿐이라면 당신은 나를 방문하러 온 것이지요."

"저는 저를 싫어하는 사람은 결코 방문하지 않아요." 그녀가 말했다.

"정말이지 손들었습니다." 내가 말했다. "하지만 당신은 내가 왜 당신을 싫어하는지 말할 기회를 준 적이 없습니다. 사실 당신에게 사랑을 고백할 시간을 좀처럼 주지 않아서 내가 당신을 싫어했던 것입니다. 당신은 분명히 나를 가까이 다가와 사랑을 속삭이는 일이 끔찍하게 싫은 사람으로 취급했습니다."

"그런 불쾌한 말은 별로 듣고 싶지 않네요." 그녀가 말했다. "아무리 부드럽게 말씀하신다 해도요."

우리는 한 시간 넘게 그런 식으로 말싸움을 했다. 그러는 동안 그녀는 넘치는 재기를 보여주었고 나는 그런 재기가 전혀 없다는 걸 충분히 보여주었다. 그녀는 서너 번 극도로 내 약을 올렸다. 나는 자칫하면 그녀에게 이제 충분히 자리를 함께했으니 원한다면 문까지 배웅하겠다는 말까지 할 뻔했다. 그러나 그녀는 혀를 마법처럼 잘 부리는 사람이어서 늘 자신을 구해내곤 했다. 얘기를 짧게 줄이겠다. 결국 우리는 결혼에 대해 진지하게 대화를 주고받는 상황에 이르렀다. 그녀는 스스럼없이 내가 그런 얘기를 하는 것을 들었고 여러 번 즉답을 하기도 했다. 예컨대 내가 그녀를 프랑스나 버지니아로 데려갈 생각이라고 말하면 그녀는 자기는 모국인 영국을 떠날 생각이 전혀 없다고 대답했다. 나는 그녀에게 나를 인신매매범으로 여기지 말아달라고 말했다. 물론 과거에 내가 실제로 인신매매된 적이 있다는 말은 하지 않았다. 그녀는 나를 그런 사람으로 여기지는 않지만, 대부분 해외에서 벌어지고 있는 것처럼 보이는 내 사업 형편상 부득이 내가 해외에 나갈 수밖에 없을 텐데, 자기는 그런 남자와 세계 각지를 돌아다니며 사는 일이 마음에 들지 않는다고 말했다. 그녀는 그 이유를 아주 당당히 밝혔다. 나는 그 점에 대해 그녀를 안심시켰다. 우리는 그런 식으로 서서히 타협에 이르기 시작했다. 사실 결혼 문제 논의에 있어 그녀가 유리한 고지를 차지하고 있던 특유의 기교와 교활함을 가지고 그녀가 나를 끌어들인 타협이었다. 그녀는 사실상 내가 먼저 청혼을 하게 만들었다. 물론 그녀도 최대한의 기교를 발휘하며 내게 청혼하려는 의도를 갖고 있었다. 그러나 그런 교묘한 기교에 넘어간 나는 마지막 순간까지 그 의도를 눈치채지 못했다.

간단히 말하겠다. 우리는 만날 때마다 점점 더 가까워졌다. 특히 단 둘이서만 대화를 나누며 서로에 대해 강력한 호감을 드러낸 만남이 또 한 번 있고 나서 더욱 그렇게 되었다. 그 이후 나는 하루가 멀다 하고 그녀의 하숙집을 방문했다. 사실 우리의 만남은 같은 목적을 위한 것이었다. 마침내 우리는 그로부터 한 달 뒤 결혼식의 격식과 불편을 피해 몰래 둘만의 비밀 결혼식을 올렸다.

우리는 곧바로 거처로 알맞은 집을 구해 살림을 차렸다. 함께 살게 된 지 그리 오래되지 않아 나는 아내의 명랑한 기질이 되돌아왔다는 걸 알았다. 그녀는 진지함이라는 가면을 벗어던졌다. 내가 아주 오래 전부터 그녀가 타고났다고 생각하고 있었던 그녀 특유의 쾌활한 행실도 다시 살아났다. 그녀는 이제 더 이상 가식적일 필요가 없으니 진면목만 보여주기로 결심한 것 같았다. 길 안 든 사나운 망아지같이 조심성 없고 부주의하고 경박하고 아무것도 숨기지 않고 최악의 행동까지 서슴지 않는 모습이 그녀의 진면목이었다.

그녀가 그런 경박한 태도를 너무 심하게 드러내는 바람에 그 뒷수습을 하느라 나는 불만이 적지 않았다. 그녀는 내가 싫어하는 자들과 어울리고 다니며 내가 감당할 수 없는 생활을 해나갔다. 그녀는 심지어 가끔 내가 지불하고 싶은 액수보다 훨씬 더 많은 액수의 돈을 도박으로 탕진하기까지 했다. 어느 날 가볍게 말을 던지는 식으로 나는 그 일을 문제 삼고 나섰다. 나는 그녀에게 지금 같은 생활이 계속된다면 앞으로 꽤나 즐겁게 살겠다고 농담조로 비아냥거렸다. 그러자 그녀는 화를 벌컥 냈다.

"아니, 그게 무슨 소리예요?" 그녀가 말했다. "불편하다고 말하는 건 아니겠죠, 그렇죠?"

"아니오, 아니오, 부인. 절대로 그렇지 않소." 내가 대답했다. "당신이 돈을 얼마나 쓰는지, 내가 감당할 수 있는 액수보다 더 많이 쓰는지 더 적게 쓰는지 내 알 바 아니오. 나는 다만 당신이 얼마나 오랜 시간을 들여 나를 말려 죽이려고 하는지 혹시 짐작할 수 있다면 그 시간이나 내게 알려주는 호의를 베풀어 주길 바랄 뿐이오. 얼마 안 있어 내가 내 명대로 못 살 것 같아서 말이오."

"대체 무슨 말을 하는지 모르겠네요." 그녀가 말했다. "때가 되면 당신 원하는 대로 천천히 죽든 급하게 죽든 알아서 하세요. 그러나 내가 아는 한 내가 당신을 죽이는 일은 결코 없을 거예요."

"당신은 나를 굶어죽게 만들 거요, 부인." 내가 말했다.

"내가 당신을 굶어죽게 만든다고요? 아니 당신 버지니아의 거상 무역상 아니세요? 그리고 내가 지참금으로 1,500파운드나 갖다 주지 않았나요? 대체 뭘 더 갖고 싶은 거죠? 분명히 그 돈이면 아내까지 충분히 먹여 살릴 수 있을 텐데요. 안 그래요?"

"그렇소, 부인." 내가 말했다. "부인을 먹여 살릴 수 있소. 하지만 도박꾼은 먹여 살릴 수 없소. 당신은 내게 1,500파운드라는 거금을 갖고 왔소. 하지만 그 어떤 액수의 돈도 도박장과 주사위에는 충분치 않은 돈이오."

그 말을 듣자 그녀는 불같이 화를 내며 고함을 지르고 모진 말을 마구 쏟아냈다. 그녀는 자기는 행실을 고칠 이유를 전혀 모르겠으며 내가 자기를 더 이상 부양하지 않는 일에 대해서는 알아서 해결책을 찾겠다고 짧게 말했다.

그런 식으로 첫 번째 다툼이 있고 나서 얼마 안 있어 그녀는 아기가 생겼다는 소식을 다소 다정한 모습으로 내게 알렸다. 나는 처음에 그 소식을 듣고 이제 아기가 그녀의 허튼 짓을 막는 데 도움이 되겠다는 희망이 생겨 기뻤다. 그러나 모든 게 전과 다름이 없었다. 아기를 갖게 된 일은 그저 그녀의 휴식 시간만 늘려주었을 뿐이었다. 그녀가 하도 요란하게 출산 준비를 하고 태어날 아기를 위해 하도 많은 물품들을 준비해서 틀림없이 나는 그녀의 머리가 비정상이라고 생각했다. 어느 날 날을 잡아서 나는 그녀에게 그녀가 우리 두 사람 모두를 파멸에 이르게 할 것이라고 과감히 말했다. 나는 출산 준비에 그토록 많은 비용을 탕진하면 우리의 처지와 환경을 넘어서는 과소비라는 걸 제발 숙고하라고 애원했다. 간단히 말해 나는 그녀에게 그런 비용은 허락할 수도 허락할 생각도 없으며, 그런 식으로 비용을 탕진하다가는 아기 두셋만 낳으면 사실상 파산하고 말 테니 제발 심사숙고하기 바란다고 말했다.

그녀는 경멸감을 드러내며 그런 일을 심사숙고하는 건 자신과 무관한 일이고, 내가 그런 출산 비용을 허락할 수 없다면 직접 감당할 테니 내 마음대로 하라고 말했다.

나는 제발 다시 한 번 심사숙고해달라고, 그리고 나를 극한 상황으로 몰지 말아달라고 간청했다. 나는 내가 그녀와 결혼한 것은 그녀를 사랑하고 소중히 여겼기 때문이고, 또 착한 아내가 마땅히 받아야 할 대접을 그녀에게 해주기 위해서였지, 그녀 때문에 파멸하거나 망하기 위해서가 아니었다고 말했다. 그러나 한마디로 그 어떤 설득도 그녀를 누그러뜨릴 수 없었고 그 어떤 논쟁도 그녀의 변화를 이끌어낼 수 없었다. 게다가 나는 그녀를 강제로 제지하는 척하는 심한 방식으로 문제를 다루었는데 그게 오히려 역효과를 빚었다. 그녀는 심한 말을 마구 쏟아내며 자기 몸 안에 있는 짐 덩이를 내려놓은 뒤, 내가 내켜하지 않으면 그 짐 덩이를 자기 혼자 힘으로 키우겠다고 반발했다. 그러면서 그녀는 자기는 절대로 다른 사람의 제지를 받으며 사는 사람이 아니니 나와는 단 한 시간도 같이 살지 않겠다고 말했다. 그 말을 한 이후에도 그녀는 한참 동안 더 출산 비용에 대해 말했다.

나는 그녀가 짐 덩이라고 부른 아기가 내게 절대로 짐이 아니며, 그 밖의 다른 일들에 대해서는 마음대로 해도 좋다고 말했다. 하지만 나는 그녀에게 앞으로는 제발 지금 생각하고 있는 식으로 행동하지 말라고, 즉 아기를 낳을 때마다 136파운드라는 거액의 출산 비용을 감당하지 않게 해주는 호의를 베풀어달라고 부탁했다. 그녀는 그건 모르겠으며 만약 내게 더 얻어낼 돈이 없으면 다른 사람에게서 그걸 받게 되기를 바란다고 말했다.

"아니, 뭐요? 어찌 그런 말을 한단 말이요, 부인?" 내가 소리쳤다. "그럼 아기를 그 비용을 댄 사람들이 키우게 된단 소리요?" 그녀는 그 일 또한 모른다고 말한 뒤 나를 비웃듯이 조소를 머금으며 다른 이야기로 화제를 돌렸다.

마지막 대화 내용으로 내 울화가 치밀어 올랐다는 고백을 해야 하겠다. 이미 충분히 화가 나 있었던 터라 더욱 그랬다. 간단히 말하자면 결국 우리는 이별 조약 체결의 시작 단계에 접어든 셈이었다.

이 주제를 두고 우리가 나눈 몇 차례의 대화보다 더 지독한 대화는 있을 수 없을 것이다. 그녀는 별거 비용으로 1년에 30파운드의 생활비를 요구했고 나는 그녀에게 앞으로 빚을 지지 않겠다는 각서를 요구했다. 그녀는 1년에 100파운드의 양육비를 받는다면 아기는 자기가 키우겠다고 요구했고, 나는 그녀의 위협처럼 앞으로 그녀가 낳게 될지 모르는 나 아닌 다른 남자의 아기의 양육비를 청구하지 않겠다는 각서를 요구했다.

이런 치열한 싸움의 와중에서 그녀는, 그녀의 말을 빌리자면, 몸 안의 짐 덩이를 덜어냈다. 내게 예쁜 남자 아이를 낳아준 것이다.

그녀는 출산 자리에 있던 동안 아주 잠깐이긴 하지만 원래 자기가 의도했던 출산 비용을 조금 줄였다. 다소 못마땅해하긴 했지만 그녀는 내 설득을 받아들여 원래 원했던 세 배 더 비싼 분만복 대신 15파운드짜리 리넨 분만복으로 만족했다. 그러면서 그녀는 그 일을, 자기 말을 빌리자면, 내 탐욕스러운 성질에 자기가 양보한 특별한 증거로 침소봉대했다.

그러나 출산 자리를 털고 일어나자마자 그녀는 다시 옛 모습으로 돌아갔다. 그녀는 짧은 시일 안에 본래의 기질을 되찾았고 또다시 과도한 행실을 보이기 시작했다. 그녀는 놈팡이들이 우리 집을 찾게 만들었고 나는 그게 너무 싫었다. 게다가 그녀는 하루는 외박까지 했다. 다음 날 집에 돌아온 그녀는 선수를 치며 울기 시작하더니 어디서 자고 왔는지 변명을 했다. 어느 세례식에 참석했다가 손님들이 잔치를 너무 크게 벌이는 바람에 밤늦도록 머무르다 그렇게 되었다는 것이었다. 그러면서 그녀는 혹시 자기 해명이 불만족스러우면 자기가 머문 집에 내가 직접 가서 자초지종을 알아볼 수 있을 거라고 말했다. 나는 그녀에게 차갑게 말했다.

"부인, 내가 부인 해명에 불만족스러워할 거라는 주장은 당연한 주장이오. 그렇다고 확신해도 좋소. 내게서 다른 모습은 기대할 수 없을 거요. 당신이 자주 드나드는 곳에 내가 직접 가서 알아보는 일은 내 알 바 아니오. 당신의 행동, 당신이 머물렀던 곳, 당신과 함께 어울린 사람들이 누군지 입증하는 일은 당신이 할 일이오. 당신이 집에서 나가 외박을 하고 왔다는 사실로 충분하오. 당신과 대화를 계속하기에 앞서 좀더 자세한 사실을 듣고 납득해야겠소."

그녀는 사실 자기도 나만큼 그런 일에 관심이 없다고 대답했다. 그리고 그녀는 특별한 행사가 있어 친구 집에서 겨우 하루 자고 온 일을 가지고 내가 그토록 고깝게 여기고 있으니, 이제 내 그런 태도가 자기가 진작부터 예상했던 태도라는 걸 알려주겠다고 말했다. 그녀는 또 적절하다고 생각되는 때가 오면 자기가 마음먹은 대로 무슨 일을 할 수 있는지도 알려주겠다고 말했다.

"알겠소, 부인." 내가 말했다. "그런데 내가 도저히 허용할 수 없는 일을 기대해야 하는 거라면 내 말을 명심하시오. 앞으로 우리 집에 외박을 하는 이들이 있으면 내가 그들에게 낮에도 문을 걸어 잠그고 있을 것임을 기대해야 할 것이오."

내 말이 떨어지자마자 그녀가 대꾸했다. "어디 정말로 그러나 한번 두고 보지요. 만약 집에 못 들어오게 문을 걸어 잠그면 여는 방법을 찾아내지요."

"알겠소, 부인." 내가 말했다. "정말 지독히 위협하는군. 하지만 그런 방법을 찾기 전에 심사숙고부터 먼저 하라고 충고하겠소. 난 한번 내뱉은 말은 반드시 지키는 사람이오."

우리는 그런 관계로 그리 오래 살 수 없었다. 나는 매우 빠른 시간 안에 그녀가 어떤 사람들과 어울리는지 알아냈으며 도저히 참을 수 없는 행동을 저지르고 있다는 사실도 알아냈다. 결국 나는 그녀와 잠자리를 함께하는 일부터 거부하기 시작했다. 우리는 사실상 두 달여 동안 남편과 아내로서의 대화를 일절 그만두었다. 그리고 나는 그녀에게 내 자식인지 아닌지, 누구의 아기인지도 모르는 아이의 아빠 노릇은 절대로 하지 않겠다고 말했다. 그렇게 상황은 서서히 극단으로 치달았으며 사실상 둘 사이의 관계를 계속 지속할 수 없을 만큼 심각해져갔다. 급기야 어느 날 오후 그녀는 내게 글 한 줄을 남겨놓고 집을 나가버렸다. 우리 두 사람의 관계가 극도로 악화되어 자기가 집에 못 들어오게 문을 걸어 잠그는 일까지 생기는 건 적절치 않으니, 상황이 그러하다면 (자기만큼이나 평판이 안 좋은 친척 이름을 거론하며) 친척 집에 가서 사는 게 낫겠다는 내용이 적힌 글이었다. 그녀는 정상적인 법 절차에 따라 위자료 청구 소송을 하는 수고는 하지 않게 해주기를 바라며, 필요에 따라 내 이름 앞으로 어음을 발행할 테니 결제를 거절하지 말기를 기대한다고도 적었다.

나는 솔직히 그런 식으로 일이 진행되는 과정이 만족스러웠다. 비록 그녀의 편지에 답장은 하지 않았지만 나는 용의주도하게, 내가 그녀의 일 처리 방식에 만족해하고 있다는 소식을 그녀가 듣게 했다. 나는 그녀가 예전에 그랬던 것처럼 간계를 꾸미거나 탈선을 저지를 때마다 내게서 많은 걸 가져갈 수 없다는 것도 그녀가 알게 했다. 나는 그녀가 떠나자마자 즉시 그녀와의 살림을 파하고 가구를 경매에 내놓았다. 나는 그 경매를 통해 특히 그녀 소유의 물건들을 모두 팔았다. 나는 우리 집 대문에 방도 붙였다. 이제 그녀는 루비콘 강을 건넌 것이며, 스스로 원해서 그런 단계를 밟은 것이니 앞으로 다시 집으로 돌아올 여지 같은 건 전혀 남아 있지 않다는 내용의 방이었다.

그녀에게 개전의 정이 보일 여지가 조금이라도 있었다면 누구든 내가 이런 조치까지 취하지는 않았을 거라고 믿을 것이다. 그러나 그녀는 자신의 참을 수 없는 경박함을 신봉하며 남편인 내게서 마음이 떠났다는 증거를 무수히 제공했다. 그러니 나중에라도 우리 관계가 다시 정상화될 가능성은 추호도 없었다.

나는 믿을 만한 정보원 두 명을 고용하여 그녀의 행실을 감시하고 모든 일을 숙지해놓고 있으라고 했다. 물론 나는 나에 관해서는 프랑스로 건너갔다는 소식 말고는 그 어떤 소식도 그녀에게 전하지 않았다. 그녀가 내 이름으로 발행하겠다고 통보한 어음들에 대해 말한다면, 그녀는 그 통보를 정말로 실천에 옮겨 가장 먼저 30파운드짜리 어음부터 발행했다. 나는 그 어음의 인수를 거절했다. 나는 그녀가 또다시 내 이름으로 어음을 발행해서 귀찮게 하는 일을 결코 허용하지 않을 작정이었다.

이 모든 상황이 내 인생에서 정말로 우울한 장면이었다는 걸 시인할 수밖에 없다. 그러나 그녀가 그토록 극단적으로 내 화를 돋우며 계속해서 모욕하는 식으로 처신하지 않았더라면 나도 그토록 단호하게 그녀와 결별하는 지경까지는 이르지 않았을 것이다. 사실 나는 한때 그녀를 진정으로 사랑했었고, 그녀를 위해서라면 거지만 아니라면 그 어떤 처지도, 심지어 오쟁이 진 남편의 처지도 감내할 수 있었다. 그러나 그녀의 행실은 도저히 견딜 수 없는 것이었다. 특히 그녀가 내게 너무나 큰 모욕감을 주고 너무나 무례한 짓을 저질렀기 때문에 더욱 그랬다.

아내는 극단적일 정도로 부적절한 처신을 계속해나갔다. 차라리 그 때문에 나는 오히려 마음이 가볍고 편해졌다. 별거한 지 1년이 다 되어갈 무렵, 그녀는 스스로 잘 맞는다고 생각하는 남자들과 어울려 다니다 다시 임신을 하게 되었다. 그러나 그녀에게는 그 아기가 나와 관련이 있다는 주장을 펴지 않을 만큼의 최소한의 양심은 남아 있었다. 그 후 그녀가 얼마나 가증스러운 삶을 살았는지, 그리고 자기 자신을 어떤 식으로 최악의 불행에 빠뜨렸는지는 이 이야기 후반부에서 다시 이야기하게 될 것이다.

아내와 헤어지고 나서 나는 곧바로 내가 그녀에게 사기를 당해서는 안 되는 입장을 고수해야 할 충분한 이유가 있다는 사실을 발견했다. 나는 그녀가 여러 곳에 거액의 빚을 지고 있으며, 그 빚이 내게 변제 책임이 있다는 가정하에 진 것이라는 사실을 바로 알아차렸다. 나는 모습을 감춰버렸다. 불가피하게 그래야 했다. 어쨌든 내가 모습을 감춰버리자 그녀는 자신의 부정한 소득으로 최선을 다해 빚을 변제해 나갈 수밖에 없다는 사실을 깨달았다.

내가 고용한 정보원들은 아주 유능한 자들이었다. 그들은 그녀가 아기를 낳자마자 곧바로 충분한 증거를 손에 넣었다. 나는 이혼 허가를 얻기 위해 그녀를 교회 재판소에 고소했다. 그녀는 이혼을 피할 길이 없다는 사실을 알고 변호사를 구하는 일을 포기했다. 그렇게 해서 나는 법적인 판결에 따라서, 즉 사람들 말을 따르자면 그런 과정에 통상적으로 필요한 정해진 기간이 지난 후 법원의 판결에 따라서, 합법적인 이혼 허가를 얻어냈다. 나는 이제 다시 자유로운 독신 시민이 되었다. 나는 결혼 생활에 대해서는 정말로 넌더리가 났다.

나는 그녀가 내가 갚지 않으면 안 되는 빚을 지고 있다는 사실을 알고 은둔 생활을 시작했다. 그리고 가능한 한 서둘러서 그녀와 연락이 안 되는 곳으로 사라지기로 결심했다. 하지만 때마침 버지니아에서 보내오는 대형 통 300통 이상의 화물을 기다리고 있었으므로, 버지니아의 무역선 선단이 도착할 때까지 불가피하게 더 머물러 있어야 했다. 나는 그 정도의 화물이면 내 몰락한 처지를 충분히 치유할 수 있다고 생각했다. 사실 아내와 함께 산 3년 동안 그녀의 사치스러운 생활로 말미암아 나는 지극히 몰락한 처지에 내몰려 있었다. 그녀가 진 빚은 사실 자신이 말한 1,500파운드에 못 미치는 액수였지만 그래도 꽤 많던 그녀 자신의 재산을 상회하는 액수였다.

그런데 결혼 때문에 내가 감당해야 했던 불운은 아직 끝난 게 아니었다. 그녀와 헤어지고 나서 석 달쯤 지나고 앞서 말한 것처럼 그녀가 발행한 30파운드짜리 어음 인수를 거부했을 때였다. 그때 나는 첫 번째 거처에서 다른 거처로 이사하여 그 누구도 나를 찾아내지 못할 거라고 안심하고 있었다. 그런데 어느 날 그 새 거처로 복장을 잘 차려입은 신사가 찾아왔다. 그는 내가 알지도 못하는 사이에 내 거처로 몰래 들어왔다. 알았더라면 내가 그를 집안으로 들였을 리가 없었다.

그는 응접실로 안내되어 있었다. 나는 실내복을 입고 슬리퍼를 신은 채 아래층으로 내려가 그에게 갔다. 응접실로 들어가자 그는 마치 20년 전부터 나를 잘 알고 있었다는 듯이 반갑게 내 이름을 부르며 인사를 건네더니 불쑥 지갑에서 내 이름으로 아내가 발행한 어음 한 장을 꺼내며 내밀었다. 내가 이미 인수를 거부했던 30파운드짜리 어음이었다.

"이보시오, 선생." 내가 말했다. "이 어음은 일전에 내게 제시된 어음인데 나는 이미 대답한 바 있소."

"대답했다!" 그가 비아냥거리듯이 말했다. "대답이라니 대체 무슨 소린지 모르겠군. 이건 질문이 아니오, 선생. 지불해야 할 어음이란 말이오."

"그렇소, 선생." 내가 말했다. "어음이란 건 나도 압니다. 그러니 그에 대해 일전에 이미 대답했다는 거요."

"이봐, 선생, 선생." 그가 몹시 불손한 태도로 말했다. "선생이 했다는 그 대답, 즉 어음에 대한 대답 같은 건 없어. 지불을 해야 할 뿐이라고. 어음은 지불의 대상이지 대답할 대상이 아니라고. 사람들을 말을 들어보니 선생이 무역상이라는데 무역상이란 늘 어음을 결제하고 지불하는 사람들이야."

나도 서서히 화가 치밀기 시작했다. 나는 그가 호전적인 사람이란 걸 눈치챘다. 나는 그가 마음에 들지 않았지만 이렇게 말했다.

"선생, 가만 보니 선생은 어음을 제시하는 일에 익숙하지 않은 듯하오. 선생, 어음이란 늘 먼저 제시를 해야 하는데 그 제시라는 게 일종의 질문이란 말이오. 내가 그 어음을 인수할지, 즉 지불을 할지 물어보는 게 질문이란 말이오. 그러면 내가 인수하겠다고 대답하거나 그렇게 하지 못하겠다고 대답할 텐데 바로 그게 대답하는 행위요. 일단 어음을 인수하면 지불 만기일에 지불하는 일 말고는 더 이상의 대답은 필요치 않소. 혹 알고 싶다면 말해주겠는데 바로 그런 방식이 자기 이름으로 어음을 발행하는 모든 무역상들과 상인들의 어음 용도요."

"좋소, 선생." 그가 말했다. "그래서 어쩌자는 거요? 그게 내게 30파운드를 지불하는 일과 무슨 상관이 있소?"

"뭐냐 하면 말이오, 선생." 내가 말했다. "바로 이거요. 그 어음을 가져왔던 사람에게 내가 이미 어음을 인수하지 않겠다고 통보했다는 거요."

"인수를 안 하겠다고!" 그가 말했다. "하지만 당신은 인수해야 해. 그럼, 그럼, 인수해야 하고말고."

"분명히 말하지만 그 어음을 발행한 여자는 내 이름으로 그걸 발행할 이유가 전혀 없는 여자요." 내가 말했다. "그 여자가 발행한 어음은 그 어떤 것도 인수하지 않겠다고 분명히 말하겠소."

그 말을 듣자 그가 차분히 가라앉은 어조로 말했다. "이보쇼, 선생. 이 어음을 발행한 부인은 아무 이유 없이 어음을 발행할 사람이 아니요. 신망이 두터운 여성이지. 그러니 그런 부인에 대해 그런 식으로 말하는 건 모욕이오. 그 점에 대해 선생이 자연스럽게 납득하길 기대하겠소. 어쨌든 어음에 대해 다시 말하겠는데, 선생, 어음, 우선 어음부터 인수하라고."

나도 그 못지않게 차분히 가라앉은 어조로 말했다. "이보시오, 선생. 나는 누구도 모욕하지 않았소. 아마 내가 선생 못지않게 그 여자를 잘 알고 있을 거요. 그리고 내가 그 여자에 대해 한 말은 결코 모욕이 아니오. 그 여자는 내 이름 앞으로 어음을 발행할 이유가 전혀 없는 여자요. 나는 그 여자에게 빚진 게 전혀 없소."

그자가 자기 말 여기저기에 수를 놓듯 섞어 놓았던 욕설들을 여기 뒤섞지는 않겠다. 내 책의 종이를 너무 더럽히는 욕설들이었다. 어쨌든 그는 내가 그녀를 학대했다는 사실을 증언하며 그녀의 편을 들어줄 친구들이 그녀에게 많으니, 내가 그 사실을 똑바로 인식하고 그녀에게 정당한 대접을 해주어야 할 것이라고 말했다. 그러나 그는 우선 내가 어음부터 인수해야 한다고 말했다.

나는 문제의 어음을 절대로 인수하지 않을 것이며, 그것 외에 그가 꺼내는 그 어떤 어음들도 마찬가지로 절대로 인수하지 않을 거라고 짧게 대답했다.

그는 그 말을 듣자마자 문으로 가더니 문을 걸어 잠그고, 떠나기 전에 결단코 내가 어음을 인수하게 만들고 말겠다고 내뱉었다. 그러면서 그는 자기 칼에 손을 댔다. 물론 그는 칼을 진짜로 뽑지는 않았다.

그때 내게 칼이 없었기 때문에 겁부터 났다는 사실을 고백한다. 그리고 그

때 내게 칼이 있었다 해도 내 상황이 다음과 같았다는 사실을 고백한다. 프랑스에 있었을 때 나는 신사처럼 보이기 위해 많은 덕목들을 배워두었었다. 그러나 나는 신사의 가장 중요한 덕목인 검술, 즉 프랑스에서 보편적으로 익히는 검술은 미처 배우지 못했다. 게다가 나는 이런 싸움에 익숙하지 않은 사람이었다. 나는 그가 문을 걸어 잠그자 너무 놀라서 대체 무슨 말을 해야 하고 어떻게 행동해야 할지 몰랐다.

마침 집 안에 있던 사람들이 우리가 큰 소리를 내는 걸 듣고 문 앞으로 몰려와 시끄럽게 떠들어댔다. 문 앞에 자신들이 왔다는 사실을 알리려는 의도였다. 하인 한 명이 문을 열려고 시도하다 문이 잠긴 걸 발견하고 내게 큰 소리로 외쳤다.

"선생님, 제발 문 좀 여세요. 대체 무슨 일입니까? 가서 경찰을 불러올까요?"

나는 아무 대답도 하지 않았다. 하지만 나는 그 상황에 용기를 얻어 차분히 앉아서 그에게 말했다.

"선생, 이런 식으로는 내가 어음을 인수하게 만들 수 없소. 마음을 좀 가라앉히고 다른 식으로 납득할 만한 해결책을 모색하는 게 나을 거요."

그는 내가 결투를 받아들인 것으로 이해했다. 맹세코 말하지만 내 머릿속에는 그런 생각이 털끝만큼도 없었다. 내 말뜻은 법적인 절차를 밟는 게 나을 거라는 소리였다.

"기꺼이 그리하겠소." 그가 말했다. "사람들이 당신이 신사라고 말하며 대령이라고 부르더군. 자, 그러니 당신이 만약 신사라면 도전을 받아들이겠소. 자, 당신이 나와 함께 지금 당장 밖으로 나간다면 그걸 어음 대금 지불로 치고 신사라면 마땅히 해야 할 방식으로 결판을 내겠소."

"아니, 내가 결투 신청이라도 했다는 거요, 선생?" 내가 말했다. "나는 그런 적이 없소. 결투 신청 같은 걸 한 적이 없단 말이오. 이런 방식은 내가 이미 인수를 거부한 바 있는 어음을 지불하게 하는 방식이 아니라는 말이었소. 내 말은 당신이 법적으로 납득할 만한 해결책을 찾아보는 게 나을 거라는 소리였소."

"법이라고!" 그가 소리쳤다. "법이라고! 간단히 말해 신사의 법이 바로 내 법이오, 선생. 네게 돈을 지불하든지 아니면 나와 결투를 벌이든지 둘 중 하나를 선택하시오." 그러고 나서 그는 실수라도 했다는 듯이 화를 벌컥 내며 다시 말했다. "아니지. 나와 결투도 하고 동시에 돈도 갚으시오. 내가 그녀의 명예도 지켜주어야 하겠소." 이 말을 하면서 그는 예닐곱 차례나 심한 저주와 욕설을 혼잣말처럼 내뱉었다.

그 잠깐의 시간이 사실상 나를 구해주었다. 나와 결투를 벌여 그녀의 명예를 지켜주겠다는 그의 말이 떨어지는 순간 하녀가 경관과 그를 도와줄 서너 명의 이웃들을 데리고 왔던 것이다.

그도 그 소리를 들었는지 다소 화가 누그러지기 시작했다. 그는 내게 돈을 갚는 대신 떼를 지어 공격을 할 생각이냐고 물었다. 그러면서 그는 칼에 손을 대며 누구든 자기를 공격한다면, 가장 먼저 나부터 칼로 찔러버리고 그 다음에 상대할 적의 숫자를 줄여나가겠다고 말했다.

나는 그가 진심으로 그 말을 내뱉은 게 아니라고 믿으면서 나는 도움을 요청한 적이 없다고 말했다. 나는 만약 누군가가 방 안으로 들어온다면 그것은 그가 내게 가하려는 위해를 막기 위해서일 것이며, 내게 대항할 무기가 없다는 건 그도 직접 봐서 알 것이라고 말했다.

그런 상황에서 경관이 소리를 치며 우리 둘 모두에게 국왕의 이름으로 명령하니 당장 방문을 열라고 지시했다. 의자에 앉아 있던 내가 일어서려고 하자 그는 칼을 뽑으려는 동작을 해보였다. 그 모습을 보고 나는 다시 앉았다. 방문이 열리지 않자 경관이 문을 박차고 들어왔다.

"아니, 경관님." 신사가 말했다. "무슨 일이십니까? 대체 무슨 일로 오셨습니까?"

"무슨 일이겠소, 선생." 경관이 말했다. "선생도 내 임무를 잘 알듯이 나는 치안 유지 담당자요. 내 임무가 치안 유지란 말이오. 내 생각으로는 선생들 사이에 무슨 불상사가 일어날 걸 걱정한 이 집 사람들이 그걸 막으려고 나를 부른 것 같소."

“대체 그들이 무슨 불상사가 일어날 거라고 생각했다는 겁니까?” 그가 물었다.

“내가 보기에는 선생들이 벌이려는 결투를 염려한 것 같소.” 경관이 말했다.

“그건 그들이 여기 이자를 잘 모르기 때문입니다. 이자는 결코 결투를 벌일 만한 인간이 못 됩니다. 사람들이 이자를 대령이라고 부른다지요.” 그가 말했다. “내가 보기에 이자는 타고난 겁쟁이요. 결투 같은 건 결코 벌이지 못할뿐더러 진정한 남자는 쳐다보지도 못하는 자요. 만약 결투를 벌이고자 했다면 이자는 나와 함께 당당히 밖으로 걸어 나갔을 겁니다. 하지만 이자는 용감한 태도를 경멸하는 자입니다. 그러니 이 집 사람들이 그의 진면목을 알았다면 결투니 뭐니 하는 이야기는 결코 하지 않았을 겁니다. 경관님께 분명히 말씀드리지만 이자는 겁쟁이요. 그리고 겁쟁이는 파렴치하고 천박한 인간이오.”

그는 그 말을 하면서 내게 다가와 손가락으로 내 코를 쿡 누르며 쓸어내렸고 내가 정말 겁쟁이라는 듯 비웃으며 불쾌하게 조롱했다. 그때 나는 정말 겁쟁이였는지 모른다. 그러나 겁쟁이라고 불릴지언정 머리끝까지 화가 치밀어 올라 막 나가는 겁쟁이였다. 그런데 세상에서 제일 마주하기 거북한 최악의 인간이 바로 그런 겁쟁이다. 나는 격분에 휩싸여 머리를 그의 얼굴에 바싹 들이댄 뒤 온 힘을 다해 받아버렸다. 그는 그 자리에서 고꾸라졌다. 경관이 끼어들어 나를 그에게서 떼어놓지 않았다면 나는 분명히 그를 발로 짓뭉개 죽여버렸을 것이다. 내 온 몸의 피가 부글부글 끓으며 거꾸로 솟아올랐다. 집안의 사람들은 조금 전과 정반대로, 비록 내 손에 무기가 없었어도, 내가 그를 죽일까 봐 놀라고 있었다.

경관은 이번에는 나를 비난했다. 그러나 나는 그에게 이렇게 항변했다.

“경관님, 저자가 내 약을 충분히 올렸다고 생각하지 않으십니까? 대체 이런 모욕을 참을 남자가 어디 있습니까? 나는 대체 이자가 누구인지, 누가 이자를 여기 보냈는지 알고 싶을 따름입니다.”

“나는 신사요.” 그가 말했다. “그리고 돈 때문에 어음을 갖고 저자를 찾아왔소. 그런데 저자가 어음 인수를 거부했소.”

"잘 알았소." 경관이 말했다. "신중히 하는 말인데 그런 일은 내 소관사가 아니오. 내가 소송 사건을 심리하는 치안판사가 아니라는 소리요. 그 문제는 당신들 두 사람이 해결하시오. 어쨌든 두 사람 다 서로에게서 손을 떼시오. 그게 바로 내가 바라는 사항이오. 자, 그러니 선생." 경관이 계속해서 말했다. "선생에게 조언하겠는데, 저 사람이 당신에게 돈을 지급할 것 같지 않으니 법에 따라 결판을 내야 할 것 같소. 그러니 지금은 그 문제를 보류하고 조용히 여길 떠나시오."

신사는 어음에 대해 뻔뻔한 장광설을 늘어놓으며 바로 내 아내가 그걸 발행했다고 주장했다. 나는 화를 벌컥 내며 그렇다면 그 어음은 어느 헤픈 여자가 발행한 것이라고 대꾸했다. 그는 내 말을 듣고 그따위 말은 어느 곳에서도 하지 말라고 협박했다. 그러자 나는 온 세상에 대고 그녀가 헤픈 여자라고 신속히 공표하여 공개적으로 비난할 거라고 대답했다. 우리는 그런 식으로 반 시간가량을 옥신각신했다. 그곳에 있는 경관이 결투를 막아줄 걸 알았기에 나는 용기를 냈다. 사실 나는 결투를 벌일 생각이 전혀 없었다. 결국 그는 빈손으로 그곳을 떠나야 했다.

나는 이 방문 사건으로 정말로 초조해졌다. 특히 은둔 생활을 하고 있다고 생각하는 거처에 있는 나를 그가 찾아냈다는 사실 때문에 더욱 그랬다. 다음 날 나는 거처를 떠나야겠다고 결심하고 저녁이 될 때까지 종일 집에 틀어박혀 있었다. 나는 저녁이 되어서야 밖으로 나갔다. 나는 그 거처로 다시는 돌아가지 않을 생각이었다.

그런데 그레이스 교회 가(街)로 나왔을 때 목발 두 짝을 든 웬 남자가 한쪽 다리를 끈으로 동여매고 나머지 다리 하나로 절름거리며 나를 따라오는 모습이 보였다. 그는 내게 한 푼만 달라고 구걸했다. 나는 그에게 아무것도 주고 싶은 마음이 없었다. 그는 후미진 뒷골목 좁은 길에 이를 때까지 계속 따라왔다. 그곳에 이르렀을 때 나는 그에게 화를 내며 줄 게 없으니 제발 귀찮게 굴지 말라고 소리쳤다. 그 말이 떨어지기가 무섭게 그는 다짜고짜 목발로 나를 가격해 때려눕혔다.

목발 가격을 당하고 기절한 나는 그 후 내게 무슨 일이 일어났는지 알 수 없었다. 제정신이 돌아왔을 때 나는 온몸 곳곳에 끔찍한 부상을 입었다는 걸 알아차렸다. 그중 코는 위쪽으로 찢겨 있었고 귀는 칼에 베어 떨어져 나가기 직전이었으며, 이마 한쪽에는 큰 칼자국이 나 있었다. 그리고 당장 위험한 치명상은 아니었지만 몸통도 칼에 찔린 상태였다.

나는 목발로 가격한 절름발이 거지 외에 누가 근처에 있었는지 혹은 공격을 가한 것인지 알 수 없었다. 물론 지금 이 순간까지도 알지 못한다. 어쨌든 나는 한동안 끔찍한 중상을 입고 피를 흘리며 땅바닥에 누워 있었다. 마침내 제정신이 돌아온 나는 온 힘을 다해 사람 살리라고 외쳤다. 마침내 주변에 사람들이 모여들었고 나는 몇 사람의 부축을 받으며 내 거처로 돌아갔다. 나는 그곳에서 두 달 이상을 누워 지냈다. 그러고 나서야 다시 문밖으로 나갈 만큼 충분히 건강을 회복할 수 있었다. 그런데 바깥으로 나갔을 때 나는 일전에 당한 것과 똑같은 위해를 되풀이해서 가할 기회를 엿보며 나를 기다리고 있는 괴한들이 있을 거라고 믿을 만한 근거가 있다고 생각했다.

그런 생각만 하면 몹시 불안했다. 따라서 나는 가능한 한 위험에서 벗어나 프랑스로 건너가든지 아니면 내가 내 집이라고 불렀던 버지니아로 돌아가든지 해야겠다고 결심했다. 나는 그렇게 괴한들의 손길과 암살 위협에서 벗어날 생각이었다. 나는 매번 바깥으로 잠깐 나갈 때마다 생명의 위협을 느꼈다. 따라서 나는 예전에는 몸을 숨기려는 의도로 밤에만 나갔었지만 이제는 안전을 위해 거꾸로 백주대낮이 아니면 결코 나가지 않았다. 나는 경호원 격으로 하인 두 명을 대동하지 않고서는 결코 나가지 않았다.

그런데 여기서 아내에 대해서는 공정하게 말을 해야겠다. 그녀는 내게 일어난 사건 소식을 듣고 편지를 보내왔다. 그녀는 편지에서 예전에 나를 대했던 것보다 더 예의 바르게 내가 당한 사건 소식을 듣고 무척 가슴이 아팠다고 썼다. 그녀는 사건이 자기가 발행한 어음 때문에 일어났다는 생각이 들어 더욱 그렇다고 썼다. 그녀는 그 사건이 심사가 뒤틀린 자신의 인지나 동의하에, 혹은 자신의 지시나 명령에 의해 일어났다고 믿는 식으로 자신을 모질게 생각하지 말아달라고 부탁했다. 그리고 자기는 그런 일을 혐오하는 사람이며 만약 자기가 사건에 대해 조금이라도 알고 있다거나 관련된 괴한들의 정체를 짐작할 수 있었다면 밝혔을 것이라고 썼다. 그녀는 어음을 처음 발행해준 사람의 이름과 주소를 알려주었으며, 어음을 직접 들고 와 극심한 행패를 부린 자를 찾아내는 일은 내게 맡긴다면서 범인을 찾아내서 법의 심판을 받게 하여 혹독한 처벌을 받게 만들기 바란다고 썼다.

나는 아내의 편지 내용을 선의로 받아들였다. 진심으로 하는 말이지만, 만약 아내가 그 후 내 상태를 살피러 문병까지 왔더라면 나는 분명히 그녀를 다시 받아들였을 것이다. 그러나 그녀는 편지 한 통을 더 보내는 예의 정도로만 만족했으며, 내 상태가 어떤지 자기에게 자주 알려주고 내가 부상에서 회복했다는 소식을 듣게 된다면 더없이 기쁠 거라고만 썼다. 그녀는 내게 해를 가한 범인이 타이번 형장에서 교수형에 처해졌다는 소식을 듣게 되기를 고대한다고 덧붙였다.

그녀는 내가 알아들을 것임을 넌지시 암시하는 여러 표현을 사용하여 이별할 당시 사실은 나에 대해 애정을 지니고 있었고, 지금도 여전히 나를 좋아한다는 뜻을 편지에 전했다. 그러나 그녀는 다시 돌아오겠다는 말은 결코 하지 않았다. 그녀는 편지 끝에 다소 따지는 어조로, 자기가 비록 많은 재산을 지참하고 내게 왔었지만 지금은 딱히 생계 수단이 없어 비참한 지경에 처해 있다고 덧붙였다. 내게 어음을 인수할 마음이 생겨나게 하려는 의도 같았다.

나는 그녀의 첫 편지에 대해서는 답장하지 않았지만 두 번째 편지에 대해서는 답장을 했다. 나는 그녀에게 내가 당한 사건을 설명했고, 그녀가 사건과 무관하다는 편지를 받고 기뻤다고 썼다. 그리고 그녀에게 위해를 가한 적이 없을뿐더러 결별의 원인 제공자도 아니고 또 결별을 바라지도 않았던 나를 그녀가 그런 식으로 대접한 건 그녀의 성품과 맞지 않는 일이었다고 썼다. 나는 어음에 대해서도 말했다. 나는 그녀의 사치스러운 생활 방식 때문에 너무 쪼들렸다는 것, 그런 생활이 계속되었다면 결국 파멸했을 거라는 것, 그녀가 3년도 안 된 시간 안에 결혼 지참금보다 많은 돈을 탕진했다는 것, 내가 조용히 애원하며 이의를 제기했는데도 그녀가 사치스러운 생활 방식을 고치지 않았다는 것, 내가 타당한 근거하에 폭력 같은 방식을 전혀 사용하지 않고 오로지 애원과 간청으로 진지하게 그녀를 설득했다는 것, 하지만 그녀가 말을 듣지 않아 부득이 그녀를 합리적으로 제약하며 구속하게 되었다는 것, 그리고 그런 상황에서 그토록 엄청난 생활비를 계속 부담하느니 차라리 결혼 생활을 깨고 갈라서는 게 더 나은 일이었다는 것 등, 그녀도 모를 수 없는 모든 사실들을 편지에 썼다. 나는 또한 내 재산 현황을 그녀에게 알렸고, 현 상황이 지속되었다면 우리 두 사람 모두 분명히 빈곤으로 내몰렸을 것이라는 점도 이해시켰다. 그러나 나는 그녀가 문제의 어음을 취소시킨다면 어음에 명시된 30파운드를 보내줄 용의가 있으며, 그녀가 적절한 한도만 지키며 살아간다면 내 능력이 닿는 한 그녀에게 부족함이 없게 해주겠다고 썼다. 나는 여전히 그녀의 좋지 않은 행실에 대해 얘기를 듣고 있으며, 그녀가 이름까지 거명할 수 있는 어떤 추잡한 남자와 어울리고 있다는 걸 알고 있고, 나로서는 그런 일을 정말 믿고 싶지 않으니 제발 그런 추문을 끝내고 명예를 되찾으라고 조언했다. 나는 모든 소문을 들었지만 그녀가 주저 없이 내 능력이 감당하는 합리적인 한도 내에서 살아가겠다고 결심하고, 내가 그녀를 늘 대해주었었고 앞으로도 대해줄 생각이 있는 애정 어린 태도로 그녀 또한 나를 친절하고 다정하게 대해준다면 기꺼이 그녀를 다시 받아주고 지난 과거는 깨끗이 잊을 생각도 있다고 편지에 썼다. 그러나 나는 그녀가 만약 이런 제안을 거절한다면 앞으로 영원히 기회는 없을 것이라고 썼다. 나는 그녀가 만약 거절한다면 그동안 수도 없이 부당한 대접을 받으며 살던 이곳에 더 이상 머무르지 않고 세상에서 물러나 고향으로 돌아가서, 조용히 은둔 생활을 하며 남은 생애의 나날들을 보낼 생각이라고 썼다.

내 편지를 받고 그녀가 보낸 답장은 기대했던 답장이 아니었다. 그녀는 30파운드에 대해서는 고맙다는 의사를 전했지만 다른 사항들에 대해서는 자신이 정당하다는 변명만 했다. 그녀는 돌아오라는 제안을 거절하지도 않았지만 그렇다고 수락하지도 않았다. 요컨대 그녀는 오로지 손상된 자신의 명예에 대한 배상 요구나 그 비슷한 취지의 말만 했을 뿐 내 제안에 대해서는 거의, 아니 전혀, 언급하지 않았다.

그녀의 답장은 처음에는 나를 놀라게 했다. 사실 내 생각으로는 그녀와 같은 처지에 놓인 여자라면 누구든 기꺼이 화해를 함으로써 온갖 비참한 불행을 끝내고 자기에게 가해진 비난도 끝내고 싶어할 것 같았다. 특히 아주 초라하게 살던 그녀의 형편을 고려하면 더욱 그랬다. 그러나 알고 보니 그녀에게는 내게 감히 내세울 수 없었던, 그래서 내게 돌아오는 것을 막았던 특별한 이유가 있었다. 그 이유만 아니었다면 그녀는 기꺼이 네 제안을 받아들였을 것이다. 그걸 받아들이지 못할 충분한 이유는 바로 이런 이유였다. 앞서 말한 대로 그녀는 당시 몹시 질이 나쁜 자들과 어울리고 다녔고, 자신에게 알랑거리는 아첨꾼들에게 정조를 파는 짓까지 저지르고 있었다. 간단히 말해 그녀는 임신을 하게 되었다. 그러니 감히 내 제안을 받아들일 용기를 낼 수 없었던 것이었다.

그녀는 앞서 말한 것처럼 내 제안을 똑떨어지게 거절하지는 않았다. 예전에 그녀가 불렀던 식으로 말한다면 자신의 짐 덩이를 내려놓을 때까지 내 제안과 관련된 일을 계속해서 진행 상태로 유지하려는 의도였을 것이다(나는 나중에 그걸 알았다). 그녀는 아기를 몰래 출산한 뒤 내 제안을 받아들일 요량이었던 것 같았다. 그러나 나는 무척 많은 정보를 갖고 있었다. 그녀를 감시하던 내 정보원들은 아주 훌륭한 정보원들이었다. 따라서 눈에 띄게 배가 불러오기 전에 다른 곳으로 사라지거나 멀리 벗어난 곳에 가서 살았다면 모를까 그녀가 내게서 그런 사실을 비밀로 한다는 건 불가능한 일이었다. 나는 그녀가 출산한 시간과 장소, 심지어 아기의 성별까지 세세히 통보받았다. 결국 그녀를 다시 받아들이겠다는 내 제안은 산산조각 나고 말았다. 그녀는 그 후로도 잘못을 인정하는 참회의 편지를 여러 차례 보내 내게 용서를 구했다. 그러나 나는 이미 그럴 마음이 싹 가신 상태였다. 또한 그런 일을 겪고 나니 그녀 생각만 해도 참을 수가 없었다. 이미 말한 것처럼 합법적인 이혼 절차에 따라 이혼은 이미 끝나 있는 상태였다.

이런 상황까지 이른 나는 앞선 말한 버지니아에서 보내온 화물을 수령한 뒤 프랑스로 건너가기로 결심을 굳혔다. 나는 −(모)년 마침내 던커크로 건너갔다. 나는 그곳에서 딜런이 지휘하던 아일랜드 연대 소속 장교 두 명과 친하게 어울렸는데 그들은 점차 나를 군대 문화에 끌어들였다. 결국 나는 아일랜드 출신 중장의 도움과 약간의 돈의 힘에 힘입어 그의 연대 소속 보병 중대 지휘관으로 다시 군문에 들어서게 되었다.

나는 내 새로운 상황이 아주 만족스러웠다. 그리고 이제야말로 천직을 찾은 것이며 지금까지는 결코 제대로 된 신사의 삶을 살지 못했던 것이라고 스스로에게 말했다. 군에 몸을 담은 지 얼마 안 되었을 때 우리 연대는 명령을 하달받고 이탈리아 전선에 투입되었다. 그때 내가 참가했던 중요한 작전들 중 하나가 바로 그 유명한 밀라노 지방 크레모나 시 공격 작전이었다. 오스트리아군이 아군 측 누군가의 배신으로 야음을 틈타 은밀하게 배수구를 통한 잠입 기습을 감행했고, 결국 기습에 성공하여 도시 대부분의 지역을 장악하고 있던 상황이었다. 그들은 그 과정에서 숙소에서 나오던 빌르로이의 마레샬 공작을 급습하여 포로로 만들었으며, 남아 있는 프랑스 병사들을 공격하여 성채 안으로 몰아넣었다. 그러나 아일랜드 2개 연대가 승리를 목전에 두고 있는 그들을 대담하고 단호하게 공격했다. 두 연대는 '포' 강으로 이어지는 거리에 주둔하며 크레모나 시의 포 강 수문을 장악했다. 오스트리아군의 지원군은 반드시 그 수문을 지나쳐야 했다. 필사적인 교전 끝에 오스트리아군은 손 안에 다 잡았던 승리를 억지로 내놓아야 했다. 그들은 우리 두 연대를 뚫고 우군 쪽으로 갈 수 없었으므로 결국 크레모나 시를 떠날 수밖에 없었다. 참전한 아일랜드 연대와 그들의 국민들에게는 영원토록 영광스러운 승리였다. 그 승전으로 우리는 프랑스 국왕으로부터 격찬을 들었다.

나는 이때 만족스럽게도 난생 처음으로, 하숙집에서 어음 문제로 나를 약올렸던 무뢰배 놈의 말처럼 내가 겁쟁이가 아니라는 사실을 깨달았다. 만약 그가 같은 상황에서 나를 다시 조롱했다면 무장을 하고 있지 않았더라도 당장 그의 면전에 달려들어 발로 짓뭉개버렸을 것이다. 사람은 실전을 겪어볼 때까지는 자신의 진면목을 결코 잘 모른다. 그리고 용기란 여러 일들을 경험하며 세월이 흐르는 가운데 얻어지는 것이다.

필립 드 코맹은, 전쟁에 대해 철저한 반감을 가지고 있었고 전쟁과 그와 관련된 모든 사항을 혐오했던 샤로레 백작이 몽레리 전투 이후에 그 경험에서 얻는 영광과 주변의 아첨꾼들에 의해 변모하여 급기야 군대가 그의 연인이 되었고 전쟁의 노고가 그의 기쁨이 되었다고 말한 적이 있다. 물론 샤로레 백작의 사례는 내 경우에다 적용하기에는 너무 위대한 사례일 것이다. 그런데 사실이 그랬다. 전우들이 이번 교전에서 내가 보여준 용기가 대단했다고 하도 추켜세우는 바람에 나는 사실 여부를 떠나 내가 정말 용감한 군인이라고 생각하게 되었다. 그리고 그 자부심으로 나는 다른 전투들에서도 극도로 용감무쌍해졌다. 하지만 그걸 더욱 부추긴 게 있었다. 내가 아주 훌륭하게 포강 수문 방어에 임했으며, 주둔군 지휘관 중령이 전사하자 내가 대신 그 방어를 지휘했고, 따라서 바로 내가 크레모나 시와 그곳 시민들을 구하는 일에 핵심 역할을 수행한 것이라고 누군가가 프랑스 왕실에 보고한 것이다. 보고를 받은 프랑스 국왕은 내 공을 공식적으로 인정한다는 칙서와 중령 임관 사령장을 보낸다고 했다. 그리고 다음 번 특사가 실제로 우리 아일랜드 연대에 내 중령 임관 사령장을 들고 왔다.

나는 사실 그 교전 이전에 소규모 접전과 전투에 몇 차례 참전한 적이 있었다. 따라서 이미 나는 그 소규모 전투들을 통해 유능한 장교라는 명성을 얻고 있었다. 나는 그 소규모 전투들에 참가하며 특정한 지위를 맡았었고, 그 지위 덕택에 내가 전투보다 더 좋아하는 것, 즉 상당한 액수의 부수입을 올리기도 했었다.

우리 연대는 바다를 통해 이탈리아로 파병되었었다. 우리는 툴롱에서 배를 탄 뒤 제노아 지방 사보나 항에서 내렸다. 우리는 그곳부터 밀라노 지방의 더치까지 행군을 했다. 장악 명령을 받은 첫 번째 도시 알렉산드리아에 우리가 도착했을 때 그곳에 주둔하고 있던 아군 프랑스군 병사들은 그곳 시민들로부터 맹렬한 저항을 받고 있었다. 그 저항에 밀려 800명에 이르는 병사들이 그

도시에서 거의 쫓겨나다시피 한 상황이었다.

나는 그곳에 도착한 처음 직속 부하 여덟 명과 내 개인 하인 한 명을 거느리고 항구 근처에 위치한 어느 시민의 집에서 숙영했다. 우리는 그곳에서 간단하게 회의를 한 뒤 어떤 대가를 치르든 그곳을 떠나라는 명령이 하달될 때까지 그곳을 사수하기로 했다. 그런데 그런 결정을 내린 직후 나는 아군 병사들이 대로에서 시민들에게 심하게 몰리며 버티지 못하는 광경을 목격했다. 나는 숙영하던 집의 모든 가족들을 내쫓고 내가 지휘관으로 있는 성채를 지키듯이 그 집을 사수했다. 마침 그 집이 시의 관문과 가까운 곳에 위치하고 있어서 나는 마지막까지 그곳을 사수하리라 결심했다. 그곳이 항구 근처여서 퇴로가 안전하게 확보되어 있었기에 특히 그럴 수 있었다.

그렇게 가족들을 모두 내쫓고 난 뒤 우리는 아무런 거리낌 없이 집안을 샅샅이 뒤져 온갖 물건들을 찾아내 주머니를 채웠다. 우리는 갖고 갈 수 있는 물건은 하나도 남겨두지 않았다. 그중 우리가 묵었던 집 주인 소유의 캐비닛을 터는 일이 내 몫이었다. 나는 그 안에서 스페인 금화 200피스톨과 금은제 식기류를 찾아내서 챙겼다. 그런데 우리의 그런 폭력적인 행위가 당시 밀라노 총독 보드몽 공에게 민원으로 제소되었다. 그러나 그곳 시민들이 우리 병사들에게 보인 반감은 스페인 필리페 국왕의 이익에 전적으로 찬성하던 보드몽 공의 명령과 그의 전반적인 의도에 반하는 것이었다. 따라서 집주인은 그 민원으로 아무런 소득도 얻어낼 수 없었다. 나는 우리가 그 도시 전체를 약탈했더라도 마찬가지 결과가 나왔을 것이라고 생각한다. 총독이 우리를 맞아들이라고 명령했기 때문에 그곳 시민들처럼 우리에게 저항하는 행위는 공공연한 반역 행위였다. 우리는 명백히 불가피한 사유만 아니면 시민들에게 총격을 가하는 일은 하지 말라는 명령을 받은 바 있었으므로 그곳을 떠났다. 물론 우리는 필사적으로 저항하는 시민들과 맞서야 했다. 그들은 두 곳의 성채를 장악하고 있었고 우리는 그저 퇴각할 항구 하나만 장악하고 있어서 그들이 우리보다 더 유리한 위치에 있었다. 게다가 그들은 우리보다 숫자도 세 배나 많았다. 1,600명 이상으로 구성된 정규군 7개 중대가 그들에게 가세했을 뿐만 아니라 그보다 더 많은 수의 오합지졸들까지 가세하고 있었다. 그들은 또한 성채의 요새에 대포도 몇 문 갖추고 있어서 우리가 그들을 공격한다 해도 아무런 이득을 얻어낼 수 없었다. 그런데 그들은 사흘 후 또 다른 아군 병력의 공격을 받고 항복하고 말았다. 성채 안에는 시민군에 반기를 든 병사들까지 있었다. 결국 공격을 한 아군은 그들의 요새를 접수했다.

그 전투 이후 우리는 8개월간 계속 숙영만 했다. 보드몽 공이 필리페 국왕을 위해 밀라노 지역 전체를 장악하고 있었고 한동안 어떤 적도 나타나지 않았기 때문에 우리는 프랑스 지원군 병력을 충원 받는 일 말고는 딱히 할 일이 없었다. 프랑스 지원군이 도착하자 보드몽 공은 제국주의자들(스페인과 프랑스에 대항하여 엄청난 수의 병력을 이끌고 이탈리아 전선에 투입될 준비를 하고 있던 오스트리아군 주축 연합군을 말한다)을 가능한 한 멀리 밀어내기 위해 모든 방법을 총동원하며 총력을 기울였다. 그는 델라 과르다 호수와 아디제 강에 이르는 지역을 장악함으로써 그런 일을 실행에 옮겼다.

우리 연대는 만투아에 주둔했다. 하지만 그 후 우리는 테스 백작(나중에 프랑스 군 총사령관이 된다)의 명령에 따라 그곳을 떠나 프랑스군에 합류했다. 우리는 1701년 총사령관 벤덤 공작이 도착할 때까지 그곳에서 적 사령관 유진 공이 지휘하는 4만여 명의 노련한 병사들로 구성된 적군과 치열한 전투를 치러야 했다. 우리 프랑스군이 적군보다 병사 숫자는 2만5천 명 더 많았지만, 수비를 하는 입장이고 방어할 진지들도 너무 많았다. 또한 우리는 다른 부대를 지휘하고 있던 사부아 공이 정확히 어느 방향에서 우리를 향해 오고 있는지도 몰랐다. 따라서 프랑스군은 불가피하게 병력을 여러 곳으로 분산시켜야 했다. 당시의 역사가 자세히 기록하고 있는 바와 같이 제국주의 오스트리아군은 큰 전공을 세우며 자신들의 의도대로 밀어붙일 수 있었다.

나는 1701년 7월 카르피 전투에 참가했다. 결과적으로 우리는 그곳에서 오스트리아군에게 참패를 당하여 주둔지를 떠났다. 우리는 유진 공에게 아디제 강 전 유역을 넘겨줄 수밖에 없었다. 그곳에서 전투가 벌어진 첫날 우리 아일랜드 연대는 다소 피해를 입었지만 적들이 우리 연대로부터 얻어낸 것은 별로 없었다. 다음 날 우리 연대는 오스트리아군이 시야에 들어오면 전투를 개시하라는 명령을 받았다. 당시 우리 사령관이었던 카티나트 경은 진격을 명하며 적들을 강력히 공격하라고 했다. 그러나 우리가 이틀이나 전투를 하자고 유인했어도 적들은 꼼짝하지 않았다. 우리가 리볼리 지역을 떠남으로써 아디제 강 유역의 통로를 확보하게 된 그들은 임무를 완수한 셈이었다.

적들이 결정적인 전투를 거부하고 있다는 걸 알아차린 아군 측 지휘관들은 주둔지에 틀어박혀 있는 그들을 계속 압박했고, 그들이 장악한 땅을 1인치라도 더 탈환하기 위해 계속해서 전투를 유도했다. 9월이 되자 우리는 키아르에 진지를 구축하고 있던 적들을 공격하여 그들의 주둔지 심장부로 쳐들어갈 수 있었다. 그런데 우리 측 지휘관들의 잘못 때문인지 아니면 그들의 명령을 집행하는 과정에서 발생한 잘못 때문인지 모르겠지만, 그토록 용맹하게 오스트리아군 주둔지로 쳐들어갔던 노르망디 여단과 우리 아일랜드 여단은 마땅히 받았어야 할 지원을 받지 못했다. 우리는 결국 오스트리아군의 총공격을 받았고, 큰 손실을 입은 채 우리가 얻어냈던 이득을 포기할 수밖에 없었다. 그러나 그 후 우리는 엄청나게 많은 수의 기마병 지원군 병력을 적시에 지원받았다. 이번에는 적들이 패배하고 자신들의 주둔지로 퇴각했다. 오스트리아군은 이 전투에서도 자신들이 큰 승리를 거두었다고 자랑했다. 사실 그들은 우리가 자신들의 주둔지를 공격한 직후 곧바로 반격을 가하여 유리한 고지를 점했다. 노련한 아군 측 카티나트 사령관이 말했듯이, 그때 드 테스 경이 자기 휘하의 12,000명의 보병을 이끌고 와 우리를 제때 지원했더라면 그날 그 전투로 전쟁을 종식시킬 수도 있었을 것이다. 그리고 적장 유진 공은 우리가 도중에 방해하지만 않는다면 올 때보다 더 신속하게 오스트리아로 돌아갔을 것이다.

그러나 전쟁의 운명은 다르게 흘러갔다. 오스트리아군은 교전을 계속하며 진격했고 결국 우리를 완전히 패퇴시켜 밀라노 지방을 장악했다.

전쟁 말미에 우리는 그저 국지전만 벌였다. 프랑스 병사들은 흥분하기 좋아하는 자신들의 경박한 기질 탓인지 매일같이 밖으로 나가 식량을 징발하거나, 식량을 징발하고 있던 적들을 기습하거나, 약탈하는 적들을 우회 공격했다. 물론 그들은 빈번히 적들과 정통으로 맞닥뜨렸다. 오스트리아군은 여러 차례 프랑스군을 격퇴했다. 그런 소규모 전투들로 인해 많은 프랑스군 병사들이 목숨을 잃었다. 고된 병영 생활과, 추운 12월 들판과 강가, 운하와 냇물로 가득 찬 시골 습지대(이 모두가 이탈리아의 특징적인 지형으로 알려진 지형들이다) 등의 열악한 주둔지 상황으로 인해 발생한 질병으로 죽은 병사들까지 포함한다면, 우리는 결정적인 본 교전에서 잃은 것보다 훨씬 더 많은 병사들을 그때 잃었다. 아마 그건 적들도 마찬가지였을 것이다.

아군 측 사령관 사부아 공작을 정당하게 평가해서 말한다면, 그는 적장 유진 공과 최후의 일전을 벌여 전쟁의 승부를 내자고 제안했었다. 그러나 또다른 아군 측 사령관들인 빌르로이 공작, 카티나트 경, 드 테스 백작 모두가 그 제안에 반대했다. 그들이 내세운 가장 중요한 반대 이유는, 이미 여러 차례에 걸쳐 패전의 고통을 겪은 아군 병사들의 약점을 적들이 잘 알고 있다는 것, 그래서 그들이 오스트리아군과 전투를 벌일 만한 상황이 아니라는 것도 적들이 잘 알고 있다는 것이었다. 그런 이유로 그 후 3개월 간 아군과 적군은 국지전만 벌이며 서로를 괴롭혔다. 우리는 그 후 겨울 숙영에 들어갔다.

어느 날 우리 아일랜드 연대는 1,600명의 중기병들과 사부아 공 휘하의 6백명의 기마병들로 구성된 연합부대와 함께 들판을 벗어나 행군을 하게 되었다. 우리 연합부대는 행군에 앞서 별다른 의도 없이 유진 공 휘하의 명성 높은 장군 커머시 공을 포획하러 나섰다. 본래 우리 연합부대는 본래부터 중기병들과 기마병들로만 구성된 부대였다. 그런데 제국주의 군대가 아군의 많은 부대 병사들을 우리가 적군의 부대 병사들을 격퇴시킨 것보다 더 많이 격퇴시켰던 까닭에, 병사들 사이에서 꽤나 명망이 높은 지휘관이었던 사부아 공은 보병 부대의 가세 없이는 출정하지 않겠다고 우겼다. 그런 연유로 우리 아일랜드 연대에도 연합부대에 합세하여 진격해 오는 적군과 대적하라는 명령이 내려졌던 것이었다.

나는 전투 시작 두 시간쯤 전에 보병 2백여 명과 중기병 50여 명을 이끌고 작은 숲에 잠복하고 있으라는 명령을 받았다. 우리 사령관이 얻어낸 정보에 따르면 적장 커머시 공이 진로 확보 목적으로 적군 병사들을 그곳에 보낼 거라는 것이었다. 나는 명령대로 잠복 임무를 수행했다. 그런데 우리 측 병력이 다소 모자란다는 생각이 든 드 테스 백작이 천여 명의 기마병들과 키가 큰 3백 명의 보병들을 직접 이끌고 우리를 지원하러 왔다. 그런데 그게 아주 잘한 일이었다. 적장 커머시 경이 우리 첫 부대에 관한 정보를 입수하고 예상보다 빨리 급습해왔던 것이다. 만약 발포 소리를 듣자마자 드 테스 백작이 자신이 이끄는 천여 명의 기마병들을 데리고 쏜살같이 달려와 잠복하고 있던 우리를 지원하지 않았더라면, 우리는 전멸하고 말았을 것이다. 백작의 신속한 지원 덕분에 오스트리아군은 퇴각할 수밖에 없었다. 물론 적장 커머시 공도 퇴각을 했다. 그런데 공교롭게도 교전이 끝나고 적들이 퇴각하던 진로가 바로 내가 잠복하고 있던 숲이었다. 뜻밖의 패배에 놀란 탓인지 그들은 원래 의도했던 대로 숲속 진로를 확보할 병사들을 미리 보내지 않았다.

우리 부대가 숲속에 미리 파견되어 잠복하고 있다는 걸 알고 있었던 드 테스 백작은 우리가 고립되는 걸 막기 위해 퇴각하는 적들을 바싹 붙어 추격했다. 우리가 숲속에서 그들을 저지하기만 한다면 그는 곧바로 적들을 따라붙어 다시 한 번 교전을 벌일 셈이었다. 적들이 숲으로 다가왔을 때는 거의 깜깜한 밤이었다. 그 때문에 퇴각하던 적들은 우리의 숫자를 가늠할 수 없었다. 숲에 다다르자 그들은 진로를 확보하고 모든 게 아무 이상이 없는지 확인할 50명의 중기병들을 선발대로 내세웠다. 우리는 이 선발대가 숲을 관통하는 좁은 오솔길까지 들어설 때까지 한동안 가만히 놔두었다. 그러다 마침내 우리는 그 오솔길과 그들 사이로 재빨리 뛰어들어 기습을 감행했고 효과적으로 그들의 퇴로를 차단했다. 그제야 우리를 발견한 그들은 허겁지겁 총을 쏘기 시작했다. 우리는 즉시 그들을 포위하고 총공세를 퍼부었다. 결국 적 선발대는 궤멸되었고 지휘관 장교와 여덟 명의 중기병만 살아남아 포로가 되었다.

교전 소리를 듣고 대체 무슨 일이 일어났는지, 또 우리 측이 얼마나 강력한지 전혀 알 수 없었던 적장 커머시 공은 퇴각 행군을 멈추었다. 그는 자세한 사정을 알아보기 위해 기병 2백 명을 보내어 숲을 에워싸거나 둘러싸게 한 뒤 우리가 있던 곳을 공격했다. 그러나 그 사이에 아군 측 드 테스 백작이 그들의 후방에 나타났다. 우리는 멀리서 아군 병사들이 내는 고함 소리를 듣고 적장 커머시 공이 곤경에 처했다는 걸 알아차리고는 즉시 적 기병 2백 명과 교전을 벌이기로 결정했다. 우선 기병대 병력 소수가 제일 먼저 오솔길 입구로 달려가 교전을 시작했다. 우리 보병 병력은 숲을 돌아가며 나 있는 울타리 뒤에 잠복하고 있다가 필요한 상황이 벌어지자 즉시 교전을 시작할 태세를 갖추었다. 급습을 당한 적 기병들은 결국 패배하고 오솔길로 퇴각했다. 그러나 그들은 기다리고 있던 우리 보병들 상대로는 너무 노련한 병사들이었다. 우리는 그저 그들을 오솔길 입구 쪽으로 모는 일에만 만족해야 했다. 그들은 혹시 울타리 같은 게 있는지도 모르는 상태에서 그 오솔길로 들어서려고 하지 않았다.

그러나 적장 커머시 공은 자신들의 후방에 프랑스군이 와 있다는 것과 자신들에게 그들과 대적할 힘이 없다는 것을 알고는 부득이 진격할 수밖에 없다고 결심했다. 그는 우선 중기병들에게 말에서 내려 자신과 기병대 병력이 지나갈 수 있도록 오솔길 양 옆의 산울타리들을 제거하라고 명령했다. 적군 중기병들은 우리가 감당하기 힘들 정도로 그 명령을 맹렬하고 강력하게 수행했다. 그 바람에 우리 잠복 병사들은 꽤 오래 버텼는데도 무려 절반가량이 전사하고 말았다. 그러나 우리의 희생으로 프랑스군 기병대는 도착할 시간을 벌었다. 도착한 프랑스 기병대는 커머시 공의 주력 부대에 맹공을 퍼부었다. 결국 그들은 적군을 완전히 궤멸시켰고 수많은 포로들을 포획했다. 그런 다음 그들은 우리 병사들이 가세할 공간을 확보해주며 우리를 위해 물러났다. 결국 전투가 끝났고 우리는 모두 합쳐 적군 중기병 3백 명을 죽였고 2백 명을 포로로 붙잡았다.

그런데 맨 처음 이 전투의 치열한 교전이 벌어졌을 때였다. 오스트리아군 중기병 장교 한 명이 우리를 끝까지 추격해 와서 내 바로 옆에 있던 부하 세 명을 거꾸러뜨렸다. 그는 내게 항복하면 자비를 베풀어주겠다고 말했다. 나로서는 그 제안을 받아들일 수밖에 없어서 칼을 그에게 건넸다. 우리 병사들 모두가 이미 진지를 벗어나 이동하던 때여서 별 수 없었다. 그런데 바로 그 순간 아군 측 기병대가 끼어드는 바람에 일순간에 전세가 바뀌었고, 거꾸로 적 중기병들이 궤멸당하는 상황이 벌어졌다. 그러자 나를 포로로 잡았던 적 장교가 내게 몸을 돌리며 말했다.

"우린 이제 모두 끝장났소." 나는 혹시 내가 도움을 줄 수 있는지 물었다. "거기 잠깐 서시오." 그가 말했다. 그의 부하 병사들이 아직까지 필사적으로 싸우고 있었다. 그러나 2백 명가량 되는 프랑스 기병들이 후위에 나타나자 그가 내게 프랑스어로 말했다. "이번에는 내가 당신의 포로가 되겠소." 그러면서 그는 내 칼을 돌려주고 자기 칼을 건넸다. 그의 옆에 서 있던 다른 중기병 한 명도 그와 같은 행동을 하려고 했지만 그 순간 날아온 총탄에 맞고 즉사했다. 곧이어 프랑스 기병대가 나타났고 전장은 즉시 깨끗이 정리되었다. 적장 커머시 공은 다행히 패잔병들과 함께 도주했다. 우리는 더 이상 그들을 추격하지 않았다.

나처럼 포로로 잡혀 있다가 풀려난 아군 병사들은 16~17명이었다. 그러나 그들은 나처럼 자신을 포로로 잡았던 적을 거꾸로 포로로 되잡는 행운은 누리지 못했다. 사실 내게 포로로 잡힌 적군 장교는 나를 포로로 잡았을 때 내게 돈을 얼마나 갖고 있느냐고 묻지 않을 만큼 너그럽게 대해주었었다. 물론 그가 그걸 물었다 해도 내게는 돈이 그리 많지 않았다. 어쨌든 나는 그의 정중한 태도로 인해 손해를 본 셈이었다. 그가 먼저 자비를 베풀었으니 나도 자비를 베풀어야 했다. 그의 수중에 금화 100피스톨이 있다는 걸 알았다 하더라도 내게는 그 돈을 내놓으라고 요구할 뻔뻔함이 없었다. 그러나 그는 막사로 끌려온 날 밤 내게 금화 20피스톨을 선물했다. 나는 그 선물의 대가로 그가 포로 석방 선서만 한다면 유진 공의 주둔지로 돌아가도 좋다는 허락을 얻어주었다. 그는 선서를 했고 그에 따라 포로 교환 대상이 되어 그곳을 떠났다.

이 전투 직후 나는 크레모나 시에 주둔하게 되었다. 그리고 바로 그때 제일 앞에서 이야기했던 크레모나 시 전투가 일어난 것이었다. 그 전투에서 우리 아일랜드 연대는 혁혁한 공을 세웠다. 우리는 기습을 받고 여섯 시간 동안 무려 4분의 3에 이르는 지역이 적의 수중에 들어갔던 크레모나 시를 구했으며 오스트리아군을 재차 격퇴시켰다. 그 공으로 우리 아일랜드 연대는 큰 명성을 얻었다.

하지만 서둘러 다시 내 이야기로 돌아가겠다. 이 이야기가 내가 공헌한 바가 그리 없는 전쟁 일지가 아니니 말이다.

이듬해 여름 우리 아일랜드 2개 연대는 전장으로 다시 차출되어 여러 차례 오스트리아군과 격렬한 접전을 치렀다. 부지런한 사령관이었던 적장 유진 공은 우리에게 좀처럼 쉴 틈을 주지 않았다. 그는 자기 병사들과 우리 병사들 모두를 괴롭히며 전장을 종횡무진 오르내리면서 많은 전과를 올렸다. 그러나 프랑스군을 정당히 평가하고 그들이 어떻게 전투를 치렀는지 아는 사람이라면 누구라도, 프랑스군 또한 그 어떤 경우에도 오스트리아군의 도전을 거절한 적이 없으며 단호한 결단력과 용기를 가지고 용감히 맞서 싸웠다는 사실을 인정할 것이다. 일반 병사들뿐만 아니라 수많은 훌륭한 신사 장교들의 피의 대가를 요구한 전쟁이었지만, 당시 우리 군을 지휘했던 총사령관 드 벤덤 공작은 적장 유진 공에게 그 나름의 방식으로 충분히 보복을 했으며 이탈리아 전선을 떠날 때까지 주둔지마다 그를 맹렬히 추격하며 내몰았다. 그 자신이 용맹한 군인이었던 유진 공이 이끌고 온 적군 병사들과 이미 전장에 와 있던 기존의 적군 병사들은 의심의 여지없이 최고의 병사들이었다. 그런 병사들이 이탈리아에 뼈를 묻었으며, 그들의 뒤를 이어 더 많은 병사들이 같은 운명을 맞았다. 다른 전장들에서 프랑스의 세력이 쇠퇴할 때까지 그들은 그때는 자신들의 운명에 굴복할 수밖에 없었다. 전쟁에 관한 자세한 정황은 앞서 말했듯이 당시 역사책들을 통해 살펴볼 수 있으니 나와는 무관한 일이다.

그 전투들에서 내가 맡았던 역할은 짧고 강렬했다. 우리 연대는 1702년 7월에 출정했다. 당시의 전황은 아군 총사령관 드 벤덤 공작이 오스트리아 제국주의자들에게 봉쇄당한 만투아 시를 구할 목적으로 전군에 총집결 명령을 내려놓고 있던 상황이었다.

적군 총사령관 유진 공은 지략이 출중하며 억세게 운이 좋은 지휘관이었다. 그 전 해에 그는 수많은 전투에서 우리 군을 몰아친 바 있었다. 그러나 이번해 들어 그의 운은 조금씩 쇠하고 있었다. 우리 군대가 그의 군대보다 병력 수가 더 늘어난 데다 드 벤덤 공작이 선수를 쳐서 그보다 먼저 출정했던 까닭이었다. 그 전 해 겨울 내내 유진 공이 만투아 시를 물샐틈없이 봉쇄하고 있었으므로 드 벤덤 공작은 어떤 대가를 치르더라도 그 도시를 다시 탈환하리라 결심했다. 그리고 앞서 말했듯이 공작이 먼저 선수를 쳐서 출정했던 터라 유진 공은 공작이 봉쇄망을 뚫고 들어오는 것을 물리력으로 막을 수 없었다. 결국 그는 자신의 부대들을 일단 뒤로 빼냈다. 그런 다음 그는 드 벤덤 공작이 위협하고 있던 베르셀로 지역과 무기고가 위치한 보르고 포트 지역을 보호할 목적으로 몇몇 강력한 부대들을 남겨놓고 나머지 전 병력을 우리와 직접 대적도록 총집결시켰다. 때마침 스페인 국왕도 우리 군대에 가세했던 터라 드 벤덤 공작은 총 3만 5천여 명의 병사들을 거느리고 있었다. 공작은 유진 공을 전장으로 끌어내기 위해 공격 결정을 내린 루자라 지역 근처에 포진했다. 한편 아군의 또 다른 사령관 보드몽 공은 밀라노 후방 리발토 지역에서 밀라노 외곽 지역을 엄호하며 2만 명 이상의 병력을 거느리고 참호와 진지들을 구축하여 포진하고 있었다. 만투아 시 자체 내에도 아군 측 병사 만 명이 포진했다. 그리고 프라콩탈 경도 만투아 시로 이어지는 강둑길을 수비하는 요새의 대포 밑에 역시 10,000명의 병사들을 거느리고 포진했다. 사정이 이러하니 만약 아군 측 모든 병력이 연합하여 총공세를 편다면(사실 며칠 안에 그럴 예정이었다), 유진 공은 틀림없이 궁여지책을 짜내야 했을 것이고, 이탈리아에서 자기 몸 하나를 지키기 위해서만도 할 일이 너무나 많았을 것이다. 그는 보름 동안이나 이어질 대대적인 참호전을 버텨낼 수 있는 장소를 그 나라 그 어느 곳에서도 알고 있지 못하는 형편이었다. 그 자신 또한 그런 사실을 아주 잘 알고 있었다. 따라서 드 벤덤 공작은 그를 최대한 유인하여 전투에 끌어들이기로 마음먹고 그 목적을 위해 루자라 지역 공격 작전 계획을 세워놓았다. 아군은 이런 상황에서 1702년 6월 15일 제국주의 군대의 전 병력이 전열을 갖추어 총공격을 감행해오는 모습을 목격하고 깜짝 놀랐다.

공교롭게도 우리 군대도 이틀 전부터 적들을 향해 종렬을 지어 행군해가고 있던 참이었다. 사실 이미 3일 전 드 벤덤 공작이 적장 비스콘티 장군이 제국주의 기마병 3개 연대와 중기병 1개 연대를 거느리고 테소나 강변에 위치한 세인트 빅토리아 지역에 주둔하고 있다는 정보를 입수하고 그들을 공격하기로 결심하고 있었다는 사실을 독자 여러분께 말씀드리겠다. 이 작전은 극히 은밀하고 신속하게 진행되었다. 우리 군대는 적과 9마일가량이나 떨어져 있었다. 비스콘티 장군은 모데네스 지역으로 이동해가던 중 우리 프랑스군 기병대와 중기병 6천 명의 예상치 못한 기습을 당했다. 그는 거의 한 시간을 매우 용감하게 버텼다. 그러나 결국 자신의 병사들이 패배하여 혼란에 빠질 수밖에 없는 지경에 이르렀다는 사실을 깨닫고 퇴각 나팔 신호를 보냈다. 그들은 퇴각을 위해 뒤돌아선 지 15분도 안 돼 엄청난 수의 우리 측 보병들에 포위되어 있다는 사실을 알아차렸다. 우리 보병들이 타소나 강의 다리를 제외한 전 퇴각로를 완전히 차단하고 있었다. 군용 행랑과 궤짝들을 잔뜩 짊어지고 있던 적병들은 앞으로 나가지도 뒤로 물러서지도 못하는 진퇴양난의 상황이었다. 결국 그들은 자기들끼리 밀치고 서로에게 걸려 넘어지고 하며 그 어떤 질서도 유지할 수 없는 큰 혼란에 빠졌다. 급기야 상당수의 적군 병사들이 강물에 빠져 익사했다. 또한 상당수의 병사들이 죽임을 당했으며 그보다 많은 수가 포로로 사로잡혔다. 요컨대 적군 기병대 3개 연대와 중기병 1개 연대가 전멸했다.

이 패배는 유진 공에게 큰 타격이었다. 사실 전멸한 병력은 그의 전군에서 최정예 병력이었다. 우리는 4백여 명의 포로들을 사로잡았고, 그들의 모든 군용 행랑과 수하물들, 그리고 8백여 필의 말을 손에 넣었다. 엄청난 전리품이었다. 피해를 당한 적병들은 의심의 여지 없이 보름 동안 이어진 이후의 전투에 너무나도 필요했던 핵심 병사들이었다. 앞서 말했듯이 우리 군은 루자라를 공격하기 위해 행군해가던 도중 6백여 명에 이르는 오스트리아 기마병 부대가 나타나는 것을 목격했으며 그로부터 채 30분도 안 돼 적의 전군이 전투 대형을 이루고 포진하고 있는 모습을 목격했다.

우리 군도 즉시 전투 대형으로 정렬했다. 아군 총사령관 드 벤덤 공작은 연대들이 도착할 때마다 전투에 유리하게 배치했다. 그 때문에 적 사령관 유진 공도 부득이 작전 계획을 변경할 수밖에 없었다. 그가 처한 상황은 특히 불리했다. 말하자면 그는 자신들보다 훨씬 더 우수하고 훨씬 더 유리한 진지들을 구축하고 있는 군대와 싸워야 하는 처지였다. 만약 그가 그때 하루만 더 참고 기다리는 일이 적절하다고 생각했다면 우리는 타협을 했을지도 모르겠다. 그러나 사태는 달리 전개됐다. 자신들의 군대가 더 훌륭하다고 생각하던 오스트리아군 장군들의 오만과 완고한 고집 때문이었다. 우리 측 국왕군은 거대한 포 강 좌측에 포진하고 있었고 반대편 강변에는 보드몽 공이 포진했다. 먼저 그 양 군이 제국주의 군이 구축해놓은 보르고 요새의 참호들을 집중 포격했다. 보드몽 공은 곧 총공세가 이어질 것 같다는 급보를 받고 국왕군을 지원할 보병 12개 대대와 기병 천여 명을 급파했다. 유진 공이 새로운 공격 작전 계획을 세우고 있는 틈을 타서 이 모든 지원 병력이 우리에게 가세하면서 우리는 더욱 용기를 냈다. 우리에게 지원 병력이 도착하자 유진 공은 전투 개시를 결심했다. 그는 사실 우리에게 지원 병력이 도착하기 전에 전투를 시작하겠다고 마음먹고 있었다. 그런데 그 예상이 어그러져 그는 크게 좌절했다. 그는 전투를 시작할 수밖에 없었다. 그의 크나큰 오판이었고 이미 사태를 되돌리기에는 너무 늦은 때였다.

그는 오후 5시 이전에 이미 전 병력의 교전 대열을 형성할 수 있었다. 그들은 별다른 중요한 목표도 없이 다짜고짜 30여 분간 집중 포격을 퍼부었다. 커머시 공이 지휘하는 그의 우익 부대들이 맹렬하게 아군 측 좌측을 공격했다. 우리 병사들은 그 공격을 잘 견뎌냈으며 세심하게 서로를 지원했다. 결국 적들은 많은 전사자를 내고 퇴각했다. 설상가상 그들에게 매우 불운하게도 이 첫 공격에서 사령관 커머시 공이 전사하는 일이 발생했다. 그 바람에 적 연대들은 지휘관 부재 상태에 빠졌다. 그들은 그토록 위대한 장군이 쓰러졌다는 사실에 너무 놀라 혼란에 빠졌고 결국은 부대 전체가 완전히 와해되고 말았다.

그러나 적군은 허브빌 장군 휘하의 제2 전투 대열을 진격시켜 전세를 상당 부분 회복시켰다. 그들은 곧바로 전열을 재정비하고 재집결한 뒤 대담하게 두 번째 공격을 감행했다. 이번에는 그들이 주력 부대의 새로운 병력 지원까지 받고 있었던 터라 아군 측이 당할 차례였다. 우리 병사들은 포진해 있던 지역에서 포 강 지역으로, 그리고 급기야 좌측에 위치한 운하까지 몰리며 퇴각했다. 우리는 운하 뒤편에 도달하고 나서야 전열을 재정비할 수 있었고 보병 및 기마병 지원병들을 보강받을 수 있었다. 적군과 아군 모두 집요하고 용맹스럽고 능숙하게 전투를 치렀다. 전투를 끝까지 계속해서 결판을 냈다면 어느 편이 승리를 거둘 수 있었을지 판가름하는 일 자체가 불가능할 정도였다.

우리 국왕군의 우측 편에는 '장 다름', 즉 프랑스 기병대의 꽃이라고 불리는 국왕 근위대와 4백 명의 기마병을 거느린 여왕 경호 부대가 포진하고 있었다. 그리고 그들 옆에는 보병 부대가 포진하고 있었는데, 바로 그 부대들 사이에 우리 여단이 끼어 있었다. 맨 먼저 공격을 감행한 부대는 기마병 부대였다. 그들은 총탄은 단 한 발도 발사하지 않고 모두 손에 칼만 든 채 제국주의 중기병 연대의 총격을 무릅쓰고 맹렬히 돌진해나갔다. 그들은 계속 돌진하여 적진 속으로 뛰어들었고 타고 있는 말들의 위세에 힘입어 적병들을 격파해나갔다. 우리 보병이 그 뒤를 따를 수 있게 전장을 정리한 것이었다. 그 덕에 우리 보병 제1 대열이 가장 먼저 적이 장악하고 있던 전장을 빼앗았다.

이 첫 번째 공격에서 우리 오른편 부대를 지휘하던 아군 지휘관 크레키 후작이 전사했다. 오스트리아군 입장에서 봤을 때는 커머시 공의 전사를 충분히 보상하는 아군 측의 손실이었다. 그 후 우리는 앞서 말한 대로 적 기병대를 몰아붙였다. 그러나 그들은 능숙한 지휘관의 솜씨에 힘입어 전열을 재정비했고 제국주의군 3개 연대의 지원을 받으며 다시 맹렬히 공격해왔다. 하도 치열해서 도저히 버텨낼 수 없는 맹공이었다. 결국 이 교전에서 우리 아일랜드 연대 소속 2개 대대가 패배했고 수많은 전사자가 났다. 나 또한 불운하게도 바로 이 교전에서 머스켓 총탄을 맞고 왼팔이 부러지는 부상을 당했다. 하지만 그게 다가 아니었다. 나는 거인 같은 오스트리아 병사에게 가격까지 당하여 고꾸라지고 말았다. 그는 나를 죽였다고 생각하고 짓밟기까지 했다. 하지만 곧바로 그 역시 내 몸 위로 고꾸라졌다. 내 부하 한 명이 총을 쏴서 사살한 것이었다. 그런데 왼팔이 부러진 상태에서 그가 나를 덮친 일이 내게는 정말로 치명적이었다. 말만큼 큰 거구였던 그의 체중이 하도 무거워서 나는 옴짝달싹 할 수 없었다.

그런데 교전 직후, 우리 병사들이 포진하고 있던 곳에서 퇴각하는 바람에 나는 꼼짝없이 적의 수중에 놓이고 말았다. 그러나 다음 날 아침이 될 때까지는 아직은 그들의 포로가 아니었다(그때까지 아직 그들에게 발견되지 않았다는 소리다). 아침이 돼서야 전사자들 중에 혹시 생존한 부상자가 있는지 알아보러 외과 의사를 대동하고 적 수색대가 전장에 도착했다. 그들은 전사한 오스트리아 병사들과 내 근처에 전사하여 널브러져 있는 우리 측 병사들 사이에서 질식사 직전 상태에 있던 나를 발견했다. 그들에 대해 공정하게 말하겠다. 그들은 나를 지극히 인도주의적으로 대해주었다. 의사는 내 부러진 팔을 능숙한 솜씨로 고쳐주었다. 그 후 네댓새 지난 후 나는 포로 석방 선서를 조건으로 자유를 얻으러 파르마로 보내졌다.

양측 군대는 그 후에도 치열하게 교전을 계속했다. 특히 우리 왼쪽 편에서 그랬다. 마침내 날이 어두워졌고 양측 병사들은 자기들이 누구를 쏘는지, 사령관들은 병사들이 무슨 일을 하는지 볼 수 없는 지경에 이르렀다. 병사들은 서서히 총격 횟수를 줄여나갔다. 솔직히 말하자면 어두워진 밤이 양측 군대를 갈라놓은 셈이었다.

양측 군 모두 서로 자신들이 승리했다고 강변했으며 피해는 최대한 숨겼다. 여하튼 이 위대한 전투보다 더 용감하고 집요하게 치러진 전투가 없었다는 것만은 확실했다. 아마 끝까지 결판을 낼 수 있을 만큼 낮 시간이 길었더라면 틀림없이 양 진영 모두에서 족히 수천 명의 전사자가 더 났을 것이다.

오스트리아군 측에서 승리했다고 자찬한 근거는, 앞서 말했듯이, 그들이 우리 군 좌측 진영을 몰아붙여 우리를 운하와 높다란 포 강 강둑까지 퇴각하게 만들었다는 것이었다. 그러나 그 때문에 후퇴한 아군 병사들이 오히려 유리한 위치를 점하게 되어 적들이 밀집해 있는 적의 심장부에 포격을 가할 수 있었다. 그들은 그곳 진지에서 더 이상 밀리지 않았다.

국왕군이 승리했다고 내세웠고 분명히 적이 내세운 근거보다 더 타당한 근거라고 할 수 있었던 것은, 전투가 끝나고 이틀이 지난 후 국왕군이 오스트리아군이 지켜보는 가운데 과살라 요새를 공격하여 그곳에 포진하고 있던 적병들을 항복시키고 그들에게 향후 6개월 동안 다시는 군 생활을 하지 않겠다는 굴욕적인 맹세를 받아냈다는 것이었다. 요새에 있던 적병들의 총 숫자가 1,500명이나 되었으므로 오스트리아군으로서는 막대한 피해였다. 사정이 그랬는데도 유진 공은 빼앗긴 요새를 탈환하러 나서지 않았다. 이후에도 우리 군은 제국주의 군대가 장악하고 있던 다른 여러 요새들을 빼앗았다. 어쨌든 우리 역시 그해에는 또 다른 전투를 치를 만한 상황이 아니어서 프랑스군이 도착하자 그 요새들을 떠날 수밖에 없었다.

내 전쟁 출정 경험은 이렇게 종지부를 찍었다. 비록 다리를 부상당해 절름거리게 되었지만 그래도 나는 다른 신사 장교들에 비하면 운이 좋은 편이었다. 피비린내 나는 전투를 치르며 무려 4백 명 이상의 장교들이 전사하거나 중상을 입었으며 그중 세 명은 사령관급 장군들이었다.

전투는 12월까지 계속되었다. 드 벤덤 공작은 오스트리아군에게서 보르고 요새와 요충지 여러 곳을 빼앗았다. 결국 오스트리아군은 이탈리아 전선 내의 모든 거점들을 잃었다. 나는 한동안 포로로 잡혀 있었다. 정식 포로 교환 조약이 아직 체결되지 않았기 때문에 유진 공은 프랑스 포로들을 헝가리로 보내라고 명령했다. 정당화될 수 없는 포로 학대 행위였다. 그러나 그 추방 조치 덕분에 꽤 많은 포로들이 터키로 도망치는 수단을 발견할 수 있었다. 그렇게 도망친 포로들은 터키인들의 친절한 대접을 받았고 콘스탄티노플 주재 프랑스 대사의 보호를 받았다. 프랑스 대사는 프랑스 국왕으로부터 그들을 다시 이탈리아로 돌려보내라는 명령을 받았다.

우리 측 총사령관 드 벤덤 공작 역시 많은 오스트리아군 병사들을 포로로 잡고 있었다. 마침 유진 공은 우리 측 포로들을 헝가리로 보내는 일이 마음에 들지 않아 일부를 다시 돌려보내라고 명령을 내린 참이었다. 결국 전면적인 일제 포로 교환서가 합의되었다.

앞서 말한 대로 나는 포로 석방 선서를 조건으로 한동안 파르마에 가 있으라는 허락을 받고 그곳에 가 있었다. 나는 그곳에서 40일 동안 부상당한 다리를 치료했다. 치료가 끝나자 페라라로 보내져 적 지휘관에게 맡겨졌으며 그곳에 유진 공이 도착하자 다른 전쟁 포로들과 함께 포로 일제 교환을 위해 밀라노로 보내졌다.

일제 포로 교환 후 나는 트렌트 시에서 8개월가량을 보냈다. 내가 묵었던 집 주인은 예의 바르게 나를 대하며 극진히 보살펴주었고, 그 때문에 나는 아주 편안하게 묵을 수 있었다. 그런데 그곳에서 나는 내 의지와 무관하게 주인집 딸과 친해졌다. 그리고 내게 주어진 운명 때문에 그리된 것인지는 모르겠지만, 결국 그녀와 결혼까지 하게 되었다. 내가 너무 순진했다고 고백해야 하겠다. 결혼은 결코 내가 의도했던 일이 아니었다. 주인 딸은 내가 감당하기에는 너무 영악한 여자였다. 어느 날 그녀가 나를 유혹하여 평소에 내가 마시던 주량보다 더 많은 양의 포도주를 입에 들이붓게 만들었다. 나는 정신이 흐릿해졌다. 나는 내가 무슨 짓을 하고 있는지는 알았지만 평소와 달리 기분이 너무 좋아져서 결혼을 승낙해버리는 우를 범하고 말았다. 그토록 무분별하고 순진한 짓을 저지른 죄로 나는 그 후 온갖 궂은일을 당하며 거북한 처지에 빠졌다. 나는 자청해서 짊어지게 된 이 새 짐 덩이를 어떻게 해야 할지 알 수 없었다. 그녀와 함께 그곳에 계속 머무를 수도, 그렇다고 데리고 떠날 수도 없었다. 하도 난감해서 나는 지극히 당혹스러웠다.

결혼을 하고 얼마 안 있어 나는 '샤르텔'이라고 부르는 일제 포로 교환 협정으로 완전한 자유의 몸이 되었으며, 다시 소속 연대로 복귀해야 했다. 당시 우리 연대는 밀라노 지방에 주둔하고 있었다. 나는 그곳 밀라노에서 파리에 가서 그곳 거래처 무역상의 도움을 받아 아일랜드 연대에 복무할 영국 신병들을 모집해온다는 구실을 내세워, 파리로 가도 좋다는 허락을 받아냈다. 그렇게 파리행 허락을 얻어낸 뒤 나는 다시 적군 측으로부터 트렌트 통행 허가증을 얻어냈다. 나는 멀리 우회하여 트렌트로 돌아갔다. 그리고 매우 성실하게 모든 짐을 꾸렸고, 아내를 챙겼다. 그 후 나는 그녀를 대동하고 티롤을 경유하여 바바리아로 갔고, 그곳에서 다시 수아비아와 블랙 포레스트 지역을 거쳐 알자스로 갔다. 그리고 거기서 다시 로렝 지방을 경유하여 파리로 갔다.

사실 그때 나는 이제 그만 전장을 떠나겠다고 은밀히 마음먹고 있었다. 정말이지 전쟁이라면 신물이 날 지경이었다. 그러나 동료 병사들이 아직도 전장에 남아 있는 상황에서 나 혼자만 발을 뺀다는 게 너무나 불명예스러운 일로 여겨져서 쉽게 속마음을 실행에 옮길 수 없었다. 그런데 우연한 사건이 일어나 내 일을 쉽게 만들었다. 때마침 늘 그래왔듯이 영국과 네덜란드가 한 편이 되어 프랑스와 새로운 전쟁을 벌인 것이다. 프랑스 국왕은 양동 작전을 펴 영국군을 견제한다는 생각으로 군함과 프리깃 범선들로 구성된 강력한 함대를 던커크에 편성하여 6,500명의 정규 병사들과 자원 병사들을 승선시켜 영국으로 파병했다. 영국 국왕 참칭자(우리는 그렇게 불렀지만 더 일반적으로는 명예혁명으로 쫓겨난 제임스2세의 아들로서, 세인트 조지 기사라고 불린 제임스 에드워드 스튜어트 왕자를 말한다)가 그들과 함께 배를 타고 떠나 스코틀랜드에 상륙했다. 나는 내 상관들에게 세인트 조지 기사가 대영제국 스코틀랜드로 떠나기 전에 혹시 지원병 모집을 한다면, 대령으로 명예롭게 진급만 시켜준다면 내 휘하의 중대를 팔아서라도 기꺼이 그 모집에 자원병으로, 그것도 자비를 써가며 참전하겠다고 제안했다. 그런데 자비를 쓰겠다는 이 두 번째 제안 내용이 상관들에게 좋은 인상을 주고 유리하게 작용했다. 그들은 나를 영국 상황에 큰 관심을 가진 신중하고 존경할 만한 사람으로 여겼다. 나는 휘하의 중대를 팔아도 좋다는 허락을 받았다. 나는 그때 네덜란드를 경유하여 런던에서 부쳐온 상당한 돈까지 가지고 있었다. 나는 그 돈으로 무기와 훌륭한 장비 일습을 구입한 뒤 전함에 승선하러 던커크로 갔다.

나는 왕위 참칭자 세인트 조지 기사의 따뜻한 환대를 받았다. 그는 내가 아일랜드 여단에서 장교로 복무하며 이탈리아 전선을 누비던 베테랑 군인이라는 얘기를 이미 듣고 있었다. 그 정보가 이미 내가 누리던 명성과 명예를 더 빛나게 했다. 사실 나는 왕위 참칭자나 그가 내세운 명분에는 특별한 관심이 없었다. 나는 이쪽이든 저쪽이든 어느 쪽 대의명분에 대해서도 그다지 많은 숙고를 하지 않았다. 만약 그런 숙고를 했다면 내 생명과 재산을 위험하게 만들지 모르는 출정에 참가했을 리가 만무하다. 왕위 참칭자 편에 선 순간부터 내 재산은 모두 영국 정부에 몰수당할 처지에 빠진 것이었고, 내 재산을 압류할 권한이 영국 정부 관계자들의 변덕에 달려 있게 되었다고 말할 수 있었다.

그런데도 즉, 런던에서 송금 받은 300파운드와 아일랜드 소속 중대를 팔아서 생긴, 송금 액수와 거의 맞먹는 돈까지 가지고 있었는데도, 나는 별다른 생각 없이 무의미한 대의명분을 위해 왕위 참칭자가 일으킨 전쟁에 자원병으로 지원한 것이었다. 나는 온갖 위험을 감수하겠다고 마음먹고 그들과 함께 떠났다. 이 무익한 원정의 상세한 내용이 내 이야기에 들어갈 까닭은 거의 없다. 다만 우리 프랑스군이 우리보다 월등한 전력을 자랑하던 영국 함대에게 강력한 밀착 추격을 당했고 그 바람에 내가 가까스로 교수형을 면했다는 말 정도만 덧붙이겠다.

프랑스 원정군이 원래 목표로 삼았던 스코틀랜드 항구를 지나 피스 포스, 즉 흔히 하는 말로 하자면 에든버러 시 후미를 향해 갈 생각을 한 것은 큰 행운이었다. 원정군이 맨 처음 도착한 육지는 몬트로즈라고 불리는 지역 북쪽이었다. 그런데 그들은 그곳에 상륙할 일이 없었다. 따라서 그들은 피스 포스로 돌아올 수밖에 없었다. 그들은 그곳으로 진입하는 앞바다에 도착한 뒤 닻을 내리고 조수의 흐름을 기다렸다. 바로 이 지연 혹은 차질이 조지 빙 경 휘하의 영국 함대가 피스 포스까지 오는 일을 지연시켜 준 셈이 되었다. 그들도 우리처럼 그곳에 닻을 내리고 밀물이 밀려와 피스 포스로 진입할 수 있게 되기를 기다리고 있었다.

앞서 말했듯이 우리가 만약 목표로 삼았던 항구를 그냥 지나치지 않았더라면 우리 함대는 이틀 안에 궤멸되고 말았을 것이다. 우리가 할 수 있는 일은 소형 프리깃 범선들을 이끌고 라이스 항의 부두나 정박지로 들어가 병사들과 무기들을 내려놓고, 타고 간 배들에 불을 붙이는 일뿐이었을 것이다. 그곳에서 배로 24시간도 안 걸리는 곳과 인근 지역에 영국 함대가 주둔하고 있었다.

그 같은 급박한 상황을 맞이하여 프랑스 함대 사령관은 정박해 있던 지점에서 서둘러 돛을 올려 더욱 북쪽으로 항해하라고 명령했다. 우리는 가까스로 영국 함대를 따돌렸다. 그렇게 해서 우리는 도주에 실패한 배 한 척만 잃었을 뿐 모두 무사히 도망칠 수 있었다. 사흘째 되는 날 밤이 되어서야 비로소 우리는 영국군의 추격이 끝났다는 확신이 들었다. 우리는 항로를 변경하여 그들의 시야에서 벗어나 노르웨이 해안 쪽으로 이동했다. 우리는 발틱 강의 어귀에 이를 때까지 내내 모두 배에 탄 채 해안가를 따라 항해했다. 강어귀에 이르러서야 우리는 다시 닻을 내렸다. 우리는 바다에 배가 없는지 알아보도록 척후병 두 명을 보냈다. 더 이상 적이 추격해오지 않는다고 안심한 우리는 편안한 마음으로 던커크로 돌아왔다. 나는 무사히 뭍에 다시 발을 디디게 되어 무척 기뻤다. 추격하는 영국군에게서 도주하던 동안 나는 두려움에 떨었다. 붙잡히면 틀림없이 교수형에 처해질 거라는 생각이 들었고, 머릿속은 온통 교수대 밧줄과 교수대 단 생각으로 가득 차 있었다.

그런데 이제 그런 두려움이 끝났다. 나는 영국 국왕 왕위 참칭자 세인트 조지 기사와 그의 군대와 작별하고 서둘러 파리로 돌아왔다. 그런데 불운하게도 그렇게 갑작스럽게 돌아오는 바람에 나는 아내와 관련된, 전혀 만족스럽지 않은 사실을 발견했다. 아내가 웬 남자와 함께 있는 현장을 목격한 것이다. 그자는 정숙한 부인이라면 같이 어울려서는 안 된다고 믿을 만한 충분한 근거가 있는 자였다. 이미 아내의 성향을 잘 알고 있던 나는 불같은 질투심이 일었고 아내에 대해 불쾌한 생각이 들기 시작했다. 아내의 특별한 매력을 잘 알고 있었고, 특히 프랑스로 데리고 온 이후에는 그녀의 행동이 더 매력적이었기 때문에 나는 이 사건으로 화가 불같이 치밀어 올랐다고 고백한다. 그러나 본래부터 아주 경박한 편이었던 아내가, 프랑스의 파리처럼 소위 연애 사건이 넘쳐나는 도시에서 그런 상황 속에 빠지는 걸 막는다는 건 애당초 불가능한 일이었다.

모국에서뿐만 아니라 해외에 나와서까지도 오쟁이 진 남편 신세가 내 팔자라고 생각하니 화가 더 치밀어 올랐다. 나는 너무 화가 나서 아내 생각만 하면 자제가 안 됐다. 온종일, 아니 온밤을 꼬박 새우며 나는 아내를 어찌할지 숙고하고 또 숙고하며 시간을 보냈다. 특히 치욕을 안기며 내 자리를 밀어낸 상대방 남자 놈을 생각하느라고 더 그랬다. 정말이지 나는 그런 생각을 하며 여러 차례, 아니 사실상 백여 차례 이상 상상 속 살인을 저질렀다. 우리 마음속에서 일어나는 상상의 첫 번째 원인 제공자가 악마는 아닐 것이다. 그러나 분명히 우리에게 몹쓸 짓을 저지르라고 부추기는 유혹자가 바로 악마이다. 그 악마가 밤낮 없이 내게 아내를 죽여버리라고 부추기며 괴롭혔다.

악마가 부추긴 그런 끔찍한 생각이 내게 사나운 생각을 불러일으켰다. 오쟁이 진 남편이란 말만 생각하면 피가 거꾸로 솟아올랐고 집요하게 나를 괴롭혔다. 간단히 말해, 나는 아내를 죽일지 말지의 여부를 거론할 필요도 없는 당연지사로 여기게 되었다. 나는 그저 어떤 방법으로 죽일까 하는 생각과 일을 저지르고 난 뒤 어떤 방법으로 도망갈까 하는 생각에만 몰두했다.

그런 생각을 하던 동안 내내 나는 사실 아내의 죄에 대한 충분한 증거를 확보하지는 못했다. 나는 그녀를 직접 추궁하지도 못했으며 내가 의심하고 있다는 사실을 알리지도 않았다. 다만 나는 내 행동과 그녀에 대한 태도 변화를 통해 그녀가 그것을 눈치채게 하려고만 했다. 그녀는 결국 내 행동과 태도 변화를 통해 무엇인가가 나를 불편하게 만들고 있다는 걸 감지할 수밖에 없었다. 그러나 그녀는 애써 그 사실을 눈치채지 못한 척했다. 그녀는 나를 잘 대해주었고 전장에서 다시 돌아와 기쁘다는 태도만 보였다. 나는 집을 떠나 있던 동안 그녀가 생활비를 낭비했다는 사실을 발견하지 못했다. 그러나 어느 현자가 말했듯이 질투심은 어디까지나 '인간의' 분노심이다. 주고 간 생활비를 아껴 썼다는 사실이 오히려 내 병적인 상상력에 혹시 다른 놈이 생활비를 댄 것은 아닌가, 그래서 내가 주고 간 돈을 쓸 이유가 없었던 것은 아닌가 하는 의구심을 불러일으켰다.

고백하건대 그 문제에 있어서는 설령 아내가 결백했다 해도 이미 내 머리가 온통 그녀가 부정하다는 생각으로 꽉 차 있었으니 변명하기 힘들었을 것이다. 그리고 아내가 혹시 돈을 낭비하며 방탕한 생활을 한 것이었다면, 그때는 아마 분명히 나는 그녀가 남자들을 위해 그런 생활을 한 것이라고 뒤집어 씌웠을 것이다. 여하튼 나는 아내의 검약 생활이 다른 남자들이 준 돈으로 살았던 덕분이라고 생각했다. 내 머리에는 이상이 생겼고, 나는 모욕을 당했다고 믿게 되었다. 밤낮없이 머릿속에 온통 그런 생각만 맴돌았고 그 어떤 것도 그걸 몰아내지 못했다.

그러는 동안 나는 내 의심을 직접 드러낸 적이 없었다. 그러나 나는 아내의 부정을 확신했다. 그러니 내게는 아무런 증거도 필요하지 않았다. 나는 그녀와 접촉하거나 이야기를 나누는 모든 자들을 독기 어린 눈으로 쏘아보았다. 그 무렵 우리가 사는 집에 근위대 소속 장교가 함께 살고 있었다. 상류층 집안 출신으로 아주 예의 바른 신사였다. 어느 날 내가 작은 거실에 앉아 있고 아내가 그 바로 옆 응접실에 앉아 있을 때였다. 아내가 있는 거실로 그 장교가 들어왔다. 같은 집에 함께 사는 일원이었기에 아무런 거리낌 없이 들어왔던 것이었다. 그는 내가 바로 옆 거실에 있다는 걸 모른 채 자리에 앉더니 아내와 담소를 나누었다. 마침 두 방 사이의 문이 열려 있어서 나는 두 사람의 대화 내용을 모두 들을 수 있었다. 사실 그들 사이에는 이런저런 잡담만 오갔을 뿐 특별한 대화가 오갔다고 할 수는 없었다. 그들은 그 전 주에 파리시 시의회 대변인으로 일하는 63세의 거부와 결혼한 어느 시민의 19살 먹은 딸 이야기를 했고, 죽은 남편의 하인과 재혼한 어느 미망인 이야기를 했다. 그 밖에도 그들은 지금 생각해보면 사실 시비를 걸 만한 내용이 없는 그 비슷한 잡담을 나누었을 뿐이었다.

그러나 두 사람의 대화는 내 머릿속을 질투로 가득 채우고 내 성질에 불을 붙였다. 나는 그가 아내에게 너무 흉허물 없이 대하고, 아내 또한 그에게 마찬가지 태도로 대하고 있다는 생각이 들었다. 나는 두어 차례 당장 자리에서 일어나 문을 박차고 그들이 있는 방으로 돌진해 들어갈까 생각했다. 그러나 그런 충동적인 행동은 삼갔다. 그런데 그 순간 그 장교가, 내 기억으로는, 어떤 늙은이에게 자기 하녀를 물건 버리듯 넘겨버린 어느 부인 이야기를 하면서 낄낄거리기 시작했다. 물론 그 이야기 역시 별달리 추잡스러운 이야기는 아니었다. 그러나 이미 머릿속이 온통 화로 부글부글 끓어오르고 있던 나는 더 이상 그런 이야기를 참고 들을 수 없었다. 나는 벌떡 일어나서 그들이 있는 방으로 달려 들어가 아내의 말을 가로채며 말꼬리를 잡기 시작했다.

“아니, 부인, 그 하녀에게 그 늙은이가 나이가 너무 많다는 게 뭐 그리 대수요!” 내가 말했다. “대체 그런 이야기는 왜 하는 거요?” 그러면서 나는 올더스게이트 동네에 있는 ‘황소와 입’이라고 부르는 간판에 그려진 얼굴과 닮은, 잔뜩 일그러진 표정을 지어 보이며 장교에게 성큼 나아갔다.

명예를 중시하고 기백도 넘쳐났던 후작(그 장교는 그런 호칭으로도 불렸다)은 내 행동이 뭘 의미하는지 알아차리고 그대로 받아들여 즉시 내 뒤를 따라 나왔다. 그는 거리에 나와 연속해서 헛기침을 하며 나를 따라왔다. 내가 그 모습을 보고 걸음을 멈추자 그가 다가왔다.

“이보시오, 선생.” 그가 말했다. “프랑스에서는 우리가 보이고 있는 이런 모습이 몹시 불편한 모습이오. 이곳에서는 이런 모습을 보이면 세상 사람들로부터 푸대접만 받지 정당한 대접을 받을 수 없단 말이오. 그러니 결과가 어찌 되든 간에 우선 방금 전 선생이 내게 무슨 이유로 그런 행동을 했는지 어디 들어나 봅시다.”

나는 다소 냉정을 되찾은 뒤 방금 전 내가 보인 행동의 이유를 설명했다. 나는 내가 무례를 범한 걸 똑똑히 알고 있다고 말했다. 그런 다음 나는 그에게 솔직하게 말했다.

“이보시오, 선생. 나는 당신이 신사라는 걸 잘 알고 있소. 그리고 나는 당신을 존경하기도 하는 사람이오. 그러나 나는 당신과 내 아내의 처신이 몹시 불쾌했소. 당신이 나와 같은 일을 당했다면 나보다 덜 한 행동을 할 수 있었겠소?”

“선생과 선생 아내 사이에 혹시 무슨 불화가 생겼다면 그 점에 대해서는 유감이오.” 그가 말했다. “하지만 그게 나와 무슨 상관이란 말이오? 나는 그저 선생 아내와 이런저런 잡담만 나누었을 뿐이요. 그런 내가 선생 아내에게 무슨 무례한 짓을 했다고 비난하는 거요?” 그러면서 그는 아내와 나눈 대화 내용을 되풀이했다. “게다가 나는 당신이 바로 옆방에서 우리의 대화 내용을 다 들었다는 걸 알고 있소. 문이 열려 있었으니 우리의 대화를 오해해서 잘못 받아들일 사람은 누구도 없을 거라고 생각하오.”

“두 사람의 대화가 지나치게 친밀하다는 생각 말고는 달리 생각할 여지가 없었소. 그러니 명예를 존중하는 남자라면 누구든 그런 대화를 참을 거라고 기대할 수 없을 것이오. 여하튼 말이오, 선생." 내가 말했다. "나는 그저 내 아내에게 말을 건넨 것뿐이오. 나는 당신에게는 아무 말도 하지 않았소. 당신에게는 그저 옆을 지나치며 내 중절모를 들어 보였을 뿐이란 말이오."

"그렇소." 그가 말했다. "그러면서 격분으로 가득 찬 악마 같은 표정도 지어보였지. 독기로 가득 찬 그런 표정에 과연 아무런 의미도 담겨 있지 않았단 말이오?"

"그 점에 대해서는 할 말이 없소." 내가 말했다. "내가 내 표정을 볼 수는 없는 것 아니오. 하지만 당신이 말한 내 격분은 내 아내를 향했던 것이지 당신을 향했던 게 아니오."

"이보시오, 선생." 내가 차분해지는 것과 비례해서 점점 더 열을 내기 시작한 그가 말했다. "선생 아내를 향한 그 격분의 감정이 나와의 대화에서 비롯된 것이니 결국 나와 관련이 있는 것 아니오. 그러니 내가 화가 날 수밖에."

"나는 그렇게 생각하지 않소, 선생." 내가 말했다. "설사 내가 내 아내와 당신이 한 침대에 누워 있는 현장을 목격했다손 치더라도 나는 당신과 결투를 벌이지 않겠소. 아내가 당신과의 동침을 허락했다면 잘못을 저지른 건 바로 그녀요. 그러니 당신에게 무슨 볼일이 있겠소? 내 아내가 허락하지 않았다면 당신은 그녀와 동침할 수 없었을 거요. 만약 그녀가 자발적으로 그런 매춘부 같은 짓을 하기로 작정한 것이라면 마땅히 그녀를 벌해야 하는 거요. 나는 당신과 결투를 벌일 이유가 없소. 할 수만 있으면 나도 당신 아내와 동침을 하면 되오. 그러면 서로 비기는 셈이오."

나는 그를 누그러뜨리기 위해 밝은 태도로 이 모든 이야기를 했다. 그러나 아무 소용이 없었다. 그는 자신를 더 이해시키라고(그의 말이다) 우겼다. 나는 그에게 나는 그 나라에 온 이방인이고, 그 나라의 사법 절차에 관용이 거의 없다는 걸 알고 있고, 내 아내와 자리를 함께 한 일을 변명하는 남자와 싸울 일이 전혀 없다고 말했다. 그리고 행실 나쁜 아내를 관리할 당사자가 나이니 또한 그와 결투를 벌일 이유가 전혀 없다고 말했다. 그러나 나는 모르는 남자가 내 침대로 들어가는 걸 목격했다면 그가 누구든 피해자인 내가 가서 목숨을 걸고 모욕을 가한 그에게 같은 모욕을 가하는 모험을 감행했을 거라고 말했다.

이 모든 해명에도 불구하고 그는 설득되거나 진정되지 않았다. 이미 내가 그를 모욕한 셈이어서 칼끝을 통한 해결 말고는 어떤 방식의 설득도 통하지 않았다. 결국 우리는 함께 플랑드르 지방의 라일로 가기로 했다. 사실 이제 나는 어느 누구와도 두려움 없이 정면으로 대적할 수 있는 노련한 군인이었다. 게다가 나는 아내에 대한 격분으로 용기까지 샘솟고 있었다. 그가 내뱉은 말 또한 인내의 한계를 넘어 내 화를 돋우며 자극했다. 그는 내게 아내를 의심할 충분한 증거가 없으면 그렇게 의심해서는 안 된다고 지적했다. 나는 그에게 그런 충분한 증거가 있었다면 그렇게 단순한 의심으로 끝나지만은 않았을 거라고 말했다. 그러자 그는 자기가 그녀에게서 그렇게 큰 사랑을 받는 행운아였다면 나처럼 의심으로 관계를 끝내는 어리석은 짓은 저지르지 않고 신중을 기했을 거라고 말했다. 그가 바라던 대로 내가 몹시 거친 말로 대꾸하자 그는 프랑스어로 "누 브롱 오 라일(라일로 가자)"고 말했다. 나는 그에게 결판을 내러 라일까지 가는 건 그를 위해서나 나를 위해서나 득 될 게 없으며, 이제 그가 바로 내가 찾던 자라는 사실을 알았으니 당장 들판에 나가서 결판을 내자고 말했다.

우리는 그런 식으로 서로에게 악감정이 잔뜩 묻어나는 독설을 내뱉으면서, 그러나 아직은 예의를 지키면서, 계속 걸어갔다. 마침내 우리는 파리시의 교외 지역을 벗어나 샤랭통으로 가는 길목에 이르게 되었다. 주변에 아무도 없는 걸 확인한 나는 그에게 어느 집 정원 담장 옆에 줄지어 서 있는 나무들을 가리키며 그 나무들 밑이 결투 장소로 적합하겠다고 말했다. 우리는 즉시 그곳에서 결투를 시작했다. 우리는 한참 동안 서로에게 마구 칼을 휘둘렀다. 마침내 그가 내 급소를 찌르려다 내 팔을 베어 길게 비스듬히 난 상처를 입혔다. 그러나 동시에 그 또한 내 칼끝에 찔려 깊숙한 관통상을 입었다. 그는 곧바로 고꾸라졌다. 그런데 그가 고꾸라지기 직전에 몇 마디를 내뱉었다. 사실은 자기가 나를 정말로 모욕했으니 내가 진작 자기를 죽였어야 했다는 고백이었다. 그러면서 그는 자기는 나와 결투를 벌일 자격이 없는 사람이라는 걸 알고 있었다고 고백했다. 그는 내게 빨리 도망치라고 말했다. 나는 시내로 급히 도망쳤다. 그러나 우리가 함께 있는 모습을 본 목격자가 아무도 없다는 생각이 들어 나는 더 이상 도망치지 않았다. 결투가 끝나고 여섯 시간쯤 지났을 때 사람들이 몰려와 후작이 누군가에게 치명상을 입고 샤랭통의 병원으로 실려갔다는 소식을 전했다. 나는 그가 아직 안 죽었다는 소식을 듣고 깜짝 놀랐다. 나는 주저 없이 한시바삐 도망쳐야겠다고 결론 내렸다. 그는 결국 가해자가 누군지 발설하고 말 것이었다. 나는 내 방으로 가는 척하면서 전혀 걱정하는 모습을 보이지 않았다. 나는 방에 가서 캐비닛 안의 돈을 꺼냈다. 그 돈이면 사실상 도피 자금으로 충분할 것이었다. 그런데 내게는 프랑스 금화 2천 리브르짜리 어음도 있었다. 나는 태연하게 아는 무역상을 찾아가서 어음을 담보로 스페인 금화 50피스톨을 받았다. 나는 그에게 볼일이 생겨 영국으로 가는 길이며 그가 어음 대금을 다 받으면 나중에 와서 차액을 받겠다고 말했다.

그렇게 준비를 마친 후 나는 하인이 탈 말도 준비했다. 내가 타고 갈 말은 이미 아주 훌륭한 말 한 필이 준비되어 있었다. 나는 과감히 다시 집 쪽으로 가보았다. 다시 한 번 후작이 아직 죽지 않았다는 소식이 들렸다. 그동안 아내는 후작에 대한 불안감을 잘도 숨기고 있었다. 그녀는 내게 질책의 여지를 주지 않고 있었다. 그러나 내가 잠깐 집에 들렀던 동안 그녀가 내 행동에서 분노의 징후를 감지한 게 틀림없었다. 내가 여행 준비를 하는 걸 눈치채고 그녀가 말했다.

"시내를 떠나시게요?'

"그렇소, 부인." 내가 말했다. "그래야 당신이 당신 친구 그 후작 놈을 애도할 수 있을 것 아니오."

그 말을 듣고 그녀는 화들짝 놀랐다. 정말로 놀란 기색이었다. 그녀가 여러 차례 성호를 긋고 성모 마리아와 자기 나라 성인 이름을 외친 다음 소리쳤다. "아니, 어찌 그런 말을! 그럼 바로 당신이 후작님을 살해하려고 했던 장본인이란 말이에요? 그렇다면 당신은 이제 끝장났어요. 저도 마찬가지고요."

"부인, 당신은 그 후작 놈 때문에 끝장날지 모르겠소. 하지만 나는 당신 때문에 끝장나는 일이 없게 최대한 조심할 거요. 이미 후작 놈이 당신이 내게 저지른 짓을 고백한 것만으로 충분하오. 이제 당신과 나의 인연은 끝났소."

그녀는 결백을 주장하며 내 품에 안기려고 했다. 그녀는 나와 함께 도망치겠다고 말했다. 그러면서 그녀는 자신의 결백을 내게 이해시키기 위해 내가 도저히 인정하지 않을 수 없는 증거들을 댔다. 그러나 나는 그녀를 밀치며 말했다. "알레, 앵팜므(저리 비키시오, 수치스러운 사람 같으니라고)! 만약 내가 그냥 머무른다면 당신이 사랑한다는 그 후작 놈에게 당신을 보낼 수밖에 없소. 그러니 나를 그런 불가피한 상황에서 놓아주시오."

내가 그녀를 워낙 세차게 밀친 바람에 그녀는 몇 걸음 뒷걸음질 치다 나동그라지고 말았다. 그러자 그녀는 끔찍하게 비명을 질렀다. 그도 그럴 것이 심하게 다쳤던 것이다.

그토록 야멸치게 그녀를 밀친 건 정말 가슴 아팠다. 그러나 그때 내가 격분 상태였다는 점을 고려해주시기 바란다. 사실 나는 그때 미친 듯 격노해서 제정신이 아니었다. 나는 그녀를 바닥에서 일으켜 세운 뒤 침대 위에 눕히고, 몸종 하녀를 불러 마님을 잘 보살펴드리라고 지시했다. 그런 다음 나는 곧바로 집 밖으로 나와 말을 타고 전속력으로 내달렸다. 나는 칼레나 던커크, 혹은 플랑드르 쪽으로는 가지 않았다. 그런 곳들은 내 도피처로 추측될 수 있는 곳들이고, 또한 그날 저녁 바로 추격대가 따라올지도 모르는 곳들이었다. 따라서 나는 곧장 로렝 지역 쪽으로 길을 택해 밤새도록 열심히 말을 달렸다. 다음 날 밤 나는 무사히 샬롱에 있는 맹 강을 건널 수 있었다. 그리고 사흘째 되는 날 나는 로렝 공작의 영토에 무사히 도착했다. 나는 그곳에서 하루를 묵으며 오로지 도피 경로에 대해서만 골똘히 생각했다. 사실 어느 곳을 간다 해도 무사 통과가 어려웠다. 어딜 가든 프랑스 국왕의 영토 안이었다. 설령 프랑스의 동맹국으로 들어간다 해도 나는 프랑스 신민으로 체포될 것이었다. 그런데 바 르 뒤크에 도착한 후 나는 어느 신부에게서 도움이 되는 조언을 들었다. 그에게 자세한 사정을 털어놓지 않았는데도 그는 내 상황을 어렴풋이 짐작했다. 그의 말에 의하면 나 같은 처지의 사람들이 그곳으로 도망쳐 오는 일이 매우 흔하다는 것이었다. 자신의 짐작을 토대로 이 친절한 신부는 내게 교회 발행 통행 허가증을 마련해주었다. 다시 말하자면 그는 나를 수도원에서 일하는 식품 조달계로 위장시켜 주었다. 나는 그 신분으로 스웨덴 국왕의 영토인 드외 퐁으로 가는 통행 허가증을 얻어냈다. 그 통행 허가증과 착한 신부가 드외 퐁의 신부에게 써준 추천장까지 소지하고 있어서, 나는 다시 그곳에서 콜로뉴까지 가는 스웨덴 국왕 발행 통행 허가증을 얻을 수 있었다. 결국 나는 완전히 자유로운 몸이 되어 별다른 어려움 없이 네덜란드까지 갔다. 헤이그에 도착한 후 나는, 은밀하게 행동하며 익명을 사용하긴 했지만, 그곳에서 무사히 영국으로 돌아올 수 있었다. 나는 그렇게 해서 '매춘부'라고 불러야 마땅할 내 이탈리아 아내로부터 벗어났다. 사실 나 자신이 아내를 그런 여자로 만든 셈이니, 그녀에게서 그런 모습 아닌 다른 모습을 어찌 기대할 수 있었으랴.

런던에 도착한 후 나는 파리의 무역상 친구에게 편지를 보냈다. 하지만 나는 헤이그에서 보낸 것처럼 날짜를 변조해서 편지를 보냈고 답장도 그곳으로 보내라고 지시했다. 편지의 주 내용은 내 어음 대금이 그에게 지불되었는지, 추격대가 내 뒤를 추격했는지, 후작은 그 후 어찌 되었는지, 그리고 나나 내 아내에 관해 별다른 소식은 없는지 알아보라는 것이었다.

며칠 후 그에게서 답장이 왔다. 그는 우선 어음 대금을 지불받았으며 그걸 내 지시대로 지급했고, 후작은 죽지 않았다고 전했다. 그러나 그는 내가 다른 의미에서 그를 죽인 것이나 마찬가지라고 말했다. 그는 내 사건으로 인해 후작이 근위대의 장교직을 잃게 되었는데 그게 2만 리브르의 가치가 있는 직책이었다는 것이었다. 게다가 후작은 아직도 바스티유 감옥에 갇힌 신세라고 했다. 나에 대해서는 내 혐의를 근거로 추격 명령이 내려졌다고 했다. 추격대가 나를 아미앵까지 추격했고, 이어서 던커크로 가는 길목과 샤토 드 캉브레시로 가는 길목, 나아가 플랑드르로 가는 길목까지 추격했다고 했다. 후작은 조언을 듣고, 나와 결투를 벌인 사실은 시인했지만 자신이 노상에서 공격을 당했기 때문에 그걸 벌이게 된 것이었다고 진술했다고 했다. 따라서 그는 내가 체포되는 일만 없다면 내가 도망친 일이 후작에게 유리한 정황 증거가 되어 재판을 거친 뒤 증거 불충분으로 일이 잘 해결될 것이라고 했다. 그런데 그는 일이 후작에게 불리하게 돌아갔다고 했다. 사건 당일 후작과 내가 이야기를 주고받으며 길거리를 걸어가던 광경을 목격한 목격자가 있었다는 것이었다. 하지만 결국 어느 쪽에도 유리한 증거가 나오지 않았기 때문에 후작은 장교직만 잃은 채 석방되었다고 했다. 그리고 그는 상당한 부자여서 손실을 잘 감당했다고 했다.

아내에 대해서 무역상 친구는 그녀가 위로할 길 없는 큰 슬픔에 빠져 다 죽어갈 정도로 울고만 있다고 전했다. 그러나 그는 자신이 보기에는 그 울음이 나 때문인지 아니면 후작 때문인지 결론을 내릴 수 없다고 덧붙였다(무척 얄궂게 덧붙인 말이었다). 그는 그녀가 몹시 열악하고 빈궁한 처지에 놓였으니 내가 신경을 써주지 않으면 아마 극심한 고통에 빠질 거라고 전했다.

편지 뒷부분의 소식을 들으니 가슴이 아팠다. 사정이야 어찌 되었든 간에 아내를 굶어죽도록 방치할 수는 없는 노릇이었다. 게다가 궁핍이란 여자 혼자서 쉽게 버텨낼 수 없는 유혹 아니던가. 가능하다면 내가 그녀를 끔찍하고 불가피한 죄악으로 내모는 도구가 되는 일은 피하고 볼 일이었다.

그런 마음을 품고 나는 그에게 다시 편지를 보내, 그녀에게 가서 이야기를 나누어보고 그녀의 자세한 상황이 어떤지 최선을 다해 알아봐 달라고 부탁했다. 그리고 그녀가 정말로 궁핍한 상황에 처해 있다면, 더 이상 수치스러운 삶을 살지 않는 조건으로 그녀에게 스페인 금화 20피스톨을 주라고 했다. 또한 나는 그에게 그녀가 조용히 칩거하며 정직하게 살기만 한다면 앞으로 그녀가 먹고살 충분한 액수, 즉 그만큼의 돈을 매년 생활비로 보내줄 거라는 말도 전해달라고 부탁했다.

아내는 처음에는 내가 준 20피스톨을 받았다. 하지만 그녀는 내가 자신에게 부당한 누명을 씌운 것이니 그에 합당한 대우를 해줘야 한다는 말을 내게 전하라고 내 무역상 친구에게 말했다고 했다. 그리고 그녀는 내가 자기를 그런 식으로 비웃음거리로 만들고, 자기에 대한 비난과 의심에 대한 어떤 증거도 내놓지 않아 자기를 파멸시켰다고 했다. 그리고 그녀는 1년에 20피스톨씩 생활비를 보내주는 일에 대해서도 따졌다. 그녀는 자기처럼 온 세상을 함께 돌아다니며 산 조강지처에게 그 정도의 돈만 보내주는 건 인색하기 짝이 없는 일이라고 했다. 그러면서 그녀는 1년에 40피스톨은 보내줘야 한다고 주장했다. 나는 그녀의 주장을 받아들였다. 그런데 1년 남짓한 시간이 지나자 그녀는 내게서 그 돈을 지급하는 수고를 덜어주었다. 결국 후작 놈이 진짜로 그녀와 열렬한 사랑에 빠져 데리고 가버린 것이다. 무역상 친구가 전한 소식에 따르면 그는 그녀에게 1년에 400크라운의 생활비를 지불하는 지불 증서까지 썼다고 했다. 그 후 나는 그녀에 대한 소식을 전혀 듣지 못했다.

나는 그때부터 런던에 살았다. 그러나 영국의 어느 누구도 내 정체를 알아서는 안 됐기에 나는 이름을 바꾸고 칩거 생활을 했다. 물론 버지니아의 내 하인들과, 특히 이제는 농장의 수석 관리인이 된 내 선생과 연락을 주고받던 무역상 친구만은 예외였다. 농장 수석 관리인이 된 내 선생은 내 도움에 힘입어 이제 그 스스로도 아주 번창하고 있었다. 그는 내 충직한 친구였을 뿐만 아니라 누구보다도 훌륭한 내 신세계 하인이었다. 그러니 그는 마땅히 내 모든 도움과 그를 위해 내가 할 수 있는 모든 일을 받을 자격이 있었다.

나는 이렇듯 홀로 은둔하며 살면서 세상에서 가장 마음이 편치 않은 사람이었다. 나는 성경에 나오는 "사람은 혼자 사는 법이 아니다"라는 말씀의 진리를 뼈저리게 느꼈다. 나는 아주 우울하고 슬펐다. 하지만 근신을 해야 하는 처지여서 앞으로 어떻게 살아야 할지 몰랐다. 나는 너무 겁이 너무 나서 처음에는 해외로 나갈 엄두도 못 냈다. 그러나 점차 시간이 지나면서 그래도 다시 해외로 나가기로, 즉 버지니아로 돌아가서 가능하면 그곳에서 은둔 생활을 해야겠다고 결심했다.

그러나 좀더 심사숙고를 해보니 나 자신에게 은둔 생활만 강요할 수 없었다. 어느새 내 안에는 방랑벽이 돋아나 있었다. 게다가 세상 물정을 알게 되면서 내게는 그 방랑벽을 더 키우고픈 욕망까지 자라나 있었다. 나는 그 방랑벽에서 더없는 기쁨까지 느끼는 사람이었다. 나는 이제 군대나 전쟁에서는 딱히 할 일이 없었다. 그리고 그런 일에 또 휘말려들 의향도 전혀 없었다. 그러나 세상 속으로 뛰어 들어가 그 안에서 무슨 일들이 벌어지는지 알고 싶은 마음은 굴뚝같았다. 나는 진정 버지니아에서만 살고 싶지 않았다. 그곳에서만 살게 된다면 겨우 1년에 두 번 정도만 세상 소식을 듣게 될 터이고, 주식 시장에서 일어나는 일 같은 공적인 소식도 과거사 형태로 듣게 될 터였다.

내 생각은 이랬다. '이제 모든 상황이 편안하다 할 수 있는 내 모국에 와 있어. 해외에서는 비록 불운했고 돈도 별로 없이 집으로 돌아온 처지이지만 조금만 신경 쓰고 잘 생활하면 곧 웬만큼 돈도 벌 수 있을 거야. 내겐 부양가족도 없어. 버지니아의 농장들에서 매년 4~6백 파운드쯤의 수익을 보내올 테지. 어떤 해는 7백 파운드도 넘을 걸. 그러나 그곳으로 돌아가는 건 생매장 당하는 일이나 마찬가지야.' 나는 버지니아로 돌아가겠다는 생각을 깨끗이 접고, 나는 다른 사람들을 알아봐도 되지만 다른 사람들은 나를 알아보면 안 되는 영국 어딘가에 정착하기로 했다. 거처를 정하는 일은 그리 오래 걸리지 않았다. 프랑스인들 사이에서 제법 오래 산 덕분에 나는 프랑스어를 완벽하게 잘했다. 프랑스인 행세는 내게는 쉬운 일이었다. 나는 캔터베리로 가서 프랑스인들 사이에서는 미스터 차노크라는 영국인으로 행세하고, 영국인들 사이에서는 무슈 샤르노라는 프랑스인으로 행세하며 정체를 완벽하게 은폐하고 살았다.

나는 내 정체를 철저히 숨기고 살았다. 나는 친구는 사귀었지만 특별히 절친할 정도로 사귀지는 않았다. 그러나 내가 모르는 사람은 없었고 나를 모르는 사람 또한 없었다. 나는 여럿이 함께할 때만 사람들과 대화를 나누었다. 나는 왈론(프랑스 방언)말을 쓰는 사람들과는 프랑스어로 말했고 영국인들과는 영어로 말했다. 조용히 은둔하며 착실히 살았기 때문에 나는 모든 사람들로부터 대접을 잘 받았다. 내가 다른 사람들 일에 간섭하는 일이 없었으므로 누구도 내 일에 간섭하는 사람이 없었다. 나는 꽤 잘 살고 있다고 생각했다.

그러나 만족스러운 삶은 아니었다. 사실 내가 바라던 삶은 가족들과 함께하는 안락한 삶이었다. 여러분께서도 들으셨다시피 벌써 두 차례나 그런 시도를 했지만 불행하게 모두 실패로 끝이 났었다. 그러나 지난 결혼 생활이 실패로 끝났다고 해서 낙담만 하지는 않았다. 나는 다시 한 번 결혼을 하겠다고 굳게 마음먹었다. 그러나 최선을 다해 내게 알맞은 신붓감을 찾아내도 늘 이런저런 이유로 마음에 들지 않아서 나는 놀라곤 했다. 단 한 번 어느 상류층 신사의 딸만은 예외였는데 그녀 또한 나를 이런저런 이유로 거절해서 결국 나는 이번에도 결혼 생각을 접어야 했다. 사실 그녀와의 구혼 과정은 처음에는 잘 돼나갔었다. 나는 그녀의 애인임을 자청했고 그녀와는 사이가 좋았다. 따라서 내가 빨리 적응하면 될 일들 말고는 별다른 어려움이 남아 있지 않았다. 그런데 그녀의 아버지가 문제였다. 그는 워낙 까다로운 사람인 데다 반대도 심했다. 그는 오늘은 이런 이유로 기분이 안 좋고 내일은 저런 이유로 기분이 안 좋은 사람이었다. 그는 직접 했던 약속도 지키지 않았으며, 변덕이 죽 끓듯 해서 연속해서 이틀을 같은 마음을 먹지 못했다. 결국 우리는 허울뿐인 관계를 끝냈다. 그녀는 아버지의 동의 없이는 결혼하려고 하지 않았다. 나로서는 그녀를 훔칠 수도 없는 노릇이었다. 결국 우리의 교제는 완전히 끝났다.

다른 말을 더 붙일 것도 없다. 어느 날 이 일로 인한 실망감에 마음이 너무 울적해서 나는 런던이나 다녀올 생각으로 역마차에 올라 캔터베리를 떠났다. 그런데 역마차를 타고 가던 도중 나는 그런 역마차에서 일어날 수 있는 일 치고는 매우 이상한 일을 겪게 되었다.

역마차 안에는 젊은 부인과 그녀의 몸종 하녀가 타고 있었다. 그녀는 수심에 찬 모습으로 내 바로 앞자리에 앉아 있었는데 여행 내내 깊은 한숨만 내쉬었다. 하녀가 말을 걸기만 해도 그녀는 왈칵 울음을 터뜨리곤 했다. 마차에 함께 탔을 때부터 그녀가 계속 그렇게 침울한 모습만 보이는 걸 보고 얼마 안 있다가 나는 그녀를 조금이라도 위로하려는 마음으로 대체 그렇게 괴로워하는 이유가 무엇이냐고 물었다. 그녀는 한마디도 대꾸하지 않았다. 대신 그녀의 하녀가 흐느끼면서 자기 주인님께서 돌아가셨기 때문이라고 대답했다. 하녀의 말을 듣고 부인은 다시 격하게 울음을 터뜨렸다. 나는 그날 오전 시간 대부분을 마차 안에서 그렇게 울고 있는 부인과 그녀의 하녀 사이에 끼어서 보냈다. 점심시간이 되자 나는 부인에게 마침 동승한 승객들이 모두 외국인들이라 그들과 함께 식사할 생각이 없을 테니 나와 같이 식사를 하는 게 어떻겠느냐고 물었다. 그녀의 하녀가 자기 마님을 대신해서 내게 고마움을 표했다. 그러나 하녀는 자기 마님은 아무것도 먹을 수 없으며 그냥 혼자 있기만 바랄 뿐이라고 대답했다.

나는 하녀와 이야기를 좀더 나누었다. 나는 그녀를 통해 부인의 남편이 선장이었다는 사실을 알아냈다. 그가 지브롤터 해협 방면, 내 생각에 잔트나 베니스를 향해 출항했다가 채 다운스까지도 못 가서 그만 병이 났고, 발병한 지 열흘 만에 그만 딜에서 세상을 떠났다는 것이었다. 부인은 남편의 발병 소식을 듣고 부랴부랴 그를 보러 딜로 갔지만 그저 그의 임종만 지켜보았다. 그리고 남편의 장례를 치러주었을 뿐이었다. 그녀는 이제 너무나도 슬프고 낙심천만한 처지가 되어 런던으로 돌아가는 길이었다.

나는 진심으로 이 젊은 부인이 불쌍했다. 내 그런 생각을 부인에게 전하기 위해 마차 안에서 그런 취지로 몇 마디 위로의 말을 건넸다. 그러나 그녀는 아무런 대답 없이 그저 예의상 이따금 머리를 숙여 인사만 건넸으며, 좀처럼 내게 얼굴을 보여줄 기회를 주지 않았다. 그녀에게 얼굴이 있기는 있는 것인지, 그 모습이 어떻게 생겼는지 짐작조차 할 수 없었다. 마침 겨울철이어서 마차는 여름철에 흔히 그러는 것처럼 하루에 여행을 다 마치지 않고 로체스터에서 하룻밤을 머물 예정이었다. 로체스터에 도착하기 직전 나는 부인에게 온종일 아무것도 안 먹었다는 걸 알고 있으며, 그런 식의 행동은 몸만 축나고 아프게 하며, 그건 죽은 남편이 바라는 일이 아닐 것이라고 말했다. 나는 내가 낯선 사람에 불과하지만 예의상 그렇게 괴로워하고 있는 그녀를 위로하기 위해 한 말이니 오해하지 말라고 말했다. 나는 다시 한 번 마차에 동승한 동료 승객으로서 식사나 하자고 청했다.

그녀는 또다시 목례 인사만 건네고 아무런 대답도 하지 않았다. 내 청이 매우 예의 바르고 친절한 청이었다는 건 그녀도 부인할 수 없었을 것이다. 여러 차례 강력한 청을 받자 그녀는 비로소 고맙지만 자기는 지금 무엇을 먹을 수 있는 상황이 아니라고 대답했다.

"알겠습니다, 부인." 내가 말했다. "식사를 못 하시겠다는 생각이 든다면 그냥 자리에 앉아만 계세요. 그러다 보면 조금 드실 수 있으실지 모릅니다. 사실 드셔야 합니다. 그렇지 않고 이런 식으로 지내시다가는 쓰러지실지 모릅니다. 그것도 노상에서 말입니다. 정말 병이 나겠습니다."

나는 그녀를 설득했다. 그러자 하녀가 끼어들며 말했다.

"그래요, 마님. 제발 마음을 조금만 바꾸세요."

내가 다시 재촉하자 그녀는 공손히 인사를 했다. 그러나 그녀는 여전히 식사를 하겠다는 말은 하지 않았다. 하녀가 계속 끈질기게 자기 마님을 조르며 말했다. "사랑하는 마님, 제발 그렇게 하세요. 이 신사분은 정말 점잖으신 분이세요. 제발요, 마님." 그러면서 그녀는 내게 몸을 돌리며 "우리 마님께서 드시겠지요, 선생님, 그러시겠지요?" 하고 말하며 흡족한 표정을 지어 보였다. 그녀의 마음은 실제로 그랬다.

나는 부인을 계속 설득했다. 나는 내가 점잖은 신사라는 하녀의 말에 개의치 않고 부인에게 말했다.

"저는 부인에게 낯선 사람입니다. 혹시 저와 자리를 함께하는 게 예의상 면구스러운 일이라는 생각이 든다면 부인 방에 따로 식사를 올려 보내고 저는 아래에 있겠습니다."

그러자 그녀는 두 차례 더 목례를 한 뒤 처음으로 고개를 들었다. 그녀는 내 호의를 전혀 의심하지 않으며, 내 청이 너무나 친절해서 그걸 받아들이는 게 부끄러운 만큼 거절하는 것도 부끄럽게 생각한다고 말했다. 그녀는 또 예전에 나를 어디선가 본 적이 있으니 전혀 낯선 사람이 아니며, 내가 그토록 바라니 식사 자리에 그냥 앉아 있기만 해도 된다면 내 청을 받아들이겠다고 말했다. 그녀는 식사까지 하겠다는 약속은 할 수 없으며, 내가 베풀어준 친절에 대한 보답으로 식사까지 강요하는 일은 자신을 압박하는 일로 여겨달라고 말했다.

나는 그녀가 나를 예전에 본 적이 있다는 말을 듣고 깜짝 놀랐다. 나는 그녀가 누군지 전혀 몰랐으며, 하녀에게 이미 물어보았던 그녀의 이름 또한 들어본 적이 없었다. 나는 공연히 친절을 베풀었다는 후회까지 했다. 여러모로 봐서 나는 정체를 드러내지 않는 게 꼭 필요한 사람이었다. 하지만 이제 되돌릴 수 없는 일이었다. 게다가 그녀가 내 정체를 이미 알고 있다니, 부인의 정체는 무엇인지, 대체 어떤 상황에서 나를 알게 된 것인지 알아내는 일 또한 꼭 필요했다. 따라서 나는 그냥 계속해서 부인에게 호의를 베풀기로 했다.

우리는 목적한 여관에 도착했다. 어두워지기 직전이어서 나는 그녀가 마차에서 내릴 때 손을 내밀었다. 그녀는 내 손을 뿌리치지 않았다. 베일이 그녀의 얼굴을 그다지 많이 가리지 않았는데도 어둑어둑해서 나는 그녀의 얼굴을 거의 볼 수 없었다. 나는 여관 계단 밑까지 그녀를 에스코트했다. 계단을 지나자 여관 주인은 함께 마차를 타고 온 손님들에게도 구경시켜 주었다며 우리 두 사람에게도 여관 식당을 안내했다. 그러나 그녀는 식당에 들어가기를 거부했다. 그녀는 하녀에게 여관 주인에게 자신이 묵을 객실을 안내해달라고 말하라고 시켰다. 나는 객실 문 앞까지 그녀를 에스코트한 다음 저녁 식사 시간에 다시 뵙기를 고대한다고 말하고 자리를 떠났다.

내가 부인에게 차린 예의는 내가 그때까지 만난 부인들 중에서 가장 낙심한 모습을 보인 불쌍한 부인에 대한 단순한 연민에서 나온 것이었다. 그 이상의 의미는 전혀 없었다. 따라서 나는 그녀를 너무 과하지 않게 대접하기로 했다. 말하자면 나는 너무 호화스럽지 않으면서도 괜찮다 싶게 그녀를 대접하기 위해 여관이 제공하는 음식들을 주문했다. 먼저 꿩 요리 두 마리와 맛좋은 스튜 요리가 나왔고, 이어서 소 혀 요리와 햄 요리가 토막 상태로 나왔지만 우리는 그 요리에는 손도 못 댔다. 처음에 시킨 요리만으로 충분했다. 하녀는 우리가 남긴 굴 요리를 저녁 식사로 삼았고 그것만으로도 충분했다.

굳이 이 이야기를 하는 것은, 내게 그녀에게 구애를 하겠다는 생각이 전혀 없었고 그녀를 그런 대상으로 대접하지 않았기 때문이다. 그때의 대접은 그저 불행에 처한 가엾은 부인에 대한 연민 때문이었다고 다시 한 번 확실히 밝히겠다.

하녀에게 식사가 준비되었다는 기별이 가자 그녀는 촛불을 들고 앞장서서 자기 마님을 모시고 왔다. 그제야 나는 그녀의 얼굴을 똑똑히 볼 수 있었다. 평상복 차림으로 갈아입은 그녀는 이마에 베일을 두르고 있지 않았고 머리에 상장을 달고 있지도 않았다. 나는 세상에서 가장 아름다운 미인의 얼굴을 보고 깜짝 놀랐다. 나는 그녀에게 인사를 건네며 난롯가 자리로 안내했다. 펼쳐져 있는 식탁이 벽난로에서 좀 떨어진 곳에 있었고 방 안이 너무 추워서 그랬다.

그녀는 여전히 이따금 한숨을 내쉬며 수심에 찬 표정을 지었다. 그러나 상황이 상황인지라 지금은 다소 사교적인 태도도 내보이고 있었다. 그녀는 슬픔을 잘 억제했다. 그러나 그녀의 말에 묘하게 슬픔이 배어 있어 오히려 그게 모든 면에서 우아하고 기품 있는 그녀의 면모를 더 매력 있게 만들었다. 나는 이런저런 주제로 그녀와 많은 대화를 나누었다. 그리고 그 대화를 통해 그녀의 이름을 확실히 알게 되었다. 다시 말하자면 이미 하녀에게 들어서 알고 있던 이름을 이번에는 본인의 입을 통해 확실히 알게 되었다. 나는 또한 그녀가 사는 곳이 래드클리프, 즉 스텝니 동네 근처라는 것도 알았다. 나는 그녀가 적절하다고 생각하는 시간에 내가 방문을 해도 괜찮을지 물었다. 그녀는 방문 시간이 오래 걸리지 않아야 한다고 넌지시 암시했다.

실제 모습을 직접 볼 기회가 없는 독자 여러분께 누군가의 미모에 대해 이러쿵저러쿵 떠드는 일은 너무 과한 일이다. 그러니 그저 그 부인이 내가 그 이전까지 혹은 그 이후에 보았던 여성들 중에서 가장 빼어난 미모의 소유자였다는 말씀만 드리겠다. 얼굴을 처음 확인한 순간 그녀에게 내가 홀딱 빠져들었다는 데에는 의문의 여지가 없었다. 그녀의 품행 역시 아름다움 그 자체였다. 워낙 특별해서 제대로 표현해낼 말조차 찾기 힘들었다.

다음 날 그녀는 전날 밤보다 더 마음이 편안해져 있었다. 우리는 서로 세세한 사항을 이야기할 수 있을 정도로 대화를 진전시켰다. 그녀는 자기 집을 방문해도 좋다고 확실히 허락했다. 그러나 나는 보름 이상의 시간이 지날 때까지 그녀의 집을 방문하지 않았다. 상을 당한 지 얼마 안 된 미망인으로서 그녀가 애도 기간을 얼마나 오래 보내는지 알 수 없었기 때문이다.

나는 그녀의 남편이 타고 가다 죽은 배와 관련된 용무가 있어 찾아간 사람처럼 그녀를 방문했다. 그날 나는 곧바로 집 안으로 들어오라는 허락을 받았다. 간단히 말하겠다. 나는 방문한 첫날부터 다짜고짜 그녀에게 사랑을 고백하며 청혼했다. 그녀는 그런 청혼에 경멸감을 표시했다. 그녀가 나를 불손하게 대했는지는 말할 수 없다. 여하튼 그녀는 내 청혼이 몹시 불쾌하니 다시는 그런 말을 듣지 않겠다고 말했다.

도대체 어째서 내가 그녀에게 그런 느닷없는 청혼을 했는지 그때는 나도 몰랐다. 물론 처음부터 그것이 내가 분명히 품고 간 의도였던 것은 맞다.

사실 나는 방문 전에 이미 그녀가 처한 상황과 그녀의 성품에 대해 알아보고 다녔다. 나는 두 가지 사항 모두 흡족한 이야기만 들었을 뿐 다른 이야기는 듣지 못했다. 무엇보다도 나는 그녀가 사실은 아주 명랑한 성격을 지녔으며, 집안도 동네에서 가장 좋다는 평판도 듣고 있다는 걸 알았다. 따라서 나는 이미 두 번이나 좌절을 겪었지만 마침내 그토록 만나고 싶어하던 이상형을 발견하게 된 것이라고 생각했다. 나는 아내로 얻는 일만 가능하다면 그녀를 절대로 놓치지 않으리라 다짐했다.

내가 이미 결혼 경험이 있는 남자이고 사실은 지금도 아내가 버젓이 살아있는 유부남이라는 생각은 전혀 떠오르지 않았다. 두 번째 아내는 비록 부정한 짓을 저지르긴 했지만 아직 나와 법적인 이혼 상태가 아니었다. 모든 허물에도 불구하고 그녀는 아직 내 아내였다. 그러나 나는 즉시 그런 생각을 눌러버렸다. 그녀가 실제로 부정을 저지른 데다 상대방인 후작이 내게 사실을 고백까지 했으니, 법적으로 이혼하고 그녀를 내칠 권한이 내게 있는 셈이었다. 그런데 불운하게도 후작과 결투를 벌이는 바람에 그 나라를 떠날 수밖에 없었고, 그 때문에 내 당연한 권리로서 이혼 소송 요구를 할 수 없었던 것이었다. 그러니 나는 실제로 이혼한 상태나 마찬가지였다. 사실상 내가 이혼한 상태라고 결론을 짓자 양심의 가책도 사라졌다.

나는 미망인을 더 이상 재촉하지 않고 두 달여 동안 그냥 놔두었다. 다만 혹시 다른 남자가 접근하지 않는지 예의 주시하는 일만은 계속했다. 두 달여가 지난 후 나는 그녀를 다시 방문했다. 나는 그녀가 나를 더 편히 맞이해준다는 사실을 알아차렸다. 그녀는 죽은 남편 때문에 한숨을 내쉰다거나 흐느끼는 일은 이제 더 이상 하지 않았다. 비록 지난번처럼, 내 청혼 고백을 허락하지는 않았지만(내가 그런 고백을 할지 모른다고 생각하는 한도 내에서 그랬다), 그녀는 내게 다음에 또 방문해도 좋다는 허락은 했다. 내가 그녀의 마음에 들지 않은 것은 아니었다. 그녀가 당시 처한 입장에서 기본적인 예의범절을 지켜야 하는 게 문제였다. 여행 중 마차에서 만났을 때 그녀에게 아주 예의 바르게 행동했던 것이 그녀가 나에 대해 호감을 갖는 데 유리하게 작용하고 있었다.

나는 그녀와의 관계를 서서히 진전시켜 나가기로 했다. 나는 그 후 두 달여 동안 방문을 삼가며 그녀에게 시간을 주었다. 그런 다음 나는 그녀를 찾아가서 요식 행위에 불과한 예의범절 문제가 우리의 애정 문제에 끼어들어서는 안 된다고 말했다. 간단히 말하겠다. 나는 그녀에게 시간을 지체하는 걸 더 이상 못 견디겠으니 그녀만 괜찮다면 비밀 결혼이라도 하는 것이 어떻겠느냐고 물었다. 결국 우리는 내가 처음 청혼을 한 지 다섯 달 만에 은밀하게, 정확히 말하자면 완벽할 정도로 비밀스럽게 결혼식을 올렸다. 워낙 은밀하게 결혼식이 치러져서 결혼의 결정적 도구 역할을 한 그녀의 몸종 하녀조차 한 달 이상이 지날 때까지 까맣게 몰랐을 정도였다.

나는 이제 상상 속에서도 현실에서도 세상에서 가장 행복한 남자였다. 나는 아내에 대해 무한한 만족을 느꼈다. 그녀는 진정 세상에서 가장 명랑하고 착한 심성을 지녔고, 교양도 넘쳤고, 교육도 완벽하게 받은 여자였다. 그녀에게서는 단 하나의 결점도 찾을 수 없었다. 내 행복은 대략 여섯 해 동안 아무런 방해도 받지 않고 지속되었다.

그러나 결혼이라는 문제에 있어서만큼은 살아 있는 사람들 중에서 가장 불행한 사람이 될 팔자를 타고난 게 바로 나였다. 나는 이번 결혼에서도 최악의 좌절을 맛보고 말았다. 나는 그녀와의 사이에서 어여쁜 아이를 셋이나 얻었다. 그런데 세 번째 아이를 임신하여 조산원에 입원해 있을 무렵이었다. 아내가 감기에 걸렸고 오랫동안 그걸 떨쳐버리지 못했다. 그로 인해 그녀는 얼마 안 있어 몸이 무척 쇠약해졌다. 그런데 그렇게 계속 아프고 탈이 난 상태에서 그녀는 불행하게도 강장용 독주를 마시는 습관에 빠져들었다. 음주 습관이란 악마와 같아서 일단 어떤 사람을 손아귀에 움켜쥐면 비록 시작은 사소하다 할지라도 서서히 그 사람을 파멸로 끌고 들어간다. 아내의 경우도 마찬가지였다. 위가 약해진 데다 기력마저 쇠한 상태였던 아내는 처음에는 약한 술을 마셨지만 점점 더 독한 독주를 마셨다. 급기야 그녀는 술 없이 살 수 없는 지경에 이르렀다. 한 모금이 한 잔으로, 한 잔이 두 잔으로 서서히 주량이 늘어나더니 그녀는 결국 알코올 중독 환자 상태에 이르렀다.

음주 행위를 악마에 비유한 것은 그것이 음주자의 습관과 음주자 본인을 손아귀에 움켜쥐게 된다는 의미에서 그런 것이다. 그런데 우리의 감각기관을 서서히 잠식하여 파괴한다는 점에서 음주 행위는 한층 더 악마를 닮았다고 말할 수 있다. 간단히 말하겠다. 아름답고, 명랑하고, 정숙하고, 교양 있던 아내는 술의 노예가 되어 서서히 동물 같은 모습으로 변해갔다. 그녀는 자기 책상에 앉거나 사실(私室)에 앉아서 홀로 술을 마셨다. 그녀의 몸은 날씬하고 어여쁜 몸매에서 여관 안주인 같은 뚱뚱한 몸매로 변했다. 그녀의 얼굴은 퉁퉁 붓고 거뭇해졌다. 한때 가장 아름다운 얼굴이라고 말할 수 있었던 얼굴은 흉측하기 짝이 없는 얼굴로 변했다. 마지막까지 본래의 모습을 간직하고 있던 눈만 빼놓고 그녀의 얼굴에 남아 있는 예전 모습은 하나도 없었다. 간단히 말해 그녀는 자신의 몸매와 자태를 잃어버렸다. 그녀는 급기야 정조까지 잃고 말았다. 그녀는 상습적인 음주벽에 자신을 내맡긴 채 자포자기 상태로 살다가 결국 그 저주 받은 습관을 시작한 지 1년 반 만에 자신을 죽음으로 몰아넣고 말았다. 그 시간 동안 그녀는 두 차례 어느 선장 놈과 수치스러운 추문에 휩싸였다. 그 선장 놈은 그녀가 술에 취하면 자신이 무슨 짓을 하는지도 모르는 상태를 악용하여 그녀를 악당답게 농락했다. 그 사건이 그녀에게 또 다른 불행한 영향을 미쳤다. 술이 깨서 제정신이 돌아온 그녀는 자신이 한 짓을 부끄러워하거나 후회하기는커녕 오히려 더 자포자기 상태가 되어 마음은 더 무뎌졌고, 아예 정조 관념이 없는 흐리멍덩한 상태까지 빠져들었다.

아아! 무절제한 폭음의 위력이란 얼마나 끔찍한 것인가! 세상에서 가장 훌륭한 성품의 소유자마저도 잠식하여 파멸시키는 그 위력이란 얼마나 무서운 것인가! 그것은 부지불식간에 우리에게 다가와 우리의 정신에 무시무시한 영향을 미치며, 더없이 정숙하고, 규칙적이고, 교육 잘 받고, 훌륭한 성품을 지닌 사람을 동물보다 못한 인간으로 변모시킨다. 여기 사실인지 허구인지 모르겠지만 어느 젊은 청년에게 자기 아버지를 죽이라고 속닥이며 부추긴 악마에 관한 이야기가 있다.

청년은 처음에는 "싫습니다. 그런 짓은 순리에 어긋나는 짓입니다"라고 말했다.

그러자 악마가 말했다. "그래, 그런 짓은 혐오스러운 짓이지. 그렇다면 말이다. 가서 네 엄마랑 잠자리를 해라."

"싫습니다. 그것도 혐오스러운 짓입니다." 청년이 말했다.

"그래, 그렇다면 말이다." 악마가 말했다. "내게 호의를 베푸는 그런 짓들을 못 하겠다면 가서 술은 마셔줄 수 있겠지."

"그럼요, 그럼요." 청년이 말했다. "그건 할 수 있습니다."

청년은 가서 술을 잔뜩 마셨고 돼지처럼 취했다. 술에 취하자 그는 자기 아버지를 죽였고, 자기 어머니와 잠자리를 함께 했다.

본래 내 아내보다 더 정숙하고, 겸손하고, 순결하고, 맑은 정신을 가진 여자는 세상 그 어느 곳에도 없었다. 그녀는 원래 독주 같은 술은 전혀 마시고 싶어하지 않는 사람이었다. 그녀에게 와인 한두 잔이라도 마시게 하려면 최대한 간청해야 했다. 어쩌다 술을 마신다 해도 그녀는 한 번에 한두 잔 이상은 절대로 마시지 않는 사람이었다. 심지어 사람들과 어울리는 자리에서도 그녀는 술을 마시고 싶다는 생각이 전혀 없는 사람이었다. 그녀의 입에서는 음탕한 말이 나온 적이 결코 없었으며, 자기가 듣는 데서 다른사람이 그런 말을 입밖에 꺼내면 화를 벌컥 내고 혐오감을 내보이며 못 참는 사람이었다. 그런데 그랬던 그녀가 앞서 말한 것처럼 출산하러 들어간 조산원에서 몸이 쇠약해지고, 병약해지고, 몸에 힘이 없고 기분이 가라앉을 때마다 산파의 꼬드김에 넘어가 이런저런 술을 조금씩 마시기 시작했다. 그런 음주 습관은 그녀의 삶을 지탱하는 데 꼭 필요한 일이 되었고 서서히 음주벽으로 자리 잡았다. 술은 더 이상 그녀의 강장제가 아니라 주식이었다. 그녀의 식욕은 감퇴했고 완전히 사라졌다. 그녀는 거의, 아니 전혀, 아무것도 먹지 않았다. 그녀는 결국 최악의 상황에 이르러 오전 11시에도 화장(化粧)용 사실에 홀로 앉아 술을 마시는 지경에 이르렀다. 요컨대 그녀는 다시는 맑은 정신으로 돌아오지 못했다.

앞서 말했듯이 지옥과도 같았던 이런 끔찍한 삶을 살며 그녀는 한때 자신의 삶에서 너무나도 소중했던 것들을 모두 잃었다. 문제의 악당 선장이(한때는 신사였던 자를 이렇게 부르는 게 적절할지 모르겠다) 그녀를 방문하는 척하며 찾아와 그녀와 그녀의 몸종 하녀를 모두 대취하게 만든 뒤, 두 사람 모두를 능욕하는 사건이 벌어졌다. 마님과 하녀, 하녀와 마님이 한 방에서 뒹구는 불상사가 발생했던 것이다. 그 사건 이후 이 악당 놈은 적절한 때라는 생각만 들면 뻔질나게 찾아와 두 사람을 마음껏 농락했다. 결국 아이까지 밴 하녀가 자신과 마님을 위해 사실을 폭로했다. 누구든 그 같은 하녀의 고백을 듣고 내 마음이 어떠했을지 가늠해 보기 바란다. 지난 6년 동안, 살아 있는 사람들 중에서 가장 행복한 행운아라고 나 자신을 생각하며 살았던 나는 이제 가장 비참하고 불행한, 넋 나간 사람이 되고 말았다. 아내에 대해 말한다면, 나는 워낙 그녀를 사랑하고 있었던 데다 이 모든 사건의 원인이 된 음주벽의 폐해를 잘 알고 있어서 전 부인에 대해서 그랬던 것처럼 극단적으로 분노하지는 않았다. 오히려 나는 아내가 진심으로 가여웠다. 그러나 나는 하인들과 하녀들을 다 내쫓았고 아내를 감금하다시피 가둬놓았다. 나는 그녀를 보살필 새 하인들과 하녀들을 고용했으며, 내가 모르는 상태에서는 누구도 그녀에게 가까이 가지 못하도록 조치했다.

그러나 아내와 나 모두를 능욕한 악당을 어떻게 할 것인가, 그게 남아 있는 문제였다. 나는 동등한 조건으로 결투를 벌이는 일은 어려울 것이라고 생각했다. 그런 악행을 저지른 놈은 목숨을 걸고 결투를 벌일 자격도 없었다. 따라서 나는 놈이 종종 늦은 시간에 귀가하곤 하던 스텝니 동네의 공터에서 놈을 기다리고 있다가 야음을 틈타 총으로 쏴 죽이기로 결심했다. 물론 나는 총격을 결행하기 전에 그가 왜 죽는지 그 이유는 알려주기로 했다. 그런데 이런 보복에 대해 곰곰이 숙고해보니 그런 일은 내 기질에도 원칙에도 맞지 않는 일이라는 생각이 들었다. 게다가 화가 난다고 해서 그런 살인자가 될 수는 없는 노릇이었다.

그러나 나는 놈이 저지른 짓에 대해서는 반드시 가혹하게 응징하겠다고 결심했다. 얼마 후 나는 드디어 기회를 잡았다. 어느 날 아침 나는 그가 종종 다닌다고 알고 있는 스텝니에서 섀드웰로 가는 길을 그가 걸어갔다는 말을 들었다. 나는 그곳으로 가서 그가 다시 돌아오기를 기다렸다. 마침내 나는 그와 정통으로 마주쳤다.

나는 많은 말을 하지 않았다. 그저 그에게 내가 오래 전부터 그를 찾고 있었으며, 그가 내 가족에게 저지른 몹쓸 짓은 그 자신도 잘 알고 있을 것이며, 믿기 힘들겠지만 이제 내가 그 짓거리를 다 알아차렸으며, 내가 그 사실에 격분하지 않는다면 겁쟁이나 오쟁이 진 남편으로 조롱받을 것이라고 말했다. 나는 바로 지금이 그가 변명할 시점이라고 말했다. 끝으로 나는 그에게 자신이 저지른 짓을 눈뜨고 볼 자신이 있고, 사람들이 그의 전직이라고 말한 군함 선장 직함의 명예를 지킬 생각이 있다면 칼을 꺼내 들라고 말했다.

그는 몹시 놀란 것처럼 보였다. 그는 협상을 통해 죄를 조금이라도 덜어보려고 했다. 그러나 나는 내가 말한 사실을 부인할 수 없는 지금은 그런 협상을 얘기할 때가 아니며, 자기 죄를 덜겠다고 피해자인 내 아내에게 죄를 전가할 때도 아니라고 말했다. 나는 애초부터 그가 내 아내에게 술을 먹이고 능욕하지 않았다면, 확신컨대 그 후에 그가 저지른 죄까지 이어지지는 않았을 거라고 말했다. 그가 칼을 뽑기를 거부하자 나는 지팡이로 강력하게 그를 후려쳐 한 방에 거꾸러뜨렸다. 나는 그가 땅바닥에 뻗어 있는 동안은 더 때리지 않고 잠시 정신을 차리는지 지켜보았다. 잠시 후 그가 정신을 차리자 나는 그의 팔을 꽉 움켜쥐고 최대한 가혹하게, 그리고 오랫동안, 숨이 차오를 때까지 지팡이로 마구 두들겨 팼다. 그러나 그에게 매질의 고통만 주자고 결심했기 때문에 나는 그의 머리는 때리지 않았다. 그는 제발 자비를 베풀어달라고 애원했다. 그러나 나는 한동안 그의 애원에 귀를 닫았다. 마침내 그가 실컷 두들겨 맞은 꼬마처럼 큰 소리로 울부짖었다. 나는 그에게서 칼을 빼앗아 그의 면전에서 부러뜨렸고 엉덩이를 두세 차례 힘껏 걷어찼다. 나는 그를 길바닥에 방치한 뒤 원한다면 법의 힘을 빌려보라고 조롱했다.

나는 정말이지 그 겁쟁이 선장에게서 취할 수 있는 만족감을 최대한 얻었다. 이제 그에게는 더 이상 할 말이 없었다. 그러나 이 구타 사건이 곧 온 시내에 큰 소란을 불러일으킬 거라는 생각이 들어 나는 집으로 돌아오자마자 가족을 이주시켰다. 나는 완벽한 은신을 위해 영국 북부 지방의 랭커스터에서 그리 멀지 않은 —(모모)라고 불리는 작은 읍으로 이사했다. 나는 그곳에서 2년여 동안이나 은둔 생활을 하며 누구에게도 소식을 전하지 않았다. 아내는 예전보다 더 심하게 제약을 받으며 살았다. 물론 그녀는 무절제하게 폭음을 할 때 저질렀던 생활, 즉 그녀가 참으로 치욕스러워하고 혐오하던 예전의 부정한 생활을 완전히 접고 살았다. 그러나 그녀는 술만은 끊지 못했다. 앞서 말했듯이 이미 음주가 그녀의 생존에 필수적인 사항이 되어 있었다. 그녀는 결국 건강을 완전히 망쳤고 북부 지방으로 이주해 간 지 1년 반 만에 세상을 떠나고 말았다.

나는 이렇게 해서 또다시 홀로 남게 되었다. 이 지경까지 이르렀으니 내가 결혼이 내게 주어진 행복이 아니라는 걸 뼈저리게 깨달았다는 사실은 누구든 쉽게 짐작할 수 있을 것이다.

내가 흠씬 두들겨 팬 악당 선장이 내가 대로에서 자기를 급습했다고 주장하며 난리법석을 피웠다는 말은 해야겠다. 그는 내가 자기를 죽일 목적으로 깡패 세 명을 대동하고 습격했다는 거짓 주장을 폈다. 그런데 그 주장이 이웃들의 신뢰를 얻기 시작했다. 나는 내가 들은 내용을 그대로 편지에 써서 그에게 보냈다. 나는 그 내용이 그의 입에서 나온 말이 아니기를 바라며, 만약 그런 것이라면 그 자신이 그게 모두 거짓말이란 걸 잘 알고 있을 테니 공개적으로 부인하길 바란다고 썼다. 나는 만약 그가 그런 부인을 하지 않는다면 부득이 그가 좀더 훌륭한 매너를 배울 때까지 지난번과 같은 짓을 저지르지 않을 수 없다고 협박했다. 나는 그를 지팡이로 두들겨 팰 때 내 옆에 다른 깡패들이 있었다는 거짓 주장을 그가 계속 편다면 사건의 모든 진상을 적어 인쇄물로 공표해버릴 것이며, 그가 신사답게 칼을 뽑아서 자신을 방어하는 일이 적절하다고 생각할 때까지 그를 만날 때마다 저번처럼 마구 두들겨 패겠다고 경고했다.

그는 내 편지에 대해 아무런 답장도 보내지 않았다. 나는 그의 태도에 만족했다는 표시로 보낸 편지의 사본을 이삼십 통 만들어 그의 이웃들에게 보냈다. 그것으로 사건의 진상은 인쇄물로 공표된 것처럼 그와 나의 지인들에게 공공연하게 알려지게 되었다. 결국 사람들이 쉬쉬하며 그를 경멸하거나 혐오하는 바람에 그는 어쩔 수 없이 시내의 다른 지역으로 이사를 가야 했다. 나는 그곳이 어딘지는 알아보지 않았다.

아내가 세상을 뜨자 나는 세상을 어떻게 살아가야 할지 막막했다. 절망감과 낙심이 워낙 커서 나는 제정신이 나가기 직전이었다. 실제로 나는 가끔 머리에 이상이 생겼다는 생각까지 들었다. 그러나 그것은 아내의 일로 인해 생긴 고통에 따른 우울증 증상으로 판명되었다. 이런 증상은 1년 혹은 그보다 조금 더 긴 세월이 흐르고 나서야 사라졌다.

나는 아내가 세상을 뜬 후 1년가량은 불만스럽고 불안정한 모습으로 방황하고 다녔다. 그러고 나서야 비로소 나는 내게 아이 셋이 있으며 내 힘만으로 그 아이들을 돌볼 수 없다는 생각이 들었다. 따라서 외국으로 나가 아이들을 넓은 세상에 풀어놓든지 아니면 지금 사는 곳에 확실히 정착하여 아이들을 돌봐줄 사람을 구하든지 둘 중 하나를 택해야 했다. 친엄마는 없지만 새엄마라도 있는 것이 더 나을 것 같았다. 아이들을 방치된 채 살게 할 수는 없었다. 나는 비천한 신분이더라도 적당한 여자만 있으면 다시 결혼하리라 결심했다. 오히려 신분이 비천하면 비천할수록 더 낫겠다는 생각까지 들었다. 나는 다음 아내는 그저 직급이 높은 고급 하녀로만, 말하자면 아이들에게는 보모이고 내게는 가정부인 여자로만 생각할 것이라고 마음먹었다. 나는 사태가 어떻게 흘러가든 개의치 않겠다는 자포자기 상태에 빠져 다음 아내가 음탕한 여자든 정숙한 여자든 신경 쓰지 않겠다고 다짐했다.

이처럼 될 대로 되라는 식으로 바보같이 경솔한 마음을 먹고 나는 나 자신에게 이렇게 말했다. '정숙한 여자와 결혼하면 아이들이 보살핌을 받겠지. 만약 그 여자가 다른 많은 여자들처럼 품행이 안 좋아서 나를 또 욕보인다면 버지니아 농장으로 보내버리지 뭐. 그곳에서는 정조를 지키며 열심히 일하며 살아야 할 것이라고 단단히 일러두고.'

나는 이런 생각이 말도 안 되는 억지라는 걸 잘 알았다. 결국 나는 내가 달나라에 사는 인간이라고 생각하지 않는 것처럼, 더 이상 그런 생각을 진지하게 하지 않았다. 내게 그런 생각이 어떻게 해서 생겨났는지는 알 수 없었다. 나는 꽤 오랫동안 이처럼 말도 안 되는 식으로 나 자신과 대화하며 스스로를 설득했다. 결국 나는 진지하고도 필사적인 심정으로 역시 재혼은 해야겠다는 결론에 이르렀다. 불행에 대해서 상상할 수 있는 온갖 공상이 펼쳐지던 와중이었다.

그러나 내 헛된 공상이 만들어낸 섣부른 결론이 곧바로 행동에 옮겨진 건 아니었다. 나는 그 후 반 년이 더 지나고 나서야 비로소 직접 행동에 나서겠다고 마음을 굳혔다. 화(禍)를 쫓아다니는 사람들이 늘 결국은 그것을 찾아내고야 마는 것처럼 나도 그랬다. 그 무렵 우연찮게도 우리 집에서 반 마일밖에 떨어지지 않은 이웃 읍내에 젊은, 아니, 중년의 여자 한 명이 살고 있었다. 이 여자는 종종 날씨가 좋으면 우리 집에 놀러 와서 아이들과 시간을 보내다 가곤 했다. 그저 이웃사촌으로 놀러왔지만 그녀는 늘 아이들을 가르치고 집 안 정리정돈까지 해주었다. 그녀는 그런 일에 솜씨가 아주 좋았다.

그녀의 아버지는 내가 가끔 리버풀이나 화이트헤이븐에 볼일이 있으면 그걸 대신 처리하라고 심부름을 보내는 내 고용인이었다. 사실상 영국 북부 지방에 정착을 한 나는 수송 상황이 여의치 않으면 버지니아에서 내게 보내오는 화물을 그 두 도시 중 한 곳으로 보내라고 지시하곤 했었다. 사략선들 때문에 화물을 영불 해협을 통해 런던으로 보내는 것보다 그 도시들로 보내는 게 더 안전할 때가 있었다(당시는 여전히 전쟁이 치열하게 전개되던 중이었다).

나는 그 여자라면 내 목적에 잘 맞겠다고 생각했다. 특히 그녀가 아이들에게 큰 도움이 되었고 아이들도 그녀를 좋아하니, 나도 그녀를 좋아하기로 굳게 마음먹었다. 사실 이 생각을 하면서 나는 이미 상류층 출신 부인들과 두 번, 공민 출신 부인과 한 번 결혼했었지만 모두 부정한 부인들이었으니 이제는 순진한 시골 여자에게서 내가 바라는 부인상을 찾을 수 있을 것이라는 자만에 빠져 있었다.

물론 나는 오랫동안 이 결혼에 대해 심사숙고했다. 물론 그 전의 결혼들 중 심사숙고하지 않았던 결혼은 없었다. 그런 점에선 이탈리아 아내와의 두 번째 결혼이 최악이었다. 그 결혼을 결심하기 전 나는 무려 넉 달 동안이나 진지하게 심사숙고했었다. 그러나 바로 그런 신중함이 모든 일을 망쳐버리지 않았던가. 여하튼 나는 심사숙고 끝에 결심을 굳혔다. 어느 날 마거릿(그녀의 이름이다)이 응접실 앞을 지나갈 때 나는 그녀를 불러 세우고 할 말이 있으니 안으로 들어오라고 말했다. 그녀는 선뜻 안으로 들어왔다. 하지만 내가 바로 옆 의자에 앉으라고 하자 그녀는 그곳에 앉으며 얼굴이 새빨개졌다.

나는 별다른 격식을 차리지 않고 그녀에게 단도직입적으로 그녀가 아이들에게 친절하고 다정하게 잘 대해준다는 것, 그래서 아이들이 그녀를 아주 좋아한다는 것을 잘 알고 있다고 말했다. 나는 따로 결혼 약속을 한 사람이 없다면 서로의 동의하에 아이들 엄마가 되어 줄 생각이 없느냐고 그녀에게 물었다. 그녀는 내가 "아이들 엄마"라는 말을 할 때까지도 묵묵히 앉아 내 얘기를 듣기만 했다. 나는 그녀의 그런 모습에 개의치 않고 계속해서 말을 이었다.

"내 말 좀 들어보시오, 모기(그곳 시골 사람들은 그녀를 그렇게 불렀다)." 내가 말했다. "혹시 결혼 약속을 한 사람이 있다면 내게 꼭 말해주시오."

사실 그녀와 나 모두 어느 착한 목사의 망나니 아들이 이삼 년 동안 그녀의 주변을 얼찡거리고 있다는 걸 잘 알고 있었다. 그러나 그는 좀처럼 그녀의 마음속에 자리 잡는 데 성공하지 못하고 있는 것 같았다.

그녀는 내가 그 사실을 모르지 않는다는 걸 알고 있었다. 따라서 그녀는 처음 그 이야기를 듣고 놀랐던 기색이 가라앉자 내게 이렇게 말했다.

"선생님도 아시다시피 —(아무개)씨가 종종 제 뒤를 쫓아다니고 있어요. 하지만 저는 그 사람에게 약속 같은 걸 한 적이 없어요. 여러 해 동안 거절해

왔어요. 아버지께서 그 사람은 망나니라고, 만일 그런 사람과 결혼한다면 제 신세를 망칠 거라고 말씀하셨어요."

"그래요, 모기. 그렇다면 말이오." 내가 말했다. "내게 뭐라고 대답하겠소? 기꺼이 내 아내가 되어줄 수 있겠소?"

그녀는 다시 한 번 얼굴을 붉히고 바닥만 내려다보면서 한동안 아무런 대답도 하지 않았다. 그러나 내가 다시 대답을 재촉하자 시선을 들어 올리며 말했다.

"저는 선생님께서 농담을 하시는 줄 알았어요."

나는 그제야 그렇다는 걸 알고 말했다.

"진심으로 얘기한 것이오. 나는 당신이 건강한 마음을 지니고 있는 착하고 정숙한 여자라고 생각하고 있었소. 게다가 아이들도 무척 좋아하오. 내 말은 진심이오. 만약 모기가 동의만 해준다면 분명히 결혼하겠다고 약속하겠소. 아니, 당장 내일이라도 결혼하겠다고 약속하겠소."

그녀는 그 말을 듣고 다시 한 번 나를 쳐다보며 살짝 미소를 지었다. 하지만 그녀는 아직은 안 된다고, 아직 그렇게 하겠다고 하기엔 이르다고, 아버지와 상의를 할 시간을 달라고 말했다.

나는 그녀에게 생각할 시간이 그리 많이 필요하지 않을 테니 다음 날 아침까지 시간을 주면 충분할 것이라고 말했다. 그 말을 하면서 나는 그녀에게 두세 차례 입맞춤을 했다. 그녀는 점차 나를 편안하게 대하기 시작했다. 다음 날 아침 다시 만났을 때 내가 결혼 허락을 재촉하자 그녀는 웃으면서 낡은 옷을 그대로 입고 결혼하는 것은 운을 쫓는 일이라고 대답했다.

나는 즉시 그녀의 말을 가로막고 새 옷을 내줄 테니 지금 입고 있는 낡은 옷을 입고 결혼하는 일은 없을 거라고 말했다.

"알았어요. 나중에요." 모기는 다시 웃으면서 말했다.

"안 되오. 지금 당장 입읍시다." 내가 말했다. "나를 따라오시오, 모기."

나는 계단을 올라 한때 전처의 방이었던 방으로 그녀를 데려가서 전처가 두세 번밖에 안 입었던 새 옷 한 벌을 보여주었다. 나는 그 밖에 다른 예쁜 옷들도 여러 벌 보여주었다.

"이 옷들을 좀 보시오, 모기." 내가 말했다. "여기 당신이 입을 결혼식 옷이 있지 않소. 그러니 내일 아침 나를 남편으로 맞이하겠다고 약속해주시오. 당신 아버지는 지금 내가 시킨 일 때문에 리버풀에 가 있다는 건 알지 않소. 아버지 일은 내가 책임지겠소. 그는 집으로 돌아와 자신이 모시던 주인이 사위가 되었다는 걸 알게 돼도 화내지 않을 것이오. 그리고 나는 그에게 지참금도 요구하지 않을 것이오. 자, 그러니 내게 결혼 약속을 해주시오, 모기." 나는 밝은 모습으로 그녀에게 말하며 다시 한 번 입맞춤을 했다. 결국 그녀는 기쁜 마음으로 결혼을 수락했다. 그리고 여러분께 분명히 말씀드리지만, 나 역시 그녀의 결혼 수락이 너무나 기뻤다.

마침 우리 집에서 세 집 건너에 의사로 알려진 나이 지긋한 신사 한 분이 살고 있었다. 그런데 그는 정식 서품을 받은 로마 가톨릭 교회 사제이기도 했다. 그 동네에는 그런 사제들이 많이 살고 있었다. 저녁 무렵 나는 그에게 드릴 말씀이 있다고 기별을 보냈다. 그는 내가 자신의 존재를 알고 있다는 사실과 내가 가톨릭 국가에 산 적이 있다는 사실을 잘 알고 있었다. 밖에 나가면 내가 가톨릭 교인 행세를 하고 다녔기 때문에 그는 나를 가톨릭 교인으로 믿고 있었다. 그가 찾아오자 나는 그를 부른 이유를 설명하고 다음 날 아침 결혼식을 올리고 싶다고 말했다. 그는 그런 일은 아침에 치르는 것보다 밤에 치르는 것이 더 은밀하다며 다음 날 아침이 아니라 바로 그날 밤이라도 내가 모기를 데리고 찾아오기만 한다면 자기 서재에서 결혼식을 집행해주겠다고 말했다. 나는 모기를 불러 어차피 다음 날 아침 결혼하기로 했으니 밤에 해도 마찬가지 아니겠느냐는 의사의 말을 전했다.

또다시 얼굴을 붉히며 모기가 말했다. "집에 돌아가야겠어요. 아무래도 내일 아침까지는 준비해야 할 것 같아요."

"이봐요, 모기." 내가 말했다. "당신은 이제 내 아내요. 앞으로 나를 떠나 하녀 신분으로 돌아가는 일은 절대로 없을 것이오. 내 말이 무슨 말인지 알 거요. 당신 말은 집에 가서 옷을 갈아입겠다는 소리 같은데, 자, 모기, 나랑 당장 위층으로 올라갑시다."

나는 전처가 한 번도 입은 적이 없는 새 옷들이 여러 벌 들어 있는 옷장으로 그녀를 다시 데려갔다.

"여기 당신에게 알맞은 깨끗한 새 옷들이 있잖소, 모기." 내가 말했다. "내일이면 이 모든 옷들이 다 당신 것이 될 것이오. 자, 모기, 옷을 갈아입으시오." 나는 그녀를 그곳에 두고 방문을 닫은 뒤 아래층으로 혼자 내려가며 말했다. "옷을 다 갈아입으면 문을 두드리시오."

얼마 후 모기는 방문을 두드리지 않고 옷을 완전히 갈아입은 모습으로 내 방에 들어왔다. 그녀에게 입으라고 허락한 옷가지 모두가 그녀에게 썩 잘 어울렸다. 꼭 그녀를 위해 맞춘 옷 같았다. 문의 빗장은 스스로 연 것 같았다.

"잘했소, 모기." 내가 말했다. "당신도 보다시피 이제 당신의 그 낡은 옷을 입고 결혼하는 일은 없게 되었소." 나는 그녀를 품에 안고 입맞춤을 했다. 나는 내 평생 그 어느 때보다 그리고 내가 한 그 어느 일보다 그날 그 일이 너무나 기뻤다. 날이 저물자 모기는 나와 의사가 몰래 약속한 대로 먼저 집을 빠져나가 그의 가정부에게로 갔다. 나는 30분쯤 뒤에 갔다. 우리는 의사의 서재, 즉 그의 기도실 겸 소교회인 서재 안 작은 별실에서 비밀 결혼식을 올렸다. 우리는 그곳에 머무르며 저녁 식사까지 했다.

우리는 식사를 마치고 그곳에 조금 더 머물렀다. 그 후 내가 먼저 아이들을 재우고 하인들을 돌려보내기 위해 집으로 돌아왔다. 얼마 후 모기가 돌아오자 우리는 그날 밤 함께 잠자리에 들었다. 다음 날 아침 나는 온 집안사람들에게 모기가 내 아내가 되었다고 공표했다. 내 세 아이들은 그 소식을 듣고 뛸 듯이 기뻐했다. 나는 이렇게 해서 이제 네 번째로 유부남이 되었다. 간단히 말하겠다. 나는 이 평범한 시골 출신 부인과, 그동안 나와 함께 살았던 어느 부인보다도 더 행복하게 살았다. 모기의 나이는 사실 서른셋쯤으로 어린 나이는 아니었다. 그러나 그녀는 결혼 첫해에 아들까지 낳아주었다. 그녀는 아주 귀여웠고 몸매도 예뻤으며, 성격도 명랑하고 쾌활했다. 물론 미인은 아니었다. 살림도 아주 잘했다. 게다가 그녀는 전처의 아이들도 사랑해주었고 자기 아이를 낳았다고 해서 그 아이들을 구박하는 일이 없었다. 한마디로 그녀는 내게 최고의 아내였다. 아아, 그런데 그런 그녀 역시 나와 단 4년밖에 못 살고 세상을 떠나고 말았다. 아이를 가졌을 때 낙상한 적이 있었는데 그때 입은 부상이 원인이었다. 정말이지 너무나도 가슴 아픈 이별이었다.

내 처복은 늘 그런 식이었다. 모기는 처음 보았을 때 내 앞에서 얼굴을 붉히고 수줍어하는 여자였다. 그런데 나중에 알고 보니 그런 그녀도 10년 전 아가씨 시절 실수를 저질러 막대한 재산을 소유한 그 지역 어느 신사와의 사이에서 아이까지 낳은 적이 있었다. 그러나 그 일은 내가 그곳으로 이사 오기 전에 일어난 일이었고 그녀가 낳은 아이도 이미 죽어 잊힌 존재였다. 그런 이유로 사람들이 모기에게 호의를 베풀어 내가 그녀와 결혼했다는 소식을 듣고도 누구도 그녀의 과거를 발설하지 않았던 것이었다. 나는 그녀가 무덤에 묻힐 때까지 그런 이야기를 전혀 듣지 못했다. 어쨌든 그 일은 어떤 식으로든 내게는 아무 의미도 없는 일이었다. 모기는 나를 잘 보살펴준 성실하고 착한 아내였다. 사실 나는 그녀와 사는 동안 혹독한 시련을 겪기도 했었다. 그 지역에서 발생한 끔찍한 천연두가 우리 가족에게까지 전염되는 바람에 아이들 셋과 하녀 한 명의 목숨을 앗아간 일이 벌어졌었다. 그 때문에 내게는 이제 전처의 아이와 모기의 아이, 즉 아들과 딸 단 두 명만 남아 있었다.

그런 불행한 일이 있던 동안 마침 스코틀랜드인들이 영국을 침공하여 프레스턴에서 전투가 벌어지는 일이 있었다. 그런데 그때도 내가 모기를 기억하며 명복을 빌어줄 수밖에 없는 일이 있었다. 나는 잔뜩 흥분하여 당시 침공해 온 스코틀랜드군 편을 들겠다며 무장을 한 채 말을 타고 침공군 사령관 다웬트워터 경 진영으로 가겠다고 집을 떠나려고 했다. 그런데 그때 모기가 내게 매달리고 애원하며(이런 표현이 가능할 것이다), 제발 전장으로 떠나지 말라고, 제발 그냥 집에 있으면서 사태를 지켜보자고 눈물로 간청하며 만류했다. 결과적으로 그녀의 만류는 그녀에게 충분히 고마워해야 할 일이었다.

나는 정말이지 슬픔에 빠진 아버지였다. 우선 아이들을 잃었다는 사실이 가슴에 박혀 좀처럼 사라지지 않았다. 그러나 아내를 잃었다는 사실이야말로 다른 모든 것들보다 더 깊게 가슴에 박혔다. 뒤늦게 그녀의 아가씨 시절의 과오에 대해 들었어도 내 애틋한 마음은 조금도 줄어들지 않았다. 그녀의 과거 일은 내가 그녀를 알기 훨씬 전의 일이었고 그녀 생전에는 내가 알지도, 내게 알려지지도 않은 일이었다.

이 모든 일들이 합쳐져서 이제 내 삶은 아무런 낙도 없었다. 나는 하늘이 내게 버지니아로 다시 돌아가서 살라고 명령한 것이라는 생각이 들었다. 그곳이야말로 내가 유일하게 축복받은 삶을 살았었고 성공이라는 이름을 붙일 만한 가치가 있는 일을 했던 곳이었다. 그리고 착하고 선한 사람들 손에 내 농장 사업이 맡겨진 곳이었다. 내가 이곳 구세계에 돌아와 있던 동안에도 그곳 농장들은 크게 번성하여 매년 8백 파운드씩 수입이 늘고 있었다. 어떤 해는 거의 천 파운드나 늘어난 적도 있었다. 결국 나는 다시 모국을 떠나기로 결심했다. 아들만 데려가고 모기와의 사이에서 난 딸은 외할아버지에게 맡기고 가기로 했다. 나는 그들을 내 대표 재산 관리인으로 지정했으며 상당한 액수의 생활비도 주었다. 아이 외할아버지에게는 특별히, 혹시 내가 딸아이에게 별다른 유언 없이 갑작스럽게 세상을 떠나는 일이 생기면 아들을 통해 버지니아에 있는 내 재산 중 매년 2백 파운드를 보내 준다는 내용, 그리고 혹시 아들마저 미혼으로 죽는다면 내 전 재산을 딸아이에게 남긴다는 내용을 담은 유서도 맡겼다.

나는 —(모)년 리버풀을 떠나 버지니아로 향했다. 우리 배는 그럭저럭 무난히 항해했지만 위도 48도 지역에서 해적선을 만났다. 그들은 자신들의 목적에 필요한, 손에 넣을 수 있는 모든 물건들, 예컨대 식량, 화약, 소형 무기들을 우리 배에서 약탈했다. 그들은 그동안 내가 보았던 해적들보다 훨씬 더 포악했지만, 공정하게 말한다면 우리를 학대하지는 않았다. 그리고 내가 입은 손해에 대해 말한다면 그건 별로 대단한 손해가 아니었다. 내가 배에 실었던 짐은 모두 화물들이어서 그들에게는 별다른 소용이 없었다. 게다가 배를 샅샅이 뒤지지 않고서는 그것들을 찾아낼 수도 없었다. 그들은 그런 일을 할 만한 가치가 있다고 생각하지 않았다.

버지니아에 도착한 나는 내 농장 사업이 크게 번창하고 있다는 걸 알았다. 농장들의 규모가 엄청나게 커져 있었다. 내게 항해에 관한 생각을 가장 먼저 심어주었었고 지식도 가르쳤었던 내 선생 겸 재산 관리인은 나를 보자마자 기뻐서 어쩔 줄 몰라했다. 내가 무려 24년의 외유를 마치고 돌아가서 만난 것이었으니 그럴 만도 했다.

세상의 모든 하인들을 격려하는 차원에서 이 말은 꼭 해야겠다. 내 재산 관리인이 농장들의 현황에 대해 한 곳도 빠짐없이 지극히 진솔하게 보고했다는 것이다. 농장들은 매년 회계 단위로 수지가 맞았고, 매해 소출된 생산물도 빠짐없이 런던의 내 대리인에게 보내지고 있었다.

나는 그토록 충분한 근거를 구비한 그의 농장 관리가 지극히 만족스러웠다. 그리고 만족의 정도에 있어서 그가 직접 경영하는 그의 농장에 대해서도 마찬가지였다고 확신할 수 있다. 그는 내 농장들 외에 내 격려에 힘입어 나라에서 불하해준 국유지를 기반으로 몸소 만들었던 자기 소유의 농장도 함께 경영하고 있었는데 그곳 또한 엄청난 규모로 커져 있었다.

그가 흡족한 보고를 마치자 내게 농장들과 그곳들의 하인들을 빨리 보고 싶다는 욕구가 생겨났다는 걸 여러분은 그리 이상하게 생각하지 않으실 것이다. 양측 농장들의 하인들과 노예들을 모두 합치면 그 숫자가 무려 3백 명을 넘었다. 그런데 내 선생은 영국에서 도착하는 배들로부터 하인들을 사들이기도 했다. 그 때문에 나는 그들 중에서 프레스턴 전투에서 붙잡혀 치욕스러운 전쟁 포로가 되었다가 공개 처형 직전 목숨을 건져 그곳에 팔려온 장교 두세 명을 목격하기도 했다. 아마 그들 입장에서는 분명히 그렇게 강제 노역자로 팔려온 신세가 처형을 당한 것보다 더 나쁜 상황이었을 것이다.

내가 그들과 관련하여 했던 말이나 행동을 여기서 언급하지는 않겠다. 그것은 나중에 나와 좀더 관련이 있는 다른 전쟁 포로들이 등장하게 될 때 상세히 언급할 것이다.

그런데 그때 내게 큰 충격을 주고 공포에 휩싸이게까지 만든 일이 발생했다. 앞서 말한 것처럼 농장들과 하인들을 상세히 살펴보러 자주 둘러보고 다닐 때였다. 어느 날 여자 하인들만 모여서 작업하고 있는 작업장을 둘러보고 있었다. 인생의 비참한 불행에 대해 곰곰이 숙고하다가 그 여자 하인들을 보게 된 것이었다. 나는 속으로 그 여자들이 숱한 고난을 겪은 후 지금과 같은 처지에 몰린 사람들이겠지만 한때는 세상 속에서 즐겁고 행복하게 살았던 사람들이겠거니 하고 생각했다. 그리고 그들로부터 인생 내력을 듣는다면 아마 목사님의 설교보다 더 가슴을 울리는 시의적절한 내용이겠거니 하는 생각에 잠겨 있었다.

그렇게 골똘히 생각에 잠겨 작업하는 여자들을 멍하니 바라보고 있는데 갑자기 내 바로 뒤편에서 작업하고 있던 여자 하인들에게 소란이 일더니 "도와주세요!"라고 크게 외치는 소리가 들렸다. 그중 한 명이 기절한 것이었다. 그들은 그녀의 목숨을 구하는 조치를 빨리 취하지 않으면 즉사할 거라고 소리쳤다. 마침 내게, 특혜를 받을 만한 자격이 있는 노예나 하인에게 한 모금 마시라고 내줄 용도로 늘 지니고 다니는 작은 술병이 있었다. 나는 말을 돌려 여자가 쓰러진 곳으로 달려갔다. 기절한 여자는 땅바닥에 엎어져 있었고 다른 여자들이 주변을 에워싸고 있어 얼굴이 보이지 않았다. 여자들에게 술병을 건네자 그들은 그것으로 그녀의 양쪽 관자놀이를 문질렀다. 한바탕 소동이 벌어진 후 마침내 여자의 의식이 돌아왔다. 나는 그녀에게 술을 좀 먹이라고 지시했지만 그녀는 한 방울도 넘기지 못했다. 안 그래도 병약한 그녀의 상태는 극도로 악화되어 있었다. 결국 그녀는 급히 진료소(사실은 이탈리아에서 병이 난 수녀나 수도사가 실려가는, 종교 시설의 의무실 같은 곳이다)로 실려갔다. 말이 진료소지 치료보다는 들어가면 빠져 죽기 딱 알맞은 흙구덩이 같은 곳이었다.

아픈 여자가 술을 마시지 못하자 여자들은 다시 술병을 들고 왔다. 나는 그들에게 그걸 돌려 마시라고 했다. 한 모금씩 돌리기에도 모자라는 적은 양이었지만 그래도 그들은 그걸 돌려가며 마셨다.

나는 즉시 내 거처로 돌아왔다. 그리고 옛날에 가련한 노예들이나 하인들에게 병이 나면 형편없는 거처가 제공되던 일이 기억나서 농장 관리인에게 지금도 그런 상황이냐고 물었다. 그는 그곳의 어느 농장보다도 그나마 내 농장의 상황이 나은 편이지만, 그래도 열악하기는 마찬가지라고 고백했다. 그는 가서 상황이 어떻게 됐는지 알아보고 오겠다고 말했다.

그는 한 시간쯤 있다가 다시 돌아와 쓰러진 여자의 병세가 매우 위중하다고 말했다. 그리고 그는 그 여자가 병세에 잔뜩 겁을 먹고 곧 죽을 거라고 생각하고는, 자신의 가슴을 짓누르고 있는 과거의 죄를 진심으로 회개하고 있다고 말했다. 그는 그녀가 혹시 농장에 죽어가는 하인을 위로해줄 목사님이 안 계시느냐고 물었다고 말했다. 그래서 그는 그곳에 그런 목사님이 안 계신다는 것은 그녀도 잘 알고 있지 않느냐고, 하지만 다음 날 아침까지 살아만 있다면 사람을 보내 다른 곳에 계신 목사님을 불러주겠다고 대답했다고 말했다. 그는 그 여자를 노역 반장이 기거하는 방으로 옮겼으며, 시트 두 장을 포함해서 그녀가 원할 것 같은 모든 편의를 제공했고, 다른 하녀 두 명을 지명하여 간병하도록 지시하고 왔다고 말했다.

"잘했소." 내가 말했다. "잘했소. 도움이 필요한 병자가 거처의 열악함 때문에 누워서 죽고 마는 일은 참을 수 없는 일이오. 게다가 그 불쌍한 유형수 여자들 중 일부는 아마 곱게 자란 여자들일지도 모르오."

"정말 그렇습니다, 주인님." 그가 말했다. "이번에 병이 난 여자만 해도 제가 늘 뭔가 귀부인다운 기품이 있다고 말하던 부인입니다. 그녀의 품행을 보면 알 수 있지요. 게다가 저는 다른 여자들에게서 그 부인이 옛날에 자기 몫의 상속 재산이 무려 1,500파운드나 될 만큼 아주 잘살던 사람이라는 얘기도 들었습니다. 그녀는 또한 한창때 아주 미인이었던 같습니다. 사실 지금도 손만은, 햇볕에 타긴 했지만, 어느 숙녀 못지않게 곱습니다. 그녀는 이곳에서 하고 있는 막노동을 하러 태어난 사람이 아닌 게 분명합니다. 다른 여자들에게 자기는 그런 막노동을 하다 아마 죽을 것이라고 말했다더군요."

"정말 그럴지도 모르오." 내가 말했다. "중노동이 그녀가 쓰러지게 된 이유일지도 모르오." 그러면서 나는 덧붙였다. "그녀에게 혹독한 추위와 더위에 내몰리며 하는 고된 노동 말고 실내에서 할 만한 일거리를 줄 게 없겠소?"

그는 물론 있다고 대답했다. 그는 최근까지 가정부 일을 맡아 하던 여자가 결혼을 하게 되어 자기 농장을 직접 운영하게 되는 바람에 일을 그만두었으니 그 일을 그 부인에게 맡기면 된다고 말했다.

"그렇군. 그럼 그 일자리를 그 부인에게 맡기시오." 내가 말했다. "물론 건강을 회복한다면 말이오. 당장 가서 이 사실을 말해주시오. 아마 그게 위안이 돼서 건강 회복에 도움을 줄지 모르오."

그는 내 지시대로 했다. 그리고 그뿐만 아니라 그녀를 잘 보살피며 따뜻하고 맛있는 음식까지 제공했다. 덕분에 여자는 얼마 안 있어 건강을 회복하고 바깥 활동도 할 수 있게 되었다. 역시 그녀가 기절하여 쓰러졌던 건 곱게 자란 자신에게 가혹한 중노동이 부과되고, 거친 숙소와 형편없는 음식이 주어진 탓이었다.

가정부 일을 맡게 되자 그녀는 완전히 딴사람으로 변했다. 그녀는 집안사람들 모두를 정성으로 보살폈으며 살림도 아주 잘했다. 내 선생은 그녀를 극찬했다. 그는 틈만 나면 그녀가 정말 훌륭한 가정부라고 칭찬했다.

"틀림없습니다." 그가 말했다. "그 부인은 양갓집 출신 귀부인이 분명합니다. 한창때 훌륭한 숙녀였을 겁니다."

간단히 말하겠다. 내 선생이 하도 칭찬을 하는 바람에 나도 그녀를 다시 보고 싶다는 마음이 생겼다. 어느 날 농장주를 위해 늘 준비되어 있는 숙소, 즉 그곳 사람들이 농장 가옥이라고 부르는 집에 갈 일이 있었다. 나는 곧장 그 농장 가옥의 응접실로 들어갔다. 그런데 그 농장 가옥에서 내가 그녀를 보기 전에 먼저 그녀가 나를 먼저 보았다. 그녀는 나를 보자마자 즉시 내 정체를 알아본 것 같았다. 그러나 나는 그녀를 백여 차례 먼저 봤다 하더라도 분명히 그녀의 정체를 알아보지 못했을 것이다. 그녀는 내가 이 세상 누구도 아닌 바로 나라는 사실을 알아차리고 소스라치게 놀라 혼란에 빠져든 것 같았다. 관리인에게 그녀를 내 방으로 데려오라고 하자 그는 그녀가 죽도록 겁을 내며 울고 있으니 용서해달라고 말했다.

나는 버지니아의 농장주들이 대개 무서운 존재라 그 가엾은 부인도 나를 두려워하는 것이라고 생각했다. 나는 다른 사정은 전혀 눈치채지 못했다. 나는 해를 가하거나 불쾌한 짓을 할 생각이 전혀 없으니 나를 두려워할 필요가 없으며, 그녀에게 뭔가를 지시하기 위해 부르는 것이니 데려오라고 다시 지시했다. 그런데 그녀가 그토록 놀랐던 것은 사실 다른 이유 때문이었다. 여하튼 내 선생은 내가 그녀를 격려하려고 한다고 생각하고 그녀를 내게 데려왔다. 응접실에 들어온 그녀는 그동안 계속해서 울고 있었던 듯 손수건을 들고 눈가를 훔치고 있었다.

"이보시오, 부인." 밝은 모습으로 내가 말했다. "부인을 불렀다고 두려워하지 마시오. 관리인에게서 당신에 대해 아주 좋은 말을 들었소. 당신을 부른 건 당신에 대해 내가 매우 만족하고 있다는 걸 알려주기 위해서요. 상황이 허락하는 한 당신에게 도움을 줄 수 있다면 내 능력껏 당신이 그 비참한 불행에서 빠져나오게 도와주겠소."

그녀는 왼발을 빼고 무릎을 약간 굽히며 몸을 숙이는 숙녀 인사를 내게 했다. 그러나 말은 한마디도 하지 않았다. 얼마 후 그녀는 내 격려에 힘입어 얼굴을 가린 손을 치울 만큼 용기를 냈다. 나는 그제야 그녀의 얼굴을 제대로 보았다. 나는 그녀가 내게 자신의 정체를 알아보라는 의도로 그런 행동을 했다고 믿는다. 그러나 나는 평생 처음 본 사람처럼 그녀를 전혀 알아보지 못했다. 나는 그저 칭찬받을 자격이 생긴 노예나 하인에게 늘 해왔듯이 그녀를 격려하기만 했다.

마침 방에 함께 있던 내 선생이 볼일이 생겼다며 방 밖으로 나갔다. 그가 나가자마자 그녀는 격정을 쏟아내며 내 바로 앞으로 달려와 무릎을 꿇고 앉았다.

"오, 주인님." 그녀가 말했다. "저를 못 알아보시는군요. 부디 저를 불쌍히 여겨주세요. 저는 주인님과 이혼했던 불쌍한 전 아내랍니다!"

나는 혼비백산 놀라며 공포에 휩싸였다. 나는 학질에 걸린 사람처럼 몸을 벌벌 떨었다. 말문이 막혀 말도 안 나왔다. 한마디로 그 자리에 쓰러지기 직전 상태였다. 그러자 그녀가 얼굴을 바닥에 대고 쓰러졌고, 한동안 죽은 사람처럼 그렇게 엎드려 있었다. 나는 아무 말도 못하고 돌덩이처럼 굳어 있었다.

그저 간신히 문까지 걸어가서 내 선생이 안으로 들어오지 못하게 문을 잠글 정도의 평정심만 겨우 유지했다. 문을 잠근 뒤 나는 다시 돌아와 그녀를 일으켜 세웠다. 나는 위로가 담긴 어조로 그녀에게 난생 처음 본 사람처럼 그녀를 전혀 알아보지 못했다고 말했다.

"오! 주인님." 그녀가 말했다. "심신의 고통은 정말 끔찍한 것이에요. 그동안 저는 제 얼굴 모습이 변할 정도로 정말로 극심한 고초를 겪었답니다. 부디 그 옛날 제가 주인님께 입혔던 피해를 용서해주세요! 저는 그 모든 죄에 대해 값비싼 대가를 치렀어요. 정당한 대가였지요. 하나님께서 저를 당신의 발밑에 내동댕이치시고 제가 저지른 몹쓸 죄를 이렇게 빌게 만드시다니 정말 정당한 처사예요. 부디 저를 용서해주세요, 주인님! 간절히 바랄게요. 제 목숨이 붙어 있는 한 노예든 하녀든 저를 마구 부려주세요. 그게 제 청입니다."

그 말과 함께 그녀는 다시 무릎을 꿇고 격하게 울음을 터뜨렸다. 울음을 멈추거나 더 이상 말을 할 수 없는 지경이었다. 나는 그녀를 다시 일으켜 세운 뒤 자리에 앉히고 진정시켰다. 그리고 나는 지금부터 내가 하는 말을 잘 들으라고 말했다. 물론 나 또한 눈에 띌 정도로 감정이 북받쳐 올라 그녀 못지않게 말을 하기 힘든 상황이었다.

나는 우선 이 일이 너무나 놀라워서 말을 많이 할 수 없을 것 같다고 말했다. 실제로 내 얼굴에는 그녀의 얼굴과 마찬가지로 눈물이 줄줄 흘러내리고 있었다. 나는 그녀에게 지금은 우리 둘 사이의 일을 아무도 모르고 있으니 한마디도 새나가지 않게 하는 게 필요하다는 것, 그녀가 이처럼 다시 내 손에 맡겨진 게 반드시 나쁜 일만은 아니라는 것, 그러나 만일 이 일이 알려지면 내가 그녀에게 해줄 게 없다는 것, 따라서 그녀의 행복과 불행은 전적으로 그녀가 이 일을 비밀에 부치는지 여부에 달려 있다는 것, 농장 관리인이 곧 돌아올 테니 다시 그녀의 거처로 돌아가서 전처럼 맡은 일을 잘 해나가야 한다는 것, 하루나 이틀 안에 내가 그녀를 다시 찾아가서 그동안의 사정을 자세히 알아보겠다는 것, 등의 말밖에는 할 수 없다고 말했다. 그녀는 이 일에 관해 자기 입에서 먼저 말이 나오는 일은 절대로 없을 거라고 다짐한 뒤 돌아갔다. 그녀는 자신이 빠져 있던 고통을 내 선생이 돌아와서 보기 전에 물러나려고 했다.

나는 이 놀라운 사건에 극도로 당황스러웠다. 나는 그날 밤 밤새도록 앞으로 어찌해야 할지, 그리고 어떻게 말을 해야 할지 도무지 알 수 없었다. 아침이 되어서도 나는 앞으로 어떤 방침을 취해나가야 할지 결론에 이르지 못했다. 그날 아침 나는 내 선생을 불러 가정부가 몹시 걱정된다고 말했다. 나는 그에게서 비참하기 짝이 없는 그녀의 인생 내력을 전해 들었다. 그는 그녀가 한때 아주 좋은 환경에서 살았고, 양갓집에서 훌륭한 교육을 받았다고 말했다. 나는 그가 그녀를 노역장에서 빼내 집 안으로 들여 기쁘기는 하지만, 그녀가 여전히 헐벗은 상태나 마찬가지니 창고에 가서 리넨 옷을 좀 갖다주라고 지시했다. 나는 특히 그녀에게 수건, 두건, 장갑, 스타킹, 구두, 페티코트 같은 것들을 보여주고 직접 골라서 쓰게 하라고 지시했다. 나는 또 그녀에게 옥양목으로 만든 실내복과 그보다 더 좋은 옷감으로 만든 겉옷도 내주어 갈아입히라고 지시했다. 그는 내 지시를 이행하러 갔다. 얼마 안 있어 그는, 가서 보니 부인이 하염없이 눈물만 흘리고 있으며, 그 전날 밤도 밤새도록 울기만 한 것 같다는 소식을 갖고 왔다. 요컨대 그의 말은 그녀가 너무 울어 울다가 죽을 것 같다는 것이었다. 그는 그녀가 옷가지를 건네받는 동안에도 내내 울기만 했으며, 이따금 울음을 멈추려고 애를 썼지만 자기가 무슨 말만 하면 왈칵 울음을 쏟아내서 그 모습을 지켜보는 다른 사람들까지 슬프게 만들 정도라고 말했다.

나는 그녀의 처지를 듣고 정말 가슴 아팠다. 그러나 나는 감정을 자제하며 숨기려고 애쓰면서 다른 곳으로 화제를 돌렸다. 물론 다음 날도 또 그 다음 날도 그녀에게 가지 않았다. 나는 앞으로 이 놀라운 사건을 어떻게 처리해야 할지 밤낮없이 고민했다.

사흘째 되던 날 내가 다시 농장 가옥을 찾자 그녀는 내가 입으라고 지시했던 새 옷을 차려입고 내가 있는 방으로 들어왔다. 그녀는 다시 내 종복이 되어 내 하인 정복을 입게 된 걸 하나님께 감사드리며, 자신에게 제공한 옷가지도 감사드린다고 말했다. 그리고 그녀는 그런 대접은 자기가 받을 만한 것 이상의 과분한 대접이라고 말했다.

마침 주변에 아무도 없었으므로 우리는 대화를 나누기 시작했다. 나는 먼저 그녀에게 과거에 그녀가 저질렀던 매정한 짓에 대해서는 충분히 겸손하게 뉘우쳤으니 더 이상 거론하지 말 것이며, 나 또한 지금까지 그녀가 극심한 고통을 겪어왔다는 걸 잘 알게 됐으니 지난 일로 그녀를 책망하는 일은 없을 것이라고 말했다. 나는 지금 상황으로는 죄수 신분으로 유배를 온 처지인 그녀를 다시 아내로 맞이할 수는 없으며, 그녀 또한 그런 일을 바랄 만큼 무지하지는 않을 것이라고 말했다. 그러나 나는 이제부터는 내가 이 세상에서의 그녀의 불행을 끝내는 데 도움을 줄 수 있을 것이라고 말했다. 나는 특히 그녀가 자신과 회의를 벌이듯 효과적으로 자신의 처지를 잘 따져봐서 이번 일의 자세한 내용을 입 밖에 내지 않는다면, 그녀가 당한 최악의 불행이라고 할 수 있는 현재의 짐을 내가 덜어줄 것이고, 반대로 그녀가 그걸 입 밖에 내면 그 순간부터 그녀에게 돌이킬 수 없는 파멸이 시작될 것이라고 말했다.

그녀도 그런 비밀 유지가 불가피하다는 걸 나 못지않게 잘 알고 있었다. 그녀는 내게 부탁할 일은 그저 자신으로서는 도저히 어찌할 수 없는 불행에서 빼내주는 일뿐이며, 내가 자신에게 여생을 회개에만 바치기를 바란다면 그렇게 살 것이며, 나를 위해서라면 세상에서 가장 비천한 일일지라도 기꺼이 할 것이며, 과거를 용서해준다는 말을 들으니 기쁘지만 그래도 자신은 하녀보다 더 높은 자리는 절대로 바라지 않겠다고 말했다. 그리고 그녀는 그 시간 동안 과거에 나를 만난 적이 있다는 사실은 누구에게도, 절대로 발설하지 않을 테니 안심해도 좋다고 말했다.

나는 그녀에게 나와 결별하고 난 이후의 삶에 대해 고백할 마음은 없느냐고 물었다. 나는 강요는 하지 않았다. 나는 그런 고백이 불편하게 생각된다면 하지 않아도 좋다고 말했다. 그녀는 나와의 결별이 자신의 어리석음에서 비롯되었고 결국 죄악으로 끝을 맺었으니 당연히 그 이후의 자신의 삶은 끊임없는 재앙과 죄악과 슬픔과 치욕의 연속이었으며, 그 끝은 처참한 불행이었다고 말했다. 그녀는 속임수에 넘어가 방탕한 자들과 어울렸고, 사치스러운 생활에 빠져들었고, 그러다가 그 생활비를 감당하려고 사악한 인생 행로에 들어섰고, 극심한 고통과 고초를 겪고 난 후 자력으로 먹고살 수 없게 되어 궁핍에 내몰리고 말았다고 말했다.

그녀는 원래 세상에서 가장 겸손하고 순종적인 태도로 내게 용서를 구하고 최초의 죄를 진심으로 회개하려고 했었다고 말했다. 그런데 내 소식이나 행방을 전혀 들을 수 없어 그리하지 못했다는 것이었다. 결국 그녀는 철저히 버려져 빵 한 조각 사먹을 수 없는 처지가 되었고, 궁핍과 고통 때문에 또 다른 사악한 인간들과 어울리게 되었고, 절도범 패거리에 끼게 되었고, 그들과 무리 지어 다니며 한동안 꽤 많은 돈을 벌었지만 늘 근심과 공포에 휩싸여 장차 치욕스러운 상황에 빠질 거라는 두려움에 빠져 살았다고 말했다. 그녀는 그러다 우연찮게도 주범 역할을 맡은 것도 아니면서 사소한 범행에 연루되어 이곳까지 유배를 오게 된 것이라고 말했다. 그녀는 자신의 인생은 요컨대 풍족했다가 비참했다가, 감옥에 갇혔다가 풀려났다가, 편안했다가 고통스러웠다가를 반복한 부침의 연속이었다고 말했다. 그러면서 그녀는 결말 부분만 내가 알고 있을 뿐인 자신의 인생 내력을 세세히 전부 이야기하자면 아마 여러 날은 걸릴 거라고 말했다. 그녀는 자신의 인생에서 가장 행복했던 시절, 곱게 자라나 좋은 대접을 받고 행복하게 살았던 어린 시절과, 그 반대로 성경 속 탕아처럼 돼지우리에서 돼지들과 함께 뒹굴며 곡식 껍질이라도 던져주기를 바라고 있는 것 같은 지금의 처지는 나도 봐서 잘 알고 있을 거라고 말했다. 그녀는 이 말을 하며 펑펑 눈물을 쏟았다. 그 때문에 그녀는 여러 차례 말문이 막혔고 쉽게 말을 이어나가지 못했다. 마침내 그녀는 더 이상 이야기를 계속할 수 없는 지경에 이르렀다. 나는 이야기를 그만 하라고 말했다. 그런데 그 말조차 그녀의 슬픔에 불을 지핀 것 같았다. 사실 그 말은 그녀가 과거를 잊도록 도움을 주고 싶어서 한 말이었다. 그래서 그 부분에서 이야기를 중단시키고 더 이상 말하지 말라고 했던 것이었다.

나는 그녀에게 하나님의 섭리로 그녀가 다시 내 보호를 받게 되었으니 앞으로는 부족함이 없을 것이며, 더 이상 고된 삶을 살지 않도록 내가 보살펴주겠다고 말했다. 나는 다만 당장은 그 일을 진행시킬 수 없다고 말했다. 우리는 일단 다시 헤어졌다. 나는 그녀의 수고를 덜어주기 위해 그녀에게 보조 가정부를 붙여주었다. 아니, 보조 가정부라는 호칭은 적절치 않을지 모르겠다. 말이 보조 가정부지 실은 그녀의 시중을 들며 그녀 대신 모든 일을 하라고 붙여준 그녀의 몸종 하녀였다. 나는 이런 사실을 그녀에게도 귀띔해주었다.

농장 가옥에서 생활하게 되고 나서 얼마 안 돼 그녀는 기력을 완전히 회복했다. 빠졌던 살이 통통히 오르고 움푹 파여 쏙 들어갔던 부위들이 다시 살로 채워졌다. 옛날 내게 그토록 예쁘고 매력적으로 보였던 아름다운 얼굴도 어느 정도 되살아났다. 나는 가끔 그녀에게 욕정까지 느꼈다. 나는 그녀를 최고의 자리로 되돌려놓고 싶었다. 그러나 그러기에는 많은 어려움이 있었고 그것은 한동안 내가 해결할 수 없는 것이었다.

그 와중에 내가 그런 일이 일어날 거라고 상상할 수 있는 한계를 넘어서는 불편한 일이 생겨 나를 무척 난처하게 만들었다. 내 선생은 내 아내의 비참한 불행을 보고 처음부터 연민의 정을 품었었다. 지력과 학식을 겸비한 데다 너그러움이 인생 철칙이었던 그로서는 당연한 일이었다. 그런데 그 연민이 그의 마음을 움직이는 일이 생기고 말았다(물론 그는 앞서 말했듯이 그녀에게 뭔가 비범한 면이 있다는 것을 처음부터 감지했다). 결국 그녀가 완전히 회복하여 본래의 명랑한 기질이 되살아나고 편안해진 모습이 되자 그는 그녀와 담소를 나누는 일에 매료됐다. 간단히 말하겠다. 그는 그녀를 사랑하게 되었다.

과거 결혼 시절 그녀에 대해 말하면서 나는 그녀가 매력적인 언변에다 재치 넘치고, 비할 데 없이 노래를 잘 부르고, 완벽한 교양을 지닌 여자라고 말한 적이 있었다. 그런데 그녀에게는 그 모든 자질들이 그대로 남아 있었다. 그녀는 정말 매력적인 여자였다. 어느 날 저녁 내 선생이 느닷없이 찾아와 가정부와의 결혼을 허락 받으러 왔다고 말했다.

나는 그 말을 듣고 몹시 당황스러웠다. 그러나 나는 그가 그걸 눈치채지 못하게 했다. 나는 그에게 그런 허락을 받으러 오기 전에는 충분히 심사숙고했어야 하며, 그 점에 대해서는 그도 동의하리라 생각한다고 말했다. 그리고 나는 그녀에게 아직 의무 복무 기간이 4년가량이나 남았으니 그의 허락을 들어줄 수 없는 입장을 이해해주리라 생각한다고도 말했다.

그는 심사숙고까지는 해보지 않았다며 존경하는 내가 그리 말하니 더 이상 그 일을 진척시키지 않겠으며, 그녀에게는 아직 말도 안 꺼냈다고 말했다. 나는 어떻게 대답해야 할지 몰랐다. 나는 속으로 빨리 그녀에게 이 사실을 알려야겠다고 생각했다. 아직은 그녀에게 미리 말할 시간이 있었다. 나는 그에게 그가 적절하다고 생각하는 대로 자유롭게 행동하라고, 이 일에 대해 내가 이러쿵저러쿵 토를 달거나 끼어들 권리가 없다고 말했다. 나는 그녀의 의무 복무 기간 완수에 대해 내 솔직한 심정을 말한다면, 사실 그건 사소한 사항일 수도 있고 거론할 만한 사항이 아닐 수도 있다고 말했다. 나는 다만 그가 그런 일에 뛰어들기 전에 꼭 심사숙고는 하기를 바란다고 재삼 강조했다.

그러자 그제야 그는 사실은 심사숙고해보았으며, 이제 내가 반대하지 않는다는 걸 알았으니 무슨 일이 생기든 그녀를 아내로 맞이하겠다는 결심은 확고해졌다고 고백했다. 그녀와 함께 하기만 한다면 자신이 세상에서 가장 행복한 남자가 될 거라고 믿는다는 것이었다. 그런 다음 그는 그동안 자신이 관찰했던 그녀의 자질들을 쭉 늘어놓았다. 그는 그녀가 온갖 집안일을 관리하면서 얼마나 영리하게 일했고, 얼마나 똑똑하고 얼마나 대단한 기억력을 보여주었고, 얼마나 많은 지식을 소유하고 있었는지 이야기했다. 물론 나는 그가 말한 그녀의 자질들이 모두 사실이란 것을 알고 있었다. 그러나 그의 설명에는 그녀의 현재의 자질들을 정확하게 설명하는 데 모자람이 있었다. 내 아내였던 시절 그녀는 그가 말한 모든 자질들을 지니고 있었다. 그러나 인생이라는 고난의 학교를 마친 현재의 그녀는 과거보다 훨씬 더 성숙해진 모습으로 변해 있었다. 그녀는 기존의 자질들에다 냉정함, 신중함, 판단력, 그 밖에도 예전에 없었던 많은 자질들을 추가시켜 한층 더 빛을 발하는 사람으로 변해 있었다.

독자 여러분께서도 쉽게 상상하시겠지만, 나는 내 정직한 전처가 그의 비밀스러운 고백을 듣고, 그런 훌륭한 기회를 맞이하여 과연 어떤 인생 행로를 밟아갈지 태연하게 지켜볼 만한 인내심을 가진 사람이 못 되었다. 그런 와중에 나는 때마침 감기가 들어 몹시 아팠고 그 때문에 이틀 동안 꼼짝 못 하고 외출을 하지 못했다. 그런데 그 이틀 동안 일이 저질러지고 끝이 나 있었다. 내게 고백한 그날 밤 내 선생은 그녀에게 바로 달려가서 공세를 취했다. 그는 처음에는 거절당했다. 그는 첫 마디에 허락을 받을 것이라고 확신하고 있었으므로 그녀의 거절에 무척 놀랐다. 그는 다음 날 다시 그녀를 찾아갔고, 그 다음 날 또 찾아갔다. 그날에서야 비로소 그녀는 그의 진심을 깨달았다. 그러나 그런 일은 꿈도 꿀 수 없는 처지였던 그녀는 그에게 몇 마디 말로 짧게 대답했다. 그녀는 우선 그가 자신을 그렇게 소중히 여긴다는 걸 그런 식으로 입증해 주어 너무 감사하며, 자신과 같은 처지의 여자라면 누구든 당연히 그런 청혼을 받아들여야 할 것이라고 대답했다. 그러나 그녀는 아직도 지켜야 할 본분이 있으니 그런 모진 일을 절대로 할 수 없다고 잘라 말했다. 그러면서 그녀는 사실은 자신이 기혼 부인이며 남편이 버젓이 살아 있다고 고백했다.

그녀의 대답은 너무 진지해서 바로 효과를 발했다. 그에게는 한마디도 대꾸할 여지가 없었다. 그녀의 거절은 그에게 너무나 고통스러운 일이자 살면서 겪은 가장 실망스러운 일이었다.

그가 거절을 당한 다음 날, 나는 사정도 모르고 농장 가옥을 찾아가서 그녀를 부른 뒤 이야기를 시작했다. 나는 그녀에게 아주 유리한 청혼을 한 사람이 있는데 심사숙고해보기를 바란다고 말했다. 그런 다음 나는 내 선생이 했던 말을 전했다.

그녀는 왈칵 울음을 터뜨렸다. 나는 그 모습을 보고 깜짝 놀란 척했다.

"오! 주인님." 그녀가 말했다. "제게 어찌 그런 말씀을 전하실 수 있나요?"

나는 사실 그녀와 헤어지고 난 후 나도 몇 번 재혼을 했던 처지라 그런 말을 전할 수 있는 것이라고 말했다.

"그랬군요, 주인님." 그녀가 말했다. "하지만 경우가 틀립니다. 잘못이 제 쪽에 있었으니 저는 재혼을 하면 안 되는 처지예요. 하지만 말이죠." 그녀가 말을 이었다. "사실 그런 건 전혀 이유가 안 될지도 모르겠네요. 어쨌든 저는 절대로 재혼을 할 수 없어요."

나는 그녀에게 결혼을 강요하는 척했다(물론 진심이 아니었다. 내 진심을 고백하자면 이미 내 마음은 오래 전부터 그녀에게 기울어져 있었다. 그녀의 과거 행실은 깨끗이 용서한지 오래였다). 내가 다시 결혼을 강요하는 척하자 그녀는 그런 내 태도에 격하게 반응했다.

"안 해요. 절대로 안 해요." 그녀가 말했다. "세상에서 가장 훌륭한 남자의 아내가 되는 것보다 차라리 주인님의 노예가 되는 편을 택하겠어요."

나는 그녀의 처지를 거론하며 설득하면서 재혼을 하게 되면 그녀가 다시 안락하고 풍족한 지위로 돌아가게 될 것이며, 그녀가 예전에 누구였고 무슨 일을 했는지는 세상 누구도 알거나 의심하지 않을 것이라고 말했다. 그녀는 더 이상 내 설득을 견디지 못했다. 그녀는 다시 한 번 눈물을 펑펑 쏟아내며 혹시 누가 들을까 걱정이 될 만큼 목소리를 높여 말했다.

"제발 간청 드려요." 그녀가 말했다. "제발 그런 말씀을 더 이상 말아주세요. 저는 한때 주인님의 아내였어요. 그러니 결단코 세상 다른 남자의 소유물이 되진 않겠어요. 저를 그냥 이대로 살게 해주세요. 아니면 주인님께서 원하시는 다른 지위의 사람으로 만드세요. 하지만 제발 주인님 아닌 다른 남자의 아내가 되라는 말씀만은 하지 마세요."

나는 그 말을 하며 그녀가 빠져 있던 격정 상태에 너무 감동을 받아 무슨 말을 해야 할지, 어떻게 행동해야 할지 아무 생각도 안 났다. 마침내 내가 그녀에게 말했다.

"오래 전 옛날에 당신이 지금처럼 진실한 모습을 보이지 않았던 게 정말 유감이오. 그랬더라면 우리 두 사람 모두 지금보다는 나았을 텐데. 사실 나는 무슨 일이든 당신 의사에 반하여 강요할 생각은 없소. 당신이 내 말을 거절한다 해도 더 나쁜 대우를 받는 일도 없을 것이오. 하지만 그 사람의 청혼을 어찌 거절할 셈이오? 그는 틀림없이 자신의 청혼이 당신에게 유리한 청혼으로 흔쾌히 받아들여질 것이라고 기대하고 있을 것이오. 그 사람은 당신의 속사정을 모르오."

"오, 주인님." 그녀가 말했다. "그 일은 제가 이미 마무리 지었어요. 그분은 제 대답을 벌써 들었고 충분히 이해했어요. 그러니 이 일로 그분이 주인님을 다시 불편하게 하는 일은 없을 거예요." 그러면서 그녀는 자신이 그에게 어떤 대답을 했는지 내게 말해주었다.

나는 그 순간 그녀를 다시 예전처럼 내 아내로 맞아들이겠다고 마음을 굳혔다. 나는 그녀가 예전의 과오에 대해 내게 보상을 충분히 한 셈이니 이제는 마땅히 용서받을 자격이 있다고 생각했다. 그동안 그녀가 얼마나 끔직한 고초를 겪었고, 얼마나 오랫동안 불행과 고통 속에서 살아왔는지를 생각하면 정말이지 그녀는 그 어떤 여자보다도 그럴 자격이 있었다. 게다가 하나님께서 그녀를 다시 내 보호하에 있게 해주셨고, 무엇보다도 그녀에 대한 내 사랑을 되살려주시지 않았던가. 그리고 그분께서는 그녀가 나와 다시 이별하느니 차라리 자신에게 주어진 그토록 훌륭한 구원의 기회를 거절하겠다고 고백까지 하게 만들지 않으셨던가.

이런 결심을 하고 나자 나는 그런 내 속마음을 그녀에게 더 이상 숨기는 일은 너무 매정하다는 생각이 들었다. 또한 나 스스로도 그런 속마음을 더 이상 가슴속에 품고 있을 수 없었다. 나는 그녀를 품에 안으며 말했다.

"그렇소. 당신은 이번 일을 통해 내가 더 이상 못 버틸 정도로 나에 대한 사랑을 입증했소. 그러니 이제 우리 둘 사이에 있었던 과거의 일들은 모두 용서해주겠소. 그리고 당신이 나 말고는 다른 누구의 아내도 되지 않겠다고 하니, 내 첫 아내였던 당신을 다시 내 두 번째 아내로 맞아들이겠소."

그녀로서는 너무나 감당하기 힘든 말이었다. 결국 내가 못 버티었다는 말을 듣자 그녀의 기쁨은 극에 달했다. 격하게 울음을 터뜨려 그 격렬한 기쁨을 발산하지 않았다면 그녀는 틀림없이 내 품안에서 세상을 하직했을 것이다. 나는 그녀를 내 품에서 떼어놓은 뒤 의자에 앉힐 수밖에 없었다. 그곳에서 15분쯤 더 울고 나서야 그녀는 간신히 몇 마디 말을 할 수 있었다.

다시 말을 할 수 있게 그녀의 마음이 진정되자 나는 이제 이 일을 어떤 식으로 처리해야 좋을지 그 방법을 강구해야 한다고 그녀에게 말했다. 나는 우리가 과거에 부부였다는 사실을 밝힌다면 우리의 정체가 드러날 테니 절대로 그런 일을 해서는 안 되지만, 결혼 발표만은 공식적으로 해야 한다고 말했다. 그녀도 내 말이 합리적인 말이라고 동의했다. 결국 우리는 두 달 만에 결혼을 했다. 그 후 이어진 세월 동안 나보다 더 훌륭한 아내를 둔 남자는 없었고 우리 부부보다 더 행복한 결혼생활을 한 부부는 없었다.

나는 이제야 비로소 이 세상에서의 내 운명이 안정되었다는 생각을 하기 시작했다. 이제 내 앞길에는 파란만장했던 인생을 무사히 마감하는 일 말고는 아무 일도 없을 것 같았다. 내가 살아온 인생은 숱한 고통과 어려움을 겪고 난 뒤 편안하게 은둔 생활을 하게 되고 나서야 현명해지는 인생이었다. 그리고 그런 과정을 겪고 난 뒤에야 자신의 현 상황에 가장 잘 맞는 삶이 어떤 삶이고, 어떤 신분에서 자신을 완벽하게 행복하다고 생각할 수 있는지 판단할 능력이 생기는 인생이었다.

그러나 인간이란 한 치 앞도 내다보지 못하는 미물에 불과한 존재다. 특히 자신의 행복을 결정짓는 일이나 흔히 말하듯이 자기 스스로 선택을 하는 일들에 있어서는 특히 더 그러하다. 아마 누구라도 내가 그때 처해 있던 삶의 상황이 평민 신분의 사람이 세상에서 처할 수 있는 상황들 중에서 가장 완벽하게 행복한 상황이라고 생각할 것이다. 내 아내도 종종 그런 주장을 펴곤 했다. 우리 부부에게는 하루가 다르게 늘어가는 넉넉한 재산이 있었다. 우리가 우리 스스로에게 제시하고 바랐던 지위와 종류의 삶을 살아나가기에 전혀 부족함이 없는 재산이었다. 우리는 이제 어떤 상황에서도 비굴한 일을 겪을 까닭이 없었다. 우리는 쾌적하고 즐겁게, 필요한 모든 것들을 누리며 살았다. 우리는 모든 달콤한 것들을 소유했고 쓰디쓴 건 하나도 갖고 살지 않았다. 우리에게는 오로지 선만 존재했지 악은 하나도 없었다. 악이 불쑥 튀어나올 거라고 걱정할 구멍 같은 것은 우리에게는 존재하지 않았다. 정말이지 가끔 무기력하고 우울한 생각이 들 때조차도 우리 부부는, 일상생활 속에 작용하는 하나님의 섭리를 벗어나는 괴변이 일어난다면 모를까, 우리의 일상생활에 불길한 일이 일어날 수 있다는 상상은 조금도 하지 않았다.

아아, 그런데 보이지 않는 기뢰의 폭발 같은 일이 일어나 이 모든 명백한 평정 상태를 한 방에 날려버렸다. 물론 내 농장 사업까지 날려버린 것은 아니었다. 하지만 그 일의 폭발로 나는 내 농장 사업에서 다시 멀어졌고 세상을 방황하고 다니게 되었다. 인간에게 자기 운명을 선택하는 일이 맡겨지고 그래서 그가 자신의 근시안적인 조치를 따라가는 동안, 그에게는 늘 위험하기 짝이 없는 상황이 따라붙기 마련이다. 그리고 그러다 보면 늘 위험으로 가득 찬 상황을 맞닥뜨리게 된다.

여기서 오래전 내가 마지막으로 영국에서 살던 동안 일어났었고, 앞으로 내가 살게 되는 인생 행로와 깊은 관련이 있는 내 과거 행적 하나를 그때의 상황으로 되돌아가 설명하지 않을 수 없다.

앞에서 나는 내 세 번째 아내 모기가 눈물을 흘리면서 내게 제발 정신 나간 짓을 하지 말라고 애원했다는 이야기를 한 적이 있었다. 반란군이었던 다웬트워터 경과 그의 일행이 랭커셔 지방으로 진격했을 때 모기는 내게 제발 공공연히 그들 무리에 가담하지 말라고 애원했었다. 나는 그녀의 그런 애원 덕택에 목숨을 구할 수 있었다. 그런데 사실 나는 그들이 프레스턴에 도착했을 때 호기심에 압도되어 그녀의 애원을 뿌리치고 몰래 그곳에 가서 구경하면서 대체 무슨 일이 일어나는지 알아봐야겠다는 생각을 하고 있었다. 그리고 나는 실제로 몰래 그곳에 갔었다.

물론 나는 앞서 말했듯이 모기의 끈질긴 간청과 설득을 받아들여 무장한 모습으로 공공연히 그들 무리에 가담하지는 않았다. 그녀의 설득 덕분에 목숨을 구했던 것이었다. 당시 나는 반란군 지지자로 알려져 있었는데, 바로 그 사실이 내가 실제로 참전하지도 않은 전투에 참가한 것처럼(정말 참가하지 않았다) 오인되어 내게 치명적인 결과를 가져올 뻔했다.

반란군이 진격하여 프레스턴 인근 지역까지 다가오고 그들의 지지자들 사이에 점점 더 세찬 참전 기운이 퍼지기 시작하자, 우리 부부의 결혼을 주재했던 연로한 로마 가톨릭교 의사는 내 새로운 열정을 부추기며 망설일 여유를 주지 않았다. 그는 내게 말 한 필과 무기를 내주며 반란군이 프레스턴에 입성하기 전에 어서 가서 그들에게 가담하라고 강요했다. 그는 자신도 나와 같은 입장을 취하겠다고 말했다.

나는 그때 그곳에서 널리 알려진 유명 인사가 아니었다. 적어도 내가 살았던 시골 지역에서 내 정체를 제대로 아는 사람, 즉 내가 누군지 알아보는 사람은 한 명도 없었다. 그런데 독자 여러분께서 앞으로 자세히 듣게 되겠지만, 바로 그 사실이 내 안전을 보장해준 셈이 되었다. 일반인들은 나를 알아보는 사람들이 없었지만 나는 병사들, 특히 외국에 나가 군 복무를 할 때 알게 된 스코틀랜드 병사들 사이에서는 꽤나 잘 알려진 인물이었다. 나는 그중 일부와는 각별하다 할 정도로 친했고 그들에게 프랑스군 장교로 알려져 있었다. 그들을 보러 잠깐 찾아갔던 그때 나는 바로 그 친한 병사들에게 프레스턴에 있는 강과 다리 사이의 통로를 사수할 엄선된 파견대를 급파해야 한다고 조언했었다. 내 조언대로 모든 반란군 병력의 안전이 그 통로의 사수 여부에 달려 있는 상황이었다.

나는 그들에게 다소 흥분한 어조로 그런 조언을 했다. 앞서 말했듯이 그들 사이에서 내가 경험 많은 노련한 프랑스군 장교로 알려져 있었기 때문에, 내 조언은 여러 차례 격론을 불러일으켰다. 그러나 잘 알려져 있듯이 내 조언은 실제로 실행되지 않았다. 나는 그걸 보고 그들을 패배자로 간주하고 포기한 뒤 한시바삐 그들에게서 도망칠 궁리만 했다. 나는 그들이 왕립 기병대에 포위되기 전날 밤 무사히 도망을 쳤다. 물론 어려움을 겪지 않았던 것은 아니었다. 말을 끌고 리블 강을 헤엄쳐서야 강 건너편 지역에 도착할 수 있었다. 그러나 나는 한동안 말이 혼자 힘으로 설 수 있는 곳, 말하자면 녀석이 네 발 모두를 디디고 서기 충분할 만큼 바닥이 딱딱한 곳에는 쉽게 도달하지 못했다. 고생 끝에 우리는 둘 다 무사히 강변에 도착했다. 나는 열심히 말을 달려 다음 날 저녁 집이 보이는 곳에 당도했고, 주변 숲속에서 깜깜한 밤이 될 때까지 숨어 있다가 말을 총으로 쏴 죽인 후 자갈 구덩이인지 퇴비 구덩이인지 모르는 작은 구덩이에 밀어 넣고 흙으로 덮었다. 그 일을 마치고 난 이후에야 나는 홀로 걸어서 새벽 두 시경 집에 도착했다. 아내 모기는 깜짝 놀라며 매우 기뻐했다. 하지만 그녀는 두려움에 가득 차서 얼른 나를 집 안에 들였다. 나는 집 안으로 들어가자마자 즉시 무슨 일이 일어나도 안전을 확보할 수 있는 조치들을 취했다. 하지만 사실상 사태가 진정되면서 그런 조치들을 할 필요가 없게 되었다. 반란군이 완패하여 반란군 병사들 모두가 전사하거나 포로로 붙잡혔던 것이다. 내가 잠시 그들과 함께 있었다는 사실을 아는 사람은 그 지역 전체에 아무도 없었다. 아니, 알기는커녕 의심조차 하는 사람이 없었다. 그렇게 해서 나는 위험천만한 전투에서 가까스로 벗어나 도망칠 수 있었다. 내가 참전한 전투들 중에서 가장 어리석게 참전한 전투였다.

말을 죽이고 땅에 묻었던 게 내게는 큰 행운이었다. 아마 그대로 살려놓았더라면 녀석은 이틀 후 붙잡혔을 것이고, 그랬으면 분명히 내가 프레스턴에서 녀석을 타고 있는 모습을 목격한 사람들이 알아보았을 것이었다. 이제 내가 집을 떠났었다는 사실을 아는 사람은 아무도 없는 셈이었다. 내가 그랬었다는 사실을 폭로할 정황 또한 아무것도 없었다. 내가 반란군을 은밀히 찾아가서 함께 했던 시간은 겨우 두 시간 남짓이었다. 그동안 나를 찾아온 사람은 아무도 없었다. 그러니 혹시 그 이후 누가 나와 나눌 얘기가 있어 집을 찾아왔다 하더라도 집 안에 있는 내 모습만 본 셈이었다.

그러나 나는 마음이 완전히 편치는 않았다. 나는 그때 속으로 버지니아의 내 농장들로 돌아가고 싶었다. 그런데 공교롭게도 얼마 안 있어 모기가 세상을 떠나는 바람에 실제로 가족을 이끌고 버지니아로 이주할 준비를 하게 되었던 것이었다.

내가 이주 준비를 하는 동안 앞서 말했듯이 프레스턴 전투에서 패배한 가엾은 반란군 병사들은 국왕군에 항복하고 포로가 되었다. 그리고 그런 경우 늘 그렇듯이 그들 중 일부는 처형을 당했다. 하지만 정부는 많은 포로들에게 자비를 베풀었다. 우리가 들은 바에 의하면 포로들은 체스터 성이나 그곳에서 한참 떨어진 다른 장소들에 감금되었다가 이런저런 방식으로 처리되었다.

이후 그들 중 수백 명이 자신들의 의사에 따라, 흔히 표현하는 식으로 말하자면 신세계 농장들로 유배되었다. 다시 말하자면 유죄 판결 기결수를 처리하는 통상적인 방식에 따라 버지니아나 다른 영국 식민지로 보내져 매각된 후 일정 기간 동안 의무 노역 복무를 하게 되었다. 그 복무 기간이 끝나면 그들은 다시 자유로운 공민이 되었다. 그런 자들에 대해서는 이미 앞에서 말한 바 있다. 그런데 버지니아로 돌아와 생활한 지 한참 된 내게 적지 않은 불안감을 불러일으킨 일이 벌어졌다. 내 농장들이 위치한 강변 지역에 바로 이 전쟁 포로 유형수들을 가득 실은 유배선 두 척이 도착했다는 소식이 들려온 것이다.

그 소식을 듣자마자 내가 취한 첫 번째 조치는 그 전쟁 포로들 중 누구도 내 농장 일을 돕거나 내 농장에서 노역하지 못하게 구매를 막는 일이었다. 나는 그런 조치를 취하면서, 겉으로는 집단의 대의명분과 열정 때문에 그런 지경에 이른 불운한 신사들을 매일같이 노역해야 하는 노예로 만들고 싶지 않아서 그런 일을 하는 척했다. 물론 실제 이유는 그 포로들 중 일부가 혹시 내 정체를 알아보고, 그래서 내가 그들과 한 패였다가 도망친 자라는 사실을 폭로하여 나를 곤경에 빠뜨릴지도 모른다는 두려움 때문이었다. 만일 그렇게 된다면 나는 목숨은 부지한다 해도 전 재산을 몰수당할 것이고 창졸간에 다시 비참한 불행과 궁핍의 나락으로 굴러 떨어질 게 뻔했다. 나는 내 전 재산을 누릴 자격이 있을 정도로 정말 열심히 일해왔다고 자부하고 있었다.

내가 취한 조치는 사실 예방 조치에 불과했다. 나는 곧바로 내 조치가 내가 처한 상황을 고려할 때 충분치 못하다는 걸 깨달았다. 나는 비록 그 불쌍한 포로들을 한 명도 사들이지 않았지만 내 이웃 농장주들은 그들을 사들였다. 따라서 다소의 차이는 있지만 이웃 농장들 중에서 이들 전쟁 포로 노예들을 소유하고 있지 않은 곳은 단 한 곳도 없었다. 그러니 이제 언제든 내가 그들 중 누군가에게 목격되고 정체가 폭로될 위험이 있는 셈이었다.

내 삶은 이제 불안하기 짝이 없는 삶이라고 말할 수 있었다. 한마디로 말해 도저히 견딜 수 없는 삶이었다. 나는 그때까지 내 명령에 따라 내 마음대로 움직이는 3~4백 명의 하인들을 거느린 대농장 농장주이자 그곳의 통치자, 지배자, 주인이었다. 그런데 그런 내가 졸지에 그런 신분에서 양심의 가책으로 괴로워하는 불쌍한 반란군 역도로 전락한 것이었다. 상황이 호전될 때까지 옛날에 가서 살았던 영국 랭커셔 인근 지방으로 몰래 돌아가서 그곳에 숨어 살거나 아니면 런던에 가서 숨어 살면 지금처럼 안전하게, 아니, 지금보다 더 안전하게 살 수 있을지도 몰랐다. 그러나 이미 위험이 정통으로 내 집 문 바로 앞에 다가와 있었다. 나는 매일같이 밀고당하여 체포되고, 쇠고랑을 차고 영국으로 이송되고, 모든 농장들이 몰수당하여 국왕의 재산으로 편입되는 망상에 시달렸다. 다른 생각은 가질 수도 없었다.

한 가지, 의지가 되는 안전에 대한 희망이 있기는 했다. 내가 그들과 함께 했던 시간이 잠깐에 불과했고, 그들을 위해 내가 한 일이 사실상 아무것도 없고, 그들에게 내가 이방인으로 통했고, 그들이 내 이름을 모르고, 그들 전부는 아니지만 대부분이 나를 그저 프랑스 대령이나 프랑스 장교 혹은 프랑스 신사라고 불렀다는 사실이다. 나와 함께 갔던 의사 선생에 대해 말한다면, 그는 이미 반란군의 대의명분이 지지를 받지 못하는 것처럼 보일 뿐만 아니라 국왕군 병력이 사방팔방에서 구름처럼 모여드는 걸 보고는, 나와 같은 방식은 아니더라도 일찌감치 도피 수단을 찾아내서 도망을 쳤었다.

다시 내 얘기로 돌아가면, 여하튼 내 상황은 결코 만족스러운 상황이 아니었다. 나는 어찌해야 할지 몰랐다. 바싹 다가와 있는 이 고통스러운 상황을 맞이하여 나는 내 평생 그 어떤 때보다도 더 당황했다. 전쟁 포로 관련 소식을 듣고 내가 맨 먼저 한 일은 부랴부랴 집으로 돌아와 아내에게 모든 사실을 털어놓은 일이었다. 물론 나는 그녀에게 개괄적으로 상황을 설명했다. 그리고 그보다 먼저 나는 그녀에게 이제 내 목숨은 그녀의 손에 달려 있으며, 혹시 그동안 내가 모질게 대했다고 생각하는 일이 있다면 이제 그 되갚음을 할 수 있게 되었다고, 즉 나를 당국에 인도하는 일이 그녀의 손에 맡겨졌다고 말했다. 하지만 나는 그녀의 너그러운 성품과 그녀가 나에 대해 새롭게 갖게 된 애정을 굳게 믿으며, 그래서 모든 일을 그녀의 신의에 맡기는 것이라고 말했다. 나는 이제 더 이상의 숨김없이 솔직하게 모든 사실과 내가 처한 위험을 그녀에게 털어놓았다.

신의 있는 조언자는 죽음으로부터의 생명이며, 마음이 나락으로 떨어질 때 용기를 주고 정신을 적절한 이용 수단으로 향하도록 북돋아주는 존재다. 이번 사태의 모든 국면에서 내 아내가 바로 그런 존재였다. 내가 미로와 같은 그때의 상황을 빠져나오기 위해 이후에 밟게 된 모든 조치들은 모두 그녀가 시키는 대로 따른 것들이었다.

"자, 자, 제발 진정하세요, 여보." 그녀가 말했다. "만일 그게 다라면 공포감 때문에 당신이 하려는 절망적인 행동을 할 까닭이 없어요."

사실 나는 즉각 농장들과 가축들을 모두 팔고 이곳을 떠나 어디든 영국 국왕 영토가 아닌 곳으로 떠날 생각이었다.

그러나 아내는 나와 생각이 완전히 달랐다. 그녀는 다른 이유를 대며 나를 격려하면서 내게 두 가지 방안을 제시했다. 하나는 외돛배에 화물을 싣고 서인도 제도로 가서 그곳에서 통행 허가증을 얻어 런던으로 가자는 것이었고, 다른 하나는 그 외돛배를 직접 런던으로 출항시켜 어떤 대가를 치르든 간에 영국 국왕의 사면을 얻어내도록 노력하자는 것이었다.

나는 두 번째 방안이 더 마음에 들었다. 비록 운이 나빠 반란군의 대의명분을 지지하는 편견에 빠지긴 했었지만, 사실 나는 마음속으로는 국왕 폐하의 자비와 관용에 대해 올바른 판단을 하고 있었다. 만일 내가 영국에 있었더라면 틀림없이 쉽게 설득당하여 국왕의 발치에 몸을 내던지며 용서를 구했을 것이다.

그러나 당시의 내 신분으로 봐서 내가 영국으로 직접 가려고 한다면 분명히 그 사실이 널리 알려질 터였다. 또 그러려면 통상적인 여행 준비를 해야 할 텐데 그때는 사람들 앞에 모습을 드러내야 할 터였다. 그리고 수확한 곡물이 준비될 때까지 기다려야 하고, 외출할 때 평소처럼 격식을 차리며 당당한 모습을 유지해야 하고, 뭔가 특별한 일이라도 있다는 듯 행동해야 하고, 사람들 머릿속에 그들이 알 수 없는 많은 공상들을 심어줘야 할 터였다.

그런데 아내는 자신의 지모를 통해 모든 일을 쉽게 해결했다. 내게 일절 귀띔조차 하지 않은 상태에서 어느 날 아침 일찍 내가 일어나기도 전에 그녀가 명랑한 모습으로 내게 왔다.

"여보." 그녀가 말했다. "오늘 아침 당신 몸이 아주 안 좋다는 얘길 들어 마음이 아파요. 제가 페니코(그녀에게 붙여준 흑인 몸종 소녀다)에게 당신 방에 불을 지피라고 했어요. 그러니 그때까지 침대에 그대로 누워 계세요."

그녀가 그 말을 하고 있을 때 마침 흑인 소녀가 불을 지필 때 쓰는 손풀무와 땔감, 기타 필요한 물건들을 들고 방으로 들어왔다. 아내는 내게 대답할 시간을 주지 않고 내 귀에 대고 꼼짝 말고 그대로 누워 있으라고 속삭였다. 그녀는 내게 다시 돌아올 때까지 아무 말도 하지 않았다.

나는 그녀의 행동을 보고 깜짝 놀랐다. 여러분도 확신하시겠지만 그때 나는 오로지 내 정체가 탄로 나 영국으로 이송되어 교수형에 처해지거나 사지가 찢기는 벌을 받게 될지 모른다는 생각에만 몰두해 있었다. 그 생각만으로도 너무 끔찍해 가슴이 철렁 내려앉곤 했다. 그녀는 혼란에 빠진 나를 보고 제발 아무 일 없을 테니 마음을 편히 먹으라고 말하고 다시 돌아갔다. 나는 한참 동안 마음을 가라앉히려고 애를 썼다. 하지만 그저 잠시만 견딜 수 있을 뿐이었다. 나는 페니코에게 아래층으로 가서 마님을 찾은 뒤, 내가 몸이 너무 아파 그녀와 빨리 얘기를 좀 해야겠다고 전하라고 했다. 흑인 소녀가 나가자마자 나는 곧바로 침대에서 일어나 혹시 무슨 일이 있을 때를 대비해서 옷을 차려입기 시작했다. 아내는 약속을 지켰다. 소녀가 내려가자 아내가 다시 올라왔다.

"여보, 당신에게 인내심이 부족하다는 건 내가 잘 알아요." 그녀가 말했다. "하지만 제발 자제심까지 부족한 사람이 되진 마세요. 어쨌든 창가로 가서 얼굴에 차양을 내리고 혹시 지금 마당에 와 있는 저 스코틀랜드인들 중에서 당신이 아는 사람이 있나 보세요. 한 예닐곱 명쯤 되는데 볼일이 있어서 당신 농장 관리인을 찾아왔대요."

나는 창가로 가서 차양 틈새로 그들의 얼굴을 똑똑히 보았다. 그들이 스코틀랜드인들이라는 것은 쉽게 식별할 수 있었지만 아는 얼굴은 하나도 없었다. 그러나 얼굴을 알아보지 못했다고 해서 안심할 수는 없는 노릇이었다. '바보 톰이 아는 사람들보다 바보 톰을 아는 사람들이 더 많다'는 오래 된 영국 속담처럼 혹시 그들 중 누군가가 나를 알아볼지 모를 일이었다. 따라서 나는 그들이 모두 돌아갔다는 걸 알 때까지 방 안에 꼼짝 않고 있었다.

그 일이 있고 나서 아내는 집안사람들에게 내 건강이 좋지 않다는 말을 일부러 퍼뜨렸다. 그리고 내 건강이 안 좋다는 말이 퍼지고 사나흘 정도가 되었을 무렵부터 나는 커다란 플란넬 천으로 다리를 싸고 그걸 걸상 위에 걸쳐 놓고 살았다. 그리고 그때부터 나는 통풍에 걸린 사람처럼 다리를 절름거리고 다녔다. 그런 모습으로 다닌 지 6주가량 되었을 때 아내는 내 병이 통풍이 아니라 사실은 고질병인 류머티즘이며, 그 때문에 내가 내 소유의 외돛배를 장만하여 서인도 제도의 리워드 군도에 있는 네이비스나 안티고어로 가서 치료 목적으로 온천욕을 하기로 결정했다고 소문을 퍼뜨렸다.

아내의 계획은 기지 넘치는, 참으로 훌륭한 계획이었다. 나는 8주 내지 10주 동안 집 안에만 틀어박혀 있었기 때문에 효과적으로, 큰 부산을 떨지 않고 자연스럽게 떠날 수 있었다. 그런데 나는 여전히 아내가 계획한 이 모든 일들의 최종 지향점과 그 궁극적인 의도가 무엇인지 알 수 없었다. 아내는 자기에게 모든 걸 맡겨달라고 했고 나는 기꺼이 그렇게 했다. 그녀는 빈틈없이 신중하게 일을 진행시켜 나갔다. 두 다리를 플란넬 천으로 싸고 지낸 지 석 달쯤 되었을 때 아내가 와서 드디어 외돛배가 마련되었으며 필요한 모든 화물들을 배에 실었다고 말했다.

"됐어요, 여보." 그녀가 말했다. "이제 당신에게 제 계획을 모두 말씀드릴게요." 그러면서 그녀가 덧붙였다. "제가 설마 사람들을 버지니아로 유배시키듯, 당신을 납치하여 버지니아에서 다른 곳으로 유배시킨다고 생각하시는 건 아니겠죠. 당신을 다른 곳으로 보내버리고 저만 남아서 당신 재산을 차지할 거라는 생각 말이에요. 당신은 제가, 늘 그래왔듯이, 충직하고 신의 있는 아내라는 걸 아시게 될 거예요. 저는 여전히 당신의 하인이에요. 그건 당신의 아내가 될 희망이 없었다 해도 그랬을 거예요. 이 새롭고 위급한 사태를 맞아 당신의 안전을 위해 제가 준비한 이 모든 계획에서, 저는 당신과 단 한 발자국이라도 떨어져 있겠다는 말은 하지 않았어요. 저는 늘 당신과 함께하며 당신을 도울 것이고, 무슨 일이 있어도 당신에게 봉사할 것이고, 우리의 운명이 장차 어떻게 풀리든 간에 제 운명을 당신에게 맡기겠어요."

자신의 신의에 대한 참으로 너그럽고 멋진 선언이었다. 그리고 그 말은 그녀의 판단에 대한 확실한 증거였다. 나는 내 상황이 요구하는 대로 그 시간 이후 추호의 망설임도 없이 편한 마음으로 그녀가 하자는 대로 했다. 우리는 열흘가량 준비를 마친 후 60여 톤의 무게가 나가는 대형 외돛배를 타고 출항할 작정이었다.

여기서 잠깐 여전히 충직하게 나를 돕던 내 선생(물론 내가 그를 부르는 호칭이다)이 아직도 내 농장의 관리 책임자로 일하고 있었다는 말을 해야겠다. 영국의 연락 책임자나 대리인을 어떻게 관리하는지 그가 잘 알고 있었으므로, 나는 예전에도 그랬듯이 이번에도 그에게 내 모든 농장 사업을 맡겼다. 그의 성실함뿐만 아니라 능력에 대해서까지도 완벽하게 만족해하고 있었기에 그렇게 믿고 맡긴 것이었다. 물론 그가 나와 아내 일로 다소 마음의 상처를 입은 건 사실이었다. 앞서 말한 것처럼 아내가 남편이 살아 있다는 핑계를 대고 그의 청혼을 거절한 후 곧바로 나와 결혼을 해버렸으니 말이다.

사실 그녀의 핑계는 진실이었다. 그러나 그 진실은 그렇다고 밝히기에는 적합하지 않은 비밀이었다. 따라서 나는 가능한 한 다른 이유들을 대면서 그가 아내에 대한 생각을 접게 만들 수밖에 없었다. 아마 내 해명은 그리 큰 효과를 보지 못했을 것이고 그에게 이해도 되지 않았을 것이다. 나는 그가 여러 면에서 적합한 대접을 받지 못하고 있다고 생각할 수도 있다고 짐작했다.

그러나 그는 결국 그 일을 극복하고 마음을 편히 먹기 시작했다. 특히 그는 우리가 그곳을 떠나게 되었을 때 예전처럼 모든 일의 관리를 여전히 자기에게 맡겼다는 사실을 알고는 더욱 그랬다.

아내가 내게 항해에 관한 계획을 다 말하고 떠날 채비를 마친 어느 날 아침이었다. 평소와 다름없이 명랑한 모습으로 내게 온 그녀는 이렇게 말을 했다.

"이제 당신을 구하는 일을 완결하기 위해 제가 취하려는 나머지 조치를 말씀드리겠어요. 우선 저는 우리가 네이비스의 온천으로 여행을 떠나 있는(물론 그녀의 말이다) 동안, 신뢰할 만한 제 영국 지인에게 편지를 보내 최근의 반란 사건과 관련된 어떤 사람의 사면을 얻어내려고 하는데 도와달라고 부탁할 생각이에요. 그리고 그 편지에 당신과 관련된 사실, 즉 당신이 반란 현장에 가서 반란군과 함께한 시간은 잠깐에 불과하며, 그 밖의 다른 반란 행위에는 전혀 가담하지 않았다는 것도 적을 거예요. 우리가 떠나 있는 동안 틀림없이 그 사람에게서 답장이 올 거예요. 그 답장이 여러 방법을 통해 우리에게 전달되도록 조치를 취해놓았으니 배가 오가는 일만 가능하면 바로 첫 번째 답장을 받을 수 있을 거예요. 그리고 이 일에 드는 비용은 얼마 안 돼요. 아마 가장 중요한 문제, 즉 당신의 사면 여부에 관한 답장을 가장 먼저 받게 될 테니 혹시 돈이 더 필요할지는 몰라요. 그 경우를 대비해서 돈을 갖고 가야겠어요. 돈을 갖고 갈지 말지는 당신이 결정하세요."

나는 그녀의 모든 계획들 중에서 특히 이 내용이 마음에 들었다. 그리고 그녀의 지인에게 까다롭게 비용의 제약을 가하지 말라는 말 말고는 딱히 덧붙일 말도 없었다. 나는 그 지인이 내 사면을 얻어내는 방법을 확실히 알고만 있다면 일을 철저히 마무리해야 할 것이며, 만약 2천 파운드나 3천 파운드, 혹은 4천 파운드 내에서 실행이 가능하다면, 그 일에 관한 확인서가 도착하는 대로 내 대리인 아무개 씨를 통해 지불 보증 어음을 보낼 거라고 말했다.

나는 일을 확실히 하기 위해 그녀가 보내는 편지 안에 내 런던 대리인들 중 특히 더 신뢰가 가는 대리인에게 내가 보내는 편지와 이런저런 조건으로 돈을 지불하라는 어음을 동봉해 넣었다. 그러나 아내의 지인은 대단히 정직하고 성실한 사람이었다. 그는 비용에 대해서는 거의 개의치 않았다. 그렇게 해서 나는, 여러분께서 곧 듣게 되시겠지만, 비용이 완불되기라도 한 듯 고대하던 사면을 얻어내게 되었다.

이 모든 사항을 확실하게 정리하고 농장 사업을 평소처럼 안정적인 상태로 유지시켜 놓은 뒤 우리 부부는 앞서 말한 것처럼 함께 배를 타고 출항했다. 때마침 공교롭게도 영국 군함 한 척이 해적을 추격하며 해안가에 있다가 플로리다 만 쪽으로 직항해 가고 있었다. 그 군함이 우리 배가 뉴프로비던스나 바하마 군도에 이를 때까지 안전하게 호위를 해주었다.

날씨가 쾌청한 데다 다리의 플란넬 천까지 벗어던진 상태였으니 항해는 꽤나 즐거웠다. 번창한 신세계에서의 농장 사업 덕에 나는 항해를 떠나며 혹시 나중에 무슨 일이 생길 때를 대비하여 예비 물품 성격으로 배에 화물을 넉넉히 싣고 갔다. 우리의 생계를 위한 화물이기도 했지만 비상 상황이 벌어질 때를 대비한 화물이기도 했다.

앞서 말했듯이 우리 외돛배는 무게가 60톤에서 70톤쯤 나가는 배였다. 우리는 우리 지역에서 흔히 나는 생산품인 담배는 네이비스에서 상품 가치가 없었으므로(다량일 경우 그랬다) 최소한의 분량만 싣고 갔다. 그러나 우리는 곡물, 완두콩, 굵은 옥수수 가루, 돼지고기 등을 담은 대형 통은 잔뜩 싣고 갔다. 대부분 내 농장들에서 생산된 품질 좋은 화물이었다. 상당한 액수의 스페인 금화도 싣고 갔다. 앞서 말한 것처럼 교역 용도가 아니라 비상사태를 대비한 비상금이었다. 나는 떠나기 전에 다른 외돛배 한 척을 더 임대하여 우리가 타고 간 외돛배에 실은 것과 똑같은 화물들을 실은 뒤, 우리가 목적지에 무사히 도착했다는 기별을 받으면 곧바로 보내라는 지시도 내려놓았다.

버지니아 곶을 지난 후 18일째 되는 날 우리는 목적지인 네이비스와 아주 가까운 안티고어 인근 해역에 도착했다. 그러나 아직 어떤 섬도 시야에 들어오지 않았다. 우리 배의 선장은 옛날부터 늘 다니는 항로로 항해해왔으니 바람만 세차게 분다면 돛을 활짝 펴고 앞으로 다섯 시간만 가면 목적지 섬에 도착할 거라고 확신했다. 그는 섬을 향해 일정한 항로를 준수하며 쭉 항해해갔다. 그러나 그의 설명은 맞지 않았다. 우리는 저녁 내내 항해했지만 육지에 도착하지 못했다. 밤새도록 갔어도 마찬가지였다. 어스레한 새벽녘, 중간 돛대에 올라가 있던 선원 한 명이 작은 쾌속 범선 한 척을 발견했다. 곧이어 18마일쯤 떨어진 먼 바다에 외돛배 한 척이 맑은 날씨 속에서 세찬 남동풍을 받으며 돛을 올리고 쏜살같이 달려오는 모습이 보였다.

선장이 즉시 배의 정체를 파악하고 선실 안에 있던 내게 알리러 달려왔다. 여러분께서도 확신하셨겠지만 나는 우리가 처한 위험 얘기를 듣고 깜짝 놀랐다. 그러나 가여운 아내를 진정시키느라 나 자신에 대한 걱정을 할 겨를이 없었다. 아내가 하도 공포에 떨어서 그러다가는 목숨까지 위태로울 수 있겠다는 생각마저 들었다.

이런 사태를 맞이하여 놀라 허둥대던 와중에 갑자기 갑판 쪽에서 소란이 일더니 빨리 바다를 보라고 외치는 소리가 들려왔다. 육지였다. 선장과 나는 (이때 나는 선실에서 나와 있었다) 갑판으로 달려갔고 거기서 우리의 현 상황을 똑바로 파악했다. 우선 해적선 두 척이 배의 주 돛대를 최대한 세우고 모든 돛들을 활짝 펼치고 전속력으로 맹추격해오고 있었다. 하지만 앞서 말했듯이 그들과 우리는 18마일 이상, 혹은 그보다 조금 더 멀리 떨어져 있었다. 그에 반해 우리가 발견한 육지는 우리 바로 앞 27마일쯤 되는 곳에 있었다. 그러니 우리가 2피트 갈 때 3피트 달리는 속도로 해적들이 추격해온다면 우리는 섬에 도착하기 전에 그들에 의해 끝장날 것이었다. 그 반대라면 우리가 먼저 섬에 도착할 수도 있었다. 그러나 그렇게 목숨을 구하려고 섬 해안에 배를 댔다가 배가 오도 가도 못하고 좌초하기라도 한다면 배도 거기 실린 화물들도 모두 파손될지도 몰랐다. 그렇게 되면 어떤 희망도 사라지는 것이었다.

그런 계산을 하고 있을 때 선장이 밝은 기색으로 다가왔다. 그는 외돛배에 돛을 더 달았는데도 배가 잘 버티고 있다고 말했다. 그리고 그는 그 때문인지 해적선들이 더 가까이 따라붙지 못하고 있는 것 같다고 말했다. 그는 두 해적선들 중에서 특히 외돛배 해적선 쪽이 그러하며, 자신이 보기에는 다른 쾌속범선 해적선으로부터도 도망칠 수 있을 것 같다고 말했다. 해적선들은 소위 말하는 '선미 추격'을 하고 있었다. 그들은 우리를 따라잡으려고 총력을 기울였다. 그런데 정오 무렵 갑자기 두 해적선이 선수를 돌렸다. 우리로서는 너무 기쁘게도 추격을 포기한 것 같았다.

그때 우리는 우리가 구출된 이유를 해적선들처럼 쉽게 알아차리지 못했다. 사실은 두 해적선이 우리 배의 선미 쪽으로 바짝 다가오며 마치 뒤꿈치를 찔러대는 박차처럼 전속력으로 쫓아오고, 우리는 숟가락 모양의 노로 죽어라 고 배를 저으며 바람을 타고 섬쪽으로 도망치고 있던 동안, 공교롭게도 네이비스 항 정박지에 정박해 있던 영국 군함 한 척이 해적선들을 몰래 주시하고 있었다. 두 지점 사이에 섬이 끼어 있어 그 군함이 보이지 않았던 것이었다.

해적선들을 발견하자마자 영국 군함은 즉시 닻줄을 풀고 돛을 올린 후 그들을 추격하기 시작했다. 해적 역시 군함을 발견하자마자 바람을 타고 곧바로 줄행랑을 쳤다. 우리는 그렇게 해서 구조가 된 것이었다. 우리는 한 시간쯤 지난 뒤에야 영국 군함 한 척이 선수를 내밀고 섬을 지나쳐 해적을 향해 돌진하는 장면을 보았다. 그제야 우리는 누가 우리를 구해주었는지 알았다. 해적은 방금 전 우리를 추격해왔던 것 못지않게 전속력으로 죽기 살기로 도망쳤다.

이렇게 해서 우리는 해적에게 붙잡힐지 모른다는 공포를 털어내고 무사히 안티고어에 도착했다. 당시 우리가 느꼈던 공포감은 런던을 오가는 대형 화물선에 해적이 올라탔을 때 느꼈을 법한 공포보다 더 극심했다. 그런 경우 대개 해적들은 화물선을 샅샅이 뒤져 값이 나가거나 가져갈 만한 물건들을 강탈하고 배는 그대로 놓아주는 게 상례였다. 그러나 우리 배는 작은 외돛배에 불과한 데다 배에 실린 화물들도 모두 분명히 그들이 자신들의 선창에 쟁여놓고 싶어할 만한 훌륭한 물품들이었다. 게다가 그들은 화물들뿐만 아니라 외돛배 자체와 배에 탄 사람들까지 모두 끌고 갔을지도 몰랐다. 그들은 어쩌면 외돛배에 불을 질렀을지도 몰랐다. 만약 그렇게 되었다면 우리는 불가피하게 금화를 담아놓은 궤짝들까지 모두 잃어버렸을 것이다. 그리고 우리는 모르는 곳으로 끌려가 그들의 손아귀 안에 들어온 선량한 선원들을 처리하는 방식대로 야만적으로 처리되었을 것이다.

여하튼 우리는 그들의 손아귀를 벗어났다. 며칠 뒤 우리는 그 두 척의 해적선이 밤이 되자 항로를 변경했음에도 불구하고 군함이 바짝 추격하는 바람에 부득이 서로 갈라질 수밖에 없었으며, 결국 소형 쾌속 범선은 나포되고 말았다는 소식을 들었다. 나포된 소형 범선은 자메이카로 이송되었고 해적 외돛배만 무사히 도망을 친 셈이었다.

목적지에 도착한 우리는 곧바로 꽤 괜찮은 가격을 받고 가져간 화물들을 처분했다. 이제 앞으로 어떻게 할 것인가가 문제였다. 그곳에 왔으니 일단 반란군 역도로 발각될지 모른다는 공포에서는 무사히 벗어났다고 생각했다.

물론 실제로 그랬다. 나는 이곳에서 버지니아 농장들에 필요한 럼주와 당밀을 구입하여 우리가 타고 온 외돛배에 실어 보냈다. 그리고 그로부터 다섯 달쯤 지난 후 다시 그 외돛배가 지난 번과 같은 화물들을 잔뜩 싣고 돌아왔다.

나는 그 화물들과 함께 아내가 사면 탄원을 부탁했던 아내의 런던 지인이 보낸 편지도 받았다. 그 지인은 자신은 친구의 개인적인 부탁에 비용을 청구하는 졸렬한 사람이 되고 싶지 않다고 솔직하게 말했다. 그리고 그는 백성에 대한 타고난 자비심으로 관용을 베푸시는 국왕 폐하께서 곧 일반 사면을 승인하실 거라고 믿어 의심치 않는다고 말했다. 그는 몇몇 특별한 사람들은 그 사면에서 예외지만 자신의 친구가 사면을 부탁한 사람이 그 예외가 아니기를 바란다고도 말했다.

우리 부부에게는 죽었다가 다시 살아난 것이나 마찬가지의 희소식이었다. 우리는 아내가 도착한 외돛배를 타고 즉시 버지니아로 돌아가서 그곳에서 영국으로부터의 일반 사면 소식을 기다리고 있다가 소식이 오면 내게 전하기로 했다.

그 결정에 따라 아내는 농장들로 보내는 화물들을 가득 실은 외돛배를 타고 버지니아로 돌아갔고, 그곳에 무사히 도착했다. 그 후 넉 달의 기다림 끝에 마침내 외돛배가 다시 돌아왔다. 그런데, 세상에, 이게 어찌된 영문이란 말인가! 배가 텅텅 비어 있는 게 아닌가! 배는 제분 안 된 맥아 100여 자루를 제외하고 나머지 모든 화물들을 깡그리 약탈당한 상태였다. 아마 맥아만 배를 턴 해적들이 그 처리 방법을 몰라서(즉 양조법을 몰라서) 배에 그냥 남겨 둔 것 같았다. 그런데 나로서는 너무나 기쁘게도 아내가 보낸 편지와 영국에서 그녀에게 보낸 편지, 그리고 내 런던 대리인이 내게 보낸 편지 묶음만은 멀쩡히 남아 있었다. 아내의 지인과 내 대리인 모두 국왕 폐하께서 은총으로 가득한 법령, 즉 일반 사면령을 승인하셨다는 말을 전하며 그 법령의 사본을 동봉하여 보냈다. 사면령에는 분명히 내 이름도 포함되어 있었다.

이제 나는 조지 국왕 폐하의 은덕으로 더없이 만족스럽게도 목숨을 유지하게 되었다고 말할 수 있었다. 그런 은덕을 입었으니 나는 일순간에 완전히 입장이 바뀐 사람이 되었다. 나는 국왕 폐하를 위해서라면 진심으로 목숨까지 바치겠다는 사람으로 바뀌었다. 보은의 원칙과 목숨을 구해주신 폐하에 대한 의무감에서 나온 변신이었다. 내 이런 새 모습은 그 이후로도 쭉 유지되었으며, 명예와 보은의 감정에서 우러난 채무 의식이 내게 남아 있는 한 틀림없이 계속될 것이었다. 이런 말을 하는 것은 대개 이런 경우 정의감이나 의무감이 우리를 지배한다는 사실을 지적하기 위해서이다. 우리의 목숨을 빼앗을 권한이 있는데도 자비롭게도 그걸 빼앗지 않으시는 분들에게 우리의 목숨은 그 이후 쭉 빚이 된다. 우리는 목숨이 조금이라도 남아 있는 한 마땅히 그분과 그분의 이익을 위해 봉사해야 한다. 보은의 감정이란 선물받은 은혜가 남아 있는 한 결코 사라지지 않는 채무다. 그러니 만약 군주께서 내게 새 생명을 주셨다면, 그 군주의 목숨이 내 손에 달려 있고 그래서 내가 그 목숨을 그분처럼 자비롭게 살려줄 수 있는 상황이 발생하지 않는 한, 나는 군주에게 진 채무를 영원히 갚을 수가 없다. 설령 그런 상황이 일어난다 하더라도 내가 빚진 은혜를 갚는 게 아니다. 상황이 다른 것이다. 내가 군주의 목숨을 구해주는 일은 내 타고난 의무인 반면, 군주께서 내 목숨을 구해주는 일은 (내 목숨이 그의 손에 맡겨져 있는 상황에서는) 그저 그분께서 자비와 은혜를 베푸시는 일일 뿐이지 그 어떤 동기도 없는 것이다.

내 이런 원칙이 이 글을 읽으시는 모든 독자 분들의 마음에 들지 않을지도 모르겠다. 어쨌든 나는 엄격한 도덕과 명예의 원칙에 의거하여 내 행동 방침을 정해나가리라 굳게 다짐했다. 그러니 이제 목숨을 군주의 정의와 국가의 법에 맡긴 사람으로서 나는 군주에 반기를 드는 일은 절대로 해서는 안 된다는 명예의 원칙을 천명하지 않을 수 없었다. 만약 또다시 군주에게 반기를 드는 짓을 저지른다면 나는 분명히 도덕을 상실한 사람일 것이고, 명예와 의무를 회복 불능 상태로 손상시키는 사람일 것이고, 이후 하나님으로부터건 인간으로부터건 그 어떤 사면도 받을 자격이 없는 사람일 것이었다. 여하튼 이 이야기는 곁가지니 지금은 군인이나 명예를 존중하는 사람들 마음속의 자연의 법칙에 맡겨놓겠다. 나는 그 법칙의 내용에 대해 명예의 의미를 정당하게 이해하는 사람들이라면 모두 동의할 것이라고 믿는다.

다시 내 이야기로 돌아가겠다. 아내가 떠난 후 나는 한동안 떠나간 그녀와 함께 내 모든 행운과 사업의 성공도 나를 떠났다는 상실감에 시달렸었다. 그런데 이제야말로 내 불운이 종착역에 다다랐다고 생각되는 이 시점에서 또 다른 불운이 찾아온 것이었다. 나는 다시 한 번 그 불운을 헤쳐나가지 않을 수 없었다.

여러분께 말씀드렸듯이 내 외돛배는 도착은 했지만 플로리다 만에서 해적선을 만나 강탈을 당한 상태였다. 해적들은 배를 장악한 뒤 배에 실린 화물들이 주로 자기들이 항상 필요로 하는 식품이란 것을 발견하고는 깡그리 약탈을 했다. 다만 앞서 말했듯이 다루는 법을 모르는 맥아 100여 자루만 손을 안 댄 상태였다. 설상가상 그들은 배를 끌고 갈 최소한의 인원으로 선장과 어린 선원 두 명만 남겨두고 나머지 선원들을 모조리 끌고 가버렸다.

그래도 불행 중 다행으로 화물들 중에서 가장 소중한 화물이었던 편지 묶음만은 그대로 남아 있었다. 나로서는 말로 표현할 수 없을 만큼 위안이 되고 만족스러운 일이었다. 나는 그 편지들을 통해 아내와 농장들로 다시 돌아갈 길이 열렸다는 걸 알았다. 나는 이제부터는 아내와 내 농장들을 떠나 방황하고 돌아다니는 일은 결단코 하지 않으리라 굳게 다짐했다.

이 다짐을 실행하기 위해 나는 내 몸과 내 전 재산을 외돛배에 실었다. 우리는 곧바로 버지니아 곶을 향해 항해했다. 그런데 바하마 해협 쪽을 향해 항해해 간 지 이틀 만에 우리는 맹렬한 폭풍을 만났다. 폭풍은 우리를 플로리다 해안까지 몰고 가며 두 번이나 좌초시켰다. 만약 배가 세 번째로 좌초했다면 우리는 분명히 난파되고 말았을 것이다. 우리는 폭풍이 그친 뒤 하루 이틀 지난 후에야 다시 바다로 나갔다. 그러나 거센 역풍이 불고 파도도 너무 높아서 플로리다 만을 통과할 수 없었다. 결국 그 항로로는 더 이상 항해를 지속할 수 없었다. 우리는 부득이 항로를 바꿔 항해가 가능한 임시 항로를 선택했다. 그런 힘든 상황을 헤치며 항해한 끝에 우리는 닷새째 되는 날 마침내 어느 육지에 도착했다. 그러나 우리는 그 육지가 다름 아닌 —(아무개)곶, 즉 쿠바 섬

북서쪽 해안 지역에 위치한 곳이라는 사실을 발견했다. 우리는 그곳에서 은신처를 찾기 위해 불가피하게 내륙 쪽으로 들어가야 했다. 물론 내륙 쪽으로 들어간 뒤 닻은 내리지 않았다. 그러니 우리는 스페인 국왕의 영토는 전혀 건드리지 않은 셈이었다. 그러나 아침 무렵 우리는 선원들이 가득 타고 있는, 스페인인들이 '바르코 롱고스'라고 부르는 소형 범선 모양의 대형 보트 다섯 척에 포위되었다. 그들은 즉시 우리 외돛배에 올라타서 우리를 체포한 뒤 그 지역에서 가장 큰 아바나 항으로 우리를 끌고 갔다.

우리 외돛배는 즉시 압수되었으며, 스페인인들, 특히 그 지역 스페인인들을 잘 알고 있는 사람이라면 쉽게 짐작할 수 있듯이, 곧바로 약탈을 당했다. 졸지에 포로가 된 우리 선원들은 일반 감옥에 하옥되었다. 나와 선장은 주범으로 몰려 그곳의 책임자인 '알코데,' 즉 아바나의 시장 앞에 끌려갔다.

이탈리아 전선에서 스페인 국왕 측 군대에서 복무했던 덕택에 나는 스페인어를 제법 할 줄 알았다. 그게 내게 아주 유리하게 작용했다. 나는 나에 대한 부당한 대우에 대해 설득력 있게 반박했다. 그러자 시장은(아마 마땅히 그자라고 불러야 할 것이다) 우리 배가 공해를 항해 중이었고, 누구에게도 피해를 입히지 않았고, 자기네 가톨릭교 국왕 영토 어느 곳에도 상륙하거나 상륙할 생각이 없었으니, 스페인인들이 그렇게 우리 배를 나포하여 끌고 온 일은 일어나지 말았어야 했다고 솔직히 시인했다.

그가 그나마 그 정도라도 시인했다는 건 큰 호의를 베푼 것이었다. 나는 내게 행해진 부당 행위에 대해 당장 배상을 받는 것보다 공식적인 시인을 받아내는 게 먼저라고 생각했다. 어차피 당장 배상을 받으리라는 희망이나 전망 같은 것은 없었다. 나는 내 사건이 우선 멕시코 총독에게 보고되고, 그 후 그에게서 처리 지침이 내려올 때까지 기다려야 한다는 말을 들었다.

나는 사건이 어떤 방향으로 흐를지 쉽게 예상할 수 있었다. 그곳의 통상적인 절차에 따라 내 배와 화물들은 몰수당할 것이 뻔했다. 그리고 멕시코 총독의 결정에 내 운명이 맡겨져 있다는 소리는, 그곳의 '코리지도어,' 즉 시장이 그에게 사태를 보고하는 척하는 위장술인지도 몰랐다.

그러나 내게는 늙고 하찮은 노인이 지닌 것 같은 '인내심' 말고는 뾰족한 대책이 없었다. 나는 그런 인내심은 아주 잘 갖추고 있는 편이었다. 나는 내가 입은 손실을 아쉬워하고 있다고 그들이 믿게 하기보다 그렇지 않은 척하고 있기로 했다. 내 가장 큰 걱정은 그들이 나를 무기수로 만들어 평생 감금하는 것은 아닌가, 그리고 자기들 영토에 무단 침입한 사람들에게 흔히 하는 것처럼 나를 페루의 광산으로 보내는 것은 아닌가 하는 걱정이었다. 광산으로 끌려간 사람들의 고통은 이루 말할 수 없었다. 바로 그런 이유 때문에 그들의 해안에 상륙한 사람들이, 나중에 지극히 비싼 대가를 치르게 될지언정, 일단 그들의 손아귀 안에는 들어가지 말자고 결심하고 선수를 쳐서 스페인인들에게 온갖 폭력 행위를 자행했던 것이었다.

그러나 나는 그들보다는 나은 대접을 받았다. 앞서 말했듯이 스페인어를 할 줄 안다는 게 중요한 이유였다. 그리고 그들에게 내가 이탈리아 전선에서 그들의 가톨릭교 국왕 폐하를 위한 전쟁에 수차례 참전했었고, 운이 좋아서 프랑스 국왕이 하사한 아일랜드 연대 중령 사령장도 소지하고 있었고, 그 사령장 속에 우리 아일랜드 연대가 그들의 가톨릭교 국왕 폐하의 명령을 받들어 이탈리아 전선에서 프랑스군을 위해 싸웠다는 기록이 적혀 있다고 말했던 것도 중요한 이유였다.

나는 그들의 가톨릭교 국왕이 수많은 전투에서 보여준 용맹함을 칭송하는 일도 빠뜨리지 않았다. 사실 그들의 국왕은 그런 전투에 참전한 적이 없었고 나 또한 몇 개만 빼고는 그런 전투에 가까이 가본 적이 없었다. 그러나 나는 내가 말하는 내용에 대해 그들이 전혀 무지하다는 사실을 알아차렸다. 그러니 내가 무슨 이야기를 한들 스페인 국왕을 칭송하는 내용이기만 하면 무사통과였다. 사실 내가 참전했을 때 국왕군에 스페인 기병 연대가 참전하지 않았다는 것은 하나님이 아시는 일이다.

여하튼 그런 식의 처신이 내게 그곳에서의 자유를 가져다주었다. 물론 절대로 도주하지 않겠다는 맹세를 하고 얻은 자유였다. 게다가 나는 멕시코에서 기별이 와서 내 사건이 해결될 때까지 내 화물들 중에서 생활비 조로 은화

2백 에이트를 가져다 써도 좋다는 허락이라는 호의도 받았다. 우리 배의 나머지 선원들에 대해 말한다면, 그들은 철저히 포로로 취급당하며 공금으로 생활했다.

이후 여러 달에 걸쳐 간청하고 매달린 끝에 내가 얻어낸 결과는 그저 내 배와 화물들이 일단 몰수되었다는 것, 가엾은 선원들이 광산으로 보내질 운명에 처해졌다는 것을 미리 알아낸 정도였다. 나는 후자의 일만은 제발 하지 말아달라고 그들에게 애원하며 그 조건으로 선원들 몸값 은화 3백 에이트를 지불하겠다고 했다. 그리고 나는 만약 선원들을 안티고어로 돌려보내준다면 그들의 몸값 3백 에이트에 대한 볼모로 내가 남아 있겠다고 자청했다. 또한 나는 앞서 말한 대로 멕시코 총독으로부터 몰수형이 확정됐다는 회신이 온다면, 내 몸값으로 내가 소지하고 있던 2백 에이트에 5백 에이트를 더 추가해서 지불하겠다고 약속했다.

지키기 힘든 조건들이었지만 나로서는 제시하지 않을 수 없었다. 내 처지가 처지인 만큼 나는 이 문제에서 세세한 내용까지 마음에 담아둘 여지가 없었다. 가장 큰 애로사항은 세상 어디든 그곳에 나를 아는 지인이 있다면 그에게 어떤 식으로 연락을 취해야 하는지, 또 지불하겠다고 약속한 몸값을 그에게서 어떤 식으로 조달받아야 하는지 알 수 없다는 것이었다. 스페인인들은 자신들의 항구를 단단히 지키고 있었다. 그들은 내 경우에서 알 수 있듯이, 압수나 몰수의 처벌을 내세우며 세상 그 어느 지역에서 온 어느 누구든 자기들 해안이나 해안 인근 지역에 상륙하는 일을 결코 허락하지 않는 자들이었다.

이처럼 곤란한 상황을 맞이하여 나는 시장에게 논리적으로 따지기 시작했다. 나는 그가 우리에게 불가능할 뿐만 아니라 다른 나라들의 관습과 모순되는 일을 강요하고 있다고 주장했다. 나는 만약 어떤 사람이 알제리에서 포로로 잡혔다면 그곳 사람들은 아마 그에게 몸값을 구하기 위해 지인들에게 편지를 쓰라고 허락했을 것이며, 또 그 몸값을 가지고 온 사람이 공인 자격으로 오는 것이라면 그곳에 오는 일을 허락했을 것이라고 주장했다. 그리고 나는 그 같은 허락을 하지 않는다면 몸값이나 노예에 관한 그 어떤 조약이나 합의하에 체결하는 그 어느 조항도 실행되지 못할 것이라고 주장했다.

그런 다음 나는 내 경우를 거론하면서 비록 가정이긴 하지만 내가 제시한 약속 시한 안에 분명히 내 선원들이 몸값을 준비해 올 수 있다는 걸 알아달라고 말했다. 그러면서 나는 만약 몸값이 준비되었다는 통지를 하러 오거나 직접 몸값을 들고 오는 사람이 나처럼 체포되거나 재산을 몰수당할 가능성이 농후하고, 그리고 그가 가져온 돈이 몸값 변제에 우선적으로 쓰이지 못하고 그저 또 다른 노획물로 탈취당한다면, 대체 약속이 어떻게 실행에 옮겨지겠느냐고 말했다.

내 주장은 논리적 측면에서 반박이 불가능한 아주 합당한 주장이었다. 그러나 스페인인 시장은 어깨를 으쓱하며 자신들에게는 그런 일을 마음대로 처리할 수 있는 권한이 없다고 말했다. 그는 어떤 이방인이든 그가 자기들 가톨릭교 국왕 폐하의 영토에 허락 없이 발을 들여놓는 일은 국왕 폐하의 법이 엄하게 금하고 있으며, 자기들은 세벨레 주재 스페인 영사나 상공회의소의 특별 허가나 멕시코 총독이 서명 날인한 명령장이 없으면 그 법 조항의 점획 하나도 집행할 수 없다고 말했다.

"아니, 존경하는 시장님." 내가 다소 열을 내며 놀라면서 말했다. "아니, 시장님에게 신세계 지역을 관장하는 대영 제국 총독이 보낸 대리인과 특사의 통행을 허락하는 허가증 한 장 발행할 권한이 없다는 말씀입니까? 흰 깃발, 즉 화친의 깃발을 들고 이곳 총독님이나 국왕 폐하의 다른 대리인 분과 의견을 나누는 임무로 오는 사람이라고 해도요? 그런 일을 하실 수 없다면, 시장님은 국제법에 따라 행동하실 수 없는 것입니다."

그는 고개를 저었다. 하지만 내 말에 반박하는 대답은 하지 않았다. 그는 그런 대답조차도 할 수 없었다. 그런데 그때 그곳의 군사 책임을 맡은 사령관들 중 한 명이 끼어들어 시장의 의견에 반대 의사를 표했다. 두 사람은 열띤 모습으로 의견을 달리했다. 사령관은 자신들이 받은 훈령이 그 부분에서는 불충분하다고 주장했다. 그러나 시장은 그래도 자신들로서는 그 훈령을 지킬 수밖에 없으며, 훈령과 달리 행동하는 건 자신들의 권한 밖 일인 데다 나중에 안 좋은 결과가 생기면 책임을 져야 한다고 말했다.

"좋소. 그런데 말이오." 사령관이 시장에게 말했다. "당신은 지금 당신이 풀어준 선원들의 몸값 볼모로 이 영국인을 붙잡아놓고 있소. 자, 그런데 이 사람이 당신에게 줄 그 몸값을 모처에 준비해두고 있다고 가정해봅시다. 대체 그 돈을 이 사람이 이곳에 어떻게 가져오겠소? 당신이 그걸 가져오겠다는 사람까지 포로로 삼겠다고 하니 대체 이 사람이 어떻게 해야 하는 것이오? 혹시 사람을 보내 그 돈을 가져오게 하면 된다고 말하겠소? 그 경우 그 돈이 당신이 보낸 사람에게 지급되었다고 칩시다. 그러면 여기 남은 이 사람은 자신에게 자유가 주어졌다는 확신을 어떻게 할 수 있소? 몸값이 지급된 다음에도 계속 억류되어 있을지 모르는데 이 사람이 당신을 신뢰하여 몸값을 지급하겠다고 할 이유가 대체 뭐요?"

타당한 논리가 담긴 발언인지라 시장은 할 말이 없었다. 다만 그는 법이 그렇게 돼 있으니 자기로서는 법의 자구(字句)대로 행동할 뿐 달리 행동할 수 없다고만 말했다. 두 사람은 이 문제를 두고 한 치의 양보도 없었다. 결국 그들은 멕시코 총독에게 또 다른 특사를 보내자고 결정했다.

그런 결정이 내려지자 사령관은 친절하게도 몸값을 갖고 오는 일행과 그들이 타고 오는 배, 그리고 그들의 무사 귀환, 그들이 나를 데리고 귀환하는 일 등을 위해 필요한 통행 허가증을 일단 자기 권한으로 내주겠다고 말했다. 조건은 내가 모든 일에 책임을 져야 하며, 몸값을 갖고 오는 일행이 다른 유럽인들을 데려오거나 다른 물품들을 가져와서는 안 되며, 자신의 분명한 허락 없이 그들이 해안에 발을 들여놓아서도 안 된다는 것이었다. 또한 그 기간 동안 자기가 취한 조치와 다른 훈령이 다른 상급자로부터 전달되지 않아야 한다는 것도 조건이었다. 하지만 그는 그런 경우라 할지라도 배에 흰색 깃발을 달고 오기만 한다면 몸값을 갖고 오는 일행이 자유롭게 돌아갈 수 있을 것이라고 말했다.

나는 그의 합리적인 처사에 대해 감사 표시로 정중히 인사를 했다. 그런 다음 나는 그에게 공손한 태도로 내 선원들이 몰수당한 외돛배를 타고 갈 수 있도록 조치해달라고 부탁했다. 나는 배 값을 특별히 매겨서 그들이 돌아올 때 그 돈을 배에 싣고 오게 할 것이며, 그래서 그들이 배 값을 치르든지 아니면 배를 다시 두고 가게 하든지 하겠다고 말했다.

그러자 그는 그렇게 많은 돈을 구하러 대체 선원들을 어느 나라로 보낼 생각이며, 또 자신에게 배 값을 치르겠다는 확약을 정말 해줄 수 있느냐고 물었다. 그는 배의 목적지가 거기서 그리 멀지 않은 버지니아라는 나의 대답을 듣고 크게 안심하는 것 같았다. 그리고 그는 멀찌감치 떨어져서 법의 자구 하나까지 엄수하겠다는 골수 스페인인다운 경직된 태도로 우리를 지켜보던 시장을 안심시켰다. 사령관이 나를 큰 소리로 부르며 말했다.

"이보시오, 선생. 내 제안에 동의한다면 내가 모든 문제를 원만히 해결해주겠소. 만일 당신 선원들이 돌아올 때까지 당신이 볼모로 잡혀 있는 조건이라면 그들이 외돛배를 타고 가는 걸 허락하겠소. 하지만 그들은 그 배를 당신 소유의 배로 타고 가는 게 아니오. 물론 배 값이 지불되면 그 배는 다시 당신 소유의 배요. 그리고 내 부하 두 명을 그 배에 함께 태우고 가야 하오. 그들의 안위는 당신이 보장하겠다고 맹세해야 하오. 배가 돌아올 때 우리 가톨릭교 국왕 폐하의 깃발을 달고, 즉 아바나 시 소유의 외돛배 자격으로 입항해야 하오. 선장은 함께 타고 가는 스페인인 중 한 명이 맡아야 하고, 배의 명칭은 그가 정하는 대로 해야 하오."

사령관이 그렇게 제안하자 시장도 즉시 찬성했다. 그는 그 정도라면 국왕 폐하의 훈령이나 명령의 자구에 합당한 내용이라고 말했다. 그는 다만 돌아오는 내 외돛배에 그 어떤 유럽산 물품도 싣고 와서는 안 된다는 조건을 재차 강조했다. 나는 그 조건을 다른 식으로 표현해달라고 부탁했다. 즉 그 어떤 유럽산 물품도 '그곳 해안에 가져와서는 안 된다'는 식으로 바꿔달라고 부탁했다. 두 사람은 내 부탁대로 할지 말지를 결정하는 데에만 이틀을 소모했다. 나는 그곳에서 교역 활동을 할 의사가 없으며, 그저 그들이 내게 베풀어준 호의에 대한 감사 표시로 작은 선물을 하려고 그런다고 말했다. 나는 그런 일까지 막아서는 안 된다는 말 정도는 할 수 있다는 걸 알아차렸다. 이를테면 그들에게 그런 소소한 권한을 행사할 정도의 여지는 있다는 걸 눈치챈 것이다. 나는 모든 일이 원만하게 결정되었다는 사실을 알았다. 몸값과 배 값만 지불되면 내가 입은 손해를 벌충하기 위해 스페인 국왕 영토만 아니라면 내게 교역의 자유를 주는 게 합리적이라는 데에 두 사람 모두 즉시 동의했다. 그들은 내 선원들이 빈 배로 항해해 와서 손해를 봄으로써 안 그래도 불운한 그들의 처지를 더 악화시키는 일 또한 불합리하다는 데에도 동의했다. 그들은 자신들이 수호해야 할 의무가 있는 가톨릭교 국왕 폐하 영토의 해안에 직접 화물들을 내려놓지만 않는다면 나머지 일은 자기들 소관 사항이 아니라는 데에도 동의했다.

나는 이 불행한 사태를 헤쳐나갈 방법을 깨닫기 시작했다. 그리고 돈이 그곳에서 나를 구출해준 수단이 된 것처럼, 다른 방식으로 내게 엄청난 이익을 가져다줄 수 있겠다는 사실을 깨닫기 시작했다. 나는 스페인 깃발을 내건 내 외돛배를 떠나보냈다. 나는 그 배의 명칭을 '누에스트라 세뇨라 드 라 발 드 그라체', 즉 동승한 두 스페인인들 중 한 명인 '지랄도 드 네스마 씨가 통솔하는 배'라고 명명했다.

나는 외돛배에 아내와 농장 관리인에게 보내는 편지도 함께 실어 보냈는데 거기에 돌아오는 배에 화물을 가득 실어 보내라는 지시를 써 보냈다. 우선 나는 200배럴 분량의 꽃과 50배럴 분량의 완두콩을 실으라고 지시했다. 그리고 다른 용도로 쓸 것이니 내 소유의 농장들의 창고에서 공급할 수 있는 분량뿐만 아니라 다른 농장들(나는 내가 어떤 물건을 요구하건 그들 농장들에 신용이 있다고 알고 있었다)의 창고에서 공급할 수 있는 분량까지 총동원하여 온갖 종류의 유럽산 물품들로 구성된 100여 개의 화물 짐짝을 실어 보내라고 지시했다.

나는 이 화물들에다 그들이 보유하고 있거나 확보할 수 있는 최상품 영국 옷감들을 엄선하여 함께 꾸리라고 지시했다. 버지니아에서 하인 옷을 만드는 데 쓰는 저질 옷감들만 농장에서 쓸 용도로 놓아두라고 지시했다.

떠났던 외돛배는 7주가 채 지나기 전에 돌아왔다. 혹시 배가 좌초되지나 않았는지 걱정스러워서 하루도 빼놓지 않고 바다로 나갔던 내가 먼 바다에서 돌아오고 있는 외돛배를 가장 먼저 알아보았다. 처음에는 돛의 모양새를 보고, 나중에는 배에 걸린 깃발을 보고 그 배가 우리 배라는 사실을 알아보았다.

배는 지시했던 대로 스페인 깃발을 달고 부두로 들어와 닻을 내렸다. 배가 정박도 하기 전에 벌써 알아보았던 나는 곧장 사령관에게 달려가 배의 귀환 소식을 전했다. 나는 "각하(내가 그를 부를 때 쓴 호칭이다)께서 직접 배에 오르는 호의를 베풀어주시기 바랍니다"라고 말했다. 그의 지시 사항이 얼마나 잘 이행되었는지 직접 보게 하려는 의도였다. 그러나 그는 자신이 섬을 떠나는 일은 어떤 명분으로도 정당화될 수 없으며, 그런 일은 간단히 말해, 항구 요새의 지휘권을 방치하는 일이고 국왕이 서명한 새로운 칙령서 없이는 시도할 수 없는 일이라고 거절했다.

나는 그러면 내가 직접 배에 올라가보겠다며 허락을 구했고 그는 그렇게 하라고 허락했다. 배에 간 나는 나와 선원들의 몸값으로 내건 돈과 외돛배 값을 모두 금화 형태로 소지하고 다시 뭍으로 내려왔다. 우리 배의 도착 지점은 아바나 항이 아닌 곳으로 하기로 하고 도착 허가를 받은 것이었으므로 사령관은 그 돈의 수령을 위해 자기 아들에게 병사 여섯 명을 붙여 보냈다. 그들은 돈을 소지한 나를 사령관이 지휘하고 있는 요새까지 호위했고, 그곳에서 다시 그의 집까지 호위했다. 나는 가져간 금화를 은화로 가장하기 위해 무거운 꾸러미에 넣고 외돛배 선원 두 명에게 짊어지게 했다. 돈 꾸러미는 실제보다 훨씬 더 무거워 보였다. 사실 그렇게 한 것은 배에 함께 싣고 갔던 다른 세 꾸러미들을 미리 구실을 만들어 은폐해놓고 있으려는 의도에서였다. 배에 남아 있던 이 세 꾸러미들은 돈과 함께 사령관에게 선물하려고 가져온 선물들이었다.

돈이 집 안으로 운반되어 탁자 위에 놓이자 사령관은 선원들에게 물러나라고 지시했다. 나는 호위한 병사들에게 술값으로 쓰라고 은화 1에이트씩을 주었다. 그들은 무척 고마워했고 사령관도 기뻐하는 것 같았다. 그런 다음 나는 밝은 태도로 그에게 가져간 돈을 그곳에서 직접 수령하겠느냐고 물었다. 그는 아니라며, 시장과 다른 관계자들이 입회하지 않았으니 거기서는 받지 않겠다고 말했다. 나는 그렇다면 내가 할 수 있는 최선의 방식으로 그가 베풀어 준 호의에 보답할 수 있는 영광을 누리고 싶다며, 그가 있는 데서 배에 실어온 다른 세 꾸러미들을 풀 수 있도록 허락해달라고 간청했다.

그는 그것도 안 된다며, 자기는 돈 외에는 뭍으로 가져온 어떤 물품도 볼 수 없다고 대답했다. 그러나 그는 만약 내가 직접 사용할 용도로 물품을 가져온다면 까다롭게 조사는 하지 않겠으며, 그런 경우라면 내 마음대로 해도 좋다고 말했다.

그 말을 듣고 나는 배가 정박해 있는 곳으로 가서 선실 문을 잠근 뒤 세 꾸러미들 안에 들어 있던 물품들을 다 꺼내어 재정리하고 다시 꾸렸다. 모두 조그만 꾸러미 다섯 개였고 내용물은 다음과 같았다.

1-2. 영국산 최고급 양복지 200야드(검정색 50야드와 진홍색 50야드 한 꾸러미, 혼합색 한 꾸러미).

3. 네덜란드산 최상품 아마포 천 30엘(1엘은 약 45인치).

4. 영국산 최상품 실크 180야드.

5. 콜체스터산 검정색 모직물.

이 물품들을 정리해서 다섯 꾸러미로 만들어 가져온 후 나는 이 꾸러미들이 그에게 줄 개인적인 선물이라는 걸 알릴 방법을 찾아냈다. 물론 그는 겉으로는 얼굴을 찌푸리며 난색을 표했다. 그러나 그는 공식적인 절차가 끝나자 넌지시 이 꾸러미들을 받을 것 같은 기색을 내보였다. 그는 꾸러미들을 옆에 두고 겨드랑이에 모자를 낀 채 방 안을 여러 차례 오갔다. 이윽고 그는 몹시 어색하게 내게 예를 표하더니 잠시 방 밖으로 나가서 기다리라고 말했다. 얼마 후 그는 내게 다시 안으로 들어오라고 말했다. 나는 그동안 그가 꾸러미들 속의 물품들을 자세히 살펴본 뒤 다른 곳으로 치워놓으라고 지시했다는 걸 알아차렸다.

다시 방 안에 들어가자 그는 방금 전과 완전히 다른 모습을 보였다 그는 선물에 감사한다며, 내 선물은 단순히 한 요새의 사령관이 아니라 멕시코 총독에게나 주면 적합한 선물이고, 자신은 내게 그런 보답을 받을 만한 일을 해준 게 없다고 말했다. 그는 내가 그곳을 떠나기 전에 더 이상의 부담은 주지 않겠다고 말했다.

이런 인사가 끝나자 나는 시장을 부르자고 했다. 시장은 이내 왔다. 시장의 입회하에 배 값과 선원들 몸값으로 책정된 돈이 모두 지급되었다.

그런데 그때 시장이 자기 자신들에게 엄정한 것과 마찬가지로 우리에게도 엄정하게 행동하겠다고 말했다. 그는 우리에게서 받은 돈이 우리가 포로이기 때문에 몸값으로 받는 게 아니며, 앞으로 우리가 포로라는 확정 판결이 나오면 그때 몸값이 확정되는 것이니 지금 받는 돈은 예치금 조로 받는 것이라고 말했다.

사령관과 시장은 모든 일의 진상을 적은 보고서를 함께 작성하여 멕시코 총독에게 보냈다(적어도 우리는 그렇게 들었다). 그들은 내게 멕시코의 베라크루스에 있는 멕시코 총독에게 '아비소', 즉 급행 사신이 탄 배를 멕시코만을 경유하여 보냈으며, 그 배가 돌아올 때까지 대략 두 달 정도가 걸리니 나는 그저 편히 기다리며 지내면 된다고 말했다.

나는 그 얼마 전에 누군가에게서 나중에 외돛배를 타고 베라크루스로 가면 배에 실린 화물들을 개인적으로 교역할 수 있는 기회를 잡을 수 있을 거라고 조언을 들은 바 있었다. 따라서 나는 두 사람의 조언대로 그곳에서 기꺼이 두 달 동안 기다릴 생각이었다. 그런데 앞서 말한 것처럼 몸값이 예치되고 나서 이틀도 지나지 않아 훨씬 더 편하게 내 기대를 실현시켜 줄 길이 열렸다. 사령관 아들이 자청해서 내 외돛배를 타보겠다고 나섰던 것이다. 나는 그와 함께 외돛배에 오른 뒤 그렇게 배에서 그를 뵙게 되어 진심으로 기쁘다고 말했다. 그런데 그는 혼자만 배에 오른 게 아니었다. 그는 영향력 있는 스페인 무역상 세 명을 데리고 왔다. 그중 두 명은 그곳 거주민이 아니었다.

배에 오른 뒤 그들은 아주 즐겁고 흥겨운 시간을 보냈다. 나는 그들을 극진히 대접하며 크게 만족시켰다. 그들은 그날 밤 돌아갈 수 없었다. 그들은 내가 깔아준 카펫 위에서 마음 편하게 잠까지 자고 갔다. 사령관 아들이 융숭한 대접을 받았다고 생각하게 하려고 나는 그에게 최고급 실크 잠옷과 벨벳 캡을 제공했으며 다음 날 아침 아예 그것들을 선물했다. 그는 기꺼이 그 선물을 받았다.

그런데 즐거운 저녁 시간을 보내던 중 유독 함께 온 무역상 한 명은 사령관 아들처럼 술에 취하지 않고 찾아온 용건을 잊지 않고 있었다. 그는 기회를 봐서 선실에서 물러나오더니 우리 배에 실린 유럽산 물품들을 구입하고 싶다고 선장에게 밝히며 교섭에 나섰다. 그의 의향을 알아차린 선장은 내게 바로 보고를 했다. 나는 그에게 무슨 말을 하고, 어떻게 할지를 지시했다. 내 지시대로 그들은 물품 대금 은화 5,000에이트에 대한 말만 몇 마디 하고는 자신들이 위험을 감수하겠다면서 물품들을 직접 갖고 갔다.

나로서는 정말로 기분 좋은 일이었다. 나는 그렇게 화물들을 팔아 손해를 벌충할 수 있었다. 나는 스페인인들이 사태의 초반부에 내게 입힌 손해를 아예 몽땅 만회할 수 있겠다는 걸 깨닫기 시작했다. 나는 이런 의도로 선장에게 나머지 화물들도 재량껏 모두 팔아치우라고 지시했다. 그는 내 지시를 잘 이행하여 다음 날 스페인 무역상들에게 나머지 화물들도 모두 팔았다. 다만 이런 추가 조건이 붙어 있었다. 팔린 화물들을 우리 화물인 양 위장하여 일단 우리 외돛배에 계속 놓아둔 뒤, 나중에 그들이 지목하는 장소, 즉 온두라스와 베라크루스의 중간쯤 되는 어느 지역까지 운송해달라는 조건이었다.

사실 그런 조건까지 들어준다는 건 어려운 일이었다. 그러나 나는 그들이 그 운송비까지 지급하겠다는 계약 조건을 내거는 걸 보고, 그 정도면 그런 위험한 항해에 대한 충분한 보상이 되고도 남겠다는 생각이 들어 기꺼이 동의했다. 그런데 그렇게 외돛배를 보내기로 결정하고 나니 이제 자유인이 된 마당에 나 홀로 스페인인들 사이에 남아 있어야 한다는 사실과, 사령관과 시장이 보낸 특사의 보고에 대해 멕시코 총독이 호의적인 답변을 하지 않을 수도 있다는 우려가 배를 보내는 일 만큼이나 나를 괴롭혔다. 결국 나는 외돛배를 직접 타고 가서 일의 결과를 직접 지켜보자고 마음먹었다. 나는 사령관에게 멕시코에서 내게 유리한 답변이 올 것이라고 기대하고 있는 상황에서 외돛배를 계속 정박지에 세워놓고만 있는 건 내게 큰 손해가 되는 일이니 내가 직접 외돛배를 타고 안티고어에 가서 화물들을 팔고 살 수 있도록 허락해달라고 부탁했다. 그도 알다시피 외돛배에 실린 화물들은 아바나 항에 하역할 수 없고 오랫동안 배 위에 그대로 두면 손상될 수도 있다는 핑계도 댔다.

결국 나는 그에게서 배를 타고 정박지를 떠났다가 돌아와도 좋다는 허락을 쉽게 얻어냈다. 물론 아직 결정이 나지 않은 내 사건에 대한 멕시코 총독으로부터의 회소식을 들으러 나 혼자 돌아와야 한다는 조건부로 얻은 허락이었다.

그렇게 해서 외돛배와 나 모두의 출항을 허락하는 통행 허가증을 얻은 나는 앞서 말한 세 명의 스페인 무역상을 배에 함께 태우고 출항했다. 그중 두 명은 아바나 거주민이 아니었지만 한 명은 그런 것 같았다. 그 한 명이 아바나나 아바나 인근의 여타 쿠바 섬 지역에 사는 다른 부자 상인들도 우리에게 지대한 관심을 갖고 있는 것 같다고 말했다. 그 상인들이 우리가 바다로 나서기 전날 밤 엄청난 액수의 에이트 은화들을 배에 가득 싣고 우리 배를 찾아왔다는 것이었다. 나중에 알고 보니 내 화물들을 실제로 사들인 사람들도 바로 그들이었다. 그들은 내가 판 유럽산 물품들 값으로 높은 가격을 지불했지만, 다시 그것들을 멕시코의 베라크루스 해안으로 갖고 가서 그곳 현지 상인들에게 엄청난 웃돈을 받고 되파는 사람들이었다. 따지고 보면 나도 엄청난 이익을 얻었지만 그들도 100퍼센트 이상의 이익을 얻은 셈이었다.

우리는 아바나에서 베라크루스로 직항했다. 나는 처음에는 또다시 스페인인들의 술수에 말려들까봐 그 항구로 들어가는 게 망설여졌고 마음도 불편했다. 그러나 우리 배가 스페인 깃발을 달고 항해하고 있었고 아바나의 해당 부서에서 발급한 진본 통행 허가증까지 갖고 있었으므로 걱정할 필요가 전혀 없었다.

배가 스페인령 해안이 보이는 바다에 이르렀을 때 나는 함께 타고 간 무역상들이 바로 그곳 바다에서 비밀 교역을 행하고 있다는 걸 알았다. 그곳은 물론 은밀한 장소였지만 교역 방식을 아주 잘 알고 있는 그들에게는 정박지나 마찬가지인 곳이었다. 교역 방식은 이랬다. 우리는 깜깜한 오밤중에 베라크루스 항에서 북쪽으로 18마일쯤 떨어진 해안으로 배를 바짝 갖다 붙였다. 그러자 세 명의 상인들 중 두 명이 보트를 타고 해안가로 상륙했다. 그 후 세 시간쯤 지나자 다섯 척의 카누를 거느리고 그들이 다시 해안가에 모습을 드러냈다. 그들 옆에는 7~8명의 다른 상인들이 있었다. 그들이 모두 외돛배에 오르자 우리는 다시 바다로 나갔다. 동이 틀 무렵 우리는 육지가 보이지 않는 꽤 먼 바다까지 나와 있었다.

미리 말했어야 했지만, 우리는 아바나에서 바다로 나오자마자 시작을 해서 8일에 걸쳐 멕시코 만까지 항해하는 동안 모든 화물들, 즉 모든 짐짝들을 뒤져 스페인 무역상들이 원할 만한 물품들을 이미 다 꺼내놓고 있었다. 꽃과 완두콩이 들어 있는 대형 나무통들만 빼고, 거의 모든 물품들을 놓고 그들과 거래했다.

화물들은 그 자체로 엄청난 분량이었다. 아내의 설명이나 내 선생, 즉 농장 관리인이 작성해서 보낸 송장에 따르면 화물들의 총 분량은 2,684파운드 10실링어치에 해당하는 분량이었다. 나는 출항 전날 밤에 판 분량까지 합쳐서 모든 화물들을 도합 은화 38,593에이트를 받고 그 무역상들에게 다 팔았다. 게다가 그들은 내게 외돛배로 실어다준 운송비 1,200에이트도 지불했다. 그들은 선장과 선원들에게 훌륭한 선물까지 했다. 곧 듣게 되겠지만 그들에게는 이런 일을 충분히 하고도 남는 능력이 있었다.

육지가 안 보이는 바다에 이르자 내게서 화물들을 산 세 스페인 무역상들은 자신들의 가게를 열고(그들의 표현이다) 장사를 시작했다. 그렇다, 실제로 가게를 연 것이나 마찬가지였다. 나는 이제 그 장사나 팔리는 물품들과 아무 상관이 없었다. 그들은 몇 시간 만에 모든 거래를 서둘러 마쳤다. 밤이 되자 우리는 다시 해안으로 항해했다. 그들은 거래된 대부분의 물품들을 다섯 척의 카누에 나누어 해안가로 싣고 갔으며, 곧바로 싣고 간 물품들뿐만 아니라 아직 배에 남아 있는 물품들에 대한 대금까지 합쳐서 모두 현금으로 싣고 왔다. 그들은 두 번째 운반을 통해 남은 물품들도 모두 싣고 갔다. 이렇게 해서 이제 우리 외돛배에는 꽃과 완두콩이 담긴 대형 나무통들 말고는 아무것도 없었다. 그들은 그 나무통들에 대해서도 값을 지불하고 사겠다며 호가했지만, 내가 기대했던 것만큼 높은 가격은 아니었다.

나는 우리와 함께 간 세 스페인 무역상들이 이 비밀 거래를 통해 내가 그들에게 판 물품들을 되팔아서 무려 은화 7만 에이트 이상의 이익을 벌어들였다는 걸 알았다. 그걸 보고 나는 최종 고객이었던 베라크루스의 상인들을 직접 알아두어야겠다고 생각했다. 처음부터 베라크루스를 최종 목적지로 삼아, 영국에서 보내온 5~6천 파운드어치 이상의 화물들을 외돛배에 싣고 직접 가지고 온다면 아마 네 배 이상의 큰 이익을 손쉽게 거둘 수 있겠다는 생각이 문득 들었기 때문이다. 나는 그 같은 목적을 염두에 두고 카누를 타고 물건을 사러왔던 베라크루스의 상인들과 안면을 텄다. 이후 나는 그들과 친해져서 아바나 무역상들과 함께 그들의 집에 초대까지 받고 응하게 되었다. 물론 아바나 무역상들이 동의한 일이었다. 그들의 집은 작은 농장형 빌라였다. 그들은 그곳에서 그곳 말로 '인제니오'라고 부르는 제당소를 운영하고 있었다. 그들은 우리 일행을 왕처럼 극진히 대접했다.

나는 초대를 받고 간 기회를 이용하여 그들에게 그곳으로 다시 올 수 있는 방법만 안다면 1년에 한두 번쯤 그곳을 다시 찾아, 그들과 나 모두에게 엄청난 이익을 가져다줄 수 있을 것이라고 말했다. 그러자 그들 중 한 명이 즉시 내 말뜻을 알아듣고 나를 옆방으로 따로 불렀다.

"세뇨르(선생)." 그가 말했다. "혹시 이곳으로 다시 올 생각이 조금이라도 있다면 절대로 실수하지 않을 방법을 일러주겠소. 그리고 당신이 밤중에 해안에 도착하여 이곳으로 직접 오거나 우리가 일러주는 신호를 보내면, 그 즉시 우리가 나가서 당신이 가져오는 화물들을 받고 값을 충분히 치르겠소."

나는 그들의 제안을 받아들였다. 물론 나는 그들에게서 명예를 걸고 내 안전을 보장하겠다는 맹세도 받아냈다. 나는 처음 알았던 아바나의 세 무역상들이 눈치채지 못하게 이 모든 내용을 내 머릿속 가장 은밀한 곳에 넣어두었다. 나는 최대한 빠른 시일 내에 베라크루스를 다시 방문하리라 마음먹었다. 그렇게 해서 대략 닷새에 걸쳐 모든 교역을 마친 우리는 다시 바다로 나와 쿠바 섬으로 향했다. 나는 뿌듯해 하는 세 스페인 무역상들과 그들의 모든 재물을 쿠바 섬에 무사히 내려준 후, 전속력으로 안티고어를 향해 달렸다. 그곳에 당도한 후 나는 최대한 서둘러 대형 통 200통 분량의 꽃부터 처분했다. 하지만 긴 항해 탓에 어느 정도의 손실은 감수해야 했다. 나는 신속하게 럼주, 당밀, 설탕을 사서 외돛배에 가득 실은 뒤 다시 아바나 항을 향해 돛을 올렸다.

그때 해적들이 정말로 무섭고 두려웠다. 이제 내 외돛배가 화물들 말고도 은화 4만 에이트라는 거금이 실려 있는 부자 배여서 더욱 그랬다.

아바나로 돌아온 나는 뭍에 상륙한 뒤 시장과 사령관을 예방하러 갔다. 멕시코 총독으로부터 어떤 답변이 왔는지 그 소식을 들으려는 목적도 있었다. 다행스럽게도 멕시코 총독이, 우리에게 내려졌던 결정, 즉 우리를 포로로 삼고 몸값을 부과한 결정은 공개적인 전쟁 때나 있는 결정이지 평상시에는 있을 수 없는 결정이라며 승인하지 않는다는 답변을 보내왔다는 사실을 알았다. 그러나 멕시코 총독은 배 몰수 건에 대해서는 세벨레 주재 상공회의소에 그 결정을 미루었으며, 혹시 스페인 국왕에게 청원하는 게 더 낫다면 그리 하라는 답변을 보내왔다고 했다.

멕시코 총독의 답변은 우리가 아바나 해안에 발을 들여놓았지만 법적으로 포로로 취급당하지 않아도 된다는 소리였다. 우리로서는 어느 정도 정당한 판결이었다. 그리고 그가 배 값에 대한 결정을 미룬 일은, 수고스럽더라도 나중에 내가 스페인으로 직접 가서 배와 화물들에 대한 권리를 주장하면 역시 되찾을 수 있는 일이었다.

어쨌든 나는 이제 몸값을 지불할 필요가 없는 자유인이었고 내 선원들 또한 마찬가지였다. 앞서 말한 내 예치금은 모두 반환되었다. 나는 아바나와 작별을 고하고 최대한 서둘러 버지니아로 돌아왔다. 1년 반 만에 돌아온 것이었다. 여러 가지 손해를 입기도 했지만 그래도 따져보니 떠날 때보다 은화 4만 에이트 이상은 더 부자가 되어 집으로 돌아온 셈이었다.

떠나기 전에 프레스턴 전쟁 포로들로 인해 생겼던 내 문제는 이제 영국 의회에서 통과된 일반 사면으로 모두 해결되어 있었다. 나는 이제 완벽히 마음

편한 상태였다. 이제 그 문제로 더 이상 골머리를 앓을 일은 없었다. 여기서 제법 유용하게 쓰일 수 있는 말 한마디를 덧붙이겠다. 죄의식과 공포감이란 불가피하게, 떼어내려야 떼어낼 수 없는 단짝 친구라는 것이다. 불과 몇 달 전만 하더라도 나는 초췌한 프레스턴 유형수의 얼굴이 눈앞에 어른거려 그 공포감으로 제정신이 아니었다. 그래서 그자들을 피하고자 병자인 양했었고 통풍 환자처럼 다리를 플란넬 천으로 싸매고 있었다. 그런데 그들은 이제 내게 더 이상 두려운 존재들이 아니었다. 그들을 봐도 나는 농장의 다른 하인들을 볼 때처럼 전혀 불편하지 않았다.

무엇보다 특별했던 것은 예전에는 그들이 모두 나를 알아보거나 기억해 내서 내 정체를 폭로하거나 밀고할지 모른다는 생각이 들었던 반면, 지금은 내가 그들 모두는 아니지만 몇 명의 얼굴과 이름을 기억해낸다 해도 그들 중 나를 조금이라도 알아보거나 주목할 사람이 단 한 명도 없을 거라는 생각이 든다는 것이었다.

예전에도 그들에 대해 그렇게 생각할 수 있었다면 묘한 만족감을 느꼈을 것이고 이후에 내가 겪은 여러 고초와 위험한 모험, 불운을 피할 수 있었을 것이다. 그러나 인간이란 한 치 앞을 내다보지 못하는 동물 아니던가. 인간은 자신의 앞날을 너무나도 내다보지 못한다. 인간은 자신에게 다가오는 기쁨을 예견하지도 다가오는 재난을 예방하지도 못하는 존재다. 그 기쁨과 재난이 아무리 코앞에 바싹 다가와 있다 해도 그렇다.

이제 내 머릿속은 온통 서인도 제도에서의 사업 계획으로 꽉 차 있었다. 따라서 나는 그 준비를 하기 시작했다. 나는 그곳에서 어떤 유럽산 물품들이 인기가 있는지 충분한 설명을 듣고 왔었다. 내가 더욱 서둘러야 했던 까닭은 마침 그 시점이 그곳의 스페인인들에게 유럽산 물품이 크게 부족한 때라는 사실이었다. 스페인 본토에서 오는 갤리언선들이 2년 전에 마지막으로 도착한 이후, 특별하다 싶을 정도로 오랫동안 도착이 지연되고 있었다. 그 때문에 그들에게 필요한 물품들을 가지러 영국으로 배를 보낼 시간이 없다는 생각이 든 나는 우선 안티고어에서 구입하여 실어온 물품들 중에서 마지막으로 남은 물품들인 담배와 럼주를 외돛배에 싣고 뉴잉글랜드의 보스턴이나 뉴욕으로 급히 가서 그걸 판 뒤, 마음에 드는 유럽산 물품들을 확보할 수 있는지 알아보기로 했다.

나는 당장 앞서 말한 물품들과 은화 2만 에이트를 외돛배에 싣고 아내와 함께 항해에 나섰다. 외돛배에 그렇게 많은 화물들을 싣고 버지니아에서 뉴잉글랜드로 온 일은 이상하고 신기한 일이었다. 게다가 대부분의 물품 대금 지급을 현금으로 하겠다고 나선 것도 그랬다. 그 때문에 상인들은 모두 내가 무슨 일을 하는 사람인지, 내 정체가 무엇인지 물으며 긴장했다. 그런 궁금증에 대해 사람들은 내가 버지니아의 대농장주라면서, 외돛배 선원들 중에서 나에 대해 말할 수 있는 자가 있다면 아마 그 정도가 충분한 답변이자 정보일 거라고 쑥덕였다.

그런데 두서너 사람 건너 얘기가 돌다보니 그 말이 그곳 사람들에게 많은 억측을 자아냈다. 어떤 사람들은 내가 분명히 자메이카로 갈 것이라고 말했고 어떤 사람들은 내가 스페인인들과 교역을 할 것이라고 말했다. 또 어떤 사람들은 내가 남미의 칠레나 페루 해안에 가서 반은 무역상으로 반은 해적으로 변모할 것이라고 말했다. 이 사람 저 사람, 억측이 난무하며 수군수군 이런저런 말들을 해댔다. 하지만 우리는 그런 수군거림에 개의치 않고 용무를 처리해나갔다. 우리는 가지고 간 담배와 럼주 외에 은화 12,000에이트를 투자했고, 나머지 돈도 뉴욕에 가서 모두 투자했다.

우리가 뉴욕에서 가장 주안점을 두고 구입한 물품들은 영국산 면직물, 모직물, 거친 양모 천, 노리치산 직물, 녹색 모직 천, 능직물, 기타 온갖 종류의 양모 제품, 그리고 엄청난 분량의 갖가지 리넨 천, 수천 파운드어치에 해당하는 최고급 실크 등이었다.

우리는 외돛배에 이 물품들을 가득 싣고 안전하게 버지니아로 돌아왔다. 나는 이 물품들에다 다른 물품들을 더 추가한 뒤 서인도 제도 항해 준비를 하기 시작했다.

항해 이야기 전에 우선 외돛배를 새로 손봐서 대포 12문을 싣고 갈 수 있게 배의 높이를 더 높여 방어에 적합한 모습으로 개조했다는 얘기부터 해야겠다. 당연히 스페인의 '바르코 롱고스', 즉 쾌속 범선 해적선의 공격을 받고 예전처럼 배를 강탈당하는 일을 막겠다는 생각에서 그렇게 한 것이다. 그런데 여러분께서 곧 들으시겠지만 나는 이런 준비의 덕을 톡톡히 보았다.

우리는 8월 초에 출항했다. 예전 항해에서 플로리다만과 바하마 군도 사이를 지나다 이미 두 차례나 해적의 공격을 받은 적이 있었으므로, 나는 그때보다 훨씬 더 먼 바다로 나아가서 예상되는 그들의 공격을 피하리라 결심했다.

우리는 그 유명한 윌리엄 핍스 경이 스페인 접시 운반선의 잔해에서 은제 식기류를 건져 올렸다는 장소에서 최대한 가까운 지점을 통과하여 남회귀선을 지났다. 그리고 바하마 군도 사이로 들어간 뒤에는 쿠바 섬 아래쪽 항로를 유지하며 남서 항로를 쭉 따라 내려갔다. 그런 다음 다시 소위 말하는 무역풍을 타고 항로를 그레이트 멕시코만 쪽으로 돌렸다. 자메이카 섬을 남남동쪽으로 둔 항로였다. 내 의도는 그런 항해 방식을 택함으로써 쿠바 섬과 아바나의 스페인인들을 피하자는 것이었다.

그런데 쿠바 섬 서쪽 해역을 지날 때였다. 예전에 그랬던 것처럼 갑자기 섬 반대편으로부터 스페인 보트 세 척이 우리 배를 추격해 오기 시작했다. 그러나 그들은 일찌감치 자신들의 오판을 깨달았다. 자신들이 대적하기에 우리 선원들의 숫자가 너무 많고, 게다가 우리 배에 예전에는 보지도 못한 대포들까지 구비되어 있다는 걸 발견한 것이었다. 대포 서너 발을 발사하자 그들은 그냥 물러났다.

그런데 그들은 다음 날 아침 이번에는 다섯 척의 대형 보트들과 소형 범선 한 척을 이끌고 또다시 나타나 우리를 추격해왔다. 우리는 이번에는 스페인 깃발을 펼치며 전투 대형도 갖추었다. 그들은 그 모습을 보고 또 물러났다. 그렇게 배에 전력 보강을 해놓았던 덕분에 우리는 이번 위험도 피할 수 있었다.

우리는 그 이후부터는 목적지인 베라크루스까지 순항했다. 이미 그곳 상인들에게서 자세한 방향 지침을 들어두었던 터라 나는 세인트 존 둘바까지 항해한 다음 거기서 다시 해안 쪽으로 들어가 약속 지점을 정확하게 발견했다. 해안가에 도착한 뒤 나는 즉시 외돛배의 선장을 제당소로 보냈다. 선장은 작은 왕국의 군주처럼 살고 있는 베라크루스 상인을 그의 집에서 만났다. 그는 선장을 환영했으며 내가 해안 작은 후미에 있는 약속 장소에 와 있다는 걸 알고 선장과 함께 즉시 달려왔다. 그는 그곳에서 멀지 않은 빌라들에 살고 있는 다른 스페인 상인들도 데려왔다. 그렇게 해서 나는 그곳에 도착한 지 네 시간 만에 그들과 재회할 수 있었다.

그들은 예전처럼 내게 외돛배는 먼 바다에 정박시켜 놓고 자신들의 집에 가서 다음 날 밤까지 묵으라고 나를 설득하려고 했다. 그러나 나는 타고 온 외돛배를 먼 바다로 내보내는 데는 동의하지 않았다. 우리는 날이 거의 새고 있었으므로 곧바로 바다로 나갔다. 동이 틀 무렵 우리는 육지가 보이지 않는 꽤 먼 바다까지 나가 있었다.

우리는 그곳에서 앞서 말한 바 있는 해상 가게를 열었다. 외돛배에 산더미처럼 쌓여 있는 엄청난 양의 물품들을 보고 스페인 상인들은 깜짝 놀랐다. 간단히 말하겠다. 그들은 그 물품들의 양이 그보다 네 배 더 많았다 하더라도 부담스러워 하지 않았을 것이다. 그들은 가격에 대해 전혀 군말 없이 내가 보여준 모든 물품들을 마음에 들어했다. 그들은 내게 돈을 부족하게 준비해 온 탓에 더 많은 물품들을 가져갈 수 없으니, 일단 뭍으로 돌아가서 다음 날 저녁에 더 많은 돈을 갖고 오겠다고 말했다.

우리는 그날 밤 나머지 시간은 남은 물품들을 점검하고 그 목록과 가격 명세서를 작성하는 데 썼다. 상인들에게 남은 물품들 값을 알게 해서 얼마나 더 많은 돈을 가져와야 할지 알려주기 위해서였다.

다음 날 저녁 우리는 다시 해안 가까이로 항해해갔다. 상인들은 우리 배의 보트를 이용하여 물품 운반에 도움을 받으며 구입한 물품들을 싣고 갔다. 그들은 해안에 상륙한 뒤 싣고 간 물품들을 내려놓고 다시 우리 배로 돌아왔다. 그들은 예전부터 관심을 보였다는 다른 상인들 세 명을 데려왔으며 배를 싹쓸이할 수 있을 만큼의 거금, 즉 내게 배까지 팔 마음이 있다면 물품들뿐만 아니라 배까지 사버릴 수 있을 만큼의 거금을 들고 왔다.

그들을 정당히 평가해 말하겠다. 그들은 명예를 존중하는 사람들답게 나를 융숭히 대접해주었다. 그들은 아바나 상인들을 한 번 거쳐서 유럽산 물품들을 구입할 때보다 내게 직접 구입할 때 훨씬 더 싼 값으로 구입했다는 사실을 똑똑히 인식하고 있었다. 그들은 말하자면 중간 상인들이었다. 그들 또한 내게서 먼저 물품들을 구입한 뒤 내게 지불한 가격에 100퍼센트 이윤을 붙인 가격으로 값을 올려 파는 상인들이었다. 그런데 사실은 나 또한 그들처럼 아바나의 스페인 무역상들에게 물품을 팔 때보다 물품 값을 더 올려서 팔았다. 그런데 내게는 그럴 만한 이유가 있었다. 길어진 항해 시간과 이제는 전적으로 내 손에 달린 출항과 귀항의 안전 문제를 고려하지 않을 수 없었다.

간단히 말하겠다. 나는 가져간 물품들을 그들에게 모두 팔았다. 그리고 그 대금으로 2십만 파운드 이상에 해당하는 현금 은화들을 받았다. 그들은 그 외에도 두 번째로 우리 배에 오를 때 돼지고기, 양고기, 새고기, 사탕, 과자 등 온갖 다양한 신선 식품들을 잔뜩 가지고 왔다. 귀항 기간 동안 충분히 먹고도 남을 분량이었다. 그들은 이 식품들을 내게 선물로 주었다. 우리는 서로 만족스럽게 거래를 마쳤고 앞으로 더 많은 교역을 하자고 약속한 후 헤어졌다. 그들은 이 위험한 교역 과정에서 혹시 내게 위험이 닥친다면 내가 원하는 모든 우정과 도움의 손길을 제공하겠다고 약속하기도 했다. 사실 그런 위험은 누구에게든 해안에서 비밀 교역을 하다 붙잡힐 경우 가혹한 벌을 받게 돼 있는 그들의 관행을 고려한다면 충분히 있을 수 있는 위험이었다.

나는 즉시 외돛배의 선원들과 귀항 항로를 논의하기 위해 회의를 소집했다. 항해사는 바람 불어오는 쪽으로 바람을 안고 배를 부려 자메이카 쪽으로 가자고 주장했다. 그러나 나는 배에 거금이 실려 있어 최소한의 위험도 감수할 수 없었다. 안전한 귀항을 위한 최선의 항로를 택해야 한다는 게 내 생각이었다. 외돛배 선장도 나와 생각이 같았다. 그는 우리의 최선의 항로는 해안 후미 지역들을 이용하여 멕시코 만까지 최단 코스로 간 후, 거기서 플로리다 해안까지 가고, 거기서 다시 캐롤라이나 해안으로 직항하여 만나게 되는 첫 번째 항구로 입항하는 항로라고 주장했다. 그는 그런 다음 그 항구에서 우리를 버지니아까지 안전하게 호위해 줄 영국 군함이 해안에 나타날 때까지 기다렸다가 그 도움을 받고 귀항하자고 주장했다.

그가 주장한 항로가 우리가 택할 수 있는 최선의 항로였으며 실제로 우리에게 매우 안전한 항로임이 입증되었다. 다만 몇 차례 비상 상황이 발생하기는 했다. 멕시코 만 해안을 지나서 플로리다 갑(岬) 근처까지 온 다음, 그곳에서 세인트 오거스틴 위쪽 지점에 이를 때까지 우리는 우리를 약탈하려는 스페인 쾌속 범선 해적선들과 소형 범선들의 추격을 여러 번 당했다. 그러나 배에 걸려 있던 스페인 깃발 덕분에 우리는 그때마다 그들을 속였다. 물론 배가 대포들로 잘 무장되어 있던 것도 그들을 물리친 원인이었다. 한 차례 폭풍이 불어 배가 좌초할 뻔했던 위험도 있었지만 결국 우리 배는 목적지였던 캐롤라이나의 찰스 강에 무사히 도착했다.

그곳에 도착한 뒤 나는 아내에게 항해가 대성공을 거두었다는 소식을 담은 편지를 보낼 방법을 찾아내어 편지를 보냈다. 우리는 그곳 해안에는 해적이 출몰하지 않는다는 말을 듣고 군함이 보이지 않았는데도 과감히 귀향길에 나섰다. 간단히 말하겠다. 우리는 체사피크 만, 즉 버지니아 곶에 무사히 도착했다. 그리고 며칠 후 나는 농장 집에 무사히 도착했다. 집을 떠난 지 꼭 석 달 사흘 만이었다.

그곳 신세계에서 그토록 짧은 기간 안에 내 외돛배가 거둔 것보다 더 성공적인 항해를 했던 배는 일찍이 없었다. 아무리 어림잡아 계산해봐도 나는 이 석 달 동안, 뉴잉글랜드로 물품을 사러 갔다온 비용을 빼고, 무려 2만 5천 파운드의 순이익을 올렸다.

인간에게 만약 자신의 행운이 최고조에 이른 때를 알 수 있는 능력이 있다면, 바로 이때가 내가 이룩한 성과에 만족하며 조용히 칩거하고 살아야 할 때라는 걸 알았어야 했다. 더군다나 내 신중한 아내도 이제는 제발 만족하고 집에 머무르며 더 이상 일을 벌이지 말라고 내게 간곡히 부탁했다. 그러나 나는 드디어 내게 엄청난 부(富)를 향한 대문이 활짝 열렸다고 생각했다. 나는 멕시코의 황금 강 물줄기가 내 버지니아 농장들로 흘러드는 방법을 마침내 발견했다고 생각했다. 게다가 나는 이 사업에는 흔히 발생하는 통상적인 위험

말고는 별다른 위험도 없다고 생각했다. 나는 나 자신에게 이렇게 말했다. '그래, 원래 이런 일은 다른 얼굴을 하고 있는 법이야. 그저 수십만, 수백만 파운드의 거액을 번다는 꿈만 꾸자고.'

결국 나는 온건한 삶의 방식을 거역하고 또다시 교역을 위한 항해 여행을 밀어붙였다. 나는 손에 넣을 수 있는, 교역에 적합한 온갖 물품들을 구입했다. 이번에는 뉴잉글랜드로 가지 않았다. 석 달 전 베라크루스로 떠나기 전에 주문장을 통해 영국에 직접 주문했던 각종 훌륭한 화물들이 도착해 있었다. 간단히 말해 이번에 새로 작성한 물품 명세서에 따른다면 내 화물들은 원가만 따져도 모두 합쳐서 무려 영국 화폐 만 파운드 이상의 가치에 해당하는 대규모였다. 게다가 이번 화물들은 분류가 워낙 잘 되어 운송되어 왔기 때문에 지난 화물들에 붙였던 것보다 훨씬 더 높은 가격을 붙일 수 있겠다고 기대했다.

우리는 그런 기대에 부풀어 첫 번째 항해에서 돌아오고 나서 다섯 달쯤 지난 4월에 두 번째 항해를 시작했다. 그런데 처음 시작 단계부터 첫 번째 항해 때처럼 속도를 내지 못했다. 우리는 해적들을 피하려고 먼 바다로 180마일이나 항해해갔음에도 불구하고 바다에 나선 지 닷새 만에 소형 해적선 두 척으로부터 총격을 받았다. 북쪽 뉴펀들랜드 뱅크스 방향으로 항해 중이었던 그들은 결국 우리 배를 장악하고 식량과 탄약, 소형 무기들을 강탈했다. 그 때문에 우리는 항해를 계속하기에 너무나 불충분한 상태가 되었다. 다행히 그곳은 출발지에서 그리 멀지 않을 곳이었다. 우리는 배를 돌려 버지니아 곶으로 되돌아가 필요한 여행 준비를 다시 해서 원 상태를 복구하는 게 현명하다고 생각했다. 그 일을 하는 데 열흘이 더 소요되었다. 그런 다음에야 우리는 다시 바다로 나설 수 있었다. 다행히 외돛배에 실린 화물들은 해적들에게 당장 쓸 용도가 없는 짐짝들이어서 손을 타지 않은 상태였다. 설령 용도를 알았다 해도 그들은 그것들을 여는 방법을 몰랐을 것이다.

우리는 첫 번째 항해 때 항로로 삼았던 항로에 이를 때까지 이렇다 할 사건을 만나지 않고 멕시코 만에 접어들 수 있었다. 우리가 만난 최초의 불운은 쿠바 섬 뒤편을 돌아서 멕시코 유카탄 반도 해안에 위치한 테라 페르마 섬 끝 쪽을 향해 가던 중에 생겼다. 우리는 그곳에서 카르타지나 아니면 포르트 벨르 방향에서 오던 뉴 스페인 선단을 목격했다. 유럽까지 항해해 가기 위해 아바나 항에 들르러 가던 배들이었다.

그런데 그 선단에 스페인 군함 한 척과 프리깃 범선 세 척이 끼어 있었다. 그 프리깃 범선들 중 두 척이 우리를 추격해 왔다. 그러나 마침 날이 저물 때여서 그들은 이내 우리의 시야에서 사라졌다. 그들은 우리가 미시시피 강 어구로 들어가는 배인 양 멕시코만을 가로질러 북쪽으로 항해하자 우리를 놓친 것 같았다. 며칠 지난 뒤 우리는 멕시코 만에서 가장 아래쪽에 있는 위치해 있는 목적지 항구에 도착했다.

우리는 예전처럼 오밤중에 해안으로 접근해 가서 지인 상인들에게 기별을 보냈다. 그러나 그들은 우리 배를 찾아온 뒤 지난번처럼 배에 오르지 않았다. 그 대신 그들은 우리 배가 멕시코 만에서 목격되어 그 사실이 베라크루스 당국에 통보되었으며, 그에 따라 프리깃 범선 여러 척이 우리를 추격하고 있고, 다음 날 아침이면 더 많은 프리깃 범선들이 출항을 할 예정이라고 우리에게 알려주었다.

우리는 어떻게 해서 그런 사태가 벌어졌는지 상상할 수 없었다. 나중에 얘기를 들어보니, 전날 밤 우리를 놓쳤던 프리깃 범선 세 척이 해안에 도착한 뒤, 우리 배를 사략선으로 신고했고 그래서 경고가 발령된 것이었다.

경위야 어찌 되었든 우리로서는 당장 어느 곳으로 퇴로를 택해야 할지 결정하는 일 말고는 뾰족한 대책이 없었다. 스페인 상인들의 조언, 즉 우리 배의 보트와 그들의 카누를 이용하여 밤새 최대한 많은 화물 짐짝들을 뭍에 내려놓고, 새벽녘에 전속력으로 걸프 만 북쪽으로 달아나 우리의 운을 운명에 맡기라는 조언이 그나마 좋은 대책이었다.

외돛배의 선장은 그들의 조언이 매우 훌륭하다고 생각했다. 그러나 우리는 여전히 어떤 도주 항로를 선택해야 할지 결정을 못 내리고 조언을 실행에 옮기지 못하고 있었다. 우리는 큰 혼란에 빠져 허둥댔으며, 다양한 물품들이 들어 있는 화물 짐짝들을 겨우 열여섯 개 정도 내렸을 때, 다시 말하면 배가 아직 가벼워지기도 전에 마음이 급해져서 한시바삐 돛을 올려야 한다는 생각에만 골몰했다. 결국 선장은 다른 방법을 제안했다. 다음 번 보트에 짐짝 다섯 개를 더 실은 뒤 우선 나만 거기 함께 타고 뭍에 상륙하라는 것이었다. 그래서 스페인 상인들이 나를 숨겨주겠다고 하면 그대로 나만 뭍에 남아 있으라는 것이었다. 그는 자신들에게는 빨리 바다로 나갈 기회를 달라고 했다.

스페인 상인들은 기꺼이 나를 보호해주겠다고 나섰다. 아마 나를 본토에서 온 스페인인으로 위장시킬 수 있었기 때문에 그랬던 것 같았다. 결국 나만 짐짝 스물한 개와 함께 상인들과 뭍으로 갔다. 외돛배는 적을 만나면 도주했다가 다음 날 밤 다시 해안으로 접근해 오기로 하고 바다로 나갔다. 우리는 그들을 위해 조심했지만 아무 소용이 없었다. 다음 날 그들은 스페인 프리깃 범선 두 척에 의해 목격되어 추격을 당했다. 그러나 그들은 가까스로 두 범선을 따돌리고 달아날 수 있었다. 우리 외돛배는 월등하게 빠른 속도로 항해할 수 있는 배여서 밤까지만 버티면 분명히 추격하는 해적 프리깃 범선들을 따돌릴 수 있었다. 그런데 느닷없이 나타난 또 다른 소형 사략선 외돛배 한 척이 끼어들어 세 차례 공격을 가해왔다. 그 바람에 우리 외돛배는 앞서 추격해오던 프리깃 범선들에게 따라붙을 시간을 주고 말았다. 우리 외돛배는 순풍을 받으며 남서쪽으로 계속 달아났고 사흘 밤낮을 추격당했다. 그러다 그들은 마침내 프랑스인들이 미시시피 강이라고 부르는 그랜드 강의 강어귀에 이르게 되었다. 그들은 그곳에 이르러 더 이상 대책이 없게 되자 당시 프랑스인들에 의해 요새화되어 있던, 스페인인들이 펜사콜라라고 부르는 요새에서 멀지 않은 강변 쪽에 배를 대려고 했다. 그러나 수로 안내인도 없었고 강의 유속도 역방향으로 거셌기 때문에 결국 우리 외돛배는 강안에 좌초하고 말았다. 외돛배 선원들은 보트들을 내린 뒤 최선을 다해 사방팔방으로 흩어져 달아났다.

나는 아주 이상한 상황에 놓였다. 친구들의 보호하에 놓이게 된 셈이니 사실 내 상황은 어떤 의미에서는 아주 행복한 상황이었는지도 모른다. 스페인 상인들은 내게 친구들이나 마찬가지였다. 그들은 내게 신의를 지켰다. 그들보다 더 내 안전에 신경을 써준 사람은 없다고 말해도 좋을 정도였다. 한편 내

이 새로운 상황에 보다 큰 위안이 된 사항이 있었다. 그들의 조언과 안내에 따라 뭍으로 가져온 화물 짐짝들이 내게 있다는 사실이었다. 그 짐짝들이라면 그곳에 머물 것으로 예상되는 기간 동안 먹고살 재원으로 충분할 것이었다. 처음에 머물기 위해 갔던 집 주인 상인이 내게 필요하다면 신용으로 은화 2만 에이트를 빌려주겠다고 약속하지 않았다 해도 나는 그 짐짝들만으로도 충분히 먹고살 수 있었다.

가장 큰 걱정은 현재의 내 상황에 관한 소식, 항해를 하며 겪은 여러 불운에도 불구하고 내가 아직 무사하며 좋은 사람들의 보호를 받고 있다는 소식을 아내에게 전할 방법을 모른다는 것이었다.

그러나 치유 불가능한 온갖 슬픔을 치료해주는 위대하고 보편적인 치료제인 인내심 말고는 내게는 그런 걱정을 해소시켜줄 치료제가 딱히 없었다. 사실 나는 인내심뿐만 아니라 감사의 마음까지 가져야 할 이유가 있었다. 추격하던 스페인인들에게 붙잡혔을 경우 내가 처할 뻔했던 상황을 고려한다면 충분히 그랬다. 그런 상황에 처하게 되었을 경우 내가 합리적으로 기대할 수 있는 최선의 상황은 광산촌으로 끌려가 중노동을 하는 것이었다. 그보다 천 배는 더 나쁜 상황은 종교재판소로 끌려가 종교재판을 받는 일이었다. 도망친 내 외돛배 선원들처럼 스페인인들로부터 도망칠 수 있었다 해도 상황은 좋지 않았을 것이다. 그들은 야만인들이나, 야만인들보다 더 야만스러운 프랑스인들 사이를 헤매고 다니면서 갖은 고초를 겪으며 훨씬 더 열악한 상황에 직면해 있을지도 몰랐다. 그들이 캐롤라이나 남서부에 이를 때까지, 야만인들이나 프랑스인들이 그들을 구조해주거나 먹을 것을 제공하기는커녕 오히려 약탈하고 발가벗겼을지도 몰랐다. 아마 그들이 한 모험만 가지고도 책 한 권은 쓸 만한 가치가 있었을 것이다. 그러니 그들이 겪었을지 모르는 그 모든 고생과 고초를 생각하면 내게는 인내심을 갖고 지금의 상황을 받아들이고 만족하고 감사하는 마음을 가져야 할 충분한 이유가 있었다.

앞서 말했듯이 내 후견인 스페인 상인은 나를 군주처럼 대접해주었다. 그는 내 안전을 초미의 관심사로 삼았다. 그는 내 외돛배가 나포되어 베라크루스로 끌려갔을지 모른다고 예상되던 기간 동안 나를 숲속의 조그만 집에 은신시켰다. 그가 매년 스페인 본토 친지들에게 몇 마리씩 선물로 보내는 각종 미국산 토종 새들을 키우는 새 사육장이 딸린 집이었다.

혹시 외돛배가 나포되어 베라크루스로 끌려가서 선원들이 포로가 되었다면 그들은 내가 화주(貨主)나 무역상이라고 발설하고 싶은 유혹을 느꼈을지 모를 일이었다. 그러니 숲속 은신처는 내게 꼭 필요한 곳이었다. 그 은신처로 내 스물 한 개의 짐짝들도 옮겨졌다. 내 후견인 상인은 그 짐짝들에 대해서 확실한 조치를 취했다. 모든 짐짝들은 개봉되어 속의 물품들이 밖으로 꺼내졌고, 분류되었고, 갤리언선에 운반되어 온 다른 유럽산 물품들과 합쳐졌고, 여러 개의 꾸러미들로 재포장되었다. 그 꾸러미들 중 일부는 멕시코의 어느 상인에게 보내졌고 다른 일부는 다른 상인에게 보내졌다. 이제 외돛배를 추격하던 스페인인들이 화물 짐짝들에 관한 정보를 알아냈다 하더라도 그것들을 찾아내는 일은 불가능했다.

나는 외돛배에 관해 나쁜 소식이 전해질지도 모른다는 불안감에 싸인 채 그들이 숲속 집이라고 부르는 은신처 빌라에 5주가량을 머물렀다. 내게는 흑인 하인 두 명이 붙어 시중을 들었다. 한 명은 음식 조리 담당이었고 다른 한 명은 개인 몸종이었다. 모든 일을 관리해주던 친구 상인은 매일 저녁 나를 찾아와 나와 함께 저녁을 먹었다. 우리는 그때마다 함께 새 사육장으로 산책을 나갔다. 특이했던 그 사육장은 내가 세상에서 본 가장 아름다운 새 사육장이었다.

그런 식으로 은둔 생활을 하고 있던 중, 마침내 그가 외돛배에 관한 희소식을 들고 왔다. 목격자들에 의하면 내 외돛배가 프리깃 범선 두 척과 사략선 외돛배 한 척의 거센 추격을 받다가 펜사콜라 요새 인근의 강어귀에 이르렀고, 그곳에서 파도의 힘에 밀려 좌초되는 바람에 선원들이 보트들을 나눠 타고 뿔뿔이 흩어져 도망쳤다는 소식이었다. 목격자들이 전한 이 소식은 프리깃 범선들이 베라크루스에 보고한 내용, 즉 내 친구 상인이 직접 가서 알아본 내용과 일치했다. 그는 목격자들이 전한 소식이 프리깃 범선 선장으로부터 직접 들은 내용이라고 말했다.

나는 화물들은 모두 무사히 확보하고 선원들은 모두 스페인인들에게 붙잡히는 상황보다, 대부분의 화물들과 외돛배는 잃었지만 강기슭에 상륙한 선원들이 무사히 도망친 상황이 훨씬 더 마음에 들었다. 그제야 내 안전이 확실해진 셈이었기 때문이다. 만약 선원들이 붙잡혀 어쩔 수 없이 내 정체를 발설할 수밖에 없는 상황이 벌어졌다면 나는 틀림없이 도망을 쳐야 했을 것이다. 하지만 내 친구 상인들이 나를 위해 할 수 있는 모든 일을 다 해준다 해도 쉽게 도망칠 수는 없었을 것이다.

나는 이제 지극히 마음이 편해졌다. 나를 숲속 은신처에 숨기는 일이 더 이상 불필요하다고 생각한 내 친구 상인은 나를 최근에 스페인에서 멕시코에 도착한 갤리언선을 타고 왔다가 자기를 방문하러 온 무역상이라고 공개적으로 소개하며 당당히 자기 집으로 데려갔다.

나는 그의 집에서 부유한 스페인 상인처럼 옷을 차려입고 지냈다. 나는 흑인 하인 세 명의 시중을 받았고, 호칭도 카스티야 베야, 즉 구(舊) 카스티야 지방의 빌라 모레사 저택에 사는 돈 페르디난드 씨라고 불렸다.

나는 그곳에서 산책을 하거나, 숲속 승마를 나가거나, 다시 집으로 돌아와 세상에서 가장 즐겁고 유쾌한 은거 생활을 만끽하며 사는 일 말고는 특별히 할 일 없이 살았다. 분명히 말하지만 그곳 상인들처럼 막대한 부를 누리며 호사스럽게 사는 사람들은 세상 그 누구도 없었다.

앞서 말했듯이 그들은 인디고 염료나 설탕을 만드는 자신들의 빌라(우리가 부르는 이름으로는 농장이고 그들이 부르는 이름으로는 제당소다)에서 유유자적한 시골 생활을 즐겼다. 그러나 그들은 베라크루스에 본가와 창고들이 있어서 1년에 두 차례 정도 스페인에서 갤리언선이 도착하거나 그 갤리언선이 귀환을 위해 출항할 때 그곳들을 다녀왔다. 그들과 함께 베라크루스를 방문했을 때, 나는 스페인 본토 거래처 탁송인들이 보내온 어마어마한 분량의 탁송 화물들을 그들이 얼마나 신속하게 처리하는지 목격하고 깜짝 놀랐다. 유럽산 물품들로 가득 찬 용기들과 꾸러미들이 들어 있는 대형 화물 짐짝들은 창고로 운반되자마자 즉시 개봉되었고, 짐꾼들과 포장인들, 즉 흑인들과 인디언 하인들에 의해 재포장되었고, 이어서 다른 새 짐짝들에 넣어졌고, 짐짝별로 말에 실려 멕시코로 운반되었고, 최종적으로 그곳의 많은 상인들에게 배송되었다. 남은 짐짝들은 베라크루스에서 30마일쯤 떨어진 그들의 제당소로 운반되었다. 그렇게 해서 대략 20일쯤이면 베라크루스에 있는 그들의 창고는 다시 텅 비고 그곳에서의 그들의 업무는 끝이 났고 하인들은 모두 물러났다. 베라크루스의 공기가 그다지 좋은 편이 아니어서 그들은 꼭 필요한 때가 아니면 그곳에 그리 오래 머무르지 않았다.

나는 멕시코로 화물들이 배송되면 수령한 멕시코 상인들이 신속하고 정확하게 물품 대금을 보내올뿐더러, 그 결제를 모두 은화나 금괴로 하는 것을 보고 다시 한 번 놀랐다. 내 친구 상인들의 창고는 불과 몇 달 만에 온통 에이트 은화와 금괴들로 천장까지 가득 차곤 했다.

이 모든 일들이 얼마나 정확하고 질서정연하게 이루어지는지, 그러면서도 조금의 혼동도 없이 얼마나 여유 있게 이루어지는지, 또 그토록 중요한 일이 얼마나 신속하게 협상되고 체결되는지, 화물 포장과 송장 작성, 배송이 얼마나 신속하게 처리되는지 자세히 설명한다는 것은 이 책의 제한된 지면으로는 불가능할 것이다. 여하튼 갤리언선을 통해 유럽으로부터 운송된 화물들은 대략 5주쯤이면 모두 처리되었으며, 배송받은 개별 상인들의 결제를 위해 그 모든 내용이 장부에 기입되었다. 그들은 송장 작성과 거래처 상인들이 읽고 서명할 서류 발송을 전담하는 장부 관리인을 따로 두기도 했다. 그들은 원본 서류 외에 장부에 따로 사본도 작성해 두었다.

상인들이 갤리언 선단을 통해 받은 탁송 화물들의 총 가치가 얼마나 되는지 나는 추산조차 할 수 없다. 그러나 내 기억으로는 갤리언선들이 돌아갈 때 은화 130만 에이트, 코코닐 염료가 담긴 180개의 짐짝들, 인디고 염료가 담긴 3백 개의 짐짝들을 싣고 갔던 것 같다. 그러나 내 친구 상인들은 겸손하게 그저 그 화물들은 자신들을 위한 것이기도 하지만 멕시코 상인들을 위한 것이라고 말했다. 말하자면 자신들은 멕시코 상인들이 거액의 은화를 주고 주문한 물품들을 보내는 것일 뿐이라는 것이었다. 그러나 나는 그들이 말은 그렇게 했어도, 이 사업을 통해 막대한 수수료와 이익을 챙겼다는 걸 안다.

베라크루스에 함께 다녀온 뒤, 우리는 내가 뭍으로 가져온 21개의 짐짝에 들어 있던 물품들을 다시 정리하고 정산하기 시작했다. 짐짝들 속 모든 물품들의 가치를 가장 최근의 시장 가격으로 책정해보니 총 물품 대금이 은화 8,570에이트에 달했다. 내 친구(이젠 마땅히 그렇게 불러야 할 것이다)는 그 모든 대금을 현금으로 지불했고 하인들을 시켜 그 돈을 내 방 한쪽 구석에 쌓아놓게 했다. 모든 상황을 고려해볼 때 나는 이제 정말로 부자였다.

가져온 짐짝들 중에 버지니아에서부터 일부러 마련하여 가져온 짐짝 하나가 있었다. 영국에 물품 주문을 할 때 따로 챙겨 보내라고 부탁했던 물품들이 들어 있는 짐짝이었다. 짐짝 안에는 영국산 최고급 소모사 양복지, 실크, 실크 양모 천, 다양한 최상품 직물들, 네덜란드산 최상품 옷감 등이 들어 있었다. 짐짝 스물 한 개를 부랴부랴 뭍으로 나를 때 정신없이 다급한 상황이었는데도 나는 이 짐짝을 챙기는 일만은 잊지 않았다. 나는 다른 짐짝들을 개봉하여 팔 때, 내가 입고 쓸 생필품이 들어 있으니 이 짐짝은 개봉하지 말라고 당부했었다. 그들은 내 부탁을 들어주었고 그 짐짝은 내 방으로 옮겨졌다.

짐짝 안에는 내 지시대로 각종 선물들을 분류해서 넣을 공간을 확보하고 상황에 따라 균등하게 분류하기 위해 꾸린 작은 소형 짐짝들이 들어 있었다. 이 작은 짐짝들의 가치는 상당했다. 내 계산으로는 전체 짐짝들의 가치가 거의 영국 화폐 2백 파운드어치에 달했다. 당시의 내 상황을 고려할 때 후한 인심을 쓰며 선물을 하기에는 제약이 있었지만 그래도 나는 친절하고 너그러운 내 스페인 친구 상인에게 그 작은 짐짝들 중에서 두 개를 선물했다. 나는 그것들을 개봉해서 안의 내용물들을 모두 합친 뒤 한꺼번에 선물했다. 은인과도 같은 그가 베풀어 준 은혜에 대해 그런 식의 보은보다 더 좋은 보은은 없다고 생각했다. 두 짐짝들의 물품들을 합친 내용은 다음과 같았다.

런던에서 구할 수 있는 최고급 영국산 소모사 양복지 두 필. 아바나 사령관에게 준 것과 같은 주홍색 양복지 원단. 엷은 혼합색 양복지. 검정색 고급 양복지.

영국 옷감 척도로 1엘(약 45인치)당 7파운드 8실링 하는 네덜란드산 최고급 옷감 네 필.

남성용 실크 양모 천과 코르덴 양복지 열두 필.

광폭 실크 여섯 필(다마스크 천 두 필. 문직(紋織) 실크 두 필. 여성용 겉옷 옷감 두 필).

리본 한 상자. 레이스 한 상자(영국 화폐로 40파운드어치).

사실 나는 이 값나가는 작은 짐짝 두 개를 미리 내 방에서 개봉하여 그 내용물을 합쳐 두고 었었다. 어느 날 아침 평소처럼 함께 초콜릿을 마시자는 구실을 대며 그를 위층 내 방으로 데려갔다. 나는 즐겁게 초콜릿을 마시던 중 그에게 돈을 받고 짐짝들을 팔긴 했지만 사실 나는 그걸 팔 자격이 없는 사람이라고 말했다. 나는 짐짝들 모두를 그에게 공짜로 주어 그의 발 앞에 놓아두어야 했다고 말했다. 또 그 짐짝들을 건질 수 있었던 건 모두 그의 조언을 따른 덕분이라고 말했다.

그는 얼굴 가득 우정 어린 미소를 지으며 내게 짐짝 대금을 지불하지 않았다면, 그건 난파선을 약탈하는 일만큼의 악행이며 나아가 병원을 강탈하는 일보다 더 나쁜 악행이라고 말했다.

나는 그에게 두 가지 청이 있으니 절대로 거절하지 말아달라고 부탁했다. 우선 나는 그에게 줄 작은 선물이 있는데 꼭 받아야 하며, 거절해서는 안 되는 이유를 대라면 대겠다고 말했다. 두 번째 청은 첫 번째 청이 받아들여지면 하겠다고 말했다. 그는 내가 불행한 재난을 당한 처지가 아니었다면 어떤 선물도 기꺼이 받았을 테지만, 내 처지가 그런데 선물을 받는 건 매정한 일이라고 말했다. 그러나 나는 그가 선물을 받아야 하는 이유에 대해 들어보라면서, 그 선물은 버지니아를 떠날 때부터 나와 내 아내가 그를 위해 특별히 장만한 선물이며 따라서 짐짝 위에 그의 이름까지 새겨져 있다고 말했다. 나는 그의 이름이 실제로 새겨진 짐짝을 보여주었다. 짐짝 한곳에 정말로 그의 이름이 새겨져 있었다. 간단히 말하겠다. 나는 그에게 선물을 받으라고 졸랐고 결국 그는 내게 예를 표했다. 나는 더 이상 말을 하지 않고 내 흑인 하인, 즉 시중을 드는 몸종 하인을 시켜 상자 두 개를 뺀 모든 선물들을 그의 방에 가져다 놓게 했다. 그러나 선물들이 모두 옮겨질 때까지 그가 그 내용을 못 보게 했다.

그가 자기 방으로 돌아가고 15분쯤 지났을 때였다. 그가 제정신이 나간 듯 욕설에 가까운 큰소리를 내며 매우 흥분한 모습으로 내 방으로 뛰어들어왔다. 나는 그가 기뻐서 어쩔 줄 모르고 있다는 걸 쉽게 알 수 있었다. 그는 짐짝 안에 든 내용물을 알았다면 결코 자기 방으로 옮기도록 허락하지 않았을 것이라고 말했다. 그는 아바나 사령관이 했던 것과 똑같은 겸사, 즉 그런 선물은 자기 같은 사람이 아니라 멕시코 총독님께나 어울리는 선물이라고 겸손하게 말했다.

겸사를 하고 나서 그는 내가 첫 번째 청이 받아들여질 때까지 두 번째 청은 말하지 않겠다고 한 걸 기억했다. 그는 그 두 번째 청이 무엇인지 말해달라고 했다. 그래야 자기도 내가 갚은 은혜를 동등하게 갚을 수 있다는 것이었다.

나는 그에게 스페인에서는 낯선 이방인이 숙녀분들께 선물하는 일이 예의에 어긋나는 관습이라는 사실을 잘 안다고 말했다. 하지만 나는 그런 관습에도 불구하고 그분들께 꼭 필요한 물건들이라고 생각되는 선물을 드리겠다면, 그가 선물을 허락할 것을 의심하지 않는다고 말했다. 그러나 나는 비록 그렇더라도 내 아내가 숙녀분들께 전하라고 손수 싸준 작은 상자 두 개를 내가 직접 그분들께 전할 수는 없으니 부디 그가 전해주기를 바란다고 청했다. 나는 그게 내 두 번째 청이자 아내의 청이었다고 말하면서, 나는 그저 심부름꾼에 불과하니 내 임무를 실행하지 못하면 아내로부터 무능한 남편 취급을 당할 것이라고 말했다.

두 상자 안에는 리본과 레이스가 들어 있었다. 사실 그것들은 스페인 숙녀들의 섬세한 취향, 자신의 여자들에 대한 스페인 남자들의 까다로운 태도를 미리 알고 있던 내가 아내를 시켜 일부러 준비하게 한 선물이었다. 그리고 이 상자들을 넣은 짐짝에 아내의 자필로 그의 이름을 새겨놓으라고 시킨 것도 나였다.

그는 미소를 지으며 내 말이 사실이라고 말했다. 스페인 남자들은 다른 나라 남자들과 달리 여자들에게 그다지 많은 자유를 허용하지 않는다는 것이었다. 그러나 그는 스페인 남자들이 자기 여자들의 품행이 단정하지 않다고 여긴다거나, 부인에 대해 질투심을 갖고 있다고 생각하지는 말아달라고 말했다. 그리고 그는 내 선물에 대해서는, 어차피 받기로 했으니 자기 아내든 딸이든(그는 세 딸이 있었다) 어느 쪽이든 내가 원하는 쪽에 선물을 보내라고 지시하겠다고 말했다.

나는 다시 한 번 최대한 예의를 갖추며 내가 그런 말을 하는 일은 결코 없을 것이라고 말했다. 나는 그저 그의 손으로 직접 그의 '도나', 즉 부인에게 버지니아에 있는 내 아내가 준비한 선물을 그녀의 이름으로 전달해달라고만 부탁했다. 그는 내 세심한 배려에 흡족해했다. 나는 그가 선물을 부인에게 건네는 걸 보았다. 그의 부인은 선물을 받고 기뻐서 어쩔 줄 몰라했는데 그도 그럴 것이 그 나라에서는 그런 선물이 엄청난 금액의 가치에 해당하는 선물이었다.

그들 가족이 내게 베풀어준 대접은 흔치 않은 우정에서 우러난 대접이었다. 그리고 내가 값비싼 선물을 통해 그 대접에 대한 감사의 마음을 전했다는 것을 온 가족이 잘 알고 있었다. 그러니 내 경우를 통해 다음 사실을 인정하지 않을 수 없다. 선물이란 그걸 주기 전이건 후이건 주고받는 당사자들이 금전 문제로 얽혀 있지만 않다면 상대방에게 영향을 미치지 않을 수 없다는 것이다.

비록 타향살이긴 했지만 나는 더없이 행복하고 안락한 은둔 생활을 했다. 그리고 그곳에서 쾌적하고 유쾌하게 살며 내가 생각할 수 있는 온갖 일들을 즐겼다. 물론 귀향의 자유만은 예외였다. 그러니 귀향이 그때 내가 세상에서 바랐던 유일한 일이었을 것이다. 종종 한 가지 결핍된 안락으로 인한 슬픔이 다른 모든 세상의 낙들을 손상시킬 때도 있다.

그곳에서 나는 전에는 그 사용법을 제대로 몰랐던 특별한 시간들을 즐기며 살았다. 그곳에서 나는 오랜 세월 동안 허비하며 살아온 내 인생에 대해, 끊임없이 내게 유리한 은총으로만 가득 찼었기에 지금까지 유용하게 살아보겠다고 마음먹은 적이 한 번도 없었던 내 인생에 대해, 돌아보는 법을 배우게 되었다. 그리고 그곳에서 나는 진솔한 반성과 사색이 인간의 삶에서 최고의 행복이라는 사실을 깨달았다.

바로 그곳에서 나는 내 인생을 되돌아보는 이 회고록을 썼다. 나는 특히 이 작업을 극심한 통풍 발작 덕분에 할 수 있었다. 모든 사람들이 인정하듯이 통풍이라는 질병은 환자에게 진솔한 반성과 사색의 기회를 주고, 인생을 되돌아보는 즐거움을 주고, 머릿속을 정화시켜 새록새록 추억을 되살려주고, 과거의 인생 행로에 대해 최대한 정당하고 유용하게 말할 수 있게 해주는 장점을 지닌 질병이다.

이 책을 쓸 당시에 나는 개인의 인생 역정을 다루는 회고록이 영국에서 그토록 유행하고, 독자들에게 그토록 재미나게 읽힐 것이라고 예측하지 못했었다. 나중에서야 나는 시대적인 관습과 시대정신이 그런 유행을 만들어냈다는 걸 알았다. 만약 내 이야기를 읽는 누군가가 진솔한 반성과 사색을 하게 된다면(나는 의당 그래야 했다고 인정한다), 그는 내가 겪었던 불행으로부터 내가 수확했던 것보다 더 많은 이익을 수확할 수 있을 것이다. 어떤 인생 이야기이든 간에 그 안에, 오랜 세월에 걸쳐 인생이라는 좁은 범위 안에서 이어진 변화들과 인생 역전들을 통해 저자가 도덕적, 종교적 회심과 반성을 했다는 내용이 등장한다면, 그 이야기가 독자들에게 여러 측면에서 유용한 교훈이 되리라는 것은 자명한 사실이다.

불행했던 내 인생 역정에도 수많은 일들이 일어났었다. 나는 자세하고 분명하게 이야기할 만한 가치가 있고 아울러 진솔한 반성의 여지를 제공할 수 있는 내용은(과연 내가 그런 진솔한 반성을 진심으로 했는지는 의문이지만) 거의 남겨놓지 않았다. 나는 특히 이 말은 꼭 덧붙이는 게 옳다고 생각한다. 내 인생에 일어났던 다양한 변화들과 인생 역전 사례들을 회고하는 과정에서 나는 예전 그 어느 때보다도 더 확실하게 세상만사를 관장하는 보이지 않는 권능과 하늘의 영향을 받는 손길이 우리의 모든 행위를 지배하고, 우리의 모든 계획에 제약을 가하고, 우리와 관련된 모든 사건을 명령하고 있다는 사실을 확실히 깨달았다.

그리고 그런 사실을 깨닫게 되자 내게는 필연적으로 이런 생각도 떠올랐다. 바로 그런 손길을 지니신 분께 모든 세상사와 관련하여 경의를 표하는 일이 얼마나 정당한 일이냐는 것이다. 그리고 그분께서 당신의 뜻에 따라온 삼라만상이 겸손하게 복종하는 인과 관계의 연쇄를 만들어나가고 계시니, 우리

인간이 모든 세상사의 영광과 모든 인과 관계의 영광을 제1동인(動因)이시자 만물의 창조자이신 그분께 돌리는 일이 얼마나 정당한 일이냐는 것이다.

진심으로 하는 말이지만 나는 그때까지 하나님의 존재를 모르고 세상을 살아 왔었다. 그랬던 내가 이제 그때까지 할 수 있었던 것보다 훨씬 더 깊게 모든 일들의 이면을 들여다보기 시작했다. 이런 생각이 들자 부끄러운 마음이 들어 얼굴이 붉어지기도 했다. 그리고 이런 자각은 그동안 세상살이를 하며 내가 밟아왔던 부도덕한 인생 행로를 돌아보게도 만들었다. 나는 사실 종교적 지식이나 도덕적 지식 같은 것은 거의 모르고 살아온 사람이었다. 그 두 지식에 대해 내가 조금이라도 눈을 떴던 시기는 스코틀랜드에서 잠깐 시민으로 살았던 때가 처음이었다. 나는 그곳에서 잭 대위의 사악한 삶을 보고 처음으로 혐오감을 느꼈다. 또한 함께 어울렸던 종교적 심성을 지닌 몇몇 착한 친구들이 내게 선악에 대해 약간의 지식을 제공했고, 신실한 종교적 삶이 지닌 아름다움을 보여주었었다. 그러나 그 나라를 떠나면서 그 짧은 지식은 내게서 곧바로 사라졌다. 두 번째로 내게 그런 지식이 주어졌던 때는 훌륭한 도덕 원칙과 진지한 종교적 심성의 소유자로서, 자신의 지난 과오에 대해 내 앞에서 진솔하게 회개했던, 내가 내 선생이라고 불렀던 농장 관리인의 겸손한 고백과 진실한 사색을 통해 가르침을 받던 때였다. 아아! 그와 계속 함께 살면서 내 지난 과거를 진지하게 회개할 수 있었더라면, 나는 그 이후 24년이라는 긴 세월을 경거망동하며 방탕하고 부도덕하게 살지 않았을 것이다.

나는 그곳 베라크루스에서 살게 되어서야 비로소 내 지난 과거를 떠올리며 반성과 사색과 회개를 할 시간적 여유를 갖게 되었다. 나는 그곳에서 성경 속 욥이 말했던 것처럼 "티끌과 잿더미에 앉아 뉘우치는 법"을 알게 되었다.

나는 그 같은 심적인 상태로 이 회고록을 썼다. 나는 내 이야기를 읽고 싶은 모든 독자분들께서도 그런 회개의 마음을 갖고 읽을 준비를 하시기를 바란다. 그리고 독자분들께서 내 아내나 내 선생처럼 유형수 신분으로 고통을 겪는 처지라거나, 내 외돛배 선장처럼 난파당한 유랑자가 되어 비참한 고난과 불행을 겪는 처지가 아니라, 자신의 편안한 집에서 평온하고 안락한 마음으로 이 이야기를 읽으시기를 바란다. 그 과정에서 독자분들께서 자비로우신 하나님의 섭리를 깨닫고 회개와 반성을 하게 된다면, 그게 얼마나 유익한 일인지도 기억하시기를 바란다. 내가 들은 바에 의하면 외돛배 선장은 황량한 미개지 벌판과 숲속을 헤매고 다니며 온갖 고초를 겪은 끝에 간신히 캐롤라이나를 경유하여 고향인 버지니아로 돌아가는 길을 찾게 되었으며, 고향에서 크게 뉘우친 회개자로 변하여 죽었다고 한다. 아마 외돛배의 다른 선원들 역시 끝없이 이어진 위험과 고초를 겪은 뒤 고향으로 돌아갔거나, 아니면 나처럼 가족과 떨어져 타향살이를 해야 하는 처지에 빠졌을 것이다. 만약 그런 경우라면 상황이 아무리 좋다 해도 그들 역시 가족을 못 만나는 절망적인 타향살이를 하고 있는 것이다.

바로 그런 처지에 빠져 있는 '내'가 말한다. "부디 그들도 은혜를 받고 회개하기를!" 그러나 사방팔방이 온통 장벽으로 둘러싸여 밖을 내다볼 수 있는 방법이 단 하나도 없는 처지에 놓여 있을 때 과연 진지하게 세상사 모든 일들의 이면을 들여다볼 수 있는 사람들이 얼마나 있겠는가!

거듭 말하지만 나는 그곳에서 진실한 회개의 시간을 가졌다. 사실 나는 회개의 기회가 주어진 곳에서 회개자에게 은총을 베푸시는 일이 하나님을 얼마나 기쁘게 하는 일인지 말할 수 있는 입장이 아니다. 다만 나는 내 이야기를 읽는 독자분들께서 혹시 자신들의 인생이 내 경우와 조금이라도 비슷하다는 생각이 드신다면, 내 경우에 견주어 이렇게 자문해보시라고 권하는 것만으로 충분하다. '지금 당장이 회개해야 할 때가 아닐까?' 아마 이 질문에 대한 대답이 독자분들의 마음을 찌를지도 모르겠다.

이제 당시에 썼던 내용에 다음 내용을 추가할 일만 남았다. 내 친절한 스페인 상인 친구들은 나를 고향 버지니아로 돌려보낼 방법이 도무지 안 생기는 걸 알고는, 나를 스페인 무역상으로 위장시켜 다음번 갤리언선에 태워 카디즈로 보내는 방법을 강구해냈다. 그들은 내게 그곳으로 가는 승선 허가증을 구해주었다. 나는 내 모든 재산을 소지하고(내 친구 상인은 자기 집에서 묵은 체류비는 한 푼도 받으려고 하지 않았다) 무사히 카디즈에 도착했다. 그리고 곧바로 영국 상선을 타고 그곳에서 런던으로 떠났다. 나는 런던에 도착하자마자 내가 그동안 겪었던 일들에 관한 소식을 아내에게 전했다. 그로부터 다섯 달쯤 지난 후, 아내가 런던으로 왔다. 물론 버지니아의 농장 사업은 예전처럼 만족스럽게, 변함없이 충직한 내 선생 농장 관리인과 하인들 손에 맡겨 놓고 온 것이었다.

작품 해설

1

《잭 대령*Colonel Jack*》은 《로빈슨 크루소》의 저자로 유명한 대니얼 디포Daniel Defoe가 작가로서 가장 왕성한 작품 활동을 하던 1722년에 쓴 작품이다. 이해에 디포는 자신의 다른 대표작들인 《몰 플랜더스*Moll Flanders*》와 《전염병이 돌던 해의 일지*A Journal of the Plague Year*》 등도 집필하여 큰 성공을 거두었다. 《잭 대령》 역시 출간되자마자 큰 성공을 거두었으며, 1723년에 재판이 나오고 1728년에는 3판까지 나왔다. 이후로도 이 작품은 많은 독자들로부터 큰 인기를 끌었다. 〈굴뚝 청소부〉라는 수필로 유명한 영국의 수필가 찰스 램은 이 작품의 초반에 나오는 잭의 어린 시절 묘사를 극찬하기도 했다.

작품의 주된 구조는 떠돌이 고아나 군인 같은 주인공이 세상을 돌아다니면서 온갖 고생을 하다가 세상 물정을 깨닫고 성공하게 된다는, 17세기와 18세기에 유행한 '악한 소설picaresque novel'이 그 기반이다. 이 유형의 소설에서는 주인공의 다양한 모험이 중요하며 이야기의 유기적인 구조는 그다지 중요하지 않다. 특별한 인과관계 없는 에피소드(삽화)식 소재들이 나열되어 있을 뿐이다. 이 작품도 마찬가지다. 주인공 잭은 런던의 고아에서 소매치기로, 노상강도로, 군인으로, 버지니아의 식민지 노예로, 농장주로, 밀무역 업자로 변신을 거듭하며 파란만장한 생애를 이어나간다. 그는 결국 타고난 선한 품성과 근면함, 부와 지위를 향한 욕구 등을 통해 성공한다. 잭의 이런 자질들은 중산층 출신이자 개신교도였던 저자가 작품 속에 구현하고자 노력했던 가치들이다.

2

이 작품은 잭의 인생 과정을 놓고 볼 때 편의상 4부로 나누어지며(저자가 실제로 4부로 나누어 쓴 건 아니다) 각 부분마다 상이한 주제들이 부각된다.

1부에서는 잭의 고된 어린 시절 이야기가 다루어지고, 2부에서는 인신매매를 당한 잭이 버지니아로 팔려가서 고생 끝에 면천되고 농장주로 성공하는 이야기가 다루어진다. 3부에서는 교역 항해에 나선 잭이 우여곡절 끝에 군인이 되어 스페인 왕위 계승전과 '재커바이트' 반란 사건에 참전하는 이야기와, 그 와중에 하는 네 차례의 결혼 이야기가 다루어진다. 4부에서는 버지니아로 돌아온 잭이 이혼한 첫 부인과 재회하고, 영국의 반란 사건에 참가했던 일이 발각될까봐 두려워서 서인도제도로 도망쳤다가 밀무역상으로 변신하여 아바나와 베라크루스에서 큰돈을 번 이야기가 다루어진다.

1부는 앞서 말했듯이 고아인 잭의 어린 시절을 주로 다룬다. 지체 높은 장교의 사생아였지만 엄마가 죄를 짓고 감옥에 갇혀 있었던 까닭에 감옥에서 태어난 된 잭은 보모의 손에 맡겨져 같은 잭이라는 이름의 두 소년과 어린 시절을 함께 보낸다. 보모가 세상을 떠나자 이들은 부랑아 생활을 하며 고생을 겪고 소매치기, 절도범, 노상강도로 변신한다. 결국 범죄 행각이 들통난 동료 때문에 잭은 그 동료와 함께 스코틀랜드로 도망치고 그곳에서 인신매매를 당하여 버지니아의 농장으로 팔려간다.

이 부분의 주제는 두 가지이다. 우선 못 먹고 헐벗고 살았던 당시 하층민들의 생활상에 대한 고발이다. 유리 공장 석탄재 위를 뒹굴며 사는 잭 일행의 삶을 통해 당시의 하층민들과 고아들의 힘든 삶이 생생히 묘사된다. 이런 내용은 역시 고아가 주인공으로 등장하는 찰스 디킨스의《올리버 트위스트》의 사회 고발적 내용과 매우 흡사하다. 고아 이외에도 소매치기, 절도범, 노상강도, 매춘부 같은 하층 계급 인물들이 디포의 작품에 나오는 단골 주인공이며, 모두 저자의 의도를 반영하는 인물들이다.

잭의 일생을 지배하는 주요 행동 동기인 신분 상승 욕구 또한 이 첫 부분에서 중요하게 다루어지며 작품 전체를 지배하는 주제로 작용한다. 험난했던 어린 시절부터 잭의 소원은 신사gentleman가 되어 상류 계층gentility으로 신분이 상승하는 것이었다. 그는 신사의 필수 덕목인 선한 심성과 양심을 타고난 인물이며, 그의 이야기는 사실상 신사의 지위에 도달하려는 그의 분투를 기록한 글이라고 할 수 있다. 신분 상승 욕구는 시종일관 그의 행동을 지배하는 동인으로 작용하며, 결국 그를 성공한 버지니아 농장주, 프랑스 신사, 스페인 장교, 아바나와 베라크루스의 밀무역상이 되게 한다.

잭의 이야기는 신사가 되고 싶다는 어린 시절부터의 강력한 욕구를 지닌 잭이, 모진 세상 경험을 하며 성공한 신사로 거듭나는 성장소설이라고 말할 수 있다. 공식적인 교육을 받은 바 없지만 그는 이런 동기하에 다양한 인생 체험을 하며 인간으로서의 기본적인 소양과 도덕 원칙을 자각한다. 이 작품을 일종의 교양소설bildungsroman로 읽을 수 있다는 얘기다. 버지니아 버즈올Virginia Birdsall 같은 평자는 잭이 비루한 고아 신분에서 성공한 농장주와 무역상으로 성공하는 서사 구조를 지적하며, 잭을 동화 '개구리 왕자' 속 주인공 같은 "남자 신데렐라"라고 지칭하기도 한다. 신데렐라Cinderella의 어원상 의미가 '재cinder 투성이 소녀'이고, 잭이 어린 시절 유리 공장 '석탄재' 위를 뒹굴며 살았다는 사실을 감안하면 무척 흥미로운 해석이다.

신분 상승 주제는 18세기 당시의 잭이라는 이름의 의미를 살펴봐도 드러난다. 옥스퍼드 영어 사전에 의하면 잭Jack이라는 이름의 당시의 의미는 '평범한 남자 이름 / 평범한 남자 아이 / 천한 집안 출신의 교양 없는 남자 / 악당' 등이었다. 신사로 신분을 상승시키고자 열망하는 주인공 잭의 애초의 정체를 잘 설명하는 의미다. 게다가 매너 없는 가짜 신사나 벼락출세한 신사를 의미하는 '잭 젠틀맨Jack-gentleman'이라는 합성어도 있었다. 이 단어 역시 잭의 생애를 잘 반영한다. 작품의 본 제목 '흔히 잭 대령이라고 불리는, 존경받는 자크 대령의 놀랍고 파란만장한 생애 이야기'에서 잘 드러나듯이, 잭은 비천한 신분에서 프랑스 신사 자크 대령 같은 품위 있는 신사로 거듭난다. 요컨대 잭의 이야기는 비천한 남자 아이 소매치기 좀도둑 잭Jack에서 벼락부자 농장주 신사Jack-gentleman로, 스페인 왕위 계승전과 영국 반란 사건에 참전한 프랑스 장교와 스페인 신사gentleman officer로, 신사 남편감으로, 그리고 밀무역 업자trader-gentleman로 신분 상승한 주인공의 성공담이다.

3

작품의 두 번째 부분은 버지니아의 농장 노예로 팔려간 잭이 고초를 겪다가 농장주의 눈에 들어 그의 후의로 자유를 얻고, 자기 소유의 농장을 경영하며 부를 쌓아나가는 이야기가 주축을 이룬다. 이런 내용은 디포의 다른 대표작 《로빈슨 크루소》의 내용을 강력히 반영한다. 담배나 사탕수수를 재배하는 미국과 중남미 식민지의 농장 생활이 생생히 묘사되며, 특히 노예 신분에서 중간 관리자로 승진한 잭이 흑인 노예 '무차'를 대하는 장면은 로빈슨 크루소와 원주민 프라이데이의 관계를 연상시킨다. 영국인들의 제국주의적 시각이 드러나는 장면이다. 그러나 제국주의에 대한 고발은 저자의 주 의도가 아니다. 저자의 의도는 후반부에 나오는 쿠바와 멕시코에서의 밀무역 활동 부분의 주제와 연결된다. 즉 이 작품의 또 다른 핵심 주제라 할 수 있는 신세계에서의 농장 경영, 교역, 무역, 모험, 항해 주제와 관련된다.

성공한 농장주라는 상황에 만족하지 않고 교역 활동을 통해 더 많은 재화와 부를 축적하고자 했던 잭의 본능(그가 직접 쓴 표현을 쓰자면 그의 "누를 수 없는 갈망unquenchable thirst"이다)은 당시의 중산층이 지니고 있던 경제적 개인주의에서 비롯된 것이다. 이 성향은 잭 이외에도 로빈슨 크루소, 몰 플랜더스, 싱글턴 대장 같은 디포의 다른 인물들의 기본적인 성향이며, 이언 와트Ian Watt가 《소설의 발생》에서 지적한 "자본주의의 맹아로서의 성공 본능"이다. 잭의 이런 성향의 이면에는 사실 중요한 시대적 배경도 깔려 있다. 현대의 독자들에게는 다소 지루하고 군더더기처럼 느껴지는 이 내용이 동시대의 독자들에게는 크게 어필할 수 있었던 것이다. 물론 이런 배경은 《로빈슨 크루소》에도 적용된다.

18세기 초반의 영국은 버지니아, 메릴랜드 같은 북미 지역 식민지나 자메이카, 쿠바, 멕시코, 브라질 같은 중남미 신세계 지역들과 교역 활동을 활발히 벌이며 영향력을 확대해가던 해상 강국이었다. 그 당시에 그런 교역 활동을 지원하기 위한 목적으로 런던 증권 거래소와 은행, 보험회사들이 설립되었고, 수많은 사업 계획들이 제안되었고, 회사의 설립도 왕성하게 이루어졌다. 1700년 이전의 영국의 식민지는 자메이카와 미국 13개 주에 불과했지만 1713년경에는 지중해와 서인도제도 곳곳과 캐나다로 확산되고 있었다. 이후 동인도 회사 같은 교역 전문 회사가 설립되면서 영국의 해상 교역 활동은 더욱 확대되었으며 수출입 관련 대금 결제와 어음 결제 같은 금융 활동도 활발히 이루어졌다. 《잭 대령》은 이런 시대 상황을 어느 작품보다 생생히 묘사한다. 그리고 이런 세세한 내용은 당시의 독자들, 특히 토지를 기반으로 한 세습 재산이나 가문의 지위 상속 같은 선천적인 수단이 아니라 개인의 노력을 기반으로 사업과 교역을 통해 새로운 부를 창출하려는 열망에 사로잡혀 있던 중산층 독자들의 흥미를 자아냈을 가능성이 높다. 게다가 작품 후반부에 나오는 스페인의 식민지들(쿠바와 멕시코)에서 잭이 벌이는 밀무역 활동은 당시 영국이 세계 해상 교역 활동을 놓고 스페인과 주도권 다툼을 벌이던 상황을 감안하면 독자들의 그런 흥미를 더욱 자극했을 것이다. 물론 잭의 이런 활동 이면에는 앞서 말한 디포의 인물들이 공통적으로 지닌 부와 지위를 향한 본능적 열망이 강력히 자리 잡고 있다.

4

작품의 세 번째 부분에서 길게 묘사되는 네 차례에 걸친 잭의 결혼 생활도 언급할 필요가 있다. 군인이 되어 스페인 왕위 계승전과 재커바이트 반란 사건에 참가했던 시기를 전후하여 잭은 다양한 여성들과의 만남과 이별을 거듭한다. 그런데 그의 부인들은 모두 문제가 있는 여성들이다. 하숙집에서 만난 첫 번째 부인은 사치스럽고 부정한 행실로 잭과 이혼하게 되고, 이탈리아에서 만난 두 번째 부인 역시 품행이 단정하지 못하여 잭에게 버림받는다. 노상의 마차에서 우연히 만난 세 번째 부인 선장 미망인은 정숙한 상류층 숙녀였지만 뜻하지 않은 알코올 중독으로 파멸에 빠지고 죽음을 맞는다. 잭의 마지막

부인은 시골 출신의 평범하고 착한 하층민 여성이지만 병으로 사망한다. 이네 번째 부인 역시 처녀 시절 부정을 저지른 과거가 밝혀진다.

디포가 애써 작품에 넣어 길게 묘사하고 있는, 다소 멜로드라마적인 부정한 부인들과의 결혼 생활 역시 당시의 시대상을 반영한다. 18세기 당시의 영국 사회는 남성 중심적인 가부장적 가치관과 봉건적 제도가 붕괴하기 시작한 변혁기였다. 여성들은 자신들의 권리를 새롭게 주장하기 시작했고, 결혼이나 이혼에 대한 기존의 사고방식에 변화가 일어나기 시작했다. 그와 함께 사회적, 경제적, 도덕적 가치 혼란과 기존의 윤리 덕목과 법률의 변화가 일어나게 된다.

디포는 누구보다 일찍 이런 변화상을 알아차려 남성 작가이면서도 작품들 속에 여성들의 변화된 사고방식과 분방한 생활 방식, 여권 문제, 결혼과 이혼 문제를 심도 있게 고찰했다. 대표적인 주인공들이 몰 플랜더스와 록사나다. 두 여성 주인공 모두 거듭되는 결혼과 이혼, 불륜관계를 이어나가며 그 과정에서 여성이 남성에게 당하던 부당한 대우, 법적 불이익, 로마법에 토대를 둔 부당한 이혼제도, 다중 결혼polygamy과 중혼 제도의 문제점 등을 신랄한 페미니즘(여권주의)적 시각으로 항변한다. 소설가로 데뷔하기 전의 언론 활동이나 집필 활동에서도 디포는 이런 시대상을 예의 주시하며 여러 글을 통해(예를 들면 〈결혼의 부정(不貞)Conjugal Lewdness〉 같은 글이 대표적인 경우다) 이 주제를 다룬 바 있었다. 이런 주제는 당시의 주 독자층이었던 여성들의 관심을 사로잡는 데도 크게 기여했다. 잭은 디포의 어느 주인공보다도 남성적인 주인공이지만, 이런 주인공의 이야기 속에조차 그는 결혼과 남녀 관계, 배우자의 부정, 결혼과 이혼이라는 소재를 빠뜨리지 않았던 것이다. 다만 여성 주인공이 등장하는 앞서의 두 작품이 페미니즘이 강력하게 주조를 이루고 있음에 비해 《잭 대령》은 남성주의적인 시각이 두드러진다. 이런 점에서 이 작품은 《몰 플랜더스》나 《록사나》의 대척점에 서 있는 작품이라고도 말할 수 있을 것이다.

5

끝으로 작품에 몇 차례 등장하는 종교적인 내용도 언급할 만한 가치가 있다. 작가 연보를 통해 알 수 있듯이 디포는 영국 국교회(성공회) 신자가 아니고 중산층이 주로 믿던 개신교 신자였다. 그 까닭에 그는 중산층이 겪던 이중적 사고방식으로 인한 딜레마로 고민하던 작가였다. 다시 말하자면 그는 자신의 사고를 지배하는 두 축, 즉 개인의 영적 각성과 자성을 추구하는 개신교적 사고방식과, 물질주의를 추구하는 신흥 중산층의 경제적 개인주의 사이에서 갈등하며, 그 갈등을 작품 속에 충실히 표현한 작가였다.

디포의 작품들 중에서 이런 영적 각성 지향의 종교적 개인주의와 물질주의 지향의 경제적 개인주의 사이의 갈등이 가장 잘 드러나는 작품이 《로빈슨 크루소》다. 이 작품은 표면적으로 보면 저자처럼 중산층 집안 출신인 주인공 크루소가 세상 구경과 성공을 위해 아버지의 뜻을 저버리고 가출해서 바다로 나갔다가, 배가 난파된 뒤 무인도에서 수십 년간 고초를 겪으며 섬 생활을 하는 모험담이다. 그러나 이면을 좀더 깊이 들여다보면 이 작품은 종교적 의미를 깊이 함축하고 있다. 우선 아버지의 말을 안 듣다가 벌을 받고 고난을 겪는 탕아 이야기나 신의 존재를 부정하다가 고래 뱃속에 들어가는 요나 이야기, 회개한 개인의 영적 자서전spiritual autobiography 모티프가 작품 초반에 등장하며 작가가 의도했던 주제를 암시한다. 이후 섬 생활을 해나가면서 주인공 크루소는 지진, 태풍, 질병을 겪으며 하나님의 존재와 섭리를 깨닫는다. 이후 그의 섬 생활은 그런 자각에 대한 시험과 보상 과정이라고 말할 수 있다. 그런데 크루소는 영적 각성을 해나가는 와중에 끊임없이 그의 내면을 자극하는 물질주의적 욕구로 갈등한다. 그는 신앙생활 못지않게, 아니 그보다 훨씬 더 집요하게 주변 환경을 개척하고 물질을 축적해 나간다. 결국 그 과정에서 그의 종교는 후반부로 갈수록 빛을 잃게 되고 그의 근원적인 욕망, 또는 불안감과 공포감을 해소시켜 주지 못한다. 종교는 그에게 편의에 따라 심리적인 위안을 주는 도구로 바뀔 뿐이다. 작품 말미에서는 종교적 심성이 물질적 성공을 뒷받침하는 보조적인 사고방식으로 전락한다.

영적 각성 지향의 개신교적 개인주의와 물질 지향의 경제적 개인주의 사이의 갈등은 비단 《로빈슨 크루소》뿐만 아니라 디포의 다른 작품들에서도 종종 등장한다. 심지어 매춘부, 정부(情婦), 소매치기 생활을 전전하는 몰 플랜더스의 경우에도 이런 갈등이 엿보인다. 그녀는 부도덕한 생활을 해나가면서도 여러 차례 반성과 회개를 하는 모습을 보인다. 특히 작품 말미에서는 지난 인생을 돌아보며 회개하는 독실한 종교인으로서의 면모를 보이기도 한다. 그러나 그 회개의 시간은 너무나 짧고 내용 또한 너무나 간결하다. 저자가 독자들에게 억지로 교훈을 주기 위해 잠깐 그런 언급을 했다고 느껴질 정도다. 작품 몇 군데에서 등장하는 그녀의 회개성 발언과 종교적 태도 역시 편의적으로 보인다. 문제가 해결되고 상황이 안정되면 그런 태도는 언제 그랬느냐는 듯 사라져버린다.

잭의 종교적 태도 역시 크루소와 몰의 종교적 태도와 흡사한 양상을 보인다. 물론 그는 크루소에는 못 미치지만 몰에 비하면 좀더 종교적이다. 노예 생활에서 벗어나 면천된 후 성공한 농장주로 거듭난 그는 죄를 짓고 그곳으로 유배온 백인 노예(그가 '내 선생'이라고까지 부르며 나중에 농장 관리자가 된다)의 가르침과 도움으로 하나님과 성경의 존재에 눈을 뜬다. 그리고 크루소처럼 자신을 포함한 삼라만상과 세상사를 관장하는 하나님의 섭리를 깨닫는 듯하다. 특히 그는 작품 말미에서 몰 플랜더스와 흡사하게 짧지만 강렬하게 자신의 과거를 돌아보며 하나님의 존재를 자각하게 되었다고 고백한다. 나아가 그는 지난 과오를 진솔하게 회개하고 독자들에게도 그런 반성과 회개를 권유한다. 그러나 그의 경우 역시 그런 반성과 사색의 시간은 몰 플랜더스처럼 느닷없이, 작위적인 교훈성을 지니고 불쑥 등장한다. 사실 그런 종교적인 면모는 계속되는 그의 인생 풍파에 묻혀 이미 사라져버린 지 오래였다. 범죄를 저지르고, 전쟁에 참가하여 용감하게 싸우고, 수차례에 걸쳐 결혼생활에 실패하고, 위험천만한 밀무역 활동에 종사하며 왕성히 활동을 벌일 때, 그 어느 때에도 그의 종교적인 면모는 전혀 보이지 않았다. 심지어 목숨이 경각에 달린 교전 현장에서 그의 입에서는 기도 한마디 나오지 않았다.

그러다 작품의 제일 끝 인생 회고 장면에서 그가 갑자기 진솔한 회개자로 변모하는 것이다. 그 모습이 의아스러울 정도다. 크루소, 잭, 몰 플랜더스의 신앙심과 종교는 앞서 말한 바 있는 저자 디포의 두 가치관의 갈등이나 상충 문제와 무관하지 않다고 말할 수 있다. 또한 이들의 태도는 현대의 신앙인들이 종교를 자신들의 물질적 성공이나 정신적 위안의 도구로 삼고 있는 태도와도 닮아 있다. 요컨대 이들 인물들의 종교적 태도가 오늘날의 기독교 신자들의 잘못된 태도, 즉 주중에는 죄를 저지르다가 주일이 돌아오면 교회에 나가 목사님의 설교를 듣고 그것을 통해 심적인 위로를 받고자 애쓰는 위선적인 속칭 "일요일 기독교 신자Sunday christian"들의 모습과 흡사하다고 말할 수 있을 것이다.

작가 연보

1660 가을. 런던 시 교외 크리플 게이트 교구에서 양초 제조업자 제임스 포와 엘리스 포의 아들로 태어남.

1662 가족이 영국 국교회를 떠나 비국교도가 됨.

1665 가족이 런던 시내로 이주함. 런던에 역병이 크게 돌아 68,000여 명의 시민이 사망함. 이 사건이 그의 《대역병이 돌던 해의 일지*A Journal of the Plague Year*》의 소재가 됨.

1668 어머니가 세상을 떠남.

1672 제임스 피셔 목사가 운영하는 서리 주 도킹 소재 기숙학교에 다님.

1674 뉴잉턴 그린 소재 비국교도 학교 찰스 모턴 학교에 입학(당시 비국교도들에게는 옥스퍼드나 케임브리지 대학교 같은 고급 교육기관 입학이 불허되었음)하여 장로교 목사 수업을 받음. 역사, 외국어, 지리학, 과학, 도덕 철학 같은 다양한 일반 과목들을 배움. 로빈슨 크루소Robinson Crusoe라는 이름의 어원이 된 친구 티모시 크루소Cruso를 만남.

1681 목사가 되려는 생각을 접고 양말, 면직물 도매상을 시작함. 독실한 신앙심과 청교도적인 생활이 《로빈슨 크루소》의 종교적 알레고리 주제에 큰 영향을 미침.

1683 양말 및 면직물 도매상으로 자리 잡음. 사업가로서 다양한 세상 경험을 함.

1684 메리 터플리와 결혼함. 이후 딸 여섯과 아들 둘을 둠.

1688 최초의 팸플릿 〈헤이그의 친구가 어느 비국교도에게 보내는 편지A Letter to a Dissenter from His Friend from Hague〉를 써서 제임스 2세의 종교적 관용이 거짓이라고 주장함.

1690 담배, 목재, 포도주, 위스키, 양말, 면직물 같은 물품들의 운송 및 교역 사업에 투자하기 시작함.

1692 17,000파운드의 빚을 지고 파산함. 파산 원인이 투자했던 무역선의 난파에 기인했다고 생각함. 이 경험이 《로빈슨 크루소》와 《잭 대령*Colonel Jack*》의 경제적 주제와 관련된 소재가 됨.

1694 에섹스 주 틸버리에 벽돌 및 타일 공장을 설립함. 이 경험이 《로빈슨 크루소》 속 도기 제작 장면 소재가 됨.

1695 세무 감독관 돌비 토머스의 회계 사무원이 됨. 돌비 토머스의 주 사업이 아프리카 노예 무역 관련 업무여서, 이 무렵 습득한 관련 지식이 《로빈슨 크루소》와 《잭 대령》에 반영됨. 이 해부터 가문의 품격을 높이려고 성에 '디De'를 붙이기 시작함.

1697 최초의 주요 저술 〈사업론An Essay upon Projects〉을 출간하여 경제, 사회적 발전을 위한 활기찬 새 사업들을 주창함. 윌리엄 3세 정부에 대해 정치와 외교에 대해 은밀하게 자문을 해줌.

1698 윌리엄 3세에게 남미 대륙 해안 영토에 관해 조언을 함. 특히 《로빈슨 크루소》의 배경이 된 오리노코 강 유역에 관해 조언을 함. 해상 교역과 식민지 건설 사업이 그의 주요 관심사가 됨. 이 역시 《로빈슨 크루소》와 《잭 대령》의 주요 소재가 됨.

1701 명예혁명으로 즉위한 네덜란드 출신 국왕 윌리엄 3세를 옹호하는 운문 풍자집 《진정한 순종 영국인*The True-Born Englishman*》을 출간함. 대중적인 명사로 부상함.

1702 설교가 헨리 세치베렐 같은 편협한 국교회 고교회파 토리당원들의 종교적 극단주의를 풍자한 〈비국교도 처리의 지름길The Shortest Way with the Dissenters〉을 퍼소나persona(가면 인물) 수법을 사용하여 출간함.

1703 〈비국교도 처리의 지름길〉로 국교회와 국교회 고위직 성직자 모독죄로 체포 영장이 발부되어 투옥됨. 치욕적인 목 형틀 형벌을 받음. 하원의장이자 국무대신인 로버트 할리의 개입으로 석방됨. 이 일로 재정적으로 다시 곤궁해짐. 토리당 할리 내각과 고돌 핀 내각을 위해 비밀 여론 수집 활동을 함. 특히 영국과 합병한 스코틀랜드 지방의 상황을 알아보는 비밀 요원 활동을 함.

1704 정기 간행물 《리뷰*Review*》지를 창간하여 할리 내각을 옹호하는 언론 활동을 함.

1705 가상의 달나라의 역사와 정치를 묘사한 최초의 장편 알레고리 소설 《콘솔리데이터*Consolidator*》를 출간함.

1709 《대영제국 합병사*The History of the Union of Great Britain*》를 출간함.

1711 〈정당의 역사에 관한 시론An Essay on the History of Parties〉을 써서 과거의 비국교도 탄압 입법 과정을 돌아보고, '임시 국교 순응occasional conformity' 금지 법안을 공격함.

1713 채무로 인해 여러 차례 투옥됨.

1714 앤 여왕이 서거하고 토리당 내각이 실각함.

1715 가상의 대화를 사용하여 가정생활에 필요한 지침들을 다룬 최초의 품행 교본서 《가정의 교사*The Family Instructor*》 1권을 출간함. 자서전 성격이 가미된 《명예와 정의에 바치는 호소*An Appeal to Honour and Justice*》를 출간함. 토리당의 반대당인 휘그당을 위해 활동함.

1718 《가정의 교사》 2권을 출간함.

1719 59세라는 뒤늦은 나이에 최초의 장편소설이자 대표작인 《로빈슨 크루소》(4월)를 출간함. 이어서 속편 《로빈슨 크루소의 더 많은 모험*The Farther Adventures of Robinson Crusoe*》(8월)도 출간함.

1720 소설가로서의 입지를 굳힘. 《어느 기병대원의 회고록*Memoirs of a Cavalier*》, 《싱글턴 대장*Captain Singleton*》, 《로빈슨 크루소의 진지한 명상*Serious Reflections During the Life and Surprising Adventures of Robinson Crusoe*》 등을 출간함.

1721-2 소매치기와 매춘부 생활을 전전하는 여주인공의 파란만장한 이야기를 다룬 피카레스크 소설 《몰 플랜더스*Moll Flanders*》, 부랑아와 군인, 식민지 노예, 농장주, 밀무역 업자 생활을 전전하는 주인공의 인생 역정을 다룬 소설 《잭 대령*Colonel Jack*》, 〈종교의 구애Religious Courtship〉, 《대역병이 돌던 해의 일지》 등 왕성한 저술 활동을 함.

1724 고급 매춘부의 생애를 다룬 장편소설 《록사나*Roxana*》와 〈신 세계일주 여행기 A New Voyage round the World〉, 《대영제국 일주 여행기*A Tour thro' the Whole Island of Great Britain*》 1권(2권은 1725년, 3권은 1726년에 출간됨)을 출간함.

1725 《완벽한 영국 상인*The Complete English Tradesman*》 1권을 출간함(2권은 1727년에 출간됨).

1728 《영국의 상업을 위한 계획*A Plan of English Commerce*》을 출간함.

1729 《완벽한 영국 신사*The Complete English Gentleman*》 집필을 시작함(사후인 1890년에 출간됨).

1731 로우프 메이커스 앨리에서 뇌졸중으로 세상을 떠남. 번힐 필즈에 묻힘.

잭 대령

초판발행 1쇄 2015년 2월 3일
지은이 대니얼 디포
옮긴이 류경희
펴낸곳 고려대학교출판부
www.kupress.com
kupress@korea.ac.kr
136-701 서울특별시 성북구 안암로 145
02-3290-4230, 4232
Fax 923-6311
찍은곳 (주)동화인쇄공사

ISBN 978-89-7641-870-8 03840

값 15,000원